猎罪图鉴

贾东岩
武瑶
著

中国传媒大学出版社
·北京·

图书在版编目（CIP）数据

猎罪图鉴 / 贾东岩，武瑶著. -- 北京 ：中国传媒大学出版社，2025.6.（2025.11重印）
ISBN 978-7-5657-3881-4
I. I235.2
中国国家版本馆CIP数据核字第2025Y9G292号

猎罪图鉴
LIEZUI TUJIAN

著　者	贾东岩　武　瑶
策划编辑	李　婷
责任编辑	张　静
特约编辑	李　婷
封面设计	拓美设计
责任印制	秦　英

出版发行	中国传媒大学出版社			
社　　址	北京市朝阳区定福庄东街1号	**邮　编**	100024	
电　　话	86-10-65450528　65450532	**传　真**	65779405	
网　　址	http://cucp.cuc.edu.cn			
经　　销	全国新华书店			
印　　刷	北京中科印刷有限公司			
开　　本	710mm×1000mm　1/16			
印　　张	39.75			
字　　数	690千字			
版　　次	2025年6月第1版			
印　　次	2025年11月第3次印刷			
书　　号	ISBN 978-7-5657-3881-4	**定　价**	88.00元	

本社法律顾问：北京嘉润律师事务所　郭建平

目　录

001　楔子

003　第一章
027　第二章
055　第三章
083　第四章
100　第五章
127　第六章
146　第七章
173　第八章
200　第九章
222　第十章
247　第十一章
270　第十二章
294　第十三章

315　第十四章
346　第十五章
375　第十六章
403　第十七章
431　第十八章
454　第十九章
474　第二十章
495　第二十一章
518　第二十二章
550　第二十三章
580　第二十四章

609　番外　指尖之眼
627　番外　第三条路
631　番外　嫌疑人们的结局

楔　子

一双高跟鞋缓步踏入。

这是一个村庄,夕阳西下,村庄的各处画着不同的人像,沿路水罐、矮楼、土墙、高塔,一张张油彩画成的脸掠过——农妇、渔夫、稚童、老翁……

交错、参差。

行路愈深,愈撞进群脸之中,表情不同,姿态各异,色彩或斑斓或简洁,让这个村庄看起来更像是一件艺术品。

少年沈翊手执画刷在墙上画画。

他先画出了一双眼,又画出了鼻子的轮廓。

沈翊长发凌乱,画得入神,就连颜料飞溅到脸上也丝毫不避。

高跟鞋声由远及近。

一个戴帽子的女人走近。

她手上涂着猩红的指甲油,食指上戴着一个造型别致的戒指,手里拿着一张孩童的照片。

女人抬头望着沈翊。

女人:"听说你能三岁画老?"

沈翊露出一丝笑容,抛下画笔。

画笔斜斜插进了水桶。

沈翊:"画老?不止,人的一生,我都能画。"

画笔在墙面上飞快涂抹,勾勒出一个脸部的轮廓。

沈翊:"人的头骨从出生开始发育,到二十五岁趋向于定型。幼童的脸部肌肉丰满圆润,五官向鼻子的方向集中。"

沈翊眼神专注。

画笔不停。

沈翊不时地用手指擦触墙面,将原本幼童的脸庞扩散,扩散,变成成年人的轮廓。

沈翊:"成年后,男性额部向后倾斜,骨质增厚……"

墙上的画像已经有了二十多岁青年人的鼻子和嘴巴的轮廓,再一抹,添加几笔,二十多岁的青年画像又变成三十岁的画像……

沈翊:"人的头部最显著的地方,额丘、颧骨、鼻子、下颚四大块面,块面形状的大小、长短、水平、垂直、倾斜不同,形成了不同脸型。"

画笔在墙上涂抹出一双眼睛。

沈翊停下笔,有些得意地端详画像。

沈翊:"这就是他现在的样子。"

墙上是一个男子的脸,五官硬朗,眼神深邃。

沈翊看着女人:"他是谁?"

女人沉默了一下,偌大的空间里很安静,墙壁上的画更显得诡谲。

女人:"一位老朋友。"

第一章

1

七年后。

门铃声。

茶几上,手机在不停地振动着。

这是一个男人的家,简单而粗犷,回响着流水的声音。

卫生间里面的浴缸里,水均匀地流淌着,已经溢了出来。

浴缸里居然有一个密封的行李袋,突然,行李袋动了几下,上面的拉链被慢慢拉开,露出了杜城的脸,他大口地喘着粗气。

杜城睁开眼睛,伸手拿起旁边放着的计时器看了一眼。

上面显示着362秒。

门铃声依然在继续,越发急促。

杜城不耐烦地向外看了一眼,起身。

2

门铃声中,浑身湿漉漉的杜城把门打开,门口是一脸无助的蒋峰。

蒋峰:"城队,你干吗呢?"

杜城没搭理他,径直往屋里走,蒋峰跟在后头絮絮叨叨。

蒋峰:"手机不接,敲门不开,我还以为你出什么事了呢!"

杜城:"放心,死不了!"

杜城边说边脱下湿衣服,露出健硕的身材,蒋峰诧异地看着他走进卧室。

蒋峰:"你洗澡不脱衣服吗?"

杜城套上一件T恤从卧室走出来。

杜城:"张局不是死活不认咱们关于行李袋男尸案的结论吗?我刚才自己试过了,一个身高体重和我差不多的成年男性,完全可以在浴缸里自己钻进行李袋,然后拉上拉链,正常水压下,五分钟左右就会缺氧昏迷,所以,我们的自杀认定是成立的!"

蒋峰愣住了:"城队,要不要这么拼命啊……"

杜城打断他:"总之,我证明了我的推论是对的!"

蒋峰崩溃,原本还要说啥,却被杜城的问话打断了。

杜城:"大周末找我,是又出什么邪乎案子了?"

蒋峰点头:"嗯!是挺邪乎的!"

3

从浴室门口延伸出一条血路。

墙上的血手印。

被翻乱的化妆品架。

染血的浴帘被猛地拉开!

浴巾包头的女人赤身倒毙在浴缸里,一条手臂沿着缸边斜斜垂下。

拍照声。

镜头里,惨案现场被定格,女人死亡的画面恰如那幅著名油画——《马拉之死》。

4

沈翊:"这是法国画家雅克-路易·大卫于1793年创作的写实油画——《马拉之死》……"

画面从惨死的女人叠画成放大多倍、细节尽现的油画《马拉之死》。

沈翊正站在这幅油画前向教室里的学生们讲解着。

沈翊:"……当年雅各宾派代表政治家马拉被刺杀的细节就全部隐藏在这幅画里。"

沈翊打开红外线笔,指着油画。

沈翊："在没有照相机的时代，画家手中的笔就是记录现场的工具。这幅画就被伪装过犯罪现场，隐藏着三个谎言。十分钟内，你们要找出这幅画里的三个谎言。"

讲台底下传来学生们的窃窃私语。

学生："沈老师，便笺上写的什么？"

沈翊的红外线笔对准了油画上的便笺，开始翻译。

沈翊："便笺上的字迹是：我十分不幸，指望能够得到您的宽恕，这就足够了。署名——玛丽·安娜·夏洛蒂·科黛，致公民马拉。1793 年 7 月 13 日。"

沈翊将红外线笔放在讲台正中，拿出一只小钟表，看了眼学生们。

学生们都陷入思考。

沈翊："计时开始！"

沈翊按下钟表上的倒计时按钮，"嘀嗒"声急促响起。

学生们的目光迅速地在油画上搜寻着，口中念念有词。

学生们七嘴八舌："便笺……伤口……凶器！"

随着众人的关注，那幅画变得立体分层。众人的视线在画中世界游移。

马拉手中信笺上的血迹；

马拉胸口上流血的伤口；

落在地上的匕首。

钟表"嘀嗒"声在继续。

5

有警车驶入，露出树影中的分局大楼。

6

警员们一番忙碌的景象。杜城和蒋峰等人边走边说着进来。

杜城："从现场来看，没有入室翻找痕迹，应该是仇杀或者情杀，抓紧排查死者的社会关系！监控都拿回来了吗？"

蒋峰："拿回来了，小马他们正在看！"

杜城办公桌上的电话响起，他一把抓起接听。

杜城："喂，刑警队……好，我马上过去！"

杜城挂了电话转身往外走,蒋峰好奇地跟上。

蒋峰:"咋了,城队?"

杜城脚步不停:"有个外卖小哥说他可能见过凶手!"

7

透过百叶窗的缝隙,能看到一个穿着外卖服的年轻男孩正坐在里面,杜城等人推门进来。

杜城:"你说你见过凶手?"

外卖小哥有些紧张,点点头。

外卖小哥:"嗯,可能是他,在电梯里……"

8

监控画面:电梯里,外卖小哥半蹲着整理外卖箱,电梯门开,一个帽衫套头的男人急匆匆地走了进来,外卖小哥下意识地扭头看了他一眼,男人低头走到角落转身,然后双手揣进了兜里,从监控视角完全看不到男人的脸。

电脑屏幕前,外卖小哥和杜城仔细看着。

外卖小哥边回忆边说:"他的左……不对,是右手!流着血,袖子还滴着血水,所以我印象比较深!"

杜城:"他多高?"

外卖小哥:"跟你差不多。"

杜城:"出了电梯,他去哪儿了?"

外卖小哥摇头:"我不知道,我到一楼就出去了,他直接去了地库。"

杜城:"调地库的监控!"

小马一通操作。

监控画面A:男子从楼门里出来,依旧是低着头快步地向外走。

监控画面B:男子在地库里穿行,还是看不到脸。

监控画面C:男子走出了地库,走到了街上,依旧看不到脸。

杜城:"蒋峰、小马,你们把治安和交警的监控都捋一遍,看看这小子最后去了哪儿!"

蒋峰和小马赶紧忙活起来,杜城扭头看着外卖小哥。

杜城:"他的长相有什么特点吗?"

外卖小哥想了想:"没啥特点,就是一般人,不难看。"

杜城:"那你能大概画出来吗?"

外卖小哥很有信心:"应该能!"

9

钟表声未停。

一女生突然站了起来:"老师,验尸报告上写,马拉曾经因躲藏在下水道感染皮肤病,浑身红疹,需要泡澡缓解,但画中马拉的皮肤却很光洁。"

沈翊点头:"美化过的死者身体,是第一个谎言。"

另一个男生:"凶手在哪里?报告上写凶手在现场被逮捕,但这幅画里没有凶手。"

沈翊点下画面,画面的构图变了,正面的《马拉之死》延展出了新空间,变成了保罗·波德里的《刺死马拉后的科黛》。

沈翊:"没错。在刺杀了马拉之后,科黛完全没有逃离的打算,而是在现场宣称为自己的行为负责,并束手就擒。被抹杀的凶手,是画里的第二个谎言。"

大家又开始议论起来。

沈翊:"但大卫的这幅画里最大的谎言是……"

沈翊的手机尖促地响起。

众学生瞬间垮了一片。

学生:"又来?"

沈翊面无表情,伸出食指放在嘴边:"嘘。"众学生只好收声,似已习以为常,纷纷托腮等着。

沈翊走出教室接听电话。

沈翊:"喂,张局!"

张局:"沈翊,你的工作已经安排好了,下周就来报到。"

10

张局拿起旁边的一张纸,上面是外卖小哥画的人像,如同三岁孩子的涂鸦,滑稽而认真。

张局:"不过,现在得先请你帮个忙。"

11

一片老旧的居民区,看起来很有年代感。

胡同口停着一辆警车,杜城下车打量着四周。

杜城:"确定那小子在这一片?"

蒋峰:"确定!我跟着监控一路查过来的,就进了那栋楼!可惜一直看不见脸!"

杜城:"没再出来过?"

蒋峰:"绝对没有!就是那栋楼太老,没有监控,住户又多,实在是不好判断具体是哪家。"

杜城:"直接进去挨家挨户问,动静小点,别打草惊蛇。"

杜城拿出对讲机,正准备安排接下来的工作。

蒋峰:"城队,张局让咱们等等,她找了一个画像师……"

杜城嗤笑,仿佛听到了一件极为可笑的滑稽事。

杜城:"这个时候,还画像?"

12

沈翊:"……我明白了,只要他能相对描述准确就行!……好,我现在就可以!"

沈翊挂了电话,转身走进教室。

13

沈翊走进来,教室里立马安静了下来。

沈翊举起手机:"老规矩!"

学生们齐声:"保密!"

沈翊拿起粉笔,拨通视频通话。

14

外卖小哥对着手机比比画画地描述着。

沈翊边思考边用粉笔在黑板上涂画着。

外卖小哥摇头,然后继续比画。

沈翊涂抹掉继续修改。

一个戴着棒球帽的脸部轮廓出现在黑板上。

班里的学生们也认真地看着。

外卖小哥用手把自己的眼角拉长,嘴巴絮叨着。

沈翊专注地画着。

15

杜城看了看表,有些烦躁。

杜城:"还没发过来?"

蒋峰:"没有。老大要不再等等?"

杜城:"一整个警队杵在这儿等一个画画的?真够扯淡。不等了!直接查!"

他拿着对讲机招呼起来。

杜城:"都有!干活了!"

杜城边说边开门下车,蒋峰无奈地跟了上去。

不远处的几辆车里,警察们纷纷下车,走向那栋居民楼。

16

沈翊画完最后一笔,一张脸出现在黑板上。

沈翊:"是他吗?"

外卖小哥盯着手机屏幕仔细看了看。

外卖小哥:"像是,但又感觉不像……"

沈翊:"哪点不像?"

外卖小哥:"好像哪都不太像……"

学生们低声议论着。

沈翊想了想："你当时在电梯里是什么姿势？"

外卖小哥："我就是这样，然后他进来，我扭头看了一眼。"

外卖小哥边说边自己演示着。

沈翊看着，似乎想到了什么，开始飞快地画着。

学生们也诧异地看着。

17

一个口字形的硕大空间，四周都是密密麻麻的住户，长方形的天空里，一架飞机飞过。杜城等人仰头瞠目结舌地看着。

蒋峰："这楼跟迷宫似的，从哪儿查起啊？"

杜城："通知物业先把电梯停了！分组一层一层查！"

18

在沈翊的粉笔下，另外一个有些仰视角度的人像出现在黑板上。

沈翊："这个呢？"

外卖小哥愣住了："就是他！"

沈翊："这就对了，你半蹲着回头看，一定是仰视，他又戴着帽子，基本上脸部都在暗区里，所以你会觉得这个人的脸有些胖，眼睛也不大……这就是视角偏差造成的。"

沈翊边说边在之前的画像上做着改动。

沈翊："如果平视的话，你看到的就是这张脸！"

沈翊指着改好的那幅画像，是一个眼神阴冷的年轻男子。

19

狭长幽暗的老旧走廊里，一个年轻男子正快步走着，他的脸和沈翊画的几乎一样。

年轻男子走到电梯前，发现电梯没电，转身往楼梯走去，刚走两步便停了下来。

透过缝隙，他看到下面有纷杂的人正往上走着。男子眼神阴冷，看向旁边杂物里的一根拐。

对面的楼层已经有警察在分组敲门,这边的楼层,杜城指挥着同事们分开逐层清查,安排完便继续往上走。

杜城等人在三楼遇到一个下楼的矮胖老妇。

杜城:"大妈,你们这楼里有一个瘦瘦高高的男的,有印象吗?20来岁。"

老妇警觉地看着杜城。

老妇:"你们是干吗的?"

蒋峰直接拿出证件:"我们是警察!"

老妇认真回忆:"瘦瘦高高的,男的,小年轻……我们这楼里住了好多大学生,我看着都瘦瘦高高的。"

说话间,刚才的年轻男子右手拄着一根拐,左手打着电话,慢慢地走下来,边走边说。

年轻男子:"……知道了妈,放心吧,等学校放假我就回去……我爸最近身体怎么样啊?"

年轻男子边说边走过杜城等人身边,蒋峰正在与老妇沟通,杜城打量着往下走的年轻男子。

杜城:"喂!你住几楼?"

年轻男子停下回头:"三楼!"

杜城看着年轻男子,年轻男子转身继续往下走,杜城琢磨着什么,蒋峰摆弄着手机凑过来。

蒋峰:"画像发过来了!"

杜城没看手机,突然拔腿向下追去,其他人也不明就里地跟着跑了下去,留下一脸蒙的老妇。

杜城疯了一样冲下楼,看到那根拐被扔在一边,把手的位置有血迹。

杜城往下看,看到年轻男子正狂奔下楼。

20

一扇门被撞开,年轻男子狂奔出来。片刻,杜城也追了出来。

两人在地下车库追逐着,追出车库。

21

杜城把年轻男子逼入一个死胡同,年轻男子试图攀爬却失败,杜城逼近。

杜城:"跑啊!这墙不算高!"

年轻男子又尝试,再次失败,他掏出一把刀来,凶狠地对着杜城。

杜城完全不惧,取下手表套在手上当作护手,示意他上。

年轻男子挥刀扑上,两人开始肉搏。肉搏中,杜城的手表表盘挡住刀子。他立刻缴了年轻男子的械,将年轻男子打晕。

蒋峰等刑警冲过来,扑上去骑在年轻男子身上,掏出手铐将他的双手反剪铐牢。

蒋峰:"城队,没事吧?"

杜城挥了挥手臂,气不打一处来。

杜城:"每回都是我把人敲晕了你才赶到,一线刑警给你干成了后勤,我还敢有事吗?"

蒋峰苦笑:"谁让你是警界刘翔呢?谁能跑得过你!"

杜城:"少贫嘴,干活!"

蒋峰嘿嘿一笑,抓起年轻男子的头发,把那张脸凑到手机边。

蒋峰:"哎哟,老大您看,画得还真像!哎,不对啊!你没看画像怎么知道是这小子?"

杜城:"你要是真打电话的时候旁边的人跟你说话,你能第一时间反应过来吗?"

蒋峰恍然大悟。杜城摘下在搏斗中被刀子破坏的手表。

蒋峰:"城队!这可是倾姐给你买的表,这么贵的表,你又给整坏了。这次行动你可亏大了!"

杜城拍了一下蒋峰的头。

杜城:"就你屁话多,告诉你,不准跟我姐说啊。亏什么大了,人抓到了比什么都值!"

22

沈翊收到了逃犯的照片,脸上露出微笑。

学生们看着沈翊。

女生："老师，是不是人抓到了？"

男生："画得像吗？"

沈翊拿起粉笔，将黑板上画像的嘴角微微往下一勾。退后两步，望着哭丧着脸的肖像。

肖像神色顿时由狰狞变为恐惧。

沈翊："刚刚画的是逃犯，现在画的，是罪犯！"

学生们欢呼，下课铃声响起。沈翊收起讲稿，准备结束这堂课。

学生："沈老师，这画里的最后一个谎言是什么呀？"

沈翊："好好想，下节课再告诉你们。"

23

夜色中，分局大楼灯火通明。

24

杜城、蒋峰等刑警正凑在一起热热闹闹吃着外卖，闫谈声推门进来，杜城招呼他。

杜城："来老闫，正好垫一口！"

闫谈声："你们心可真大，还吃得下去！"

杜城："饭得一口一口吃，事得一件一件办，别着急，不行我替你审会儿！"

闫谈声拿起杜城碗里的鸡腿，边吃边说："不用！"

闫谈声扔给杜城一张纸，杜城疑惑地看着，上面是一个名字和一个地址。

闫谈声："那小子撂了！这人花20万雇他去杀的那姑娘，用的就是你夺下来的那把刀。"

蒋峰吃惊："老闫，你可以呀，又破最快审讯纪录了吧？"

闫谈声笑着："那必须的！你以为我闫谈声……"

杜城起身："还跟这儿扯什么淡呢？走啊都！"

一群人放下吃的喝的一阵风般冲了出去，只剩下话到嘴边没说完的闫谈声。

闫谈声："……我'鬼张嘴'的名号是白来的？"

25

地上是玻璃碎片,水草间一只乌龟四脚朝天,正在挣扎,脑袋顶在地上奋力扭转龟壳。

乌龟缓缓爬过一个水晶奖杯,爬过一地碎裂的镜子。地上一个男子(梁毅)静静地趴着,透过镜子碎片的折射,梁毅变成了无数个……

26

街道边、红绿灯路口、门店酒肆、高楼大厦……

沈翊:"每个人一天会见到无数张脸。"

一张张脸叠加着,向他走来。

沈翊:"微笑的脸……"

各式各样的笑脸拥挤着包围而来。

沈翊:"悲伤的脸……"

一张张悲伤的面孔四散各处。

沈翊:"愤怒的脸……"

横眉、瞋目、怨脸交接,哗哗闪过。

沈翊:"脸是人最重要的识别符号、最重要的财产。脸是最客观、最虚伪的存在。如果失去脸,人还剩下什么呢?"

周遭的身影和步伐加快,光影变幻着。

27

一辆警车驶出,和骑着单车的沈翊擦肩而过。

沈翊骑着单车向那座有着巨大警徽的办公楼行进。

28

办案中心的大门被推开,一身素净棉质外套加长裤的沈翊独自走进办案中心。

刑警押着一名犯人向他迎面走来,沈翊习惯性地打量。

透过他的眼睛,迎面而来的犯人已经变成了一幅走动的油画。

先是骨架，然后层层覆盖上肌肉、皮肤、衣物；头骨依次填上血肉、覆盖上头发、补出五官，增加额角的伤，以及手指上的刺青（绘制着蝙蝠、两颗星星和三个英文字母）等各种细节。

完成后的画面和近在咫尺的犯人完美融合。

凹陷的眼睛，干燥的皮肤，发乌的嘴唇，脖子上有细小的字母文身。

29

沈翊仿佛能看到犯人美美地吸食了一下毒品，眼神涣散地看着前边一个惊恐的女人，他凑过去，想要撕扯女人的衣服，女人挥着手反抗。

沈翊内心快速闪过几组信息：有吸毒史，至少 12 个小时没有睡觉，跟女性发生过冲突……

30

犯人的额角有明显的抓痕。

犯人走过沈翊，沈翊回头看犯人背后的手，那两只手的指肚上有老茧的痕迹。

沈翊略思索，迅速判断出：是个吉他手！

31

何溶月双手插着兜走来，沈翊与她擦肩而过，何溶月的形象也在他眼中快速形成一幅油画。

清瘦的面颊，微微有些疲惫的青灰色眼圈，发型随意，手机上没有修饰的物品，穿着软底鞋。

沈翊迅速思考出几点信息：工作需要长时间站立，熬夜，刚刚下班，穿搭随意……

沈翊吸了一下鼻子。

沈翊思索着：绿竹香水，为了……掩盖尸臭？她是个法医。

油画中，何溶月的手从兜中抽出，戴上手套，执着解剖刀，对着尸体划下一刀。

刀光一闪，又回到现实中，何溶月已经走远。

32

李晗开着电脑正在做数据比对,她身边另外一台电脑上显示着现场证物照片。

沈翊侧脸看了她一眼,眼中已画出一幅她的面容素描。紧接着,又在素描上标上了马夸特面具的轮廓。

马夸特完美脸型,绝佳的肖像模特。

李晗抬头看了眼沈翊,眼神对视间,李晗已然有些痴了。

沈翊敲敲桌子:"请问,306怎么走?"

李晗回过神,遥指远处走廊方向。

沈翊礼貌地笑了笑,继续前行。

李晗突然愣住了,推了推一旁正襟危坐、核对资料的蒋峰。

李晗:"不对,306不是原来雷队的办公室吗?"

蒋峰警觉地抬头望了一眼沈翊的背影。

蒋峰:"这人是干吗的?"

33

总是挂着笑容的闫谈声举着保温杯走过,在沈翊眼中形成一幅素描。

视点聚焦于举着保温杯的右手上,大拇指和食指微微泛着焦油黄,油彩从这片黄上渲染开。

办案中心也换成了一方狭小的办公间,油画中,闫谈声放下保温杯,右手拈起烟,吞云吐雾起来。他的笑容收起,一脸狠决,盯视前方。

烟雾散开,油画色彩褪去,闫谈声依然是那个笑眯眯的闫谈声,与沈翊擦肩而过。

34

走廊深长,两侧的墙面都是玻璃。

沈翊步入,身影映在玻璃上。

沈翊停在编号为"306"的办公室门口,缓缓旋开门把手。

35

306 房内的一排排档案架上整齐地码着卷宗资料。

档案架深处,一个老警察坐在靠椅上,优哉游哉地听着戏。

沈翊摸着资料,绕过架子,走到他面前。

老刑警上下打量沈翊。

老刑警:"你就是那个新来的画像师?"

沈翊:"是。"

老刑警从口袋中摸出一把钥匙,递给沈翊。

老刑警:"这办公室的钥匙我摸了七年,现在,它是你的了。"

36

杜城提着喷壶,浇灌窗台上的一排绿植。在繁忙的工作中,浇花是他少有的休憩时间。

蒋峰:"城队!有人进了306。"

杜城脸色一沉,重重放下喷壶。

37

一长排档案架、箱子顺着走廊摆放,并被不断往外搬运。

杜城的大手重重摁住箱子。

杜城:"谁让你们动的!"

搬运的队伍急停,箱子后有人弱弱出声。

警员:"张局要腾出一间新办公室给画像师……"

杜城:"放下,都搬回去。"

众人面面相觑。

队伍僵持在过道上。

蒋峰赶来,凑近杜城。

蒋峰:"既然是张局发的话,还是算了吧……"

杜城怒瞪着队伍尽头唯一开着的那扇门。

门开了,沈翊走了出来,杜城一怔。

俊秀的青年,竟让他觉得扎眼。

38

沈翊:"好久不见。"

长长的走廊,两人分立在两边,遥遥相望。

杜城的目光像钉子一样,盯住沈翊,气氛冰凉。

39

七年前。

大坝下。

杜城等人沿着楼梯一路狂奔,疯了一样地冲进了警戒线。杜城一把拉开正在勘查的技侦和法医,他愣住了。

他面前,是雷一斐的尸体。

杜城几乎是条件反射地跪倒,眼泪瞬间夺眶而出。

杜城:"雷队……"

闫谈声也沉默地看着,眼神悲戚。有警察喊:这儿发现了一张画!

杜城冲过去,抢过来看,是一张打印的雷一斐的画像。杜城颤抖:"这是谁画的?"

40

少年沈翊毫无负罪感地坐在询问室里,看着窗口谈话的闫谈声,手指沾着水,点在桌面上,几笔勾出了闫谈声的轮廓。

杜城却忽然冲了进来,拽起了沈翊的领子。

闫谈声:"杜城,你放下!这事儿跟他没关系。"

杜城拿出了一张雷一斐的画像,是在现场发现的那张的复印版。

沈翊望着雷一斐的画像。

沈翊:"他……死了吗?"

杜城把铅笔递给沈翊,笔尖很细,像是在递一根钉子。

杜城:"把那个女人的脸画出来!"

沈翊接过笔。

笔悬停在画纸上空,迟迟未落。

41

杜城的目光像钉子一样,盯着沈翊,气氛冰凉。此刻,办公室已经空了大半,还未来得及搬走的雷一斐的旧物整齐地码在角落里。

门口一侧,沈翊的箱子堆放着,还没拆封。一幅《被面具包围的自画像》靠着箱子。

杜城:"那张脸,你画出来了吗?"

沈翊沉默。

杜城:"那你还有脸来这儿?你知道这个房间是什么地方吗?"

沈翊平静:"这是张局给我分配的办公室……"

杜城:"这是当年雷队的办公室!"

沈翊一愣,看着周围的布局,露出些许感慨的神情,但察觉到杜城的目光,不愿落于下风。

沈翊:"现在是我工作的地方了。"

杜城:"七年了!那张脸你还是画不出来!你还工什么作?"

沈翊:"至少前两天我帮你们画出来了那个杀人犯。"

杜城愣了一下,冷笑。

杜城:"我抓那个人根本就没看你的破画!"

沈翊笑了笑:"那希望以后我能帮到你……"

杜城:"我不需要。"

沈翊:"这事恐怕不是你能决定的吧?"

气氛冷至极点,两人对视着。

杜城:"那我就去找能决定的人。"

杜城甩门离开。

沈翊不着痕迹地松了口气,再一次仔细观察着周围的陈设,发现了一个刻着雷一斐名字的奖杯。

沈翊小心地擦去了奖杯上的灰,放了回去。

42

张局慢吞吞地吹着茶杯上的热气,杜城怒气冲冲的。

杜城:"张局,那小子是你叫过来的?"

张局:"我对你说过什么来着?脾气收一收,开口之前,先笑。"

杜城却笑不出来。

张局:"沈翊是我特地申请来的画像师,人刚来,你就闹这么大动静,要干什么?"

杜城:"如果需要依赖画像来办案,我们要天眼干什么?"

张局又是眯眼一笑。

张局:"哪个犯罪分子会在天眼底下杀人?"

杜城一怔。

杜城:"就算您请他来,为什么让他进雷队的办公室?杀雷队的凶手都还没有找到……"

张局:"杜城,你要明白,那是局里的办公室,不是任何人的。让沈翊进那间办公室,是我安排的。我知道这个案子你放不下,七年来你把自己逼得太紧了,是时候让自己松口气了。"

杜城:"办公室,可以让。画像师,可以来,但不能是他!"

蒋峰忽然在门口敲门,看着两人有些胆怯。

蒋峰:"局长、城队,刚刚接到报警,上水君庭公寓发生命案!"

张局看向杜城:"你把沈翊也带过去见识见识。"

43

杜城和众警察快步向外走去,蒋峰边走边汇报。

蒋峰:"死者叫梁毅,男,大约四十五岁,今天早上在自己住宅里被发现身亡,报警的是他秘书。"

杜城:"通知技侦跟法医。"

蒋峰:"已经通知了!城队,张局让我们叫上沈翊,你看……"

杜城冷冷地看了他一眼,直接拉门上车。

蒋峰没再多说,也跟着上了车,几辆车从停车场鱼贯而出。

沈翊背着书包从后面跑出来,但车队已经远去,他想了想,跑向自己的单车。

44

沈翊奋力骑车,钻各种小道追赶。

45

几辆警车鱼贯行驶,杜城坐在车里一言不发。

蒋峰开着车,不时地瞄一眼杜城。

前边开始堵车,众警车无奈停下。

蒋峰无聊地张望,突然愣住了,他从后视镜里发现,沈翊正奋力蹬车。

蒋峰:"老大!那小子骑车跟来了!"

杜城回头看,沈翊的车已经追了上来。

沈翊的车超过了杜城的车,在车缝里灵活地飞驰。

杜城脸色铁青。

46

一栋高级公寓下面,停着闪烁着警灯的警车。

天上下起了冰雨。

47

杜城下车抬头张望,左右打量了一下,径直向里走去,其他人跟随。

众人直接走到电梯旁,电梯前已有一名技侦人员在取样。

杜城等人一人领了一副手套,摁开电梯,众人走进,蒋峰正要关闭电梯门,一只手突然插进门内,落汤鸡一样的沈翊挤了进来。

杜城没好气地转头不看他。电梯门关闭。

48

众人乘电梯而上。

电梯里,杜城习惯性地抬头,却没发现监控。

只看到电梯如银色的胶囊,飞速直入云霄。

电梯里,大家都沉默不语,只有沈翊还在调整呼吸,喘气声在狭小的电梯里显得那么突兀。

气氛一时尴尬,所有人都在用余光打量着这个新来的画像师。

杜城脸色阴沉地看了他一眼。

沈翊拿出了一块美术橡皮泥,放在手里捏。

楼外下着冰雨,而更高的空中,飘的却是雪。

蒋峰畏惧地看了一眼脸色阴沉的杜城,又看看沈翊,再望望窗外的飞雪。

蒋峰:"高,真高。"

49

电梯门开,众人鱼贯而出。

案发现场就在旁边的一户人家,门口已经被警戒线围起。

杜城下意识地打量了一下四周,没发现监控。

杜城:"这儿也没监控?"

刑警:"我们查过了,整栋公寓只有大堂设有监控,电梯和楼层之间都没有。"

杜城等人钻过警戒线进入屋内,里面一个角落,一个女警正在询问一个抽泣的女子(刘芸),沈翊打量着哭泣的刘芸。

50

案发现场一片狼藉。

公寓卧室,死者俯趴在地上,手边有一只残留有红酒的酒杯,尸体嘴角边有红色的液体,旁边的落地门廊镜被打碎了。

杜城从尸体旁起身,看着地上的镜子碎片和其他散落的物品。民警继续介绍着情况。

第一章

杜城："技侦地面做完了吗？"

民警："这边做完了，从这里进。"

民警引领杜城顺着一条清理过的路线走，边走边介绍。

民警："死者名叫梁毅，是个整容医师，在咱们市都是有名的，广告打得到处都是。这屋就是他家，隔壁那间公寓，他租了下来当医美工作室。"

蒋峰："看来做医美挺挣钱的，这里房价可不低啊。"

说话间，沈翊走进来，走到尸体旁打量着。杜城扭头看了他一眼，露出不屑的表情。

民警："技术顶尖，收费当然也高。多少女人走进他那屋，几十万这么一砸，出来就变了一张脸，这个像明星，那个像模特——别说老公了，亲妈都不认识！"

杜城："人最值钱的不就是这张脸嘛。"

杜城说着，双眼却不离一旁的沈翊。

沈翊从他们身边经过，对他们的对话毫不在意。

他打量着周围，浓烈华丽的色彩像海洋的波涛一样涌进沈翊的眼睛。深紫的地毯，墨绿的沙发，沙发正对着一面墙，只有三四步的距离，墙上挂满了美女肖像名画，能看出梁毅不同于常人的审美。

整个空间被隔断，分割成几个功能区域，有餐厅，有卧室，一个隔断架上有几个相框，里面是梁毅的单人照片，有获得嘉奖的，有打高尔夫的，尽显意气风发之姿。

他走到客厅窗边，俯瞰都市，打开窗户，伸手向飘着雪花的空中一探。

一片雪花落在了他的手掌上，瞬间融化成水。

沈翊："原来今天下雪了。"

杜城嗤笑一声："这能破案？"

蒋峰："肯定是没见过死人，害怕，装镇定。"

杜城不再理他，转身面向民警。

杜城："报案人呢？"

民警："在隔壁，一直哭。"

51

医美工作室的接待区,墙上贴着一张张巨大的美人海报。旁边有一行标语:颜值改变命运。

报案人刘芸坐在沙发上,手里拿着纸巾,哭得妆都花了。

刘芸:"今早八点半我就来了,上午有两个预约,一个做综合隆鼻,一个做全脸埋线,术前准备都很麻烦。往常这种情况,梁院长都会提前一个小时到。可第一个预约的病人都等了半个多钟头了,他还没来,电话也不接,客人就闹起来了。我就来这儿敲门找梁院长,始终没动静——我就有点害怕!通知物业开门,没想到,梁院长会……"

杜城:"这两天,他有什么不对劲的地方吗?"

刘芸茫然摇头:"一切都正常。手术预约都排到两个月以后了。他前几天还让我安排后面的度假行程,心情好得不得了……"

杜城:"你最后一次见他是什么时候?"

刘芸:"周五下班前,我去跟他说周一手术的事。梁院长生活一向很规律,周末严禁我们打扰!"

杜城:"梁院长有没有得罪过什么人?"

刘芸想了想,摇了摇头。

52

沈翊走到酒柜前,里面摆满了红酒,还有一瓶红酒被打开了,孤零零放在台上。酒柜旁,高脚凳被拉开。

沈翊的目光再次落在窗外。他的眼前,似乎出现了梁毅临死前所见的景象。

窗外景色幻化成凡·高的《星空》,油彩勾勒出落地窗前的酒柜和红酒。有些疲惫的梁毅坐在窗前喝着闷酒,之后摇摇晃晃地坐到了沙发上,看着窗外的景色,捏着酒杯的手忽然垂下,死去。

幻想结束。沈翊望着酒柜旁地毯上的酒渍,摇摇头。

沈翊正要拿起死者的红酒杯,被杜城一巴掌打了回去。

杜城:"这里技侦还没做完,别瞎碰!"

沈翊放下酒杯。杜城确认酒杯还在原位，忽然用手扇了扇酒杯边缘的空气，嗅了一下。

沈翊看了看屋内的结构，用铅笔比着天花板的线条，忽然开始画了起来。

53

警察拿着相机对着死者拍照，闪光频频。

房间里都是技侦和法医。

技侦老袁掏出棉签，细心沾拭着地毯上沾染的红色液体，其他技侦小心地拾起地上的玻璃和镜子碎片，放进物证袋。

何溶月蹲在死者尸体前查看着他的瞳孔和嘴巴，还按压了颈后。她小心翼翼地拿起红酒杯端详着。

杜城："陈年红酒，没什么异常。"

何溶月冷冷瞥了他一眼："城队鼻子倒是灵，不过，你下次再瞎闻，我就报告给张局，让她治你。"

杜城讪笑："厉害！动了一点都能让你发现！"

何溶月轻哼，继续忙。

杜城："你觉得是自杀还是他杀？"

何溶月："法医不靠直觉。根据尸冷和尸斑推测，死亡时间在33到35小时之间。"

杜城："也就是周六晚上10点到12点，对吧？"

何溶月："自己算去。我这边做完了。"

杜城吃瘪，何溶月起身，目光落在窗边的一张纸上，上面是沈翊画的房屋结构图。

何溶月："这是什么？"

杜城不屑："是个房屋结构图，新来的那个画像的画的，没什么用。"

话音未落，沈翊走了进来。

沈翊："这套公寓结构有问题！"

杜城和何溶月诧异地看着沈翊。

沈翊："我跟隔壁的户型做了对比，这套公寓被改造过！"

沈翊边说边将脚底贴着地板，向地板四面的方向分别走了两步，仿佛画大画时用脚步丈量画板。

沈翊："除了我们能看到的空间之外，应该还有一个隐藏空间！所以这四面墙里，其中一面是伪装的非承重墙。"

沈翊继续向前走着，走到挂着肖像的墙前停了下来。

沈翊："非承重墙通常使用三合一钢筋混凝土墙板，而这间屋子的地板又是木质的，一段时间后，墙板势必会对木质地板形成轻微压沉。所以……"

沈翊拔开酒塞，倒出红酒，红酒像一条细细的红线垂向地面。

沈翊："水往低处流。"

红酒流向了肖像墙。

沈翊："密室在这面墙后面！"

蒋峰跑到墙面前，敲敲打打。

蒋峰："可是这个怎么打开啊？"

杜城也开始在墙面摸索。沈翊走近墙面，凝神望着墙上的一排仿画。

他紧紧地盯着《戴珍珠耳环的少女》。

沈翊眼里，油画上叠加的笔触厚薄不一、起起伏伏，竟如微缩的群峰。

何溶月凑近："你在找什么？"

沈翊："破绽。"

沈翊指着起伏中的两撇儿白色。

何溶月："珍珠？"

沈翊："世人一直认为这是个珍珠耳环，其实只是两撇儿白色颜料。你仔细看，少女的耳垂和这颗所谓的珍珠之间并没有连接物，是维米尔利用错觉欺骗了我们的大脑枕叶……"

何溶月惊讶地瞧着沈翊认真的侧脸，眼中有欣赏。

杜城瞥见两人越凑越近，心生不爽，挤进两人中间。

杜城："所以呢，你到底看出什么门道了？"

沈翊："这两撇儿白色有磨损的痕迹，机关应该就在——"

沈翊边说边伸手点上那颗"珍珠"。微响，一幅画后面的墙壁弹出，像一扇门般缓缓打开，门后是一个幽暗的空间，泛着暧昧的光……

第二章

1

门口站着的杜城等人缓步走进这个房间，里面各种高低错落的灯具铺洒出暧昧的光源，墙上的一个背投电视闪烁着幽蓝的光，对面是一张大床。

杜城："这屋里的生物痕迹一定不少，仔细点。"

技侦已经举着相机开始拍照了。

杜城上下左右打量着，看到床下似乎有东西，趴下用手机照亮，发现是一个精致的皮质盒子。

杜城费劲地伸手拉出来，打开，里面是一摞病历。

沈翊溜达到电视前，蹲下查看，看到了一个蓝光播放机，下面有一个抽屉。沈翊伸手拉开，里面整整齐齐地码满了碟片。

杜城看到，蹲下来瞪了沈翊一眼。

杜城："别瞎碰！"

沈翊没说话，伸手示意让杜城检查，杜城翻看着碟片。

杜城："这些都带回去登记检查！"

2

梁毅的尸体躺在不锈钢的尸检床上，何溶月仔细地查看着，在其侧腰处按压。

何溶月："未受压处指压褪色，尸斑暗红……"

何溶月抬起尸体的一只手臂，感觉了一下。

何溶月："尸僵较强，显于各大关节……"

旁边的助理快速记录着,另一个助理走过来。

助理:"月姐,血液及胃内容中检测出氰化物成分,血液中氰化物质量浓度为 7.2μg/ml,喉部浓度明显大于其他部位。"

何溶月:"推测为直接吞入氰化物。"

助理:"可是奇怪啊,氰化物中毒不是应该有苦杏仁味吗?现场没有人提啊?"

何溶月:"毒理学课不好好听。这个世界上大多数人身体里根本就没有氰化物气味受体,根本闻不出来,而且苦杏仁味是因为氰化物在潮湿空气中水解出氢氧酸的味道,下毒剂量小,同样没有味道。好了,报告直接给城队送去吧。"

何溶月唰唰在报告书上签上字,拉上了蒙尸的布单,显然不想多看尸体一眼。

3

监控屏幕左上角写着"大堂"二字。

屏幕中出现一个身材窈窕的女人。她戴着口罩,一头长发遮住耳朵。

杜城等人凑近看着,沈翊跟在杜城身后。

屏幕上是户外监控器拍摄的画面,不时地有人进出大堂。

画面上,电梯门开,一个女人倒着走出来,顺放,那个女人走进大堂,能看到她戴着口罩,长发遮面,步伐缓慢地走向电梯,然后大堂门打开。

沈翊紧盯监控。

沈翊:"往后倒一点。"

李晗拖动鼠标。

沈翊:"这个女人是 21 点 25 分从大堂进的电梯,凌晨 1 点 11 分又坐电梯出现在大堂监控里,正好在梁毅的死亡时间前后。"

杜城越过沈翊,拖动鼠标,视频停在女人抬手按电梯的时候。

沈翊:"她手的位置很高,应该按的是 58 层以上。"

放大屏幕,电梯门即将关闭。从缝隙中能看到,女人手指按下电梯按钮的高度较高。

沉默半晌,杜城不甘地开口。

杜城:"确实是高层。"

沈翊："可是，凶手杀完人，从梁毅家里出来，为什么还要从电梯走，不怕被发现吗？"

杜城不屑。

杜城："杀人之后想要尽快离开现场也是人之常情，不是所有人都有反侦查意识。"

杜城仔细查看屏幕上女人的脸，却难以辨认容貌。

杜城："我去病历报告里搜搜这个女人的资料。至于你，除了需要你画像的时候，不要乱动重要物证。"

杜城说罢，转身欲走。

李晗："沈老师，您不说话，是不是还有别的方法？"

沈翊："我能画出来。"

沈翊的声音异常沉稳。

杜城一愣，回过头看着这位年轻的画像师。

杜城："你拿什么画？"

沈翊："它。这种夜视监控是红外发射装置主动将红外光投射到物体上，经物体反射后进入镜头进行成像，反而规避了普通条件下光影的干扰，对我很有利。"

沈翊直指监控。

杜城冷笑："敢赌一把吗？"

沈翊抬眼，望向杜城。

沈翊："赌什么？"

杜城："你这次的画如果能帮助我们快速锁定对象，再想调查，我不拦你。"

沈翊："明白了。如果不能，听你安排。"

杜城："算你上道。"

沈翊看了他一眼，转身出去了。

杜城看着沈翊的背影。

杜城："怎么，怕了？"

沈翊微微侧过脸："一言为定。"

4

地上摊开一长排油画照片,上面都是不同女人的示范脸,无一不蒙着脸。

沈翊比对着不同的脸和五官,在面前的纸上渐渐拼凑出一张完整的脸来。

脸已经被呈现出大概的样子:鼻子、眼睛、轮廓。

沈翊眯起眼睛回忆电梯里那个女人。

沈翊往上面加了几笔,一个具象的人脸呈现在他面前。

5

一幅美丽女人的画像被拍在桌上。

杜城从热腾腾的泡面前抬起头,面前站着面无表情的沈翊。

虽然沈翊面无表情,但是微微扬起的眉毛仍然暴露出他的雀跃。

杜城:"画完了?"

沈翊:"按照骨相的推测,这就是她应该有的脸。"

杜城:"你有把握?"

沈翊:"应该相对准确。"

杜城放下叉子,举起画纸端详,忽地露出意味深长的笑。

杜城:"这个女人,我能找着。"

沈翊:"什么?"

杜城:"我现在就能带你见见。"

杜城披上外套,起身离开。

沈翊沉默片刻,也快步跟了上去。

办公桌上只剩吃完的泡面,还有那张美丽女人的画像。

6

与画像别无二致的美女化为立体的人脸,被挂在洁白的墙面上。

正是医美工作室的海报。

沈翊站在海报前,看得出神。

杜城:"从这里走出去的女人,几乎都有这张脸。"

沈翌:"真是美得千篇一律。"

杜城:"拥有这张脸的女人,少说也能找到几十甚至几百个吧,你分得清谁是谁吗?你画出这张脸,我们刑警还是得一个一个跑过去问话。而你,画像师,只要坐在屋里动动手就可以了。"

沈翌不语。

杜城:"愿赌服输,以后的调查不劳你大画家费心了。"

杜城推门走出医美工作室,徒留沈翌一人站在海报前发呆。

7

蒋峰开着车,杜城闷坐在副驾驶位。

蒋峰:"按说周边的监控挺密集的,不可能拍不到这女的,可她出了大门确实就凭空消失了!这也太奇怪了吧!"

杜城思索着:"事出反常必有妖!肯定有疏忽的地方……"

他正说着,手机响起,接听。

杜城:"技侦那边有发现,说找到嫌疑人了。"

蒋峰:"啊?这么快?是谁?"

8

技侦办公室里,电脑屏幕上显示着无数个弹窗,每个弹窗里都是不堪入目的性爱录像。

9

杜城和蒋峰快步而行。他们径直走进技侦科,技侦员正在吃泡面,看到他们进来,端着碗走到电脑前操作。

技侦员:"城队,你们接手吧,我都快看吐了。"

电脑里开始播放,镜头对着一张床,床上躺着一个睡着的女人,周围环境就是那间隐秘的房间,然后一个穿着宽松睡袍的男人走过来,把摄像头的角度调高了一点,可以清楚地看到男人的脸,正是梁毅,角度调合适之后,男人走到床边,开始慢慢地脱下女人的衣服,而女人毫无知觉。

技侦员指着旁边的那一摞光盘。

技侦员："光盘一共 341 张，我大概过了一遍，全是这种内容，每张光盘里的女人都不一样，我也不是很确定，有好多女的一看就是整过容的，好像长得都差不多……"

杜城："都是被迷奸的？"

技侦员摇头："有的是这样的，还有很多是清醒的。"

杜城看着画面里梁毅的那张脸。

技侦员："还有，那些从梁毅家带回的病历，我也检查完了，是 346 份。估计跟这些光盘是对应的！"

杜城："346 份病历，341 张光盘？少了 5 张？"

杜城吃惊地看着技侦员。

蒋峰："那就简单了，一比对不就知道少了哪 5 个人吗？"

技侦员露出坏笑。

技侦员："那调查的事情，就由你们来接手了。"

10

夜色虽然已经降临，但分局很多窗口的灯都还亮着。

还有警车偶尔进出。

11

电脑屏幕上，是梁毅和一个女人的不可描述画面。

电脑屏幕前，杜城和蒋峰麻木地看着。

蒋峰："城队，我眼花……"

蒋峰一转头，杜城已经闭眼了，蒋峰无语。

杜城揉着太阳穴："头一回这么大剂量地看这些玩意儿！我也想吐。"

蒋峰："梁毅这审美还挺固定，我看这些姑娘长得都差不多……"

杜城："一共就那么几个模板，还都出自他的手，可不得一样吗？"

蒋峰："这孙子嗜好挺畜生的！没少祸害姑娘，真是死有余辜。"

蒋峰摁下暂停键，然后拿过那摞病历，一个个翻看着。

蒋峰："视频里的女孩都是整容后的，病历里都是整容前的，这怎么比对呀？"

杜城："你先都截图，明天找他们工作室的人辨认！"

蒋峰恍然，截图，然后退出光盘，放入另外一张，播放，找合适的画面截图。

12

一块有机玻璃的背板上面贴着各种和案子有关的信息，杜城正在跟大家介绍案情，张局和众同事散坐在周围。

杜城站在屏幕前。

杜城："以上就是目前掌握的医美工作室谋杀案的所有情况。"

张局点头沉吟，问杜城。

张局："当时没有人看见监控里出现过的女人吗？"

杜城摇摇头："我们问了大楼的保洁人员，她说她是8点到9点打扫的梁毅那层楼，没看见有人上来。之后她就去打扫其他楼层了。"

张局："没想到案情会这么复杂。"

杜城："梁毅长期利用工作便利迷奸病患、拍摄不雅视频，这可能是他被杀的主要原因。"

张局："拍摄不雅视频？"

杜城："在案发现场的一个隐藏房间里，我们查获341张梁毅和不同女性录制的淫秽光盘及346份病历，推测两者有对应关系……"

张局思索："如果对应关系成立，说明有5张光盘是下落不明的！"

杜城："对！这也能说明，凶手可能就在这5张光盘里！"

张局："那就抓紧把相关的5个人找出来！还有，你们从监控里找到的那个嫌疑人目前什么情况了？"

杜城："是个整容模板，一共几百个人选择了那个模板，只能慢慢查。"

张局："下一步工作怎么安排的？"

杜城："我们排查过梁毅的社会关系，没有新的发现，接下来还是得从光盘里找突破口。我们会去找报案人，梁毅的秘书，刘芸。"

13

沈翊看着面前的那个画像,再次对比观察着电脑上的图片里那个模糊且包裹严实的女人。

他手中的笔在纸上轻轻地点着,随着点击,纸上出现了一堆看起来毫无逻辑的黑点。

14

杜城:"你知道梁毅收藏这些淫秽光盘吗?"

刘芸:"我不知道,我真的不知道!"

杜城:"你是他的秘书,梁毅的所有行程、时间管理都由你负责。好几百个人呢,你不可能一点儿不知道吧?"

刘芸:"梁院长的私生活,我一直不敢涉及太多。您看,我是个外地来打工的,生存艰难。对老板的事情要是知道得多、干涉得多,饭碗就保不住了。再说,我们医美这行,知道得越少,信用就越好。"

杜城:"医美工作室和梁毅的家只有一墙之隔,录像中好几个背景都是梁毅家,你能毫无察觉?"

刘芸:"我知道院长会往家里带女人,但我从来没有见过。"

杜城:"你要想清楚,现在梁毅已经基本排除自杀,他的死亡很可能跟这些视频有直接关系。如果你知情不报,嫌疑可就大了。"

刘芸叹了口气:"这我当然清楚,警官,请您反过来想,假如我都知情,发现梁院长出事后,第一时间想到的就不是报案,而是销毁这些证据。"

杜城把一沓照片扔下,照片上都是视频中截取的女性面孔。

杜城:"有没有你见过的人?"

刘芸仔细看着照片。

刘芸:"我到这儿才两年……这几张好像有点儿印象。"

杜城:"这些都是在你们那儿做过整容手术的吧?"

刘芸逐张看着:"对,这些都是梁院长的直接客户,她们的病历都是由梁院长自己保存的……"

杜城:"你能帮我把这些照片和病历上的人一一对应吗?"

刘芸逐张看着面前的照片。

刘芸:"我试试,整容前后的差距都挺大的……这个我认识!"

刘芸拿着照片在病历里翻找着,然后把照片和其中的一份病历放在一起,继续看其他的。

15

杜城跟张局汇报着。

杜城:"按照目前的情况汇总分析,极有可能是梁毅用视频威胁这些女孩,把她们变成自己的泄欲工具,其中有人想摆脱这种威胁,所以才杀了他,拿走了那5张光盘!我觉得还是得从那些视频上想办法,先锁定缺失视频的5个人是谁……"

沈翊敲门:"张局,你找我?"

张局招呼沈翊坐下,杜城有些不自在。

杜城:"张局,我接着说。由于病历上的照片都是女孩整容前的样貌,而录像中的女孩都已经做完了整容手术,这给我们确定身份带来了困难。刘芸只能对上30多张,剩下的需要我们逐一排查……"

沈翊:"其实有更快的办法。"

杜城带着怒气看向沈翊。

张局:"说来听听。"

沈翊:"我们只要把视频中的脸都还原成整容前的样子就可以比对了。"

张局笑道:"我叫你来就是为这事!需要怎么配合你尽管说!"

沈翊:"我得去看那些视频,这样准确率会更高!"

杜城:"之前说好了,除了需要画像的时候,你不要再管这个案子。"

沈翊:"动态视频最好捕捉人脸的特征,我不认为这是我职责以外的事情。"

杜城:"我比你更清楚该怎么找到那个女人。"

沈翊:"你自己说过,没人分得清她们整容后的脸,但是我可以。"

杜城:"你……"

张局:"杜城!你们两个一起,尽快把那5个人给我找出来!"

杜城一愣："我都看过了……"

张局笑眯眯地看着杜城。

杜城："我去。"

杜城一脸生无可恋，沈翊平静如水。

16

屏幕反射的光照在杜城和沈翊脸上，忽明忽暗。偶尔有暧昧的喘息声从屏幕中传出。沈翊和杜城坐在一起看着那些视频。

杜城看着视频，对比病历，不停地变换坐姿。和沈翊共处一室，他感到烦躁又尴尬。

摞在屏幕下方的光盘还有半人高。

杜城倒吸一口气，每多看一眼，心中的烦躁就多一分。

沈翊脸色如常。他一边专注地看，一边用画笔不停地在手边的白纸上勾画着线条。

杜城摇摇头，又换了个姿势，面对视频。

沈翊手边已有几十张画纸，每一张上面都是非常凌乱的线条。

杜城："这随便划拉两道，别是偷工减料吧？"

沈翊："我的确偷工减料了，这341张脸我没有必要都画出来。只要画出那些恐惧和无助的就够了。你知道灵长类动物中，人类的眼白是最大的吗？"

杜城："这有什么关系？"

沈翊："人类是最先使用眼白表达情绪的，眼白的大小可以表达惊恐、愤怒、悲伤……我要抓住的不是那些相似的脸，而是不同的情绪。"

17

勾画着凌乱线条的画纸铺了一地。

沈翊跪在画纸上，如陷在线条迷宫之中。

画笔顺着线条走势，自然游走。

沈翊握着画纸起身，望向门外走廊两侧的玻璃。

他突然狡黠一笑。

18

李晗捧着资料步入走廊,突然怔住。

李晗:"哇哦——"

走廊两侧长长的玻璃上,无数张画,无数张不同的脸。

这些脸比病历上的脸更有生机,或惊恐,或无助,或无谓,或魅惑。

房间内,有人从另一侧玻璃往外探看,他的脸正好叠上肖像画上的脸。

杜城也走过来看着。

李晗:"沈老师太厉害了!画出了这么多!"

杜城:"谁知道画得对不对?"

沈翊:"应该没错。耳朵就像指纹。所有人的耳朵都是独一无二的,这是整容改变不了的特征。有了眼睛,有了耳朵,就可以画出她们整容前的样子。"

杜城转头,看到沈翊靠在画室门口,一脸的疲惫。

沈翊:"你拿着病历比对,就一目了然了。"

杜城:"还用你来教?"

沈翊笑:"当然,这种大海捞针的事就辛苦你了城队!我回去补觉!"

沈翊信步离开。

李晗目光追着沈翊的背影,亮着星星眼。

李晗:"太帅了。"

蒋峰飞快地戳了一下李晗:"你快别说话了!"

蒋峰和李晗小心翼翼地看着杜城。杜城冷哼一声,信步走开。

19

桥下的一条小路上,背着书包的沈翊蹬着单车轻快地驶来,拐进了一个幽静的小院。

20

沈翊倒在柔软的大床上。

这是一间经过改造的老房子,半跃层的结构很有设计感,整个空间看起来简单而温暖，阳光透过窗户落在他纤长的睫毛上。

窗外传来叽叽喳喳的鸟鸣声。沈翊揉了揉脖子，起身走到窗边。

画板槽上放着半块用来做橡皮擦的面包，他掰下来一块，捏碎放在窗台上。他抬起眼，玻璃窗上倒映出的小鸟似乎拍了拍翅膀。

沈翊笑了。

他走回床边，沉浸梦乡。

原来玻璃上映出的是沈翊画的鸟。栩栩如生，展翅欲飞。可窗台上的面包屑，怎么好像真的被啄走了呢？

21

一面镜子挂在走廊的墙面上。

镜子中，一抹衣着鲜丽的窈窕身姿掠过。

工作室内，沈翊听到脚步声，抬眼向窗外一望，正看到镜子中映出一张娇媚的脸。

沈翊出来，也想跟进询问室。

杜城将沈翊一挡。

杜城："下面的问答环节就不劳您大艺术家出手了。"

门在沈翊面前合上。

沈翊思索半秒，毫不在意地又回到画像室，再出来时，他拿着画夹和铅笔，拉出了一张椅子，坐在了正对询问室的门口，开始画起了肖像。

22

一身名贵套装的富婆抱着胳膊，神情高傲。

富婆："我一天天忙得要死，谁有空去那儿？哪天？那天早上，我去了郊区看一块地皮；中午赶飞机去外地，有个新能源电池的投资招标会非得让我去。晚上还有个酒会，那老板非得让我尝尝他自己酿的红酒。行程都在我助理那儿，尽管查。"

富婆一顿抱怨。

富婆："对了，我的那份录像在哪儿？我可以出钱买，多少钱都行。"

她的左手中指上戴着一枚闪亮的钻戒。

23

脸色苍白的女人（自杀女）蜷缩在椅子上。

自杀女："25 号那天……那天我在医院，你们可以去问医生。"

自杀女："你们怀疑我杀了他？"

自杀女惨笑，唰地拉起衣袖。

手腕上赫然留有三条触目惊心的刀疤。

自杀女："我要是能杀了他，还用这样对自己吗？"

24

网红烫着夸张的睫毛，余光一直瞄向手机。

网红："我每天直播都超过十个小时的，还要和粉丝互动，怎么出门？不信，你们可以去翻我的直播记录，顺便点个关注。"

网红做作地撩着一把长发。

网红："录像？生气？都是成年人，你情我愿的，手术费还给我免了，我为什么要生气？"

网红的指甲很长，涂着艳丽的芭比粉。

25

一个女设计师端坐着，淡漠而骄傲。

女设计师："我那晚在家画设计图，快到天亮才睡的……我一个人住的，怎么证明？监控算吗？……光盘？警官，可以不聊这事吗？……"

女设计师在笑，手指在桌上机械地画着圆。

红色的指甲衬得她的手更加白皙了。

26

这些女人走出来的时候，或是雀跃，或是平静。

这些表情和姿态都被沈翊捕获，逐渐在画纸上呈现。

女设计师走出询问室时，网红正缠着沈翊让他给自己画像。

网红："你会画像，给我画一张，我想做头像呢！"

女设计师好奇地走向沈翊，沈翊匆匆瞥向女设计师。

女设计师看着沈翊的画像，涂着红色指甲油的手拿起了一张图。

女设计师："画得真好。"

杜城皱着眉从询问室里走出。

杜城："我们在这儿上着班，你跑这儿来写生了？"

沈翊慢条斯理地收起画板。

沈翊："你察言，我观色。"

27

一位年轻的单亲妈妈被带进询问室，她路过时，沈翊观察到她的小拇指指甲非常短平。

沈翊继续画着素描。

李晗拎着一盒外卖走过来。

李晗："沈老师，快八点了，吃点东西吧。"

沈翊："谢谢，我不吃饭。"

沈翊自顾自地画着画，不理她。

李晗走过来看他画画。

李晗："前四个人要么是没作案时间，要么是没作案能力，难道就是这第五个？……"

沈翊头也不抬："第五个，也不是。"

李晗："你怎么知道？"

沈翊："我不是让你在墙对面给我装上镜子吗？她们往询问室走的时候，都要经过这面镜子。"

李晗猛地回头，透过窗户，清楚地看到对面墙上的那面镜子。

沈翊回想起刚刚走过的几个女人。

网红走过镜子，对着点了点红唇，嫣然一笑。

富婆走过镜子，斜了一眼，高傲地扬起下颌。

第二章

自杀女走过镜子，自卑地望了一眼，又垂下头继续往前走去。

女设计师走过镜子，匆匆一瞥，捋了捋自己的衣领。

单亲妈妈快步穿行，但走过镜子时还是回看一眼，整理碎发。

沈翊："花大价钱去梁毅那里整容的女人，一定很在意自己的脸，绝不会对镜子视而不见。"

沈翊起身，走到窗前，望着那面镜子。

沈翊："还记得梁毅公寓里的那面破镜子吗？打碎它的女人，一定带着对梁毅的强烈恨意，甚至无法忍受看到镜子里那张他创作的脸……"

沈翊想象着那天晚上的场景。

一个长着和塑胶模特一样完美却虚假面孔的女人，抓起一个物件，猛地丢出，将镜子击碎！

镜子碎了，映在镜面上的假面随之碎成无数片，变形、扭曲，幻化成一幅幅毕加索笔下的抽象人脸画像。

沈翊瞪大眼睛，盯着对面的镜子。

镜子中出现无数张扭曲的抽象人脸，如潮水般向他扑来。

沈翊："可是我看到，第一个女人在镜子里看见自己的脸很兴奋，第二个很得意，第三个胆怯而自卑，第四个，第五个……她们都不像是会对梁毅生起强烈杀意而且付诸行动的人。"

李晗似懂非懂地点头："哇，这个招儿好，沈老师真跟那些外国小说里的神探似的！既然她们都不是，而且她们跟您画的那个标准整容模板脸也不像，那就说明，还有第六个人。难道……是您画错了？"

沈翊视野中的人脸忽然破碎，他翻到自己画的整容模板脸，旁边画着一堆意义不明的黑点。

沈翊："不对。"

李晗："沈老师，您想到什么了？"

沈翊："无论什么样的脸，都像是极度精致巧妙的建筑。骨骼是它的钢筋砖石，肌肉脂肪是混凝土填充物，皮肤和五官轮廓就是墙面外观。没有一面墙能违背支撑它的钢筋框架而存在，因此，我们看到建筑物的外观就能推测它的内部框架结构；可是从这个女人的头骨和五官契合程度来看，她做过的整容项目太多了，五官已经跟骨骼相背离，就像一个建筑砸掉了承重墙、掰弯了横梁，还要违背物理学，不顾坍塌的危险，随心所欲——"

沈翊："我明白了。"

沈翊看着李晗："你163对吧？"

李晗有点蒙："啊？"

沈翊："42公斤？"

李晗狂点头："您猜得好准！"

沈翊："那你能帮我个忙吗？"

李晗诧异地看着沈翊。

28

李晗披着头发，脸上戴着一个和视频中那个女人一样的口罩，保持一种行走的姿势，一动不动，样子有些滑稽。

李晗："这样行吗？"

沈翊："可以！"

沈翊看了她一眼，又看了看面前电脑上的图片。

沈翊补了几笔，走到李晗身边，仔细观察着各个角度，然后又回到画架前忙碌着。

李晗："沈老师，之前你画的那个女人是有什么问题吗？"

沈翊："只要有轮廓，我就能先推测出脸型，然后根据三庭五眼十五格的划分反推五官的位置和基本大小，但画出准确的相貌还需要更多的信息。"

沈翊在有底纹的黑卡纸上飞快地点击着，全是一些莫名其妙没有逻辑的点。

李晗："这些是什么？"

沈翊吓了一跳，不知道李晗什么时候跑到了自己身后。

沈翊："这是人脸最主要的36个骨点。"

黑卡纸上的这些点变成了星星一样，然后沈翊用线条将它们连接起来。

沈翊思索着：骨点之间有必然的关联，就像星座一样，这36个骨点就是星星，把它们连起来，就可以推算出人的脸部结构……

沈翊继续勾勒着。

沈翊:"我之前根据她上半张脸的走向画出的脸,是她本该有的长相。但我总觉得很奇怪,有哪里对不上。那是因为,她毁容了!"

李晗吃惊地看着沈翊,指向他画出的那张整容模板脸。

李晗:"也就是说,您没有画错,按照脸的上半部分推测,她本就该长这样,但现在,她的下半张脸完全坍塌了!"

沈翊:"梁毅私存的病历里没有她,是因为他根本不想留存她的病历!她是第347个人!"

李晗:"也就是说,不是少了5张光盘,而是少了6张!但是因为没有对照病历,所以我们不知道!"

沈翊点头,继续画着。

李晗震惊:"沈老师,您现在是要画出她毁容后的样子吗?"

沈翊笑了:"还得麻烦你帮我了。"

29

窗外已经夜色朦胧了,办案中心还有同事在忙碌,杜城准备下楼,扭头看。远处沈翊工作室还亮着灯。

30

李晗已经站不住了,还在努力坚持着。

沈翊在画板上涂画着,不时看一眼电脑屏幕上的图片,再看一眼李晗,思索着。纸上勾画的图案已经依稀能看出一个女人的模样。

沈翊凑到李晗旁边,用手比画着鼻尖和下巴的关系,李晗配合着一动不动。

杜城:"你们干吗呢?"

李晗吓了一跳,扭头看,发现杜城正站在门口看着他们。

沈翊:"她在帮我完成那个女人的画像。"

李晗:"沈老师说那个女人被毁容了,不好画,以我作为参考,帮他排除不确定的骨骼类型。"

杜城:"毁容了?所以没有病历?"

李晗点头。

杜城思索片刻。

杜城冲李晗喊："你加班上瘾是吧？那些病历你整理完了吗？"

李晗："完了！"

杜城："再检查一遍！"

李晗无奈答应着，走了出去，沈翊了然地笑了笑，走回画板前继续。

杜城带着一点揶揄："画得出来吗？要真有难度你就直说，别死扛，不丢人！"

沈翊："能画出来。"

杜城："什么时候？"

沈翊："明天早上。"

杜城："那到时候要是画不出来……"

杜城看见画室里还未拆封的箱子。

杜城："我看这些东西你也别拿出来了，直接打包拿走吧。"

沈翊："所以，我要是画出来，以后这就是我的画室了。"

杜城敛起笑容："我拭目以待。"

杜城说完转身就走，沈翊继续画着。

31

大门口的一侧，杜城出来的时候，忍不住向上看了一眼，他望的方向，是沈翊画室的窗口。

空无一人的窗口，却隐隐浮现出昔日的影子。

年轻时的雷一斐和杜城在窗口谈笑，雷一斐拿着材料，拍了一下杜城的头，杜城不好意思地笑了，他的神情动作和如今的蒋峰十分相似。

杜城不易察觉地笑了。

何溶月从门口走来。

何溶月："这么开心，案子是有进展了吗？"

杜城嘴角的笑容消失了，何溶月顺着他的目光看了一眼沈翊的办公室，明白了。

何溶月："新来的画像师怎么样？他从整容后画到整容前，局里都传遍了。"

杜城："他们啊，就是对陌生神秘的东西盲目推崇。"

何溶月："你是因为雷队的案子才对他有意见吧，但你应该清楚，他也是被利用的……"

杜城："我知道，我只是过不去。"

何溶月："可我认识的杜城，不会总是怨天尤人。"

杜城无言，何溶月微微一笑，径自离开。

32

夜深了，沈翊还在画架前毫无倦态地坐着，一笔一笔勾勒着。

33

天已经亮了。

沈翊在画板上涂画了几笔，停下了，他看着画板上的画像。

画板上是一张五官都有些变形的女人的脸，眼中有恨。

沈翊缓缓地松了一口气。

沈翊："你终于出现了……"

34

沈翊拿着那张画像走过来，寻找杜城。

沈翊："杜城呢？"

李晗："核对病历上的其他人去了。"

李晗看到他拿着纸，惊喜。

李晗："画出来了？"

沈翊点点头，把画像交给李晗。

沈翊："帮我交给他，谢谢啊。"

李晗美滋滋地接过来："不客气！"

沈翊转身离开，李晗看着手里的画像，面有不忍地自言自语。

李晗："我的天，这张脸都经历了什么呀？"

沈翊走到办公室门口，撞上杜城。

沈翊笑："杜队长，人我画出来了，办公室我可以用了吗？"

杜城走过去拿过李晗手里的画。

杜城:"别扯闲篇儿,蒋峰,走,去找刘芸确认。"

35

一个女人走进了大楼。

36

戴着口罩的范若瑄被带到询问室里坐下。

闫谈声:"麻烦你把口罩取掉行吗?"

范若瑄:"可以不取吗?"

闫谈声静静地看着范若瑄,眼神颇有压迫性。

范若瑄纠结一番后缓缓取掉了自己的口罩,露出一张丑陋变形的脸。

37

蒋峰一惊,看向杜城。

杜城手边,是沈翊画的范若瑄的画像,竟然全对上了。

蒋峰:"戴着口罩还能画这么像,这也太神了吧?"

杜城回想起他叫沈翊画当年那个女人。

沈翊的手里握着笔,但面前的纸上空白一片,杜城冷冷地看着他。

沈翊放下笔:"我画不出来!"

杜城:"为什么?"

沈翊沉默。

杜城:"说!"

沈翊:"我想不起来。"

杜城看着询问室里的范若瑄,脸色铁青:"她果然有问题!"

蒋峰诧异地看着杜城。

蒋峰:"这女的?"

杜城没理他,看着监控。

38

闫谈声淡定地吹着杯中的茶叶。

闫谈声:"前几天你是不是找过梁毅?"

范若瑄沉默。

闫谈声:"你要知道,我们不会平白无故把你叫到公安局的……"

范若瑄沉默少顷。

范若瑄:"我确实去找过他。"

39

案发当天晚上,戴着口罩的范若瑄走过公寓大堂,走进电梯。

40

范若瑄从电梯出来,走到门口摁响门铃。

梁毅开门,瞧见范若瑄,一怔,细看几眼,认出了那双眼睛。

梁毅:"是你啊。"

41

范若瑄站在客厅里,梁毅走到吧台去倒酒。

梁毅:"听说,你还去姓周的医院里看了?"

范若瑄:"周院长说了,你用的那种填充材料根本没到临床阶段,你是拿我的脸做试验!"

梁毅无所谓地耸肩。

梁毅:"然后呢?"

范若瑄:"周院长说可以帮我做修复手术,这笔钱得你来出!"

梁毅笑了:"你啊,丑就算了,还蠢!给你钱有什么用?你以为姓周的真能帮得了你吗?你这样子,放在哪个医生眼里,不是一只大肥羊?"

范若瑄:"他说能修复的!"

梁毅猛地伸手抓住范若瑄的头发,范若瑄左手挣扎着,被硬拖到镜子前,梁毅扯下她的口罩。

梁毅:"修?你这张脸早就没救了。认命吧!没有脸,也是能活的。"

范若瑄挣扎着。

范若瑄:"我、我要去告你!"

梁毅:"告我?"

梁毅阴笑,伸手去按《戴珍珠耳环的少女》上的那颗"珍珠"。

密室打开。

梁毅抓起范若瑄的胳膊,将她硬拖进密室。

"你不是想变美吗?——我这就给你看看你有多美!"

42

密室的屏幕上播放着不堪入目的视频,视频中的女人转过脸,赫然是还未完全毁容时的范若瑄!

范若瑄惊叫一声,捂住了脸。

梁毅硬生生地把范若瑄的手掰下来。

梁毅:"看,快看啊,脸毁了不要紧,你的腰多美啊,你的腿,你的脚,你的手,最美……"

范若瑄浑身僵硬,爆发出一声瘆人的哭叫。

43

听到这些,询问室里闫谈声的语气平缓得简直和刚才不像同一个人。

闫谈声:"这么说,你之前并不知道,梁毅录过你的视频?"

范若瑄:"那天晚上,是他把我叫过去谈判的。现在想来,他早就想好了怎么要挟我,逼我放弃起诉他。"

闫谈声:"你是什么时候被他……被他偷录的?"

范若瑄:"我第一次做鼻子手术之前。面诊后,他把我叫到他的公寓里,说我之前的手术很成功,是他完成的最好的眼部手术,所以他希望我成为工作室的广告模特。我拒绝了,出于情面,陪他喝了杯红酒,然后迷迷糊糊地就……事后,他向我道歉,说只是因为太喜欢我……作为补偿,他会免费为我做手术。无论什么项目,无论多少次,他都……只有那一次!一定就是那一次。"

44

几年前。

梁毅与范若瑄碰杯后喝下红酒,看着她露出意味深长的笑容。不久,范若瑄的意识开始模糊。梁毅放下酒杯,走到范若瑄面前。

45

听着范若瑄的话,蒋峰转向杜城。

蒋峰:"被梁毅用视频威胁,所以铤而走险杀了梁毅……是吧城队?"

杜城没回答,铁青着一张脸看着范若瑄。

46

闫谈声:"所以,你才会整容上瘾,不停地让他为你免费手术?"

范若瑄:"不是!每次都是他劝我的,他告诉我,只要一个很小的手术,我就会更美……不,是更完美!他太会蛊惑人心了……开始时,我是为了变美做手术,后来,就是不停地修补,直到连修补也修补不了!"

47

她陷入痛苦的回忆——

范若瑄打开脸部的纱布,看着镜子,露出一双好看的眼睛。

范若瑄躺在手术台上。

范若瑄坐在镜子前,打开脸部的纱布,鼻子看着有些异样。她脸上露出失望的表情。

范若瑄再次躺在手术台上。

范若瑄最后一次坐在镜子前,打开脸部的纱布,看着镜子里面的自己,露出惊恐绝望的眼神。

48

范若瑄:"我见了周院长才知道,梁毅把我的脸当作试验品,把没有把握的技术先用在我的脸上……从偷录视频开始,他就早有预谋,他是故意毁掉我的!"

闫谈声:"然后,你就干脆杀了他?"

范若瑄吃惊地摇头:"我没有!……我想过,但不敢。"

49

还是那天晚上。梁毅坐在沙发上喝酒。

梁毅:"……所以,只要你乖乖的,我保证没人会看到这些视频!"

范若瑄看着梁毅的背影,眼神绝望,她的手慢慢拿起一个雕塑摆件。

梁毅:"好了,你可以走了……"

范若瑄缓缓拿起雕塑摆件,慢慢地走向梁毅。

梁毅回头看到范若瑄,明白了她的目的,一脸不屑。

梁毅:"想杀我?你敢吗?"

范若瑄痛苦地握着雕塑摆件,却没有举起来的勇气。

梁毅笑着转身走进卧室,偌大的客厅只剩下范若瑄。她看见镜中的自己,流出泪来,终于发狠,举起雕塑摆件砸向镜子。

映在镜面上的脸碎成无数片。

梁毅忽然转头,把手机一晃,对着范若瑄得意一笑:"瞧瞧,你们这些女人啊!"

他走到门前,打开门,轻蔑地一努嘴:"我还有客人,不留你了。"

范若瑄木偶般走到门口。

梁毅:"等等!"

范若瑄不由一颤,梁毅从地上捡起口罩,戴在范若瑄的脸上,声音温柔。

梁毅:"这么晚了,别吓着谁。"

50

闫谈声:"你是说,梁毅赶走了你,因为他当晚另有约会?"

范若瑄:"肯定是个女人,而且应该马上就要到了。他让我戴上口罩再走,一定是怕那个女人看到我。"

闫谈声:"可大堂的监控显示,25 号 21 点 25 分,你在梁毅的公寓待了将近 4 个小时……"

范若瑄倏地抬头。

范若瑄激动地拍桌起身:"9 点半?不可能!我是 8 点多来的!而且梁毅很快就将我赶走了,说他还有客人!我不到 9 点就走了!"

闫谈声:"谁能证明你说的?"

范若瑄惊慌不已,仔细回想着。

范若瑄突然大喊:"我想起来了,有个保洁员!"

51

范若瑄走出梁毅家,眼泪无法抑制地涌出,她钻进了楼梯间。

52

范若瑄坐在楼梯间哭泣。

楼梯间的门突然开了,范若瑄一惊,只隐约看见她的裤子是保洁服,来不及擦干眼泪,就赶紧低下头。

保洁员:"姑娘,你走吧,我不看。"

保洁员(王秀莲)转过身。

范若瑄戴好口罩,匆匆离开楼梯间……

53

范若瑄:"她说姑娘,你走吧,我不看。虽然不知道为什么,但我很感激她,能留给我最后的尊严。"

54

观察室里,沈翊思索着。

沈翊:"保洁员不是说过吗?当天晚上不到 9 点那会儿,那层没有人。"

杜城惊觉!

杜城:"叫公寓的保洁员王秀莲来一趟!"

55

王秀莲是个40来岁的妇女,坐在杜城对面,眼神躲闪着。

杜城:"我当时问你有没有见过谁来找梁毅。你说你8点到9点期间打扫了60层,没看见有人来过,是不是?"

王秀莲怯生生地点点头。

王秀莲:"是。"

杜城:"真的?"

杜城两只手撑在桌面上,身子前倾,给人以压迫感。

王秀莲:"我们有个值班签到表,我是8点45到9点10分打扫的60层,不信,您可以去查。"

桌面上放置的是那本登记簿。

杜城:"你要知道,如果故意做伪证、干扰办案,就是3年有期徒刑,情节严重的,可是7年。"

王秀莲绞着手,欲言又止。

王秀莲:"我就是平头老百姓,不想被扯到杀人案里头。您是警察,是文化人,懂得多,我没文化、没本事,说错话了,丢了工作,谁管我?"

杜城:"没人会让你丢工作,你要是不照实说,就是包庇罪犯!"

王秀莲慌张:"警察同志,我、我都跟您说了吧!你不知道,那男的穿得人模狗样的,真是坏透了,我老看到有年轻闺女从他屋出来,哭得可让人心疼了,我看不得这个,就转过头去不看她们。那男的还总跟我耍流氓,说什么改变命运的话,我一听就瞎扯,没理他。"

杜城打断:"所以25号那晚,你看到了有女人从梁毅公寓里出来?"

王秀莲点头。

杜城:"看到了,为什么不说?"

沈翊:"为什么要说谎?她是你的亲人吗?"

沈翊平静地望着王秀莲。

王秀莲:"她那样,看着太可怜了,我就想,替她遮一下……"

56

案发当晚,王秀莲把60层打扫干净,收起抹布和拖把,打算到楼梯间去。

她刚拉开楼梯间的门,就听见一声哀怨的啜泣。

哭泣的范若瑄回过头,正对上王秀莲的眼睛。王秀莲一看她衣衫不整,长发凌乱,心里便清楚了个大概。

又是个被梁毅糟蹋的女孩!

王秀莲心疼,赶紧背过身去:"姑娘,你走吧,我不看。"

在她身后,狼狈的范若瑄匆匆离去。

听着她的脚步声逐渐消失,王秀莲深深地叹了口气。

57

杜城:"你当时跟她说的什么?"

王秀莲思索着:"我说,姑娘,你走吧,我不看。"

58

杜城和闫谈声低声说着。

闫谈声:"跟范若瑄说的对上了。还有几个小问题,我反复问了她三四遍,每次的回答基本吻合。通常来说,在犯罪之后,嫌疑人往往会反复修正自己的口供,在某些可以证罪的关键性问题上出现刻板的绝对一致,但在很多小细节上,却通常前后矛盾,难以自洽,范若瑄没有这种情况,以我的经验,她作伪的可能性很小……"

杜城思索。

杜城:"那就只有一个可能!监控被人做了手脚……"

59

保安经理翻看着值班记录。

保安经理:"25号值班的是刘连明,昨天刚办离职……"

杜城："他住哪儿？"

保安经理："他自己在外边租的房，这人不太合群，爱喝酒……"

60

两侧都是林立的自建房，杜城和蒋峰快步走着。

蒋峰："有 3 个小时的内容被整个替换了，难怪技侦那边检查不出来……"

杜城："现在明白为什么外边的监控什么都查不到了，你回头把周边监控 8 点左右的内容再查一遍！"

两人说着走进一栋自建房。

61

狭窄的走廊中，两人快步走到一扇门前，敲门。

蒋峰："刘连明！刘连明！"

无人回应，蒋峰加重了敲门的力度。

杜城有些不安，直接抬脚把门踹开。

62

屋子里稍有杂乱，木板桌上歪七扭八地倒放着白酒瓶和酒杯。

杜城和蒋峰走进来，愣住了。

一个男人趴伏在地上，杜城疾步上前，先摸刘连明的颈部动脉，随即翻开其眼皮检查瞳孔。

蒋峰急忙掏出手机。

蒋峰："120——"

杜城："通知法医吧，人死了……"

第三章

1

沈翊正在等电梯,电梯铃声一响,门打开,杜城站在里面。

正要向里走的沈翊顿住。

沈翊:"早,城队。"

沈翊站在原地,没有上电梯的意思。

一只手伸了出来,拽住沈翊的领子,把他拉进了电梯。

电梯一层层往上,两人在狭窄的空间里沉默着。

杜城突然开口。

杜城:"你画的那张脸,很像。"

沈翊微微侧头。

沈翊:"谢谢。"

杜城:"一个口罩捂住大半张脸的毁容女人,你都画得出来。可当年找你画雷队的那个女人,只是戴了个墨镜,你七年都画不出来?到底是你不能画,还是你不想画?"

"叮",电梯门开,沈翊就像没有听见杜城的问题一样,直接走出电梯。

杜城留在原地,一脸铁青。

2

尸检台上,刘连明的尸体静静地躺着,何溶月熟练地进行尸检。

沈翊走进来,走到尸体前,静静地看着刘连明的脸,何溶月看了他一眼。

何溶月:"对死人的脸也感兴趣?"

沈翊摇了摇头。

沈翊："人只有活着才会有各种让人着迷的表情。人死如灯灭，只有皮囊的话，人脸也就变得索然无味了。"

何溶月："这个我不赞同，死去的人也是有表达的，很多时候，这种表达比活人更可信。"

杜城出现在尸检室门口，看到两人在一起聊天有些不爽。

杜城："结果出来了吗？"

何溶月："跟梁毅死因一样，氰化物中毒，氰化物下在了酒里。"

杜城："果然和我猜的一样。酒杯上干干净净，刘连明的痕迹也没有，应该是有人把毒下在酒里，让刘连明喝下去，再擦去痕迹。"

沈翊："先杀梁毅，串通刘连明修改监控，再灭刘连明的口，这个凶手，心真狠。"

杜城："听你语气，好像很欣赏？"

沈翊："阐述客观事实而已，她不仅心狠，而且聪明。"

助理走进来。

助理："何法医，您看看这个，酒里化验出一块沉淀物。"

何溶月接过。

何溶月："邻苯二甲酸酯？"

杜城："是什么？"

何溶月："增塑剂，在香水、洗发液、指甲油里都有。"

沈翊凑过来一起看，照片里是一块小小的红色碎片。

沈翊思索着，似乎突然意识到了什么。

沈翊："我知道了！"

沈翊快步走了出去，剩下杜城和何溶月一头雾水。

3

沈翊在电脑上操作着，屏幕上是当时六个女人被询问的画面。

沈翊仔细地观察着每一个女人的手。

富婆戴着钻戒的手。

网红芭比粉的指甲。

自杀女素白的手，手腕上布满伤痕。

女设计师厚厚的红指甲。

单亲妈妈小拇指指甲非常短平。

范若瑄纠结的手。

沈翊将这些手的画面一个个定格放大。

杜城走进来，诧异地看着沈翊。

沈翊的脸上有些兴奋。

沈翊："凶手，是她。"

杜城吃惊地看着沈翊，然后看向电脑屏幕上的那一双手，涂着猩红的指甲油，显得魅惑妖冶。

4

杜城开车，沈翊坐在副驾驶的位置上。

杜城："你能确定吗？"

沈翊："看视频的时候我就发现了，那些女孩的手都很好看，范若瑄也说了，梁毅觉得她最美的就是手。梁毅动的是脸，但是他最爱的却是女人的手。对于有这种嗜好的人，在指甲上藏毒是最好的下毒方式。"

杜城："刘连明呢？他对手可没有爱好吧。"

沈翊："不爱手，却好酒。"

杜城眼睛转了转，已然明了。

杜城："氰化物溶于水，只要把药粉放在指甲上，趁端酒时就可以投毒。凶手先杀梁毅，刘连明作为同谋一定有警惕心，可这一招防不胜防。沈翊，你……"

沈翊在副驾驶上像被人一棍子敲昏一样睡过去了。他有一上车就睡觉的习惯，只要车子发动起来，睡意就如潮水般袭来。

杜城："喂，我跟你说话呢！"

沈翊睡得很沉。

杜城心中暗骂。

杜城："……太嚣张了。"

车飞驰而去。

5

车子急停。

沈翊差点磕到头，惊醒过来。他睁开惺忪的眼，看向杜城。

杜城是故意急刹车的。

沈翊："不好意思，我上车就控制不住想睡。"

杜城："精神点儿，有点儿警察的样子。"

杜城没好气地下车了。

沈翊刚刚从睡意中醒过神儿，慢慢下车，跟上杜城的步子，走进公寓。

6

手按响门铃。

少顷，门开，露出女设计师蒋歌的脸。

杜城："蒋小姐，又见面了……"

蒋歌笑了笑："杜警官，有什么事吗？"

杜城："能进去聊吗？"

蒋歌笑："当然！"

她侧身让杜城和沈翊进门。

7

客厅展示墙上有一连排获奖的设计作品图。

沈翊久久停驻在其中一幅图前。

图上的简洁线条勾勒出立体复杂的空间迷宫。他的视线随着线条指引的方向穿梭，看到角落处有一个正在仰头张望的女孩。

杜城坐在沙发上，看向桌子上的照片，照片上的蒋歌明艳动人，手上的红指甲似在闪光。

杜城："蒋小姐，你平时很爱做美甲？"

蒋歌在给他们倒水，远远地回应。

蒋歌："没办法，我有很多女客户，想快速地拉近距离，美甲就是话题。"

蒋歌轻轻地把两杯水放在杜城面前，然后坐到旁边。

杜城瞥一眼蒋歌的手，指甲上干干净净。

杜城笑了笑："今天怎么没涂？"

蒋歌："没心情。"

杜城轻咳，示意沈翊，沈翊不理会，仍站在墙前看设计图。

蒋歌笑看杜城："……两位今天过来，应该不只是为了跟我了解美甲吧？"

杜城："哈哈，我们哪懂这些。确实有一点小事情需要麻烦您。还是上次的案子，您上次说您整晚都在家，而且家里面还有监控录像可以证明，对吧？"

蒋歌点点头。

杜城："那能不能麻烦蒋小姐把家里的监控录像提交给我们回去做一个例行调查？"

蒋歌："嫌疑人还没有抓到？"

杜城："还在调查中。"

蒋歌从监控设备上取下录像硬盘，交给杜城。

杜城："感谢您的配合，我们先告辞了。"

杜城张望，寻找沈翊的身影，沈翊仍驻足在墙上的设计图前。

杜城冲着沈翊喊："走了。"

8

杜城和沈翊走出了蒋歌家，杜城气不打一处来。

杜城："是你说的蒋歌有嫌疑，到了这儿，你又一句话不说！"

沈翊："她的指甲剪短了。"

杜城忽然反应过来。

9

李晗坐在屏幕前，在调看案发当晚蒋歌家的监控视频。

视频中，蒋歌全神贯注于设计图上。

李晗加快速度，一直将视频拉至3点，蒋歌仍坐在设计桌前。

10

杜城:"视频有剪接吗?"

李晗:"技术上检查不出来。"

杜城:"如果确实是蒋歌作案的话,那么她家里的监控有可能跟之前的大堂监控一样,被替换了。"

沈翊端着手机,专心地打量着视频里的内容,思考了片刻。

沈翊:"李晗,你帮我查一下北江市区最近一个月的天气情况。另外,我们能否调取几份蒋歌住宅附近的室内监控?"

沈翊再次播放了一遍从蒋歌家带回来的监控录像。杜城突然凑到跟前,摁了一下暂停。沈翊给他让开位置。杜城盯着监控中的一角。这个时刻的监控中并没有蒋歌的身影。

杜城:"人虽然不在监控里,镜子却还在监视着。"

杜城继续播放,画面中镜子里面折射出只露出部分身体的蒋歌。杜城只能看到她坐在某个位置上似乎在做着什么,但是别的实在看不太出来。

沈翊:"她在化妆,那是她家化妆台的位置。"

杜城回头看了沈翊一眼,重新回看监控。两个人就这样静默地盯着播放着的监控。

沈翊:"作为一个连杀两人的嫌犯,还能花这么长时间化妆,看来蒋歌还是很迷恋自己这张新面孔啊。"

11

李晗的信息发了过来。

李晗:"城队、沈老师,这是我们调取的蒋歌住宅小区附近的公共空间室内监控,还有近一个月北江市区的天气情况。"

12

沈翊逐个翻看,露出了然的笑容。

沈翊:"蒋歌确实制造了一个不错的谎言,可惜,光线不会说谎。"

13

　　李晗同时打开了几份监控录像，跟蒋歌家的监控录像进行对比。李晗突然明白了，有点小激动。

　　李晗："同一时段阳台无遮挡的白天录像，蒋歌的录像显然明亮很多。其他的几份录像都偏暗！"

14

　　同一时间，杜城也明白了过来。

　　杜城："这些天连续都是阴雨天，只有一周前天气才是非常晴朗的。整份监控录像都是伪造的！"

15

　　杜城拉开车门下车，车门外，技侦队已经到位，蒋峰下车。

　　蒋峰："城队，什么指示？"

　　杜城："抓人！"

16

　　蒋歌正在收拾东西，准备离开家，打开门，发现杜城站在门外。

　　客厅里，痕检员戴着口罩、手套，跪在蒋歌公寓的地板上，正在进行地毯式搜索。

　　洗浴间里，蒋峰同样全副武装，小心翼翼翻开马桶旁的垃圾盒，用镊子一件件翻看里面的物品。

　　杜城走进来。

　　杜城："怎么样？有什么发现吗？"

　　蒋峰摇了摇头。

　　杜城："再仔细一点，凡有接触，必留痕迹。"

　　客厅里，杜城慢慢揭开了茶几前的地毯，伏在地上，一寸寸地寻找。许久之后还是没有收获。终于，杜城像是想起了什么，走到了化妆台前，开始仔细地检查起来。

过了许久，杜城的眼睛亮了。他捏紧镊子，自化妆凳脚的缝隙里极度小心地扒出一些细碎的残留物。

17

何溶月从塑胶袋中小心翼翼地取出粉末颗粒，将其放进一支注满溶液的试管，接着又将试管放进测试仪器。

18

沈翊打开素描簿，掏出笔，对着监控器上的蒋歌开始动笔。

19

蒋歌一脸无谓，悠闲地玩着自己的指甲。

杜城和李晗在审讯室中，面对蒋歌。

杜城："姓名？"

蒋歌："蒋歌。"

杜城："年龄？"

蒋歌："34岁。"

杜城："职业？"

蒋歌："逸飞建筑设计工作室总监。"

杜城："知道为什么叫你来吗？"

蒋歌："是为了梁毅的案子吧，可是能说的我都说了。"

杜城："所以不能说的，你也不肯说了是吗？"

蒋歌："我不知道你是什么意思？按道理，我才是受害人吧？梁毅生前，我被他用那些录像勒索，他死了，我为什么还不能过平静的生活？"

杜城："有句话，我替你说了吧，梁毅该死！"

蒋歌抬眸。

杜城："可我想知道，刘连明又为什么死？"

蒋歌："刘连明是谁？"

杜城拿出了五张照片，摆在蒋歌的面前。

杜城："这里面有他。"

蒋歌："我不认识他们。"

20

沈翊透过玻璃静静地看着蒋歌，笑了。

沈翊："她认识刘连明。"

蒋峰："你怎么知道？"

沈翊："人的视线，总是会不受控制地被自己熟悉的事物引导。"

21

杜城胸有成竹地双手抱怀，靠在椅背上。

杜城："这是你们楼的保安，你就不觉得眼熟？"

蒋歌："人一生见过的脸有几千张，大多数不都是过眼云烟吗？"

杜城："可是他为了你替换监控，为你制造了不在场证明。"

22

刘连明笑着将其他保安送出了监控室，而后火速关上了门。

刘连明打开监控，调出大堂的录像。

杜城："26号上午，刘连明就来到监控室'值班'。他调出25号那天范若瑄上电梯的录像，替换了更晚一点你进门的录像。这样聪明的方案，应该是你教给他的。可他并没有完全听你的话——他没有毁掉那一晚的监控录像，而是把它存到了自己的手机里。"

刘连明握着鼠标的手犹豫了一下，将那份监控录像存到了桌子上自己的手机里。

23

杜城："刘连明拿着真监控向你勒索，你一不做，二不休，就杀了刘连明，删了监控备份，对不对？"

蒋歌："这依然是你们的推理，你们怎么证明我杀了刘连明？你们的证据不充分。"

杜城："说得对。证据链确实应该环环相扣，缺了压轴戏，那可不精彩。在刘连明的电脑上没有找到视频，但我们追踪到他死前曾经给自己的邮箱发过一封邮件，邮件被删掉了，不过从服务器中恢复只是时间问题。"

蒋歌紧张地攥起了拳头。

杜城："你的指甲比我上次见到你的时候要短。"

蒋歌："我修过。"

杜城："这就是我的第二个证据。"

杜城将一份文件抛了出去。蒋歌打开，第一页赫然是一张指甲碎屑的照片，顿时脸色变了。

杜城打开门，从门外接过一个报告。

杜城："我在你家的地毯里发现一小块指甲碎片，作为证据拿回来化验了。"

杜城把报告放在了蒋歌面前。

杜城："我知道你现在还有顾虑，可以理解，走到今天这一步，你经历了很多屈辱，但你还很年轻，才华横溢，没必要为一个禽兽不如的家伙搭上自己的一生。"

蒋歌颤抖起来。

杜城："你在我翻开这个鉴定报告之前开口，会是一个结果，但我翻开之后，你再想说，就是另外一个结果了。"

杜城按着鉴定报告，默数，三，二，一……

就在他要翻开的时候，蒋歌啪的一下按住了他的手。

蒋歌抬眸，倔强的眼中蓄满泪水。

蒋歌惨笑："当我被梁毅侮辱的时候，你们为什么不出现？在我被刘连明勒索的时候，你们又在哪里？现在我要自由了，你们从天而降？"

24

蒋歌："你相信吗？梁毅这种依靠为女人制作面具谋生的人，最迷恋的居然

第三章

是女人的手。脸可以改，甚至性别都可以改，只有手无法后天矫饰。呵，真讽刺啊。"

一双洁白修长的手沐浴在灯光下。蒋歌拈起指甲油，为秀美的指甲涂上一层殷红。

涂上红色指甲油，是她为自己设置的"保护层"，为了隔绝氰化钾药粉，不让它接触到皮肤。

随后，她打开梳妆台里的抽屉，取出一个小瓶。她拿出一只干净的镊子，取出氰化钾结晶，切下一小块，粘在了红指甲上，看起来只是一块小小的装饰。

蒋歌举起她的手，灯光下，纤纤指尖鲜红欲滴，好像染的是血！

在红指甲的映衬下，她的笑容越发惨白。

25

梁毅打开门，门外是一脸妩媚笑容的蒋歌。

梁毅："非要现在见面，怎么了？想我了？"

梁毅伸手欲拥抱蒋歌，蒋歌强忍着，轻轻将他推开，走进公寓，关紧房门。

蒋歌："梁院长现在这样抢手，不预约，就见不了了？"

梁毅欲将蒋歌压倒在沙发上。蒋歌轻盈地躲开。

梁毅打开了音响，转回头，见蒋歌手晃酒杯，罗衣半解。

梁毅一笑，走到沙发前，握着蒋歌的手将酒送入自己口中，又轻轻舔舐纤美的手指……

梁毅的脸色变了，大张着嘴，双手扼喉，酒杯滚落在沙发前的地毯上。他转身想要离开，没走两步就倒下了，碰到了架子，一个水晶奖杯从上面落下，砸碎了客厅内的鱼缸。梁毅趴伏在地上。

蒋歌站在沙发前，冷冷地看着他从挣扎到气绝。

蒋歌不想再看他一眼，跨过他的尸体，走到油画前，触动机关，密室打开。

26

杜城："几乎是个完美犯罪！可我好奇一点，为什么只拿走了6张光盘？"

蒋歌："当时我很慌张，我只知道我那张光盘大概的位置，只能多拿几张！那几张光盘我全毁了。剩下的那些，我相信你们也不会流传出去吧。那些无辜的女孩再也不用担心受人威胁，可以安心地过她们想要的生活了。"

杜城看着蒋歌，没想到她还有这样的考虑。

杜城："那你呢？"

蒋歌："我？我再也不可能实现自己的梦想了……"

27

年轻的蒋歌在灯下聚精会神地修改着设计方案。

一根根线条，在素白无华的双手下诞生、流转，优美得像是"凝固的交响乐"。

修改完成了。蒋歌抬起头，疲惫地长舒了一口气。灯光照耀着她的脸。

此时的蒋歌虽然没有整过容，但她平淡、疲惫的脸却格外干净而舒展。

28

蒋歌："我所在的这个行业里男性一直占据着绝对优势，甲方第一眼看到的就是男设计师，他们更信赖男人。而我，一个长相普通的女人，永远淹没在人堆里，就像有一层厚厚的天花板挡住了我往上的路。"

> 蒋歌抱着设计文案坐在人群中。她是在场唯一的女设计师。
>
> 一设计师在台上展示自己的设计作品，蒋歌在台下仰望着，期待着轮到自己。
>
> 蒋歌等了又等，身边的设计师一个个被叫起。
>
> 几轮过后，评选方已经和其中一位男设计师握手。
>
> 散场了，只留蒋歌一人失落地坐在位置上，紧紧抱着设计方案。

蒋歌："这种事一直在发生。以前我总以为，只要自己足够优秀就可以成功，可是这个世界，对优秀女人的定义太过苛刻了。如果想要在竞争激烈的市场中脱颖而出，我必须做出改变。机会是有限的，我要跟那么多男人抢一个机会，如果我没有第一眼就被人看到，机会就会被抢走。所以，我发誓一定要做最突出的存在，站在第一顺位上。性别突破不了的天花板，我要用美来突破！"

29

一墙的美女经典肖像油画。

蒋歌仰视着，眼中闪动着渴望。

梁毅附在蒋歌耳边，轻声诱惑。

梁毅："相信我，只要闭上眼睛睡一觉，醒来，你就可以变得跟她们一样美……"

30

雪亮的无影灯亮起。

脸上画满线条的蒋歌缓缓闭上了眼睛。

穿手术服的梁毅拿起手术刀，望着沉睡中的蒋歌，缓缓下手。

雪亮的灯光下，蒋歌原本的脸消失在光晕里。

31

梁毅将镜子举到蒋歌面前。

蒋歌缓缓睁开眼睛，看到了镜中的自己。

她极度惊喜地笑了。

此时的蒋歌已激动得说不出话来，而梁毅盯着她的脸，笑容中暗藏阴冷与贪婪。

32

杜城："然后，梁毅就像对别的姑娘那样，趁机给你下药。"

蒋歌凄然一笑："你错了。我才是第一个受害者。那间罪恶的密室，就是我设计的。"

33

蒋歌挂上了那幅《戴珍珠耳环的少女》。

蒋歌按了一下"珍珠"上的感应开关，密室的门缓缓打开。

她转回身，对着梁毅得意地一笑。

梁毅满脸赞叹："太完美了！天衣无缝的设计。蒋小姐，看来我欠了您一大笔设计费。"

蒋歌："梁院长说笑了。您不是也免去了我的手术费用吗？"

梁毅拿出一瓶红酒，倒了两杯，递给蒋歌一杯，走到密室中，满意地环顾四周。

蒋歌有些好奇："梁院长，我能否问问，您为什么要在豪华公寓里设计这样的秘密隔间呢？"

梁毅："在我很小的时候，有些荒唐的梦想；现在长大了，需要一个不受打扰的地方，来做做白日梦。蒋小姐，您就没有梦想吗？"

蒋歌眼底闪动着憧憬："有。我要成为第二个贝聿铭。"

梁毅举起酒杯："祝我们的梦想成真。"

蒋歌不疑有他，将杯中酒饮下。

梁毅只是盯着她，始终没有喝他手中的那杯酒。

当蒋歌察觉不对时，视线中梁毅的脸迅速模糊了……

34

杜城："为什么当时不报警？"

蒋歌："你知道，最近网络上有个 IT 编程员，设计出一个 App，起名叫作'原谅宝'吗？只要输入女性的照片，就能调看网络上是否有她的暴露视频。那个编程员说，设计'原谅宝'是为了搜索'外围女'，可那些视频里，有多少女孩子是和我一样被偷拍、被强奸的？"

第一次，杜城发现她美丽的眼睛在竭力忍泪。

蒋歌："法律会严惩强奸犯，可这世上永远有无数个'原谅宝'，无数个梁毅，把被欺骗和侮辱的女性打上荡妇的标签，一边窥视她的肉身，一边咒骂唾弃她的灵魂。梁毅可是一条毒蛇。我怎么敢报警？等你们来的时候，录像早就被传得到处都是了，你们能把他关进监狱，我的事业也全都毁了。我还有未来，即使千疮百孔地走下去，我也绝不止步于此。"

杜城："所以，你宁肯继续忍受梁毅的侵害，哪怕明知还会有新的受害者？"

蒋歌："我承认，我是他的帮凶。这五六年，他玩弄我、侮辱我，还要我不断介绍新的客户给他……可笑的是，有时我还会感激他。"

蒋歌指着自己的脸："他毕竟给了我这张脸。我靠着这张脸崭露头角，名利双收，搬进了高档公寓……可我得到的越多，就越害怕失去，越没有反抗他的念头。"

杜城："那后来你为什么又要杀了他？"

蒋歌眯眼，脸上尽是狠决之色。

35

梁毅："你想离开北江？"

蒋歌："这个机会对我很重要，我已经拿下了项目，要去上海发展，你想要多少钱，开个价吧。"

梁毅："发展？我看你是想跑吧。"

蒋歌："梁毅，我给你的已经足够多了！"

梁毅伸手给了蒋歌一个耳光。

梁毅指着蒋歌的脸："别动，我再打一巴掌，这脸就坏了。"

蒋歌看着梁毅，眼中是怨恨和怒火。

梁毅："你现在是北江有名的设计师，事业正得意，应该遭到不少同行的嫉妒吧？如果我把那些'好东西'发到网上，你会怎么样？机会？项目？做梦吧！"

蒋歌："你！"

梁毅："所有的人都会认为，你蒋歌只是靠这张脸才爬到了今天的位置，而那些曾经被你打败的人会不惜一切代价把你的荣誉踩在脚底下。"

梁毅掐住蒋歌的下颚，蒋歌挣脱不开。

梁毅："只要乖乖待在我身边，你会继续拥有完美的事业。否则，我可以随时毁掉你的一切。你很聪明，知道应该怎么选。"

36

蒋歌："就是那天让我下定决心，与其永远被他操控着，不如杀了他。"

37

监控室里,蒋歌的面容悲愤而痛苦。

沈翊停下画笔,长长地叹了口气,望着画上的女人,五味杂陈。

38

杜城点了点证物袋里的化验报告。

杜城:"为什么杀刘连明?"

蒋歌:"就像你说的,他没把那段监控视频删掉,反而存在了手机里来勒索我……"

39

蒋歌接着电话,脸色铁青。

刘连明:"我能猜到你肯定干了见不得人的事,但想不到会是人命案子!"

40

刘连明喝着酒打着电话。

刘连明:"既然都是老乡,我就帮你帮到底,20万!这事就当我不知道!"

蒋歌:"那些视频在哪儿?"

刘连明:"我手机里,给我钱,我直接把手机给你!"

41

蒋歌:"……从那刻起,我就知道,他是第二个梁毅。"

42

蒋歌走在走廊里。

她走到门口,站定,慢慢地抬手敲门。

敲门的手上指甲猩红。

43

刚倒上一杯酒的刘连明起身开门，蒋歌走进来，从包里拿出两摞钞票放在桌上。

蒋歌："视频呢？"

刘连明将两摞钱藏在了床下，打开电脑去删除视频。

蒋歌站在刘连明的身后，把手指轻轻地放进了酒杯里。

酒液中，猩红的指甲。

刘连明已经将视频删除了，蒋歌指甲上的结晶还未全部融化，蒋歌情急之下狠狠将指甲一抠，氰化钾结晶掉进了酒杯。

44

蒋歌："一个人只要贪心起来，是永远喂不饱的，不如从一开始就断掉他的机会。"

杜城站起身，拿起笔录，推到蒋歌面前。

杜城："请你确认内容，如果没有问题的话，就签字吧。"

蒋歌提起笔，又放下了。

蒋歌："签字之前，能否请教一个问题？"

杜城没有拒绝。

蒋歌："你们是怎么发现我的破绽的？"

杜城略一沉默，看了眼单面镜的隔壁。

杜城："有个人，看到了你指甲的颜色。"

45

一天前，沈翊和杜城一起看着监控中的蒋歌。

沈翊放大视频中蒋歌的手部画面，指着她指尖的指甲。

沈翊："她左手的指甲颜色比右手亮了一个色度，而且长度也比右手的指甲短。"

杜城一脸茫然，不知何意。

杜城："真的有区别吗？"

沈翊："识别颜色，这对美术生来说是个基本功。她左手的指甲是重新做过的。新涂过油的指甲，会比已经涂过一段时间的指甲表面更亮。而且，她的美甲和原甲之间有条微小的缝隙，那是指甲生长的痕迹，她的右手没有这样的痕迹。"

杜城思索："所以，她是磨掉了美甲上残余的氰化钾，又补涂了指甲油。"

46

蒋歌："我能见见他吗？"

47

沈翊拿着一本画册推门进来时，蒋歌正在低头端详自己的指甲。

听见有人进来，蒋歌抬头，惨淡一笑。

监控室内，杜城和蒋峰看着审讯室内的两人。

蒋歌："你就是那个画像师？能帮我完成最后一个心愿吗？"

沈翊："请说。"

蒋歌摸了摸自己的脸，怅然一笑。

蒋歌："自从有了这张脸以后，我都快忘了自己本来的样子了！你能不能，让我再看一眼自己原本长什么模样？"

沈翊翻开画册，握起笔，示意蒋歌可以开始。

蒋歌用手托腮，思绪似乎飞得很远。

蒋歌："本来的我啊，脸有点方，因为这个，小时候自卑得都不敢照镜子。刚开始工作的时候，忙，顾不上打扮，很邋遢，丢人群里就是个丑小鸭……"

沈翊一边凝视蒋歌眼中的神采，一边画不停。

蒋歌话音刚落，沈翊也正好停笔，将画册递给蒋歌。

蒋歌竟比第一次在镜中看到自己整容后的脸时更紧张。她深深吸了口气，这才接过画册，一看到就愣住了。

画册上是仰望居里夫人像的蒋歌，严肃的神情，朴素的发型，一双眼睛却炯炯有神，仿佛一直在探求真理。

沈翊："这是我通过你的描述，画出的你心里的自己。"

在蒋歌家时，沈翊久久停驻在其中一幅设计图前。

图上的简洁线条勾勒出立体复杂的空间迷宫。沈翊的视线随着线条指引的方向穿梭，迷宫的墙壁幻化成图书馆长长的书架，书架尽头，他仿佛看见，整容前的蒋歌仰头望着居里夫人像。

一个在图书馆里度过了青春的姑娘，至少在当时，她的理想一定是成为居里夫人那样的女性。

蒋歌两眼凝视着画像，终于落泪。

48

沈翊与杜城从审讯室中走出，在走廊上迎面遇见。

杜城："我这儿已经认了，你呢？"

沈翊将手中的画像递给杜城。

杜城接过翻看，抬眼看了一眼沈翊。

蒋峰满脸雀跃，抱着厚厚一摞整容病历，递给沈翊一张表格。

蒋峰："沈大师，这桩案子我服了您，本来以为您画错了，没想到都对了！您得签个字，把病历都交接一下，跟案子有关系的留下归档，剩下的还得还他们。"

沈翊："他们？还有谁啊？"

蒋峰："刘芸。她也是够厉害的，梁毅那身臭肉还在法医部呢，她就又把工作室给开起来了。"

沈翊接过表格签字，顺手拿起一份病历，匆匆一翻。

沈翊："一共多少份病历？"

蒋峰："包括梁毅私藏的346份病历，一共13,000多份。"

杜城抽出几份病历，递到沈翊眼前。

杜城："这位，女企业家，这位，大律师，还有这位，名模。"

沈翊看着看着，脸色开始发沉。他抽出几份病历，逐一翻开。

沈翊："不对……不对，这个案子还没完！"

杜城："又来？"

沈翊："医美工作室的病历有13,000多份，你不觉得比例不合理吗？还有很多年份都没有，光盘肯定不止这些。"

杜城："有什么不合理？他又不能每个人都得手。"

沈翊："不合理！以梁毅的贪得无厌，会在某一年突然收手吗？"

杜城不耐烦："那你的结论是？"

沈翊："有人在梁毅死后，偷走了光盘。"

杜城："你有切实证据吗？"

沈翊一怔："还没有。"

杜城弹了弹手里的病历。

杜城："这里头的女人，不但是社会名流，还是妻子，是母亲……一旦闹得满城风雨，她们的生活就整个毁了！你现在是要我用这些女人的名誉、家庭，乃至生命冒险，去赌一个你根本没有把握的怀疑！"

杜城冷冷地盯了他一眼，转身向局长办公室走去。

沈翊："可如果我的怀疑是真的，视频一旦落到不法分子手里，就会出现第二个梁毅、第二个蒋歌，甚至是其他被迫自杀的女孩！"

杜城脚步不停。

沈翊："杜城！你可以怀疑，甚至可以憎恨我，但我现在，和你一样是个警察！"

杜城后背微微一动。他顿了顿，推开了局长办公室的门。

49

张局抬头："结案报告写好了？"

杜城望着张局，捏紧了两只手里的文件。左手，是结案报告；右手，是那几份病历。

50

夜深了。从办公室的窗户望出去，整个办案中心大厅已空无一人，只有一处的灯光，如这间办公室的一样固执地亮着。

杜城凝望着那束灯光。良久，终于推门走了出去。

51

杜城站在门口，看着墙上的门牌。

统一制式的门牌被撕掉了，取而代之的是一张简陋的硬卡片，上面用画笔潦草地写着五个字：沈翊画像室。没有装饰，没有色彩。

杜城深吸一口气，还是推门走了进去。

52

听到脚步声，沈翊回过头去，和刚进来的杜城对上了眼。

沈翊："比我预计的迟了半个多小时。"

沈翊指了指椅子，看了眼手表。

杜城绷着脸："你知道我要来？"

杜城一屁股坐下，挑衅地望着沈翊。

沈翊："张局也不同意？"

杜城从鼻子里哼了一声，算作回答。

沈翊："你知道梁毅公寓的60层里，现在住着谁吗？"

杜城望着沈翊，心中其实有了答案。

沈翊："刘芸。"

沈翊递出自己的手机，界面上是"刘芸医美工作室盛大开张"的公众号推文。

杜城："我排查过了，刘芸的关联账户里最近确实多了好几笔可疑的大额汇款。"

沈翊："在梁毅死之后？"

杜城凝重点头。

沈翊："她偷了光盘，用那些光盘去敲诈勒索？"

杜城："这都是我们的推理，没有证据。"

第一次，他用了"我们"这个词。

沈翊："这就是做艺术家的好处。警察才要证据，艺术只需要灵感。"

杜城："是灵感，就会有失灵的时候。"

沈翊的眼神飘向医美工作室的方向，神情坚定，不为所动。

53

依然是巍巍大厦的60层。医美工作室重新开业，只是门牌上的"梁毅"二字已经换成"刘芸"。

"颜值改变命运"几个大字依然高悬。

接诊大厅依然忙碌。新来的医生正在紧张地准备手术。

手术室的旁侧，最深处的"院长办公室"，门锁紧闭。

54

刘芸合上桌上厚厚的病历，疲惫又满足地按了按自己的脖子，转头望着窗外。

窗外，天阴并伴有雨雪。

刘芸从办公桌下小心地端出一块精致的小蛋糕，插上蜡烛。

门外一阵骚动。

杜城和沈翊等刑警闯过保安的阻拦，破门而入。

杜城："搜！"

刘芸错愕地瞪着眼前的突发状况，手中还握着打火机。

蒋峰与众刑警分头在办公室里搜寻物证。

一刑警从柜子角落深处搜出几块硬盘，递给杜城。刘芸伸手要阻止，杜城拨开她的手。

杜城将硬盘交给蒋峰："拿给电子技术科，破解密码，做技术分析。"

蒋峰："是！"

刘芸："等等！这是我的私人物品，你们凭什么随意调查！这是滥用职权，侵犯公民权！"

杜城："当然不是随意调查。我们已经调查了梁毅医美工作室，哦，现在是刘芸医美工作室，还有你个人的全部账目，有几笔大额资金的汇入让人很感兴趣。这是经过批准的搜查令。"

杜城将搜查令推到刘芸面前。

杜城："不过，还需要进一步的搜查吗？这硬盘里到底有什么东西，你清楚，我也明白。"

刘芸："你们不是对外发布公告，梁毅的案子都了结了吗？"

杜城："梁毅被杀案是了结了。现在我们调查的是你刘芸的敲诈勒索案。"

刘芸脸色惨淡地望着搜查令，少顷，一笑。

刘芸："可以稍等我吹个蜡烛吗？以往都是我一个人过生日，今年难得这么热闹。"

杜城与沈翊对视。

刘芸轻轻吹灭蜡烛，转而定定地看着杜城。

刘芸："请教杜警官，是什么时候开始怀疑我的？"

杜城："应该说，我从来就没相信过你。"

杜城回想起几天前的询问室里，刘芸说的那些话："这我当然清楚，警官，请您反过来想，假如我都知情，发现梁院长出事后，第一时间想到的就不是报案，而是销毁这些证据。"

杜城："作为一个初次被警察盘问的证人，你的反应实在太快了，在短短几秒内就为自己找到了无可指摘的时间证据，证明自己在报案之前根本没有时间藏匿视频。这恰恰说明了两个问题：第一，你很清楚，从梁毅的密室里偷走视频光盘并避开监控藏匿好，要用多长时间；第二，你早就在考虑，一旦我们发现视频光盘有遗失，怎么才能把自己的嫌疑撇清。"

刘芸惨笑："话一点儿不错。真是聪明反被聪明误。"

刘芸将头凑近杜城，此时她脸上居然有些得意。

刘芸："那天，您说得一点也不错——梁毅到底在他的公寓里干了什么，我当然都知道！"

55

几年前。

备料间里，刘芸正在紧张地清点手术后的器械和纱布。

护士敲门而入，刘芸被打扰，不由有些恼怒。

刘芸："又怎么了？！"

护士:"刘姐,第二台手术该开始了,人都在台上麻醉好了,可梁院长还没回来!"

刘芸:"你说什么?!"

刘芸摘下手套,掏出手机,拨打梁毅的电话。

无人应答。

护士:"这个月都第三回了!"

刘芸:"隔壁你找了没?"

刘芸说着,推门走了出去。

56

刘芸推开门。

恰在此时,梁毅公寓的门也开了。刘芸刚要张嘴,却发现出来的不是梁毅,而是一个头发凌乱的年轻女人。

刘芸闪回门内,慌忙关门。

57

刘芸:"梁毅从不让外人进他的公寓。可是对于我这个秘书来说,想要看看那面墙后到底发生了什么,还是太容易了。"

灯下,刘芸打开了梁毅的笔记本。

她将一个 U 盘插入笔记本,植入木马程序。

随着门锁扭开的声音响起,刘芸飞快地拔下 U 盘,藏到自己的衣服里。

梁毅推门而入。

刘芸站起身,微笑着将笔记本转向梁毅。

刘芸:"梁院长,您要的国际整形外科高峰论坛的资料,我已经都翻译好了。"

58

黑暗中,刘芸紧握手机,两眼盯着电脑屏幕。

电脑屏幕上是一个个文件夹,每一个文件夹都是一个人名。最前面的,是一个以 M 为名字的文件夹。

刘芸点击文件夹，却打不开，需要密码。

接着她打开别的文件夹，一段段视频映入眼帘。

屏幕上的画面很快让她惊恐地瞪大眼睛，死死捂住自己的嘴……

59

沈翊："你发现了梁毅的肮脏秘密，为什么没有报警？"

刘芸："我猜，你的画卖得不便宜吧？大画家，站在行业金字塔尖上的感觉，好吗？"

沈翊："你想说什么？"

刘芸："梁毅和你一样，都是站在塔尖的人。这么大的城市，在这个行业，能做到他这个高度的，寥寥无几。那些视频让我明白，我有更快到达顶尖的方法。"

杜城："你跟梁毅真是一丘之貉。"

刘芸："拿梁毅跟我比？哼，他啊，存了那么多光盘，只是为了满足那一点点可笑的个人癖好，眼界太小。我不同，我能比梁毅更成功，比他站到更高的位置！我比他更有资格住这该死的 60 层！"

杜城："梁毅已经让一个女孩毁容，让一个女孩想要自杀，让一个才华横溢的设计师成了杀人犯，你呢？你又要毁掉多少人？！"

刘芸："往上爬的时候，谁会在意垫脚石疼不疼？"

刘芸傲慢地向杜城伸出双手。

刘芸："说完了，现在，是不是该把我铐起来了？"

沈翊突然发问："你刚才许了什么愿？"

刘芸："愿望？我的愿望不会实现了。"

60

在杜城和蒋峰的押送下，刘芸缓缓走过长廊。

窗户开着，刘芸停住了，望着窗外的飘雪。

刘芸淡淡开口："这城市，只有 60 层的高空才能看到雪。"

她转身，着迷地望着窗外，不禁伸出手接住飘落的冰晶。

刘芸："在我家乡，一入冬就下雪。我读了大学，留在这里，才发现挤在这城市里的人太多了，一人一口热气，把好好的雪都化成了雨。我想住在能看到雪的房子里。但是，要看雪，只能到高处的房子里，到没有几个人在的最高处去。"

刘芸望着沈翊。

刘芸："而且你知道吗？站在最高处俯视人群，底下的人都是没有脸的。"

61

杜城打开一把黑伞，撑在刘芸头顶，将她送上警车。

沈翊抬起头，高空飘落的雪渐渐消融，化作细雨直下。

62

沈翊坐在桌前，打开那本《猎罪图鉴》，抓起画笔，开始作画。

纸张洁白如雪。

一个女人的侧影，立在高楼之巅，抬头仰望天际落雪。

沈翊没有画她的脸。

沈翊提笔，在画纸上写下题目：被盗走的脸。

63

杜城与沈翊站在张局面前，杜城一脸不耐，沈翊却是公式化笑容，笑不达眼底。

张局因为侦破案件，神情喜悦。

张局："案子办得不错。听说你们打了个赌，愿赌服输啊，杜城，你说是不是？"

杜城的脸色越来越沉，沈翊的笑容没有什么变化。

张局："沈翊，你有什么想法？"

沈翊："我听从安排。"

杜城："张局，沈翊初来乍到，虽然立了功，但还不熟悉我们的办案风格，不如让我带带他。"

沈翊瞄向杜城，没料到杜城会提出如此建议。

张局则露出了然的笑容。

64

沈翊与杜城从张局办公室走出来，两个人沉默着前后隔着一段距离走了一段，拐过一个墙角。

走廊另一侧，李晗和蒋峰看着他们的背影走远。

李晗："城队和沈老师也能成搭档吗？"

蒋峰："不懂了吧，城队那是'把朋友放在身后，把敌人放在眼前'，这是为了方便监视。"

李晗恍然大悟，点着头。

65

巨幅《马拉之死》依旧挂在黑板上。

沈翊："第三个谎言，就是这幅《马拉之死》本身。"

学生们立刻发出诧异的争议声。

沈翊笑了笑："很难让人相信吧？从一开始，画家就在欺骗所有人。"

《马拉之死》延展分层，大家的视线伸入画中，在画中世界里游弋，停驻在马拉手中的便笺上。

沈翊："如果马拉手中这张便笺是一张谎言的话，那纸上原本所写的内容是什么呢？"

沈翊轻叹一声。

视点穿入得更深，便笺上的内容已变成一串处决行刑的名单。

沈翊："这才是隐藏在便笺下的真相。谁能想到，马拉遇害之前，为世人留下的最后文字是一份处决名单。"

众生恍然大悟。

沈翊："那份名单写满了马拉准备铲除的异己者的名字，而科黛孤身进入险地，就是为了阻止马拉的杀戮。科黛曾经在法庭上说过，'我杀一个人，是为了拯救十万人'。"

蒋歌的话回响在沈翊耳畔:"那几张光盘我全毁了。剩下的那些,我相信你们也不会流传出去吧。那些无辜的女孩再也不用担心受人威胁,可以安心地过她们想要的生活。"

沈翊顿了顿,继续讲道:"从远古的壁画到伦勃朗的《夜巡》,画家一直在历史中肩负着存留现场、还原瞬间的使命。可在这里,原本的内容,只是一处小小的改动,便让马拉从一个杀戮者变成了慈善家。一个女英雄被涂抹上了污名。"

学生:"画里有这么多谎言,那我们还怎么去看画、相信画?"

沈翊:"绘画中的历史、现场,本来就是真假混杂的,可能要花上我们一生的时间去分辨。"

沈翊面向众人。

沈翊:"下课吧。"

第四章

1

晨光投进画室。

白布遮盖着层层叠叠的巨大画板。画板前是一面立镜。

沈翊走到镜前,整理衣着,突然冲镜子一笑。

镜中的沈翊竟然没笑,依然面无表情地凝望前方。

沈翊满意离开。

镜中的沈翊不动,面露冷意,阴沉地注视着前方。

那竟是一幅沈翊的自画像。

2

阶梯教室里,学生们挤得满满当当。

所有人的目光都集中在幕布上的画——勒内·马格里特的《受威胁的凶手》。

沈翊:"今天大家要破解的是比较特殊的'犯罪现场'。老规矩,十分钟。"

沈翊按下倒计时表。

座下的学生跑到画幕前,几乎把眼睛都贴在了画板上。

紧张的学生中间,只有一个高大的人始终趴在课桌上,格外显眼。

沙沙的计时声停止。

沈翊:"时间到,开始吧。谁先来?"

哀怨声此起彼伏。

穿白衬衫的学生:"沈老师,这幅画也太难了!"

戴小圆眼镜的学生:"给点提示呗,你这不是成心要让我们挂科吗?"

沈翊："好吧，这幅画的名字叫作《受威胁的凶手》。这个名字就已经是一条重要线索了。"

学生们略作思索。

戴小圆眼镜的学生："在门口的那两个男人，一个拿着棍子，一个拿着渔网，明显是警察，来抓凶手的。"

长着小雀斑的学生："屋里的那个男人还优哉游哉地听音乐，一点都看不出来被威胁了，难道他不是凶手？"

长着小虎牙的女生："在窗口趴着的那三个男人表情太诡异了，可能他们才是凶手……"

沈翊示意大家噤声，教室里又恢复安静。

沈翊："如果只捕捉表面单一的细节，你们就会被画家造的梦境欺骗。"

沈翊仿佛带着所有学生进入画中，仔细观察、分析趴在窗口的三个男人——凶手、死者、侦探。

沈翊："告诉我，这些男人的面部都有什么特征？"

众学生："他们长得都一样！"

沈翊："这就是画家勒内·马格里特本人的肖像。凶手、侦探、窗外的围观者，甚至包括床上的死者，都用了他自己的脸。他可以是任何人，也可以任何人都不是，一切都只是他造的一个梦境。"

学生："那他想通过这个梦境告诉我们什么？"

沈翊正要回答，一直趴着的人猛然抬头，死死盯着台上的沈翊。

正是杜城。

沈翊："那就要靠你们自己进入这个梦中的现场，去看看真相。"

沈翊大方回视杜城的目光，既在回答学生，也在回答杜城。

3

杜城大踏步在前，悠闲的沈翊被落在身后。

沈翊冲着杜城的背影喊。

沈翊："你怎么有心情来听我的课？"

杜城头也不回地往前走。

杜城："张局布置任务，让我来接你。"

沈翊："什么任务？"

杜城："画像。"

沈翊闻言，眼中闪动着兴奋，疾走几步，越过杜城。

杜城惊愕。

沈翊回头："不是说画像吗？快啊。"

4

杜城开车疾驰。沈翊坐在副驾驶上，车窗开着，他仍脸色煞白。

杜城："昨天夜里丰美路派出所接警了一起抢劫案，现场有四个目击者，三个画家、小超市的老板。那三个画画的一人交了一张画像，没一张能抓着人……"

沈翊把自己那边的车窗升起，努力睁开眼睛，眼皮却有些打架。

杜城："派出所没辙了，才来找我们。"

沈翊："当年雷警官那个案子的卷宗我能看看吗？"

杜城一个急拐弯。沈翊没坐稳，差点撞到前车窗玻璃。

杜城："这就是你跑来当警察的原因吧？"

沈翊不语。

杜城："除非你画出那张脸。"

杜城用余光瞄向沈翊。

沈翊已然陷入昏睡。

5

两人迈入派出所。

会客室里传来争执声。

杜城透过门口副窗的玻璃一看，屋内三个倨傲的画家围着一个民警，争论不休。

杜城："他们在吵什么？"

瘦高个民警无奈叹气。

瘦高个民警:"他们仨谁也不让,吵一夜了,非说自己画得最像。"

沈翊往副窗一望,神情了然。

杜城:"你认识他们?"

沈翊:"都是办过展、说得上名字的画家。"

沈翊转向瘦高个民警。

沈翊:"画像呢?"

瘦高个民警递上三张画像。三张画像画的虽是同一张脸,但风格各不相同。

斑驳细碎的点彩画风。

光暗对比强烈的伦勃朗画风。

多视角拼接的抽象画风。

唯一清晰可辨的是三张画像中的男人都戴着眼镜。

瘦高个民警气愤地点着抽象风格的画像。

瘦高个民警:"这张最过分,谁看得懂,怎么抓人?"

沈翊轻笑。

6

监控视频一片模糊,甚至有白色的噪点。视频中的男人形迹鬼祟,脱了连帽衫,翻过内面,反穿在身上。

瘦高个民警:"这是附近小区的监控拍到的,非常模糊,大概能看清这男的戴眼镜。"

沈翊:"错了。"

瘦高个民警:"对啊,他们的画像就是错的。"

沈翊:"是眼镜错了。他根本不戴眼镜。"

瘦高个民警:"这不是还有镜片的反光吗?"

沈翊:"这个反光不是镜片造成的,是人的瞳孔在暗处本能张大,造成的'红眼'现象,加上录像设备老旧,噪点太多,你们就看成了镜片反光。况且如果他真的戴眼镜,脱了衣服之后,为什么没有扶眼镜的动作?"

瘦高个民警倒回监控,恍然大悟。

杜城一直在旁仔细盯着沈翊的每一个动作、每一句话,他突然冷冷地开口。

杜城："你为什么对监控这么了解？"

沈翊回过身，直视杜城。

沈翊："没有不了解监控的画像师。"

杜城不语。

沈翊转身问瘦高个民警："第四个目击者呢？"

瘦高个民警翻出笔录。

瘦高个民警："问过了，形容不出啥，半天憋出一个相貌平平，没什么用。"

沈翊："谁说没用了？"

瘦高个民警被沈翊脸上的认真吓住。

沈翊："相貌平平说明这个人的五官比例分布均衡，是非常重要的信息。"

沈翊抽过笔录，仔细翻阅，手指在桌上模拟作画。

杜城在沈翊背后坐着，眼中的警惕不减。

瘦高个民警默默退出，关上房门，生怕发出一点声响打扰沈翊。

7

时间已过傍晚。

瘦高个民警推门进来，三个画家的注意力齐齐投向他手中的画纸。

光头画家："怎么样，抓着了吗？"

瘦高个民警点头。

长发画家："用了哪张画？"

瘦高个民警故作神秘地扫视三位画家，翻开手中的画像。

画上几笔勾勒出男人的轮廓五官，一双怒目似在瞪视众人。

画家们面面相觑。烟嗓画家在三人中年纪最长，率先幽幽开口。

烟嗓画家："线条极其简单、干净、流畅，没有丝毫冗笔，而且是非常完美的对称……我想起一个人，只不过他在美术界消失了很久。"

光头画家："沈翊？"

8

沈翊听着门内的讨论，脸上神情不明，仿佛与己无关。他信步朝出口走去。

出口处，杜城高大的身影占住了半边路。

沈翊目不斜视，轻轻擦过他身边。

杜城突然开口："小心啊。"

沈翊回视他。

杜城："我迟早会揭开你的另一面。"

沈翊不恼反笑。

沈翊："所以你其实是来监视我的？"

杜城闷声不响，鹰视沈翊。

沈翊逼近一步。

沈翊："因为七年前的案子？"

沈翊又逼近几步。

杜城再一次感受到，眼前这个瘦削的男人竟有压过自己的气场。

第一次是在七年前。

沈翊突然摇头笑着，毫不在意地转身离开。

杜城攥紧拳头。

9

一个快递摆在桌上，蒋峰随手拿起，上面写着杜城的名字。

杜城一把抢过来。

蒋峰："是不是倾姐又买啥好东西了？"

杜城打开快递，把表拿出来。

杜城瞥向蒋峰："又是你打的报告？"

蒋峰发誓："这次可不是我！"

杜城把表戴到手腕上。

杜城的手机响起，接听。

杜城："喂……什么？"

10

施工现场，挖掘机隆隆作响。

一车车泥土被运出。

泥沙中，一截异物在夜色中闪着光。

包工头挥手叫停挖掘机，跳入坑中，用手细细刨开泥土。

一声惊呼。

森森白骨。

11

施工操场已经被封锁，一个头骨静静地半埋在泥土里，还有身体的部分。何溶月带着几个法医忙碌着，几辆施工机械车横七竖八地停放在周围，警戒线外，有工人围观着，杜城的车远远驶来。

施工场地已被清空，操场旁的空地围起一圈警戒线。

远处，还可见数个学生站在看台上，向警戒线内张望。

杜城走进警戒线，发现何溶月和沈翊已经蹲在挖开的坑里，验看那具白森森的骸骨。

杜城走到警戒线前，回头望了望操场上的学生。

年轻的刑警李俊辉站在看台旁边。他年纪不大，眉清目秀，一张嘴，还露出两颗小虎牙。他刚刚毕业，入职没多久，今天是他第一次跟着跑现场。

学生："出什么事了？"

李俊辉："警方在办案，你们不要破坏现场！"

学生一步三回头地散开。蒋峰上前，拍拍他僵硬的肩膀。

蒋峰："别这么紧张。"

杜城没好气："单车跑得倒是快！"

沈翊没抬头："碰到堵车，车也跑不快。"

杜城走到何溶月跟前，何溶月的脸色不比他强。

杜城："一夜没睡，还非得自己出现场？让你徒弟来不就行了。"

何溶月："骸骨是施工工人挖地基时发现的，从包工头到学校，转了好几圈才报的案，没有采取任何现场保护措施，别人来我不放心。"

周围有学生拍照。

杜城指着外围的学生："让校长管好学生，在警方对外发布消息之前，严禁任何案件信息外泄！"

杜城皱眉看着泥土里的骸骨："有什么发现吗？"

何溶月："女性骸骨，死亡时间十年以上，左侧第五根肋骨下方有陈旧划痕，初步判断是狭长刀具划伤。虽然内脏器官已经全部腐化不存，但从位置来看，基本可以判定，这一刀很可能刺入心脏，是致命伤。"

杜城："所以，基本可以判断是凶杀了？"

何溶月用戴着白手套的手点了点尸体的骨盆。

何溶月："但有一点，非常奇怪——"

沈翊接过话："我不懂法医，但我研究过浮世绘的《九相图》，可以肯定，头骨和骨架的颜色有将近一个度的色差。这是两具尸体拼成的。"

何溶月指了指头骨上灰白的牙齿，对沈翊一笑。

何溶月："没错，从耻骨联合的发育情况来看，死者不超过20岁。从白齿的磨损程度来看，年纪在40岁以上。虽然同是女性，但应该分属于两个人——一个是青春期少女，一个是中年女性。骨头不会说谎。死的人不是一个，是两个。"

12

北江分局公共办公区设有一面线索墙，头骨照片被贴在线索墙的最中心处。

杜城："这具骨骼分属两个不同的死者，眼下最重要的是查清两个死者的身份。"

蒋峰起身汇报："何法医已经在查DNA（脱氧核糖核酸）了！"

闫谈声："可如果死者的DNA不在数据库里，还是一场空。这样的陈年积案，咱们见过的也不少了。"

蒋峰："骨架这块，我们已经调动全部人力查找失踪人口，但是费时费力，不知道什么时候才能找到。"

众人沮丧，不知该如何是好。

杜城："还是回到头骨上来吧。如果能通过头骨复原出死者的脸，靠脸找人或许能快一些。"

李晗："有一款软件可以模拟还原，但是还原度……"

李晗说得并不自信，抬眼看向沈翊的方向。

沈翌正低头在速写本上用铅笔轻轻画着。

杜城清了清嗓子。

杜城:"沈翌——"

沈翌这才抬起头。他的笔下是头骨的速写。

杜城:"你能复原吗?"

沈翌的画笔继续动了起来。

沈翌:"能。"

杜城没想到沈翌回应得这么干脆。

杜城:"你想好了再回答。"

沈翌:"你问我,不就是想听到我说能吗?"

杜城被噎得一时语塞。

杜城:"希望你不会等到案子破了才画出来。"

杜城啪地将几张头骨照片甩到沈翌面前。

13

肉身　腐尸　白骨——沈翌的思绪在《九相图》的世界里穿行。

《九相图》也叫《九相诗绘卷》,是指人死后,肉体在火化之前可能呈现的九个阶段的样子。

这九相是:膨相、坏相、血涂相、脓烂相、青相、噉相、散相、骨相、烧相。

京极夏彦的《巷说百物语》中的《帷子辻》一篇中提到檀林皇后遗体暴晒荒野的故事:"据说皇后在世时本是个绝世美女,为众人钦慕,任何人看到她都会怦然心动,甚至因此产生邪恶念头的人不在少数。据说皇后因此立下遗嘱,希望自己的遗体于七七四十九日的中阴期间暴晒荒野,以让众人见识肉躯随风吹雨打改变的模样,让迷恋其美貌而忘记礼佛之愚者领悟世间无常,以教育众人成佛之法门。"

《九相图》不是一幅画,而是一个主题——"缘起性空""色即是空"。佛教讨论世界的无常——事物因缘而聚,但又因无常而散。因此,佛教认为任何有名的概念由于都是物质的聚合体,也都是无常的。《九相图》就是在表现这个过程:

就算是国色天香的美人,死后也会变成冰冷无情的女尸,再到白骨,最后毫无痕迹。

世界的本质,便是无常。

沈翊手上同时握着三支不同颜色的笔,方便他快速替换,这是他在纸上作画的习惯。他的笔尖斜指着画,悬停在纸上的一厘米处,迟迟没有落下。

沈翊望了一眼头骨照片。

生死人,肉白骨,照片上的脸一瞬间幻化成数张鲜活的面孔,却又在转瞬间恢复为白骨。

沈翊终于把笔尖落在纸上,沙沙地画了起来。

到了晚上,他终于完成了两幅。

窗外,天色已经暗了,沈翊如此专注,甚至忘了开灯。

沈翊笔下,是《九相图》中的第三相。他正在画的是已经腐烂的脸部。

走廊里传来脚步声。

轻巧的敲门声,随即,门就被推开了。

何溶月一袭白衣,款步向前,右手托着那个无名的头骨,在黑暗中似乎微微发光。

何溶月:"怎么不开灯?"

沈翊苦笑:"忘了。"

何溶月伸手把灯打开。沈翊这才回头望了一眼,看到了何溶月手中的头骨,顿时面露喜色。

沈翊:"太好了,你把颅骨带来了。表面的隆凸、棘点特征,我需要用手去摸才能体会。"

何溶月望过来:"你画到什么程度了?"

沈翊:"我尝试用头骨倒推浮世绘的《九相图》,画了这么久,才到肉身腐烂的那个阶段。"

何溶月把头骨放在了沈翊面前。

何溶月:"我有办法可以缩短你的时间。你摸摸这儿。"

沈翊的手搭在了头骨上。

杜城也到了,正倚在门口,他显然是听到了何溶月的脚步声,跟过来的。

沈翊:"还要很久。"

何溶月却说:"很快。"

沈翊疑惑不解地望着何溶月。

何溶月端起头骨,把头骨的后脑转向沈翊。

沈翊顿时笑了。

沈翊:"对,很快。"

看两个人在这儿打哑谜,杜城有点恼了。

杜城:"能画出来你就画,画不出来就认厌,搞这些神头鬼脑的做什么?"

沈翊:"不用画了,头骨的身份能确认了。"

何溶月一指头骨上被打磨过的陈旧痕迹:"你看这里,头骨内侧有一道被磨损的痕迹,是有人用砂纸从头骨表面磨掉了什么。"

杜城不解:"这是什么标记?"

沈翊:"我们美院教学使用的都是真的人骨,来源是遗体捐献。这些头骨内侧都会印上捐献编号。使用的油墨很特殊,要想彻底去除,只能强行磨掉。所以,这应该是一个教学用的人骨,来源不难追查。"

杜城半信半疑,看向何溶月。

杜城:"真的?"

何溶月:"我们医学院用的人骨也是这样。"

杜城脱口而出:"美术教室!"

14

头骨端正地放在美术教室的展示台上。

杜城:"这是真的吗?"

杜城、沈翊、何溶月三人正围在头骨周围。

何溶月:"真的。"

沈翊:"额骨稍圆,眉骨平滑,女性。智齿未萌出,可能是青春期少女。"

何溶月拿出软尺测量:"根据颅骨长度和颅围判断,身高在一米五九到一米六二之间。骨头表面比较光滑,判断体型比较瘦小。"

二十几个正在临摹头骨的学生越听越纳闷儿。

学生:"你们干什么呢?挡住我们画画了……别乱动,别乱动,把我们石膏像弄坏了!"

沈翊:"我们是警察,来调查一桩命案,这不是石膏像,是人的头骨。"

15

尖叫声响彻学校,吓坏的美术生们疯狂地跑出教室,在走廊呼号奔逃,险些将迎面走来的女人撞倒。

学生:"糟了,瞿老师!咱们美术教室里的头骨是真的!"

一批美术生围在一个长发女人身边,惊恐地望向美术教室。

瞿蓝心:"几位警官,你们吓到我的学生了。"

正专注于头骨的三人一起转过头,看着站在门口的瞿蓝心。

瞿蓝心:"我是七中的美术老师瞿蓝心。教务主任已经通知了,让我配合你们取证。"

杜城:"请你介绍一下这个头骨的情况。"

瞿蓝心:"这是十多年前医学院捐赠给我们的特殊教具。十多年了,历届学生对着它练习写生,准备艺考,从来没有发现什么异常。"

沈翊指着头骨:"那你们没有注意到,这个头骨上没有捐赠编号吗?"

瞿蓝心惊讶,看了一眼头骨,又看了一眼骨架的躯干。

瞿蓝心:"我是四年前调来的,不了解之前的情况。我看到躯干上有编号,以为头骨和它是一套的。"

何溶月:"我们要把这个头骨带回去,调查死者的真正身份。"

瞿蓝心:"你们怎么调查?"

沈翊:"我会把它带回去做面貌重建。"

瞿蓝心望了眼沈翊的手:"你会画画?"

沈翊笑而不答,扬手一指墙上众多画作中的一幅。

沈翊:"我猜那幅是你画的。"

瞿蓝心:"只凭头骨,真能画出生前的样子?"

沈翊把头骨托在手上,窗外的夕阳给头骨蒙上了一层金色。

沈翊:"肖像,在古代叫写真,身为警察,我们的使命就是还原真相。"

瞿蓝心："用铅笔还是炭棒？"

沈翊："不重要。"

瞿蓝心把沈翊重新打量了一遍。

瞿蓝心："画出来的样子，我想看看。"

16

头骨被放进了手提箱。沈翊拎着的箱子显得格外沉重。

瞿蓝心送他们出来，几个人走在校舍的长廊里。

两旁的墙壁是一块块木板拼接而成的，颜色参差，经历了不少岁月。板上无数的划痕字迹，新旧交叠。

沈翊："这是什么？"

瞿蓝心："都是废弃课桌的桌板，一届又一届的学生就喜欢在上面刻字、画画。我到学校上班之后，看这些字啊画啊都挺有趣的，扔了可惜，就把这些收集起来，做成了文化墙。这一个走廊，可装着我们学校十几年的过去呢。"

17

头骨置于电子技术科的扫描仪器中，红外射线从上往下一点点扫过头骨。

李晗："只要将扫描头骨的数据输入电脑，AI 就能模拟出其生前的面容。"

电脑屏幕中，头骨数据一点点显示，颅骨宽度、长度，颧骨高度……肌肉一点点生长、填充。

杜城颇有信心："数据肯定跑得比沈翊快。"

杜城给了电脑两个小时，满打满算应该已经好了。

可当他再回到屏幕前时，却倒吸一口冷气。

AI 数据推导出一张少女脸庞，眼睛似睁未睁，嘴巴似合不合，表情僵硬，皮肤毫无肌理走向。

杜城："这就是 AI 的成果？"

李晗："经费不足嘛，还原度已经很高了……"

杜城："假，太假了。快把页面关了！"

18

沈翊小心地将颅骨带回工作室,在桌上摆正。

他旋开台灯,让灯光打在头骨上。

沈翊温柔地注视着头骨,就像在注视一个少女。

19

与此同时,公共办公区的墙上钉着数百张失踪人口的照片。

蒋峰:"城队,这就是 10 年来全市失踪人口的照片。"

杜城:"把年龄 25 岁以下的照片留下,剩下的撤走。"

蒋峰:"您觉得他能画出来?"

杜城:"脸都没有,凭头骨画?不如指望嫌疑人自首。好好把照片都记住,把身份都背下来,破案还是得靠我们!"

蒋峰:"哎,好,那我就都收了!"

杜城:"等等,李晗。"

蒋峰疑惑止步,杜城从他手中抽走照片递给李晗。

杜城:"25 岁以下的照片,给沈翊也送一份去。"

李晗欣然接过。

蒋峰:"给他干吗?"

杜城微微一笑。

杜城:"还是得讲个公平,不然别人说我欺负他。"

20

工作室工具台上陈列着胶皮、蜡油、蘸了油的针、头骨,一个一模一样的翻模头骨。

沈翊站在工具台前,闭着眼,反复摸着头骨。

沈翊的手指在头骨上轻轻触碰,脑中浮现出不同少女的脸庞。

他在翻模头骨的显要位置贴上几块胶皮,用针穿过每一块胶皮,再穿过面部,直至顶到骨头。他拔出针,测量针尖到胶皮的长度。

李晗敲了敲门，推门进来。

李晗："沈老师，怎么样了？"

沈翊点头示意。

李晗把那沓照片放在沈翊面前。

李晗："这是城队那边排查出来的10年内25岁以下的失踪女性照片，您可以参考一下……"

沈翊："谢谢你，但我现在不能看这些照片。"

李晗瞧着工具台上的架势，不解。

李晗："为什么呀？看真人照片不是更容易找到感觉吗？"

沈翊再次从颅骨中抽出针："如果没有这个头骨，只凭空想象，我也没有把握。这是世界上最早的软组织厚度测量法，凭这个，可以确定肌肉的走势、厚薄。我不看这些照片，是怕有干扰，现在脑子里已经有画面了。"

话音刚落，头骨上已经覆满胶皮和蜡油，显现出了一个少女的轮廓。

李晗目瞪口呆，一句话不敢再说，怕打扰沈翊，拿着照片轻手轻脚地出去了。

沈翊握起手中的碳棒，对照着头骨，在素描纸上飞舞着。

21

分局接待室不大的房间里挤满了家属。他们手中皆高高挥着寻人启事，急切又期待地围着蒋峰。

众人："是不是我家孩子？……登记我的信息……验我的DNA……"

蒋峰："一个一个来，不要着急。"

一张张寻人启事，一张张少女的脸。

杜城和何溶月站在门口，看着这些满怀期待的家属。

杜城指着一个头发已经熬白的父亲："看见那个人了吗？孩子失踪十多年了，每年都会来分局一趟，问我们，孩子找到了吗？他告诉我，他宁愿自己的孩子已经死了，也比在这里苦苦地等要好。"

何溶月喟叹一声："今天不知道又有多少人要失望了。"

杜城："他们只是想要一个答案。"

两人皆怅惘。

寻人启事依然被众人高高挥舞着。

22

工作室里，沈翊放下碳棒，身体后仰，揉着肩膀看着完成的画作。

转过身，正撞见推门而进的杜城。

杜城："画呢？"

沈翊让开身子，露出画架。

画像上是一个妙龄少女的脸庞。

杜城仔细端详画像，脑海中翻过一张张失踪少女的照片，浮现出一张楚楚可怜的脸……

一个名字脱口而出。

杜城："任小弦！"

23

公共办公区白板上贴着任小弦的照片和模拟画像，众刑警都散坐着，沈翊也在其中。

杜城："任小弦，1996 年 7 月 9 日在本市出生，10 年前失踪，失踪时 15 岁，2010 年 9 月转学到北江七中上高一，2011 年 6 月又转学离开。报案时间是 2011 年 6 月，报案人是她的母亲梁俊秋。根据派出所对任小弦失踪案的调查记录，接到报案的时间是 6 月 24 日晚上，当地派出所调查了两个星期，没有任何关于任小弦行踪的线索。结合法医的鉴定结果，任小弦遇害的时间很有可能就是 2011 年 6 月。也就是说，她可能失踪时就被杀害了。"

四下一片沉默。

闫谈声幽幽开口："这个北江七中透着古怪啊。这个案子闹大了，舆论不好，不能大张旗鼓，得静水深流地破。"

杜城："下面开始分配调查任务。"

沈翊突然起身。

杜城："你干什么去？"

沈翊："之前那个美术老师瞿蓝心说想看看头骨画完的样子，我可以带着这幅画像到学校去打听打听，绝不大张旗鼓，做到静水深流。"

说话间，沈翊已经离开办公室。

杜城："这人怎么不服从安排？"

闫谈声："我觉得小沈办事干净利落，挺好。"

杜城环顾四周，却没人迎合他的眼神。

他知道，沈翊已经在队里站稳了脚跟。

24

上课时分，北江七中响彻着读书声。沈翊经过操场往教学楼走，忽然看到学校对面有一个小山坡，坡上有一抹亮眼的红，那是一株木棉树，树下是一丛丛的观赏梅。

沈翊向木棉树那边眺望。

25

办公室里，教师们挨个看过任小弦的模拟画像后，无一例外，纷纷摇头。

老师 A："没印象。"

老师 B："这个年纪的小女孩长得都差不多，这哪儿想得起来。"

老师 C："别看我，我调来得晚。"

沈翊正有些发愁，瞿蓝心走进了办公室。

瞿蓝心："想不到你这么快就画出来了。"

沈翊："画出来了，也已经核对了她的身份。"

沈翊把画像递给瞿蓝心，她轻轻地打开，看着画像中的女孩，神色有些异样。

瞿蓝心："任小弦？"

沈翊惊喜："你认识她？我记得你上次说才调来不久。"

瞿蓝心看着画像。

瞿蓝心："我也是七中毕业的，我和她都是美术兴趣小组的，她转学过来那年，我高三……"

第五章

1

沈翊和瞿蓝心走在铺满桌板的时光长廊里。

瞿蓝心的手指轻轻搭在墙上的桌板上,随着她的步伐向前轻柔地拖曳。

瞿蓝心:"就是这张了。"

瞿蓝心的脚步停下,手指在一块桌板上点了两下。桌板上满是涂鸦,角落一侧画着一个少年的背影。

沈翊:"你印象中的任小弦是什么样的?"

瞿蓝心的视线落在桌板的画上:"就是小小的,身子小小的,握着笔的手也是小小的。"

沈翊摸上桌板的笔触:"但是小小的人,画的每一笔都那么认真。你的桌板是哪一张?"

瞿蓝心:"右上角刻了一个小小的早字的那张。"

沈翊抬头,却找不到那张桌板。

瞿蓝心:"我是老师们眼里的好学生,桌板干干净净,放不上来。"

2

杜城的那辆牧马人在巷子口停下。

停好车,杜城和蒋峰一起穿过长长的街巷。

3

杜城敲门,门内探出一个中年妇女,手上还抱着一岁多的男童,她疑惑地看着面前的两人。

杜城："您好，我们是警察，您是任小弦的母亲梁俊秋吗？"

任母怔住。

杜城和蒋峰被让了进来，这家房子不大，但绝对算得上温馨，客厅里堆满了儿童用品，一张全家福挂在客厅最显眼的位置。

可不论房间里的哪一处，都已看不出那个叫任小弦的少女生活过的痕迹。

三人坐在沙发上。

任母的眼中只剩木然。

任母："你们，你们是在哪儿找到她的？"

杜城："在北江七中，操场底下。"

任母："十年了，原来离家这么近……"

杜城："我们发布通告的时候，您没来。"

任母："我原来找了小弦几个月，后来收到一张画，我一看就知道是她画的，我想她就是不愿意在家里待着，也就不找了。"

任母的木然让杜城和蒋峰不禁对视。

杜城："任小弦上学期间转学频繁，是出了什么问题吗？"

任母："这孩子自小就敏感，不好相处，在一个学校里待不久……"

杜城："小弦上学时的东西还留着吗？"

任母无力地抬手，指着角落的储物间。

4

几个箱子简单地堆在角落处。

蒋峰翻开箱中的书，抖动书页，期待从里面掉出照片，可什么都没有。蒋峰有些失望。

杜城打开了另一个箱子，从里面翻出来很多画作的稿纸。他翻看了一下，都是任小弦之前的练习作。

杜城："这些稿纸全部都带回去。"

蒋峰小心地打开另一个封闭得严严实实的箱子，入目的是一件任小弦的校服。

蒋峰："城队，你看这个。"

蒋峰撩开罩子，罩子下的小箱里整齐地码放着几双鞋。

运动鞋、板鞋、跑步鞋……鞋号一点点变大，几乎是任小弦长大的轨迹。

最后一双是裸色高跟鞋。

蒋峰捧起那双高跟鞋："高中生……穿这个？"

杜城："可能是他妈妈为她 18 岁成人礼准备的，只不过，她看不到小弦穿它的样子了。"

蒋峰放下高跟鞋，仔细摆好。

客厅里终于传出一阵撕心裂肺的哭声。

5

公共办公区的白板上面仅有三条线索——任小弦的模拟画像、失踪时间、挖出白骨的时间。

蒋峰："昨天去任小弦家里，还是毫无头绪。"

沈翊："她的画也看不出什么异常。"

办公室里一片低气压。

杜城："现在有几个疑点。"

杜城在白板上画下一个问号。

杜城："按照任母说的，任小弦性子一向孤僻，凶手跟她到底有什么关系？"

沈翊上前，用另一支白板笔挨着杜城的问号，画下另一个问号。

沈翊："还有，换头骨的是不是同一个人？"

杜城不甘示弱，紧接着画下第三个问号。

杜城："尸体已经埋在操场里了，为什么还要费尽心思换头骨？"

沈翊迅速画下第四个问号。

沈翊："尸体白骨化至少需要一两年，他又是什么时候换的头骨？"

一连串问号让底下众人看得发蒙。

杜城想要接着画，却不知道该问什么。沈翊的思绪也从白板上离开，似乎在思考着什么。

杜城收起白板笔："现在要关注的重点有两个，第一个，找到头骨更换的时间，缩小嫌疑人范围。第二个，走访任小弦以前的同学，以最快时间找到有线索的关系人。沈翊,你还有什么问题?"

杜城伸出手在沈翊眼前晃了晃。

沈翊眼神一亮,倏地抬头。

沈翊:"我问完了。"

沈翊放下白板笔,自顾自地离开。

蒋峰:"城队,他要偷跑!"

6

青石板铺的街道令小路两侧的建筑带着几分古朴。

沈翊一边四处张望,一边往前走。

远处二楼上,有一个开满兰花的阳台。

沈翊会心一笑。

沈翊才敲了两下门,门就被拉开了。

瞿蓝心吃惊:"我还没告诉你具体位置,你是怎么找到我家的?"

沈翊:"兰花。"

瞿蓝心不解地挪开身子,沈翊走了进来。

沈翊:"我们第一次在美术教室见面的时候,墙上有一幅画,画的就是这条街道,最醒目的就是那个开满兰花的阳台,那幅画是你画的吧?"

瞿蓝心:"你是怎么猜到的?"

沈翊:"你的左手小指外侧有茧,是个左撇子,那满墙的画里,只有那幅画的笔触是从左上走到右下,左撇子才这么画画。"

瞿蓝心:"好眼力。"

沈翊打量着房间:"你是一个人住?"

瞿蓝心:"还有它。"

沈翊低头一看,一只三色猫瞪圆了眼睛看向他,冲他轻轻一叫。

沙发背后,一张用黑线钩编的长发女人画像占据了整面墙,黑线垂下,像是发丝一样在空气中微动着,神秘又魅惑。

沈翊扭头打量那幅画。瞿蓝心奉上一杯热茶。

沈翊:"这幅线画挺有意思。"

瞿蓝心："有风的时候，发丝会微微飘动，就像……"

沈翊："就像她活了一样。"

瞿蓝心意味深长地盯着沈翊。

瞿蓝心："一般人听到这个会害怕。"

沈翊："画家就是创造奇境的，为什么要害怕？"

瞿蓝心："你找我什么事？"

沈翊："你们学校美术组的学生都临摹过那个捐赠的头骨吗？"

瞿蓝心："当然临摹过。后来我们学校的美术成绩特别好，这几年考上八大美院特长生的就有213个人，谁知这几年临摹的竟然是她的头骨。"

沈翊眼睛一亮："那些临摹头骨的画还在吗？"

瞿蓝心："你是想根据素描来确定头骨更换的时间，是吗？"

沈翊："能考上八大美院的学生，对头骨的细节特征画得一定都特别准确，我就是担心这些画都没有保存下来。"

瞿蓝心："你运气不错，美术教室的习惯是留一份学生的临摹作品当纪念，就在学校的储藏室里，满满几大箱呢。"

沈翊："这是任小弦的运气。"

话音才落，三色猫就跳到了沈翊的身上，向下一盘，把沈翊当成了自己的座椅。

瞿蓝心站起身来："那咱们现在就去学校吧。"

沈翊想站起来，又不知该如何对付这只猫。

瞿蓝心向沈翊一凑，伸手把三色猫抱起，揽在怀里。

瞿蓝心："这只猫挺怕生的，今天也不知道怎么了，对你倒是格外亲。"

瞿蓝心把猫放在一旁的桌子上。

瞿蓝心："咱们走吧。"

7

阳光从七中仓库的窗户外射进来，室内灰尘飞舞。

沈翊和瞿蓝心一人拿着一把裁纸刀，划开了各自面前的纸箱。

瞿蓝心："找到了，这是这几年学生们临摹的。"

第五章

沈翊从箱子里抄起一幅素描,看了看右下角的签名和日期:2011年4月21日。又抓起一张,上面的日期是2017年3月28日。

沈翊拿起一张张素描,按日期先后顺序排好。

一地的头骨素描。

沈翊拈起一张头骨素描。

沈翊:"看这笔触,应该是你的吧。"

瞿蓝心:"这张是我的。"

沈翊接过素描看了一眼落款处的时间:2017年10月15日……

瞿蓝心:"我教课的时候一时手痒,趁学生画的时候,也描了一张。"

沈翊:"看别人画的,我会起名'白骨',你画的这张,我会起名'红颜白骨'。"

瞿蓝心:"可能因为这张画的是真头骨吧。"

沈翊看了一眼瞿蓝心,又把目光投向了一地的头骨素描。

沈翊:"你能看出来头骨是从哪个时间被替换的吧?"

瞿蓝心用手一指。

瞿蓝心:"就是这一排,眼窝变大了,额骨变高,下颌骨相对更加纤细,时间是2017年10月前后。"

沈翊兴奋地抓起那几张素描:"看来,你画的这张不是捐献标本,任小弦的头骨已经被替换了。时间确定了,嫌疑人范围也就缩小了。"

他的手一挥舞,仓库里的灰尘也随之飞舞。瞿蓝心被灰尘一呛,咳嗽了两声。

沈翊:"咱们赶紧离开仓库,这儿灰太大。"

两人向仓库门走去。

两人走到门口,瞿蓝心在前面,伸手推开仓库门,一缕阳光从门的缝隙泻入。瞿蓝心忽然停住了脚,回头望着沈翊。

瞿蓝心:"我突然想起那只猫为什么会喜欢你了。因为你跟我一样,身上有画画的颜料味。"

8

办公室里,蒋峰在自己的办公桌旁梳理有关任小弦社会关系的资料。

沈翊来到线索板前,将 8 幅画有骷髅头的画贴在白板上,盖住了原有的问号和记录。蒋峰等人凑过来当热闹看。

蒋峰:"摆一堆骷髅头是要干吗?"

沈翊:"这些都是对任小弦头骨的临摹作品。"

蒋峰:"……所以?"

沈翊:"从临摹头骨的画作的落款时间能推断出,任小弦的头骨是 2017 年 10 月前后被替换的。"

杜城走到白板前:"任小弦失踪,是在 2011 年 6 月底,也就是高一快结束的时候。为什么隔了这么久,凶手才换了头骨?"

沈翊:"我问了瞿老师,美术教室管理很严,能自由出入的,只有美术老师和美术生。所以,更换头骨的人一定在这个时间段的这些人里。"

蒋峰:"刚才任小弦的妈妈来了,她说,她在家翻出了一本日记,里面有任小弦被霸凌的内容……"

9

分局接待室里,任母如梦初醒。

任母:"您走之后,我就一直在翻。您看这个,这孩子给包了一个书皮,我一直以为是她的课本,没想到是日记。这日记里头写了好多她在学校被欺负的事,她身边还一直有一个男孩!"

杜城接过日记,小心翼翼地翻开。

扉页上是几笔勾勒出的少年背影。

10

办公室复印机唰唰地复印着任小弦日记的内容。

李俊辉眯着眼睛盯着日记:"这上面的话读起来都不通顺啊……"

蒋峰:"少女心事哪是你们能轻易看懂的,还是得我这样热血方刚的人……"

大屏幕上，是一页页复印的日记内容。

杜城："一共224篇，共约16万字。进入高中后是89篇，共约6万字。这一排的要点都记录完了吗？下一页。"

闫谈声："这个话说得藏藏掖掖的，我岁数大，搞不清小孩的心思，沈翊呢？他是当老师的，老和学生们接触，年轻人的心思，他可能懂一些。"

蒋峰委屈："我也年轻……"

杜城扫视了眼面前的刑警们："都是大老爷们儿，他能比我们强多少啊。这种事还得女孩儿来。蒋峰，去，找几个今天值班的女警，帮咱们研究研究。"

人散了，只剩沈翊。

他的关注点不在文字，而是用手机拍下了扉页的图案。

一个几笔勾勒出的少年背影。

11

沈翊站在七中走廊的课桌墙前，在其中一张课桌板上找到了和日记扉页相差无几的少年画像，只是线条更加简练。

沈翊摸着任小弦的课桌板，感受那细细的笔触。

灵感陡然在他的心头涌现。

12

法医办公室的锅里煮着一根骨头，何溶月认真地盯着。

蒋峰探头探脑地走了进来："何老师，我们正在开案情分析会，要研究任小弦的日记，我们队长说非您不可。要不您跟我一块儿过去看看？听听？"

何溶月："有需要化验的吗？"

蒋峰："没有，没有，就是想看看日记里有什么线索。城队说了，日记里都是女孩子的心思，得请女人来。"

何溶月用长镊子夹起骨头看了一眼。

何溶月："我从来不写日记，只会写尸检报告。"

13

杜城环视会议室。李晗、蒋峰、李俊辉和菲姐都在,那个让人火大的家伙不在。

杜城:"何溶月怎么没来?"

蒋峰:"人家说了,不会写日记,只会写尸检报告。"

李晗:"我已经看过全部的日记并且整理出来了,停止更新的日期是2011年6月23日,说明她很有可能在这个时间后就遇害了。"

杜城:"这些我刚刚已经介绍过了。时间宝贵,拣要紧的说。"

李晗无不得意地清了清嗓子。

李晗:"大家请看这一句——我想代替阳光和雨水,吻上你的鼻峰……"

蒋峰被情话酸到,露出嫌弃的表情。

李晗:"不要笑,我找出这句话是有道理的。2011年4月19日,关键词,英俊!"

所有刑警齐刷刷地翻起了自己手里的日记复印件。

李晗:"4月21日,关键词,阳光般的笑容;5月3日,英历的眉毛;5月22日,高挺的鼻梁;两天后又写了,我好想变成他手里的画笔。任小弦是把她对男孩的感情隐藏在了日记表面正常的字里行间。"

杜城:"那我们就必须找出日记里的男孩是谁。如果能找到他,他肯定有更多直接线索。"

蒋峰:"可是按照之前的失踪调查记录,学校的同学都不知道她的男朋友是谁啊?"

闫谈声笑了:"把所有的面部信息汇总起来,不就能画像了吗?"

14

杜城走进美术教室,沈翊完成了手里的画,是任小弦在课桌上画画的样子。

沈翊:"现在可以确定,任小弦课桌板上画的少年,应该就是她日记里不断提起的人。"

杜城:"阳光般的笑容,英厉的眉毛,高挺的鼻梁。"

杜城啪地把纸往讲台上一摆，伸手摊开成一个扇面儿。

杜城："关键词，我都画出来了。能画像了。"

沈翊看着这些复印件，只见上面杜城画的线歪斜得像蚯蚓，不禁皱了皱眉，拿出笔在纸上几个位置补画了条隽秀笔直的线。

沈翊："你漏了一些。像这句，清风吹乱他的头发，他会用修长的手指去拨。"

杜城不屑："除了说明他不是光头，这句有什么信息量？"

沈翊点头："日记只有这些吗？"

杜城："这些是前半部分，我们只来得及看了一半，剩下的在这儿。"

杜城从文件袋里拿出了剩下的一半。

沈翊接过剩下的文件，转身就要走。

杜城："你上哪儿？"

沈翊："找地方画像，你随意。"

沈翊开门离开。

杜城看到黑板上的少年背影。

他从包里又掏出一份日记复印件，直接盘腿坐在了地上，把日记复印件往地上一摊，俯身观察着这些日记，用笔在日记上点着字，连续点出几个触目惊心的恨字。

"H""羞辱""摸我的手""长长的小拇指指甲"……

杜城在心里想象，可能有一个人，"他曾经试图猥亵小弦，小弦既不敢说出来，也不敢反抗……"

杜城努力想象——小弦正在画画，一只男性的手从后面搭在了小弦的肩膀上，顺着胳膊滑下去，捏住了小弦画画的手。小弦回头，露出惊恐的眼神……

杜城感到一阵寒气，像是身上有什么脏东西，用手四处掸了掸。

杜城突然想到："日记中还有一个 H 曾经试图猥亵小弦，小弦并没有写出他的身份，小弦既不敢说出来，也不敢反抗，这个人是谁……"

杜城连踏两步，站上了讲台，垂手俯视眼前的课桌。

杜城明白了，他是一个居上位者……他是小弦的老师！

15

沈翊和瞿蓝心来过的那个仓库,灰尘飞舞。

校领导用手绢掩着口鼻:"杜警官,我是两年前才调到学校从事管理工作的,对于之前的情况一无所知。这个箱子里是学校以前的教职员工资料,您先看看。"

杜城抱起箱子,箱子不重,可这关系着一桩命案的真相,杜城便觉得手里的箱子格外沉重。

16

杜城一直以为自己会被任小弦的日记肉麻到起一身鸡皮疙瘩,但当得知任小弦过去的生活碎片时,杜城却意外地能想象这个少女当时的心境。

他在校园中漫步,想象着日记中的描述——阳光照射在阶梯上,少年自楼梯上匆匆跑下来。阳光洒在少年剔透的肌肤上,根根分明的眉毛和浓密纤长的睫毛,映着金色的光芒。

所以,任小弦才会在日记中写下这一句:阳光正好,打在他分明的眉毛、浓密的睫毛上,像童话秘境里草茵上斑驳的树荫。

操场旁,沈翊正用笔在纸上绘制出清秀的脸颊曲线,浓长的双眉,细密的睫毛……

篮球场上,少年雀跃地奔跑着。

清风拂过,吹起少年的头发,露出他高挺的鼻梁。

沈翊像是吟诵诗句一般,一字不差地吟出日记的内容:"我想代替阳光和雨水,吻上你的鼻峰……"

素描纸上勾勒出高挺笔直的鼻梁……

户外水龙头向上喷洒着晶莹的水花,少年轻晃着他蓬松的头发,任凭水滴淋湿每一根发丝。

"你打完球,不管不顾地跑到水龙头下洗脸,冲湿每一寸发丝。"

素描纸上画出几束发丝。

图书馆里,一排排书架在地面上投下斑驳的影子。

沈翊穿行在光影之间,目光尽头,是一个伏案看书的少年的背影,短头发、白衬衫。

沈翊走到了他的身后，伸手搭在了他的肩膀上，少年一惊，倏地回头——

杜城："画完了吗？"

沈翊在他身边坐下。

一个篮球飞向沈翊，杜城眼神一凛，手一挥，挡开了篮球。

沈翊一怔，处处针对自己的杜城竟会出手相救。他回过神，把少年的画像递给杜城。

沈翊："你可以去找人了。"

杜城："你先跟我去见个人。"

沈翊："谁？"

杜城拍拍纸箱子："赵梓鹏，这个学校的美术老师，2011年4月，就在任小弦失踪的两个月前，他被开除了，开除理由是被举报对女学生有猥亵行为。在任小弦2011年3月23日的日记中，有羞辱、恨、摸我的手这些字出现。他现在改名赵听涛，在经营画廊。"

17

杜城的牧马人在画廊门口停下。

杜城透过车窗，看到"听涛画廊"的牌匾。

他扭头看，副驾驶上的沈翊睡得正沉。

杜城无奈地拍拍沈翊，沈翊悠悠醒来，睁开迷糊的双眼。

沈翊："到了？"

杜城："能不能有个警察样儿……"

18

一进门就是接待室，富丽堂皇，与画廊门面的老旧形成了鲜明对比。杜城不禁回头看了一眼，感觉好像走错了门。

杜城："没想到啊，猥亵女学生的禽兽老师，摇身一变就成了经营画廊的大老板了！老天不开眼。"

沈翊没有接话，仍在打量四周的布置。

杜城走到前台:"赵梓鹏在吗?"

前台:"两位是找我们赵听涛赵总吧?不好意思,赵总在伦敦参加苏富比的拍卖会,这个月都不会回国。"

杜城:"伦敦苏富比?老赵现在买卖做得挺大啊。你跟他说一声,有人买画,让他务必回来一趟。"

前台:"您稍等,我打电话确认一下。"

杜城鄙夷地四处打量着,这里到处金碧辉煌,地上也有东西晃了他的眼。

杜城:"你知道,这一片的商业楼房租一年要多少钱吗?"

沈翊却看得格外认真。

沈翊:"这一行并不好暴富。主要收入是卖画分成和培训收费,这几年经济形势不好,投资艺术品的越来越少,很多画廊的成交价都是个位数,绝大多数的画廊都在亏钱。"

杜城从地上捡起一小片水晶,指了指头顶的水晶吊灯:"拉倒吧,一进门我就看见了,奥地利原产的施华洛世奇水晶吊灯,经典切割。这破画廊用得起这个?我带你来就是让你发挥一回本领,找找这间画廊的毛病。"

沈翊:"你倒是物尽其用啊。"

杜城:"我这是人尽其才。"

前台笑着回来:"二位对不起,我们老板出差维也纳,这个月都不会回国了。"

杜城:"是吗?维也纳?我们得到的信息可是他这两天连本市都没出过。刚才已经说过,配合警方办案是每位公民应尽的义务。我今天肯坐在这里等,是给他一个机会。不然,就得请他去我的地方做客了!"

前台毫不吃惊:"如果您认为确有必要,我会打电话给我老板的律师,但请您原谅,今天赵老板真的不能见您。"

杜城回头看看沈翊。

沈翊苦笑:"既然赵老板没有时间,那么我们就不办公务了。进去欣赏一下展出的作品,总可以吧?"

前台迟疑了一下,还是请他们进去。

19

走廊两侧挂满了色彩斑驳的油画。各色美女的油画居多,零散交杂着几幅风景和现代抽象画作。

沈翊一幅幅画看过去,十分专注仔细。他凑近了细看油画的笔法用色。

一幅毕加索的仿画,《亚威农少女》,格外惹眼。

沈翊看油画,看的是油画上颜料的裂缝。眼前的油画看似平滑,可在沈翊眼中却是无数细碎的皲裂。

杜城在他身后也眯着眼看,却什么也看不出来,油画还是普通的油画。

杜城指着另一幅金发美女的裸体画作右侧墙面上的红点。

杜城:"这个红点是交易标记吧?我在摄影展上见过,油画也这么卖吗?"

沈翊:"你还去过摄影展?"

杜城:"……"

沈翊:"摄影作品、版画这种可复制的,被买过一次,就会在作品边上标注一个红点。但每一幅油画都是独一无二的,被买下了就会从墙上撤走,不会用这种标记方式。"

沈翊的目光投向了画框下的时间标签。

1998,1999,2004,2006,2005……

沈翊突然伸出双手,把《亚威农少女》从墙上摘了下来。

沈翊:"我们应该能见到赵梓鹏了。"

油画关联的警铃瞬间响起,沈翊浑然不顾,转身向前台走去。

杜城有点吃不准:"什么证据?够抓吗?"

沈翊:"肯定够。"

前台把沈翊拦住:"先生,您干什么!我们要报警了!"

杜城亮出警察证:"这幅画我们要了,就算赵梓鹏还旧账。"

前台:"您不能拿,您不能拿!我没法和老板交代!保安、保安!老板!"

一阵急腾腾的脚步声传来,原来是赵梓鹏带着人从楼上冲了下来。

赵梓鹏:"谁?谁敢在我这儿闹事?!"

前台小姐:"老板,他们抢咱们的画,还说让你还账!"

杜城冷笑一声："哟，伦敦和维也纳离这儿够近的，10分钟一趟。"

赵梓鹏打量杜城："面生啊。画放下，我不多跟你们计较。"

沈翊："你怎么证明画是你的。"

赵梓鹏："笑话！我的地盘，我的画廊，我亲手画的画，连挂画的钉子都是我的，它不是我的是谁的？"

沈翊朝杜城点点头。

杜城手中亮出一副手铐，咔嚓——把赵梓鹏锁了。

20

赵梓鹏坐在审讯室的椅子上不断挣扎："你凭什么抓我呀？我可是懂法的，律师每年拿我5万块钱的顾问费，我要打电话，我律师分分钟就到！"

杜城："你懂法？那知法犯法，更得从重处理了。"

赵梓鹏："我犯什么法了？我清清白白的身家！"

沈翊："你还好意思谈清白两个字。你画廊是干什么的，你自己不知道吗？"

赵梓鹏对着沈翊狂喷："你知道个屁！你倒给我讲讲，我画廊是干什么的？"

沈翊："你画廊里画的每一幅画，真正的绘制时间和标注的绘制年份全都对不上，画上的裂痕出卖了创作时间。明明大多是在两三年内画的，可绘制年份上写的却是1997年到2006年之间。这里，很显然有毛病。"

赵梓鹏振振有词："制假贩假，归工商局管，你们这是滥用权力！我告你们去！"

沈翊的声音冷冰冰的，甚至连一旁的杜城也觉得心里发毛。

沈翊："不，你不是制假贩假，你是组织卖淫。"

汗珠从赵梓鹏的额头滚落。

杜城站起，随手把一个水杯放在赵梓鹏面前。

杜城："我这些年见过各种违法交易，人们为了掩盖真实的交易物品，会想出各种办法。最简单的一种，一个水杯，拍价13万，为什么？因为他们买的不是杯子，而是杯壁映出的毒品。"

另外一个纸袋上写着纯度的标志，水杯的杯壁倒映出袋子。

沈翊："那些画上的时间根本就不是绘画的时间，而是女孩的出生时间。你以画廊为幌子，明目张胆地为她们打上价格标签，向买家兜售她们的肉体。很少有一家画廊，画作主题这么单一，八成以上的作品都是裸女。画里的模特，有几个是我都认识的三流小明星，哪怕是当代名家大师，也很难请到她们做人体模特，脱衣入画吧？从绘画技巧来看，整个画廊的作品不过是两个人的手笔，但标注的创作者却各不相同……"

杜城忍不住插嘴："而且，仔细观察那些画框和墙面的磨损痕迹，那些画从挂上就再也没有移动过，墙上的标记却显示已经交易过多次。"

沈翊："我拿的那幅《亚威农少女》是毕加索的仿画，又名《青楼少女》，毕加索本想给它取名《罪恶的报酬》。它周围的画像都是你们选的模特，只有这幅画是特殊的。其他画都画了内容，这幅却没有，而年份，显示的是2005年……女孩的年龄，是16岁。就是说，你把16岁的少女当作商品来出售。"

赵梓鹏目瞪口呆："你……你怎么知道的？"

沈翊："我早就听说美术界有这种败类，今天终于看见了。"

杜城："2011年，你在北江七中任教，担任美术老师职务。其间，被人举报有猥亵女生的劣迹，校方将你开除了。那时候你就对16岁少女下手，你这是惯犯啊。"

杜城拿起惩戒单，赵梓鹏脸色骤然一变。

赵梓鹏号哭着，脸上全是水，冷汗、鼻涕、眼泪混在一起。

赵梓鹏："警官，我充其量就是个组织卖淫，我没杀人！"

杜城："我提杀人了？"

赵梓鹏一悚，他已经把自己的秘密全曝出来了。

杜城："既然你自己都提到了，就说说杀人的事儿吧。"

赵梓鹏："真的跟我没关系，我也是这几天才知道的！任小弦当时虽然转学了，但失踪的事情还是传开了。这几天我听说七中操场挖出了尸骨，一定是任小弦的。"

杜城："2011年6月，你在哪儿？"

赵梓鹏："我在山里，在山里画画！就是墙上那些，画得好的都是我画的！"

杜城："谁能证明？"

赵梓鹏："老谭！画廊前老板老谭！但是……他已经死了……对了，有个

2011年的画是我画的，真是我画的！您查查，一定能查出来！"

杜城和沈翊对视。

杜城："你说的情况我们会核实。把你当时猥亵任小弦的事交代一下吧。"

赵梓鹏："我真不算猥亵……再说了，我也没得手啊！"

杜城："废话少说！"

赵梓鹏："具体我也不记得了，好久之前了。"

杜城："不远，2011年3月23日，别说我没提醒你。"

赵梓鹏："……那天我下班之后喝了点酒，然后发现有东西落在教室了，回去取的时候发现任小弦也在。"

杜城："然后呢？"

赵梓鹏："然后我就想关心她一下，她当时正在画画，我就想指导一下，可能凑得有点近，青春期的孩子比较敏感，真不是我……"

杜城厉声打断了他的开脱。

杜城："你明明上手了！从肩膀一直摸到了任小弦的手！要不是有人进来撞见你，鬼知道你能干出什么事！"

赵梓鹏错愕地望着杜城，百思不得其解，这么久远的事，为何杜城会知道得如此清楚。

赵梓鹏："我真不记得了……"

沈翊："不记得自己做了什么不重要，来的那个学生，长什么样子？"

沈翊拿起小刀，削好铅笔，做好了画画的准备。

赵梓鹏愣住："我，我记不清了。"

杜城拍桌子："给我老实点！"

赵梓鹏："我真记不住了！本来我就喝了酒，晕乎乎的。再说了，我也不敢盯着看啊，我还怕他看见我呢！警官，你得相信我，我还想你们早点找到他，他能做证，我当时什么也没干！"

沈翊将那张日记少年的全身画像拿到他的眼前。

沈翊："和这个人长得像吗？"

赵梓鹏看了看，犹豫地摇了摇头。

赵梓鹏："我是真不记得了。好像是有点像……唉，十几岁的半大孩子，长得都差不多！不过有个细节，你画得不对。"

沈翊："什么细节？"

赵梓鹏："虽然我记不清那个学生的长相了，但我记得，他个子不太高，瘦瘦的，跑不了，一定是当年美术组那几个坏小子中的一个。"

21

空荡的食堂。

沈翊："全空了，还有什么吃的？"

大师傅："小沈，你怎么才来啊！就剩馒头和咸菜了。"

沈翊苦笑："就这个了。"

杜城来了。

杜城："师傅，我的饭呢？"

大师傅："青椒肉丝、红烧茄子、西红柿炒鸡蛋，再配一碗白饭，给您都备好了！"

蒋峰、李晗、闫谈声、何溶月坐在一起吃饭。

李晗："竟然利用画廊掩藏卖淫生意，这些人是怎么想出来的？"

蒋峰："都是歪门邪道！他们以为能瞒天过海，咱们城队一出马，还不是乖乖现出原形。啊，城队！"

闫谈声向杜城和沈翊招手，杜城端着餐具走了过去，沈翊举着馒头也走了过去，坐在何溶月旁边。

杜城好整以暇，坐到了沈翊的斜对角。

闫谈声："找个人还能捎带手端掉一个组织卖淫团伙！干得漂亮！"

杜城："不是我一个人的功劳。"

沈翊啃了一口馒头。

闫谈声："小沈，没经验了吧？这种审讯很耗时间，得提前和师傅说好了，人家才能给你留饭吃。"

杜城吃了两口，站了起来，把一盘没动过的菜放到了沈翊面前，一句话也没说，扬长而去。

22

蒋峰和闫谈声在分局健身房打着台球。

蒋峰正瞄准,杜城把审讯笔录拍在蒋峰的脑袋上。

杜城:"按这个笔录上的地址,去那个别墅查查。看看赵梓鹏 2011 年 6 月是不是真的住在那里。"

蒋峰:"城队,你觉得不是他吗?"

杜城:"大概率是他,但咱们还是要讲证据,别出错。"

杜城拿过蒋峰的杆儿,开始打。

一张写着七个人名字的名单放在了台球案上。

名单上的七个名字——何晓轩、胡瀚文、刘飞易、廖烟宇、田林、谢毅、薛寒冰。

沈翊:"这是赵梓鹏提供的嫌疑人名单。这里面谁才是那个少年?"

闫谈声看到沈翊过来,把球杆递给他。

杜城:"还要去户籍科查一下这些人现在还在不在北江,都从事什么职业。如果犯过罪,不可能完全没有痕迹。"

沈翊打了个球,球缓缓滚动。

闫谈声看着球滚动的痕迹,进了。

闫谈声:"凡经过处,必有痕迹。可是事情过去十年了,痕迹非常容易被破坏,甚至消失。所以,最好旁敲侧击,不要引起这几个人的戒备。"

杜城:"那看来,得把他们引到一起才行。"

闫谈声:"引到一起?"

沈翊:"他们的过去一碰撞,我们才能有收获。"

杜城一把抓起桌上的白球。

杜城:"我们还需要一个白球。"

杜城啪地把白球一放,转身离开。沈翊也跟了上去。

闫谈声望着他们俩的背影,摇了摇头。

闫谈声:"这个小杜,输不起啊。"

23

沈翊带着自己的模拟画像和杜城一起来到了瞿蓝心家。

瞿蓝心定定地看着："原来小弦的男朋友，是长成这个样子的。"

杜城："瞿老师，你认识这个人吗？"

瞿蓝心摇摇头："时间太久了，想不起来。我和他差了两届，很多低年级的男孩都没见过。"

沈翊拿出一张画纸。

沈翊："或许，我们的印象并不在脑子里……"

瞿蓝心一笑，接过纸。

瞿蓝心："毕竟我们都是用手来记忆的人。"

沈翊轻声念着日记上对少年的描述。他念一句，瞿蓝心落一笔。

沈翊："我们仿佛永远分离，却又终身相依……"

一旁的杜城正在逗弄着瞿蓝心的三色猫，杜城伸手刚要摸，三色猫就作势要咬他，杜城赶紧缩回了手。

三色猫轻巧地跳到了沈翊的腿上，趴了下来。

沈翊念完最后一句，瞿蓝心刚好落完最后一笔。除了风格不同，与模拟像一般无二。

瞿蓝心："单说哪个细节，都有种熟悉感，但这张脸，我从没画过。"

沈翊："画过？"

瞿蓝心："我们美术组经常互相临摹，大家都互相画过。"

杜城拿出赵梓鹏手写的名单。

杜城："这些名字你有印象吗？"

瞿蓝心："田林、何晓轩、谢毅……他们都是美术组的。"

杜城："有没有和小弦走得特别近的？"

瞿蓝心的眼睛仍然盯着那幅画。

瞿蓝心："这我倒不清楚，如果有一个这么俊秀的人在小弦身边，我应该能记得。"

沈翊："你能不能帮我们一个忙，帮我们把名单上的人召集起来？"

瞿蓝心疑惑:"你们警察找人不是比我方便多了吗?"

沈翊:"如果真的是嫌疑人,我们不想打草惊蛇。"

24

高中部画室的黑板上用彩色粉笔写着"十年聚会"几个大字。

瞿蓝心手执白粉笔,正细细地描边。

沈翊:"谢谢你帮我们组织这场聚会。"

瞿蓝心:"毕竟是认识的人,我也想知道真相。"

沈翊审视着瞿蓝心的作品。

沈翊:"我一直好奇,你为什么要留下来?"

瞿蓝心吃了一惊,手中的粉笔断了。

沈翊:"只是做个高中的美术老师,会埋没你的才华。"

瞿蓝心不答反问:"你呢?我也看过你的画,水平远超过一个普通的画像师。"

沈翊:"画家,半年不一定开一次张;画像师,按月发工资。"

瞿蓝心摇头一笑:"我不信。"

沈翊:"你还没有回答我的问题。以你的才华,完全可以去国内一流的美院继续深造,去和当代最优秀的艺术家交流,为什么要留在这里?"

瞿蓝心:"艺术家?现在还有真正的艺术和艺术家吗?只有利益与平庸。"

沈翊不由失笑。

瞿蓝心换了根粉笔,继续画画。

瞿蓝心:"所以,我宁可留在那间美术教室里,去教那些真正热爱艺术的孩子。"

25

聚会开始之前,沈翊和杜城躲进了画室角落的储藏柜。狭小空间内,拥挤地放着石膏像、画架、画板、箱子等各样工具,能下脚的空间有限。只有一丝光亮透过门缝照进来,却足以让他们窥探外面画室的情况。

杜城:"你没说实话。"

沈翊："是你预设了答案，所以我怎么回答都不对。"

杜城不再理他，大大咧咧地坐在箱子上，伸着腿，一人就占了剩余空间的大半。

外边传来了几个男生到来的声音。

沈翊凑在门缝上张望着，杜城也凑了上来。

26

名单上的人都被瞿蓝心约来了。

桌子上摆满了酒杯酒瓶，众人已是眼花耳热。

瞿蓝心走到正中，拿出了一个小纸箱，放在了众人眼前。

刘飞易："师姐，有什么节目？"

瞿蓝心："这么多年过去，想一想我们曾经那么熟悉，现在又这么陌生。不知道大家还能记起多少那时候的人、那时候的事。"

廖烟宇："师姐，你说怎么玩！我跟！"

瞿蓝心："看看大家的默画能力有没有退步。这个箱子里，是我准备的纸签，每张纸签上都写着一个美术组成员的特征，看抽到纸签的人，能不能把人画出来；而其他人，又能不能猜到。我先来。"

瞿蓝心抽出一张纸签，展开看了一眼，随即笑了。

瞿蓝心转身拿起粉笔，在黑板上迅速地勾勒出一张略带猥琐的脸。

瞿蓝心："他的脸上总是浮着一层油，眼睛就像是漂浮在油上的两粒黑豆……"

薛寒冰："这不赵梓鹏吗？！"

刘飞易："还差一笔就更像了。"

刘飞易执笔补上扶眼镜的手，以及尾指长长的指甲。

27

储藏柜里，杜城连连点头："这招挺聪明的，瞿老师先画上了一个人，来的这些同学就不会起疑心了。"

沈翊："后面的纸签写的都是小弦日记里她喜欢的那个男孩的外观描述。如果这些人里真的有小弦喜欢或者认识的那个男孩，就一定会对这些描述有特殊的反应。"

28

瞿蓝心："我们换个玩法吧。"

瞿蓝心从箱子中抽出一张纸签。

瞿蓝心："同一张纸签，同一个人，看谁猜得快、画得快。"

大家纷纷应声。

胡瀚文下笔犹豫，勾勒发丝。

胡瀚文："我怎么觉得这是许晨？"

刘飞易："许晨什么时候留过这么时髦的发型，肯定不是他。"

谢毅："我觉得是王一淇！"

田林迟迟未落笔，纸签紧紧攥在手里。

黑板上的脸越来越多。

瞿蓝心侧脸冲着田林微笑。

瞿蓝心："再不画，要输了啊。"

田林深吸一口气，画下第一笔。

众人对着黑板猜测纷纷，田林仍在落笔，每一笔都带着情绪。

29

沈翊侧耳听着粉笔敲击黑板的声音。

沈翊："别人都是看一个描述，才添一笔，过程中还有犹豫和修补，说明其他人都不知道自己要画的人是谁，对于这些描述也是第一次见；只有他，愣了很久才一鼓作气地画完，很可能，是他在看到描述的时候就意识到这个人是谁了……下笔有力，情绪饱满，能感觉到他在把自己一直压抑的情绪释放和宣泄出来。"

杜城："大概是他？"

沈翊笃定："他不仅认识任小弦，而且看过她的日记。"

杜城看向外边。

杜城："早知道这么久，带点吃的来就好了。"

30

曲终人散。

田林丢下笔，终于画出了那张脸。

瞿蓝心："在同一批美术生中，你的画工是最好的，这一次怎么画得最慢？"

田林直视瞿蓝心："但只有我画得最像。蓝心，你把我们找来，恐怕不单是为了组织一次聚会吧？"

瞿蓝心没说话，走过去敲了敲储藏柜。

门开了，沈翊和杜城走了出来。

瞿蓝心："这是沈警官和杜警官。"

田林一怔。

31

沈翊和杜城将田林带到了一个清吧，音乐有些伤感，田林还以为这是聚会的续摊。

杜城："是你吧？"

田林一愣。

杜城："任小弦有一个男朋友，那个人就是你，对不对？"

杜城缓慢地说着每一句话，每说一个字都盯着田林的眼睛。

随着田林表情的变化，杜城越来越笃定，田林看过小弦的日记。

田林仰头干掉半杯酒，垂头丧气地放下空杯。

田林："一开始，我以为她喜欢的人是我。她会在上美术课时偷偷看向我的方向，会在吃饭时和我坐得很近，还会在球场外默默看我打球到天黑，但在其他地方，她从没抬头看过我一眼，或是主动和我说句话。我当时以为，她只是害羞，不好意思……"

田林苦笑，边说边在酒杯垫儿上画着什么。

田林："杜警官，您也是从那个年龄过来的。中学时'爱的初体验'，不都是这样吗？"

▶ 猎罪图鉴

杜城:"恐怕你给任小弦带来的初体验,远比你说得复杂。"
杜城拿出了一摞打印的日记:

2011年5月3日,雨。他当着所有人的面,念我的日记。他笑得那么大声,我真恨不得立刻死去……

2011年5月18日,雨。我又被罚跑了。我知道还是因为他,可不知道怎么向老师解释,同学们谁也不会替我做证……

杜城又翻过一页。

2011年5月18日,阴。我的抽屉里有一只死鸟!我害怕极了,又不敢出声,我知道,一定是他。

2011年6月5日,大雨。在雨天骑车,是我最害怕的事。可偏偏又遇到他……我跌倒在水坑里,泥土掺着血腥味儿渗进齿缝……

田林:"不要再读了!"
杜城合上了日记本,抬眼审视着田林。
杜城:"这就是她日记里的你。"
沈翊走过去,把田林画画的那张酒杯垫拿起来,看了一眼。
沈翊:"这是小弦?"
田林:"这是我第一次见到的小弦。那天是篮球赛,打到一半下雨了,小弦就一直在雨中喊加油。那是我第一次注意到她。"
沈翊:"这个篮球赛发生在什么时间?"
田林:"这是七中的传统,每年的4月2日是篮球比赛的决赛。我想着她低头的样子,想着她在篮球场外默默看比赛的样子。她是我整个青春的梦想。"
杜城:"既然这么喜欢她,为什么还要霸凌她?"
田林:"因为我偷看了日记后才发现,她偷偷画在桌板上的背影,根本不是我。"
杜城:"你认识她喜欢的那个男生吗?"
田林摇头:"看过小弦的日记之后,我还特别留意过我们那一届的男生和美术室的男生,并没有找到这个人。"

沈翊:"所以,你就报复她?"

田林沉默了一会儿。

田林:"我只是想知道日记里的那个人是谁。"

32

线索断了,两人沮丧地开车离开。

沈翊的眼皮已经开始打架,开车的杜城却开始分析情况。

杜城:"田林不是任小弦喜欢的男孩,也没有杀害她的动机。线索又断了。"

沈翊:"没有断。田林的话里有一条非常重要的线索。"

杜城:"什么线索?"

沈翊努力睁开眼睛,这次他竭力不让自己睡着:"4月2日。"

杜城:"我有种直觉,凶手离我们不远了……"

沈翊:"直觉?"

杜城:"怎么,你不相信?"

沈翊喃喃:"相信。经历了长时间的专业训练之后,职业者会形成一种超出常人的感知力和创造力。在艺术创作者看来,这是灵感。我想在刑警这行,这就是所谓的直觉。"

杜城:"别,我们破案主要靠脑子和身手,不太懂你们搞艺术的什么灵感。"

沈翊却没回应。

杜城回头,发现沈翊已经睡着了。

33

杜城的那辆牧马人停在黢黑的巷口,只有车头灯亮着光。

杜城推了推沈翊。

沈翊半寐,睁开眼,看看四周。

沈翊:"到了?"

杜城:"怎么这么黑?"

沈翊清醒过来,解开安全带下车。

沈翊:"路灯坏了很久了。"

杜城突然开口:"走夜路,小心点。"

沈翊轻笑:"我习惯了。"

沈翊的身影没入黑暗中。

杜城望着他远去的方向,沉思着。

34

沈翊已经回到家。

窗外,巷子里的灯突然亮了。

黄色的光晕将整个巷子笼罩,充满暖意。

沈翊望向窗外的光亮,轻笑。

他突然不困了,从身旁拿出那一箱从七中带回来的骷髅画。按日期,把骷髅画和小弦的日记一一对好。

他仿佛走进了日记里的美术教室。屋里的阳光正明媚,沈翊在画着头骨,停下笔,向窗外望去。

屋外却淫雨霏霏!

小弦抬头向美术教室望过来。美术教室里,沈翊在画着头骨。沈翊停下笔,向窗外再度望去,窗外下着雪。

窗外,天气清爽,小弦踏着落叶踟躇。

沈翊与小弦竟始终处于两种天气里!

沈翊:"她在日记里,说谎了。"

第六章

1

办公室的白板上贴着五张复印的日记,对照五张素描图。

沈翊举起其中一组对比。

沈翊:"这是2011年4月2日的一张水溶石墨铅笔的习作,这是同一天任小弦的日记。"

杜城:"有发现了?"

沈翊:"日记上写的天气是"晴",可这幅素描能证明,这一天,下了大雨。"

杜城:"骷髅头能看出天气情况?"

沈翊点头:"天气的晴雨会影响光线,把这张素描和同一个人在相近日期画下的习作进行比对就会发现,这张素描的色调明显要暗。一个优秀的美术生,在短短几天内,对同一件素描对象的明暗质感把握,绝对不会出现这么大的差异。再者说——"

沈翊:"湿度对铅笔的着色效果影响很大。在空气湿度大的情况下,素描的色调会偏暗、偏滑腻。这么一对照,差异很明显。"

沈翊指着那几组对照。

沈翊:"同理可推断出,剩下的这几篇日记的天气记录都不对。"

杜城疑惑地看了看画纸上的笔迹。

杜城:"任小弦的日记是伪造的?"

沈翊:"倒不一定是伪造的,但至少可以确定这几篇日记记载的天气情况都和事实不符。"

杜城翻看着那几篇日记。

沈翊:"这几篇日记的内容还有一个共同点。"

杜城抬起头,双眼闪着亮。

杜城:"都出现了那个神秘男友!"

2

何溶月将一份法医报告递上来。

何溶月:"白骨化遗体的检测手段相对有限,能做的都做了,全在这里了。"

杜城打开报告,仔细翻看。

何溶月:"除了左侧肋骨下的那道疑似刀伤的划痕,骨骼上没有其他明显损伤。尸体腹部、胸部位置提取的土壤也没有检验出任何毒理反应,致命的应该就是那道刀伤了。但是……"

杜城:"但是?"

何溶月:"有一个地方,很奇怪。"

她拿起两个塑胶袋,小心翼翼地递到杜城手里。

一个装着泥土样本,一个装着细微的花粉、棉絮。

杜城:"这是?"

何溶月:"在任小弦遗骨的骨盆关节里发现的。"

在化验时,戴着口罩、身穿隔离服的何溶月,自骨殖中夹出一颗沾着泥土的棉絮。

何溶月仔细化验泥土成分。

何溶月:"开始时,我以为弄错了,是施工现场的杂物成分,经过化验后才发现,原来是木棉花棉絮,而且,在任小弦骨盆关节里,有不属于施工现场的泥土成分。"

杜城沉思。

何溶月:"我将棉絮外沾染的泥土颗粒和遗骨腹部的泥沙取样做了比对,结果差别很大。"

杜城:"确定吗?尸体埋了十年,就算有残留物,能保留这么久吗?"

何溶月:"人呼吸的每一口空气都留有生活痕迹的信息,这种痕迹可以保留二十年之久。我确定,不会出错。"

杜城："这就意味着，操场并不是第一埋尸现场！"

杜城话音刚落，蒋峰推门进来。

蒋峰："那个赵梓鹏，扫黄办来人办移交手续了。"

杜城："不是说再等两天吗？赵梓鹏的嫌疑还没有排除。"

蒋峰："张局准备签字了！"

杜城："我这就去找张局，你现在去拦人，我不同意，谁也不能把人带走！"

3

杜城不由分说地闯进张局的办公室。

杜城："张局——"

张局头也不抬，埋首办公桌前，似在签字。

张局："敲门。"

杜城转身敷衍地叩了几下门，又急急走进来。

杜城："事情还没查清楚，您怎么能同意把赵梓鹏移交出去？"

张局："扫黄办的上门来催，你给我一个不交的理由。"

杜城："赵梓鹏的口供还没有充分核实，万一他撒谎了，他就是杀害任小弦的真凶。故意杀人和组织卖淫比起来，总有个轻重缓急吧？"

张局："你跟我抬杠啊？人家没黑没白盯了好几个月，你一声招呼不打把人给逮了，你叫人家的案子怎么办？"

杜城："两天。"

张局："你说什么？"

杜城："再把人给我留两天，我总觉得他身上还有疑点。"

张局："两天？两天你能把这个陈年白骨案给破了？"

杜城抓起桌上的单子。

杜城："两天破不了案，您撤我的职。这单子，您不能签。"

张局笑了："你瞅瞅清楚，单子上写的什么。"

杜城翻过单子一看，审批意见上写着"案情未落实，暂缓移交"。

杜城："您……"

张局："我还是要护着自己人的。"

杜城敬礼："谢张局！"

张局："没用的话，案子办完了再说。你可记住了，两天。"

杜城一开门，看到正把耳朵贴在门上的蒋峰立刻装模作样地翻看着笔记。

杜城一脚虚踹过去。

杜城："整天溜墙听壁的，什么臭毛病！"

蒋峰："城队，误会。我这是在复查有没有漏掉的线索。现在该查的都查过了，别说两天，两个月两年也未必有信儿。"

杜城："没线索，那现在就去找线索！赵梓鹏现在有挪尸嫌疑，你马上去把赵梓鹏所有的档案资料和人际关系都再筛一遍！一根头发丝儿都不准漏！"

蒋峰："是！那您干什么去？"

4

杜城推开沈翊画像室的大门。

沈翊："木棉花……"

杜城："你在想什么？"

沈翊："在小弦的画作里，一棵木棉花盛放的木棉树出现了很多次。"

沈翊回想起那时瞿蓝心抱着一沓画纸过来。

瞿蓝心："我找了当年教过小弦的美术老师，小弦的美术习作都在这里了！"

沈翊一把抓过瞿蓝心手里的画纸。

沈翊："怎么只有这些？这肯定不够一个美术生的正常作业量。"

瞿蓝心："她转学来只有三个月，而且时隔这么多年，还能找到这些，已经不容易了。"

沈翊铺开小弦的画作。

入目的是一张圆锥体素描，笔法十分稚嫩。右下角的日期写着：2011年3月15日。

沈翊："这是第一张。"

沈翊将一幅幅习作按时间的先后顺序排好。

一张只勾勒出轮廓的母亲哺乳图赫然入目，右下角的日期赫然写着：2011年3月23日。

沈翊举起那幅画，对着杜城扬了一扬。

沈翊："下面的画，就该是小弦恋爱之后的作品了。"

杜城："你是说，她会把这个男孩画进自己的习作里？"

沈翊："没有一个绘画者会忍住不画自己的爱人。"

沈翊说着，继续翻找剩下的画纸。

静物、风景……甚至还有木棉树的速写……唯独没有人像！

沈翊将画作翻到底，不甘心地又把画按照日期全部排列一遍，依然没有看到人物画像。

杜城讽刺地叹口气："看来，任小弦是个能忍住不画爱人的大画家。"

沈翊："不对，画少了！"

沈翊指着按日期排列的画作。

沈翊："你发现没有？一共三十九幅画，在那幅母亲的画像前，几乎每个星期都有一到两幅画，可在那之后，画作拉开的间隔越来越长，在失踪前的两个月里，居然一幅画也没留下！"

杜城："有什么奇怪的，她或许觉得画画枯燥，不想学了。"

沈翊："不，如果失去兴趣或疏于练习，画工一定会退步。我还没见过一个不经苦练就画工精进的天才，包括我自己。可看小弦的画作，无论是笔法技巧，还是意境把握，进步都是显而易见的，尤其是这最后一幅《木棉树》。"

杜城："木棉树？"

沈翊："每次去他们学校的路上，都会碰见这棵木棉树。"

杜城忍不住抢过画纸，手一抖，画落在地上。

杜城捡起翻扣的画，意外看到，画纸的右下角有个淡淡的红印。

杜城："这是什么？"

沈翊凑上前几乎和他同时脱口而出："唇印？"

沈翊捡起画纸，仔细看着唇印的形状。

沈翊："是任小弦的。"

杜城："你能肯定？"

沈翊取出随身携带的图册，从中取出夹着的小弦照片，与唇形对比。

沈翊："形状基本吻合。看来是她特意擦上唇膏印下的，这幅画，这棵树，应该对她有很特殊的感情意义。"

沈翊忽然把画纸对向灯光。

暖光穿透了画纸。

淡红色的唇印下，隐隐出现了另一个润唇膏印的轮廓。

杜城深吸一口气："原来，她要吻的不是这棵树，而是这张唇。"

沈翊："不，是这张唇吻了小弦的。"

沈翊翻过画纸。

沈翊："这张唇印得更小心翼翼，沿着小弦唇的印迹。"

沈翊叹息："这大概就是小弦唯一的一次吻吧。"

5

画纸被夹在台灯的灯罩下。

沈翊看着灯光投射出的被遮盖的唇印轮廓，把它画了下来。

几笔勾勒，一模一样。

画纸上显出了一张线条俊美的嘴唇。

沈翊："这张嘴唇长在男孩脸上，实在有点……"

杜城："有点什么？"

沈翊："过于精致了。"

杜城："会不会又是被想象美化的？"

沈翊："比一比就知道了。"

沈翊将那幅根据小弦日记画出的、扭曲不堪的画像取出来，放在画出的嘴唇旁边。

沈翊："奇怪。"

杜城："对，一看就不是一张嘴，可总觉得哪里像……就跟一家子亲戚似的。"

沈翊的眼睛亮了："除非，是这样！"

他抓起画笔，在扭曲的画像的五官上匆匆修改几笔，补上了嘴唇，将它举到杜城眼前。

杜城："怎么会这样？"

沈翊："我们一直默认，小弦喜欢的是个男孩，所以按照她在日记里描述的样子，画出了一个看起来像田林的人。我们从未想过，她喜欢的也许是个女孩！"

杜城："女孩？可她的日记中，每次对这个人的记录都是他、他、他！"

沈翊："这就是为什么每次这个幻影爱人出场，天气是假的，环境是假的。"

杜城："可如果这个'他'根本就是个女性，赵梓鹏的口供里，为什么也说那是个男孩？"

沈翊："你记不记得，赵梓鹏说过，那个人的身形没有那么高大，他的描述，更像是一个女孩的体形。"

两人对视，答案就在口中。

杜城："懂美术、在学校、女性。"

沈翊："何法医一直百思不得其解的凶器也可以基本断定了——狭长锋利的刀具。不是手术刀，而是削铅笔用的美工刀。"

杜城："我想，你已经可以画出她的肖像了。"

6

审讯室里，沈翊将一幅肖像举到赵梓鹏眼前。

赵梓鹏瞪大了眼睛："是他，就是他！那天我在美术教室里……遇，遇到任小弦，突然闯进来的就是他！"

杜城："不是他，而是'她'。"

赵梓鹏一脸迷茫，还要问些什么，杜城已经抽回了画像。

杜城："我们会办理正式移交手续，把你移交扫黄办。"

赵梓鹏脸色煞白地站起身，走到门口，又转头，望向沈翊。

赵梓鹏："你说，我要是进去蹲几年，静下心来好好画画，能不能画成你这样？"

沈翊冷冷地盯着他，不说话。

赵梓鹏："至少，画得像个样子，还是有可能的吧？"

沈翊："别做梦了。你永远也不可能成为一个真正的画家。"

沈翊说着，拿起那本《猎罪图鉴》，飞快勾画着什么。

赵梓鹏深受打击:"你就这么肯定?为什么?你告诉我,到底为什么?"

沈翊将自己勾画的画举到赵梓鹏面前。

画面上是一个浑身缠裹污泥、已看不清面貌的男人形象。

沈翊盯着赵梓鹏,一字一顿。

沈翊:"因为,艺术是最纯洁的赤子才能达到的圣峰。而你,太肮脏了。"

蒋峰将赵梓鹏带出门。

眼看要出门了,赵梓鹏突然回头。

赵梓鹏:"你要是跟我去山里头,住进别墅,画上一年,我保证能把你炒红了!"

蒋峰猛地一下把赵梓鹏推出了门。

蒋峰:"呵,你在监狱里慢慢练吧!"

杜城抓起桌上的那张画像,端详着,叹了口气。

杜城:"我真想不到,竟然是她。"

沈翊:"我更想不到。"

沈翊和杜城面前的画纸上——少年瞿蓝心的画像,利落短发,一身男装。

沈翊举起任小弦的画。

沈翊:"感情问题杀人,一般都是由爱生恨,或者始乱终弃,但从任小弦的画里,我看不到一丝怨恨。特别是那幅《木棉树》,从笔触到色调,都洋溢着憧憬和希望。"

杜城凝视着画上的木棉树。

杜城:"根据何溶月的检验结果,发现尸体的工地并不是埋尸的第一现场。"

沈翊:"你是说,凶手很可能在偷换头骨的同时,对任小弦的遗骨进行了转移,而第一个埋尸地点,应该就是案发现场?"

杜城点点头,举起了那幅《木棉花》的画。

杜城:"也就是最有可能留下线索,查找到杀人动机的地方。"

杜城凝视着画上的木棉树。

杜城:"要找到罪证线索,我们还得回到那里。"

7

沈翊和杜城来到木棉树下。

树干上刻着少男少女的名字,三角梅绕着木棉树铺开去一大片。

沈翊:"我第一天来这个学校的时候,就路过过这棵木棉树。"

杜城:"这儿有什么特殊的?"

沈翊:"开花的时候,是美术生写生的好地方。这儿是最佳位置,适合两个人并排坐着,聊天、画画。土坡会挡住远处的视线,这里就变成了一个与世隔绝的小天地。"

杜城:"你还知道这些?"

沈翊:"我的学校也有这样的地方,每次写生课,我总是被选中负责帮同学们盯着老师。"

杜城忍俊不禁,但又赶紧收起上扬的嘴角,他的目光落在树干下的泥土上。

杜城:"开始吧。"

几名辅警执铁锹围上木棉树,在树干周围奋力挖掘。

半晌,一名辅警惊呼。

辅警:"找到了!"

一把锈迹斑斑的美工刀被高高举起。

8

瞿蓝心走到美术教室的窗前,居高临下,远望校外。

木棉树下,沈翊、杜城的身影依稀可见。

一束光射入,沈翊不由自主地眯起了眼睛。

窗户大开。瞿蓝心坐在窗口上,一条腿垂在窗下,一条腿屈起,那姿势确保她随时能倾身坠楼。

阳光将她的轮廓勾勒成一幅素描。

瞿蓝心没有抬头,便已经知道来的是谁了。她的声音里透着愉快,像是和沈翊第一次聊画时那样。

瞿蓝心:"你临摹过《少女与死神》吗?他们都说这个主题的绘画创作最多

的是将死神描述成少女的情人。我倒觉得,死神不是情人,而是我们的母亲。"

瞿蓝心转头望向窗外。

瞿蓝心:"她打开襁褓,要让远行归来的孩子安睡。"

瞿蓝心仍坐在窗户边,摇摇欲坠。

沈翊轻轻走近一步,掏出一幅画。画上是小弦在雨中的肖像。

沈翊:"这是我画的任小弦的肖像,4月2日那天下雨,小弦在篮球场为你加油。可我画得不好,你帮我完成好吗?"

瞿蓝心:"你已经画得很好了。"

沈翊:"可这不是小弦想要的。"

瞿蓝心眼神一动。

沈翊将任小弦的肖像高高举起。

沈翊:"小弦要的是你画出来的她。谁都没见过小弦发自内心的笑容,除了你。"

瞿蓝心望着肖像。

微风吹动,画上女孩的眼神似乎也动了。

瞿蓝心望着肖像,眼神一动。

瞿蓝心:"我想跟你单独谈谈。"

杜城对着蒋峰比了个手势,一步步缓缓退出教室。

蒋峰点点头,跟着一起后退。

杜城退出到教室门后的一刹那,突然以百米冲刺的速度直奔楼下,边跑边高呼。

杜城:"体育室里有没有垫子?快!马上拿出来!"

9

画板上,换成了沈翊画的那幅任小弦肖像。

瞿蓝心走下,坐在窗边,端详着画像,目光专注又挑剔。

沈翊微笑:"没有一位画家能忍住不画爱人的肖像。"

瞿蓝心:"因为我们总是相信,自己会看到爱人身上不能为他人所见的美。其实,爱不会使人更敏锐,只能令人盲目。"

沈翊："可是你眼里的任小弦，和任小弦眼里的你，一定与众不同。"

瞿蓝心微微苦笑："是啊，万人丛中平淡无奇的我们，只在彼此眼里散发着光。"

瞿蓝心环顾着美术教室，最终将目光投向紧闭的教室门。

瞿蓝心："你知道吗？我第一次走进她眼睛里，就在这间教室。"

10

美术教室紧闭的门被豁然推开。

身穿运动服、顶着一头短发的瞿蓝心站在门口。阳光从她背后射来，为她的轮廓镀上了一层金边。

正被赵梓鹏按在手下的任小弦豁然站起，凝望着光晕里的瞿蓝心，仿佛仰望着从天而降的神。

"也许从那天起，她就把我当成了想象中的人。可惜，我让她失望了。"

11

校园里，女孩们穿着轻盈的裙子，擦肩而过。

大家路过顶着短发、一身男孩打扮的瞿蓝心时，指指点点，低声取笑。

瞿蓝心若无其事地行走在校园里。

"我知道，我从小就跟别人不一样。同学们排挤我，可我不在乎。"

12

木棉树下，任小弦画着画，画着漂亮的公主和王子。

一个女生一把抢过小弦的画，和两个小姐妹一起嬉笑。

高个女生："哎哟，你看这个公主，发型居然和任小弦一样！"

漂亮女生："因为小弦觉得她就是公主呀！"

周围的同学们听着，哄堂大笑。

任小弦双手堵住耳朵，一动不动。

树上的瞿蓝心没有起哄，而是低头静静凝望着任小弦。

一颗糖从木棉树后扔过来。

小弦接住糖，转头看向木棉树后，瞿蓝心的背影已经远去。

透明美丽的糖纸上画了一个笑脸。

小弦也笑了。

13

美术教室里，瞿蓝心结束了自顾自的回忆，望向沈翊。

瞿蓝心："不被人理解的感觉，我想沈警官也不会陌生吧。"

沈翊："1880年，一个少年曾经用显微镜相机拍了几千张雪的照片，然后他发现没有一片雪花结晶的形状是相同的。"

沈翊随手画出几片雪花的形状，递给瞿蓝心。一朵朵雪花照片，每一张都美得各不相同。

沈翊："所以你并没有什么不同，我们都只是大千世界中的一片雪花而已。"

瞿蓝心愣住，苦笑着摇了摇头。

瞿蓝心："可惜那时，我们没有听到这样的说法。我本来只是想安慰她。可我没想到，从那天起，我会有了一个陪伴。"

14

篮球场，天色近晚。

田林等男生擦着汗水，嘻嘻哈哈离去。

任小弦坐在篮球场边，手里捧着画板，画着篮球场。

田林回头望着任小弦的背影，任小弦却浑然未觉。

孤独的拍球声响起。

瞿蓝心："我常常在他们都离开后，一个人练球，而她就是我唯一的观众。"

任小弦的眼睛亮了起来。她放下画板，向篮球场上望去。

瞿蓝心独自一人来到空旷的篮球场上，一下一下拍球。

任小弦的笔下，篮球场上多了一个男孩打球的身影。

15

教室里，任小弦猫在课桌上，一笔一笔认真地画着什么。

走廊上，瞿蓝心身姿笔挺，乘着阳光走过。

任小弦望见瞿蓝心，羞赧地用手挡住桌子一角。

缝隙中，几笔线条若隐若现。

瞿蓝心探身来到任小弦的课桌前，一笑。

课桌一角上有一个只画了一半的少年背影。

瞿蓝心沿着原有的笔触，补上另一半。

瞿蓝心："渐渐地，我也开始寻找机会，陪伴着她。"

16

任小弦一个人在操场上跑圈。

正要随同学走回教室的瞿蓝心向窗外看去，忽然一脚将路边的垃圾桶踢倒。

老师："你！干什么呢？"

瞿蓝心桀骜不驯地瞥了老师一眼。

老师气得打哆嗦："有劲没处使是吗？去，跟她一块儿，跑十圈！"

瞿蓝心跑上跑道。

操场上的跑道是个同心圆。微微细雨中，瞿蓝心和任小弦遥遥相对，跑在圆的两端，踩着彼此的脚印，也不知是谁在追逐着谁。

"我跟她距离最接近的一次就是那天下雨，我跟着她，一路回到了她的家。"

17

任小弦家的老屋外，瞿蓝心举着一把伞，站在雨中。

老屋的窗户透出暖黄的灯光，却传出激烈的争吵声。

瞿蓝心担忧地望着窗内的人影。

灯关了。人影不见了。

18

窗外是淅沥的雨丝，为美术教室的窗户蒙上一层雾气。

任小弦紧靠着窗户，伸出一只手，指尖点在玻璃窗上，在蒙着雾气的玻璃上勾勒出一个男孩撑伞的轮廓。

不远处的瞿蓝心，越过自己面前的画板，看着认真在窗上画画的任小弦，忍不住微笑。

瞿蓝心："她看见了那天雨夜里的我，原来，不只有我注意着她。"

19

沈翊将那幅小弦画的《木棉树》推了过去。

瞿蓝心伸手拿画，手指刚触上，又缩了回去。

沈翊："这么美的画，为什么要害怕？是不是因为，别人看到这棵木棉树，看到的是殷红的花，只有你看到的是树下深埋的白骨。"

沈翊列出第二件证物，一把封在塑胶袋里的生锈的美工刀。

沈翊盯着她的手："还有，你左手中指上那道细长的纹路，其实是这把美工刀留下的疤痕吧？"

沈翊举起自己的手，手指上，可见数道相似的划痕。

沈翊："用美工刀削素描铅笔是个苦活儿，画画的都要留两道疤，戴上手套也没用。小弦的画学得不错，可她一定不会想到，她的疤会留在心口上。"

瞿蓝心默然。

沈翊："在木棉树下的土层里，还发现了共计二十一片衣物残片，上面有大片血迹残留。既然你的手当时被划伤，很大概率会有血迹留在任小弦的衣服上。以现在的技术，将你的DNA与衣物残片上的血迹进行比对鉴定，不成问题。"

瞿蓝心始终沉默。

沈翊："就算你什么都不承认，这些证据也足够形成完整的证据链。"

瞿蓝心忽然开口："一切都是因为她爱上了我，可她爱的不是我。"

20

一只精致的纸盒摆在木棉树下。

任小弦打开纸盒，盒中是一小块玫瑰蛋糕。第一次，她忍不住转头，对远处的瞿蓝心一笑。

瞿蓝心飞快地看了她一眼，微笑着把目光落在自己手中的画上。

画纸上束着一条"生日快乐"的丝带。

瞿蓝心解开丝带,翻开画纸,一页页翻下去,笑容凝固了。

篮球场上的男孩。

跑道上的男孩。

雨夜里的男孩。

全部都是男孩的身姿!而"她"的面容,却始终是模糊的。

瞿蓝心的手指开始颤抖。她转头望向任小弦。

小弦却将蛋糕上的红色奶油小心翼翼点在唇上,捧起一张画纸,轻轻吻了上去。

21

瞿蓝心猛地将头扎进学校卫生间洗手池的冷水里。

冷水通过鼻腔侵入体内,瞿蓝心开始出现幻觉。

在任小弦的眼里,跑在前方的瞿蓝心是个男孩。

在任小弦的笔下,跳跃在球场上的瞿蓝心是个男孩。

在任小弦的想象中,她轻轻踮起脚,吻上瞿蓝心的唇——一张属于男孩的微微冒出青色胡楂的嘴唇。

瞿蓝心猛地自冷水中抬起头,望着镜子里的自己,大口喘息。除了短发,镜中的她肤色白皙,五官秀美,脖颈纤细。

瞿蓝心:"我原以为,我终于找到了一个能够接受我的人。可是想不到,她只喜欢她幻想中的那个人……"

22

天色渐晚。

女孩们的说笑声远去,更衣室里只剩下一个隔间还反锁着。

瞿蓝心的脚踏出了隔间。

瞿蓝心:"我要让她的眼睛看清我,看到那个真实的我。"

瞿蓝心:"在她转学后,我重新邀请她回来。我想要她看清我,却没想到,我把她幻想中的爱人毁掉了。不,那天死的,是我们两个人。"

猎罪图鉴

木棉花落，飘飘扬扬。

任小弦忐忑不安地整理着自己的连衣裙。

树背后传来窸窣的脚步声。

任小弦兴奋地转回头，愣住了。

一抹裙角自树后闪出来。瞿蓝心现身在月色下，一袭长裙，娴静秀丽。

任小弦怔怔地望着她，眼神像水里的月亮一样随风破碎了。

瞿蓝心："小弦，这就是我。"

任小弦后退一步，连连摇头。

任小弦："不对！不是，你不是！"

瞿蓝心："你看清楚，这就是我。"

任小弦痛哭。

任小弦："你怎么能骗我？"

瞿蓝心："我没骗你，我是蓝心，我是瞿蓝心！陪你在跑道上跑圈的是我，站在雨里等你的也是我！别的还重要吗？"

瞿蓝心想要拥抱小弦，却被小弦狠狠推开。

小弦："放开我！为什么，你们都要欺骗我！"

瞿蓝心惊呆了，脸色煞白，眼前的小弦声嘶力竭、歇斯底里。她想要抱住小弦，稳定她的情绪。

瞿蓝心："对不起。我以为，你能接受真正的我。"

瞿蓝心缓缓推开任小弦。

瞿蓝心："我还以为……我终于找到了你。"

她没说下去，深深望了小弦一眼，转身要走。

身后传来身躯倒地的声音。

瞿蓝心回头——任小弦双手握着美工刀，刀尖已经深深刺进左胸。

瞿蓝心扑过去，抱住她，想要把刀拔出来。任小弦却握住她的手，用力将刀尖又往深处插去。

瞿蓝心的左手划伤了，与任小弦的鲜血融在一起。

任小弦凝望着她的脸，微笑。

任小弦："我也曾经以为，我终于找到了你。"

23

沈翊:"任小弦是自杀?"

瞿蓝心:"是我亲手掐灭了她人生最后的一束光。"

沈翊:"所以,你就把她埋在了那棵木棉树下?那你当时为什么不报警?"

瞿蓝心:"我想过报警,可还是没能拨下电话号码……因为,这是她的遗愿。或者自私地说,我希望她永远在那里陪着我。"

瞿蓝心深情地凝望着小弦的画,眼里已满是泪光。

任小弦的画集里面满满的都是木棉树的速写。

其中一张上,木棉花开得正盛。

瞿蓝心对着光看,上面有任小弦淡淡的口红印。

瞿蓝心双手颤抖,将自己的唇靠近木棉树,紧紧贴上了任小弦的唇印。

瞿蓝心转身,将手中的画递给沈翊。

瞿蓝心:"上大学后的每个假期,我都会回到木棉树下,陪她。"

瞿蓝心轻轻抚摸着木棉树的树干,上面刻满了男孩女孩的名字。

夜色渐浓,瞿蓝心拥抱着那棵树,闭上了眼睛。

24

身着长裙的瞿蓝心手捧着教材,走向教学楼。此刻的她已经是七中的美术教师。

几个学生与她擦肩而过。

学生甲:"听说了吗?市政要对校外那片小坡重新翻土修整。"

学生乙:"为什么啊?"

学生甲:"说是在木棉树周围种些三角梅,搞搞城市绿化。"

学生乙:"什么审美,土死了。"

学生们嘻嘻哈哈走过,瞿蓝心的脸色却变了。

25

月色下,泥土被铁锹一层层拨开。

泥土中露出一片腐坏的衣角。瞿蓝心丢开铁锹,跪在地上,小心翼翼地用手拨开泥土。

白森森的头骨赫然入目。

瞿蓝心如遭雷击,瘫坐在地。

树上,一朵殷红的花落下,落在头骨可怖的外露的牙齿上。

瞿蓝心似乎看到,小弦的笑容在花瓣里复活了。

少顷,她终于颤抖着伸出手,抱住了那个头骨。

洁白的骨架躺在泥土中。瞿蓝心捧起一抔土,缓缓撒落。

26

教室的门锁着。

蒋峰不安地看了看手表。

蒋峰:"我说,这都快一个钟头了,就俩人关在里头,不能出什么事吧?"

杜城细看墙上的一张张桌板:"他既然有本事把瞿蓝心从窗户上劝下来,让她认罪,就绝不会再让她跳下去。"

蒋峰:"那个瞿蓝心看着可不老实。"

杜城:"目前已经可以确定任小弦的致死工具是美工刀。我相信,根据美工刀的长短形状,还有她和任小弦的身高比等数据,法医部可以还原遗体上致命伤的形成过程,要找到支持自杀或者他杀的可靠证据并不困难。"

杜城的目光转向墙上桌板的画。

杜城:"但看到这些画,我很难相信,一个人会残忍地剥夺了爱人的生命,却又如此珍视她的作品。"

27

美术教室窗前,沈翊与瞿蓝心相对而坐。

沈翊打开那本《猎罪图鉴》,对着瞿蓝心描绘着。

瞿蓝心:"我记得,你曾经问过我,为什么要留在这里当美术老师?对不起,那时,我说谎了。"

沈翊:"我知道,当时就知道。"

瞿蓝心微微一怔:"你当时就怀疑我了?"

沈翊："不，因为当时，我也说谎了。说谎的人，总是特别容易察觉谎言。"

瞿蓝心苦笑："那么你留在警队里当画像师，到底是为什么？"

沈翊望着手中完成的肖像，没有回答。

他画的是个神采飞扬、五官精致的少年蓝心，鲜红的笔勾勒出她的轮廓。

沈翊把画递给瞿蓝心。

瞿蓝心望着那幅画像，笑了，渐渐笑出了眼泪。

瞿蓝心："小弦眼中的我，应该就是这样的吧。"

沈翊将纸笔转递给瞿蓝心。

沈翊："你还没有画出你心中的小弦。"

瞿蓝心："我早就画了。十年前，就画过了。"

沈翊和瞿蓝心从美术教室里走出。

杜城和蒋峰正在长廊尽头等着。

瞿蓝心在课桌墙前驻足。

有两个小女孩从瞿蓝心身边跑过，不知道是真实，还是幻影。

瞿蓝心注视任小弦桌上的画，双手用力摘下桌板，翻过。

桌板反面是一幅画，飞扬的木棉花树下，任小弦笑得灿烂。

这是沈翊等人第一次见到任小弦笑的模样。

瞿蓝心转头望向沈翊。

瞿蓝心："你能不能帮我办个事？"

28

沈翊拖着行李，用钥匙打开瞿蓝心家的房门。

沈翊把行李往边上一放，注视着沙发后的那幅《长发女人像》。

微风里，画像上的发丝微微飘动。

沈翊提起钩针，用线补上了女人的脸。

任小弦的脸。

三色猫小弦踱步至沈翊脚边，埋头蹭着沈翊的裤腿，叫声绵软。

沈翊蹲下身子，轻轻顺着它的毛。

沈翊轻唤："小弦……"

第七章

1

杜城背着包,慢慢走在村庄的小路上。一张又一张的脸从他身边掠过。

2

雷一斐的肖像占据了一整面墙。

杜城找了块儿地方坐下,山风满怀。

杜城扯开汉堡包装袋,拉开啤酒罐。

独饮。

他抬头看着墙上斑驳的裂纹,那是时间在画像上留下的痕迹。

杜城:"画上的人也会老啊……"

后方有足音,地方空旷,声音就传得足够远,杜城一听就知道是女人的脚步声。

他看到一道细长的身影渐渐靠近,娉娉婷婷。

她径直走到画像前,把一束兰花放下。

杜城警觉地看着林敏。

杜城:"你认识他?"

林敏:"我认识画他的人。"

杜城盯着林敏,林敏掏出一支烟。

林敏:"有火吗?"

杜城:"我不抽烟。"

林敏:"你们警察破案难道不抽烟?"

杜城:"你怎么知道我是警察?"

林敏:"我们见过。"

杜城回忆着。

北江美院教室里,林敏的那张脸。

杜城:"你变化真大。"

林敏:"你一点没变。"

林敏:"找沈翊画画的人抓到了吗?"

杜城:"那张脸,他画不出来。"

林敏揉揉细烟。杜城看见她的脸上竟然闪过冷笑。

3

七年前的沈翊同样驻足在这里,注视着雷一斐的肖像。

林敏:"你在害怕什么?你只是画了一幅肖像,你根本不知道他的身份,别人利用这幅画,杀了他。你没有犯罪,你也不需要内疚。内疚是普通人的情绪,你是一个艺术家,艺术家只能向前,不能回头。你只是在害怕自己拥有的这种力量。美术史本来就记录了犯罪史,就像卡拉瓦乔,他杀人、逃亡,但他留下了最伟大的绘画,像他一样,抓住此刻的感觉,抓住恐惧,抓住恐惧中隐藏的兴奋,让它燃烧起来,那就是杰作!"

沈翊:"我不是卡拉瓦乔,我一直期待自己的画能影响别人,没想到,是通过这种方式。"

林敏:"还记得那幅《查特顿之死》吗?查特顿是一个追求梦想的少年诗人,他因为犯了错,愧疚至死,而亨利·沃利斯却把这一幕画下来,成为传世之作。你想成为哪一个?艺术家本就该一往无前地开辟出自己的路。"

林敏句句诱导着,查特顿的死状似浮现于眼前。

沈翊不吭声。林敏如撒旦,附在沈翊耳边低喃。

林敏:"生存,还是毁灭,你选吧。"

4

搬家工人们走进沈翊的家,抱出家具、画作。

林敏:"你想去哪儿?"

沈翊:"我找到了第三条路。"

车斗里放着满满当当的家具、画作。

沈翊和林敏坐在杂物中间,面面相觑。

林敏怀中紧紧抱着沈翊的画。

卡车停在那堵画有雷一斐的肖像的墙前。

沈翊:"就卸在这儿。"

搬家工人:"这儿啥都没有,卸在这儿?"

曾经被视若珍宝的画作凌乱地堆放在空地上。

工人挪动沙发,沈翊指着画堆儿。

沈翊:"沙发放边上吧。"

林敏:"沈翊,你是不是疯了?"

沈翊:"借个火。"

林敏:"你不抽烟。"

沈翊:"我不抽烟。"

林敏捂住包。沈翊挪开她的手,翻开包,取出打火机,打着火。

打火机穿过夜色,落在画堆儿上,火光腾起。

沈翊坐在沙发上,静静地望着自己的心血燃烧,仿佛与自己无关。

沈翊:"要是有杯咖啡就好了。"

林敏:"这就是你找到的路?"

沈翊:"那天你说只有生存、毁灭两条路,其实还有第三条。我想成为改变结果的人。"

火光中,沈翊的影子忽起忽落。

林敏:"你变了,变得平庸、无趣,泯然众人。"

沈翊头也不回地离开,火光映衬着他的白色衬衫,好一个干净少年。

林敏的目光却死死盯住他的背影。

她一直觉得,沈翊没那么单纯。

5

清脆的嗓音高呼:"小沈!"

分局明媚的走廊上,沈翊应声回头。

宣传部的菲姐叫住了他。

菲姐:"小沈,你不是画画特好吗?来来来,帮大姐出个板报!"

菲姐把一盒粉笔塞进沈翊手里,拉着他面对着走廊上长长的黑板。

菲姐:"大姐把稿子都写好了。这边儿呢,你就随便画点什么……"

沈翊:"嗯。"

菲姐:"这边儿呢,你字写得也不错,这样,我念,你写。"

沈翊无奈,举着粉笔站在黑板面前。

菲姐:"捕风捉影能手,绘形猎罪神探。"

沈翊握着粉笔的手明显一顿。

菲姐:"是他,与时间抢跑,抽丝剥茧,找出一个个藏在暗处的嫌犯……"

菲姐高声朗读着稿件内容。

沈翊硬着头皮,一笔笔写上称赞自己的话。

菲姐:"一天出不完没事啊,慢慢画!"

6

黑色皮鞋踩在监狱走廊的地上,发出的响声铿锵有力。

女警身后,四名武警持枪分成两列,站在走廊外。

走廊两侧,听见女警的脚步声,一张张惨白的女人的脸,或惊惶或好奇,竭力向外望去。

女囚:"武警……有武警!"

女囚:"带着枪——有人要被'执行'了!"

女警向走廊最深处走去。

7

幽深狭小的房间,墙上只高高开了一个小窗,阳光射下,照着角落露出的灰蓝色囚服的一角。

地上铺了五六张床垫，每张床垫前坐着一个女人，只有离窗最近的那张床垫是空的。

门外，女警的脚步声由远及近。

女人们的神色紧张起来，一双双眼盯着铁门。一个年轻女人的整张脸都开始打战。

钥匙碰撞声响起。

钥匙插进铁门的刺耳声响起。

铁门打开，女警走了进来，目光在室内扫过。

谁被她的目光扫到，谁就开始哆嗦。

女警的目光落在年轻女人脸上，声音温和。

女警："378513 号，跟我到谈话室。你们几个，帮她把东西收拾一下。"

年轻女人的眼泪夺眶而出，浑身发软，瘫在垫子上。女警上前搀起她，半扶半拖地向门口走。

铁门关闭。

倚在床上的蒋歌发出啧啧声并摇着头。

一个年长的女犯哭出声。

窗下角落响起冰冷声音："哭什么？这屋里的，谁没欠下一条命，不该还啊？"

蒋歌冲着角落望去。

蒋歌："你呢？你可杀了四个，你就不怕？"

褚英子（角落的女犯）："他们杀不了我。"

褚英子向窗口挪了挪身子，囚服胸口处印着"370014"的布标已经破旧褪色。

褚英子举起一只手，迎向窗口的阳光。

褚英子："只要他还在外头，他们就杀不了我。"

沐浴在阳光下的那只手，洁白、修长、优美，看似与罪恶毫不相干。

8

粉笔划过黑板，扬起纯白的粉笔灰。

沈翊站在走廊上，绘制着板报。

他正描绘着风景。

板报上的风景，一如他从走廊窗口望出去的画面。

沈翊望向窗外，恰好看到一个女人，从分局门口急匆匆地跑进来。

张局："小沈？你怎么在这儿画板报？"

沈翊回过头，张局走了过来。

沈翊："菲姐让我画的。"

张局点点头："行。对了，等会儿你要是看见一个人找我……"

张局打住了话头。

张局："算了，你也不认识，先忙吧。"

说完，张局走回了自己的办公室。

沈翊继续描摹着。

板报上的文字多了一些。

一个人停在了沈翊身边。沈翊从板报上移开目光，看到了一个气势汹汹的女子，正是刚刚冲进分局大门的那位。

吴姐厉声："张局在吗？我要找她！"

沈翊懵懂地点点头，注意力又回到了板报上。

吴姐径直闯入张局的办公室。

沈翊细致打磨着板报的花边，无视走廊上的人来人往。

板报上的画更完整了。

杜城："不可缺少的刑侦人才、优秀干警。"

杜城不知何时出现在了黑板旁，看着沈翊在出一期关于自己的板报。

杜城："真下得去手啊，自己夸自己？"

沈翊："是菲姐让我画的。"

杜城："看来，猎罪神探的好处就是可以帮宣传的同志画板报啊。"

哗啦！

玻璃粉碎的响声打断了两人的对话。

杜城、沈翊都一惊,是从张局办公室传出的响动。

"要么把她杀了,要么我今天就死在这儿!"(吴姐的喊声)。

杜城:"坏了,要出事!"

杜城一脚踹开门。

9

张局办公室墙角柜子上的玻璃被打碎了。

吴姐手里攥着半截碎玻璃,抵在自己脖子上,看着破门而入的杜城,愣了。

杜城扑上去,一巴掌打落吴姐手里的玻璃,就势一推,吴姐被按坐在椅子上。

吴姐:"你放开我!——警察,警察欺负人了!"

张局:"杜城,你放开她。"

杜城退后几步,依然挡在张局面前。

张局望着吴姐,沉沉地叹了口气。

张局:"小吴,按照法律规定,杀害你弟弟的凶犯现在还不能执行死刑,你放心,我们一定会抓紧时间调查,将她绳之以法。"

蒋峰:"啊?——死刑?!"

10

张局把一沓案卷重重地丢在办公桌上。

张局:"我在城南分局时办的案子,骗婚杀人案。从2007年第一起案发,到2009年犯罪嫌疑人被抓获,先后两次作案,一共四个受害人。这个案子,你应该知道。"

杜城点头:"罪犯叫褚英子,当时三十一岁,以婚恋为名义与受害人同居,摸清财产情况后就实施杀人洗劫,第二次作案时杀了一家三口。可我记得,她应该在2011年时就被判处死刑了。"

杜城一边说着,沈翊一边翻着案卷。

案卷中有张褚英子指认现场的照片,褚英子低着头,未露出面容,但沈翊还是被她的侧脸轮廓吸引了。

张局:"可到现在,她还在监狱里关着。"

沈翊放下案卷。

沈翊:"奇怪,一审判处死刑,就算上诉、复审,到执行最多也就三年时间。她怎么会关了这么久?怪不得受害人家属会来闹。"

张局:"因为她在二审时改了口供,声称不是独自作案,还有个同伙!"

杜城:"这个同伙一直没抓着,她就没法儿被执行。"

张局:"没有监控影像,没有目击证人,就靠她一张嘴说出一个人来——你说,这让咱们怎么去抓、拿什么去抓?"

沈翊:"让我试试吧。"

杜城:"你?"

沈翊:"我去试试,看能不能问出她口中那个同伙的样子。"

11

沈翊:"这样一个人在监狱里待了七年,会变成什么样呢?"

工作室里,沈翊端详着褚英子的照片。

杜城:"你是想完成张局安排的任务,还是就想看看杀人犯?我告诉你,能被关这么久的,都不是正常人。"

沈翊仔细地削起铅笔。

杜城:"收了吧,没用。你不是我们找的第一个画像师了。之前已经找人画过五六次了,每次说的都不一样。"

沈翊:"那个同伙是她编造的?"

杜城:"同伙一定有,我研究过案卷。两处犯罪现场,虽然都没有发现第三者的指纹、足迹,但从分尸的情况来看,显然不是一个女人能完成的。而且根据我的推测,第二次作案,他不仅是事后分尸,而且是全程参与了。褚英子要想活命,就不会供出那个男人,换你,你会说吗?"

沈翊:"就是说,这些脸都是不存在的。"

沈翊翻起那些"嫌犯"的照片,每一张,都是不一样的脸。

沈翊:"但她还是会描述出一张男人的脸,根本不存在的脸。"

▶ 猎罪图鉴

杜城:"她必须证明这个同伙真的存在,但她绝不会说出那个人的庐山真面目,因为一旦抓到那个人——她的死期也就要到了。"

沈翊:"难怪,之前那么多画像师都画不出来。"

杜城:"画像,只不过是在拖延她的死期。"

沈翊:"你觉得,我也会成为下一个帮助她拖延死期的人?"

杜城的目光落在沈翊的手上。

杜城:"你们画像师的手,就是她制造永远抓不到的嫌犯的工具。"

沈翊不语。

他削铅笔的手,没有一丝停顿。

12

沈翊走出分局,坐上一辆出租车。

车子载着沈翊扬长而去。

杜城站在一扇窗前,望着沈翊离开的方向。

菲姐:"小杜,你说说这个小沈,板报画一半就撂挑子了,也不知道什么事这么急!"

杜城的身旁是自己在画板报的菲姐,唠唠叨叨。

杜城:"瞎忙活。"

13

监狱森严的大门前。

沈翊从出租车上下来。

出租车司机:"用不用等会儿您啊?等的话,我可得加钱!"

沈翊环顾四周,看到了一辆在监狱门口趴活儿的黑车。

黑车司机站在车旁吆喝。

黑车司机:"市区,市区,上车就走。"

沈翊了然,转身面向出租车司机。

沈翊:"不用了。"

说完,沈翊向监狱大门走去。

威严的武警。

空荡的走廊。

沈翊坐在谈话室外，在素描本上勾勾画画。

14

相似的故事，沈翊在画中见过，他把这幅画带到了课堂上。

沈翊："伟大的绘画，记录下的常常是超越人类常态的情状。所以，伟大的画家大多有去监狱画死刑犯的怪癖，因为在那里，他们才能画出直视死亡时人类极致的情感。你们可以想象一下，人们会以什么样的面目来面对死亡？"

学生们交头接耳。

沈翊放出《狱中的莎拉·马尔科姆》。

沈翊："威廉·贺加斯走进了监狱，在这名连环女杀人犯被执行死刑之前，画下了这幅肖像。"

学生们哗然。

沈翊："当时的人们也像你们一样，不能理解为何临行前的人并不是痛哭流涕，惊惧交加，而是这种漠视死亡的平静。而贺加斯能理解吗？我不知道，但他正因为记录了这张脸而青史留名。一名艺术家如果总拘泥于画自己能理解的领域，注定会走向平庸，我们的画笔记录的应该是人间的极致与非凡。"

15

女警打开门："370014，跟我到谈话室！"

褚英子神色微微一变。

女警："不用害怕，是有人要见你。"

褚英子："男的，还是女的？"

女警："男的。怎么了？"

褚英子转过身，咬破了自己的手指。

殷红的鲜血渗出。褚英子把血涂在自己的唇上。

阳光下，嘴唇鲜红动人。

16

沈翊铺开画册《猎罪图鉴》和笔。

谈话室的门打开了,褚英子走了进来。

褚英子落落大方地在沈翊对面坐下。

沈翊:"褚英子?"

褚英子没说话,抬起头,捋了捋头发。

阳光下,漆黑的头发,苍白的脸,格外艳丽的嘴唇。

沈翊一瞬间看见了《狱中的莎拉·马尔科姆》画像。

任何人都会被褚英子红艳的嘴唇吸引。

褚英子:"你长得真好看。我在这里七年没见过帅哥了,今天值了。"

沈翊:"谢谢,你也很好看。不,严格来说是很美——左右脸几乎完全对称,三庭五眼的比例也十分均匀。这张脸可以去做古典雕塑的原型。"

褚英子骄矜又羞赧地摸了摸自己的嘴唇。

褚英子:"是吗?从十二三岁起,就有男人夸我长得美,可他们都没你说得这样好。真可惜,你没见过我以前的样子。"

沈翊:"我相信。"

沈翊说完,一边看着褚英子,一边手持铅笔在画纸上勾勒,匆匆几笔后,将画纸摆在褚英子眼前。

沈翊:"这就是你十二三岁时的模样吧。"

褚英子惊喜:"一模一样!怎么,你见过我小时候的照片?"

沈翊:"我是对照你现在的脸,画出你小时候的样子。"

褚英子将笑容收敛起来:"哦,我知道了。你又是来画像的。画了这么多次了,还没够啊?……好吧,我告诉你,他长得特别像武侠小说中那种五大三粗的汉子。中等身材,中等体型,浓眉大眼,络腮胡子……"

沈翊打开案卷,取出其中一幅画像。

沈翊:"你说的是这个样子吗?"

沈翊手中拿着的画像比较符合褚英子刚刚的形容。

褚英子:"对对对,这不是已经画过了嘛。"

第七章

沈翊："那这些呢？他们又分别是什么答案？"

沈翊拿出卷宗里的五六张画像，摊开来，上面的人像各异。

沈翊："前后有五位画像师根据你的描述画过六张嫌疑人肖像，可每张的感觉都不一样，也没有一张抓到过人。"

褚英子："那是他们画得不好。"

沈翊："是你有意说谎。"

褚英子依旧保持着微笑，边笑边摆弄着自己的头发，看起来风情万种。

沈翊："受害人家属一直在争取对你尽早执行死刑。如果根据这几张假画像，认定你的同伙是编造的，你最多还有三个月……"

褚英子放下头发，表情略微正经了点。

沈翊："你现在唯一的机会，就是配合我画出那个人，至少证明他不是你虚构的……如果你配合我，我可以保证这是最后一次画像。"

褚英子叹口气："信不信都好，我从来都没说谎。可我被关在这里太久了，有时，真的记不清楚他的脸了。"

沈翊放下素描本。

沈翊："两次作案，四条人命，你从受害人身上拿走至少五十万，应该都在那个人手里吧？而你独自被关在这里……"

褚英子淡淡一笑："走上这条路，我是自己情愿的。你不必用这个刺激我。"

沈翊："你想他吗？"

褚英子没想到沈翊要说的是这个，眼神一动。

沈翊将那幅十二岁的褚英子画像摆到她眼前。

沈翊："你觉得我为什么要画你十二三岁的样子？"

褚英子："显摆。"

沈翊："我是想告诉你，我能让你看到自己从前的样子，也随时能让你再见他。"

褚英子凝视着画像，不说话。

沈翊："你不失望吗？"

褚英子："为什么要失望？不过是同伙而已。"

沈翊："他们都说，你是为了保命才不肯供出他的样子，但我猜，是因为你爱他。"

褚英子:"你怎么知道?"

沈翌:"眼神不会骗人,说起他的时候,你的眼神就像在望着一个远处的情人。"

褚英子展颜笑了。

褚英子:"你真会说话。这么多画像师,你是第一个走到我心里的人。我是想看看他的样子,我讲给你听。"

17

停电的出租屋,一片漆黑。

褚英子:"一开始看到的,是他的脸。"

咔嚓——

男人点亮了打火机。

褚英子看到了他轮廓分明的脸,还有高挺的鼻梁。

"接下来,是为了看到他的眼睛。"

咔嚓——

男人再一次点亮了打火机,照亮漆黑的房间。

褚英子昂头,看到一双深邃的眼眸。

18

监狱谈话室里,沈翌忽然放下笔。

沈翌:"你在说谎。"

褚英子:"你让我说完!最后一次,我想看清他的嘴唇。"

啪——

沈翌放下画本。

沈翌:"从眼睛开始,你就在说谎。当打火机的火光靠近时,因为光线的影响,人的眼睛看起来会是斗鸡眼。"

沈翌收起画本,站起身。

沈翌:"你的唇色黯淡了。"

褚英子一怔。

沈翊:"刚见到你的时候,你用血染了嘴唇,每个人都会被你的明艳吸引。那一刻我明白了,为什么有人明知你的危险还会来到你身边。可是现在,你唇上的血迹已经干涸,你动人的魅力已经过期,就算有一天你能离开,你也打动不了任何人。"

褚英子不禁摸了一下嘴,舔了舔已经干涩的唇。

沈翊将十二岁女孩的画像撕下,推给褚英子。

沈翊:"送给你。就算那个人一直抓不到,你也活不长了。这一生到最后,看不到他,至少还能看看以前的自己。"

沈翊自顾自地收拾好画具,向门口走去。

褚英子望着画像上的女孩。

回忆中——

阳光自小窗射下。褚英子走到窗下,仰头直视那片阳光。

阳光下,一张男人的脸一闪而过,湮灭在光晕中。

鲜血自唇角渗出,这次褚英子咬破了嘴唇。

嘴唇遇血尤艳。

褚英子:"那是我最后一次见到他……"

19

法庭外站着面容憔悴的受害人家属。

囚车驶近。

车门打开,褚英子在法警的押送下走下车。她露出头的瞬间,家属便冲过来。

家属:"杀人犯!枪毙!现在就枪毙!"

褚英子猛然回头,在马路对面捕捉到了一双眼睛。

男人站在人群之后,冷冷地看了她一眼,转身离去。

20

沈翊叹了口气,将画像转向褚英子。

沈翊:"和你记忆里的那双眼睛,像吗?"

褚英子手指蘸着嘴唇上的血,狠狠地在纸上一划,宛如切了一刀。

褚英子跟着女警走出谈话室。

她走了几步,闭上眼睛。

她一直走着,一直沉浸在黑暗中。

短短的走廊对褚英子来说,是黑暗中的一场漫长旅途。

咔嚓——打火机亮了。

咔嚓——打火机再次亮了。

咔嚓——打火机最后一次亮了。

接下来,只有脚步声和永久的黑暗了。

21

一行行资料在杜城办公室的电脑屏幕上显示,这些都是雷一斐案的相关资料。

杜城凝神盯着,生怕错过任何一个字。

蒋峰抱着一摞卷宗走进。

蒋峰:"这是邻市近五年的人口失踪案,相关资料都给您归类好了。"

蒋峰瞥了一眼屏幕。

蒋峰:"雷队的案件资料?您都看多少遍了?"

杜城:"这次系统更新了,我翻翻周边相关的案子,看能不能跟雷队的案子并起来。"

杜城翻阅着资料。这个工作,他已经干了七年。

杜城:"这个沈翊太没有经验了,去监狱,肯定要把回来的车提前预备好。"

蒋峰:"您管他呢,正好让他长点教训。"

杜城:"说的也对,这样才能成长。"

杜城打开手机瞄了一眼微信工作群,又关上。

没有新消息。

22

下班时分,办公室里的其他人陆续离开。

杜城仍在翻卷宗,抬起头来伸伸懒腰,瞄一眼墙上的挂钟。

挂钟指针已经走到十点。

杜城:"几个小时了,怎么还没审完?"

蒋峰:"沈翊还没回来吗?"

杜城:"他没什么责任心,说不定已经溜回家了。"

杜城起身,收拾起包里的东西,准备离开。

微信工作群里蹦出一条信息。

沈翊发来一张图片。

一个英俊的男人。

蒋峰:"我觉得这还挺靠谱的,像个真人。"

杜城:"查。"

电脑桌面左边是画像,右边是飞速闪动着的各个男人的证件照。

屏幕上一张男人的脸被定格。

杜城:"曹栋,38岁,车牌号江RC1438。"

23

街道冷清,行车稀少。

沈翊紧了紧身上的大衣。

他打开手机上的打车软件。

一辆桑塔纳自暗处缓缓驶来,稳稳地停在沈翊跟前。

车窗摇下。

司机:"打车不?"

司机的脸隐在黑暗中。

沈翊疲惫地闭上眼睛。

沈翊:"回市区。"

司机从后视镜瞥了他一眼。

司机:"这么晚了才从这里边出来,不是家属探视吧?"

沈翊没有回答,睁眼看了司机一眼,只能看见他的后脑勺儿。

司机:"我听说,这里头关的女人都是重刑犯,还有不少要枪毙的?"

沈翊："现在没有枪决了，一律采用注射死刑。"

沈翊看向窗外。

车子开得很快，外面是黑夜中的荒地，夜色中甚至看不见一盏灯。

司机："放心吧，这一带我熟得很。"

沈翊："听您的口音，应该不是本地人吧？"

司机干笑了几声："常年东奔西走的，没个定数，也挺好，自由。"

沈翊："您经常在这附近拉活儿吗？这是不是太偏了点？"

司机："靠山吃山，靠水吃水。这个监狱离市区快两小时的车程，我就专接犯人家属来往探视的活儿，轻省，来钱快。您走得够晚的，一般家属待不了这么久吧？您肯定是有什么关系。"

沈翊："我赶时间，您快点。"

桑塔纳停在红绿灯下。

司机："抽根烟，不介意吧？"

沈翊不满，皱眉，但也没有阻止。

打火机一亮，映出司机的脸。

沈翊突然想起，当时褚英子用手指蘸着嘴唇上的血，狠狠地在纸上一划，宛如切了一刀。

一道血印斜刺过画上的脸。

沈翊不由自主地握紧手机，手机却突然一振，他差点握不住，颤抖着点开通话。

蒋峰："沈翊你太牛了！这么多人没画出来，就你画出来了！跟你说，这人啊……"

曹栋微微回头，瞥了一眼沈翊。

沈翊："你吃饭了吗？晚上吃的什么，还不知道什么时候能回家，太累人了……"

他在电话中一顿，一反常态地表达着。

沈翊："板报还没画完，得跟菲姐说一声。现在缺一个背景，我有一些新想法，可以填上巴洛克的花纹……"

24

蒋峰握着电话,茫然地望向杜城:"沈翊这是怎么了,他平时话不多啊……"

杜城隐隐觉得发生了什么。

杜城:"把电话给我。"

25

曹栋发动车子,频频从后视镜里打量沈翊。

沈翊极力克制慌张。

杜城的声音。

沈翊:"对对对,这个想法很对,可以用。"

车子轧到了路边的石头,一个剧烈的颠簸。

沈翊身子向前一扑,手机和画册都扑了出去,画册掉到了车前排。

沈翊急忙捡起手机,手机里隐隐传来杜城急切的"喂喂"声。

司机俯下身,捡起《猎罪图鉴》。

沈翊想阻止,却已经来不及了。

司机望着手里的画册,怔了怔。

沈翊的心已经提到了嗓子眼。

沈翊:"你帮我找幅画,在我桌上的书里,27页,可以用在板报上……"

26

杜城紧握手机,急忙绕过大大小小的画架,冲到工作台前,抓起《蒙克画集》。

杜城:"27页……"

画上线条简单,却透着可怖——《小路上的谋杀者》。

27

导航仪:"您的路线已偏移。"

曹栋啪地把方向盘打向另一个方向。

他回头，阴恻恻地看向沈翊。

曹栋把《猎罪图鉴》合上，还给了沈翊。

曹栋："你到底是个画家，还是警察啊？"

沈翊佯装平静，把画册收好，不敢回话。

曹栋："你见着英子了吧？"

沈翊深吸一口气。

沈翊："见到了。"

曹栋："血是她的？"

沈翊："是。"

曹栋："画得真挺像的。你也给我画一张她吧，我七年没见着她了。"

沉默半响，沈翊重新打开画册，拿起笔。

曹栋："英子漂亮，特别漂亮。我第一次见到她，就被她那张脸吸引住了。"

沈翊握着笔的手有些颤抖，勾勒着褚英子的轮廓。

与杀人凶手一起困在这狭小的空间里，任何人都会紧张害怕，沈翊也不例外。虽画过很多凶手，但命悬人手，对他来说还是第一次。

沈翊只能强装镇定，尽量拖延时间。

曹栋："我最喜欢的就是她的嘴唇，红艳艳的。"

这时，沈翊的手机振动起来，他拿起一看，来电显示是杜城。

沈翊抬头，发现曹栋正回过头，直勾勾地看着自己。

曹栋："只可惜，再漂亮的嘴唇，都是会说谎的。"

28

杜城冲进技侦办公室："李晗，你马上定位一下沈翊的手机。"

李晗："找到了，沈翊的手机信号在国道上移动，人应该在车里。信号已经从主干道上偏离，不知道要开到哪里。"

杜城立即在纸上写下一串车牌号。

杜城："蒋峰，查一下这个车牌号。"

蒋峰："这是啥？"

杜城回想起出租车载着沈翊扬长而去。

第七章

杜城站在一扇窗前，望着沈翊离开的方向，记住了车牌号。

杜城："沈翊离开时坐的车，保险起见，查一查。"

蒋峰走到远处，打电话。

杜城继续查曹栋的信息。

蒋峰走回。

蒋峰："那个出租车司机说，他把沈翊放在监狱门口就走了，当时周围有别的黑车，沈翊有可能坐上黑车了。车号没记住，是辆桑塔纳。"

杜城："曹栋的车也是桑塔纳。"

屏幕上写着曹栋车的信息："桑塔纳，车牌号江 RC1438。"

所有人都紧张起来。

蒋峰："完了，他居然上了曹栋的车！"

杜城再次拨通沈翊的电话。

蒋峰："城队！"

杜城放下响着忙音的手机。

蒋峰："定位不动了！"

29

沈翊摇开车窗，无奈地把手机丢出窗外。

手机落在路边，屏幕上杜城的来电提示不断闪烁着。

曹栋："前面是海。七年了，我总算有机会跟人说说心里话了。"

车子忽然一个颠簸，沈翊的笔一划，留下一道刺眼的划痕。

沈翊一惊，他发现，这幅画像已然有些潦草。

车子飞驰着，一望无际的夜色中，没有灯光，也没有车。

沈翊仿佛意识到，这辆车的终点就在前面不远了。

看着这道划痕，沈翊的手不再颤抖。

曹栋："你知道我为什么不逃跑、不结婚，一直跑这条路吗？我就是要等，看看她是不是也像其他女人一样，撑不住了，就把我供出来。"

沈翊："你在说谎，你只是想陪着她。"

曹栋："算命的说了，我们俩的命是天雷勾地火，彼此掰不开的。英子太倔，她放不下，我也放不下。到前面，我就把你放下了。"

沈翊的笔又因颠簸不受控制地一划。

远处，涛声汹涌，一座灯塔若隐若现。

曹栋从后视镜里看到了修改着画像的沈翊。

曹栋："这么颠，你还能画好？"

沈翊："这可能是我最后的一幅画了，我不能让它留下这样的瑕疵。"

曹栋："可惜啊，真可惜。"

沈翊："我也没想到，看到我最后一幅画的人是你。"

夜色如墨，窗外是一片大海。

他们驶上海边堤岸。

30

杜城："车辆轨迹呢？"

李晗："他还在向西行驶。"

杜城："通知交管局的兄弟们，封锁由东向西的环岛路，在横二路三段位置设卡，注意来往车辆，看到江RC1438的桑塔纳小心跟上，车内有危险犯人和我局刑警一名，不要轻举妄动。李晗，查一下这个车牌号以前的轨迹。"

蒋峰不一会儿拿出来了一张图，并在上面做了线标。

杜城："这辆车常年来往于监狱和市内，最后会回到离监狱不远的福苑小区，这里应该就是他的家。"

杜城在图上画出了一个红圈。

杜城："联系附近派出所的同志上门搜查。我们现在已经封锁了由东向西的路。市内监控多，他不会自投罗网，如果曹栋想要逃，就只能向北。"

李晗："不好，追丢了，猜的没错，他是往北边逃了，离开了主干道，其他都是没有监控的小路。"

杜城："最后的位置？"

李晗指了一个地点。

杜城的手指在地图上比画着。

蒋峰："这几条路都是通往海边啊，坏了，曹栋还带着沈翊，会不会想杀人抛尸？"

杜城："不是会不会，而是肯定会，最好是死无对证！"

31

沈翊细心地擦掉所有画偏的线条。

32

蒋峰一怔："沈翊不会已经挂了吧？"

杜城看着铺开的地图。

杜城："不会，曹栋常年来往于这片区域，对这片地方一定相当熟悉。海岸线这三处地方有茂密的红树林，如果是重物落下去，会被树根挂住，不利于抛尸，所以曹栋不会选这三个地方。他既然知道了我们在追他，就一定会选择距离最近且没有监控的地方。"

去海边的路崎岖不平，杜城的心也阴晴不定。"来得及吗？"杜城心里有疑问，但他必须是最镇定的一个。他定了，蒋峰他们才能不慌乱。

杜城以最后的消失点为圆心，勾出了四个点位。

杜城："如果我是曹栋，我会选一处风浪大、海水深，最好还有暗礁的地方，这样不仅可以确保万无一失的死亡，还能够死无全尸……"

杜城眼前一亮。

杜城："我知道他们在哪里了。"

33

杜城的车高速甩尾通过，飞驰而去。

杜城焦虑的脸。

34

曹栋："你知道我为什么不逃跑、不结婚，一直跑着这条路吗？"

沈翊："你在等她！"

曹栋："对！我知道她出不来了，但我还是想等，我想看看她是不是也像其他女人一样，撑不住了，就把我供出来……"

曹栋一脚踩住刹车，车停在延伸到海里的一处石头台阶的尽头。

35

杜城手机上是沈翊的手机位置提示。

杜城开车飞驰进小路。

36

曹栋："……现在谁都没机会了！"

曹栋拿起副驾驶座上褚英子的画像。

曹栋："画得真好！快死了还能静下心来画画，佩服你！"

沈翊："既然是我的最后一幅画，我得对得起自己！"

曹栋："我要是会的话，一定给你也画一幅！可惜啊……"

37

杜城停下车，下车四处看，在草丛里发现了沈翊的手机。

杜城看向小路尽头的黑暗，满脸焦虑。

38

曹栋把沈翊从后座拉出来，拽到石头台阶边上，下面海浪汹涌。

曹栋："到终点了……"

沈翊看着面前的大海，一脸绝望。

曹栋一脚把沈翊踹进海里。

水中，被反绑着的沈翊坠入，他拼命地挣扎着，眼神惊恐而绝望。

透过水面，曹栋冷冷地看着，面容在水面显出扭曲状。

沈翊慢慢地坠入黑暗，眼前的世界慢慢地虚幻起来。

一切开始变得斑斓，无数张面孔在海水中浮现又消失，有妈妈、雷一斐等他认识的人，也有他不认识的人。

无数人的声音也在他耳边回响，有笑有哭，有各种言语。

在层层叠叠的面孔里，居然若隐若现了当初找他画像的那个女人，快要看清楚的时候，眼前的一切又变淡消失了，夜空越来越黑，直到完全黑去。

39

曹栋站在水边，有车灯照射在他的背上。曹栋慢慢转身。

杜城的车飞驰而来，戛然停下，杜城持枪下车。

曹栋下意识地抽出刀。

杜城："双手抱头趴在地上！"

曹栋隐忍，放下刀，趴在地上。

杜城慢慢持枪走近，曹栋双手抱头。

杜城一个擒拿，将曹栋双手反剪，却不想曹栋猛地抄起地上的刀！

杜城开枪，打中地面。

杜城被曹栋拨开双手，枪掉落在地上。

两人厮打在一起，曹栋疯狂而凶狠。

一番搏斗后，曹栋被杜城压制在地，双手反铐，眼神不甘。

杜城大吼："我同事呢？！"

曹栋脸上露出邪魅的笑容。

40

黑暗中，一束医用手电筒的光亮起。

沈翊的眼皮被翻开，医生检查着他的瞳孔。

旁边的仪器上显示心跳已经是一条直线。

医生努力地做着心肺复苏术，呼吸器安装在沈翊的脸上。

医生："加三倍纯氧！准备甘露醇！"

护士们快速忙碌起来。

41

杜城浑身湿漉漉地坐在椅子上木然等待。

何溶月、闫谈声、蒋峰、李晗等人在旁边焦急踱步。

42

沈翊一动不动地躺着。

静脉输液匀速地滴落,仪器上的指标依然不见起色。

医生焦虑地看着沈翊。

沈翊仍毫无反应。

他的脑海中:黑暗中再次开始变得斑斓,无数张面孔在斑斓中浮现又消失。

无数人的声音也在他耳边回响,有笑有哭,有各种言语。

在层层叠叠的面孔里,那个女人的脸又一次隐约闪现……

43

杜城紧绷着,直直地坐在椅子上。

急救室门开,医生走了出来,众人围拢上去,杜城没动,眼巴巴地看着医生。

医生:"能自主呼吸了,但人还没醒,心率有些慢……"

何溶月:"有脑损伤的可能吗?"

医生:"有可能,不过颅压已经降下来了,脑电波也算正常,只要明天能醒过来就问题不大……"

杜城这才放松一点。

闫谈声:"谢谢你啊大夫。"

44

岸上曹栋模糊的脸越来越不清楚。

一个人影入水向他游来。

沈翊的视线慢慢模糊起来,无数张面孔浮现消失,在层层叠叠的面孔里,再没有出现那个模糊的女人面孔。

林敏:"沈翊!"

45

沈翊猛然睁开眼睛,看到面前林敏的样子慢慢清晰起来。她立在墙边,冷眼看着沈翊。

沈翊："……你怎么在这儿？"

林敏："七年了，你倒是断得干净，还以为你人间蒸发了。"

林敏转身，远远地坐在房间门口，掏出一根烟，准备点燃。

沈翊瞥她一眼："这里是病房。"

林敏一顿，收起烟。

林敏："很多人都在找你的画。"

沈翊："我不为别人而画。"

林敏："画肖像不是艺术。"

沈翊默然，看向窗外，似是否认，又似是默认。

林敏："我听那个警察说你还是没画出来？"

沈翊没有回应。

林敏起身，准备离开。

沈翊突然开口："在海里的一瞬间，我看到了那张脸。"

林敏："那不过是你人生中的一次经历，对吧？人要活得海阔天空，你这样的生活范围太狭窄了。你正在做的事很重要，但并非重要到成为你生命的全部。"

沈翊看向她的背影。

林敏："重新选择的人生，值得吗？"

沈翊逐渐从努力寻找的记忆中回到现实。他听到林敏的话，沉默片刻。

林敏推门离开，高跟鞋在地上踏出嗒嗒的声音，在医院的空荡走廊中，十分清晰。

沈翊望着她离开的背影。

何溶月、蒋峰、李晗、闫谈声等人从外面走进来，都带着关切的目光。

杜城也走了进来，却止步门口，靠在了病房门框上。

微风拂面，吹动沈翊的发丝。

沈翊轻轻一笑："值得。"

46

清晨，沈翊在自己的床上被猫咪小弦踩醒，撸了两下猫，努力爬下床。

洗漱穿戴好的沈翊站在镜子前，用不同语气练习说"谢谢"。

沈翊到了分局，走向画像室，迎面遇到菲姐。

菲姐："小沈，你来啦！听说你被嫌疑人袭击了，没受伤吧？"

沈翊："没事，谢谢菲姐。"

菲姐："哎呀，没事就好，虽然是虚惊一场，但你也要注意休息，不能太劳累啊。正好，我刚刚跟领导说好了，先不给你安排别的工作了，你今天就专心把板报画完，调节一下心情，就当是休养了啊！"

沈翊尴尬地苦笑。

47

杜城此刻正在张局办公室。

张局："果然应了那句老话，没有破不了的案子，需要的只是时间。"

杜城："沈翊也起了点作用。"

张局："我之前还担心你们配合不好，不过这次你救了他，今后应该没问题了。"

杜城："您放心，局里之前有多少刺儿头？蒋峰刚来的时候也不简单，您看现在。"

张局笑笑，她原本还很担心他们的配合，经过这次事件，看来杜城已经接纳了沈翊。

张局："你有把握，我就放心了。"

杜城严肃起来："再有点时间，我保证他能像个真正的警察。"

48

杜城从远处走过来，看见沈翊正站在黑板前磨蹭。他昨夜第一次在沈翊面前立住了威风，心中正得意。

杜城微微带着点嘲讽的表情，清了清嗓子走到沈翊身边。

杜城："沈翊！实在不想画就别画了，你也可以跟着蒋峰他们去跑跑现场嘛。"

沈翊犹豫了一下。他想道谢，但那个"谢"字就是说不出口。

沈翊："我还是继续画板报吧。"

杜城装大哥失败，气哼哼地离开。

沈翊继续在黑板上画着，画的竟是那幅《小路上的谋杀者》。

沈翊笑了。

第八章

1

十字街头,车水马龙。

一个女孩站在路口,信号灯由红变绿,她却依然一动不动。

她是华木姚。

华木姚满怀期待,左顾右盼,等待着她的心上人。

一辆轿车停在了华木姚面前。

车窗缓缓摇下,闻璟探出头,向华木姚展颜一笑。

华木姚惊喜不已,快步上前。

闻璟走下车,搂住向他奔来的华木姚。

2

闻璟开着车。

华木姚侧头看着他的脸,满眼笑意。

闻璟:"干吗老盯着我,看傻了?"

华木姚:"哪有!我是看你的伤,怎么还没好?"

闻璟:"缝针了,不会那么快恢复的。"

华木姚点点头,轻靠在闻璟的肩膀上。

红灯闪烁,车子停下。

闻璟宠溺地揉揉华木姚的发顶。

闻璟:"怎么了,不开心?"

华木姚摇摇头:"我想你了。"

闻璟:"今天我会一直陪着你的。"

华木姚惊喜:"真的?"

可转瞬她眼神又黯淡下来。

华木姚:"可我们每次见面之后,你总有几天不联系我。"

闻璟握住华木姚的手。

闻璟:"以后不会了。"

华木姚:"什么?"

闻璟:"我们就要有自己的家了。"

华木姚:"真的吗?是你之前说的那个地方?"

闻璟微笑:"到时候,你每天弹琴给我听,好吗?"

华木姚用力点点头。

绿灯亮起,闻璟启动了车子。

3

这片区域的房子不多,基本上都是平层、独院,人迹罕至。

闻璟和华木姚并肩站在白色的小院前。

华木姚:"就是这里?"

闻璟:"这里很偏僻,没有人会知道我们在这里,也没有人会来打扰我们。"

华木姚转头面向闻璟,眼里闪着光。

华木姚:"我们可以每天在一起,不用在意别人的眼光,爸爸也不会再阻止我们。你……会一直陪着我吗?"

闻璟点点头:"你看,这里有菜园,还有花圃,屋子很大,可以放下你的琴。我每天都会为你做菜,给你摘院子里最新鲜的一朵玫瑰。"

闻璟牵住她的手。

闻璟:"未来,我会一直在你身边。"

闻璟拉开了小屋的门。

4

屋里黑着。

第八章

华木姚："灯在哪儿？"

华木姚用手摸墙，寻找开关。闻璟轻轻拉过她的手。

闻璟："这是我们的时间，先别开灯。"

月色照进，华木姚在黑暗中轻笑。

闻璟牵着华木姚，两人脚步轻轻，亲密地往屋中深处走去。

闻璟拿出一根黑色的绳子。

华木姚："这是什么？"

闻璟："给你表演一个魔术。来，帮我绑上。"

华木姚疑惑，但依然顺从地用绳子绑住闻璟的手。

闻璟的两只手被绑得严严实实。

闻璟："你看。"

闻璟一转手腕，绳子竟奇迹般地解开了。

华木姚："哇！怎么做到的？！"

闻璟轻扬嘴角。

闻璟："我教你。"

华木姚兴奋地点点头，乖巧地伸出两只手。

绳子绕过华木姚纤细的手腕，一圈、两圈……

绳子紧紧绑住了华木姚的手腕。

啪——灯光亮起。

华木姚眨眨眼，适应了光线。她期待地抬起头，一愣。

房间里是空的，床是这房子里唯一的家具。

华木姚："闻璟？"

她试着挣脱手腕上的黑绳，绳子并没有松开。

华木姚："闻璟，你在干什么？"

闻璟举着手机，凑近华木姚。

闻璟："这是你父亲的手机号。"

闻璟拨通电话号码。

闻璟："你被绑架了。"

5

手机响起。

大学校长华云杉从报纸前抬起头,接起电话,华木姚的啼哭声从手机中传出。

华木姚:"爸爸,我被绑架了。"

华云杉脸色一变。

闻璟:"你女儿在我手上,马上准备300万,不许报警,否则撕票。"

电话被挂断。

华云杉一把扔下手机,心急如焚,直接冲向保险柜。

6

郊区小院内,闻璟用打火机点燃香烟。

闻璟抽着烟,烟灰落在木地板上,身旁传来女人的呜咽声。

闻璟一根接一根地抽着,地上一堆烟头。

华木姚已经哭花了妆,她的手被绑在身后,嘴也被堵住了。

闻璟撕开酒精湿巾,靠近华木姚。不管是华木姚的衣服,还是她露出的肌肤,每一寸都不放过,仔细擦拭。

华木姚惊惧,激烈地挣扎。

闻璟:"木姚,你真好看。"

闻璟轻轻地擦拭华木姚的脸庞。

闻璟:"可我需要钱。"

闻璟捡起地上所有烟头,连同湿巾一同放进塑料袋。

他转身离开,啪地把灯关上。

华木姚留在了无尽的黑暗中。

7

郊区小屋的门被上了锁。

闻璟提着塑料袋转身离开,走上屋外的路。

闻璟发出一条短信:"我办好了,你安排人给她送饭吧。"

月光拉长闻璟的影子,他仰望夜空,哼着不知名的小曲,往前走去。

8

时钟嘀嘀嗒嗒。

慢慢从十二点不断接近两点。

宁静的夜里,一直传来木椅扭动的声音。

手指拧动着椅子上的螺丝。

华木姚的手被绑在背后,她的脸上布满泪痕,正艰难地转动椅背上一颗突出的螺丝。

当啷一声,螺丝拧开了,掉在了地上。

华木姚使劲挣扎,椅子猛地摔在地上,没了螺丝,椅子这一摔就散架了。

华木姚疼出了眼泪,把手从绳子里抽了出来。

华木姚慌忙去推门,却发现门已被牢牢锁住。她拼命砸着门,无人应答,眼泪停不住地流下,哀号着。

华木姚绝望地含着泪。她环视着空荡的小屋,墙是粗坯的水泥墙,完全不是她想象的那个温暖的家,而是一间冰冷的水泥房,唯有一扇小窗透着月色。

华木姚抄起已经四分五裂的椅子,用力向窗户砸去。

哗啦——

玻璃破碎。

白皙光滑的脚踩在粗糙的地上。

华木姚狂奔着,只披着一条白色的床单。

她被玻璃划伤了,洁白的床单上沾染着殷红的血迹。

华木姚:"救救我!"

华木姚继续奔跑在漆黑的路上。

9

华木姚缩在分局接待室的椅子上,啜泣着。

李晗:"你男朋友?连他的一张照片都没有?"

华木姚尴尬地点点头。

电脑上出现了一张粗犷男人的脸，姓名一栏写着两个字：闻璟。

李晗："排除了女性，名字是闻璟的，就这三个。"

李晗转过头。

李晗："是这个吗？山西人，二十四岁。"

华木姚摇头："不是。"

李晗移动鼠标。

李晗："这个呢？"

屏幕上又出现了一个瘦弱的男性，姓名："闻璟"。

李晗："北京人，二十岁，还在读大学。"

华木姚："不是，这个太年轻了。"

屏幕上变成了一个猥琐的中年男性，姓名依然是"闻璟"。

李晗："这个肯定不是吧？"

华木姚沉默，深深埋着头。

李晗："看来'闻璟'是个假名，这个人一定伪造了身份。接下来，只能拜托何法医验 DNA 了。"

何溶月："我已经验过了。"

何溶月一身整齐装备，从她接到案情开始，就做好了准备。

何溶月："她身上没有那男的 DNA，也没有被侵犯过的痕迹，查不出来。"

李晗："现在怎么办？"

何溶月："沈翊家电话多少？"

10

画纸上是一层细密的色点。

沈翊执笔的手快速抖动，不同的色点仿佛像素一样铺满画纸。

一个女人的容颜在画中若隐若现。

沈翊："你眼里有孤独，有迷茫，也有信念。七年间，你不停地在流浪，居无定所，四海为家……"

沈翊通过画，对这个追寻了七年的女人低喃着。

沈翌："你可能继续留着长发，把脸遮挡得更好。"

沈翌勾勒出了女人的轮廓。

杜城："也许瘦了吧，亡命天涯，还吃得下东西吗？"

沈翌在纸上画上一片阴影。

杜城："你可能有了更深的黑眼圈，漂泊七年，一个好觉都没有睡过。"

沈翌一笔接一笔地画着，小弦卧在他脚边打盹儿。

画上，女人的容颜依然叫人看不真切。

手机振动起来，沈翌拿起手机。

小弦被惊醒，不爽地翻个身继续打盹儿。

电话中传来何溶月的声音。

何溶月："沈翌，不好意思打扰了，刚刚发生了一起绑架案，目前查不到绑匪的任何信息，只能你出马了！"

11

华木姚坐在接待室的椅子上，抱紧胳膊。

胖民警和几个同事站在一旁，窃窃私语。

戴眼镜的民警："说是她男朋友，不会是小两口闹别扭吧？"

胖民警："什么男朋友，就是为了绑架，骗她的！"

高个民警："车，是偷的，那房子，也是趁房主不在，混进去的。"

胖民警："你说说这些小姑娘，别人说什么都信。"

华木姚的眼泪无声地滑落。

12

夜色中，杜城踏进郊区的小院。

院子里空无一物，大门上拴着锁。

杜城绕着小院走了一圈，屋子侧面的地上散落着玻璃和木屑，他抬起头，看到正上方是一扇窗。

咔——

锁被截断，小屋的门被打开。

杜城按亮了小屋的灯。

屋子空荡荡的，只有一张铁床和散架的椅子。

杜城走至椅子旁，在地上捡起一枚螺丝。

杜城闭上眼，攥紧螺丝。

13

他脑海中出现了当时的情景：

华木姚的手被绑在背后，艰难地转动椅背上一颗突出的螺丝。

当啷一声，螺丝掉在了地上。

华木姚使劲挣扎，椅子猛地摔在地上，没了螺丝，椅子这一摔就散架了。

华木姚疼出了眼泪，把手从绳子里抽了出来。

14

一阵凉意袭来，杜城侧头一看，夜风从破碎的窗户吹了进来。

他走到窗前，窗里窗外都留有玻璃碴和椅子的碎屑。

15

当时的场景再次浮现：

华木姚含泪环视四周，目光锁定在窗户上。

华木姚用力挥起椅子，砸向窗户。

16

蒋峰一边在笔记本上记着什么，一边走过来。

蒋峰："痕检的同事说了，找不到绑匪的生物痕迹，现场干干净净的，不仅头发没有，连一个指纹都找不到。"

杜城走向桌子，桌上有个烟灰缸，里面有些咖啡渣，有使用的痕迹。

杜城："烟灰缸有使用的痕迹，但一个烟头都没留下，看来是个极为狡猾的绑匪。"

杜城转身瞥向散架的椅子。

杜城："看现场这情况，受害人说的基本属实，她是自己逃跑的，这个时间差，我们可以利用。"

蒋峰："就是说，绑匪有可能会回来？"

杜城点头："立即布控。"

17

小弦再次从车筐里探出头，眼睛眯成一条缝。

车筐里除了猫，还有一个袋子。

沈翊拼命蹬着单车，累得上气不接下气。

他的耳机里传出何溶月的声音。

何溶月："这个女孩现在情绪很激动，问了半天，什么也问不出来。"

沈翊加快了蹬车的速度。

18

大门被拉开。

李晗兴奋地回头，看到气喘吁吁的沈翊。

李晗："沈老师，你可来了。你怎么带了这么多东西？"

沈翊："我有用。"

沈翊左手一个袋子，右手一个大包，累得说不出话来，径直走向坐在椅子上流泪的华木姚，把手里的一个大包塞进她怀里。

众人疑惑，盯着华木姚怀里的包。

包口伸出一只小爪子，随后钻出一颗毛茸茸的头。

华木姚意外："小猫！"

沈翊："它一个人在家，无聊。你能陪陪它吗？"

小弦乖巧地趴在华木姚的膝盖上，蹭蹭她的手。

华木姚终于笑了，开心地帮小弦顺毛。

李晗难以置信地笑了。

李晗："真没想到，沈老师还有这样的一面呢？"

戴眼镜的民警："他平时什么样啊？"

此时，沈翊靠在一旁，大口喘气。

李晗："冷得很。"

19

柔和的暖黄灯光照亮了沈翊的画像室。

沈翊从袋子中抽出颜料、白纸，一一铺开。

颜料缓缓倾倒在白纸上。

沈翊为了画像的顺利进行，常常都要做足准备。

华木姚抱着小弦进来，纤长的手抚摸着小弦的脊背，它看起来很享受。

沈翊削着铅笔，目光却停在华木姚的手腕上，上面有着浅浅的勒痕，指尖也有一些伤。

一滴泪落在小弦的颈窝处，小弦一惊。

华木姚的眼泪再次夺眶而出。

华木姚正要抹泪，一盒纸巾递到了她面前，是沈翊递来的。

沈翊："哭吧，哭出来就好了。"

华木姚带着哭腔打断沈翊。

华木姚："这话谁不会说啊！你到底想问什么，我什么都不知道。"

沈翊抬起头，华木姚的脸上满是泪。

沈翊："我不是来询问你的。"

华木姚："那你要做什么？"

沈翊："我是个画画的，有几幅画，想让你帮我提提意见。"

华木姚："画？"

沈翊拿出一张鹅黄与鲜红的渲染图。

沈翊："你看这张怎么样？"

华木姚："颜色……很明亮。"

沈翊："你觉得像什么？"

华木姚歪过头认真端详着水彩画。

华木姚："融化的双色冰激凌？"

沈翊轻笑。

沈翊:"巧了,我这里正好有,要吃一盒吗?"

华木姚:"可以吗?"

沈翊:"当然,我们只是随便聊聊。"

沈翊从一旁的袋子里掏出一盒冰激凌,递给华木姚。

华木姚小心地挖起一勺冰激凌,吃了起来。

沈翊:"你知道吗?这其实是一种心理测试,每个人看这张图,都会有不同的感受。一般人都会觉得这像X光片或老头,只有你觉得像冰激凌——"

华木姚满怀期待地看向沈翊。

华木姚:"你除了冰激凌,还准备了什么?"

沈翊:"没有了。我知道,你一定会觉得像冰激凌。你很善良,总是默默承受,不愿意给别人添麻烦。"

沈翊看向华木姚。

沈翊:"但你不用觉得会给我们添麻烦,我们就是来帮助你的。"

华木姚怔怔地看着沈翊。

华木姚:"你不觉得我很蠢吗?那几个警察都在说,我居然会相信一个陌生的男人,遇到现在的情况也是自作自受。"

沈翊:"他陌生吗?"

华木姚一愣。

沈翊:"他是你喜欢的人,对你来说,一定不陌生吧?"

华木姚再次流下了眼泪。

沈翊:"我会帮你找到他的。等找到他了,你就可以亲自问问他到底为什么这么做。"

华木姚擦拭着眼泪,用力点点头。

铅笔划过画纸。

沈翊描绘着闻璟的脸。

华木姚被女警带去其他房间休息。

何溶月从现场回来,端着咖啡向沈翊走来。

何溶月:"这个罗夏墨迹测试,一个人看一个样,你怎么知道她会觉得是冰激凌?"

沈翊:"这不是罗夏墨迹测试。"

何溶月:"不是吗?"

沈翊:"这是我自己画的,乍一看是一团墨迹,其实你仔细看,里面藏的,就是冰激凌。"

何溶月仔细看着画,穿透画的表层,果然在其中藏着冰激凌的形状。

20

床头的手机一亮。

熟睡中的陈铭锋被手机光照醒,他揉揉眼,看墙上的钟表。

凌晨四点半。

打开短信。看清发信人是"段哥",陈铭锋一下子惊醒。对他来说,段哥的任何消息都是最重要的、不能错过的消息。

短信:送一份早饭到郊区的房子里。

陈铭锋利索地从床上爬起。

21

时间还太早,街上人少无车。

陈铭锋骑着小电驴,脸上仍有睡意。他拍拍自己的脸,试图让自己清醒。

早餐摊前,陈铭锋管老板要了一份汤包,再加个鸡蛋灌饼,灌饼里多加两根肠。

早餐店老板:"吃得挺丰盛啊。"

陈铭锋:"给朋友买的,我自己不吃这些。"

他一瞥蒸屉上的热包子。

陈铭锋:"给我俩素包子就行。"

22

陈铭锋一手把着车把,一手抓着素包子往嘴里送。

小电驴欢快地向前行。

到了郊区小院外,陈铭锋停靠好小电驴。

他小心取出车篮中的外卖，护在怀中，生怕它凉了。

陈铭锋走到门口，敲门。

门内无人回应。

陈铭锋："饭到了……"

杜城："抓！"

陈铭锋还来不及反应，眼睁睁看着一队人马向自己冲来。转眼间，他已经被摁倒在地。

他不停地挣扎。

陈铭锋："你、你们是谁啊？"

杜城："警察。"

陈铭锋惊惶。

23

杜城得意满满地回到办公室，经过沈翊画室的时候，发现画室紧闭。

隐隐还有音乐透出来。

杜城："这是画像呢还是喝茶呢？"

菲姐："从上午开始，门就没打开过，一直在画呢。"

杜城："那就是没画出来？"

杜城立刻趾高气扬起来。

杜城："画像是个精细活儿，费时间。天下武功，到底还是唯快不破。人都抓着了，还画什么像，赶紧让华木姚过来认人。"

24

一声急切的敲门声令华木姚睁开眼睛。

沈翊去开门。

蒋峰："别磨洋工了，人抓到了。"

华木姚坐了起来，下意识地握住了自己的手腕，有些害怕，又有些难以置信。

华木姚："怎么会这么快？"

沈翊陪华木姚走向审讯室。

华木姚走到一半，有些踌躇不前了。

华木姚："等一下，我还没有准备好，让我想想。"

沈翊："不要害怕，你在警局，他不会伤害到你，我们也会保护你的安全。如果你不想直面他，可以不进门，只在外面看一眼。"

华木姚："如果这是最后一面了呢，我还是想看看他，这可能是他唯一对我说真话的机会了吧。"

华木姚攥紧了手。

华木姚："我想让他亲口告诉我，他从多久之前就开始谋划这一切，从相遇到相爱，那么多甜言蜜语，哪句是真，哪句是假？他是不是有什么苦衷，难道我在他眼里就只是一袋赎金吗？"

华木姚又哭了起来。

华木姚："他为什么这么对我？"

25

华木姚终于平静了下来，她在审讯室的玻璃后踮起脚，从玻璃里看到了男人的后脑勺儿。

沈翊："是他吗？"

华木姚摇头："我也不知道。"

华木姚深吸一口气，鼓足了勇气，终于拧开门，走进去并绕到了男人面前。

华木姚的眼神忽然变得很茫然。

华木姚："不是他。"

那个男人——陈铭锋也很莫名地看着眼前陌生的女子。

陈铭锋："你是谁啊？"

华木姚松了口气，继而脸上出现失落的表情。

26

审讯室里，陈铭锋脸上堆着讨好的笑容。

杜城："你现在是作为犯罪嫌疑人接受审问，严肃点。"

陈铭锋："我，我十几岁就开始在社会上混饭吃了……混饭，哪敢哭丧着脸？时间久了，见谁都会笑。"

杜城："你参与团伙犯罪时，也是这么满脸堆笑的？"

陈铭锋瞬间不笑了。

陈铭锋："犯罪？还团伙？警官，您可别吓我，我就是个开图文店的，我什么都不知道。"

杜城突然拍出一包烟。他从来不抽烟，只是在此刻要探探陈铭锋的底细。

杜城："抽烟吗？"

陈铭锋："我、我不抽，从来不抽。"

杜城在陈铭锋身上闻闻，确实没有闻到烟味儿。

杜城："主犯毫无线索，现在唯一的嫌疑人，就是你了！"

陈铭锋："是……哦，不是！我知道，我有嫌疑，只要能尽快从这案子里摘出去，我什么都可以配合。"

杜城："能想清楚这点就好。说，为什么要到那个地方送饭？谁让你去的？"

陈铭锋："我，我……"

杜城："你好像不太清楚，你要坐几年牢吧？"

陈铭锋："不、不就送个饭的事吗？怎么还扯上坐牢了？"

杜城："绑架，十年以上或者无期；胁从犯，三年。你不肯老实交代，是打算自己都扛了？"

陈铭锋的手一哆嗦。

陈铭锋："大哥他竟然做出绑架这种事，还把我装进去……早知道是这样，打死我也不敢给他送饭！"

杜城推出陈铭锋的手机。

杜城："你说的人是他吗？"

他点着短信上的"段哥"二字。

陈铭锋连连点头。

27

警员翻检过陈铭锋家的废纸篓，除了生活垃圾，有价值的只有几张收据单。

蒋峰打开冰箱，冰箱里堆着速冻水饺、午餐肉、火腿肠之类的廉价速食。

他从冰箱中抓出像土豆一样的东西。

警员:"这是啥?土豆吗?"

蒋峰:"这是魔芋。"

蒋峰关上冰箱。这趟一无所获。

蒋峰:"看来,他可能真的只是个送饭的。"

李晗向杜城汇报:"城队,段哥的这个号码是从黑市上买来的,目前查不到身份信息。"

杜城:"陈铭锋6点送的饭,现在刚过去两个小时,如果真有段哥这个人,他一定在等陈铭锋的回复。"

杜城用陈铭锋的手机给段哥发了一条短信:"事情已经办妥。"

许久没有回应。

28

沈翊送华木姚出来。

华云杉匆匆赶到,看到了华木姚,满脸急切和关心的神色,但看清华木姚的状况之后,又露出怒容。

华云杉:"你怎么把自己搞成这个样子?"

华云杉脱下自己的西装外套,给女儿围上。

华云杉:"这么多年的学都白上了?怎么能这么蠢?跟那种社会垃圾搅和在一起,还差点把自己的命都搭进去了。随便认识个男人就能把你迷得魂儿都丢了,你怎么那么耐不住啊?我给你安排了那么好的结婚对象,也没见你上心啊,专挑那些下三烂的东西喜欢,真是把我的脸都丢尽了!"

沈翊:"这位家属,您的女儿刚经历了绑架,更需要家人的安慰,而不是责备。再说了,您这些话也实在太难听了。"

华云杉:"警官,你年纪轻轻的说得倒轻巧,等你当了父母就知道了,只要是为了孩子好,再难听的话该说也要说。"

华云杉转向华木姚。

华云杉:"这件事要是被廷飞知道了怎么办?别说他不会要你了,一旦在圈子里传开了,你就会成为所有人的笑柄,你这辈子不就完了吗?"

第八章

华木姚突然脱下了套在身上的西装，扔了出去。

华木姚："你根本不关心我的死活！你只在乎能不能找到一个让你有面子的女婿！我喜欢谁、我想要什么、我幸不幸福，你根本都不在乎！我告诉你，我不喜欢陈廷飞，更不可能跟他结婚，我就算老死，一辈子都不会听你的安排！"

华云杉："你是不是疯了？！"

华云杉扬手欲打华木姚。

沈翊："家属同志——"

按理，沈翊应该喊对方"华先生"，但他有意用了"家属"二字。

沈翊："孩子不是属于你的物品，从她出生开始，就是独立的个体。孩子越长大，就越会远离父母，直到有一天完全拥有独立的生活。您的女儿已经成年了，她有能力决定自己爱谁，也有能力为自己的选择负责。您何必一定要去干涉和阻挠呢？"

华云杉痛心疾首："她的选择是错的！早晚有一天要后悔！做父亲的难道要眼看着她错下去吗？"

沈翊："她还年轻，还有犯错的机会。有些错，犯了，可能要后悔一阵子；但如果不犯，可能要后悔一辈子。"

华云杉冷笑："一个价值三百万的错误，不是人人都犯得起的。"

华云杉愤然转身离开，这时忽然响起短信提示音。

华云杉目露惊惶："警官等等！绑匪的短信！又来了！"

沈翊飞速接过华云杉的手机。

短信内容："下午一点，带着钱坐T1324从北江到明渠的火车，等我消息。"

29

一群人围坐在办公桌前，看着短信。

蒋峰："人质都被救了，绑匪怎么还发短信？"

杜城："两种可能，第一种，他手上还有别的筹码。"

众人狐疑地看向华云杉。

华云杉气愤："我行得正、坐得直，没有什么可威胁的！"

杜城："那就是第二种可能，绑匪还不知道华木姚已经逃出来了。绑匪要求中午交付赎金，而今天早上抓的陈铭锋，说自己是替大哥送餐的，假设这个大哥就是真正的绑匪，他有可能是在绑架华木姚之后，就去踩点准备拿赎金了，拿到之后再折返。"

蒋峰："有道理。"

杜城："不论是哪一种可能，绑匪想要赎金，这对我们来说是从天而降的机会，我们可以趁这次赎金交易抓住他！华先生，还要请您配合一下。"

华云杉："万一绑匪真的是个恶人，我去交赎金，岂不是很危险？木姚已经被解救了，我不想在这种事上浪费时间。时间、地点，你们已经知道了，你们自己去吧。"

杜城："绑匪不是傻子，如果看到交付赎金的不是你，肯定就逃了。这个绑匪在你女儿身边蛰伏这么久，索要这么多赎金，以我的经验来看，他很有耐心，也很聪明，如果这次不能将他抓捕回来，他下一次有可能升级威胁，我倒是希望他能够知难而退，换个对象，但谁又敢保证呢？"

华云杉气得脸色涨红："你们警察不是应该保护我们公民的人身和财产安全吗？"

杜城："我们可以24小时盯梢，但不可能永远盯着，谁知道一个月两个月之后，他会不会再找上门来呢？我们警察是要抓捕犯人，但巧妇也难为无米之炊啊。"

华云杉坐了下来，权衡着，最终，他叹了口气。

华云杉："需要我做什么？"

警员给华云杉的衬衫里面穿上防弹背心，夹上无线麦克风。

蒋峰："您放心，我们跟您一起上车，都在您周围，保证您的安全才是我们这次任务的最高目标。"

另一侧，李晗向杜城介绍火车站的情况。

李晗："这趟列车一共有12节车厢，这是现在购买这趟列车乘客的所有名单，没有闻璟。"

杜城："闻璟估计是个化名，让华木姚先把车上乘客的脸都认一下，看看有没有相似的。北江到明渠中间有停靠站点吗？"

李晗："有三站。"

杜城："绑匪有可能想在火车上交易，最有可能出现的时机，就是每次停靠站点的时候。李晗，你去通知这三站的铁路警察，在12点之后留意下车的可疑人物。蒋峰，你保护华先生，不要离开三步以上的距离。"

杜城开始分配其他人的任务。

杜城："李俊辉，你去换一下乘务员的衣服，来回巡视。其他人跟我上车，每个车厢保证有两个咱们的人。给大家发一下绑匪画像，记住这张脸，一旦发现就先控制住，不要给他伤害其他乘客的机会。"

蒋峰："城队，那个送饭的陈铭锋，应该不是绑匪，要不先放了吧？"

杜城："不放，即使他不是，谁又知道他和绑匪有没有联系？如果放他出去，他给绑匪报信，我们就功亏一篑了。还是先抓住绑匪再说吧。各单位准备行动。"

沈翊等了半天，没有听到自己的名字。

沈翊："等等，我应该做什么？"

杜城："你？回去画像吧。"

30

华云杉非常焦虑地擦着汗，提着一个行李包进了火车站。

蒋峰向华云杉迎面走来，与他擦肩而过，华云杉紧紧盯着蒋峰。

杜城在华云杉的不远处，假装一名正在取票的旅客。

杜城："华先生，不用盯着我们的刑警，如果绑匪在我们中间，你的异动反而会引起他的怀疑。"

华云杉："那我该看哪里？"

杜城叹了口气："看脚吧。"

华云杉："绑匪不会冲出来伤害我吧？"

杜城："绑匪的第一目标就是钱，如果他真的冲出来，你就直接把包给他，包里放了追踪器，不会丢的。"

华云杉再一次擦了擦汗。

站台广播："请乘坐T1324号列车去往明渠方向的旅客带好行李物品到楼上3号候车室检票进站。"

华云杉紧张地抬头，看见提示板上显示"开始检票"。

杜城伪装成乘客，站在站台上。

一张张人脸从杜城面前掠过，每一个都有几分可疑。

杜城最后也没有找到闻璟，只能登上了列车。

31

杜城打量着车上的乘客。面对来来往往的无数个人，杜城的目光貌似不经意地从每个乘客的身上飘过。

一名戴墨镜的男子坐在了 16A 的座位上。

杜城："8 车的同志注意一下，16A 座位上坐了一个戴着墨镜的男人，找个机会看看他的脸。"

杜城继续往前走，顺手帮助一名妇女将行李放上行李架。

华云杉也上了车，坐在了靠窗的位置。

蒋峰头戴耳机，背着书包，像个大学生，坐在了华云杉的隔座。

警员："城队，16A 看过了，不是。"

华云杉抱着沉重的行李包，坐在了座位上。

一名男青年伸出手："要不要帮您放上去？"

蒋峰紧张地看着男青年。

华云杉一怔："我自己拿着就好。"

男青年讪讪地收回手，坐在了另外一边，对着一个女生耳语一阵。

女生低声笑："肯定是把你当贼了，以后少管闲事。"

火车发动。

华云杉紧张地抓着手机，但是一直没有消息出现。

手机信号一会儿显示满格，一会儿又什么都没有。

华云杉十分紧张，拿着手机对着窗外接收信号。

32

车厢里，杜城的手机屏幕一亮。

他猛然坐起，看到沈翊发来了一张画像。

火车驶过一条隧道，窗外瞬间一片漆黑。

手机没有了信号，沈翊发来的画像只加载出了一半。

第八章

杜城盯着画像上露出来的那双清冷的眼。

唰——窗外忽然一片明亮，出隧道了！

手机信号恢复，闻璟的画像完全加载出来。他的嘴角有一抹淡淡的笑意。

杜城起身，走向尾端的车厢。

他装作上厕所，目光却不离四周的乘客。

从车头到车尾，没有长得像闻璟的人。

火车缓缓驶离站台。

杜城坐在座位上，佯装看向窗外。

目光却落在不远处的华云杉身上。

华云杉注意到杜城的眼神，慌张地掏出手机看了一眼，依然没有新信息。

华云杉向杜城轻轻摇头，满脸颓丧。

杜城点点头，摸出手机，给沈翊打了个电话。

杜城："你还要多久。"

沈翊："我不确定。"

杜城："别追求什么艺术，赶紧画，我们的时间不多了，你想看着绑匪拿着钱溜之大吉吗？"

沈翊沉默半晌。

沈翊："我尽快。"

33

监室里坐着一堆被拘留的人。

陈铭锋沉默地坐在监室的角落里。一个犯人挤在他身边。

捏脚店老板："警察同志，我真不是开那种店的，我可是正经捏脚的，你们可不能为了冲业绩，就抓我这种良民啊！"

警察在外充耳不闻。

走私犯："你是第一次被抓吧，这套话，外面的警察都不知道听了多少遍了。像你们这种打着保健名义卖淫的，抓你们之前，警察一定都盯三四天了，确定了有小姐才抓的，别糊弄了。"

走私犯眼睛一转，看着陈铭锋。

走私犯："兄弟看着眼生啊，不是道儿上的吧？怎么进来的？"

陈铭锋："我也不知道，我就给人送个饭，就被抓进来了，他们非说我跟什么绑架有关系，绑架的那个女的，我没见过她，她也没见过我。"

走私犯："那女的，好看吗？"

陈铭锋："那还挺好看的。"

走私犯："我算看出来了，你小子这傻呵呵的样儿，是挺像被坑进来的。你想不想出去，哥哥教你个法子。"

陈铭锋："什么法子？"

走私犯："你闹啊！你撒泼，打滚，跟他们闹，你跟我们又不一样，你可是真良民，他们不敢拿你怎么样，闹一闹就出去了。"

陈铭锋犹豫了："那……不行，万一再给我安个妨碍治安的罪，留下案底那多难看，听说现在犯了法，身份证上都有记录，去酒店开房都显示。"

走私犯："那你就熬着吧，反正进宫前，多个人陪我唠唠嗑，打发时间也挺好。"

陈铭锋："我怎么这么倒霉，送个饭，怎么把自己送到这儿来了，这什么事儿啊！"

走私犯："一看就没怎么念过书，死脑筋！"

陈铭锋黯然低下头，用筷子搅拌着白米饭和西红柿炒蛋。

陈铭锋："你看，这样拌拌，就好吃多了！"

走私犯打量了下陈铭锋，满目怜悯。

走私犯："哥们儿，你之前过的都是什么日子啊？"

陈铭锋没回话，大口大口地往嘴里扒拉着饭菜，吃得正香。

警员走到监室外，声音洪亮又颇具威严。

警员："陈铭锋，出来！"

陈铭锋："这就来！"

陈铭锋赶紧又猛扒了几口，这才放下饭盒，跟着警员走出去。

餐盒里已空空荡荡。

34

陈铭锋被带到沈翊的工作室，有些局促地坐在沈翊对面。

沈翊:"你不用紧张,正常回忆一下你印象里的段哥就好。"

陈铭锋:"段哥,非常英武,步子总是很豪迈……"

沈翊:"停。你的描述里有很多主观的成分,他是不是帮助过你?"

陈铭锋:"是的,第一次见到段哥是在夜店里,我当时就是想去感受感受,没想到……"

35

夜店里,灯光斑斓,音乐聒耳。

两个小混混儿把陈铭锋堵到角落里。

混混儿:"一瓶酒,三千块!你打翻了老子的酒就得赔!"

混混儿一脚把陈铭锋踹倒在地。

另一个混混儿抓起一个空酒瓶,砸破,欲向陈铭锋肩膀上扎去。

陈铭锋畏惧地闭上眼。

一只手伸出,把混混儿的手攥住了。

男人:"讨钱而已,非得见红吗?"

陈铭锋抬起头,入目的是一双阴沉的眼睛。

36

沈翊翻转画板,对着陈铭锋。

沈翊:"这样的眼睛?"

陈铭锋:"对对对!您画得太像了!"

沈翊没有搭腔,翻回画板,提起笔。

沈翊:"继续吧,我们可没时间聊天。"

37

手机一振,屏幕亮起。

华云杉攥着手机的手也是一抖,手机险些从他手中脱落。

他慌乱地解锁,点开信息。

短信:"现在扔。"

华云杉连忙站起，看向窗外。

杜城把一切尽收眼底，也向外面望去。

窗外，是一条清澈的河。

华云杉焦躁不已，在座位上站起又坐下，不停地向杜城的方向使眼色。

杜城被逼无奈，打开微信。

"画出来了吗？"

叮咚——杜城很快就收到了回复。

"没有。"

车子继续向前行驶，河面上映出了午后的阳光，波光粼粼。

华云杉再次望向杜城，眉头紧锁。

杜城握着手机，微信界面一直停留着沈翊的那一句"没有"。

杜城思虑再三，不能再等了。

杜城冲着华云杉重重地点点头。

38

车窗大开。

行李包飞出车窗，划出一条抛物线，最终落入河里。

行李包溅出大片水花。

39

李俊辉在河畔蹲守。

耳机里传来杜城威严的声音。

"小李，一旦有人靠近，马上抓。"

李俊辉："是！"

良久，空荡的河边无人经过。

40

绿皮火车飞驰而过。

杜城："没有人靠近河边？"

杜城听着耳机里李俊辉的汇报，有些焦急。

李俊辉："是，城队，行李包掉进河里之后，就没有人来过。"

杜城凝神思考，恍然大悟。

杜城："糟了，暴露了。"

蒋峰挤了过来："城队，什么情况？"

叮咚——

火车报站的提示音响起，打断了蒋峰的话："乘客朋友们好，本次列车还有10分钟到达下一站，明渠。下车的乘客……"

杜城一惊，来不及回答蒋峰，拨通了沈翊的电话。

杜城："这辆车上，一定有绑匪的同伙。"

在一阵忙音过后，电话终于接通。

杜城："沈翊，来不及了，我不管你用什么方法，另一个人的画像，你必须在10分钟之内发给我们。"

41

工作室，沈翊把手机放在一旁，脸色苍白。

陈铭锋："警官，您怎么了？"

沈翊："没什么。继续吧，他的鼻子呢？"

陈铭锋："我记得有点鹰钩鼻，鼻孔也有些大。不过我们那几次见面都在夜店，光线不太好，但应该错不了。"

沈翊："嘴。"

陈铭锋："嘴？嘴，我得想想……"

随着陈铭锋的叙述，沈翊飞速描绘着段哥的肖像。

每画几笔，他就瞟一眼墙上的时钟。

时钟的指针嘀嘀嗒嗒走着，沈翊的额角冒出细密的汗珠。

一向淡定的沈翊也紧张起来。他从来没有在这么紧迫的时间内完成一幅肖像。他必须全身心关注于笔下，而且不出一丝错。

他越画越快，手下也不自觉地用力。

啪的一声。

铅笔笔芯断了。

但沈翊终于画完最后一笔。

沈翊："我画的是不是和你描述的一致？"

陈铭锋点点头："一致！"

沈翊思索片刻，怕杜城找他麻烦。

他把一支笔放在陈铭锋面前。

沈翊："那你签个字确认一下吧。"

陈铭锋抓起笔，歪歪扭扭地签上"陈铭锋"三个字。

42

挂钟的时针与手表上的时针重合。

杜城看着手腕上的表。

杜城身边挤过推着行李的旅客。

火车飞驰而过。

杜城的手机屏幕一亮。

杜城点开微信，看到了沈翊发给自己的一张图片，但是非常模糊。

杜城赶紧朝窗外举起手机。

画像一点点加载，头发的部分已然变得清晰，但是重要的脸部仍模糊一片。

带着小孩的乘客不小心碰到了杜城。

乘客："不好意思。"

杜城没有理会。手机里，画像已经加载出了一双眼睛。

手机上显示的时间，还有五分钟。

杜城死死盯着手机屏幕。

模糊的图片终于加载完毕。

杜城："来了！"

43

涌动的人流。

矮胖刑警被挤在人群里，环顾四周——人们脸上洋溢着欢笑与期待，没有那张脸。

矮胖刑警:"没有。"

女警踮起脚,用力张望——旅客从行李架上拿下自己的行李,混乱喧哗,没有那张脸。

女警:"没有!"

蒋峰跳起来,遥望拥挤的乘客,依然没有沈翊发过来的那张脸。

蒋峰:"城队,没有!"

火车呼啸。

杜城居高临下,焦急地环顾四周。

他的目光扫向车头,有交谈的情侣、抱着孩子的父亲,还有搀着老人的女性。

杜城:"没有。"

他又扫向车尾,年轻的学生们推着箱子嬉闹,出差的职员打着哈欠。

杜城:"没有。"

杜城的耳机里,不断传来警员们的声音。

"没有。"

"没有。"

"城队,没有……"

乘务员:"请带好您的随身物品,准备下车……"

杜城看着窗外飞驰而过的站台,果断下令。

杜城:"快!把所有乘客的脸都记下来。"

众警察同时掏出手机,按下拍照键。

44

车轮驶过轨道,轰鸣着前行。

车速渐渐变慢,直至停在站台旁。

火车到站了。

又是一场空。

第九章

1

一排排整齐码放的火车上的乘客照片。

陈铭锋坐在审讯室的椅子上,仔细观察着这些照片。

杜城坐在他对面。

杜城:"你仔细看看,这里面有没有你说的段哥?"

陈铭锋:"这么多!"

杜城一瞪:"让你看就看,哪儿这么多废话?"

陈铭锋赶忙闭上嘴,一张张照片看过去。

杜城坐在对面,认真观察着陈铭锋的表情。

陈铭锋端详着每一张照片,不敢懈怠。

时间一分一秒地过去。

陈铭锋放下最后一排的照片。

陈铭锋:"警官,没有。"

杜城了然。

看来,他们并没有出现在火车上。

2

走私犯生气地拍打着监室的铁栏杆。

走私犯:"这破饭谁吃得下去啊!方便面都比这个强!"

无人应答。

陈铭锋默默地把餐盒里的魔芋挑出来,放在一旁。

陈铭锋:"知足吧,比我平时吃得好多了。"

3

刑警们坐在会议室,聚精会神地盯着黑板。

杜城:"现在有三种可能性,华木姚说谎、陈铭锋说谎、沈翊画错——"

沈翊啪地打开文件夹,里面是陈铭锋的确认书。

杜城:"还有一名同伙。按目前的情况来看,只有这四种可能性了。我们一一排除。"

杜城拿起黑板擦,率先擦去了"沈翊画错"的选项。

沈翊有点意外,合上了文件夹。

刑警们互相看了一眼,又不好多说什么,低下了头。

杜城浑然不觉,面对黑板继续分析。

杜城:"还有一名同伙的可能性也很低。这起绑架案,应该不需要这么多人。"

杜城又擦去一条可能性。

黑板上只剩下"华木姚说谎"和"陈铭锋说谎"。

杜城:"闻璟是华木姚的男朋友,她有可能为了保护他而说谎。姓段的是陈铭锋的大哥,他也可能为了包庇他隐瞒一些事情。所以,只有找到其他的目击者,才能找出这两个人。"

4

打印机唰唰地印着文件。

李晗把这些文件分发给在座的刑警们。

杜城翻看着几张打印好的文件。

杜城:"闻璟最后一次通话,是打给华云杉的勒索电话。最后一条短信记录,就是昨天中午放下赎金那条。他的高频联系人有两个,尾号8925和7754,分别是华木姚和段哥。"

杜城说完,往后翻了一页。

刑警们也整齐地翻到下一页。

李晗:"陈铭锋供出号码的全部通话记录已经提取完毕。很奇怪,这不是一般罪犯常用的烧号号码，半年前被激活，直到三天前，一直都有通话记录。"

杜城："陈铭锋口中的这个段哥，社会关系够杂的，每天要播二十几个号，都不重复，极有可能是搞电信诈骗的。他最后一次通话是前天凌晨四点，应该就是那通让陈铭锋去给华木姚送早餐的电话。"

蒋峰："咦？城队，发现一个段哥经常通话的号码！"

复印件上，段哥的通讯记录里，频繁出现同一个尾号。

杜城："小李，还有你，跟着我去找段哥。蒋峰，你带着他俩，去那房子附近问问，看有没有人见过闻璟。"

沈翊坐在下面，等待杜城安排任务，杜城却迟迟没有叫到他。

众警员点点头，自动划分小队，从沈翊身边经过，离开会议室。

眼看着杜城也要出去了，沈翊终于开口。

沈翊："那我呢？"

杜城回过头，好像刚刚才想起他。

杜城："你这种体力跟不上的，就别在外面瞎转悠了，跟着李晗，再去问问华木姚有没有线索吧。"

说罢，杜城扬长而去。

沈翊转身，与李晗对视，苦笑。

5

华木姚家富丽堂皇的客厅中，华木姚坐在沙发上，警惕地绞着手。

陈廷飞坐在一旁，淡漠地刷着手机。

李晗探身望着华木姚。

李晗："华小姐，你现在能想起其他跟闻璟有关的信息吗？比如你们约会的时候都见过什么人？"

华木姚摇摇头，缄默无言。

李晗："华小姐，我们需要你的配合才能尽快抓到绑架犯。"

陈廷飞："差不多行了。"

陈廷飞终于从手机上抬起头来，打断李晗的问话。

陈廷飞："我是她的未婚夫，我证明，她最近没见过那个什么璟，你们结案吧。"

他明明那么俗不可耐，却又那么自以为是。

李晗："绑架是很恶劣的犯罪行为，我们得彻查！"

陈廷飞："这件事现在还没闹大，木姚也没受伤，就这么算了吧。"

陈廷飞不耐地摆摆手，不容置疑地制止李晗。

陈廷飞："来，之前的笔录给我看看。"

李晗犹豫着，拿出一份笔录，放在茶几上。

陈廷飞匆匆扫了一遍，掏出笔，在最后一页潦草地写上："受害人已决定不再追究"，大笔一挥，签上了自己的名字。

陈廷飞又递给华木姚。

陈廷飞："签字吧，木姚，签完一切就过去了。"

华木姚侧过头，看着陈廷飞看似温和的笑脸。

他的眼睛里毫无笑意，仿佛只是希望这件事快点了结，不要让自己蒙羞。

华木姚握紧了笔，沉默片刻，下定决心般地放下笔，直视着李晗。

华木姚："上次那位警官呢？"

李晗："谁？"

华木姚："帮我画像的那个，我只想跟他谈。"

客厅门被打开，一个人走进来。华木姚抬头一看，是沈翊。

6

修长的手指敲击着钢琴琴键。

优美的曲子传了出来，沈翊静坐一旁，看着华木姚弹琴。

她落落大方，弹得熟练流畅又有技巧。

沈翊："刚刚经历过绑架，绳子的勒痕可能会造成手脚麻痹肿胀，没想到你这么快就能弹琴了。"

华木姚微微一笑："曾经我以为我很讨厌钢琴，都是爸爸在强迫我。可被绑架的那几天，我却害怕，怕自己再也摸不到琴键了，幸好……"

沈翊："你还在想他吗？"

琴声不停，华木姚默默摇摇头。

华木姚："他骗了我，这一切都是假的，他只是想要钱罢了。"

沈翊："不。提起他的时候，你的琴声变了。"

华木姚："是吗？"

沈翊："无论他是不是绑架犯，思念一个人都不是错的。"

华木姚强忍泪水，敲下乐曲的最后一个键。

华木姚："你知道吗？这首曲子是我们第一次相遇时弹的，不知道我还有没有机会再为他演奏了。"

华木姚望着琴房的一张照片，上面是她和父亲华云杉在钢琴旁的合影。

她的童年，几乎一半都是在这里度过的。

7

流畅的琴声中，打扮如洋娃娃的童年时期的华木姚在弹钢琴。

华云杉肃立在琴凳后，双目微闭，聆听女儿弹琴。

一个音符有些突兀地蹦了出来。华云杉抓起女儿娇嫩的左手，用木尺打向女儿的手心。

华木姚疼得身子一颤。收回手，不敢停顿，继续弹琴。

被抽打过的小手落在黑白相间的键盘上，有些红肿，却依然敏捷。

8

琴声越来越流畅优美。

键盘上的手指也变得修长。

坐在钢琴前的华木姚已经是个大姑娘，却依然是洋娃娃的打扮——亮丽乖巧的长卷发，缎面发带，丝质连衣裙。

一曲终了，华木姚停下演奏，掌声四起。

华木姚正要起身鞠躬，一双手抚上她的腰。

陈廷飞一把搂住华木姚，面带微笑，向四周的人挥手，仿佛在向别人炫耀，这是属于我的东西。

9

那天在选拔现场，华木姚演奏着勃拉姆斯的《C大调第一钢琴奏鸣曲》。

或许是父亲给的压力太大，华木姚弹错了两处音阶，她一惊，指尖因为紧张而颤抖，后半部分的曲子变得扭曲。

一曲终了。

团长毫不客气地摇头。

团长："接连弹错了两个半音，这种错误，致命！"

华木姚强忍着泪，失落地走下舞台，向后方观众席走去。

一个男子站在观众席的最后方，轻轻为华木姚鼓着掌。

华木姚感激地望过去，她终于遇到了一个男人，愿意欣赏自己，而非自己的成功。

10

信箱里躺着一个信封，华木姚好奇地拿出来，看到是一封写给她的信。

华木姚有些疑惑，打开信封，里面有一朵玫瑰，还有一封信。署名人，闻璟。

展开信件，漂亮的字迹映入华木姚眼中。

"你好，你并没有见过我，我却被你的琴声深深打动了。错误又何尝不是美丽的？勃拉姆斯与已婚的克拉拉相遇，其实也是一个美丽的错误……"

信上的字迹犹如清风，吹动了华木姚冰冷的心。

此后的每一天——

清晨，华木姚出门练琴，信箱里躺着一封情书。

"我叫闻璟，春寒料峭，近来好吗……"

傍晚，华木姚练琴归来，信箱里又躺着一封情书。

"如果你不是弹错了音，我就永远不会有机会来安慰沮丧的你，我们也不会相识……"

时光流逝，华木姚的衣服由厚实的大衣变成了靓丽的短裙。

每一天，华木姚都能收到闻璟满怀爱意的情书。

华木姚的笑容一天比一天明媚。

直到有一天，华木姚展开情书，读了几行，惊喜地笑了。

"我可以见你一面吗？"

华木姚的眼中含着幸福的眼泪。

11

那个华木姚与闻璟会面的十字路口。

华木姚手里拿着一朵玫瑰，期待地左顾右盼。一如她在几个月后的晚上等待着闻璟。

一辆车缓缓地停在华木姚面前。

男子打开车门，走到华木姚面前，风度翩翩，温文尔雅。

华木姚怔怔地凝视着面前的人。

他一笑，春日的夜风都不再寒冷。

华木姚依偎在闻璟身旁。

两人十指相扣，仿佛再也不愿分开。

华木姚："你为什么总在晚上见我？"

闻璟侧头，用手摩挲着华木姚的发丝。

闻璟："下次，我们白天见。"

12

夕阳下，闻璟望着她的身影，柔情似水。

华木姚匆匆向他跑来，投入他的怀抱。

华木姚："你的脸怎么了？"

闻璟："做工程，受了点伤。"

闻璟的脸上贴着一块纱布。

13

佳期如梦，华木姚的梦醒了。

华木姚："我先爱上的不是他的人，而是他的文字。他会安慰我，听我抱怨平时的小事、抱怨难练的曲子、抱怨严厉的爸爸……没有人会听我说这些，也从来没有人会亲手写下一篇篇情书安慰我。"

沈翊："我能看看吗？"

沈翊:"情书,我能看看吗?"

厚厚一沓书信递到沈翊的面前。

沈翊:"可以带走吗?"

华木姚沉重地点了点头。

14

鞋厂流水线上,一双双鞋经过了一道道手。

鞋的温度是冰冷的,工人的表情也是冰冷的。

人群中,一个女人抬起脸,表情麻木,像是对这种日复一日的机械性工作习以为常。

她是鞋厂女工枫姐。

接待室里,杜城拿着沈翊画的模拟画像:"您知道他的全名叫什么吗?"

枫姐:"不知道,他是不是真姓段我都不确定。"

杜城和蒋峰对视。

枫姐抬眼望着两人,眼神平静坦荡。

杜城:"那您为什么会跟一个不认识的人天天通电话聊天呢?"

枫姐:"半年前,我接到一个陌生号码,他说他喝醉了,随便拨了个号,想找人聊聊天。"

蒋峰:"您就没担心是诈骗?"

枫姐:"一开始可不以为是骗子吗?就给挂了。结果他又打回来,我就想听听他到底要干什么。他但凡敢提一个钱字儿,我立马就挂!不过听了一会儿,我发现他真不是骗子,就是个没处说心里话的可怜人。我也离婚好几年了,身边也没个伴儿,有个人说说话也挺好的,而且彼此不认识也没负担,平时不敢说的心里话都可以跟他说。"

杜城:"那你们都聊什么?"

枫姐:"男人女人那些事儿呗。有时候也聊聊工作上的烦心事。"

杜城:"那他有提到自己是干什么的吗?"

枫姐:"应该是做生意的,我听他说有段时间在倒腾小商品,后来好像又卖过酒。可能是什么赚钱干什么吧。"

杜城:"那他的店铺在哪儿?有提过吗?或者家在哪儿?"

枫姐想了想:"没有。您也说了,毕竟是陌生人,还是要留个心眼儿的。虽然他没跟我要过钱,但我也不可能把自己是干什么的、挣多少钱告诉他。那反过来,他也不可能告诉我啊。虽然天天聊,聊的也都是不痛不痒的事儿,真正要紧的事不会提的。"

杜城:"他有没有特别提到过什么时间或者地点的信息?"

枫姐回想:"我记得他好像提过,想做一笔大生意之后离开北江,去别的城市生活一阵子。"

杜城紧追:"没说去哪儿?"

枫姐摇头:"没有。"

杜城拿出了一张画像,是根据陈铭锋的描述画出的段哥。

杜城:"你确定没见过这个人吗?"

枫姐咂摸着画像,满脸可惜。

枫姐:"确实没见过。要是早见了,估计也不想再聊了。"

线索又断了。

15

蒋峰举着闻璟的画像找到卖早点的铺子。

蒋峰:"就这个人,脸上还有一道伤疤,记得吗?"

老板擦擦湿漉漉的手,连忙点头。

老板:"记得,记得,之前老来我们这儿买包子呢!"

蒋峰:"你知道他叫什么,住在哪儿吗?"

老板摇摇头:"这还真不知道。不过……"

蒋峰眼前一亮:"还能想起什么?"

老板:"他之前几乎每天都来,就最近这几天,都没出现过了。"

16

白天的夜店空空荡荡,寂寞的迪斯科球暗着灯。

杜城掏出段哥的画像,展示给夜店经理。

杜城:"这个人,你有印象吗?"

夜店经理:"警官,这您可难为我了!店里一晚上能进出几百上千号人,谁也不会来我这里报到,我哪儿记得住啊!"

杜城:"我警告你,这是一起恶性绑架案的犯罪嫌疑人。如果你知情不报,后果怕是承担不起。"

夜店经理:"哎哟警官,您是不知道,这混在夜店里头的人,喝吐之前一张脸,喝吐之后一张脸;泡妞时一张脸,泡完了另一张脸——别说是我了,凭谁也记不住!"

杜城冷着脸不说话,掏出手机,大声打电话。

杜城:"我是杜城。对,麻烦扫黄办刘组长接下电话——"

夜店经理急得几乎蹦起来。

夜店经理:"警官,您千万别!我这个店最干净了,真没那些乌七八糟的事儿!"

杜城挂断电话,挑起眉毛望着他。

杜城:"没有,那还怕什么?让刘组长亲自过来看看,不就更干净了?"

夜店经理:"没有是没有,扫黄办一来,黄赌毒一起查,至少俩月开不了门!警官,您高抬贵手……您有什么要求,我都全力配合!您画上这人,您多少给点提示啊。"

杜城:"他姓段。"

服务员忽然怯生生地开口了。

服务员:"是不是那个人?"

杜城:"谁?"

夜店经理:"哪个?哦!我记起来了,那个段哥,酒量差、脾气暴躁,一喝醉就砸杯子,在我们这儿待了得有几个月吧?砸了不知道多少酒瓶子了,醉得不轻,我们也不好叫他赔……"

服务员点点头,看起来深受其害。

杜城:"最近来过吗?"

夜店经理:"没有!有一段时间没见过他了。"

杜城点点头,又拿出闻璟的画像。

杜城:"再看看这个人,见过吗?"

夜店经理:"这个人我记得,抠得要死!来我们这儿玩,每次就点一杯最便宜的那种酒,然后一坐就是一宿,也不知道是来干啥的!"

杜城:"他呢?最近来过吗?"

夜店经理稍加思索:"最近……好像也没来过了?"

杜城:"你们这儿有监控吗?"

夜店经理为难。

夜店经理:"有是有……"

杜城:"给我们看看。"

监控视频上显示着夜店一处灰暗的角落。

杜城忍着怒气:"怎么回事?"

夜店经理吞吞吐吐:"警官,我们这儿的客人都不想留监控……每次被监控拍着,就找我闹,只能把镜头撇一边儿去了。"

杜城:"……你们怎么不干脆关了?"

夜店经理的声音更小了:"这不是怕你们查吗……"

杜城哭笑不得。

好不容易发现的线索又断了,杜城心有不甘。

李俊辉:"城队,线索又断了!"

杜城:"算了。不过咱们也确定了,这里就是段哥和闻璟的交汇点。"

17

办公室白板上一左一右写着段哥、闻璟的名字,两个名字中间由一条线相连,各自又引申出几条支线。"段哥"一侧的支线写着:酒吧、陈铭锋、枫姐,"闻璟"一侧的支线写着:郊区小屋、华木姚、早餐摊儿。

杜城:"段哥第一次出现是半年前,他高调出入夜店,喝醉酒砸杯子,生怕别人记不住他。闻璟是三个月前左右,总是一个人喝最便宜的酒。"

沈翊:"一前一后,这是一起早有预谋的团伙作案。他们分工明确,闻璟负责诱拐,这个段哥负责看押,夜店就是他们接头的地方。"

杜城:"奇怪,他们留下了这么多的线索,为什么我们会走到死胡同呢?"

沈翊奇怪："怎么会是死胡同呢？"

杜城看了沈翊一眼。

沈翊："你想象一下，这是一幅拼图，上面已经拼满了，可是你手里还剩下一块。"

杜城重新看着白板上的字，很快反应过来。

杜城："我明白了。拼图满了，但少了火车上的那个人。就像绘画里的视点误导，让我们一直围着这两个人打转，让第三个人'隐形'。"

沈翊下意识地点点头："还不算笨。有这么多线索能证明这两个人的存在，却没有任何线索表明他们犯案后去了哪里，也没有任何线索指向那个报信人。这些都说明，这些线索应该是有人刻意引导我们看见的。我们掉进了别人的剧本里。只有知道写剧本的人是谁，才有可能找到破绽。"

杜城略一思考。

杜城："或者我们可以试试变成那个写剧本的人。"

18

杜城从闻璟的视角想象着华木姚与闻璟见面的十字路口。

车流穿梭，一辆车子停在了华木姚面前。

华木姚惊喜地回过头——

自己从车上走下来。

小屋的门缓缓推开。

屋里一片漆黑，华木姚摸索着想要打开屋里的灯。

一只手拉住了华木姚。

是杜城。

杜城牵引着华木姚躺在床上，大手在她周身游走。

华木姚望着眼前的杜城，眼神迷离，充满情愫。

一圈、两圈……杜城把绳子缠绕在华木姚的手上。

杜城："你被绑架了。"

不多时，杜城拨通了一通电话。

对象是假想中的华云杉。

杜城："你女儿在我手里，想要她平安回去，就准备三百万。"

杜城挂上电话，拿出酒精湿巾，擦拭着华木姚的全身。

随即，他推开门走出。

拴好小屋的门。

杜城漫步在郊外的小路上，口中哼着小曲。

他左手掏出一部手机，发出了一条短信。

叮咚——

右手的手机一响。

短信："华木姚就在小屋里，你安排人给她送饭。"

19

天蒙蒙亮。

杜城知道，现在是凌晨五点。

杜城拿出一部手机，编辑了一条短信："六点，给这个位置送一份早餐。"

点击发送。

杜城再次编辑了另一条短信，设置了定时发送。

回到手机桌面，杜城又设置好了定时关机。

杜城信手把手机丢在了一旁的树丛里，走进晨霭中。

20

火车站，人来人往。

杜城站在检票口，昂头看向电子屏幕上的列车时刻表。

屏幕上，那列火车抵达明渠站的时间："两点一刻。"

叮咚——

杜城掏出兜里的另一部手机，上面收到了一条短信。

短信：现在扔。

杜城看着短信，发送时间是两点十五分。

21

杜城推开沈翊工作室的门。

熬了个通宵的沈翊趴在桌子上睡觉。

忽然，沈翊的手机响起。

沈翊接起电话，里面传来李晗焦急的声音："沈老师！城队刚刚给我发短信，说他遇到劫匪了！可我再打电话过去，他就关机了，我刚刚想定位，发现也查不到他的位置了，怎么办呀……"

沈翊瞟了一眼面前的杜城。

杜城装作无辜，耸耸肩，还掏掏兜，以示自己没有带手机。

沈翊："不用担心，他好好的。"

沈翊挂上电话，看了一眼手机显示的时间。

沈翊："你这是？"

杜城："我知道怎么回事了。从闻璟和华木姚见面的十字路口开始，到郊区小屋，再到取赎金……我整个走了一遍，得出来一个结论——从我们踏上火车之后，绑匪就再也没有出现过。在此之前的所有事，我一个人就能办。"

22

沈翊对着两张现成的画像，束手无策。

何溶月走了进来。

何溶月："还找不到人？"

沈翊："我对这次的画像本来很有信心，可是现在，我也不知道我画的是对是错了。"

何溶月："有点自信，都说画虎画皮难画骨，你可是对着头骨就画出小弦模样的人，最难的你都做到了。"

沈翊："画骨……"

一笔颜料画在玻璃窗上。

一笔接一笔。

此时的沈翊，已经在窗户上画出了一具头骨。

这是根据段哥的画像画出来的头骨。

又是浓墨重彩的一笔。

他面前的另一面玻璃窗上也画着一具头骨。

这是属于闻璟的。

沈翊盯着头骨黑洞洞的眼睛,看着看着,他仿佛又看到了另一个人。

沈翊猛地合上窗户,闻璟和段哥的头骨,在中间的窗户上合二为一。

沈翊:"段哥和闻璟的头骨,是一致的。"

沈翊转而望着杜城,表情中带着自信。

杜城:"那另一件事,你知道了吗?"

沈翊:"第三个同伙,你刚刚也已经实验过了。你人站在我面前,没有拿手机,却可以给李晗发出一条短信……"

杜城点点头,他走到画架前,一把抄起上面那幅画,快步走到窗边。

又是啪一声——

杜城把这幅画贴在了窗户的最外面。

三具重叠在一起的头骨!

杜城:"是他。"

23

又到了饭点,地三鲜与小白菜挤成一团,勾芡淋到了一旁的猪蹄上,一盒饭菜熬糟不堪。

走私犯挑起一块儿不入味的猪蹄,只感觉难以下咽,厌恶地放下筷子。

一旁的陈铭锋津津有味地啃着猪蹄。

警员威严地拍拍铁栏杆。

警员:"你,跟我出来!"

警员指着走私犯,示意他跟自己出来。

走私犯垂头丧气地出去了。

陈铭锋自顾自地吃着饭。

他的面前堆放着几块猪蹄骨头。

24

走私犯戴着手铐，垂头丧气地走进审讯室。

杜城坐在对面，一脸严肃。

走私犯老老实实地在杜城对面坐下。

杜城："考虑清楚了吗？"

走私犯沉默。

杜城佯装关心："我看你这几天，晚上就在那儿叫，非要方便面。怎么，吃不饱啊？"

走私犯："警官，不瞒您说，这几天的饭确实有点难吃……"

杜城一拍桌子："你还真把这儿当旅馆了？以为自己只要一天不说，就一天不会被送进去？"

走私犯慌乱不已："警官！我说，我说！"

杜城不易察觉地一笑。

25

沈翌在工作室的玻璃上画了三具重叠的骷髅。

杜城："看来，我们早就已经把绑匪抓进来了。短时间内扮成三个完全不同的人，难道他会易容术？"

沈翌回想着杜城和走私犯的对话，忽然灵机一动。

沈翌："那个走私犯已经把方法告诉我们了，我来试试！"

沈翌转身要走，却像是突然想到了什么，转身看着杜城。

杜城："干什么？"

沈翌："不过，我还需要个帮手。"

杜城："找蒋峰啊。"

26

蒋峰直勾勾地瞪着面前的沈翌。

蒋峰："你……你要干什么！"

啪——一团糨糊似的东西扣在了蒋峰的脸上。

沈翊:"变脸。"

沈翊戴着手套,细心调配着蒋峰脸上的糊糊。

蒋峰吸吸鼻子:"这是什么?还挺香。"

沈翊不答,继续调配。

27

大功告成的时候,众警员看得目瞪口呆。

此时,蒋峰站在众人面前,已经被沈翊变了脸,鹰钩鼻,方脸,看着很不好惹。

李晗:"我的天,沈老师,您真神了!"

杜城:"这就是段哥吧?"

李晗好奇地望着蒋峰的"新面孔"。

李晗:"沈老师,这是用什么做的?"

沈翊:"猪蹄熬的油,还有魔芋。"

蒋峰错愕:"什么?!"

想到脸上的东西,蒋峰干呕起来。

蒋峰怒视沈翊,几乎要把他生吞了去。

蒋峰:"你为什么不用自己的脸试!"

沈翊:"难洗。"

蒋峰被噎住。他求助似的看向杜城。

杜城心虚地移开目光。

沈翊:"他推荐的你。"

蒋峰:"城队?!"

蒋峰气急败坏,摸了摸自己脸上黏糊糊的东西,冲出办公室,准备去洗脸。

杜城和沈翊相视一笑。

28

审讯室里,陈铭锋表现得十分卑微:"警官,我是不是可以走了?"

第九章

杜城:"差不多了,人,我们都找到了。"

陈铭锋一愣。

杜城拿出一张透明板,上面有黑笔画的闻璟的脸,还有用红笔画出的头骨轮廓线。

杜城:"我们案件中出现了几个人。这是华木姚供出的闻璟。"

杜城又拿出一张,是同样画法绘制的段哥的脸。

杜城:"这是你供出的段哥。"

啪——杜城把两张板子合在一起,红色的轮廓线重叠了。

杜城:"还有一个人的头骨,也可以和他们的对上。"

杜城拿出了第三张画着脸和头骨的透明板,把它和另外两张透明板合在一起,红色的线再次重叠。

杜城:"这个人就是你。闻璟、段哥,都是你——陈铭锋。"

陈铭锋震惊于面前重合的三张板子,但他很快冷静了下来。

陈铭锋:"我怎么可能变成两个完全不一样的人,还不被人认出来?"

杜城:"你知道吗?这几天你的伙食都是我亲自指定的。猪蹄、魔芋,我选的都是在你们家搜出的食物。可我问了跟你关在同一屋的犯人,他说,猪蹄你都吃了,魔芋却没有。那我就得想想魔芋能干什么了。魔芋经过……沈翊,还是你说吧。"

沈翊:"魔芋含有大量胶质,经碱处理后会形成一种弹性凝胶,再加点猪蹄熬出的明胶,就能仿制出近乎真皮的色泽和触感。只要煮得够浓,就可以维持动物原有的皮肤颜色。"

沈翊拿出一个盒子,里面装着几片接近肤色的透明"面具"。

陈铭锋:"这些都是你的猜想。不吃魔芋难道还犯法吗?再说了,你画得就准吗?"

沈翊:"我按照你的描述画出的段哥,是有你签名确认的。"

陈铭锋:"可那是段哥啊!"

沈翊:"我们说的不是画像,而是你的签名。"

沈翊拿出那张画像,上面写有陈铭锋扭曲的签名。

沈翊:"这,就是关键证据。"

29

这次审讯之前,沈翊在办公室白板上画出了几条长短不一的横线。

众警察困惑的时候,沈翊又画出了几条竖线,黑板上的横竖线,居然组成了一个"罩"字。

沈翊:"文字有几个关键的地方,笔顺,笔力,着力点。每个人写字都是不一样的,大家看这两个字——"

沈翊挥笔,在黑板上按笔顺写下"罩"字。

两个"罩"字并排,却有着天壤之别。

沈翊:"它们形状都是差不多的,但是细看感觉完全不同。因为笔顺和着力点都完全不同。"

杜城:"说重点。"

沈翊拿出三页纸,摊在桌上。

闻璟的情书,陈廷飞的签名,陈铭锋的签名。

沈翊:"闻璟的字迹和陈廷飞很像,乍一看像是一个人写的,但是笔顺却完全不同,闻璟习惯先写偏旁,再写里面的字。陈廷飞则正相反。"

杜城:"那陈铭锋呢?"

陈铭锋的签名歪歪扭扭,看起来和整洁的情书截然不同。

沈翊:"但是,他们的笔顺和着力点,其实都是一样的。"

情书上沈翊已经圈出的"锋"字,与陈铭锋那个丑陋的字体放在一起对比,笔顺一模一样。

沈翊:"如果说闻璟和陈铭锋的字,是形异而意同。闻璟和陈廷飞的字,就是形似而意不似。"

李晗盯着电脑,屏幕上闪过陈廷飞的照片和资料。

李晗忽然惊呼:"这个陈廷飞改过名!"

沈翊和杜城赶紧凑到电脑前。

李晗:"就在高考前,他改名了……"

放大的屏幕上,陈廷飞得体的证件照旁,是一个熟悉的名字。

曾用名,陈铭锋。

30

　　杜城质问陈铭锋："陈廷飞顶替了你的身份，上了大学。为了避免入学后被识破，他花了大半年的时间模仿你的笔迹，到最后几乎可以以假乱真。换句话说，闻璟写给华木姚的情书，字迹跟你原本的字迹一模一样，而陈廷飞又不可能参与绑架，这就不难推断出，闻璟和你陈铭锋到底是什么关系了！"

　　杜城推出陈铭锋签字的笔录、图文店里的收据单。

　　杜城："这是几天前你的签名，你签收的外卖单还有你图文店里的字迹，都是这个样子。这些年，你早就谋划好一切，从字迹就开始作伪，就是为了区别闻璟和陈铭锋。"

　　沈翊："可是你给华木姚的情书，又偏偏用了这笔好字。为什么呢？因为在你的心里，闻璟，这个写着一笔好字、温文尔雅的英俊男人，才是你应该有的样子。"

　　陈铭锋被彻底攻破心防，颓然一笑。

　　杜城："你是怎么发现陈廷飞就是顶替你上大学的人的？"

　　陈铭锋："我开图文店，每天看的就是各种人的证件，出生、上学、毕业、结婚、离婚，甚至死亡，那些纸，决定了人的道路、人的价值。如果考上大学，学我一直梦想的金融管理，进入银行工作，那么，第一年，我只是小职员，月薪六千块。两年后，我会被提拔为经理，年末还有奖金。再过五年，我攒够钱，买下属于自己的房子……这三百万，是补偿我一生的钱，我算过了，不多。"

　　杜城和沈翊听完这个故事，都有些唏嘘。

　　杜城："一个人演三个人，差点儿就骗过了我们。"

　　陈铭锋冷笑："这是一个再简单不过的障眼法，只是你们眼里从来就没有我。"

31

　　一堆材料甩在图文店的柜台上。

　　陈铭锋抬头一看，是陈廷飞和华木姚。

　　陈廷飞："把这些印了。"

陈铭锋一翻，是大学毕业证书、各类资格证。陈铭锋发现名字一栏写着"陈铭锋"三个字。陈铭锋疑惑，这个人跟自己同名同姓？

陈铭锋："你是富荣高中毕业的？我也是这学校毕业的。"

陈廷飞没理他。

陈铭锋："你是哪一年毕业的？看资料上的时间，咱们是同届啊。"

陈廷飞不满陈铭锋攀关系一样的语气，脸上开始露出不耐烦。

陈廷飞："快印。"

陈铭锋细细摸着那个名字，想象着如果上面的人真的是自己，该有多好。

陈铭锋："高中毕业后就没上过大学，真羡慕啊。"

陈廷飞冷脸，甩了帘子出去。

华木姚一向教养好，陈廷飞的傲慢让她觉得有点难为情。

她取出包中的矿泉水，递给陈铭锋。

华木姚："你别放在心上，这水给你，辛苦你帮忙印一下吧。"

陈铭锋呆呆地看着华木姚，他从未见过这么好看的女孩。

陈铭锋复印了资料，交给华木姚。

华木姚礼貌一笑，离开。

陈铭锋再次按下启动键，刚刚复印过的材料又被复印着。

一张、一张、又一张。

仿佛无休无止。

32

隔着单面镜，华木姚能看见陈铭锋，陈铭锋只能看见镜子。

杜城："再认一下吧。"

华木姚："不是他，不是他！"

华木姚流出泪，情绪几乎陷入崩溃。

33

华木姚已经走了，单面镜的一面空着。

陈铭锋仿佛看到镜子上浮现出华木姚绰约的影子。

第九章

他独留在黑暗中，闭上眼睛，陷入回忆。

案发那个晚上。

陈铭锋将华木姚的双手紧紧绑在椅子背后，华木姚挣扎哭泣。

陈铭锋看到绳子在华木姚手腕上留下的红色勒痕，脑海中回想起初见华木姚时，她洁白柔嫩的双手在琴键上飞舞，奏出美妙的旋律。

陈铭锋正在打结的手，下意识地松了一下。

那一瞬间的温柔和怜悯是这场谎言编织的爱情里，最后的一点证明。

34

沈翊和杜城看着华木姚走向陈廷飞的车。

杜城："案情都已经清楚了，华木姚不可能没有认出他，她对陈铭锋还有感情，她不忍心。"

沈翊："还有另外一种可能，她不能接受自己爱上过一个贫穷的蝼蚁。"

杜城："阴暗。"

沈翊灿烂一笑。

第十章

1

张局把一沓资料递给杜城。

张局:"最近辖区上报了好几起儿童被拐的案子,应该是同一伙人,你们查一下。"

杜城答应着接过来。

张局:"还有,陈铭锋绑架的那个案子,检察院那边要的补充材料,你们抓紧整理一下交上去!"

杜城:"知道了!您放心,秒交。"

张局:"办案子挺积极,后续工作总是拖拖拉拉的。再这样,我扣你们奖金!"

杜城讪笑:"扣我行,别扣他们的。"

张局:"你少跟我炫富,赶紧干活儿!"

张局离开,杜城撇嘴打开材料,看到其中有一张监控截图,但是模糊不清。

杜城:"又得找那家伙了。"

杜城拿出手机拨号,手机里传来关机的提示音。

2

沈翊站在卫生间的浴缸前,浴缸里放着其他的杂物,显然从来都没有使用过。

门口,小弦诧异地看着沈翊。

水龙头被打开,一阵空响,带着铁锈的水流淌出来。

沈翊静静地看着。

浴缸已经清理干净，水流在缸底蔓延开来，映射出沈翊的脸。

小弦满脸不解地看着。

浴缸里水已经放满，沈翊站进浴缸里，慢慢地坐下。

沈翊脸上有明显的紧张，他的呼吸已经急促了。

沈翊鼓起勇气，闭上眼睛，猛地滑入水中。

浴缸里的水满溢出来，流淌了一地，吓得小弦赶紧躲开。

浴缸里，沈翊全身浸在水中。

倏地，他睁开了眼睛。

3

灵渊心理咨询诊所，沈翊是这里的常客。

一枚晃动的吊坠，均匀而安静，伴随着机械的秒针声。

沈翊的眼神慢慢地涣散，逐渐闭上了眼睛。

第一处浮现在他脑海中的是一根水泥柱，上面有各种风格的画作，色彩艳丽而张狂。

蓝色颜料在地板上蔓延。

粗大的笔刷在水泥上游走，留下一抹抹艳丽。

少年沈翊在柱子前意气风发，随性而为。

成年沈翊从远处慢慢地走过来，看着眼前的这个少年。

一只涂抹着艳红指甲油的手递出一张照片，上面是一个孩子的面孔。

沈翊顺着手，向上看去。

胳膊、脖子、下巴……突然出现一道刺眼的光。

那片光晕里，沈翊跌落水中。

海面，没有护栏的楼梯，一双高跟鞋缓步踏入。

足音靠近，高跟鞋的声音清澈而诡异。

女人的艳红指甲油。

女人的帽子华而不实。

女人食指上的造型别致的戒指。

女人身上的衣服明艳而刺眼。

女人手里拿着一张孩童的照片。

女人："听说你能三岁画老？"

成年的沈翊彻底沉没在黑暗里。

沈翊猛然睁开眼睛，剧烈地喘息着。

一杯水递到他面前，他接过来大口地喝着。

沈翊面前，是警局特聘的心理医生龚大夫。

龚大夫："还是不行？"

沈翊努力平静下来，摇头。

龚大夫："不奇怪，国内外都有过这样的案例，人在濒死状态下，脑神经有可能会因为外力的刺激而激发一些潜能，很多平常淡忘的人和事会出现在记忆里，这不是幻觉，而是记忆深处的某些残片重新解构后形成的图影。"

沈翊："既然重新解构出来了，为什么我还是记不起来？"

龚大夫："因为那是非正常状态下才可能出现的情况，你那次溺水的经历，给你造成了逆行性失忆，能想起这些已经非常棒了。"

沈翊沉默着。

4

杜城走进沈翊画像室。

画像室墙面上及各处凌乱地摆放着很多画。

那些画上绘制着各种五官，呈现面部模糊的七年前的那个神秘女人。

杜城拿起一幅画，仔细看。

神秘女人似在对他微笑，又似嘲笑。

杜城扔下画，转身准备离开。

他突然踩上了一个彩色手册。

杜城低头捡起手册。

手册上印着几个大字——灵渊心理诊所。

5

不知是出于好奇还是关心，杜城到了灵渊心理诊所。

杜城:"龚大夫你好。"

龚大夫:"城队,好久不见啊。"

杜城:"是,上次见您还是您来队里做心理讲座呢,那次反响特别好。"

龚大夫调侃:"那您怎么还听一半就走了?"

杜城略带尴尬地笑笑。

杜城:"我这次过来,主要是想了解一下我们队员的心理状况。沈翊,他最近是来过您这儿做咨询吧?"

龚大夫点头,示意杜城坐下来。

杜城坐下,看到房间侧面放了几幅画。

龚大夫:"他的心理测评没出现太大问题,只是,有个人,记不起来了。"

杜城:"一个女人?"

龚大夫点头。

龚大夫拿过墙角的几幅画。

那是沈翊画过的几幅自画像。

第一幅画,主人公情绪恐惧,线条凌乱。主人公旁边的海面上,有着类似黑洞的旋涡,缓缓交汇,最终形成了一张黑洞似的人脸,风格类似蒙克的《呐喊》。

第二幅画,线条稍显平和。主人公趴在岸边,面朝水面,水里面却映出了一个无脸的人。

第三幅画,线条清晰明了。平静的河水中有一张人脸浮现出来,可这张人脸只有轮廓,河水仿佛一张轻柔的面纱,轻轻盖住了她的样貌,风格类似勒内·马格里特的《情人》。

杜城仔细端详着。

龚大夫:"绘画是患者情绪的表达、心境的表达,有助于我了解他的心理状况。想必您能看出来,他在试图找回记忆中的那个女人。"

杜城默然。

龚大夫:"来的这一周,他做了无数尝试,可就是……越不过水的影子。"

杜城:"水。是前些天的溺水经历给他带来什么刺激了吗?"

龚大夫:"相反。有了落海,才刺激他真正开始回想起那张脸。"

杜城:"可还是没有进展,对吗?就像这幅画,永远蒙着一层布。"

杜城指着第三幅画。

龚大夫无奈点头："即使不停地逼迫自己，他也无法回想起来。"

杜城陷入思考。

龚大夫直视杜城。

龚大夫："杜警官，在您眼中，沈翊是个什么样的人？"

杜城沉思片刻。

杜城："一个永远让人猜不透他内心想法的人。"

龚大夫不置可否。

杜城拿着第一幅画，眉头紧蹙，担心写在脸上。

6

一个透明的玻璃水杯。

沈翊看着水杯里面的水出神。

在水杯对面，一个女人的脸靠了过来。

女人的脸逐渐变得扭曲。

沈翊一惊，不禁后退一步，水洒了。

张局："怎么了，小沈？"

是张局。

沈翊连忙摆摆手。

沈翊："没事。"

张局看了看沈翊，他好像比之前又瘦削了一点，脸颊几乎嘬了进去，显得更加苍白。

张局："你最近有些憔悴啊，还没缓过来？不行就休息一段时间。"

沈翊："没事，可能是没睡好……"

话音未落，杜城推门进来，看了一眼沈翊。

张局："杜城，你什么时候能学会敲门呢？"

杜城："下回，下回。"

杜城打量着沈翊。

张局回到办公桌前，给一张报表盖了一个章。

张局:"给你,签好了。"

沈翊接过报表,转身与杜城的视线相接。

张局也奇怪,杜城进来半天还没说正事。

张局:"杜城,怎么了?"

杜城反应过来。

杜城:"我来找沈翊画像。"

7

沈翊把监控图片夹在画板上,拿起笔开始画。

杜城拉了把椅子坐在他旁边,随手拿本书翻着,余光却一直瞄向沈翊。

沈翊:"你要一直盯着我吗?"

杜城:"谁、谁盯着你了,我放松一会儿。"

沈翊不再理他,注意力又回到画纸上。

杜城:"你最近……"

沈翊:"什么?"

杜城:"没什么。"

杜城又继续装作看书,眼神依然忍不住瞄向沈翊。

沈翊专注的侧脸。

杜城的思绪回溯到了七年前。

8

北江美术学院的会议室,一张条形桌把会议室切割成两半,一侧坐着闫谈声和杜城,对面则是美院的四位中老年老师。在这四个男性教师身后,还有一个埋头记录的女子,正仔细做着会议记录。

杜城:"谢谢校方的配合,我们收到一张画像的照片,涉及一件大案,我们急需找到画像的人是谁。所以就向诸位老师求助,看看能不能在这幅画里找到什么线索。"

教授:"这三位都是我校的优秀教师,各有所长,凭他们的眼光,一定能找出线索来。三位,看看这是社会上的画家画的,还是咱们学校的师生画的?"

猎 罪 图 鉴

光头副教授倨傲,头发像条形码的副教授满脸堆笑,秃顶长发的副教授一脸愤懑。

光头副教授拿起照片,盯着画像上的笔触。

光头副教授:"尚哲牌的,这种画笔很常见,在画家用笔的受欢迎度里排第三。"

随即,他用手指悬空在画像上比量了几下。

光头副教授:"整幅画用了两种工具来画,有铅笔、有碳棒,我校学生都是考上来的,为了考试都是专练铅笔,这人两种工具运用自如,功底很深,案子一定跟我校无关。"

光头副教授手一推,照片平移,滑向头发像条形码的副教授(下文简称为条形码副教授)。

条形码副教授的小指留着长指甲,他用指甲轻轻地在肖像上敲点。

条形码副教授:"你们看啊,他这里画得又细又准,这是安格尔线条;轮廓这儿较粗,逐渐消失,然后又变得很粗,这是失物线条,不是野路子,而且这画工还真不错。"

秃顶长发副教授冷笑。

秃顶长发副教授:"肤浅。学画,靠的就是一双眼睛。眼睛不利,就只能看见表象,我看画画的人水平差得很。"

条形码副教授:"警察同志还在,你就跟我杠,咱们说的是客观证据,你谈什么主观感受!"

秃顶长发副教授:"证据就在画里。我们这样的人,画一幅肖像,两三分钟的事情,绝不会出错,可你看这纸上,多少涂改的痕迹,把一幅肖像给搞成德·库宁了,明显是学艺不精。"

杜城:"那几位教授的结论是?"

三位副教授互相看着,谁也不敢轻易开口。

就在这时,他们身后记录的女人突然抬起了头,问:"我能看一下吗?"

她一抬头,杜城才发现,她一直把自己的明艳隐藏在灰色的职业装里。她一站起来,会议室里就好像多了一道光彩。

教授:"助教,林敏。"

条形码副教授:"这是一个严肃的任务,不好什么人都参与的。"

林敏自从站出来后,就带着一种无视周围一切的气质。她的眼中似乎只剩下了杜城和闫谈声,好像自己身旁的四个中老年男人从不存在。

她拿起照片。

林敏:"之所以反复修改,是因为,他眼前没有人。无中生有,纤毫毕见,真实之外还有艺术感,画工不单是好,已经到了妙的层次。"

几个教授脸色都变了。

长发秃顶副教授:"别谈主观感受,拿出客观证据!"

林敏仍然对他置若罔闻。

她手持照片,一步步走向窗边,清脆的脚步声回响着。

林敏:"看画就像考古,得往底下挖,画家在画的时候,是先有了最初的底稿,又修改了六或七次,要是油画,底稿就在最里层,但这是一张照片,底稿就需要——"

林敏把雷一斐的画像举在阳光下,亮光折射,隐隐浮现一张孩童的脸。

林敏:"原来是三岁画老,是他呀。"

9

美术馆静谧肃穆。

杜城和林敏从画的陈列墙边走过。林敏走得慢,杜城也不好走得太快。

杜城:"这些画,跟画册里的看着完全不一样。"

林敏:"色彩的重现度很低,画册和真品有天壤之别。"

杜城:"反正我是看不懂。"

林敏:"很多人都觉得艺术是一个高尚、无法跨入的领域。就因为这个想法,阻碍了你的理解。当它是你要买回家的一件东西,那你马上就能知道它的优点。"

两人边走边说,引起了正在看画的学生们的注意。

一个学生皱眉,向杜城做出了噤声的手势。

杜城本来满不在乎,可在此时,他却感觉到了自己和这个场合的格格不入,收了步伐,有一点拘谨起来。

展厅的正中是一尊雕塑,四周被玻璃罩着。

沈翊背对着人，在玻璃上弄着什么。

走过来的林敏向沈翊的背影一指。

林敏："就是他。"

杜城："他干什么呢？"

林敏："沈翊，警察同志问你在干什么。"

沈翊转回头，看见林敏，用指节叩叩玻璃。

玻璃柜上有一只爬行的蜗牛，画得栩栩如生。

沈翊走到两人面前。

杜城："我是市局刑警队的，希望你配合调查。"

沈翊："我是沈翊，林敏的师弟。"

沈翊才一走开，一个女孩从玻璃展柜的旁边经过，一眼看到了蜗牛。她伸出指尖想捏起来，却落了个空。

这都落在了杜城的眼里。

杜城："你很喜欢捉弄人？"

沈翊："是你太紧张了。艺术不是什么崇高的东西，就是不能吃的食物，很多人走进美术馆就像进了高级餐厅，束手束脚的。吃东西，也得守着餐厅的规矩。其实喜欢或者不喜欢，说出来就好了，高级餐厅的东西也不见得好吃。"

杜城看着沈翊，从他的神色里找不出什么，这才拿出了雷一斐的画像。

杜城："林敏说这是你画的？"

沈翊自信地点点头。

啪的一声重响。

一个胖子卷着报纸，正在玻璃展柜前抽打这只死不掉的蜗牛。

10

本来对沈翊的问讯不用安排在审讯室，但杜城有意威压，所以安排在了这里。一般问讯，当然不用对沈翊加什么禁制，所以他的手脚自如。椅子上有一张小桌板，上面还放着纸笔，但就是这么一把椅子，很多犯罪分子坐上去腿就软了。

杜城："是美术馆紧张，还是我们这儿紧张？"

沈翊："还是这儿紧张，没人敢在这儿的玻璃上画蜗牛。"

杜城："不用紧张，只要简单回答几个问题就行，如实说，会很快。"

沈翊乜了一眼墙上的钟。

沈翊："我一直很好奇，你们给问讯的人提供午餐吗？吃什么？所有人都一样，还是每个都不同？咱们吃的一样吗？"

杜城："看来你不紧张。放心吧，已经准备了盒饭。"

沈翊笑了。

沈翊："那看来，也并不会很快结束。"

杜城笑了，重新审视着沈翊。

杜城："你经常在那儿画画？"

沈翊点头："在墙上涂鸦，最练手了。"

杜城："为什么选择那里？"

沈翊："在市区画的话，你的同事们会把我赶走。那个村子人少，废弃的墙墩有很多，可以尽情画。"

杜城："画一幅多少钱？"

沈翊："我不是专业做肖像画的，不卖画，没价，不过这一张，是三百块钱。"

杜城："你刚说的不收钱。"

沈翊："这三百块不是钱，是伪钞，伪钞不能算钱。"

杜城："画不卖钱，伪钞倒是收了，为什么？"

沈翊："因为漂亮，伪钞的工艺是很复杂的，需要非常精密高超的画工，平时我也没什么机会见到好伪钞，就趁机收藏了。"

杜城："你的道德观好像跟普通人不太一样啊。"

沈翊："可是真的很好看啊。"

杜城："是谁让你画的？"

沈翊："一个女人。"

杜城："她长什么样？"

沈翊："我当时在画画。她在我身后站了半天，没空看她的脸。"

杜城："她给你描述的这个长相？"

沈翊望着雷一斐的画像。

沈翊："他……死了吗？"

杜城："回答我的问题。"

沈翊："她给我看照片，要我画出这个人长大后的样子，我就画了。我师姐管这个技术叫三岁画老，但其实没她说得那么玄。我就是先把他小时候的原样画出来，再设想他长大三岁、长大五岁，是什么样。有了十五岁，就能再画二十岁。让他在画里成长，像踩着台阶一样，经历二十年的时光。只要他的人生里没有什么重大改变，那我最后画出来的，也不会有多大偏差。"

杜城："荒唐，从没听说过这样画画的，你以为警察那么好骗？你刚才为什么肯定他已经死了？"

沈翊："你又不懂画，凭什么说我的方法荒唐？"

杜城："我重复一遍，你为什么肯定画上的人已经死了！"

沈翊："我画了一幅画，画像到了你们警察手里，这就肯定是个案子。如果案子小，这些问题你在学校就问了。把我叫到公安局来，午饭都准备了，要打消耗战，一定是命案。"

沈翊埋头在说，手里捏着笔，一直在纸上勾画。他手速很快，明显是因为杜城的质疑，有些动了气。

杜城："你在写什么？"

沈翊："我是在画。"

杜城："画？"

沈翊："我要告诉你，三岁画老不荒唐，我的技术不可能荒唐！我用同样的方法，一样可以倒推出你。"

沈翊对着画好的画像露出了一丝狡黠的微笑，随后把画像展给杜城看，纸上画着一个气哼哼的小男孩。

沈翊："这应该是七八岁的你，我很有信心。"

杜城："是，是我小时候的样儿。你画画的本事可真好，可一个人因为它死了。"

沈翊的笑容消失了。

11

一阵响动让杜城从回忆中惊醒。

他看见沈翊在收拾东西了,脸色沉重。

杜城:"你画完了?"

沈翊用眼神示意画板。杜城起身瞥一眼,纸上已经画出了人贩子的画像。

杜城转头看,沈翊径直走出工作室。

杜城:"你要去哪儿?"

沈翊没有回答。

杜城抓下人贩子画像,追出门。

12

公共办公区里,蒋峰和李晗凑在一起,瞄着画室的方向。

李晗:"城队今天是怎么了?居然能跟沈老师待一起那么久?"

蒋峰:"都说了,城队是为了抓住沈翊的把柄!"

沈翊从两人眼前直直走过,连李晗跟他打招呼都没有听见。

李晗:"沈老师怎么心不在焉的?"

话音未落,杜城也着急地抓着一张纸走出来。

杜城:"画出来了!进系统查人!"

杜城把画像拍在桌上,没等蒋峰发问,就急速离开。

蒋峰和李晗狐疑地对视。

13

沈翊一步步走下楼梯。杜城看沈翊垂着头,一副意志消沉的样子。

走过走廊,沈翊只顾低着头走路,险些撞上正在张贴海报的菲姐。

跟在后面的杜城也是一惊。

菲姐:"哎哟!小沈,小心点啊!"

沈翊:"对不起,菲姐。"

菲姐气鼓鼓地叉着水桶腰,目送沈翊远去。

菲姐:"这个小沈,迷迷糊糊地干什么呢?"

杜城眼看沈翊要走远,赶紧跟上。

没想到,杜城一心跟着沈翊,不小心踢倒了走廊的水桶。

哗啦一声。

水洒了菲姐一裤腿。

菲姐:"杜城!你又是怎么回事?"

杜城:"菲姐,抱歉啊!"

杜城回身道了个歉,又赶紧追上前去。

14

沈翊站在海堤上,静静地看着海面。

海浪汹涌地拍打着礁石。

沈翊静静地站着,慢慢地向前移动,突然一只手把他拉住。

是杜城。

杜城:"你不会这么想不开吧?"

杜城紧紧扣住沈翊的手,沈翊想甩都甩不掉。

沈翊吃惊:"什么意思?"

杜城:"我去过心理诊所了。龚大夫给我看了你的画……"

沈翊诧异:"你以为我想自杀?"

杜城:"没必要,真的没必要。你没必要为了这件事就放弃自己的生命,一开始是我的错,我不应该把所有错都怪在你头上。"

沈翊:"你这几天跟着我,是以为我要自杀?"

杜城:"我看你这几天精神头不对,又站在海边……"

沈翊:"我是为了画出那个女人。"

杜城尴尬,转身就要往回走。

杜城:"你怎么来的就怎么回去吧,我走了。"

沈翊:"顺便,还有一件事,我要告诉你。"

杜城应声停住。

沈翊:"七年前,我画完雷一斐的画像,被人推进过这片海里。"

15

神秘女人的墨镜镜片上映着雷一斐的肖像。她满意地拍下肖像，随即转身往外走，手指在手机上操作着什么。

沈翊望着女人的背影，他此时还不知道自己的作品将被发向何处。

神秘女人突然回头，冲沈翊一笑。

神秘女人："要下雨了，路上小心啊。"

沈翊望向楼外，阳光明媚，不知道女人说的下雨是何意。

但女人已经消失在楼外。

16

沈翊背着沉重的工具包，沿着海边信步。

一道阴影接近了沈翊，黑压压地遮在沈翊的背影上。

黑影越来越近，越来越近，马上就要碰触到沈翊的脊背。

沈翊就要回头……

砰——

沈翊被推入了海中！

他在海水中不断下坠、下坠……

他挣扎着，但泡沫与水浪将沈翊眼前的画面扭曲。

他看到了一个女人的脸。

一个戴着墨镜的女人。

"路上小心啊。"

女人的脸也变得破碎、扭曲，一如达利那幅《记忆的永恒》。

沈翊渐渐坠入一片黑暗。

17

七年来，沈翊一次次在那段回忆里溺水。

沈翊："我一直以为，任何人只要我接触过，就不会在我的记忆里消失。只有她，就像一个幻影，我永远抓不住那张脸。"

杜城:"那么多年了,记不住,正常。"

这是杜城第一次当着沈翊的面,为他说话。

二人陷入沉默。

海风吹过,海浪声清晰地传来。

杜城:"你跟我来。"

18

杜城带沈翊来到一个没有门牌的办公室,旋转把手,将尘封的档案柜缓缓打开,柜子里面写满了各种线索,下面是密密麻麻排列整齐的档案。

杜城:"这些就是那个案子所有的资料……"

沈翊看着那些资料,上面的时间从七年前一直到不久之前,从未间断。

沈翊:"你搜集到的资料比我想得还要多。"

杜城:"我不想他死得不明不白。有时候看着这些资料,我真的喘不过气,但我不能停,一旦停了,凶手的诡计就得逞了,他就等着我们遗忘呢,所以我不能停。"

杜城拿起架子上雷一斐的遗物,那是他和雷一斐的合影。

杜城:"如果没有他,我现在也不会站在这里。"

照片上,杜城和雷一斐并肩而立,雷一斐笑得温暖和煦。

19

杜城和雷一斐的邂逅源于一场抓捕。

年少的杜城一拳打在黄毛小混混脸上。

他满脸是伤,却仍在不顾一切地向敌人发起攻击。

杜城身后是伤痕累累的伙伴。看来,杜城是为了保护他的伙伴。

另一个脏辫小混混一个俯冲,把杜城推到了墙边。

强烈的撞击让杜城几乎站不稳。

杜城瘫坐在地,艰难地想要起身。

而他面前,两个小混混已经气势汹汹地向他走来。

杜城从兜里摸出一把小刀。

黄毛小混混眼看就要再次向他扑来。

杜城举起小刀，挥向黄毛小混混——

杜城握刀的手被紧紧扣住。

杜城疑惑地回过头。

杜城："你干什么！"

雷一斐，面色威严。

杜城："放开我！"

雷一斐："别动。"

杜城挣扎，雷一斐的力气比他大得多，牢牢控制着他。

雷一斐带着杜城，停在街边一个自动售货机前。

雷一斐："老实点待着。什么时候火气下去了，什么时候给你松开。"

雷一斐在自动售货机前思索点选，始终紧紧扣着杜城的手，不曾松开。

杜城看着雷一斐扣着自己的手，眼神逐渐变得阴暗而凶暴。

他的手慢慢伸向口袋里的小刀。

小刀缓缓露出口袋，反射出银色的光芒。

突然，杜城脸上一冰。

他惊愕地转头，看到雷一斐拿着冰可乐放在他的脸上冰敷。

雷一斐："火下去了吧？"

雷一斐的笑照亮了杜城灰暗的青春期。

当啷一声。

杜城的小刀落在了地上。

20

几年后，杜城一身警服，站得笔直。

他的神色却略显紧张。

雷一斐："阿城！"

警局门口，雷一斐欣喜地奔了出来，走到杜城面前。

雷一斐："你小子出息了，还真当上警察了？"

杜城敬礼："是，以后，我会全力支持雷队工作。"

雷一斐抬手揉了一把杜城的短发。

雷一斐："好小子，快比我高了。"

雷一斐看着杜城，突然好奇。

雷一斐："阿城，你为什么要当警察？"

杜城再次站好，望着雷一斐的眼睛。

杜城："我想知道你当时为什么没有抓我。"

阳光下，两人凝视着彼此，都笑了起来。

21

杜城："是他带我走上了这条路，没有他，我可能死在哪儿了都不知道……"

说到这里，杜城有些哽咽，但沈翊还在跟前，他只能控制着情绪。

他拿起一个档案袋。

杜城："这就是雷队办的最后一个案子……"

拆封，里面是人口贩卖集团的资料。

杜城："刚办完没多久，就出事了……"

22

雷一斐的尸体趴伏在地上。

杜城愣愣地站在黄色的警戒线旁，难以置信。

之后，杜城发疯似的给各色各样的人看现场图。

十几名警察围着那张图分析。

分析图的警察变成了五六个人。

分析图的警察只剩下闫谈声和新丁蒋峰。

对着图的人只剩下了杜城自己。

23

杜城："我师父因为这个案子被嘉奖，就有新闻记者采访他，虽然打了马赛克，但他童年的照片被那些浑蛋发现了，然后他们就找到了你……"

杜城将资料放回档案袋里，把档案袋的线缠紧，一圈又一圈，郑重地将档案袋放回架子上。

杜城："那天晚上，我本来和雷队约好要一起吃饭的。我刚刚抓到一个逃窜多年的凶犯，雷队说要给我接风庆祝。要是那天我没有喊他出去就好了。我恨我自己，可我又无处发泄。"

沈翊："所以，你认定是我的画害死了雷队，为你的恨找了一个宣泄口。"

杜城："这七年，我心里就像养了一条愤怒的毒蛇，现在该放它走了。"

杜城低头锁上柜子。沈翊凝视着他的侧脸。

沈翊："为什么今天告诉我这些？"

杜城旋转钥匙，咔嗒一声锁好门，看向沈翊。

杜城："你画了那幅画，为了那幅画，当了警察，知道全部的真相对你才公平。"

杜城交付了信任，沈翊的内心极为震动。

沈翊："杜城，帮我一个忙。"

24

空旷的游泳馆内，沈翊与杜城并肩站在泳池边。

沈翊："把我推下去。"

杜城："你不要命了？"

沈翊："我需要刺激。"

杜城："不是，这就是你要我帮你做的事？"

沈翊注视着水面上映射着的二人身影。

沈翊蹲下，轻轻搅动水面，水面荡起涟漪，二人的身影逐渐扭曲。

沈翊："那天我被曹栋扔下海，在我快要窒息的那一刻，我好像看见了那个女人，那个戴着墨镜的女人的脸。"

杜城："所以……"

沈翊："所以我需要你来刺激我。"

杜城担心沈翊感冒加重，有些犹豫。

沈翊目光灼灼，坚定地注视着杜城。

杜城猛地伸手推了一把沈翊。

沈翊坠入泳池内,激起的重重水花溅湿了杜城的裤脚。

缓缓沉入水底的沈翊与岸边的杜城隔绝开来,一如七年前。

杜城的目光死死地盯着水面,水面逐渐归于平静。

杜城:"沈翊?"

杜城的声音在游泳馆内回响,无人回应。

杜城几近按捺不住,几个泡泡从水下冒出。

沈翊手抓着泳池边冒出头,面色有些苍白,忍不住打了几个喷嚏。

杜城:"想起来了吗?"

沈翊摇了摇头。

杜城:"你这方法到底行不行?"

沈翊:"再来。"

杜城:"你确定?"

不等沈翊回应,杜城便大力将沈翊按入池水中。

沈翊的手扑腾了几下,逐渐静止。

杜城有些不安,将沈翊拎出水面。

杜城:"你没事儿吧?"

沈翊:"使劲!"

杜城呆愣片刻,再度将沈翊狠狠地按入水中,比之前更深了几分,杜城缓缓松开沈翊。

水中,沈翊的眼里,杜城的脸被水面的波纹扭曲。

沈翊的身体缓缓浮出水面,如水中的奥菲莉亚。

他望着天花板,天花板上慢慢浮现女人模糊的脸。

25

沈翊独自走在街道上,昏黄的路灯拉长了他的身影。

一条毛巾突然从后方罩住了沈翊的头。

沈翊回头,杜城站在路灯下。

杜城:"晚上风凉,擦擦。"

杜城说完便转身离去。

沈翊扯下毛巾，叫住他："杜城——"

杜城疑惑转身，等沈翊回答。

沈翊却笑了，眼中有狡黠。

沈翊："算了，找机会再告诉你吧。"

26

空白的画布上已有了一条横线。

沈翊的整只右手摁在绿色颜料上，蘸得深深的、满满的。

他的手在线条之上挥动着，填满了画纸的上半边。

沈翊换了左手，蘸满了蓝色颜料，在画纸的下半边涂抹。

蓝色一点一点覆盖白底，在横线处与绿色交融。

两团颜色交汇于这条线上，宛如一片碧绿的海。

沈翊继续厚涂着。

厚厚的绿、厚厚的蓝，一层又一层。

时间一点点走过。

画布上的颜料一点点变干成型，好像海浪真的要从画中倾泻而出。

沈翊执起画铲，在这片海浪上轻轻刮下一片，露出了底下一层颜料。他又刮下一片，露出了底下画布的白。

天空渐渐转黑。

沈翊拧开台灯，灯光照在画布上，画布上剥出的小坑深深浅浅，露出的白大大小小。

如果从沈翊背后看这幅画，能看出那是女人的眉眼、鼻子、嘴。

沈翊一点点地刮着、剥着，也是在剥出自己潜意识中的记忆。

夜色黑得更深了。

沈翊终于放下画铲，凝神看着面前的杰作。

是浮在海面上的浪花。

是天空中的一轮月亮。

是女人的脸。

27

海浪中的女人的抽象画摆放在桌上。

杜城："七年了，她不可能还保持那个样子。发型、轮廓、眼神……都会改变，我们需要看到的，是一个七年后的她。"

沈翊拿出一张纸，夹在了画架上。

沈翊："她眼里有孤独，有迷茫，也有信念。七年间，她不停地流浪，居无定所，四海为家……"

沈翊拿起笔在纸上轻轻一划。

沈翊："她可能留长了头发，可以把脸遮挡得更好。"

沈翊勾勒出了女人的轮廓。

杜城："也许瘦了吧，亡命天涯，还吃得下东西吗？"

沈翊绘制着女人的脖颈。

沈翊："她可能更美丽了，七年会让一个女孩蜕变，变成一个成熟而危险的女人。"

沈翊在纸上画上一片阴影。

杜城："她可能有了更深的黑眼圈，漂泊七年，一顿好觉都没有睡过。"

沈翊一笔接一笔地画着。

窗外，大雨倾盆。

七幅立着的肖像画。画中的脸庞都相似，气质却各有不同。

28

小弦望着墙壁，叫声尖厉。

墙上是沈翊前几天才完成的那幅画，已经从轮廓线变成了少女的容颜，这张脸正是沈翊根据七年前水中倒影画出的那个女孩。

随着墙壁被洇湿，她头发部分的颜色在逐渐扩散，就像女人的头发在生长。

29

沈翊："帮我查这个人。"

沈翊郑重地将画像递给李晗。

李晗把画像扫描进电脑，数据库开始检索。沈翊焦急地期待结果。

搜索完毕。

李晗："有了！"

意外的是，屏幕上弹出的不只是一张脸，而是几十张。

沈翊愣住了。

李晗："因为是画像，所以找到的都是相似者，无法更精确。现在有四十七个人，光是核查监控里他们这一星期的行踪，就得几万个小时，更别说一周、一个月，甚至一年了。靠监控查，工程量太大。"

沈翊："你说的这些，杜城早就知道，是吗？"

李晗点点头："这些年，所有能想到的办法，城队都试过了。"

沈翊怔住了。

30

七幅神秘女人的肖像。

沈翊望着这七幅神秘女人的肖像陷入了沉思。

沈翊："你是谁？你从哪儿来？我一直在画你，画你的脸和灵魂，可我画得越多，天眼系统查到的就越多。从几万个小时变成几十万个小时，破案，是不是真的只能等那个时间。"

沈翊望向最左边的那一幅。

沈翊："你是一个犯罪者的妻子，你们夫妻联手犯案，你负责搜集信息，而他杀人越货，七年前是这样，你们赚到了第一桶金，开始想过安稳的生活。不，你不是她。"

沈翊伸手，猛地扯毁了这幅画。沈翊转头看向另一幅画。

沈翊："是你吗？你有一个喜欢的人，可他是个失足青年，警察正在追查他，你一心想保护他，因为他是你生命里的光。可最终，你们没能在一起。七年了，你有时候还会想起他，也不是你。"

沈翊扯掉这一幅。

沈翊转向另一幅画。

沈翊:"你失业了,被这个城市无情地抛弃,为了补一张车票,你接受了陌生人的要求,找我画一幅画像。之后,你就坐车离开了。七年来都生活在远方,度过安然岁月,不知道自己犯下了一个多大的错误,不是你。"

沈翊把这个画架推倒在地。

沈翊沉默了,过了一会儿,才敢面对下一幅画。

沈翊:"你从乡下来,想在这个城市生存,你是一张白纸,不了解善,也不了解恶,别人让你干什么你就干什么,在做完几件事之后,你就被他们杀掉了。你不是。"

这幅画,也被沈翊撕毁了。他转向第五幅画。

沈翊:"你是一个吸毒者,起先只是好奇,后来越陷越深,画一幅画,就能换一些毒品,你越来越形容枯槁,变得谁也认不出。你也许还活着,但已经和死了没有分别。不,这不是你。"

沈翊撕掉了第五幅画。

眼前只剩下两幅。

沈翊的目光在两组画之间快速游移。

沈翊:"是你,你是一个黑寡妇,你曾经受到过人们的欺凌,你深信只有把自己变成欺凌者,才能解除痛苦。你成为这个组织的核心,是你一手策划杀害了雷一斐,你隐身幕后,操纵一切。残忍,对你来说就是快乐。"

沈翊一直盯着这幅画中女人的双眼,像是要在她的眼中看到答案。

良久,沈翊撕掉了这幅画。

满地碎纸。

还立着的画只剩下一张。

沈翊:"我看不透你,我不知道你是谁,但你,就是真正的她。"

31

沈翊看着画像室混乱的桌面,铺满画纸、画笔,还有无数张废弃的草稿纸。

面前的那一张,是他画出的女人。

杜城进入画像室,沈翊猛一抬头,似乎明白了。

沈翊:"没找到?"

杜城缓缓地点头。

两人沉默地坐在房间里，气氛有些凝滞。

沈翊："我画错了吗？"

杜城："不，我相信你。"

沈翊神色微动。

杜城："并不是所有人都在对比库里，我们还在扩大范围寻找。干刑警这么多年，经常会碰到无名尸体，哪怕脸非常完整也难以确认他们的身份。至少我们现在有了方向。"

沈翊："不够，远远不够。"

沈翊将一个硬币投入玻璃杯。

沈翊："画像和真相之间的距离，就像是真实的硬币和水中硬币的区别，在把它从水中捞出之前，我们看到的永远都是它折射出的幻影。"

杜城："到达真相需要过程，我已经等了七年，我最不缺的就是耐心。你呢？"

沈翊缓缓地开口。

沈翊："解谜本身也是一种乐趣。"

沈翊不紧不慢地将女人画像贴在了墙上。

32

派出所，警员押着嫌疑人往外走，一个女人和他们逆向而行。

擦肩而过的时候，女人有些小心地躲让，一张忧心忡忡的脸。

她迟疑地走向报案大厅。

警员在报警台后忙碌着，贺虹走到报警台前坐下，警员疑惑地看着她。

警官："您好，有什么事吗？"

贺虹："我丈夫！我丈夫联系不上，找不到人，我也不知道怎么办，我想报走失。"

警员："您叫什么名字？请您提供您丈夫的相关信息。"

贺虹："我叫贺虹，我丈夫叫穆伟！"

警员把一张表格给贺虹。

警员:"您丈夫有没有什么随身物品?"

贺虹拿出了一个皮夹,皮夹之中是一张贺虹与穆伟的合影。

33

咖啡店的大屏幕上,播放着一张张孩子走失时和找回后的对比照片。

一张穿着红色衣服的三岁小孩子照片,逐渐变成一个十岁孩子穿着红衣的画像;一张站在马路边的四岁小孩子照片,逐渐变成一个七岁孩子站在马路边的画像……

大屏幕上,沈翊认真地绘制着画像。

家长:"他仅凭一张三岁时的照片,就能画出孩子十二岁的样子。他能根据父亲的长相画出走失多年的孩子。三岁画老,对父画子,他用一支神奇的画笔创造了一个又一个奇迹。为人间带回大爱,把我们枯萎的心田重新变成了春天!"

这是在咖啡厅一角举办的寻亲感恩会活动,在场的十几个家庭都在等着这场感恩会的主角——沈翊的到来。

沈翊就在咖啡厅门外,透过玻璃望着大屏幕上的自己,有些哭笑不得。

沈翊本来想走,可他的视线却和屋里的一个孩子相交,只得硬着头皮走了进去。

大屏幕上,孩子们正聚拢在一起:"沈叔叔,我们回家啦。"

沈翊问服务员:"请问有耳塞吗?"

戴着耳塞的沈翊站在屏幕正中央,对着孩子们微笑。

家长们痛哭流涕,孩子们吱哇乱叫。沈翊露出六颗牙齿,标准而机械地继续微笑。

家长:"现在,所有的小朋友列成一排,向沈警官鞠躬并表演你们准备好的合唱《让世界充满爱》。"

孩子们唱了起来,但在沈翊耳中,一切都是宁静的,他享受着这份安静。

不知哪里突然响起枪声。

孩子们的歌声被瞬间打断。所有人茫然了一下,随即惊恐。

身处宁静世界的沈翊发现情况有异,立刻摘下了耳塞。

窗外的行人在狂奔。

"有人开枪了!"

第十一章

1

沈翊冲出了咖啡厅。

街上的行人被恐慌的气氛笼罩。分不清枪声的源头，他们只能盲目地奔跑。

沈翊逆着人群穿行。他突然一伸手，抓住跑过的一个高个子。

高个子慌乱："你、你干什么你？"

沈翊："我是警察。"

高个子："警察同志，快、快抓人！"

沈翊："枪响的位置在哪里？"

高个子："金店！福昌金店！"

沈翊拿出自己的手机，塞给高个子。

沈翊："你把手机举高，拍所有从街上跑过的人，能拍多少拍多少。不要慌，警察来了，事情很快会解决。"

沈翊向福昌金店跑去。

福昌金店门口，沈翊贴着玻璃窗，谨慎地向室内观察。

有店员装扮的人，也有顾客装扮的人，他们都双手抱住后脑，脸紧贴在墙上。

室内中央渺无一人，开枪的人应该已经逃离了。

沈翊矮着身接近正门，猛地用手推了一下门，自己的身体却一动不动。

确认安全之后，沈翊才走进金店。

开门的声音让正贴着墙站着的人们都瑟瑟发抖起来。

沈翊迅速观察了一下室内的情况：装黄金首饰的柜台被砸碎了，柜台里的首饰显然被抢走了不少；还有些戒指、耳环混在碎玻璃屑里，闪着金色的光。

沈翊贴近前看，有几块玻璃上沾染着暗红色的血迹。

报警铃旁的墙壁上有一个弹孔。

沈翊："你们有人受伤吗？"

在场所有人仍不敢放下自己抱头的手。

一个胆大的女店员小心地别过头。

沈翊："所有人都转过来，面对着我。"

穿着经理衣服的人："不敢，不敢！我们什么都没看见！"

沈翊："我是警察，你们安全了。"

一片哭声。

所有僵直的身体都瘫软下来。

沈翊："大家都先不要慌，安静下来。深呼吸，再深呼吸，然后开始一起唱一支歌。在唱歌的时候，回想刚才发生的一切。唱完歌，我们慢慢聊。"

女店员："那、那我们唱什么？"

沈翊："唱一首宁静、平缓的歌，就……《让世界充满爱》吧。"

人们凌乱地唱了起来，声音逐渐整齐。

沈翊："好，现在一个一个来。首先，凶手大概有多高……"

2

出现了枪就是重大案件，杜城在第一时间赶到案发现场，正看见在高举手机拍照的高个子。

杜城走进了高个子的视频画面中。

杜城："街上人都很慌，你怎么不跑？"

高个子："我把手机举得尽量高，能拍多少人拍多少人，你别害怕，警察已经来了，这儿是安全的。"

杜城："感谢您留存的重要资料，现在请把手机交给我，我是警察。"

高个子："你说是就是啊，我还怀疑你要拿我的视频传到网上呢，把警官证给我看看！"

杜城出示警官证。高个子把手机交给了杜城。

杜城："您一会儿跟那边的警察说一下，报一下身份证号。对于所有协助警方办案的市民，我们都会感谢。"

杜城向金店走去。

蒋峰："城队，现在有规定，不让随便没收群众手机。"

杜城："这不是群众的，是沈翊的。"

蒋峰不解地看了看自己的手机和沈翊的手机。

3

杜城站在金店门口，环顾整个案发现场，找出所有关键点——砸碎的玻璃柜台、警铃的位置、血迹、弹着点。

杜城思索着它们之间的联系，缓缓闭上眼睛。

杜城想象自己化身劫匪，举枪冲进金店，将枪口对准警铃旁的店员。

其他人尖叫四散，杜城摆摆手中的枪，将警铃旁的店员赶到了墙角。

杜城的枪口时刻对着店员，他走到柜台前，用另一只手砸碎柜台，整个过程中，他的眼神没有一刻被近在咫尺的黄金吸引。

墙角的店员瑟瑟发抖，杜城伸手洗劫柜台。

墙角的店员向警铃冲去。

砰的一声，枪弹落在店员脚边，吓得他双手抱头，蹲在原地。

所有人都吓得再也不敢动了。

杜城把柜台里剩余的金饰通通取走，装进口袋里，他的身影定格在劫匪最后的位置。

杜城心里有了个大概，立刻拿起对讲机，汇报自己的判断。

杜城："犯人的动作干净利索，他应该事先踩过点。开枪射击也是为了威慑，目的明确，计划周密，一定是个惯犯。让技侦立刻调查这颗子弹，判断枪支型号。"

杜城一指柜台上残留的血迹。

杜城："你们有人受伤吗？"

沈翊："很幸运，没有人受伤。"

杜城："就是说，这血是劫匪留下的了，幸运啊。你提前 15 分钟到达现场，画出什么了？"

沈翊把手中的画像亮给杜城，画像上是戴着滑雪面罩的脸，只在空洞处留下一双眼睛。

沈翊："就这么多。"

高个子举着手机，还在录制。

沈翊："谢谢您的配合，手机可以给我了。"

高个子："不是，警察同志，这是我自己的手机啊。"

沈翊："那我的……"

高个子："刚才您一个同事给拿走了呀，他们不会是骗手机的吧？警察同志，我真不是故意的，把你手机弄丢了，我这罪过可就大了。那个人一看就不是好人，长得特别凶……"

沈翊："是我搞错了，手机应该就在我同事的手里，谢谢你。"

4

出警结束，沈翊专门去了一趟证物科，看到一个证物袋。

沈翊："手机还我。"

杜城："这是现场群众提供的证物，是你的手机吗？"

沈翊："这是我的手机。"

杜城："说下密码，我看看是不是。"

沈翊："180853。"

杜城打开手机。

杜城："还真是。"

沈翊："现在可以还我了吧。"

杜城："等等吧，已经列入证物程序了，等把你手机里的有用信息都拷贝完，填个手续，正规途径退还给你。"

沈翊看看杜城。

沈翊："好。"

杜城："李晗，你现在立刻把手机接上，我们先查这个证物。"

李晗连接手机，打开手机相册。

杜城："你要不要一起看？"

沈翊看看杜城，拿他没有办法。

沈翊："我去填手续。"

沈翊离开。

杜城点开了高个子拍的视频。

画面上是人们四散奔逃的场面。

李晗："抱了挺大期待，什么都没拍到。算了，废物利用，我看看他手机里还有什么好玩的。"

杜城伸手把手机锁上。

杜城："既然不是证物，我就还他了。"

5

会议室的大屏幕上正播放着金店监控里的内容。

门口走进了一个头戴滑雪面罩的人。他一进门，就拿出了手枪。

金店里的服务员和客人都慌乱起来。

劫匪右手持枪，左手拿出一只安全锤，向柜台玻璃一砸。玻璃立刻碎了。劫匪俯身到柜台里捞金子。

经理就在警铃边上，女店员向经理示意摁警铃。经理哆嗦着不敢动。女店员尽量保持着身体平衡，想用自己的长腿去碰触警铃。

劫匪似乎发现了，抬手对着警铃开了一枪。

所有人都不敢动了。

劫匪装好金子，扬长而去。

杜城低声："3分40秒。"

蒋峰今天负责介绍主要案情。

杜城和沈翊中间隔着两名干警。杜城将沈翊的手机轻轻向他推去，越过两名干警，正好停在沈翊面前。

沈翊在认真听取案情，似乎没有看到。

蒋峰："今天傍晚5:40，歹徒闯入本市福昌金店，抢走一批金饰，初步核定价值约 40 万元。从监控画面来看，歹徒用来砸破玻璃的应该是公交车上的安全锤。由于画面相对模糊，手枪的型号没法准确判断，需要等弹道鉴定结果。"

张局："弹道结果什么时候出来？"

蒋峰："弹道专家在加班比对，如果是记录在案的枪，应该很快有结果。"

张局："现场发现的血迹情况呢？"

何溶月："现场发现的是 A 型血，经 DNA 比对，和现有数据库没有重合。"

张局侧脸看沈翊："脸上有什么线索吗？"

沈翊："虽然能看见他的两只眼睛，但瞳孔的颜色就是常见的深棕色。我看不到他的眉毛，完成画像的难度非常大。画眼睛时主要依靠眼窝、眉弓之类周围的环境。而眼睑、眼白等都要符合眼部的弧状结构。现在眉弓、眉毛的形状皆不可见，不能确定眼睛周围的明暗变化和虚实关系。"

杜城脸色阴沉。

一警员跑进。

警员："城队，金店抢劫案的弹道结果出来了，江雪那边让您赶紧去一趟。"

6

杜城和沈翊走进弹道实验室，一名穿着一身白大褂实验服的女警（江雪），戴着护目镜检查一块从店里拆下来的带着警铃的墙面。

杜城："弹道检验结果怎么样？"

江雪："墙面上一共两个弹孔，第一发子弹擦过了警铃，射入墙面，验出火药残留。第二发子弹才破坏了警铃，在铁皮处形成明显圆抛物线痕迹。"

杜城："劫匪枪法一般啊！"

江雪笑："你以为都跟你一样指哪儿打哪儿吗？"

江雪看到了沈翊。

杜城："咱们局的画像师。江雪，北江首屈一指的弹道专家，跟你一样，都是神人。"

江雪眨眨眼："看着像是夸我，但我怎么觉得，你是在炫耀他呢？"

沈翊看了一眼杜城，觉得杜城对他的态度和以前不一样了。

江雪没再继续，她在子弹穿孔处插入一个细管，末端处绑了一个激光笔，关上了灯，在激光笔的延长线上喷雾，显出了一道延长线。

江雪："这就是现场弹道情形。"

杜城走向延长线的尽头，用一只手比出了枪的姿势，激光笔在他的指尖显出了一个绿点。

杜城："推测歹徒身高175到180，单手持枪。枪的型号？"

江雪："FORT-12半自动，乌克兰生产的，大部分都是从中俄边境流入，满匣12发子弹……"

杜城："也就是说，如果歹徒的弹夹是满的，他至少还有10次开枪的机会！"

江雪："不，如果没有续弹，应该还有9次！从弹头痕迹分析，这支枪之前还开过一次！"

杜城愣住了。

江雪把一沓资料递给杜城。

江雪："七年前，福安金店抢劫案，歹徒持枪，一人重伤，至今未破。这发子弹，就是从那支枪里打出来的。"

杜城看着资料，脸色凝重起来。

7

会议室大屏上，已有的案件资料一一放映。

众人神情严肃，张局坐镇中央，杜城汇报。

其他民警正在速记。

沈翊看着自己眼前的资料：七年前的案子和如今案子的对比。

张局："确定了吗？没出错？"

杜城："福安那边传来了资料，经过对比，的确没错，的确是七年前那支枪。而且作案迅速，歹徒先开两枪，抢劫，然后迅速消失，和之前那一起作案模式很相似。"

张局："当年重伤的那位目击证人呢？"

杜城："老闫亲自过去了解情况了。"

张局神色凝重地看着面前的资料，放下，看着面前的杜城和沈翊。

张局："七年都抓不到，显然匪徒反侦察能力很强，这是北江的一颗定时炸弹，随时有可能再响！必须在最短的时间内抓到他！杜城，你需要多久？"

杜城："72小时，全力抓捕。"

张局："全队听你调配，集体配枪，如遇紧急情况果断处置。小沈，你也上一线。"

沈翊握着铅笔的手一顿。自从考过持枪证后，他就再没有拿过枪。

杜城："张局，匪徒持枪，非常危险，沈翊只是一个画像师……"

张局："沈翊，你的身份是什么？"

沈翊："警察。"

张局："对，你的第一身份就是警察。笔虽然是你作为画像师的武器，但此时此刻，我要求你记住自己的第一身份，枪，才是你的武器。"

沈翊坚定地点头，他必须给张局信心，也是在给杜城信心。

沈翊："是。"

8

回到工作室，沈翊在画纸上画出劫匪的眼睛。

张局："你多盯着一点杜城，看好他。"

沈翊苦笑："难怪您亲自到我这儿来，原来是这个麻烦事。为什么不让蒋峰看着他？"

张局："蒋峰？蒋峰他们热血，一激动就上头。杜城真要干什么，他们也拦不住。这起枪案非同寻常，遇上这个事，谁也冷静不下来。你不一样，你是一个能够冷静的人，你的使命就是看住杜城，一旦发现罪犯的踪迹，立刻向我汇报。"

张局转身就走。

沈翊猛一用力，笔直接戳穿了画上的眼睛。

9

射击场的验枪处是一只沙箱，因为警枪并不经常使用，有时会出现保养问题，因此，在领取枪弹之后，需要在沙箱试射，检验是否故障，保证不会出现危险。

杜城对着沙箱,开枪射击,确认枪况良好后,瞄准标靶。

子弹射入靶心。

杜城戴着耳罩,双臂如铁锈一般。

沈翊用手捂着耳朵,走了过来。

杜城停止射击,摘下耳罩。

杜城:"张局让你看着我?"

沈翊望着远处的靶子。

沈翊:"比平时准。"

杜城:"人的目标一清晰,集中力也会提升一截。是张局让你看着我?"

沈翊:"我只是想仔细观察下,人在开枪射击的时候,眼睛会和平时有什么不同。"

杜城:"就是张局让你看着我。"

沈翊:"人在开枪时,眼睛的确不一样。"

杜城:"怎么不一样?"

沈翊:"开枪时,人会用单眼瞄准,这样一侧的肌肉就会下意识地压迫另一侧,眉毛走势、眼窝深度、眼睛形状都会因为这种不自然的受力感而产生一定变形,所以店员看到的眼睛并不是凶手真实的眼睛。而店员所能记忆的一定是现场印象最深的一刻,也就是开枪的那一刻,因此他们提供的劫匪眼部特征,必须得重新考虑了。我得跟你一起行动,才能最快查出凶手的长相。"

杜城:"你要想跟在我身边,容易。"

杜城把手枪往面前一放。

杜城:"开三枪,都中了,带你玩。"

沈翊戴上耳罩,举枪瞄准。他刚想开枪,杜城一把捏住了他的手。

杜城:"你这什么姿势,你不知道手枪的后坐力有多强吗,手腕都不要了?"

沈翊:"这是我的事,你让开。"

沈翊重新瞄准。这次他听了杜城的,调整姿势。

杜城:"人的目标一清晰,集中力也会提升一截。这次的劫匪是携枪潜逃在外,情况难以预测,行动必须得听我指挥。还有,这次你的枪面对的不是纸人,而是活生生的悍匪，你不要惦记开枪，抓人的事用不着你；你的枪就是你保护自己的最后一步，不到万不得已，绝对不要乱用，明白吗？"

沈翊没有言语，径自打开手枪的保险。他还没来得及扣动扳机，法医护士跑了进来。

法医护士："有线索了！"

10

杜城与沈翊赶往法医办公室。

何溶月面有急色，又隐约露出兴奋感。

何溶月摊开两份 DNA 检测结果。

一份是金店劫匪。一份是贺虹的丈夫，穆伟。

何溶月："有一个女人报丈夫失踪，我们去她家里提取了 DNA，化验结果，你看……"

才扫了两行，杜城的下颚陡然绷紧。

杜城："和金店抢劫案的人是一个？……穆伟，42 岁，销售员，就住在滨河路小区。报案人是妻子贺虹，报案时间，3 天前？"

杜城看着两份检测结果，点头。

杜城："这么说，有可能是他从家里失踪后，就准备去抢劫金店了。"

杜城查看穆伟的资料，若有所思。

杜城："持枪抢劫不可能是激情犯罪。他一定早有预谋，技术带两三个人跟我们一起去看看，别打草惊蛇，就说是为失踪案来的，例行询问。"

杜城甩下穆伟的资料，上面是他和贺虹的照片，还有他家的住址。

11

敲门声响起。

贺虹："小安回来啦？"

她打开门，门口站着的却是杜城、沈翊、李晗等人。

杜城亮了警官证。

杜城："我们是为你丈夫的失踪案来的。"

第十一章

贺虹："他有消息了吗？"

杜城："我们需要进一步采集一些生物痕迹，确定范围。"

贺虹让出了过道，让警察进来。

一行人进了客厅。沈翊迅速扫视，发现屋里的装饰、家具都有点旧。

电视正播放着节目，显色偏红，似乎是老化导致的。

沈翊注意到电视柜下有一排积木，暖色系的在左，冷色系的在右，且颜色从中心到两边逐渐由深到浅排列。

杜城："我们要对一些日常生活用品进行搜查，希望您配合，如果没有什么异议，我们就开始。"

杜城拿出一份文件。

杜城："确认无误，在这里签个字。"

贺虹："你们随意吧。"

贺虹起身去拿笔。

沈翊："你还有个女儿，叫小安？"

贺虹："是啊，你怎么知道？"

沈翊指着一处儿童画，左下角有小安幼稚的签名。

杜城："多大了？"

贺虹："六岁，小安还不知道她爸爸失踪的事。检查能不能快点，我怕孩子一会放学回来，家里人多，她害怕。"

杜城："才六岁的孩子，就自己上下学吗？"

贺虹："他们班的薛老师也住这个小区，对小孩很照顾。薛老师每天让孩子们集合，早上带到学校，晚上送回家里。"

杜城："穆伟从家里走时，小安在吗？"

贺虹："不在。"

杜城："你放心，检查一时半会儿做不完，但我们会顾及孩子的情绪。"

杜城："分头查吧。"

李晗进了卧室，蒋峰进了卫生间，杜城进了厨房。本就不大的屋子，瞬间就被他们占满了。

沈翊走到卧室里，打开了衣柜，扫视了一圈。

李晗正在检查穆伟的电脑。电脑桌面上是一幅色彩缤纷的风景画。

沈翊扭头看到屏幕上的壁纸。

沈翊:"奇怪。"

李晗:"沈老师,什么奇怪?"

沈翊:"这幅画作为电脑壁纸,色彩太明亮了,看的人眼睛会很累。"

李晗:"也许穆伟就是随便设定的。"

沈翊没有再询问,但是这幅画已经在他的心中埋下了怀疑的种子。

杜城检查冰箱。里面有一个比萨盒子,盒上还贴着外卖单。杜城看了一下单据上的日期:6月20日,3天前。

有节奏的敲门声响起。

贺虹:"应该是小安回来了。"

贺虹打开了门。门口,邻居薛老师把小安送回来了。

薛老师:"这么多客人啊,你跟我说啊,我就让小安在我那儿多待一会啦。"

贺虹:"不用,不用,谢谢您。"

薛老师:"客气什么,小安很乖的啦。下次有事情,就让她住我那边。"

贺虹点头道谢,轻轻关上门。

沈翊闻声,从卧室探出头。

六七岁的小安正是可爱的时候,圆脸,单眼皮,扎起的头发露出美人尖。

小安一眼瞄到杜城手中的笔。

小安一指:"我的!"

贺虹:"小安,赶紧回屋写作业去。"

杜城蹲下身,把笔还给小安。

杜城:"你叫小安?"

小安:"你叫什么?"

杜城:"我叫杜城,是你爸爸的朋友。"

贺虹:"小安,叔叔在忙,你别拉着他说话,快回去。"

小安瞪了一眼杜城,往自己的屋里走。

沈翊手里拿着有穆伟照片的镜框,盯着小安的脸,对比。

小安注意到沈翊的视线,又气哼哼地瞪了一眼沈翊。

李晗："有发现！"

话音才落，李晗从卧室里跑了出来。

小安抬头看李晗。李晗见脚边突然出现个孩子，也是一怔。

杜城和沈翌同时做了一个嘘声的动作。

12

李晗坐在电脑桌前操作，杜城、沈翌等人站在两侧看着。

李晗紧紧盯着屏幕，划过数据条码，点出一张电子身份证图片。

李晗："我在穆伟的电脑上找到了购票记录。6月22日傍晚7点23分，他用李志强这个人的身份证买了北江通往南京的车票。"

屏幕上，"李志强"购买了北江通往南京的D14578次列车的车票。

杜城紧紧盯着电脑屏幕，仿佛要把这个界面输入脑中。

杜城："蒋峰，你去确认李志强的身份，查清他和穆伟有什么关联！李晗，联系北江站派出所和南京市局的同事，请求协助查找穆伟的行动轨迹。走吧！"

杜城、蒋峰、李晗三人立刻准备动身，才发现沈翌还在原地，盯着穆伟的电脑桌面。

杜城感觉应该给沈翌派点任务，但是又觉得确实没什么他能做的。

杜城："沈翌，你先回队里吧。"

沈翌："嗯。"

沈翌用手机拍下电脑桌面的背景图。

沈翌打开衣柜，拍下衣柜内部。

沈翌走到客厅，又拍了电视柜上的积木，离开。

13

李晗拿着穆伟的照片询问北江火车站当天值班的检票员。

检票员："这个人我没有特别的印象……当天是我值班，但是其实乘客都是直接刷身份证进站的，我们主要是在旁边指引，或者处理一些故障情况。刚才我们也跟南京站那边核查了一下，那边没有李志强、穆伟的出站记录。这趟车中间要经停5站，他有可能中途下车了。"

杜城:"马上调阅进站监控。"

14

监控屏幕上一张张攒动的人脸。

李晗摇了摇头:"没有穆伟。"

杜城发出了深深的喟叹。

沈翊被晾在一边,感觉自己派不上用场,悄悄地出去了。

15

被赶回去的沈翊,站在街旁等车。

路旁,有一位打扮时尚、戴着墨镜的美女正在打着电话。

沈翊没有注意她,他正在寻找路面上有没有出租车。

时尚美女:"喂!师傅,我到了,您在哪儿呢?"

美女应该是在给她的顺风车司机打电话,边打边四下张望。

时尚美女:"您是一辆蓝车?我没看见蓝色的车呀?"

听见这话,沈翊瞟了她一眼。

美女把墨镜拉到眼睛下面,露出她化了浓妆的大眼,眨巴眨巴。

一辆蓝色的车停靠在马路对面。

美女:"哦,我看见您啦!刚刚戴着墨镜,没看出颜色!"

美女说罢,迈着高跟鞋就往对面的蓝车走去。

一席话仿佛提醒了沈翊,他恍然大悟。

杜城从车站出来。

杜城:"走访组那边来消息了,有人见过穆伟穿着黑色冲锋衣出现。沈翊,上车。"

沈翊:"这里还用不上我,我有一点新思路,但是要回局里确认一下。"

杜城简单点了一下头,重案在前,他无暇顾及沈翊。

他刚刚收到蒋峰的消息,李志强已经高位截瘫4年,自己连厕所都上不了,更别说出北江了。家里只有一个老母亲在照看他,也说不认识穆伟这个人。另外,李志强的身份证被他妈给卖了,不知道经过几手,最后到了穆伟手里。

李俊辉则带来了好消息,他在交管这儿查监控,一个穿着抢劫时那件冲锋衣、疑似穆伟的男子,在五点一刻的时候经过了南街丁字路口。

杜城开着牧马人飞驰在大街小巷,和蒋峰一起,跟着"穆伟",在整个北江寻找着他的踪迹。

直到太阳下山。杜城看到一个监控。蒋峰从监控所在的商店出来,摇了摇头。

16

工作室外,圆月高悬。

沈翊坐在电脑前,对比着从贺虹家拍到的照片,飞速敲打着键盘。

沈翊拨通杜城的号码。

沈翊:"杜城,我们……可能找错人了。"

17

一幅康斯特布尔的风景画。

沈翊指着这幅画。

沈翊:"你们看这幅画,觉得有什么异常吗?"

蒋峰和李晗眯起眼睛,仔细查看,努力想发现其中的门道。

风景画绘制得细腻漂亮,只是看起来十分灰暗,整个画面上都没有红色的颜料。

蒋峰:"没什么奇怪的啊,不就是张阴天的风景画吗?"

沈翊:"你说到了重点,这幅画并不是在阴天画出来的。这是康斯特布尔的画,他擅长画风景,但他——其实是个色盲,看不出红色。"

蒋峰和李晗惊讶。

沈翊:"昨天,我遇到了一个女孩。她因为戴着黑色镜片的墨镜,看不出蓝色轿车的颜色,这正好提醒了我。"

沈翊拿出了另一幅画,正是穆伟电脑的壁纸。

李晗:"这不是穆伟的电脑壁纸吗?"

沈翊:"对。穆伟的电脑壁纸颜色非常艳丽,普通人如果看得太久,多少都会有不适感,但他为什么会用这幅画作为屏幕?我猜测,他应该和康斯特布尔一样,是个色盲。"

李晗:"这个壁纸,在穆伟眼中应该是什么样的?"

沈翊打开手机,给他们展示色盲的人眼中的彩色风景画。

果不其然,在红绿色盲眼中,那幅壁纸的色彩自然,甚至显得有些黯淡。

叩叩。杜城敲了敲桌角。

杜城:"万一穆伟就是单纯喜欢这幅画呢?巧合不能当证据。"

沈翊:"当然还有其他佐证。"

沈翊打开手机,找出电视柜上的积木照片。

李晗:"这个我也注意到了,不是小安的玩具吗?"

沈翊:"一般小孩的玩具都是按照大小或者形状分类摆放的,目的是方便孩子取用、锻炼孩子大脑;但这组积木是按照颜色种类和深浅来放的,暖色系在左,冷色系在右,而且颜色严格遵循由深到浅的顺序,不像是方便孩子的目的,倒像是强迫症的习惯。"

杜城回忆起穆伟家的玩具布局,露出不置可否的表情。

沈翊:"而且,当时电视也开着,画面显色中的红色比例明显超出了普通人的习惯范围。我原来以为是电视老化造成的,但是结合积木的摆放情况,就很难说是巧合了。所以,我又到卧室查看了穆伟的衣柜,衣柜中的衣服也是严格按照颜色划分区域,每类颜色的衣服都是由深到浅来摆放的。最后,看到电脑桌面的时候,我就基本确定了我的猜想——穆伟是个红绿色盲。"

蒋峰、李晗一脸震惊。

沈翊:"经常观看的电视和电脑屏幕,颜色异常艳丽并且偏红,说明这个人对于色彩的感知与常人不同,比常人更弱;衣服、积木分颜色深浅进行摆放,则是为了生活上方便,能够让他快速分辨颜色;如果还觉得是巧合,你们可以查一查穆伟的体检记录或者就诊病历,我相信不会错的。"

杜城:"即使穆伟真是色盲,有什么不同?难道他就不会去抢金店?"

沈翊:"这是康斯特布尔眼中的风景,他感受不到红色,所以经常使用明亮的蓝绿色,不如我们来想象一下,穆伟眼中的世界?"

18

明亮的风景被彻底抽去了红色。

沈翊和杜城一起漫步在山水之间。

褐黄色的树叶、灰棕色的泥土、麦秆色的湖面……完全没有红色。

沈翊:"这是康斯特布尔眼中的风景,他感受不到红色,所以经常使用明亮的蓝绿色,怎么样?"

杜城:"如果穆伟眼中的世界是这样的话,我要再去另一个地方。"

两人走向山水的尽头。

19

山水的尽头是城市中央。

整个城市也被抽离了红色,世界有些暗淡。

沈翊和杜城沿着长街向前走着。

走到交通灯前时,两个人都停住了,定定地望着交通灯。

信号灯上竟然看不出红绿,全是灰棕色的光。

沈翊和杜城看向彼此。

20

办公室屏幕上放着劫犯通过十字路口的监控。

杜城:"停!就停在这里!"

蒋峰:"有什么不对吗?"

杜城:"基于沈翊的推测,我紧急询问了穆伟的同事,可以确定,穆伟是一个红绿色盲。那么,他在通过红绿灯时,绝不可能毫不犹豫。"

杜城敲击键盘,监视屏幕上的劫匪毫不犹豫地通过了红绿灯。

沈翊:"这个劫犯,不是穆伟。"

21

沈翊和杜城站在监控里有疑点的红绿灯下。

绿灯一亮，沈翊按下秒表，两人疾步走到了街对面。沈翊抬手刚要看表，杜城就报出了时间。

杜城："12秒。"

沈翊："色盲绝不可能毫不犹豫地通过这条马路，那就有两个可能……"

话音未落，杜城已经甩开他向前走去，沈翊赶紧跟过去。

眼看要跟上了，杜城突然跑了起来，速度极快。

沈翊追了一段，眼看跟不上了，停下来喘息，却瞥见杜城的速度又慢了下来，沈翊只能再勉强跟过去。

两人一前一后，忽缓忽疾。

22

嫌犯遗弃安全锤的那个垃圾桶。

杜城轻缓地从垃圾桶旁经过，伸手在垃圾桶上拍了一下，惊起垃圾桶旁的几只鸽子，步履不停。

杜城走过，鸽子落回垃圾桶旁。

沈翊走到垃圾桶前，鸽子仍在悠闲地踱步。

杜城的背影已经消失在街角，沈翊抬眼望向监控。

23

杜城到达时，沈翊已经等在进站口。

杜城一点都不意外。

杜城："现在只剩下一个可能了。刚才我把嫌疑人的行动路线跑了一遍，已经证实如果穆伟是抢劫者，他完全有能力独立作案，不需要其他人配合，否则，既会分薄他的利益，又会增加他的风险。剩下的一个可能，就是有人假冒穆伟。"

沈翊还在微微喘着，只能点头表示认同。

杜城："看了监控路线，就知道到车站来等我，还行。"

沈翊："开始我不知道你跑什么，后来注意到有监控的地方你就慢，没监控的地方你就快，我想终点肯定是这里。但我还有一点不明白，他是怎么通过进站闸机，离开北江，却没有在监控里留下一丝痕迹的呢？"

杜城："把你身份证给我。"

沈翊微微诧异，还是把身份证递给了杜城。

杜城转身走入闸机，把两张身份证各刷了一次。

一过去，他就转身扬手把两张身份证都递向沈翊。

杜城："就这么简单。"

24

沈翊："所以，这个蒙着面、抢劫金店、跑到商业街尽头后消失得无踪无迹的人，不是穆伟。"

杜城："这次的劫匪不是穆伟，但是他用的枪和作案痕迹，却和七年前的抢劫案一模一样，这就说明……"

沈翊："劫匪又重新临摹了一遍自己犯下的案件。"

杜城："劫匪偷了穆伟的枪，模仿他犯下了第二起案件。"

沈翊和杜城同时说道。

本以为两人应该默契地异口同声，没想到想法竟然完全不一样！

两人尴尬地沉默半晌，杜城先开口。

杜城："还以为你有长进了，没想到还是不明白。"

沈翊："不，这不是模仿犯。"

杜城："你这么肯定？"

沈翊："我们去现场走一趟，你就知道了。"

25

空无一人的福昌金店。

一切还保持着遭受抢劫的样子。

沈翊："你来这里查过好几次了，应该记得劫匪的行动轨迹吧？"

杜城："劫匪直接闯进金店，走到大门右侧的这个柜台旁，掏出枪威胁售货员把金饰给他装起来，然后就跑走了。"

杜城沿着劫匪的行动轨迹，在沈翊面前完美还原。

沈翊:"七年前，福安金店的抢劫案，是不是也是一样的？"

杜城:"没错，两个现场的行动路径和痕迹都高度一致。但是，福昌金店的现场多了一滴血。"

沈翊:"所以我才说，这个现场是七年前那个抢劫犯做出的一个复刻版。"

杜城:"为什么不能是另一个知道他犯罪经过的人临摹的？"

沈翊:"就因为那一滴血。以绘画来举例的话，他人的临摹都是为了追求尽可能的相似，从局部笔触到整体构图，全部高度模仿，以追求百分百地还原；从这个角度来讲，确实有可能是别人模仿犯案，然后试图栽赃到前人身上。但是，这两个现场并不是百分百一致的，第二个现场多出了一滴血。这一滴血，对于一个赝品来说就是致命的瑕疵。一个高明的模仿者是不会犯这样的错误的。"

蒋峰插话:"可如果是自己模仿自己，不就更不应该留下这么大的破绽了吗？"

沈翊掏出手机，给杜城他们展示了两幅画。

几乎一模一样的两幅圣母像。

沈翊:"达·芬奇有一幅画，叫作《岩间圣母》，这幅画他画了两次，一幅在卢浮宫，一幅在英国。你们看看，它们有什么不同？"

蒋峰:"这哪有区别啊？简直像是在玩大家爱找碴儿！"

沈翊拿出笔，在其中一幅图中圣母的头上画了个圈。

沈翊:"区别就在于，这一幅图中的圣母头上多了一个光环。"

杜城眼前一亮，仿佛想到了什么。

沈翊:"起初，达·芬奇也是画了两幅一模一样的画，但后来，订画的人要求他在后来这一幅画上面添加一个光环，所以达·芬奇就在圣母这里做出了单独的修改。达·芬奇原本不需要画两幅同样的画，只是因为特定的要求，才又画了一幅和前作一样的画。同理，一个绑匪原本也没有必要做下两起一模一样的案子，那么除非，是有特殊的情况要求他这么做。关键点就在于……"

杜城:"那一滴血。他复制自己曾经的犯罪现场，就是为了留下那一滴血。"

沈翊:"没错。不是在现场无意留下了破绽，而是为了留下破绽，故意制造了一个现场。"

蒋峰:"也就是说，当年的抢劫案和这次的抢劫案是同一个人做的，所以这次的劫匪不是穆伟，当年也不是……那穆伟去哪儿了？"

26

办公室内一片黑暗，隐隐可以看见窗帘随风飘动着。

"啪"的一声，办公室的灯被沈翊全部打开，亮如白昼。

刑警队众人各自瑟缩在自己的位置上，情绪低落，不为所动。

沈翊："贺虹不对劲。两次敲门声响起，贺虹都没有表现出任何期待穆伟回家的情绪。"

杜城："仿佛她已经十分确定穆伟不可能回家了。她和穆伟的关系可能是我们的下一个突破口。"

沈翊："想知道一对夫妻的关系，问他们的孩子就知道了。"

杜城："你想直接去问小安？我打赌，她不会告诉你实话。"

沈翊："实话不一定从嘴巴里说出来。"

27

心理诊所里，一张张儿童简笔画摊开着。笔法稚嫩，却隐藏着小安的内心世界。

沈翊仔细翻看，生怕漏过一笔细节。

薛老师："小安画画可好了，这一张还获过奖，你看多有创意。"

薛老师指着其中一张，语气骄傲得像在夸自己的孩子。

那是油画棒涂成的作品，线条杂乱。画中心，一座房子漂浮在水面上，画的左上角突兀地站着一棵树，树冠很扁，树干有粗有细，有直有曲，互相交错。

沈翊越看越觉得不对劲。

沈翊："小安平时看起来很焦虑吗？"

薛老师："你、你怎么这么说？"

沈翊："这画告诉我，她很不开心。她画的草坪，线条非常杂乱，说明她画这幅画时，正承受着极大的压力。还有这树冠，非常扁，扁得让人喘不过气，正是她内心压力的外化。"

薛老师："可是她平时也和其他小朋友一起玩，看着很开心……"

沈翊:"房子象征孩子眼中的家庭关系。一般的小孩画房子都是画在地上,踏踏实实的。但是小安把房子画在水里,根基不稳,好像随时都会被水冲走——贺虹夫妻,是不是经常当着小安的面吵架?"

沈翊直直盯视着薛老师,让薛老师觉得无可隐瞒。

薛老师:"小安爸爸对小安,确实不好……"

28

杜城和蒋峰走进了老旧的小区。

杜城:"这样的老小区居民居住时间都比较长,邻里之间都熟悉,我们去问问。"

蒋峰:"对!院里转悠的那几个老太太,她们基本上都是天亮就出来,天黑才回家,跟倒班似的,你一阵我一阵,接力一样传院里的八卦,比监控还厉害。"

杜城用手指着一棵粗大的垂柳。

杜城:"走,去问问。"

柳树下,老太太们摇着蒲扇。

瘦老太太:"穆伟他们家,我太熟了,他们家女儿小安和我孙女是同班同学!"

蒋峰:"他们家情况怎么样?平时和街坊邻里处得好吗?"

瘦老太太:"还行吧!穆伟特喜欢打麻将,平时老去找三号楼的小王还有六号楼的小周,一块儿打!有时候三缺一,淑兰,你们家老刘是不是也老一起?"

一旁的精致老太太点头。

精致老太太:"对对对,哎哟,他们还赌钱呢!小穆手气不好呀,经常一晚上输个千八百!"

杜城和蒋峰交换了一个眼神,看来穆伟平时好赌。

蒋峰:"还有别的信息吗?"

胖老头:"哎哟,我想起来了!我听他们楼老李说过,他们屋一到晚上就叮叮咣咣的,不知道是在干什么!"

杜城:"有跟您说过具体的吗?比如他们有没有说什么?"

瘦老太太:"嗐!他们夫妻俩关系不好,一吵架就砸东西,整个楼都知道!"

精致老太太:"就前段时间,穆伟还跟我们家老头子说,再也受不了贺虹了,两人天生相克,什么有一天不是他死在这个女人手里,就是这个女人死在自己手上。"

蒋峰:"说得这么狠?"

杜城:"他们这么吵,都不在意小安吗?"

瘦老太太:"穆伟怎么可能在意小安?我每次去学校接孙女,看到来接小安的都是贺虹,我看穆伟根本就不管孩子!"

精致老太太:"是啊,他一喝多,就说小安不是自己的孩子。"

杜城、蒋峰闻言对视。

29

办公室里,杜城、沈翊和蒋峰分析着现有的线索。

杜城:"小安是不是穆伟的孩子,不能靠我们的猜测,现在我们有穆伟的DNA,小安这边,估摸着还得再走一趟。"

蒋峰:"做个亲子鉴定,如果不是……"

沈翊:"如果不是,就不排除贺虹杀人,甚至是参与金店抢劫的嫌疑。"

杜城:"贺虹的关系人那边快速摸一遍,这个抢劫案越来越复杂了。"

闫谈声:"杜城!我给你带了个人回来。"

闫谈声洪亮的声音传来。他满面红光。

蒋峰:"老闫!你找到七年前劫案的目击者啦?"

闫谈声走到三人对面坐下。

杜城猛地站起:"人呢?"

闫谈声:"找到了!叫朱正乾,是开出租的,当时四十七岁。劫匪在逃离时坐上了他的出租车,就在他回头准备收费时,嫌犯对着他的头开了一枪。幸运的是,他活了下来。治好之后就搬走了,所以,可让我好找啊!"

杜城和沈翊走进询问室,朱正乾正低着头。

听到声响,朱正乾慢慢地抬起头。

沈翊和杜城已经对各种人脸见怪不怪,但见到朱正乾的那一刻,还是不由自主地骤缩瞳孔。

朱正乾两腮是两团乌黑的伤痕,分外恐怖,那是一道枪弹的贯穿伤。

第十二章

1

朱正乾因为伤的缘故，说话时嘴无法张得太大，声音就像嚼着东西发出的。

朱正乾："那颗子弹从腮贯穿，反而没伤到要害，留了我一条命，但是我这牙以前能起瓶盖，现在连块萨其马都咬不动了。"

沈翊和杜城对坐在朱正乾面前，看着他的伤痕，不免有些心悸。

沈翊画出了一张脸。

杜城："如果再让你见到这个人的照片，你能认出来吗？"

朱正乾义愤填膺，咬牙切齿。

朱正乾："肯定能，我永远记得那双眼睛！"

沈翊已经落笔，他将一张画像放在朱正乾面前。

沈翊："是他吗？"

朱正乾仔细辨认。

朱正乾："就是他！"

杜城："你已经画出来了？"

沈翊："等一下。"

沈翊翻出了自己的平板，点选了一张肖像。

沈翊："是他吗？"

朱正乾："好像也是。"

沈翊又翻出了三四张肖像。

朱正乾："都有点像，不对，还是这张像……"

沈翊把图像变成缩略图，十几张画像都出现在屏幕上。

沈翊："直觉上您觉得哪张最像？"

朱正乾："要这么一看啊，都不太像。"

朱正乾垂着脑袋。

朱正乾："你说我怎么就想不起来呢？要是能早一天帮你们把他抓住，那该多好啊。"

沈翊："按照艾宾浩斯的遗忘曲线，人在事情发生之后一个小时，记忆量只剩下44.2%；一天之后，记忆量只剩下33.7%；一个月之后，记忆量就只剩21.1%。您这是七年，剩下多少，我也算不出来了。您现在所能回想起的任何一个细节都等于一个奇迹，您愿不愿意再回想一次，七年前，您遇上这种意外，只是因为运气不好，七年过去了，您的运气也该回来了。"

2

朱正乾坐在驾驶座上，沈翊坐在他正后面的座位上。

朱正乾："对不住啊，这车我是开不了了。"

沈翊："您当时有注意后视镜吗？"

朱正乾："当时有，后来就都没记住。重伤之后，我脑袋就嗡地响了一下，满脑子里想的事，都跟那马蜂窝让人捅了一样，嗡嗡的，全散了，都飞走了。"

沈翊："那我们拣您最熟悉的来，不用您的头脑记忆，用肌肉记忆。您当了几十年的出租车司机，能忘掉事情，不会忘掉习惯。我现在就是那个凶手，就坐在您的后排，咱们一起重演当时的情况，或许您就能看到什么了。"

朱正乾沉默了，半晌才开口。

朱正乾："就是这儿，您到了，要小票吗？"

沈翊："要。"

朱正乾摁下计价器，发票吱吱地开始打印。

沈翊把手指对准了朱师傅的后脑。

朱正乾扯下了小票，却迟迟不动。

沈翊："朱师傅，您该回头了。"

朱正乾："我害怕啊。我想回头，可我感觉脖子都不听使唤，这可能就是你说的肌肉记忆。就算告诉自己不怕，可还是动弹不了。"

沈翊："您忘了，是回头才让您活下来的；不回头，您就被爆头了。"

朱正乾猛然回头，沈翊的手指正戳在他的右脸颊上。

沈翊："砰——"

朱正乾条件反射地用手捂住右脸，左手打开车门，跳下车。

跑了几步，朱正乾才想起这是一场演示。他停了下来，整个人就像七年前刚受伤时一样哀痛。

朱师傅："真再让我认，我可能跟之前一样，还是看谁都像，但今天这一下，还真让我从脑子里捞起一点东西。就像你说的，记性这个东西存不了多久，现在我这儿还能剩下的，就是眼睛了。"

沈翊拿出人的眼部图表。

沈翊："是这图表里的哪一双眼睛？"

朱师傅："不，不是这些眼睛。我捞起来的不是形状，而是颜色。当时他那眼睛血红血红的，绝对错不了。沈警官，这条对你有价值吧？"

沈翊一声叹息。

沈翊："那是眼睛充血。"

3

办公室里，李晗百思不得其解："看每个人都像，怎么会这样啊？"

蒋峰："太常见了，你要是也经常跑现场就知道了，好多人都觉得自己看见了凶手，要么其实根本没看见，要么就是记错人了，所以目击者的话不能不信，但要是都信了，肯定要办成冤假错案。"

李晗："难道他们会故意撒谎？"

沈翊："不，记忆是靠不住的，眼睛也不是照相机，与其说是记录倒不如说是体现了一个人的愿望和想象。很多案子发生时都是瞬间的，人们很难有意识地去记忆，接下来，当他们回忆的时候，想象的内容会无意识地渗透到记忆中去，个人的好恶和别人的暗示都会扭曲记忆。"

蒋峰："都过去七年了，哪还记得什么东西啊。"

杜城："目击者提供的线索很有限，所以我们还是得回到原点。"

杜城看着线索板，贺虹、小安、穆伟、两个金店、朱正乾之间被画上了不同的线。

杜城:"现在有两个推论,第一,穆伟就是抢劫犯,有可能还活着。第二,穆伟已经死了,有人模仿了他作案,且他的妻子贺虹有嫌疑,目的不明。想要进一步查实,我看是要从他们的孩子小安入手,直接上门去查 DNA 可能会惊动贺虹,还得找个能对付孩子的……"

所有人的视线都投向了沈翊。

沈翊:"我?"

4

杜城、蒋峰坐在贺虹家的沙发上。

贺虹坐在对面,面如土色。

杜城:"关于穆伟,我们还有些事想向您请教。"

贺虹:"该说的我已经都说了,你们这时候来,小安会……"

正说着,小安推开房门,蹦蹦跳跳地来到妈妈边上,拉住她的衣角。

小安:"妈妈!"

贺虹安抚地摸着小安的额发。

小安:"妈妈,他们怎么又来了?爸爸怎么还没回来?"

贺虹嘴唇颤抖,不知道怎么和小安解释。

杜城:"小安,爸爸出差了,过几天就回来。我们有点事来和你妈妈商量。"

小安搂着妈妈,噘着嘴,不相信杜城他们的话。

杜城:"孩子不适合在场,让我们同事先带她出去吧,我们这个同事很会哄孩子,您看……"

啪——

一个纸团轻轻砸在小安的脑袋上。

小安捡起纸团一看,圆圆的纸团上画着两个黑点,组成了一个可爱的熊猫球。

小安:"熊猫!"

沈翊走过来,把另一只画着哆啦 A 梦的纸团也递给小安。

小安更加惊喜。

杜城满意一笑,面向贺虹。

杜城:"今天我们的同事会陪小安一起玩,您放心吧。事不宜迟,我们需要您的配合。"

小安拉住沈翊。

小安:"你还会画什么!我也想画!"

不善于跟小孩相处的沈翊此时有些尴尬,不易察觉地退后一步,远离小安,但为了任务,他还是走上前。

沈翊:"跟我走吧。"

小安乖巧地回头看向贺虹,等待妈妈的同意。

贺虹:"你去吧。"

小安欢喜地笑了,跟着沈翊,走出家门。

大门已经关上,杜城看着贺虹。

杜城:"可以开始了吗?"

贺虹沉重地点点头。

杜城:"你和穆伟是哪年来到北江的?"

贺虹:"是七年前了吧,我们是老乡,发小。"

杜城:"一直谈着恋爱?"

贺虹:"是的。"

杜城:"为什么跟他结婚?"

贺虹:"两个异乡人,搭伙过日子,互相有个照应。"

杜城:"从恋爱到结婚,这中间你们的感情有没有出现什么问题?"

贺虹沉默半响:"没有。"

录音笔旋转着,记录着所有证词。

杜城转移了话题,要逼贺虹露出马脚。

杜城:"你在家里见过手枪吗?"

贺虹一惊:"手枪?我,我从没见过!"

杜城眼神犀利,步步紧逼。

杜城:"真的没有?"

贺虹:"真的没有。"

杜城:"你对穆伟并不了解。知道最近发生的金店抢劫案吗?"

贺虹:"我好像从新闻里听过。"

杜城:"我们充分怀疑,穆伟就是那个持枪劫匪。他在家里,你睡在他身边,难道就没察觉出来任何异常?"

贺虹:"夫妻是这世界上最熟悉的人,也是最陌生的人。我还记得他走的那天,脸色不大好,钻进了床底下,翻出来个什么东西,揣在怀里就往外走。我问他干什么去,他也不答话。"

杜城:"那东西多大?"

贺虹拿手比了一下:"就一个曲奇盒那么大。"

杜城:"所以那个时候,你是不是猜测,他可能不会回来了?"

贺虹:"为什么这么说?"

杜城:"你没发现吗?我们每次来你这里的时候,你来开门的样子都很平静,这不是一个心系丈夫下落的人的样子,你并不是在等人,你只想等一个结果。"

贺虹:"穆伟是有点坏习惯,滥赌,好酒,我们也吵架,你要问我是不是期待他回来,我也可以告诉你,我不期待。"

杜城:"你不爱他?"

贺虹:"爱不爱的,最后不过都是过日子而已。"

杜城点头:"可穆伟是小安的父亲,你不担心孩子想爸爸?"

贺虹:"小安已经有我了。有句话我说出来可能有些自私,但也是我的真实想法,穆伟如果真的是去亡命天涯了,我只希望他走得越远越好。"

杜城看着贺虹,贺虹平静地看着杜城。

贺虹眼眶一红。

5

旧游乐场,枪声,玩具枪枪口闪光。

不远处走过的小安好奇地看着。

沈翊一开枪,打歪了,没有打中游戏厅里射击游戏的靶心。

小安:"你打得也太差了。"

沈翊面露尴尬。

小安:"没劲!我要回去找妈妈!"

沈翊："等等，我打得不好，你来吧，我帮你画张画。"

沈翊为了稳住小安，不知该怎么办，只能干回老本行。

小安："你会画画？"

小安眯着眼睛瞄准。

小安打得奇准。

店员："一共是158分，能得到大熊了！"

小安开心地接过来，打开跟沈翊分享。

小安摊手："画呢？"

沈翊："还没画完，画画可是件费时间的事情。"

沈翊让小安看自己只完成了一半的画作。

沈翊："你还想让我补一点什么吗？"

小安指着一处空白。

小安："妈妈。"

沈翊："不要爸爸？"

小安："不要。"

6

小安举着冰棍在前面走。

沈翊筋疲力尽地跟在后面，陪小朋友实在太累了。

小安："我饿了！"

沈翊："你想吃饭？"

小安："嗯！我要吃比萨，我知道一家店，妈妈经常带我去的，跟我走吧！"

小安昂首大步向前走。

沈翊像小跟班一样跟着小安，继续向前。

他观察着小安的步子，外八字。

7

小安很熟络地走向一台儿童自行车，开心地绕着餐厅转悠。

儿童车在地上展开了翅膀的影子，小安似乎驾着车子起飞。

沈翊望着小安。他还在观察小安的外貌。

沈翊在一旁画着，画本上逐渐浮现出小安的样貌，单眼皮，笑眼，没有酒窝，外八字……

小安停在了沈翊身边，朝他摊手。

餐厅老板（楚冠一）："您点的夏威夷风情比萨和炸薯格！"

餐厅老板热情洋溢，放下沈翊和小安的餐点。

小安看到上餐了，欢天喜地地冲回来。

小安："哇！还是我最爱吃的芝心比萨！谢谢楚叔叔。"

楚冠一："请慢用。"

老板转身走向后厨。

小安："哥哥，你吃不吃？"

沈翊看着小安喜滋滋地吃着比萨，把芝心拉得很长。

沈翊看着本上小安的画像，对比穆伟，越发肯定，这绝不是亲父女。

沈翊看着小安留下的冰棍的木棒，拿出一副胶皮手套和塑料袋，将它保存起来。

8

冰棍的木棒被交给何溶月进行化验。

沈翊看着画板上的小安。

小安的眼睛、眉梢、鼻子、嘴巴、下颌……

旁边是贺虹的照片。

何溶月迎面走来，手里是一份检验报告。

杜城和蒋峰赶忙走上前。

杜城："检验结果出来了？"

沈翊面色如常，仿佛已经知道了检验结果。

何溶月翻开报告，给杜城展示。

上面是一组数据。

何溶月："穆小安，并不是穆伟的孩子，但是生父是谁，库里找不到。"

沈翊并不惊讶，反而印证了自己的猜想，松了口气。

蒋峰："劫匪还没头绪，又冒出来个亲爹！真够乱的……"

杜城："72小时越来越近了，这把枪到底会不会再响、到底什么时候响，谁也不知道。"

杜城看着玻璃板上最后的线条都交织在了贺虹身上。

沈翊犹疑地拿出了一张朱正乾曾经描述过的，血红的双眼，挂在了贺虹与小安的中间。

杜城："你怀疑小安的亲生父亲才是金店抢劫犯？"

沈翊："七年前，这一次，应该都是他，但还只是一个推论，我们没有任何证据。"

杜城："不妨大胆地顺着这个方向想一想，劫匪不是穆伟，但要装成穆伟，并且在金店抢劫案之后，还大张旗鼓地留下各种无头线索，是要制造穆伟还在外面游荡的假象。"

蒋峰："所以真的穆伟呢？"

杜城："我猜，大概率已经死了。"

沈翊："我可以试试画出小安的生父。"

杜城："你可以？"

沈翊："遗传是有规律的，小安的五官肯定来自父母，我把贺虹的五官剔除，剩下的应该就是她父亲样子的一部分，再用其他的五官补上空隙，是有可能画出小安的亲生父亲的。"

杜城："准确吗？"

沈翊："只是一种可能，我要把每一种排列组合都画出来，找到最合理的那个人。"

杜城点了点头。

杜城："我们分头行动，无论穆伟现在活着还是死了，贺虹身上的疑点都还没解开。李俊辉，先把她带回来问话！技侦直接去家里，搜查！"

李俊辉："是！"

9

贺虹坐在镜子前。

她柔顺的长发披在脸颊两侧，更衬得她的脸无比苍白，毫无血色。

贺虹拿起梳妆台上的一支口红。

那好像是整个梳妆台上唯一的一支。精致、小巧，包着金色的边。

贺虹旋转出口红的膏体，是漂亮的大红色。

她把口红抹在唇上，又沾了沾，涂在脸颊、眼皮上。

贺虹再一抬头——

镜子里的她变得妩媚动人，还有了一丝性感的意味。

贺虹魅惑地笑了。

10

站在分局的走廊上，贺虹看上去有些紧张。

这和她在家中化妆后动人的样子，大相径庭。

杜城大步向她走来。

贺虹连忙迎上去。

杜城："请进。"

杜城打开门，引领着贺虹走进询问室。

杜城和蒋峰坐好。

贺虹坐在他们对面。

贺虹："警官，突然叫我过来，难道说……"

杜城："是好消息。我们找到小安的爸爸了。"

贺虹的眼神毫无波动。

贺虹："你们找到穆伟了？"

杜城眼神犀利，不放过贺虹脸上任何细微的表情。

杜城："不，不是穆伟。"

贺虹："不是穆伟？"

杜城："是小安生物学意义上的父亲！"

贺虹惊愕。

杜城推出一张基因检测结果。

贺虹的嘴角开始颤抖。

杜城:"说说吧,到底是怎么回事?你是不是在外面有人。"

询问室忽然爆发出凄厉的哭声。

贺虹再也忍不住,掩面而泣。

贺虹:"我没有出轨,小安的父亲,我也不知道是谁……我是被人强奸的。"

杜城、蒋峰没想到会有这样的变化,同时愕然。

11

痕检的警员在屋内展开搜查。

洗手间内,警员正在使用鲁米诺试剂检查可能存在的血迹残留。

客厅里,有警员拿着棉签仔细刮取水杯的杯沿,有警员将贺虹的生活用品装在证物袋中。

卧室里的梳妆台前,女警员戴着手套,从梳妆台上的梳子里拈起一根长长的头发。

贺虹的头发。

12

询问室的挂钟在嘀嗒嘀嗒地走着。

直到贺虹平复了,杜城才想到接下来的问题。

杜城:"既然发生了这样的恶性事件,你为什么不报警?"

贺虹:"我那时还小,害怕人笑话。"

杜城:"你刚刚说你和穆伟感情没有问题,这件事之后你们怎么结婚的?"

贺虹:"当时我特别无助,甚至想过去死,但是穆伟救了我,他让我一定把孩子生下来,他会好好照顾我们。我觉得有了依靠,就结婚了。"

杜城:"但是根据我们的走访,你和穆伟的感情不好,而且你也说过,会吵架。"

贺虹:"人都是会变的。小安越长大,他就越能从小安脸上看见别人的影子,慢慢地,就变成现在这样了。"

杜城:"后来,你又见过强奸你的人吗?"

贺虹:"不知道。"

杜城:"为什么会不知道?"

贺虹:"我当时太害怕了,记不清他的长相。就算他在我面前,我也认不出来。"

杜城:"是不想说吗?"

贺虹:"我真的不知道。"

杜城:"你身边有没有人提醒过,有形迹可疑的人接近你们家?"

贺虹:"没有。"

杜城:"你当初被强暴的事情,除了你和穆伟还有谁知情?"

贺虹:"不知道。我这边没有,不知道穆伟有没有对人说。"

贺虹眼眶又红了,杜城问不出更多的话。

杜城:"你放心,我们不会允许一个强暴犯逍遥法外,我们会让画像师把他的脸画出来。"

贺虹:"画像师?"

13

沈翊工作室里,沈翊将穆小安的画像、贺虹的画像从眼前拿开,面对着空白的画纸,闭上眼想象着。

沈翊的思维空间里,小安的脸浮现出来,然后五官像被拆解一样变成几个方块,贺虹的脸也被拆解成几个方块。

就像是连连看一样,类似的五官相连消除。

小安那幅画里剩下了眼睛和嘴巴。

沈翊睁开眼。

他拿起笔,在纸上画出了一双眼睛和嘴巴。

炭笔已经勾勒出一个男人的轮廓。

地上铺满男人的面孔。

有方脸,有圆脸,唯一不变的,就是那双和小安非常相似的眼睛和嘴巴。

沈翊扑在画板前,不断作画。

纸上,小安的眉粗了起来,脸型也粗犷起来。

小安稚嫩的脸变成一张成年男人的脸。

纸上出现了一个男人的画像。

沈翊看着这个画像，脸上露出疑惑。

贺虹不知何时进来了。

她环视着整个房间，发现墙上挂满了画。有油彩，有速写，还有一幅——神秘女人的画。

贺虹的目光停在那幅画上，久久没有移动。

那是神秘女人的画像，还有无数张她面部的细节图。

沈翊："贺小姐？"

贺虹："哦，不好意思，你画得真美。"

沈翊："哪一张？"

贺虹："这个女人。画了这么多次同一个女人，不会爱上她吗？"

沈翊："不会，我只是想找到她。"

贺虹："她是犯人吗？你画出的所有犯人，都抓住了？"

沈翊："我不负责抓人，只负责画人。"

贺虹："听说你能画出小安生父的脸。"

沈翊把画像拿给贺虹。

沈翊："这个人，你见过吗？"

贺虹看着那人，神情没有一丝波澜。

贺虹："没有。"

沈翊一愣。

他又赶忙拿起其他的画像，一张张展示给贺虹。

沈翊："这个呢？"

无论是哪一张，贺虹都没有任何反应。

沈翊放下最后一幅画。

贺虹："警官，不是你画得不像，是我不记得了。"

沈翊："不，你应该记得。你之所以看不出来，要么是你没有经历过，要么就是我画得不像。"

贺虹笑容中反而有一丝凄凉，她没有看那人的肖像，反而看的是那张女人的画像。

贺虹:"我多希望没有经历过那件事啊。"

14

贺虹走了,杜城颓然地坐在椅子上。

杜城:"贺虹说,以前被强奸过,但是没有见到强奸犯的脸,看来她说的有一定的可信度。"

沈翊久久盯着那幅画像。

沈翊:"我觉得这张脸莫名眼熟。"

杜城:"眼熟?"

沈翊:"这就奇怪了,人对脸的记忆就像是一本书,每一张脸都对应着一页,如果你对这一页有深刻印象,要么是因为打过了标记,要么就是最近刚刚读过。这样普通的脸肯定不会是因为标记,那就是……"

记忆回溯,小安,薛老师,贺虹,朱正乾,游乐场老板……骑行者餐厅的老板,楚冠一!

沈翊:"骑行者餐厅!"

15

一辆黑色警方工作车停在了骑行者餐厅的后巷,蒋峰穿上防弹服。

杜城:"骑行者餐厅,属于青旅和餐厅混合经营,老板叫楚冠一。"

文件夹里楚冠一的照片,和沈翊的画像对比,只有细微的差别。

沈翊:"这家骑行者餐厅就离她家不远,而且小安还经常去吃,贺虹即便不认识这家店的老板,也至少打过照面,这么断然否认,反倒像是欲盖弥彰。"

杜城:"沈翊见过老板,蒋峰你是生脸,装个住青旅的大学生去摸摸他的底,见机行事,如果他真有持枪危险,见机行事,设备带了吗?"

蒋峰拍了拍腰。

蒋峰:"齐的。"

杜城:"进去之后就把录像打开。"

蒋峰:"好。"

杜城:"一切小心。"

16

楚冠一回到骑行者餐厅，看见了一身旅行打扮、背包上挂着小摄像机的蒋峰。

楚冠一问店员："今天新入住的？"

店员："对。"

楚冠一："入住记录我看一下。"

蒋峰正在店里观察着情况。

蒋峰动了动背包上的摄像头，视野更加清晰。

墙面上，有很多楚冠一的旅行照片，可以看出来穿得很厚，北方打扮。

蒋峰："老板，这是哪儿啊？"

楚冠一："这个……是西北，具体哪个城市给忘了。"

蒋峰："怎么跑这么远？"

楚冠一："以前在那边做外贸，跑累了，过来开餐厅。"

17

警车上，杜城和蒋峰保持着联络："蒋峰，你那边什么情况？"

蒋峰："我这边还真套出点干货，虽然没查出有持枪嫌疑。这个叫楚冠一的，英语非常流利。他说自己以前做点外贸生意，都是跟老外练的。"

沈翊："在哪儿做外贸生意？"

蒋峰："没说，不过我看他墙上留的以前那些照片，穿得挺厚，不是在东北就是在西北。"

杜城："我现在怀疑楚冠一有重大作案嫌疑，会调派两个人过去盯着，我带证人过去指认，你把这个人盯紧，如果他是歹徒，不要让他有碰到枪的机会。"

蒋峰："等下，城队您要带证人过去？哪个证人？"

杜城："朱正乾。穆伟的案子，楚冠一做得毫无破绽，可他最大的弱点不是现在，而在七年前。朱正乾虽然认不出来他，但楚冠一一定记得朱正乾，就算记不住人，也忘不了那脸上的伤。看到这伤，楚冠一一定会有反应。"

杜城朝后座瞥一眼，朱正乾一脸紧张。

杜城："准备好了吗？"

朱正乾："好、好了……等一下，我给自己壮壮胆。"

朱正乾颤抖着从怀中掏出一瓶老白干，杜城还没来得及阻止，他已经仰头咕噜咕噜干下。

朱正乾："走吧。"

18

朱正乾推开车门，脚下一软，差点跌倒。杜城一把搂住他，搀着他走进餐厅。

杜城把朱正乾扶到卡座，刚一松手，朱正乾就摊在桌上。

朱正乾真的醉了。

杜城朝服务员招招手。

杜城："服务员，先来两杯水，让他缓缓。"

年轻的男服务员过来，拿来菜单和水杯，倒上两杯水。

杜城假装看菜单，趁服务员转身，拿起一个杯子摔在地上。

服务员回过头，满地玻璃碴儿。

杜城："不好意思，不好意思，我朋友喝多了，手滑。"

服务员："我给您扫扫。"

服务员拿来扫把，低头把地上的玻璃碴儿扫进簸箕，这时，又一个玻璃杯掉在地上。

服务员抬起头，杜城满脸堆笑。

杜城："真不好意思，确实是喝多了，老朱你不能这样，老朱？"

服务员这次没扫，看着杜城。

服务员："我看您朋友醉成这样，也吃不动了，要不您赶紧把他送回家吧。"

杜城："你这是赶客啊，把你们老板叫出来！"

朱正乾还伏在桌上，哼哼唧唧。杜城趁着安抚他的机会，附在他耳边。

杜城："朱师傅，这是最关键的机会了，您可要看仔细了。"

朱正乾闻言，情绪上头，起身一把推开杜城，瞪着眼，盯着服务员。

朱正乾："就是你！"

服务员惊惶。

朱正乾："不对，不是你。是你！"

朱正乾摇晃着身子，将周围的人脸指认了个遍。

19

后厨，楚冠一站在案板前，揉面、摔面，想把自己全身的力气发泄在上面，周而复始。

楚冠一听到外面的争执声，擦擦手上的面粉朝前厅走去。

楚冠一走到过道，突然顿住了脚步。

他看到了一张脸。

朱正乾那张两腮带着黑洞般伤痕的脸。

前厅里的朱正乾还在胡乱指认，他的手虚指向楚冠一的方向。

朱正乾："就是他！"

说完这话，朱正乾又倒回卡座里。

楚冠一身子发颤，紧握着拳头，指甲深深嵌进肉里。

楚冠一刚想上前，就看见杜城鹰视着自己。杜城的手已经摸向腰间。

他闻出来了，即使隔着数米远，也闻到了杜城身上那股警察的味道。

楚冠一立即转身跑向后门。

杜城冲着耳机："所有人注意，目标移动了，抓人！"

杜城拔出枪，一步跨越过桌椅障碍，追楚冠一而去。

20

警员鱼贯下了车，沈翊也穿着防弹衣跟在众人身后。

他第一次经历这样的场面，他害怕，却也兴奋！

这就是他追求的，极致！

21

楚冠一直接在屋内跨上自行车，向门口冲去。骑到门前，他侧手推开门，从门口的台阶上飞出。

李俊辉在前方挡着，举枪冲着楚冠一。

楚冠一毫不减速，举枪直直撑上。李俊辉本能闪身，让楚冠一逃了去。

枪声一响，杜城中弹。

蒋峰："老大！"

沈翊慌了，他下意识地冲了出去，扶住了倒地的杜城。

沈翊："杜城，你怎么样？！"

沈翊仔细检查中弹处，才发现竟然是打中了防弹衣。

杜城疼得龇牙咧嘴："没事，快追！"

22

楚冠一闪进入重重车流中。

他如同疯兽，在大街小巷的缝隙里寻求逃生的机会。

鸣笛不止，追逐不息。

23

杜城急打方向盘。

楚冠一的背影就在他的前方。

杜城冲着耳机喊："把他引到城外，绝不能让他在城里有开枪的机会。"

警车们掉转了包围攻势，故意为楚冠一留出一条缝隙。

自行车跃出车流。

24

楚冠一血红色的眼睛。

汗打湿了他的脸、他的眼。

楚冠一的单车在铁道的一侧，另一侧是警车，与他平行前进。

楚冠一已是困兽。

他突然猛地刹车，低手拆出藏在车座底下的猎枪。他要做最后的挣扎。

楚冠一冲正前方的警车开枪。

枪声响起——楚冠一的枪落到地上，他紧握着流血的手臂。

杜城的枪口指着他。

杜城："投降吧，你已经被包围了。"

楚冠一几乎陷入了绝望。

汽笛声响起。楚冠一猛地掉转车头，自行车冲向铁轨。

蒋峰举起了手枪。

杜城："不要开枪！"

杜城断喝一声，人已经弹射出去。

火车轰鸣着接近。楚冠一整个人向火车撞去。

车轮撞上了火车。楚冠一的头也几乎要跟火车相撞。就在这一瞬间，杜城已经奔驰而至，抓着楚冠一，摔在地上。

楚冠一拔出小刀，想要刺杜城，被杜城抓住手腕，一拳击在脸上。杜城一连三拳，楚冠一阵眩晕。

蒋峰捡起了地上的枪。

蒋峰："城队，人枪并获！"

25

办公室里，蒋峰推了一下李俊辉。

蒋峰："谁让你躲的，要不是你躲了一下，城队至于中弹吗？"

李俊辉："对不起。"

李俊辉懊悔地快要哭出来了。

蒋峰："屁蛋，你穿着防弹衣呢，怕什么，你是个警察，你不挡在前面，受威胁的就是别人。"

杜城："行了！我又没死。小李是个新手，这场面又没经历过。"

李俊辉："城队，我错了，我一定，一定……"

杜城拍了拍李俊辉的肩膀。

杜城："不用认错，俊辉，这是一次失误，但是你得明白，不是每一次失误都能挽救。我们是人民和罪犯面前的最后一道防线，这道防线绝不能破。"

杜城显然没有把此事放在心上，挥了挥手，让人散了。

但李俊辉显然并没有被安慰到，蒋峰向他投去了轻蔑的眼神。

26

走廊里,响着拍击声。

拿着档案袋的手一下一下拍在腿上。

杜城走向审讯室。他终于拆掉了楚冠一这颗炸弹,心情放松不少。

27

杜城:"知道该说什么吗?"

楚冠一:"福昌金店的抢劫案是我干的。"

杜城:"福安金店也是你?"

楚冠一:"是我。"

杜城:"撂得挺痛快,惯犯了吧?还干过什么案子,今天都跟这儿说了,别等我一个一个问!"

楚冠一:"你们有证据就直接给我定罪。"

杜城:"定罪是法院的事,跟我们没关系!其实,你该承担什么后果,你自己最清楚,先从头说吧,枪哪儿来的?"

楚冠一:"当年我在边境做小生意,从老外那儿拿的。"

杜城:"为什么抢金店?"

楚冠一:"我需要一笔钱。"

杜城:"除了福昌金店,还抢过别的吗?"

楚冠一:"没有。"

杜城:"为什么?"

楚冠一:"抢一笔,钱就够花了。"

杜城:"那为什么七年后又动手了,又缺钱?"

楚冠一:"是。"

杜城:"那穆伟的血又是怎么回事?"

楚冠一沉默了。

杜城:"你是为了小安吧。"

楚冠一惊讶地看着杜城。

杜城拿出了一张肖像。

杜城："我们的画像师用穆小安脸部有别于贺虹的细节进行拼接组合，就得出了这张脸。基因鉴定的结果很快就会出来，这两幅画像就是事实——你是穆小安的亲生父亲。你现在还不承认吗？"

楚冠一沉默了许久。

楚冠一："是我。当年我是想和贺虹私奔的，但是我没有钱，所以我去抢了金店。我想回来兑现我的承诺时，她却消失了。这七年，我一直在找她，终于找到她的时候，她却有了别人。"

杜城："你什么时候知道小安是你的女儿？"

楚冠一："我一看就知道，贺虹消失的时候，她已经怀了我的孩子！小安就是我的女儿！贺虹不敢认我，我知道她一定有顾虑。"

杜城："你把店开在这里，就是为了就近看她们母女吗？"

楚冠一："或许是我当年突然离开，伤了她的心，让我们错过了。我原本打算就静静地守护着她们，就足够了，穆伟根本就配不上贺虹，但既然是贺虹的选择，我可以忍。可穆伟……他竟然敢虐待她们，我要拿回自己的家，拿回七年来失去的时光，再次成为小安的父亲。"

杜城："你承认杀了穆伟？"

楚冠一："对，杀一个人，能换回这么多，多划算。"

杜城："你在哪里、用什么方式杀了穆伟？"

楚冠一："我把他打晕了，塞到后备厢里，然后一路开到郊区，在没人的地方……"

杜城："没人的地方是哪儿？说清楚点。"

楚冠一："树林。"

杜城："给我指出来。"

楚冠一："当时天很晚，我也不记得开到哪里了，只记得是一片小树林，树林很茂密，很高，不会有人来的。"

杜城："你说你把他塞到后备厢里，又怎么把他带到树林的？你背啊？"

楚冠一："我打开后备厢，用枪指着他，让他下来，自己走进去。"

杜城："进去必死无疑，逃倒有一线生机，他就没跑？"

楚冠一:"穆伟是个尿蛋,他怕得尿了一地,腿都软了,逃什么逃。"

杜城:"行,讲讲你怎么开枪的吧。"

杜城朝门外的蒋峰示意。

蒋峰:"辛苦弹道专家来一下审讯室。"

一双玉手攀上蒋峰的肩,蒋峰感觉耳边有股暖暖的气息。

江雪:"不用叫了,我已经来了。"

蒋峰错愕,江雪靠得这么近,他都不敢扭头。

江雪:"有枪案,哪里还等你们叫我呢。"

江雪坐下来,打量着楚冠一。

江雪:"我一直想知道,能在金店开两次枪的是个多凶的歹徒,没想到是个普通人。把你的手给我。"

江雪端详着楚冠一的手,虎口、掌纹和手腕。

江雪忽然将楚冠一的手摆成了枪的样子,指着自己的额头。

江雪:"对着我说,你怎么用这只手开枪的?"

楚冠一一时语塞。

江雪:"开枪的时候,你离他有多近,像你我一样近吗?"

楚冠一:"更近一些。"

江雪:"对,这样就必死无疑了。你这么小心的人,一定做好了周全的准备,只要开枪,就一定要带走人命。穆伟死的时候,他是什么表情?"

楚冠一:"哀求,痛哭流涕。"

江雪:"你怎么看到的?当时,是夜里吧?"

楚冠一立刻意识到自己掉进了圈套。

楚冠一不动声色:"我带了手电,照着他。"

江雪:"从上还是从下。"

楚冠一:"从上。"

江雪半跪在了地上,仰起脖子楚楚可怜地看着楚冠一。

江雪:"这样吗?"

楚冠一点点头。

江雪:"四十五度的处刑式,是我最喜欢的姿势,简洁又高效,你的枪口是怎么朝着他的？"

楚冠一："就像现在这样。"

楚冠一离江雪有一点远。

江雪："你一共有几发子弹？"

楚冠一："12发。"

江雪："还有第二个弹匣吗？"

楚冠一缓缓摇头。

江雪："打一颗少一颗啊，你说自己一手拿着手电，一手拿着枪，如果按照你说的距离，你的水平，你什么都打不到。"

楚冠一："我可以！"

江雪："你说谎。"

楚冠一抓住了江雪的脖子，用手指顶着江雪的头！

杜城勃然大怒，站了起来，江雪立刻用手制止了杜城。

楚冠一："我离他有这么近，手枪就顶着他的头，万无一失，我要他死！你满意了吗？"

江雪笑了起来："早这么说不就好了？你开枪了，子弹从前额打进，尸体上的伤痕是什么样的？"

楚冠一："脸上有个血洞。"

江雪忽然脸色一板："你撒谎。"

楚冠一："我没有！"

江雪："那你告诉我，那个血洞是什么形状的？"

楚冠一："洞就是洞，除了圆的还有什么形状？"

江雪："12号半自动手枪，配上你的子弹，如果射击距离小于1.5厘米，会呈四角状炸裂，就像朱正乾的脸，根本就不会出现你说的血洞。"

楚冠一："我没看清。"

江雪："你以为只有这一处错吗？从我进来开始，你每一句话里，处处都是错，你根本没有用那把枪杀穆伟，所以你一步步踏入我引导的坑，最后露了馅。你到底在掩饰什么，你是为了保护谁？为了……贺虹吗？"

楚冠一："和她没有关系！"

杜城:"明知道要背上命案、坐牢,也要说这个谎,能让楚冠一这么做的只有一个人——贺虹!"

杜城唰地站起身。

杜城:"杀死穆伟的不是楚冠一,而是贺虹!"

28

何溶月走进办公室。

何溶月:"杜城呢?"

李晗:"在审讯室。"

准备下班的沈翊也闻声停住了脚步。

沈翊:"怎么了?"

何溶月:"楚冠一和小安的对比结果出来了,他的确是穆小安的亲生父亲。"

沈翊并没有意外,反而有些雀跃、得意。

何溶月:"可是我发现了另一件事。穆小安,并不是贺虹的亲生女儿。"

第十三章

1

公共办公区的线索板上,案件人物的照片错综复杂地勾连在了一起。

蒋峰:"穆伟不是小安的亲爹,贺虹也不是小安的亲妈。合着这夫妻俩养着别人的孩子,玩什么过家家?"

沈翊:"能不能从楚冠一那边打开关键缺口?"

杜城:"我觉得得看时机,这时候你把贺虹拽到面前来化验,她也一定认为是我们在使诈,不会开口的。我现在已经派人去盯住贺虹了,如果能找到穆伟的尸体,楚冠一的谎言就能不攻自破。"

沈翊看着小安的亲子鉴定书。

沈翊:"如果小安果真是楚冠一的孩子,那么楚冠一的供词里,与贺虹的那段故事应该是真实的。有人长着小安亲生母亲的模样,但又不是她的亲生母亲,这个人,到底是谁?"

2

贺虹家卧室,小安已经在床上睡着了,贺虹坐在梳妆台前。

看着小安的睡颜,贺虹露出了一丝温柔的视线,但很快,眼神变得冰冷。

贺虹起身关上了灯,走到窗边,看着楼下安静的街道。街道边的树影下,隐约站着一个人。

贺虹的脸色冷峻起来。

一个穿着帽衫的男人背对她静静地走着。

贺虹家是那栋楼上唯一亮着的一扇窗。

第十三章

街道边的树下，那个男人静静地看着贺虹家的窗户。

帽衫遮挡，看不到他的侧脸。

贺虹家的灯灭了。

他依然静静地看着那扇黑暗的窗。

一把闪着寒光的刀被慢慢地抽了出来。

男人离开。

3

蒋峰刚跑了一趟，匆匆回来汇报情况："城队，这边贺虹的资料传回来了一部分。我们昨天联系了她出生地那边的派出所，找到了贺虹的亲戚，亲戚说贺虹读完高中就出去打工了，之后就再也没联系过了。"

杜城："家里人没报案？"

蒋峰："贺虹家里那边，女孩跑出去再也不回家还挺正常的。"

沈翊从杜城手里接过贺虹的资料，沈翊看着贺虹早些时候的照片。

沈翊："这是什么时候的照片？"

蒋峰："贺虹曾经在湘南医院做过一次产检，这是那个时候留在病历上的照片。"

杜城看到沈翊的面色不对。

沈翊："不对，我好像忽视了一件事……贺虹现在的模样，和照片上是一样的。"

杜城："难道不应该是这样？"

沈翊："你看这个病历上的年龄才20岁，人的面部骨骼从出生开始发育，一直到25岁才停止，20岁到25岁之间，骨相更是一年一变，贺虹已经过了发育期，怎么还会维持20岁的脸？"

蒋峰："真的？难道是吃了长生不老药？"

沈翊："不是长生不老，是全脸整容。"

4

李俊辉和警员小马潜伏着，紧紧盯着贺虹家的动向。

小马已经有些困倦了，李俊辉却十分警惕地一直盯着贺虹。

小马："李俊辉，你铁打的啊？"

李俊辉："我没事儿。你想休息就先去吧，咱俩轮班。"

小马："你也别太自责了，城队不也没怪你吗？"

李俊辉："我错了一次，不能再错。"

贺虹家里的灯突然灭了，不一会儿，贺虹下了楼，向着另一条路走去。

李俊辉在一辆轿车里，小马睡着了。

李俊辉："目标动了，我跟上去。"

小马惊醒。

小马："李俊辉，别单独行动！"

李俊辉："我绝不会再把人跟丢！"

杜城打电话过来："贺虹呢？"

李俊辉："在我前边呢！放心城队，绝对跟不丢！"

贺虹的身影在李俊辉前边不紧不慢地走着。

杜城："不用跟了，直接抓！"

李俊辉："是！"

他挂了电话，脚步加快，跟了上去。

然而贺虹却突然拐过一道弯儿，忽然消失。

李俊辉似乎看到了一个黑影。

李俊辉："别跑！"

李俊辉冲了出去，心中只有任务。

墙上的黑影，忽然变得狰狞，与李俊辉的影子交叠在一起，一把捂住了李俊辉的嘴……

5

几辆警车闪烁着警灯，鱼贯而行，飞驰而过。

杜城脸色铁青地坐在车里，手机里传来无人接听的提示音。

杜城放下手机思索，神色有些不安，再次拨通李俊辉的号码，无人接听。

杜城心中隐隐有些不安。

第十三章

杜城："蒋峰，让技术定位李俊辉的手机。"

杜城接着拨打刑警小马的电话。

杜城："小马，你们现在在哪儿？小李的电话为什么接不通？……什么？！你找不到小李！"

警车呼啸而至，停靠在路边，杜城举着手机下车，手机里还是无人接听的提示音。

杜城："手机定位就在附近！两人一组分头找！注意安全！"

众警察纷纷持枪分组四散，进入巷子。

杜城单手握枪走进了旁边的巷子。

灯光昏暗，杜城的影子从墙上浮现，他持枪搜索着。

前边也有警察在四处寻找。

杜城边找边拨打李俊辉的手机，手机里传来嘟嘟的等待音。

杜城走过一堆杂物，突然停下了。

周围隐约传来手机振动的声音，杜城循声寻找。

他愣住了，在杂物堆旁的一个昏暗的窄巷里，李俊辉蜷缩在地上，手机在地上振动着。

杜城的眼里流露出惊恐，狂奔上前一把将李俊辉抱在怀里。

杜城："俊辉！李俊辉！！"

李俊辉毫无回应，杜城往下看，发现李俊辉的前胸已经满是鲜血，有明显的刀捅痕迹，而且不止一刀。

杜城用手捂着他的伤口，疯了一样地回头大喊。

杜城："快叫救护车！"

众警察也都围拢过来，不远处，蒋峰狂奔过来，挤进人群，看到这一幕，直接瘫倒在地。

杜城怀里的李俊辉毫无反应，如同睡着一般。

这时候，小马也赶到了现场，看见了牺牲的李俊辉，颤抖着跪倒下来。

6

尸检室，李俊辉的尸体上盖着白布。

沈翊看着面前静静躺着的他。

就在不久前,这个人还对着他笑,向他敬礼,奔跑着完成每一个任务。

杜城关上门,走进来。

沈翊抬起头,看到杜城的眼角有些红。

两人面对小李的尸体,久久凝滞。

杜城:"这就是警察。"

杜城开口了。

杜城:"我们随时有可能会因为一次抓捕行动而牺牲。可能是明天,可能是今天,甚至可能就在几分钟后,来不及说一句再见。"

此刻,杜城终于露出了悲痛的表情。

李俊辉的尸体静静地躺在尸检床上。

法医静立在尸检床两侧深深鞠躬,然后开始尸检。

何溶月:"伤口创面宽3厘米,厚5毫米,三刀从后背刺入,正中心脏位置。"

杜城:"是……贺虹?"

何溶月:"这个出刀的角度和速度,我认为不是一个女人,至少不是贺虹那样的女人完成的……伤口呈三棱状,推测凶器为长20厘米、两侧开刃的匕首或刀。"

杜城震惊地抬起头。

何溶月:"这个刀口,城队你应该很熟悉吧?"

7

杜城冲进了审讯室,拎起了楚冠一的领子。

杜城:"贺虹到底是谁,你们在外面还有谁接应?"

楚冠一:"我要说多少次,是我做的,我杀了穆伟,我抢了金店。"

杜城:"你太可笑了,你到现在还想替她顶罪,她根本就不是你认识的那个贺虹!小安不是她的女儿,你深爱的贺虹可能早就死了。"

楚冠一:"你胡说!"

杜城将一张亲子鉴定拍在了楚冠一面前。

第十三章

楚冠一："我不信，这东西上全是谎言，你们以为有几个我看不懂的数字单位和一个结果就能糊弄我吗？"

杜城："你在这里替她扛罪，她早就跑了，而且还杀了一名警察，三刀致命，你觉得这是你的贺虹能做出来的事吗？"

楚冠一愣住了，此时已经觉察到不对，因为他在埋穆伟的时候，就有了怀疑，只是他不敢想太深。

楚冠一："……三刀？"

杜城："楚冠一，你还不明白吗？你被耍了！"

楚冠一："小安呢？小安在哪儿！"

杜城："放心，小安很安全，我们已经把她接到警局了。"

楚冠一："她丢下了小安？"

杜城："母亲不会随便丢下自己的幼子。除非，她不是她的亲生母亲。楚冠一，你说你爱贺虹，我相信。为了爱情而扛下所有罪名，我也理解。但是你用自己的直觉判断，那个女人，真的是你爱的贺虹吗？"

这条消息宛如晴天霹雳，让楚冠一彻底愣住。

良久，楚冠一的表情几乎是要哭了的样子。

楚冠一："怪不得……怪不得她不认识我了，我以为她不想认我，原来，是她真的不认识我。"

楚冠一颓然地坐在椅子上。他的脑海中，浮现出了自己和贺虹的种种过往。

出租屋里，楚冠一把耳朵伏在贺虹的肚子上。

贺虹："听见了吗？她好像在踢我的肚子！"

楚冠一："听见了，真的！"

楚冠一坐起身，搂住贺虹。

楚冠一："生下来吧，我们一起把她养大。"

贺虹依偎在楚冠一的肩膀上。

贺虹："可是，我们没有钱，怎么办呢？"

楚冠一沉默半晌："我有办法。"

后来，楚冠一便带着枪来到了那家金店。

在冲进去之前，他拿出手机，将贺虹的号码删了个干净，深深呼了一口气。

楚冠一:"那个时候我真的很需要钱。我害怕牵连到她,没有告诉她我的计划。我想,如果我成功了,我会带着一大笔钱回来,如果我失败了,就当她的生命中从来就没有我吧。"

杜城:"你成功了。"

楚冠一:"我成功了,但是回来之后,出租屋空无一人。我找不到她了。我以为是我的突然消失伤了她的心,但是一个怀着孩子的妈妈,又能去哪儿呢?我疯狂地找,这一找,就是六年。"

杜城:"你们是什么时候再见的?"

8

在商场自行车区,楚冠一转动着悬挂的自行车车轮,侧耳听自行车轴承的响声。

一辆童车突然撞在了他的腿上。

楚冠一岿然不动,倏地伸手捞住了差点从车上摔下去的孩子。

楚冠一:"下次前面有人记得捏闸。"

小安不说话,又轻轻撞了楚冠一一下。

楚冠一:"你爸妈呢?"

贺虹匆匆跑来。

贺虹:"小安!"

贺虹走到小安面前检查了一下她有没有受伤。

楚冠一看到贺虹的侧脸,非常震惊——苦苦寻找六年的心上人就这么突然出现在他眼前。

上天终于赐给了他一份礼物!

贺虹注意到了楚冠一裤脚上的轮胎印。

贺虹:"对不起,孩子不懂事,乱骑车。我向您道歉。"

楚冠一激动上前。

楚冠一:"贺虹,你这些年去哪儿了,我……"

贺虹冷着脸,眼里写着陌生。

楚冠一:"我、我是冠一啊……"

楚冠一开始不确定自己是不是认错了人。

贺虹的神色里有一丝动摇。

穆伟阴恻恻地从货架一头出现。

穆伟："快点儿，你们要不吃饭，我就自己去了。"

说完，穆伟转身就走。

贺虹扶着小安的车把，正要拽着她离开。

9

楚冠一："我跟踪了他们，知道了他们住在哪里，我始终不甘心，想要找机会与她们母女相认。"

杜城："后来你盘下了一家店面，开了骑行者餐厅。"

楚冠一："是，后来贺虹带小安来，我以为，她是想要和我相认的，只是有苦衷……"

贺虹带着小安进入餐厅。

楚冠一："贺……"

贺虹："我女儿喜欢吃甜的，你推荐哪一款比萨？"

楚冠一："夏威夷。"

不一会儿，比萨端上，小安吃得很快乐，甚至还喂给贺虹。

楚冠一看着眼前母女两人快乐的样子，竟然难得地感觉到了一丝家的温暖。

贺虹结账离开之前，写下了一串号码。

贺虹："这是小安的生日。"

楚冠一攥着那张纸条，纸条皱皱巴巴的，他的脸上却洋溢着幸福。

10

杜城："我们测过孩子的骨龄和牙龄，生日的事情，贺虹应该没有说谎。孩子的确是你的，但你一直维护的女人，却根本是个谎言。"

楚冠一："其实我发现了……我在看到穆伟尸体的时候，就已经发现了。"

杜城看着面前这个悲恸欲绝的男人，有些怜悯，但又愤怒。

11

餐厅已经打烊。

楚冠一懒散地窝在餐厅沙发里。

外卖订单通知,是贺虹的号码。

楚冠一惊喜地笑了,立刻打开手机。

随即,又跳出一个外卖订单,还是贺虹的号码。

第三份订单,仍是贺虹的号码。

楚冠一冲了出去。

12

室内的景象让楚冠一震惊。穆伟倒在床上,血染红了床单。

贺虹比开门时更苍白,身体还在颤抖。她应该是恐慌的,可在恐慌中又透着一丝冷静。

贺虹:"他说小安不是他的孩子,说了不少狠话,还要对我动手,我怕他……我怕他伤害小安。"

楚冠一:"小安呢?"

贺虹的眼泪夺眶而出。

贺虹:"她在薛老师家。"

楚冠一:"还好小安没看见。见到血,对孩子不好。"

贺虹掩面。

贺虹:"我现在真的不知道该怎么办。"

楚冠一伸手拨开了贺虹遮着脸的手指。

贺虹怔住了,楚冠一神色如常。

楚冠一:"去洗把脸,想快乐的事,无论如何都要把眼泪止住,十分钟后你就去接小安,在薛老师家多待一会儿。做一件让人印象深刻的事。两个小时之后再回来。"

贺虹转身去洗脸,楚冠一俯身处理穆伟的尸体,清理地板上的血迹。

洗手间里哗哗的水声。

贺虹出来了。

贺虹："一个大活人，说没就没了，警察一定会知道的。"

楚冠一："你忘了补妆，去接孩子时，会有人觉得奇怪。现在就开始化妆，静静地听我说。"

楚冠一处理着尸体，但是当他翻过穆伟的尸体的时候，却有些愣住了，是三刀致命，刀口很深，这是一个女人能完成的吗？

楚冠一不禁瞥向贺虹。

贺虹站在一旁默默地描眉化妆。

熟悉的爱人模样，驱散了楚冠一的疑云。

楚冠一："过了今晚，你就到公安局报案，说穆伟失踪了。"

贺虹："他们能信吗？"

楚冠一："这个我来想办法。接下来我做什么，你不用问，也不用了解，以后警察问什么，你都说不知道，相信我，只要沉默，你就一定能够安全。"

13

楚冠一握着方向盘，路灯的光影在他脸上一明一暗。

车后座上是一口巨大的箱子，随着路面的起伏颠簸。

汽车驶出了城市。

14

三米深的大坑。

法医将一个蓝色的箱子抬了上来。

当箱子打开的时候，穆伟已经腐烂的尸首暴露。

法医露出了厌恶的表情，何溶月却毫不犹豫地跳下了深坑，率先就地做起了尸检。

何溶月："三刀致命，是同一个杀手，身上没有枪痕，楚冠一之前说谎了。"

15

楚冠一说出了一切。

审讯室陷入了沉静。

良久，楚冠一开口了，声音嘶哑。

楚冠一："如果我被判刑，是多少年？"

杜城："两次持枪抢劫，损毁尸体，反抗抓捕，时间或许不会短，在里面表现好一点，争取减刑。"

楚冠一："小安怎么办？"

杜城："穆伟的母亲一直把小安当作亲孙女，她会带着小安好好生活的。"

楚冠一惨笑："等我出来，小安都该工作了吧。"

楚冠一抬起头，凝望着杜城。目光期待而又真诚。

楚冠一："我能见见小安吗？"

16

工作室里，小安和沈翊冲着窗外吹泡泡。小安调皮，将泡泡吹到沈翊脸上。沈翊无奈苦笑。

工作室外，楚冠一站在玻璃墙前，静静注视着。

他不敢靠得太近，怕小安发现他，又不甘心地往前探着身子，想看清小安的笑脸。

他注视着小安的目光里充满贪恋，想再看一眼，再多看一眼。

杜城："不进去吗？"

楚冠一摇头，但他的目光仍黏在那小小的身影上。

杜城："不想听她喊你一声爸爸？"

楚冠一："算了，就让她以为我只是送比萨的叔叔，陪她一起玩，陪她骑自行车，陪她过生日，一想起这个叔叔，她就会很开心。"

小安踩着儿童车，在餐厅里绕行，留下一路笑声。

楚冠一："有这些，就够了。"

画室里，沈翊转过头，望见站在玻璃外的两人。

17

楚冠一被押上车，临走时，突然回头。

楚冠一："当年回我们两个人的住处时，她所有的东西都在，我以为她总会回来的。那些年，我一直用她留下的东西寻找她的下落。"

杜城："那些东西你还留着？"

楚冠一："在骑行者餐厅，如果这个贺虹是假的，那无论真的贺虹是活着还是死了，我都希望你们能找到她，我只想要一个结果。"

18

天边是艳丽的火烧云。

小安被一位女警领着，走出分局。

沈翊和杜城等人站在不远处，看着小安的身影。

杜城："如果知道一起生活了七年的爸妈都是假的，她会怎么想呢？"

沈翊："她不会怎么想的。无论是不是亲生的，'贺虹'对她的好都是真的。"

小安："警察叔叔！"

小安注意到了沈翊，向他挥挥手。

小安把一个纸团向他扔来。

小安："这是送给你的！拜拜！"

说完，小安再次向沈翊挥挥手，道别。

沈翊目送着小安的身影消失在暮色中。

他摊开手，手里是个纸团，上面歪歪扭扭地画着熊猫的脸。

沈翊："真没天分。"

沈翊失笑，却突然发现纸团里有一行字。

沈翊展开纸团，他脸上的笑容瞬间消失了。

纸团的背面，竟然是一串名单。

中国人的名字，外国人的地址，遍布世界各地。

这是人口贩卖名单！

名单的最后，写着一个潇洒的 M。

19

警员在搜索。

杜城进入骑行者餐厅，走过楚冠一的照片墙。

终于在一个角落里，杜城摸到了一个铁盒，这是楚冠一说的，他留下的关于贺虹的东西。

打开铁盒，里面还有旧时的打车票，购物小票，照片，甚至是塑料袋……一张"魅蒂美容院"的美容卡。

杜城的脸色变了。

20

杜城冲进了自己的办公室，拉开了柜门。

一张关于雷一斐案的线索墙，展露在面前。

线索交杂，汇集，一切的一切，指向了一个原点。

标题：警方捣毁人口贩卖窝点。

图片：魅蒂美容院。

21

沈翊坐在工作室画板前，看着那张《被面具包围的自画像》。

沈翊的脑海中浮现出贺虹第一次来到画像室时的场景。

贺虹的目光一直望着另一个方向。

沈翊回想贺虹当时说的。"画了那么多次同一个人，不会爱上她吗？"

沈翊站在贺虹当初的位置上，顺着贺虹的目光看去。

贺虹视线的尽头，是神秘女人画像。

沈翊："是她。"

神秘的女人，俯视着沈翊，眼神冷酷，又似乎很是嘲讽。

沈翊："我画对了。"

22

分局档案室里，汗牛充栋的档案资料。

杜城一张张翻过。

杜城："高中二年级辍学，一直在老家打工。直到 2013 年 8 月，从县城的理发店突然消失。一个月后，在南城的医院进行了产检……"

沈翊翻到了资料的最后一页。

沈翊："没有，没有任何整容记录。"

杜城也慢慢合上资料集。

杜城："我们还知道一个会为顾客秘密整容的地方。"

沈翊被提醒，眼前一亮。

沈翊："梁毅！"

杜城："之前从刘芸手里回收的U盘里有个文件夹，带着密码，上面写着M，我们一直不知道是什么意思。现在想起来，应该就是这个代号为M的女人了。"

沈翊："文件夹破译了吗？"

杜城点头："打开了，是空的。"

沈翊思索着。

杜城："马上传唤刘芸！"

23

沈翊和杜城坐在监狱接待室的铁栏杆对面。

门打开后，刘芸被一位女警带了进来。

待刘芸坐下，杜城直奔主题。

他拿出贺虹的照片。

杜城："这个女人，你见过吗？"

刘芸凑到玻璃前，细细观察贺虹的脸。

刘芸："好像……见过。"

杜城："什么时候！在梁毅那儿吗？"

刘芸："这个人好像来过两次，我有点印象，但她不是我们的病人，应该是梁毅的熟人吧。"

沈翊："她什么时候去的？"

刘芸："是我刚到医院上班时候的事了，后来就没见过她了。"

杜城颓然捶桌。

没有人知道，现在这个"贺虹"本来的样子。

24

公共办公区李俊辉的办公桌上，办公用品繁杂而有序地摆放着，能看出曾经使用者的忙碌。

蒋峰站在这张办公桌前，面露懊悔。他无法相信，最后一次和李俊辉交流，竟是口出恶言。

电脑屏幕下方，放着李俊辉的挂牌，照片里身穿警服的李俊辉透着英姿和微笑。

透过会议室的玻璃，能看到小马一个人坐在会议室的角落里。

画室门口，沈翊远远地看着杜城他们。

整个空间弥漫着悲伤的气氛。

25

警员们肃穆地站在礼堂里，面对着一张遗照。

李俊辉阳光般的笑容定格在了黑白照里。

李俊辉的外婆在遗像旁声泪俱下。

沈翊望着眼前的场景，尊敬地敬礼。

一排排警察一同敬礼。

26

告别李俊辉，杜城立刻化悲痛为力量，一头扎进了办公室，惊天大案就在他的眼前。

杜城："雷队生前端掉的窝点之一就是魅蒂美容院。他查的那个人口贩卖集团利用美容院，免费吸引年轻女孩，在美容过程中使用麻醉，进行绑架诱拐。"

沈翊："难道这些女孩的亲属就从来没有找过她们？"

杜城："从被营救回来的那部分女孩的证词来看，她们很多人要么是离家出走的，要么是独自出来打工的。"

沈翊仔细分析："她们是被挑选过的。"

杜城："雷队怀疑，人口贩卖集团在诱拐之前，对这些女孩的背景就已经调查得一清二楚了，只是方法和渠道不清楚。"

说话间，杜城已经带着沈翌走到他的办公室，杜城打开柜门。

柜子里，在密密麻麻的线索中，其中一个红笔圈住的名字就叫"魅蒂"。

杜城："那个案子最后抓了 30 多人，可惜，都是组织的底层成员，但也因为这个案子，雷队才遭到报复！"

沈翌："那么当年这个来找我画像的黑衣女人，她的代号应该就是 M，就是这个组织的核心人物之一。难怪这么多年我找不到她，她把自己的脸换掉了。"

杜城："好狠的女人。"

沈翌："她为什么要主动把这份名单交出来？"

杜城："是她的罪证，也是贩卖组织的罪证！"

两人对视一眼，忽然了悟。

沈翌："杀了穆伟、李俊辉还有雷一斐的是一个人。M 逃跑、隐姓埋名，就是为了躲开这个杀手。"

杜城："所以，M 是想要借我们的手，铲除组织，这样她就能高枕无忧。哼，没那么容易。"

沈翌："她没有机会再换一次脸了，找到她，我们就能找到一切的真相。"

27

杜城把一张打印着贺虹照片的通缉令拍在公共办公区的桌上。

键盘被飞快地敲击着，贺虹的通缉令通过网络分发到各处。

复印机里，扫描光闪过。

贺虹的通缉令被复印出来，一张又一张。

警员四处寻找，拿贺虹的照片到处比对。

28

杜城、沈翌穿行在整齐的档案室里，杜城拿下一份文件夹，翻看搜查。

杜城："M 留下的名单里有三组名字，一组，大部分都是中国人。一组，有中国人也有外国人，但名字都是假的。最后一组，没有具体名字，而是一些东南亚和欧洲的地址。你知道这代表什么吗？"

沈翊："第一组，应该是那些被拐卖妇女的名字，最后一组，只有地址，应该是人口贩卖组织里买家的地址。那中间的联系人，应该就是组织的成员了。"

杜城点头："七年前，雷队捣毁了他们的组织，救出了被他们关押着的受害人，也查出了这样一份名单——"

杜城从文件夹里抽出一份资料，给沈翊展示。

沈翊看着这份旧名单。

沈翊："这是七年前逮捕归案的组织成员。"

杜城："没错。当年捣毁了犯罪窝点，但几乎没有触及组织的核心部分，人口贩卖的渠道也没有完全挖出。有了新的名单，就能继续往下深挖，营救出那些还没有找到的受害者。"

29

过了很长时间。

蒋峰冲进杜城办公室。

蒋峰："城队！领事馆有消息，又在海外解救了一名女性，准备归国。"

杜城原本躺在椅子上休息，听见这消息，立马坐起身。

杜城："好。"

坐在一旁的沈翊也闻声站起。

杜城走到办公室的黑板前，在名单复印件上又划掉了一个人。

杜城："剩下的这些人，不知道他们是不是都还活着。"

蒋峰："城队，我们能找到他们的。"

30

狭小的出租屋。

一位妇女脸颊消瘦，肤色蜡黄，畏缩地低着头。

沈翊和杜城坐在她对面，面前放着两个发黄的茶杯。

妇女："这些年我每一天都在发誓，如果有一天还能回来，一定要把一切都说出来，把其他受害的姐妹都救出来！"

女人说着，泪水几乎夺眶而出。

沈翊和杜城看着女人哭泣的脸，久久凝滞。

杜城拿出了一张照片，是贺虹的脸。

杜城："这个人，你记得吗？"

女人的泪水夺眶而出。

31

船舱底下，一片昏暗，海浪声、船舱上方的欢声笑语与呜咽声交织在一块。

门板缝隙中透出的光亮映照在女人们恐惧的面庞上，宛如一道道秘密的符文。

环顾四周皆是被绑住且服装年龄各异的女人，有的绝望地发出啜泣声；有的痴痴地望着缝隙中透出的光线，目光涣散；有的将身子蜷缩成一团，一动不动。恐惧与绝望充斥在这个密闭空间的每一个角落。

"哗"的一声，船舱门被打开，阳光刺眼。

船舱内的女人们不自觉地眯着眼睛，迎着光看去。

一个女人奋力朝那束光亮冲去，却被来的人轻而易举地控制住，那人正是贺虹。

M 嫣红的指甲划过女人惨白的面容。

贺虹："求求你们放了我吧。"

两个壮汉上前来准备拖走贺虹。

贺虹："我怀孕了，求求你了……"

M 的手指一顿，拂过贺虹的肚子，按到了微微的隆起。

M 的眼神依然冷酷。

贺虹被两名壮汉拖走，门板被快速地合上，船舱内重新陷入黑暗。

M 不动声色地站在那儿，阴影掩盖了她所有的表情。

一声低沉的声音自 M 身后响起。

穆伟："准备出发了。"

M："好。"

穆伟："你是不是很同情她？"

M："不，我只是在想，如果当年我像她一样，早就半途中被丢进海里了。"

32

黑暗中的街头。从布局和房屋建筑来看,这地方明显并不是中国。

刺骨的冷气,恐怖的沉默。

被拐来的人像沙丁鱼一样挤在冷冻车里,麻木得失去了抗争的力气。

冷冻车外,M 将一份名单交给金发大佬。金发大佬往车内一望,似在清点人数。

他们三言两语就决定了车上人的归途。

M 熟练地在单子上签字,这事,她已经做过近百遍了。车上隐隐的哭声不会让她的签字有丝毫停顿。

车门一点点关上,光线越来越窄。

M 点上一支烟,静静地往车里望着。

车门完全合上了,M 的身影一点点消失在门的缝隙中。

33

杜城的牧马人飞驰而过。

杜城把着方向盘,脑海里却排列了一条完整的时间线。

沈翊闭上眼睛,似要进入昏睡:"所以,贺虹被劫走的时候,已经怀有身孕。孕妇在那些人眼中,是卖不出好价钱的。"

杜城:"受害人只说最后一次看见贺虹,还在船上,但是转到冷冻车上时,就已经不见了。"

沈翊:"那很可能是 M 将贺虹带走了。"

杜城专心开车,面无表情,看不出是赞同还是否定。

红灯亮起,杜城停下车。

杜城:"作为组织核心的那个女人,最终选择顶替贺虹的身份,带着她的女儿生活,那就说明,贺虹一定是个不能再开口的人了。"

一路无言,两人似乎在为贺虹悲惨的半生默哀。

车子直奔分局而去。

34

灯塔亮起，暗夜中，一声汽笛长鸣。

一个黑影站在堤坝上，遥望着大海。

贺虹的表情，却是妩媚的。

一时间，贺虹与 M 似乎合二为一了。

35

贺虹做完产检，一个人走在街上。

她举目无亲，楚冠一也失去了踪迹，似乎是把她抛弃了。

她拿着一张化验单，泪流满面。

一张美容单发给了贺虹。

导购："美女，又看见你了，美容项目免费体验哦，要不要试试呢？"

贺虹不愿尝试，想要离开，导购却拉住了贺虹的手。

导购："美女，填一张表，就能送您一张美容卡和一些小礼品，可以使用十次，随时可以来，就当是给我们充个人气。你的皮肤这么好、这么嫩，一定要好好保养，才能不辜负了青春呀。"

贺虹看着手里的美容卡："魅蒂"享受，焕颜新生。

贺虹躺在床上，导购小姐轻柔地按着她的脸。

导购："现在我会用一块毛巾轻轻地给你热敷一下。"

一块毛巾放在了贺虹的脸上。

忽然，贺虹的口鼻被紧紧地捂住。

贺虹疯狂挣扎，但是很快便失去了力气。

黑衣女人 M 走了进来，捏起贺虹的手臂。

黑衣女人 M："年龄合适，应该能卖个好价钱。"

36

船舱里一片寂静。

脚步声在靠近。

▶ 猎 罪 图 鉴

越靠越近。

贺虹的呼吸越来越急促。

越来越急促。

脚步声停了。

沉默。

M:"我可以保住你的孩子,你也要和我交换一样东西。"

贺虹:"什么都可以。"

M 摸着贺虹的脸,笑了起来。

第十四章

1

技侦办公室的电脑屏幕上快速闪着监控画面。

杜城和蒋峰搜索 M 的身影。

蒋峰:"找到了!"

屏幕上定格着 M 的背影。

杜城:"这是什么时候的监控、什么地点?"

蒋峰:"看时间是 15 天之前,莲花路。"

杜城:"重新倒一遍。"

M 缓步走着,就像一个普通路人。她突然转身,瞥见摄像头。她的目光停了一瞬,很快移开。

杜城:"停。"

M 的回眸,恰似在凝视着杜城。

杜城:"这个摄像头被发现了,她不会再经过这里了,这一片的监控都废了。"

蒋峰:"找了这么久,还是一场空。"

杜城拍拍蒋峰的肩膀。他并不气馁,这是意料之中的结果。

杜城用余光瞥向画像室方向。

杜城:"沈翊还没来?"

蒋峰:"没。城队,你得让他收敛收敛艺术家的脾气了,准点上班。"

杜城:"算了,他也很忙。"

蒋峰吃惊,城队最近太向着沈翊说话了。

杜城站起身活动手脚,貌似随意走动,脚却迈向了画像室。

2

沈翊工作室里，杜城坐在沈翊常坐的位置上。

一沓纸上放着几颗糖。

杜城悄悄抓起一颗，剥了糖纸，塞进嘴里。

桌面上有沈翊随笔练习的素描。

杜城看了看，摸过一张 A4 纸，用铅笔在上面画着。

他的笔下，线条断断续续，是一张有点难看的肖像画，鼻歪眼斜的，有一种原始的粗犷味道。

门口传来足音。

杜城心虚抬头，用手掌紧紧遮住小画。他以为是沈翊来了。

是蒋峰。

蒋峰："城队，你最近怎么老往这儿跑啊？"

杜城："这里窗外的视野好，风景好。"

蒋峰："好？大门口有什么好看的？哎，沈翊来了。"

杜城赶紧起身，小画已被他揉成一团，丢掷在一边，就像无事发生。

沈翊抱着一沓画纸走进来，瞄一眼桌面。

沈翊："你偷吃了我的糖？"

杜城："记性这么好，桌上几颗糖都记得。"

沈翊放下画纸。杜城看清这是数张人脸速写。

杜城："这些都是被拐的人？"

沈翊将肖像按年龄顺序一张张排好。

沈翊："多画，线索就多，指不定有一天就碰上了。"

杜城知道线索指的是 M。

蒋峰的手机响了，他接通后伸手将手机递给沈翊。

蒋峰："找你。"

3

北江分局会议室。

第十四章

蒋峰："这是凤池分局那边接的案子。女大学生柳小叶在两天前参加了联谊会，被人带到偏僻的户外，遭到了强暴。柳小叶获救后，凤池的女警根据她的描述，画出了一张嫌疑人的肖像。"

蒋峰介绍肖像投影："人脸部弧线呈现波浪状的扭曲，龇牙咧嘴，鼻孔朝天，面目狰狞，最可怕的是长着三只形状完全不同的眼睛，额头上的猩红的眼睛像是瞪着所有人。"

沈翊："这……"

蒋峰："这就是找你的原因。"

4

满脸胡楂儿的胡队长和可爱娇俏的女警小刘坐在沈翊面前。

他们就是向沈翊求助的人。

沈翊瞥一眼桌上的三眼怪肖像，头疼。

沈翊："我想知道，为什么会画出这样的脸？"

小刘："我、我就是按照柳小叶的描述画的，她怎么说，我就怎么画，结果就画成这样了……"

胡队长："那姑娘虽然得救了，但是受了很大刺激，思维混乱，描述也只描述出来了这个三眼怪，根本没办法进行正常沟通。那天附近三所大学搞联谊，举办了一个冷餐会，人数多，又不同校，有相互认识的，也有不认识的，刚调来监控，正在确认身份。"

监控画面：

柳小叶看到一个人发来了一张心动之夜的餐会传单。

柳小叶走进餐会，衣香鬓影，来来往往却都是陌生人。

沈翊："如果场所比较固定，找出嫌疑人不难，但是需要一点耐心。"

胡队长："难就难在，柳小叶并不是在联谊会上被强奸的。她是被灌醉后，被带到室外侵犯的，这样一来，嫌疑人范围会扩大，有可能是学生，也可能是社会人士。"

小刘："我们查了监控，也走访了一圈，没有人记得谁带走了柳小叶。我们现在能够得到的只有这样一张奇怪的画像，实在没办法缩小范围，所以想找您帮忙……"

胡队长："拜托了。"

胡队长朝沈翊伸出手，客气又疏离。

沈翊礼貌回握。

他习惯了杜城的直接，这份客气让他不适应。

5

被床帘紧紧包围的病床。

柳小叶躺在床上，面无表情，看起来已然对这个世界充满绝望。

何溶月站在一旁，看着柳小叶，不免心疼。

何溶月："别怕，我是来帮你的，如果让你感觉不舒服，你也可以喊停。"

柳小叶没有回应，她的眼角滑落一滴泪。

何溶月伸手，帮她擦去了那滴泪。

何溶月："大多数女孩经历了这样的事，第一时间总是因为羞耻而冲掉身上的痕迹，选择沉默。正因为这样，这些人才总是逍遥法外。而你是个勇敢的女孩，他们留在你身上的东西不是耻辱，是他们的手铐。"

柳小叶缓缓地点了点头。

6

何溶月一边摘下口罩，一边推开门，才一抬头，就看到胡队长带着沈翊走了过来。

沈翊一愣。他没想到何溶月也在。

沈翊："你怎么在这儿？"

何溶月："跟你一样，被调来帮忙的。"

沈翊："柳小叶情况怎么样？"

何溶月："刚验完伤，已经回医院了。"

何溶月递出验伤报告，沈翊翻看，脸色越来越严肃。

沈翊："她都经历了什么……"

何溶月："噩梦。"

7

普通的大学生联谊会。

不相熟的男女坐在一块儿，他们的心思都不在食物上，眉目间传递着暧昧的电流。

柳小叶拘谨地坐在角落，微驼着背，和暧昧的氛围格格不入。

一只酒杯凑近柳小叶。

搭讪男："来一杯吗？"

柳小叶："我、我不会喝酒……"

搭讪男："出来玩，不喝酒，装什么清高？"

柳小叶局促，又不懂得推辞。

气氛僵持着。

酒杯扫兴移开。

橙色的鸡尾酒推来。

柳小叶看到一张明艳的脸。

明艳女："你可以尝尝我这个，没什么劲儿，喝着就像果汁。"

明艳女抿了一口，证明这杯酒真的很安全。

柳小叶仍犹豫着。

柳小叶："我真的一点都不能喝……"

鸡尾酒缩了回去。

柳小叶怕明艳女不高兴，又鼓起勇气。

柳小叶："我可以尝一点……"

明艳女："算了。"

语气里有明显的不快。

他们饮酒正酣时，柳小叶觉得胸口烦闷，小心起身。

8

柳小叶靠墙放松着。

一个陌生的男孩走来。

男孩："你怎么一个人在这里？"

柳小叶头顶响起好听的声音，但她不敢抬头正视男孩的脸。

男孩："你是不是不舒服？"

柳小叶轻轻点头。

男孩："喝瓶果汁缓缓吧。我帮你拧开瓶盖。"

男孩稍稍用力旋开瓶盖。

柳小叶："谢谢……"

柳小叶放心喝下，一口又一口。

她下意识以为，这是一瓶新的、没有人动过的果汁。

时间走过，走廊里仍吵嚷着。

柳小叶的状态已经和之前完全不同。

她抬起了头，脸泛着红，眼睛变得亮亮的。

额上的汗越来越多，柳小叶的头越来越沉。她突然干呕了几下。

一双手扶住柳小叶的肩膀。

柳小叶想挣开那双手，却没有力气。

男孩："你要去哪儿……"

声音透着引诱感，听得柳小叶头皮发麻。

柳小叶指着洗手间的方向，说话的声音含糊又吞吞吐吐。

她的意识越来越模糊，最后只听清一声笑。

柳小叶彻底坠入黑暗。

9

柳小叶耳边的声音，嘈杂、遥远。

忽明忽暗，天旋地转。

扭曲的脸。

晃动的眼。

淫秽的笑。

粗重的喘。

柳小叶竭力睁开眼。

三只眼睛，一张大口。

柳小叶用尽全身力气尖叫！

10

夜色深沉。

柳小叶躺在冰凉的地上，一件外衣勉强能盖住身体。两只腿笔直地伸出，手虚空地朝着空气使劲抓着，像是在击打反抗着什么看不见的鬼魅，整个身体都抽搐痉挛着。

她的裙摆被撕扯开裂，已经脏污。

柳小叶抬起头，眼眶通红，泪痕风干在了脸上。

远方，警笛声响起。

一道手电筒的光打在柳小叶空洞的脸上。

经历噩梦的柳小叶，终于获救了。

11

何溶月："保险起见，我需要回一趟北江，对提取到的生物痕迹进行更详细的检验。"

沈翊："好，我先留在这里画像，化验结果什么时候能出？"

何溶月："我会尽快。"

何溶月望向检验室，紧闭的窗帘只透出了一丝微弱的阳光。

何溶月："现场的证据、痕迹会慢慢消失，我怕她心里的那道痕迹抹不掉，跟着她一辈子。沈翊，你帮帮她吧。"

12

胡队长："下午，我去问问柳小叶那几个舍友，看看她们知不知道什么内情。小刘，跟我去走访一下。"

沈翊坐在会议室一角，静观其变。

这时，刑警提着一袋子盒饭走进会议室。

刑警："胡队，吃饭了。"

胡队长递给沈翊一盒。

胡队长:"沈老师,三眼怪物是小刘画的。小刘就是平时喜欢画画,没正经学过。到时候,您再根据柳小叶的证词重新画一张吧,我们好找。"

沈翊:"我尽全力。"

沈翊接过盒饭,打开一看,全是大油大肉,只有一小格少得可怜的番茄炒蛋。

沈翊回忆起和杜城、蒋峰等人一同在食堂吃饭的情景。

起码,杜城还会给自己递一盒清炒蔬菜。

沈翊无奈,用番茄炒蛋拌着米饭,吃了起来。

13

胡队长:"说说吧。"

披肩发女孩瘦骨嶙峋,长着一张马脸,看上去有些害怕。

披肩发女孩:"我们和她真的不熟,她一直独来独往,几乎不和我们聊天。"

黑色长直发女孩妆容精致,一脸不屑。

黑色长直发女孩:"她可矫情了,一张臭脸,谁都跟欠她钱了一样。每次我们邀请她出去聚会,她都不去。有时候去了,劝她喝酒也不喝,吃零食也不吃,老是让场面变得特别尴尬。"

第三个女孩是个短发胖姑娘,憨憨的样子。

胖姑娘:"她还挺保守的,没看过她穿不过膝的裙子,衣服也是长袖的,要是短袖肯定会加上外套。不知道是不是怕晒黑……"

胡队长一边抱着胳膊听着,一边指点身旁的小刘认真记录。

胡队长:"记清了吗?保守,独来独往,不乱喝东西,都是重点!"

小刘疯狂敲打着电脑记录,生怕错过一点信息。

沈翊坐在一旁仔细听着,在记录用的 iPad 上勾勒出柳小叶平时穿着长裙长袖,一脸愁容的样子。

14

胡队长大步流星地往前走。

后面跟着小跑着的小刘和慢悠悠的沈翊。

胡队长："柳小叶看起来不像是那种爱玩的姑娘，被人迷奸的可能性很大。等等看何法医的检验结果，没准儿我们能推出什么。"

小刘："是！"

小刘背着大大的电脑包，快步跑走了。

胡队长："还有……人呢？年轻人的性子也太急了。"

胡队长望着她的背影摇摇头。

沈翊一言不发，走到胡队长身边。

胡队长看到沈翊，这才想起来他还在。

胡队长："沈老师，等小刘回来，您再帮着看看有没有相似的图案吧。"

沈翊点点头："等柳小叶情况稳定一些，我想单独和她谈谈。"

胡队长大手一挥："没事，让小刘给你复述一遍就行了，我看她都快背下来了。"

沈翊没有回话，跟着胡队长回到会议室。

不知为何，他想起了杜城。

如果是他，此时会怎么做呢？

15

杜城："阿嚏——"

杜城打了个喷嚏。

蒋峰："怎么了城队？感冒了？还是有人惦记啊？"

杜城："惦记我的人都在监狱里待着呢，凑凑能踢场球赛了，谁知道是哪个。别扯这些，说说案子。"

16

蒋峰点点头，带杜城穿过警戒线。

蒋峰："下午两点十七分，住在景江小区三号楼六层的一位孕妇，从阳台上失足跌落，当场死亡。"

杜城："死者家属呢？"

蒋峰一指："在那儿哭呢。"

杜城一看，小区楼下蹲着一位中年男子，蹲在一摊血迹旁，掩面而泣。

蒋峰："他也是第一发现人。周仁，职业是外科医生。"

杜城抬头，看向天空。

一扇窗户大敞着，窗帘都被吹到了窗外。

杜城："走，日落前破案。"

17

拉开房门。

周医生领着杜城和蒋峰走进自己家。

杜城和蒋峰穿上鞋套、戴好手套，走进死者的家。

杜城摸了摸客厅把角的多边柜，一尘不染。

杜城："您妻子是一位全职太太？"

周医生："是。怀孕之后，她也不愿意请保姆，坚持自己做家务。"

杜城走到厕所。

厕所里，扫把、抹布、吸尘器，一应俱全，还有一个拖把专用的水桶。

杜城："她坠楼时，在做什么？"

周医生："前几天暴雨，她中午跟我说，想要重新擦擦玻璃，没想到就这么……"

周医生哽咽，说不下去了。

杜城点点头，走到窗台附近。

往下一看，正好对着楼下那摊血迹。小楼旁边还有一棵梧桐树，绿叶招展，十分茂盛。

杜城盯上了那棵树。

确认好梧桐树的位置，杜城收回目光，开始检查室内的物品。

窗台上果然有一块薄薄的抹布，被太阳直晒着，杜城拿起来一捏，还能滴出水。

杜城："蒋峰，现在几点？"

蒋峰一看表："两点五十！"

杜城："过了半个小时啊。"

杜城放下抹布，转向周医生。

杜城："她坠楼时，你人在哪里？"

周医生："我在里屋午睡，要是我醒着，或者帮帮她，也许就不会发生这种事了。"

周医生崩溃，瘫坐在地。

蒋峰安抚似的拍拍他的肩。

杜城盯着周医生哭泣的脸，不为所动，仿佛已经知道了一切的真相。

杜城："节哀顺变。蒋峰，跟我下楼。"

18

居民楼旁的大树郁郁葱葱。

大风吹过，树叶唰唰作响。

杜城仰望着大树，观察着叶片。

他拍拍蒋峰的肩膀。

杜城："蹲下。"

蒋峰："干吗呀？"

杜城："叫你蹲下！"

蒋峰不情愿地屈膝蹲下，杜城一脚踩上他的肩膀，身子借力一跃，双手抓住了一棵矮树的一根粗枝。

阳光照耀下，他敏捷的目光在枝叶间搜寻，忽然眼睛一亮。

杜城："有了！"

杜城摘下一片叶子。叶子上有水滴型的血液。

蒋峰："血？"

杜城一笑："蒋峰，你派人去附近垃圾站找找，有没有一把带血的拖把。"

蒋峰："是！"

蒋峰拨通电话，布置下去。挂了电话，蒋峰好奇地询问杜城。

蒋峰："城队，案子破了？"

杜城举起沾血的叶子。叶片上，是几滴有大有小的血滴，明显是从上往下滴落形成的。

杜城:"你看叶子上的血迹,是从上往下滴落而成的。如果是死者坠地后,血迹弹射溅在了树叶上,那就是喷溅状,绝不会是这种水滴形。这说明她在坠楼前,应该就受伤了。"

蒋峰:"难怪你要找叶子!"

杜城:"我第一眼看现场就发现不对了。"

蒋峰:"这从哪儿看出来的……我记得你就摸了一下抹布?"

杜城:"对啊,那块抹布被太阳直射,现在又是夏天,死者已经坠楼半个小时以上了,她擦玻璃的抹布却还是湿的。"

蒋峰:"那就是死者坠楼后,凶手才打湿抹布,假装她是在擦玻璃时失足坠亡的?"

杜城:"周医生家窗户外面都没有防护栏,如果他真的在乎,怎么可能会放任怀胎四个月的妻子独自擦玻璃,这太危险了。"

蒋峰:"这个姓周的真是人面兽心,杀了自己怀孕的妻子,警察来了,还在这儿演戏?"

杜城:"这个世界上最蠢的人就是自以为聪明的人。"

杜城指指六楼,示意蒋峰。

19

周医生被带走了。临走时,杜城瞥了他一眼:"你把人放在飘窗上,就算她神志不清要翻身,也有一半的概率翻到窗台内。你就不怕她死里逃生后,报案吗?"

周医生盯着杜城,忽然一笑。

杜城:"笑什么?"

周医生:"我笑你一定是长期单身。"

杜城皱起眉头:"什么意思?"

周医生:"如果你恋爱过,结了婚,你就会明白,和一个女人一起生活十年,在一张床上睡过三千多个夜晚,她喜欢睡床铺的哪一边,快醒时习惯往哪侧翻身,都在你心里。"

杜城盯着他,忽觉毛骨悚然。

周医生眼中的恐惧和恨意都消失了，取而代之的是一股怅惘。

周医生："十年了！哪怕有一天晚上，她醒来时是朝我的方向转身，我还会杀她吗？"

20

周医生被带走了。

杜城和蒋峰经过画像室，朝办公室的方向走去。

蒋峰："不愧是您，城队，果然是在日落前破了案。"

杜城："三小时结案。"

杜城有些得意，故意冲着画像室的方向炫耀，却发现里面空无一人。

杜城："沈翊呢？还没回来？"

蒋峰："没有！可能案子不好破吧，哪儿来的三只眼睛的强奸犯呢？"

杜城望着空荡的画像室，神情有些失落。

正巧此时，何溶月拿着柳小叶案的资料路过此处。

杜城："何溶月？"

何溶月看到杜城，礼貌性地点点头。

杜城："听说你也被调去协助凤池那边办案了？"

何溶月："检测结果刚出来，我正要通知那边。"

杜城："情况怎么样啊？这么久了还没破案，沈翊行不行啊？"

何溶月挑眉，看出了杜城的心思。

何溶月："不放心的话，你也过去看看呗？"

杜城一听，赶紧佯装不在意。

杜城："我这儿案子这么多，插手他的案子干什么。蒋峰，走。"

杜城带着蒋峰就要回刑侦办公室。

何溶月的手机恰好响起。

何溶月："喂？沈翊，结果出来了。"

杜城听见熟悉的名字，耳朵一竖，故意放慢了脚步。

何溶月："不过，没有什么好消息，受害人身上无法提取有效指纹和DNA，这个强奸犯，应该有意消除了犯罪痕迹。"

杜城走得很慢，一步三回头，想再多探听到一些关于案子的信息。

何溶月："另外，我们还在她的体内验出了 γ-羟基丁酸成分。"

21

沈翊挂上电话。

胡队长："γ-羟基丁酸？听话水啊。"

沈翊："您知道？"

胡队长："一种迷幻剂的成分，服下的人在短时间内会丧失反抗力。这种东西隔三岔五就在黑市流通，想要缴获，就只能长期追踪，定点清除，但过不了多久就春风吹又生，很难搞。"

沈翊沉吟："这就说得通了，柳小叶会看到三只眼睛的怪物，有可能是迷幻剂造成的。"

沈翊回想着何溶月刚刚的话。

沈翊："胡队，我已经掌握了这个案子的基本信息，可以开始画像了，我能去见见柳小叶吗？"

胡队长："还是别麻烦了，受到二次刺激可不好办。让小刘给你描述吧。"

小刘赞同地点点头。

小刘："柳小叶的情况很不好，好像是受了很大的刺激，问她什么都说不知道、不记得。描述出来的强奸犯，也就是那个三眼怪物。想再问出什么，应该很难！"

沈翊微笑，不急不慌。

沈翊："我并不是要去再听一遍她描述受害的过程和那个人的长相。"

小刘："那您去做什么？"

沈翊："我是要去判断，她的混乱是源自药物，还是记忆的错误。我想通过跟她的对话感受她的记忆习惯和精神状态，判断那只三眼怪物，到底是她看到的，还是她想象出来的。"

22

拐杖点地。

警员引着一位白发老人，朝画像室方向走去。

23

杜城抬手看表。

杜城："沈翊去得也太久了……"

背后响起推门声。

杜城："沈——"

警员领着老人站在门口。

杜城搜寻记忆，眼前这位老先生并没有在沈翊身边出现过。

警员："这就是沈老师的办公室，您可以在这儿等他。"

老人颔首致谢。

警员离开。

老人目光转向杜城，观察着，像要从外表判断杜城的身份。

老人："您是沈翊的领导吧？"

杜城："是。刑侦队队长，杜城。"

被冠上"沈翊领导"的头衔，杜城有点高兴。

老人："我姓许，沈翊的老师。"

杜城脑海里，将沈翊的脸和许老师的脸对应着。

就是这样的人，教出了那样的沈翊吗？

许老师走进房间深处，望向画像室墙上、地上摆放的画。

狰狞的男人，痛苦的女人，眺望天空的人，从高处坠入深渊的人。

还有，从海水中剥离出来的，神秘的 M。

许老师静静伫立着，似乎要通过这些画和不在场的沈翊交流。

他脸上没有过多表情。杜城看不出他是满意还是失望。

许老师："真是可惜啊。我最好的学生，也是我最大的遗憾。"

许久，许老师才缓缓转过身。

许老师："既然沈翊不在，那我就先走了。"

杜城："您可以在这儿等他一会儿，应该快回来了。"

许老师："不了，该走了。"

24

沈翊的脸映在玻璃窗上，静静注视病房里的柳小叶。

小刘："您不进去吗？"

沈翊："我不能这样进去。柳小叶的情绪还不稳定，任何一名陌生男性对她来说都是危险的，可能引起她的应激反应。"

小刘："那您是要……"

一名年轻的穿着白大褂的大夫走过。

沈翊："等一下。"

大夫停下脚步，疑惑地看着沈翊。

沈翊："跟你借样儿东西。"

25

窗台盆栽上，一只蜗牛正伸着触角。

柳小叶失神地看着，或许想借这只蜗牛分散点注意力。

沈翊："医院里很少有蜗牛，不知道这个小家伙怎么爬进来的。"

听到男人的声音，柳小叶一惊，转头看。

穿着白大褂、戴着金丝边眼镜的沈翊。

柳小叶放心不少，眼前的男人是安全的，但仍不敢正视沈翊。

沈翊："我来看看你的康复情况。"

柳小叶："是要检查吗……"

柳小叶对身体触碰仍非常抵触。

沈翊："不用担心，就看看你的感觉恢复程度如何。"

柳小叶："我要怎么做？"

沈翊："你摸摸这只蜗牛。"

柳小叶用手指轻轻触摸那只小家伙。

沈翊："感受到什么？"

柳小叶："湿湿的，凉凉的。它好像很紧张，很胆小，触角伸得那么长，但是一被碰到就会马上缩回去……我昨天也看到这只蜗牛了，它原来在花盆底下待着不动，它这么小，叶子距离它那么远，它一定花了很多力气，才爬到这里……"

柳小叶自顾自说着。她在描述蜗牛，也在剖白自己。

沈翊："你觉得这只蜗牛要去哪里呢？"

柳小叶："我不知道……也许它想找些吃的，或者一点水，总之，一定是很重要的事情。否则，这么远，又这么危险，它不应该爬出来的。"

沈翊注意到，柳小叶一直是低着头跟他讲话，偶尔才偷偷抬眼看他一下。

柳小叶说完一串，才发现沈翊一直没开口，只是静静听着，于是下意识地抬眼看了一眼沈翊的反应。

柳小叶："我说错什么了吗……"

沈翊："没有，感受没有对错，只是你探知这个世界的方式。我很高兴，你还愿意从病床上起来，走一走，感受周围每一个小小的变化。这是好事。"

沈翊的眼神似在给柳小叶信心。

沈翊："会好的，一切都会好的。"

26

沈翊轻轻合上门。

小刘一直在门外等着，赶忙上前。

小刘："沈老师，怎么样了？"

沈翊："可以画像了。"

27

沈翊："之前柳小叶跟你描述的，你都还记得吗？"

小刘："记得，记得！"

沈翊："一个字都没有忘？"

小刘："忘不了，我也就记性好这一个优点了。"

沈翊展开画纸。

沈翊："好，现在把柳小叶说过的话背一遍给我听。不要有任何加工，柳小叶怎么说，你就怎么说。"

小刘:"他很高、很壮,脸长得像蝴蝶,特别狰狞……他笑着扑过来,嘴巴很大,咧得特别开,嘴角向下撇着。我每次睁开眼都能看见他的三只眼睛,死死地瞪着我,眼睛一只大一只小……他的鼻子是鹰钩形的,鼻孔很大……"

小刘回忆着柳小叶的话,完整复述着。

炭笔在画纸上摩挲。

办公室里的光线一点点变暗。

小刘打开了灯。

画纸上是数个四散开的五官碎片:高挑的鹰钩鼻、蒜头鼻、朝天的鼻孔,标准眼、丹凤眼、三角眼,大嘴、厚唇、向下的唇角,风字眉……沈翊并没有画出一张完整的脸。

小刘:"是不是我背的内容不够清楚……我可以再说一遍。"

沈翊:"不用了,这就是结果。"

小刘不解。

沈翊:"每个证人都有自己的表达体系,有人侧重客观外形,有人侧重感知,柳小叶属于后者,和她交谈的时候我就有所感觉,她强调感知,偏重细节和物态尺寸,在口服迷幻剂的作用下,她的感受会被剧烈拉扯,变得更夸张。所以,我们要把那些夸张的部分先还原到正常的尺度里。"

小刘似懂非懂。

小刘:"这个眼睛……在柳小叶的描述里,更像是朝上看的三角眼,为什么您画的不是这样?"

沈翊:"柳小叶性格自卑,习惯低着头抬眼看人,所以她记忆中的五官会变形。我根据她平时说话的习惯调整了五官的角度。如果换成平视的角度,这只眼睛就应该是正常比例的三角眼。"

小刘:"这个鼻头、鼻梁和鼻尖,您为什么要分开画,不把它们合起来呢?"

沈翊:"如果把她的叙述都按比例还原的话,就会发现,这些五官的局部其实是相互矛盾的,你想象一下,一只鼻子不可能既是鹰钩鼻,又鼻孔朝天,又鼻梁很长,这些特征应该是分别属于三个鼻子的。"

小刘:"这么说的话,柳小叶的回忆真的是不可信的?这些五官碎片相互矛盾,根本不可能长在一个人脸上,是她幻想出来的?"

沈翊:"不,我认为,她只是习惯性地把脸部细节放大,但她不会无中生有,这些五官确实无法长在一张脸上,那……如果并不是一张脸呢?"

小刘沉思。

小刘:"除非……不止一个强奸犯!"

沈翊:"继续。"

小刘:"柳小叶喝了迷幻剂,把几个人的脸混在了一起。这是一起轮奸案!"

28

沈翊:"我们下一步,就是要把这些五官还原到正确的脸上。"

小刘:"嗯嗯。等下——您刚才说,我、我们?"

沈翊:"是的,我们。"

沈翊递出笔。

小刘犹豫着,接过。

就像少年沈翊犹豫着,从许老师手中接过画笔。

炭笔划过画纸,勾勒出一张人脸。

沈翊:"深眼窝,双眼皮。"

小刘细心地在纸上描绘出一双疲惫的大眼。

沈翊:"如果是你,你觉得拥有这只眼睛的人,鼻子是什么样的呢?"

小刘观察着三眼怪物,指指鹰钩鼻。

小刘:"鹰钩鼻!"

沈翊微笑:"画吧。"

一张脸画完。

小刘翻开第二张画纸。

沈翊:"丹凤眼,眼尾上挑。"

小刘又画出一对丹凤眼。

沈翊:"嘴角向下。"

小刘继续勾勒。

第三张画纸。

沈翊:"朝天鼻,注意鼻翼,宽而大。"

小刘描绘着细节，为这只鼻子匹配了符合它肌肉走势的三角眼。

沈翊："不用强硬地把三眼怪物上的每一个五官融进画像，而是要看你自己，你觉得他应该是什么样子的，整张面孔应该如何搭配才协调。"

小刘点点头。她明白了。

画画，最重要的是要听从内心。

沈翊看着小刘，她紧盯着画纸，认真落笔。

时光仿佛倒转了，沈翊回想起许老师对自己的教诲。

29

空白画纸。

少年沈翊不知道怎么落下第一笔。

沈翊："我都照您的吩咐准备好了，接下来我该怎么做？"

许老师："画线，你从正中央画一条横切线。"

沈翊画下一条线。

沈翊："这样可以吗？"

许老师："嗯，画得不错。"

沈翊："接下来呢？"

许老师："上色。在线的下面涂上红色，鲜红的生命之色。"

沈翊挑选着颜料管，心里没有主意。

沈翊："哪种红色？朱砂红，深红，胭脂红……"

许老师："如果是你，会挑哪一种？"

沈翊瞧着许老师的眼色，在几种红色中徘徊。

许老师："不用看我，遵从你的内心。"

沈翊定下心，选了胭脂红，在画布下方涂上满满一片红。

沈翊："接下来画什么？"

许老师："蓝色，是天空，也是大海，把生命之蓝画出来吧。"

沈翊还是无从下手。

沈翊："我画不出您想要的生命之蓝……"

许老师："不是你画不出来，而是你没将它画出来，要跟颜色拉近距离，不是让颜色服从你，而是跟它一起玩。就像人有个性，颜色也一样有它的个性，了解它的个性才能跟它打成一片。"

沈翊领会着，蘸着颜料的笔飞速在画纸上作画。

画纸上呈现出充满生命力的红与蓝。

30

笔悬停在画纸上空。

小刘犹豫了，不知道下一笔怎么画。

小刘："沈老师，我是不是画错了？要不，还是您来画吧。"

小刘交出画笔，但沈翊没有接。

沈翊："不用担心自己画错。你总有疑虑，其实是担心驾驭不了手中的笔。不要试图让笔服从你，要跟它拉近距离，跟它一起玩。"

小刘似懂非懂，但沈翊的话让她安下心来。

画笔继续在纸上摩挲着……

31

三张肖像画一字排开。

拥有丹凤眼、细鼻梁、嘴角下垂的男人。

拥有三角眼、朝天鼻、厚嘴唇的男人。

拥有深眼窝、鹰钩鼻、大嘴巴的男人。

胡队长看向沈翊，眼中有赞许。

沈翊："不是我画的，是她。"

小刘被肯定，有些不好意思。

小刘："是沈老师带着我画的。"

胡队长笑了，他知道没有沈翊，凭小刘自己画不出来。

胡队长："行，继续排查当夜在饭店参与联谊的所有男生名单，就照着这三张画像找人！"

32

男孩们聚在一间教室里,满脸疑惑,不知道为什么把他们叫来这里。

胡队长走进来,威严地站在讲台上。

男孩们看到是警察,渐渐噤声。

联络部部长低声:"当天签到的都在这里了。"

胡队长扫视了一圈,目光落在一个男生身上。

他戴着眼镜,一副好学生的样子,和小刘的画像非常接近。

胡队长冷笑:"带走。"

33

胡队长:"几个小时了?"

小刘:"5个小时了,还是什么都不说,好像很笃定我们就是查不出来。"

胡队长透过询问室外的窗户看向里面,男孩的长相确实和其中一幅画像十分相似。

胡队长:"如果真的无辜,早就被吓慌了,不可能是这个反应。他这么镇定,反倒让我觉得奇怪,没准就是主谋。"

小刘:"胡队长,如果他就是死鸭子不开口,我们可怎么办?"

胡队长:"那就尽快找到另外两个,从他们嘴里撬出点东西来。"

34

大屏幕上,是一连串的数据。

桌上的证物袋里,是从傅松宿舍里收缴来的物品。

警察们聚在一起,讨论着案情:

"傅松,男,22岁,大三学生。"

"我刚刚检查了他手机里的内容,发现了好多张偷拍的女性照片。"

"通讯录的联系人,我们查过了,没有可疑的。电脑的浏览记录和交易记录里,也都没有关于迷药的信息。"

再次走入死胡同,会议室里的众人都陷入沉默。

沈翊不禁想，如果杜城在这里，他会怎么做。

忽然，沈翊站了起来，拎起一个证物袋，里面有三四个充电宝。

沈翊："他的手机，我再看一眼。"

小刘："您要找什么？"

沈翊："我想查一下他手机 App 使用时长。他每天要用三四个充电宝，肯定是为了在宿舍断电后能继续使用手机，和人联络未必只有微信和短信，也可能有其他方式。"

在 App 使用时长一栏里，分布着每个 App 的使用时长，其中一个游戏图标占据了第一位。

沈翊："这款游戏，他的日均使用时长超过八小时。"

小刘："我玩过这个游戏，是可以和朋友联机一起打的，如果中途掉线就输了，还会被罚分，难怪得准备这么多充电宝。"

沈翊抓住了其中的重点。

沈翊："和朋友一起打的话，他有没有固定的队友？"

小刘："那要看游戏战绩……我知道怎么找。"

小刘打开了游戏，搜索战绩。

小刘："他经常和这两个游戏账号一起组队。"

嫌疑人的游戏界面，显示着两个队友的账号名称。

小刘："现在游戏都是实名注册，只要查一下 ID 注册姓名就好了。"

胡队长吩咐技术人员："找到他们，立刻把这两个人带回来！"

35

另一名强奸犯尚杰正在网吧玩游戏，在烟灰缸里捻灭了一个烟头。

他再一次捻灭烟头的时候，发现烟灰缸不见了。

尚杰骂骂咧咧，发现一名警员竟然就站在他的身后。

沈翊注意到了烟灰缸中捻灭的烟头。

他想起杜城用镊子夹起地上的烟头的样子。

沈翊有样学样，用镊子夹起烟头，放进了证物袋。

36

看似老实巴交的文员哆哆嗦嗦地蹲在角落里。

最后一名强奸犯，马洪生。

胡队长打开一个抽屉，里面果然摆着一瓶粉色的药水。

迷药也找到了。

37

柔弱的文员马洪生瑟瑟发抖，头上高悬的是代表正义的警徽。

黑眼圈男——尚杰，瘦削不堪。

两人分别被关在不同的审讯室里，对面是正在做笔录的民警。

民警将两人的电脑和手机打开，发现文件夹里都是偷拍女性、跟踪女生的照片。

胡队长神清气爽地坐在傅松的对面。

胡队长："傅松，你还不开口？"

傅松："开什么口，我做什么了？"

胡队长："你是笃定了柳小叶身上没有你的东西，才敢这么嚣张吧。"

傅松："嚣张不敢，我相信法律公正。"

胡队长："那你研究法律的时候，知不知道，就算受害者什么生物痕迹都提取不出来，只要有三个人的口供证明你强奸，你一样逃不开。"

傅松："三……三个人？"

胡队长掰着手指头。

胡队长："柳小叶……马洪生……尚杰，刚好三个。"

每听到一个名字，傅松的脸就垮一分。

胡队长把笔录放在了傅松面前。

傅松原先毫不在意的表情终于崩溃。

傅松："我……我是一时冲动。"

胡队长："你连迷药都上了，还谈什么一时冲动，这就是一场有预谋的犯罪。我问你，为什么是柳小叶？"

傅松的嘴唇抖了抖，实在绷不住了，开始招认。

傅松："她独来独往，又没有朋友，我们觉得她不会声张……"

38

沈翊和小刘并肩而站。

小刘："这三个人渣，真是臭味相投！"

沈翊："他们把这当作了乐趣和游戏，偷拍、骚扰、跟踪、偷窃，这些小型犯罪就是因为没有得到应有的惩罚，才会让他们的犯罪一步步升级，最后变成迷奸。"

审讯室的门打开，胡队长走了出来。

小刘赶忙迎上去，期待地望着胡队长。

胡队长："三个都招了！"

小刘："太好了！"

胡队长："但是，有个小问题……"

沈翊眉头一紧。

39

三张强奸犯的画像。

三张强奸犯的照片。

其中两张，画像和本人都有九分相似。第三张，五官很像，但是脸部轮廓完全不一样。

胡队长："这两个犯人都和画像很像，就这第三个，差得有点多。"

沈翊看着第三幅画，找寻着其中的问题。又拿出三眼怪物的画像，一起比对。

小刘："不过，反正他们三个也都认罪了，没关系吧？"

胡队长点点头："画像出现偏差的概率很大。不过，您还是帮我们找到了犯人，辛苦了，沈老师。"

胡队长转向沈翊，客气地感谢他。

沈翊："不对。"

▶ 猎 罪 图 鉴

沈翊放下第三幅画，终于找到了问题所在。

沈翊拿起笔，在会议室的黑板上快速画出了一幅画。

正是根据三个强奸犯的五官，画出的三眼怪物。

沈翊把柳小叶描述出的三眼怪物画像贴在了一旁。两者的脸部轮廓有着明显区别。

沈翊："这是根据三个犯人的脸画出的三眼怪物，这是小叶描述的三眼怪物，你们发没发现，它们是不一样的。"

小刘端详："还真是，这个蝴蝶一样的轮廓，到底是出自谁呢？"

胡队长："柳小叶受了刺激，看错了也是正常的。"

沈翊："不，这就像你拆了一件东西，要拼回去的时候却发现多了一个零件。要么是拼错了，要么就是这个零件本来就不属于这件东西。我怀疑，这张三眼怪物图里，还有第四个人。"

40

空荡的病房里。

柳小叶不在，柳妈妈在水池边洗着水果。

有人拉开门。

柳妈妈："小叶，洗洗手，吃水果了。"

柳妈妈一回头，看到竟是沈翊站在门口。

柳妈妈疑惑："警察同志，怎么了？"

沈翊："小叶不在吗？"

柳妈妈："在院里散步，您找她吗？"

沈翊："我想让她看看这幅画。"

沈翊拿出一幅画展开给柳妈妈看。柳妈妈看到画上只有一个轮廓，蝴蝶状的轮廓。

柳妈妈脸色一变。

沈翊："我猜应该还有第四个犯人，想找小叶确认一下。"

柳妈妈："不用问小叶了……"

沈翊注意到，柳妈妈的眼眶红了，像是想起了什么痛苦的回忆。

41

一盘葡萄摆在沈翊面前。

沈翊和柳妈妈相对而坐,两人挨着窗户,正好可以看到坐在中庭长椅上的小叶。

柳妈妈:"那是她小时候的事情了,那时我下班晚,没法放学接孩子,就给她报了一个课后兴趣班,可是我没想到……"

柳妈妈陷入了沉痛的回忆。

42

柳小叶走进兴趣班。

墙上是五彩斑斓的蝴蝶标本。

一双大手将她推到了桌子上,柳小叶露出不舒服的表情。

沉重的喘息,翻腾的裙子,刺人的胡须。

标本师:"喜欢吗?看看哪一个是你喜欢的,送给你。"

柳小叶双手撑在桌子上。桌子上,还有一只刚刚被钉在板上的蝴蝶,柳小叶此时就如同一只被做成标本的蝴蝶。

柳小叶紧盯着那个蝴蝶标本。

那是一只光明女神蝶。蝴蝶上的花纹细细长长,向上裂开一条缝,如同小丑的笑。

柳小叶盯着花纹,感觉灵魂从痛苦的身体中抽离出来,被深深吸进蝴蝶的"微笑"中。

43

中庭,小叶哀伤地望着远方。

柳妈妈从窗口望着小叶,满目心疼。

柳妈妈:"那时候,她什么都不懂,有一天,她跟我说下体有些痛,我就意识到不对了。她年纪太小,又受了刺激,我以为她已经全忘了,没想到,还是给她留下了这么大的阴影……"

沈翊："当时，您为什么没有报警？"

柳妈妈："我害怕啊，如果我报了警，他会被抓走，可别人会怎么看？他们会说，小叶可怜，可几年之后，罪犯会出狱，怜悯会冲淡，留在她身上的，只有猥亵的标签。小叶爸爸走得早，我是个单身母亲，我有我的难处，除了搬家，我没有选择……"

柳妈妈痛苦不已，泪水顺着眼角滑落。

沈翊："您说得对。是我失言了，我没有权力要求身在旋涡中的人还描述旋涡本身的样子，但是我想请求一件事，您还记得那个男人的脸吗？"

柳妈妈看着沈翊，默默点头。

沈翊："也许，有很多家长和您一样，因为担心世俗的眼光而不敢说出来。自己越害怕，对方就越猖狂。我希望您能站出来，帮助我们找到这个人，不让更多的孩子遭到他的侵害。"

沈翊望向窗外的小叶。

此时的小叶正接过一个小女孩递给自己的野花，笑逐颜开。

沈翊："我也希望小叶，能找回她的笑容。"

柳妈妈泣不成声，但她用力地点点头，握住了沈翊的手。

沈翊看着恸哭的柳妈妈，心中也闪过一丝悲伤。

44

标本师走进自己的兴趣班，却发现门没有上锁。

标本师以为进了贼，慌乱推门，发现一个清瘦的男人站在满墙标本前。

是沈翊。

他手里正举着最名贵的蝴蝶标本，端详着。

原本罩在蝴蝶标本上的玻璃已经消失。

沈翊斜了一眼标本师，标本师心都揪起来了。

沈翊："光明女神蝶，只产自南美丛林，市价至少拍到28万，得到它也很不容易吧？"

标本师："你是谁？"

沈翊不答，按了一下空调。

标本师:"不能开!温度湿度过大,都会损坏标本。"

沈翊:"不好意思,我不了解。"

沈翊笑得无辜,好像真的不了解一样,但他依然摁着遥控器,调高了温度。

标本师冷汗俱下:"你想要钱吗?我可以给你,不要破坏我的标本。"

沈翊:"我不是来破坏它的,我来放它自由。"

沈翊冷笑着,推开了窗户。

风吹进来,标本上的蝴蝶碎了,翅膀飘飞,被卷向了窗户外明媚的阳光里。

门外,警笛响起。

45

沈翊打着电话。

沈翊:"我们已经找到他了,是个性侵幼女的惯犯,目前已经逮捕归案。您放心,我们一定严惩不贷。"

正说着,沈翊抬起头,他已经站在了北江分局的门口。

杜城的牧马人静静地停在车位上。

沈翊微笑:"也替我向小叶问个好,再见。"

沈翊挂上电话,走进分局。

46

众警员好奇地趴在白板前,对着上面指指点点。

杜城推开门进来,看到大家聚在一起,也好奇地凑上前。

白板上贴着一张画,正是杜城那天随手丢在地上的"大作"。

蒋峰:"这画得好难看啊!熊吧?"

李晗:"不对,我觉得是猫!"

杜城尴尬地清清嗓子,把其他人轰走。

杜城:"哎哎哎,干什么呢?快点干活去!"

蒋峰:"城队!"

杜城刚想撕下那张画作,一只手抢先他一步——

沈翊拿下了杜城的画。

李晗:"沈老师,您回来了!"

沈翊看着纸上歪歪扭扭的笔触,勉强才能辨认出画上的眉眼,面上波澜不惊。

沈翊:"这是我啊。"

众人:"什么?"

杜城也是一惊,没想到沈翊一眼就能看出来。

沈翊:"画画的人,特点抓得很准,挺有天赋。"

杜城一听,脸上扬起几分喜色。

蒋峰嘀咕:"哪有天赋,我看还不如我呢……"

众人没热闹可看,纷纷散去。

杜城拼命掩饰自己脸上的笑意,低声问沈翊。

杜城:"真的挺有天赋?"

沈翊微笑。他早就看出这是杜城画的。

沈翊:"逗你的。"

杜城不爽,夺回画像。

沈翊笑笑,转身正要离开,杜城凝视着他的背影。

47

许老师:"你们能不能……能不能放沈翊走?"

他的表情并不像在开玩笑。

许老师:"画像师有很多,你们要找一个画像师很容易,但美术界要再找一个沈翊,太难了。你们不是非沈翊不可,把沈翊还给美术界吧。"

杜城:"抱歉,不能。"

杜城回答得很快,这是许老师没料到的。

杜城从工作台下翻出一个文件夹,打开。

两张肖像,同一张脸,画法不同。

杜城:"左边是沈翊画的,右边是其他画像师画的。沈翊画得更准,更神,没有他的点睛之笔,我们抓不到人。"

即使面对沈翊的老师,杜城也毫不让步。

杜城:"我们,非他不可。"

48

杜城:"沈翊——"

沈翊回过头。

杜城:"你老师来找过你。"

沈翊一愣:"谁?"

杜城:"你老师,姓许。"

49

沈翊坐在画板前,盯着手机出神。

他点开和老师的短信来往。

上一次两人的对话,还是沈翊来做画像师之前的。

沈翊犹豫再三,按下了许老师的号码。

听着电话里的忙音,沈翊的脑子却乱了。

他回想起,中学时的沈翊在画画,许老师拍拍他的肩膀。

许老师教沈翊握笔,两人欢笑。

两人争论,不欢而散,许老师失落的神情。

……

嘟——

很久的忙音后,终于有人接通了!

沈翊深吸一口气:"老师……"

陌生人:"喂?喂!是机主的家属吗?他自杀了,在海边……"

沈翊震惊。

"自杀"两个字犹如一记重拳,把沈翊砸蒙了。

听筒里的声音在沈翊的世界中消失了。

第十五章

1

蓝色油彩在画布上铺陈开一片海。

握着画笔的手起起伏伏。

那片海也起起伏伏。

画笔一转,几笔线条勾勒出一只孤独的轮椅。

视点进入深深的海中。

一片真实的海。

浪涛声。

大片的蓝,大片的沙。

两个缓缓移动的点。

车轮碾过细细的沙,留下两道长长的印迹。

许老师轻轻推着轮椅。轮椅上,老太太浅浅睡着,海风吹着她的银发。

轮椅在海岸边停下。

许老师拿开了老太太膝盖上的毯子,搀着她起身。

两串浅浅的脚印,走向深深的海。

海浪扑到他们脚上,老太太被冰水惊得后退。

老太太:"真凉啊。"

许老师紧紧攥住妻子的手。

许老师:"我暖着你,就不冷了。"

两位老人继续走向深深的海。

海浪扑过,吞没了许老师的声音,吞没了他们的身影,吞没了海滩上的脚印。

只留下那个轮椅在岸边。

2

警车、救护车停在沿海公路上，路边人头攒动，皆是好奇张望的人们。

沈翊在人群之中，神情麻木，直直地盯着远处的海。

两副装着尸袋的担架从他身边经过。

沈翊不敢看。

救护车呼啸而去。

警察与看客慢慢从沙滩上散去，沙滩上渐渐恢复宁静。

海浪将沙滩上的一切痕迹都抹平。

大片的蓝，大片的沙。

沈翊仍久久停留在原地。

3

脚步沉沉。

这条走廊那么长，好像没有尽头。

经过的警察们纷纷安慰沈翊，但沈翊的耳边全是浪涛声。

他的灵魂想要从自己的躯壳里撞出。

4

何溶月："气管支气管腔内充满血性泡沫……双肺膨大，切开流出大量泡沫状液体……头面部肿胀，脑膜淤血……符合生前溺亡特征，没有发现他杀的可疑迹象……"

沈翊失神地盯着法医办公室墙上的操作守则。那蓝色的底色好像波浪一样浮动起来。

沈翊陷在那片波浪之中，何溶月的声音忽远忽近。

何溶月："沈翊——沈翊——"

沈翊被外力从"水里"拉出。

他看到何溶月的脸。

何溶月:"我刚才说了什么?"

沈翊没有反应过来,茫然着。他耳边仍是浪涛声。

何溶月无奈叹气。

停尸房的冷柜被抽出。

白布覆盖着死去的躯体,只能看见凸起的轮廓。

沈翊凝视着那个轮廓,想象着白布下许老师的脸。他的耳边仍是浪涛声。

沈翊鼓起勇气,一点点慢慢揭开白布。

银发、眉眼、鼻子、苍老的皮肤——睡去许久的许老师。

沈翊眼睛一红,手不由自主地摸上那头银发。

沈翊:"您已经这么老了吗?"

5

工作室里,沈翊对着画架弓着背,似乎仍陷入痛苦之中。

何溶月望进去:"他现在这个状态不适合工作,你让他先回去吧。"

杜城:"七年前,我也是这种感觉。"

何溶月:"他和你不一样。"

何溶月拍拍杜城的肩膀,离开。

蓝色油彩在画布上肆意行走。

沈翊伏在画板上,瘦削的背挡住了画板,看不出他在画什么。

杜城在沈翊背后站了很久。他犹豫再三,还是开不了口。

许久,杜城上前。

杜城:"那天,你老师过来是想让你回去……"

他的话顿住了,因为他看清了画的全貌。

沈翊没有回头,手中的笔仍在不停地画。

画上是许老师夫妇投海自尽的场景。

沈翊仍没有回头,身上散发着狂放又危险的气息。

就像七年前。

6

沈翌快步走出分局。

不远处，杜城紧紧跟着。

沈翌往左，他也往左。沈翌往右，他也往右。

沈翌忽然回过头。

杜城躲到一旁的墙角里。

半天没有动静，杜城探出头，四下张望。

沈翌不见了。

杜城奇怪："人呢？"

沈翌："在这儿。"

杜城身后传来沈翌的声音，一惊。

沈翌站在杜城身后，一张脸无比苍白，没了血色。

杜城想起雷一斐牺牲时的自己，他能理解沈翌现在的心情，却又不知该说什么。

沈翌："你来干什么？"

杜城："案子没查清楚，我得来看看。"

沈翌没再回话。不知道他是信服了这个说法，还是没有心情再去阻止杜城。

沈翌继续向前走去。

杜城这次不再躲藏，默默走在他身后。

7

许老师家在一栋老旧的公楼。

杜城："我拿钥匙来了。"

沈翌没理会杜城。

破旧的擦脚垫被掀开，露出一把钥匙。

沈翌拿起钥匙，站起身，心情沉重。

面前的门已经有些老旧，门上的福字残破不全，门把手上插着广告单，显然是家中无人。

沈翊深吸口气,将钥匙插进锁眼,轻轻转动,门开了。

沈翊缓缓推门,一束暖光照在沈翊脸上,像是回到了过去的时空。

七年前的许老师站在他面前。

许老师:"你烧的是几张画吗?是我培养你的十年心血啊。我太失望了……你走吧,当你的警察去。"

暖光消失。

杜城:"进去吧。"

沈翊深吸一口气,推门进屋。

两双脚踏进许老师家。

沈翊直奔储藏间而去。

杜城留在客厅,观察着周围,看到了一整墙的便利贴。

杜城凑上去细瞧,全是许老师夫妇的生活琐碎。

"红色药片早上醒来吃,黄色药片午饭后吃,白色药片睡前吃"。

"维修工电话是13146××××××"。

"经常抱着博美、穿得很厚的老头是李教授,见面要打招呼"。

"我先生叫许意多"。

"我们结婚三十年了"。

……

杜城放眼望去,客厅里随处都有这样的便利贴。

灯被打开,照亮了狭小的储藏间。

沈翊走进储藏间,立即被大大小小的画包围着。

他的目光在一张张画上流连,那是他在老师家里成长的印迹。

一张年迈老妇人的肖像画,一张细腻的风景画,一张栩栩如生的写生画……

还有一张涂满红和蓝的画。简单,却充满了生命力。

沈翊脑中回想起许老师当年的谆谆教诲。

许老师:"要跟颜色拉近距离,不是让颜色服从你,而是跟它一起玩。就像人有个性,颜色也一样有它的个性,了解它的个性才能跟它打成一片。"

画被保存得很好,甚至连笔触的狂放感都被留存了下来。

沈翊走向储藏间的最深处。

第十五章

他忽然停下脚步,久久地凝滞住了。

杜城拉开冰箱,仔细一看,发现冰箱里只有一盒牛奶,几枚鸡蛋和半棵白菜。

他试了试开关。

电灯没有亮起。

杜城又走到鱼缸旁。

两只小鱼精神饱满,水面上还有漂浮的鱼饵。

杜城拿起鱼饵盒,只剩下了一点点。

咔嚓——

门口忽然传来开门的声音。

杜城一惊,回身望去。

储藏间的最深处,是几幅精湛的画作。

用色大胆,笔触精妙。

沈翊盯着这几张画,怔住了。

他回想起那时。

火光熊熊。

一模一样的几张画,在沈翊面前被烧毁。

这是沈翊曾经烧毁的画作。

沈翊冲上前,把这几幅画捧起来端详。

左下角,还有他留下的落款。

沈翊愣住了,陷入了思索。

在沈翊的想象中。

许老师佝偻在画板前,蘸下颜料,铺在纸上。

许老师细致地描摹着一幅画,苍老的脸庞流下几滴汗珠。

画至最后,许老师在左下角签上名:"沈翊"。

沈翊捧着这些画,仿佛有些不知所措。

"你怎么来了?"

杜城的声音传来,随之而来的,还有一个女人的脚步声。

沈翊回头一看。

林敏推开储藏室的门,倚在门口。

杜城也追了过来,看着林敏和沈翊,没有说话。

两人凝视着彼此,良久无言。

七年未见的人,看起来那么陌生。

林敏走进来,手指随意地在画上扫过。

林敏:"老师生前的画都在这里了吗?"

沈翊:"嗯。"

林敏:"我想把老师所有的作品整理一下,办一场画展。"

沈翊一怔。

沈翊:"为了什么办?纪念?缅怀?人都不在了,缅怀还有什么意义?"

林敏冷笑:"他可是许意多,教出了你和我的许意多,多少学生带着他的名字走上了这条路,创造了价值。"

林敏拨弄着身侧的画,有大有小,有新有旧。

沈翊盯着林敏的脸,在她脸上看不出悲伤。

林敏:"许老师这辈子画过那么多的画,却从没被人看见过。我为他办画展,是为了让老师的画被更多的人看见。没被看见的画就只是一张纸而已。纸,不会因为堆得多就变得有价值,只会更不值钱。"

杜城听见这些话,心中燃起一团火。

杜城:"你凭什么这么说?"

林敏回过头,瞥了一眼杜城,没有理他。

沈翊望着林敏。

沈翊:"他也是你的恩师,师姐。"

林敏:"恩师是恩师,画是画。只有加上天才沈翊恩师的头衔,画才有价值。不商业,画就活不下去。许老师就是没有明白这一点,所以他的画死了。但是,你的画还活着。"

林敏走向沈翊身后的那几幅有着"沈翊"签名的画,端详着。

林敏:"看来,老师是想用你的画活下来。"

沈翊一惊,他发现林敏察觉到了什么。

林敏凑在沈翊身旁,低声劝诱。

第十五章

林敏："如果你不希望别人发现，那么你就再画一幅。昔日天才沈翊为恩师重回美术界，这次的画展，就足够有价值了。"

杜城还站在储藏间的门口，没有听见这句话。

林敏说完，对着沈翊露出神秘的一笑。

她径直离开储藏间，走到门口时，还礼貌地向杜城笑笑。

杜城看着林敏离去的背影，略带怀疑。他感觉这个女人隐藏了什么事情。

再回身去看沈翊，杜城发现他正搬着几幅厚重的画，要拿出储藏间。

他拦住了沈翊。

杜城："你这是干什么？"

沈翊："把画拿走。"

杜城："这些是证物，你不能拿走。"

沈翊："老师是自杀。"

杜城："什么？"

沈翊的音量提高了一些。

沈翊："老师是自杀，这里没什么可查的了。"

杜城也急了："有没有可查的，现在还不能确定。"

两人看着彼此。

沈翊稍稍平静下来。

沈翊："早就定案了，杜城，你别浪费时间了。这些是我的画，我要带走。其他的，你随便。"

沈翊的眼睛充着血，红彤彤地瞪着杜城。

杜城从没见过这样的沈翊，放下了拦着沈翊的手。

沈翊带着自己的画，离开了许老师家。

8

沈翊匆匆回家，把崭新的画布蒙在画架上，轮廓中间，一张微笑的唇已经成形。

沈翊继续往上添补着五官。

鼻子、下巴、法令纹、眉毛……

沈翊几乎已经完成了一幅画。

但是画面上，老师的眼睛模糊一片，仿佛浸泡在水中，看不真切。

沈翊知道了，七年，他已经太久没见到老师了，可如今再想见，也已经见不到了。

他垂下笔，不再继续。

笔尖滴下墨蓝的颜料。

小弦趴在沈翊身旁，担忧地望着他。

9

杜城仍旧在许老师家的储藏间里寻找着。

杜城埋在哗哗作响的画框间，除了一手的油彩，一无所获。

杜城："沈翊那小子，到底为什么要把自己的画拿走？"

走出储藏间，杜城扫视着客厅。

杜城拉开一架架柜子，搜索着里面的物品。

杜城拉开一个纸箱，把许老师的遗物一一装起来。

杜城装箱时，脚边飘落下几张便利贴。

便利贴因为失去了黏性，有几张已经掉落在地。

杜城把便利贴一一捡起，顺手翻看。

杜城翻到其中一张，凝视着上面的内容：杨柳路118号，周三下午。

杜城沉吟片刻，也带走了这张便利贴。

10

熙熙攘攘的小巷。

路标上写着三个字：杨柳路。

这里是艺术品一条街，街上的每一个小店都在贩卖艺术品或者画具。

杜城举着便利贴，停在了118号门前。

这是一间卖油画的店，老板正在将几幅油画挂在墙上，用作宣传。

老板注意到杜城在门口张望，热情地迎出来。

老板："您上里面来看看吧，我们这儿有很多名家大师的作品！"

第十五章

杜城走进店中，把警官证亮出来。

老板一惊。

杜城："警察，问问情况。"

老板看着许老师的照片，点点头。

老板："见过，见过，之前来我们这儿卖过几幅画。"

杜城："什么画，现在还留着吗？"

老板："应该还有，您稍等啊，我去找找。"

老板翻箱倒柜，终于找到一幅装饰在方形画框里的小画。

老板把画递给杜城。

杜城看到这幅画，牢牢盯着左下角。

杜城："这幅画能卖多少钱？"

老板："这可不便宜。据说这是他七年前封笔前最后画的几幅画，卖二十万。"

杜城望着面前的画。

画的左下角有着沈翊的签名。

11

杜城离开后不久——

许老师家的门被打开了。

沈翊走进许老师家。

他背着画板，带着颜料。

一时间，他的身影和少年时期的自己重合了。

沈翊抬起头，仿佛还能看见许老师笑眯眯地上前迎他。

如今，空荡的客厅，一个人也没有。

地上落满脱胶的便利贴。

沈翊一张张捡起。

"吃完午饭，要吃黄色的药"。

"冰箱的电线不能拔掉"。

"开煤气一定要关火"。

沈翊拉开冰箱门。

冰箱没有亮灯,看来电被切断了。

里面只有少得可怜的东西:一盒牛奶,几枚鸡蛋,半棵白菜。

沈翊环视着空荡的客厅。

一台老旧的电视,一个旧沙发,一个玻璃已经发黄的茶几。

沈翊仿佛看见了许老师最后那段时间的生活。

沈翊的想象中——

锅在灶台上沸腾。

许老师冲进厨房,关上煤气。

许老师:"老伴儿!"

许太太坐在客厅,双目无神,撕扯着眼前的报纸。

许老师轻叹,安抚地顺顺妻子的后背。

一盘清炒白菜和一碗蛋炒饭放在茶几上。

许老师夹起白菜,一口一口喂给老伴儿吃。

饭后,许老师佝偻着,拿出一盒药。

许老师:"吃药吧。"

茶几前,两位老人倚靠在一起。

一如鱼缸里的两条金鱼,彼此相依。

直至天黑,也没有亮起灯。

沈翊握紧自己的衣角。

他为什么没有早一点来看老师?没有早一点发现,老师在过这样的生活呢?

沈翊支起画架。

他看着面前的沙发和餐桌,回忆涌现。

他仿佛看到了七年前的景象。

热闹的客厅,摆满了绚烂的画作。

两条金鱼在鱼缸里,自由舞动。

年轻的沈翊坐在桌旁。

充满活力与热情的许老师和妻子,不停地给他夹菜。

许老师把红烧肉夹进沈翊的碗里。

沈翊嫌弃地拿开。

许太太:"不行,不能挑食。"

年轻的沈翊无奈,只好夹起肉块,乖乖咽下。

许老师笑眯眯:"沈翊啊,以后你学成了,一定要给我和你师娘画一幅画啊。"

许太太附和:"到时候,我就把它挂在客厅正中间,谁来了,第一眼就能看见!"

夫妻俩笑起来。

沈翊默默扒拉着饭,也不禁笑了。

沈翊握笔的手有些颤抖。

他看着年轻时的自己和许老师夫妻一起吃饭。

多年前,神采焕发的许老师。

停尸台上,面容枯槁的许老师。

两张脸在沈翊脑海中冲撞着。

沈翊再也画不下去了。

12

有沈翊签名的油画摆放在杜城的办公桌上。

杜城盯着这幅画。

蒋峰:"城队,这画有问题吗?"

杜城:"这是沈翊的画,七年前的。"

蒋峰:"这很奇怪吗?"

杜城:"沈翊的师姐告诉我,他在决定当画像师前,把所有的画都给烧了。"

蒋峰:"没留下一幅?"

杜城:"就算没有都烧光,应该也不可能留下十幅之多吧?可是许意多老师,却在一年内接连卖出了沈翊四五幅画。"

蒋峰:"难道……"

杜城伸出两个指头。

杜城:"只有两种可能,一种,是沈翊骗了我们,他这七年还在画画。另一种,就是这些有沈翊签名的画,是赝品。"

蒋峰一惊。

蒋峰:"许意多不是沈翊的老师吗?他为什么要伪造学生的画?"

杜城思索片刻。

杜城:"蒋峰,帮我把许意多的遗物拿过来。"

13

档案室多了一个纸箱,是许老师的遗物。

杜城扫视纸箱,毯子、手机、两双鞋、一支笔。两位老人最后一刻拥有的东西仅有这些。还有几份纸质资料,是杜城去过许老师家后装进去的。

杜城检查着手机。

蒋峰:"城队,画像室这几天都空着,沈翊是不是不回来了?"

杜城:"等他缓过这段时间,想清楚了,或许就回来了。"

还有一个可能,杜城没有说出口——沈翊不回来的可能。

杜城:"对了,你查查许意多的银行存款情况。"

蒋峰虽然疑惑,但还是领命离开。

杜城抱着箱子,东西那么轻,分量却那么重。

14

杜城走进技侦办公室:"李晗,解析一下这部手机的所有信息。"

李晗接过杜城递来的手机,将手机接入电脑。

信息一一跳出。

李晗:"向李教授借十万……向张老师借五万……向廖主任借二十万……许老师在他的手机记事本里记下了很多借款记录。"

杜城:"总数多少?"

李晗快速心算。

李晗:"五十万。"

杜城:"一个美院退休教授,每月的退休金加起来已经够他的日常花销了,为什么还需要借钱?"

李晗:"城队,还有几条视频。"

第十五章

一条视频被翻出。

这是一条翻录的视频，镜头摇晃，画质不高，但视频里年轻男人的脸依然清晰可见。

年轻男人："爸爸，我在国外出事了，急需用钱……"

杜城："这是谁？"

李晗又是一通操作。

李晗："许思文，许老师的儿子。"

银行账单被机器慢慢吐出。

银行存款余额一栏写着：597.7 元。

蒋峰："从许意多的银行汇款记录查出，他生前曾短时间内分批次往同一个国外账户汇款。"

杜城："最后一次汇款是什么时候？"

蒋峰："老两口自杀前三天。"

杜城："自杀前三天……难道，许老师夫妇的死跟他们的儿子有关？马上联系许思文！"

视频连线中，杜城紧盯着手机屏幕。

许思文的脸终于出现。

跟许老师手机录屏中的脸别无二致。

许思文长长叹出一口气。

许思文："我母亲她……"

杜城："他们睡得很安详，你还来得及见他们最后一面。"

杜城说着，下意识摁下录屏键，这是多年经验使然。

许思文："见那一面有什么用，我应该早点回家，多陪陪老太太，多跟她说说话。"

杜城："你不问问你的父亲吗？他生前可刚给你转了一大笔钱。"

许思文："给我转钱？不可能，我没有收到过任何一分钱！"

杜城愕然，这个反转是他没有想到的。

杜城录的视频、许意多录的视频，两个屏幕中许思文的脸被放大。

杜城左看右看，依然看不出差别。

李晗:"户籍信息、护照信息,所有能找的照片都找了,视频里就是许思文,没有错。"

杜城:"许意多就是相信了视频里是自己的儿子,才会轻易转账。"

李晗:"但许思文说过他没有收到钱。"

杜城:"他有可能在知道死讯之后,怕被我们怀疑是他逼死了父母,所以说谎。"

杜城盯着屏幕上的许思文,心中仍有疑惑。

15

许老师家的小鱼在法医办公室新的鱼缸里游动。

何溶月逗弄着小鱼。

她抬起头,看到杜城刚走到墙角,又心事重重地走回来。

何溶月叹息:"这么担心他?"

杜城一顿:"担心什么?"

何溶月:"沈翊已经三天没来了吧?"

杜城不禁握紧了拳。他确实担心这个。他赶忙转身,不让何溶月看到他的表情。

杜城嘴硬:"无故旷工,早晚得被辞了。"

何溶月:"明明是担心,还嘴硬。"

杜城仿佛被戳穿了心思。

何溶月:"真的担心,你就去看一眼吧。"

杜城停下脚步,站在原地,似乎在和自己倔强的内心做着斗争。

16

许意多夫妇的轮廓被勾勒在画纸上。

沈翊在家闷头画画,填充画面,色彩变得柔和、温暖。

咚咚。有人敲门。

沈翊没有理会。

下一秒,门被旋开,杜城自顾自地走了进来。

第十五章

一碗炒饭放在玄关的架子上。

杜城:"吃点东西吧。"

沈翊:"别把吃的拿进画室。"

杜城:"我没拿进来,放外面了。"

沈翊回过头。

杜城两手空空,微微一笑,仿佛在说:"我记得呢。"

沈翊起身走出画室,拿起杜城带来的炒饭,走到餐厅坐下。

杜城也不客气,直接坐在他对面。

杜城:"张局说,你请了长假?"

沈翊点头不语。

杜城:"为了老师的画展?"

沈翊:"不。"

杜城:"那你在画什么?"

沈翊:"我答应过老师,要给他和师母画一幅肖像,挂在客厅里。"

杜城点头。

杜城:"好好画吧,送他们最后一程。"

沈翊感觉嗓子有些堵。

沈翊:"金鱼,你带走了?"

杜城:"嗯,交给何法医了,她养得挺好。"

沈翊:"老师走了那么多天,它们竟然还活得好好的。"

杜城沉默半晌:"大概是因为许老师临走前,给鱼缸里倒了满满的鱼饵。"

沈翊握着筷子的手顿住了。他感觉嗓子堵得生疼,发出的声音都是颤抖的。

沈翊:"是吗?"

杜城:"你没注意?"

沈翊:"没有。"

杜城:"沈翊,你的眼光很准。之前遇到案子,你总是能第一个发现那些细小的线索。蒋歌的指甲,任小弦的日记,陈铭锋的笔迹,还有贺虹的反应。"

沈翊不语。

杜城:"我不信你没有注意到许老师家的那些线索。"

沈翊:"你想说什么?"

杜城:"许老师欠了很多钱。他借了外债,家里只剩下三位数的存款,每天靠吃鸡蛋和白菜度日,还有那些画——你不觉得奇怪吗?许老师没有不良嗜好,为什么没有留下任何存款?"

沈翊:"是为了给师娘看病吧。"

杜城:"需要将近百万的钱吗?"

沈翊一顿。

杜城:"你记得这些画吗?"

杜城把几张油画的照片摆在沈翊面前。

杜城:"林敏跟我说过,你在当警察前,把所有画都烧了。"

沈翊:"总有几幅被留下的。"

杜城:"不,你都烧了。这几幅,是赝品。"

沈翊紧紧握住筷子,指节发白。

杜城:"你是个出名的画家,你的画很值钱。"

砰——沈翊猛地站起来,没吃完的炒饭倾倒在地。

沈翊:"他是个艺术家。"

沈翊终于和杜城对视了。

沈翊打断他:"他不会做这种事。"

杜城:"艺术不能当饭吃。"

沈翊:"他说过,艺术不能用价格衡量!"

杜城:"如果他活不下去了呢?"

沈翊:"他不需要借助我,他自己就是足够优秀的画家。"

杜城:"如果他需要一大笔钱呢?"

沈翊说不下去了。

杜城:"他儿子许思文在国外出事了,急需一大笔钱。这笔钱靠他自己的画凑不出来。所以,他临摹了你的画,以你老师的身份去售卖赚钱。"

沈翊:"你走吧。"

杜城看着沈翊,发现他垂下头,刘海挡住了他的脸,看不清他的表情。

杜城："你早就知道了，所以你把那些画都拿回来了。"

沈翊："闭嘴。"

杜城："你现在是个警察，警察需要判断是非。名誉、尊严，这都无所谓，我们的目的是抓住那些伤害别人的犯罪者，而不是为了一个死者的名誉选择隐藏！"

沈翊感觉脑中的一根线断了。

沈翊："可如果我是画家。"

杜城一怔。

沈翊："如果我是画家，我就应该维护老师的名誉。"

杜城："你什么意思？"

沈翊："就是这个意思。"

狭窄的餐厅，沈翊居高临下，望着杜城。

杜城回望着他，久久凝滞。

轮廓中间，一双眼睛正一点点成形。

沈翊笔下，是神采焕发的许老师。

他的笔未停。他就着这幅画，继续往上添笔。

沈翊每添一笔，画上的生命力就被抽走一分。

时间已过凌晨，沈翊收起最后一笔，纸上的许老师已经变得衰败黯淡。

17

画廊空空，许意多名声不大，来参观画展的人也寥寥。

沈翊看着许意多的生平和照片，大多数都是在画画以及授课的照片，家庭照片完全没有。

许思文一身黑色西装，出现在画展。

沈翊忽然见到许思文，发现许思文的面目已经和少年时不同，他一眼竟然没有认出来，反而觉得十分陌生。

许思文："好久不见。"

两人短暂地拥抱了一下。

沈翊："我考虑到你是唯一的财产继承人，这次画展上所有的画，你有权决定哪一幅可以售出,哪一幅你愿意自己留下。"

沈翊拿出了一张清单。

许思文将所有的画都签了出去。

沈翊:"你真的一张都不打算留吗?这些对你来说都没有价值?"

许思文:"沈翊,这些画作我看不懂,这些照片里没有我,就连这个父亲也不属于我的世界。除了这张表上的名字,哪些能够证明我是他的儿子?"

沈翊:"你这次回来,唯一想拿走的就是钱?"

许思文:"对,明天我就去签房产合同。"

沈翊:"我还保留着老师以前的旧书和日记,或许里面记了你们共同的回忆。"

许思文:"回忆?和他有共同回忆的是你,是那些学生,是这些画。他的回忆里,可没有我许思文。"

沈翊:"所以你就跑去美国,再也不回来?"

许思文:"他不喜欢我,我也没必要在他面前碍眼。这些年我和他没有过任何联系,以后也不想有。"

沈翊:"没有任何联系?他汇给你的钱又是怎么回事?"

许思文一脸愤然:"什么钱?我在美国有自己的生活和工作,不需要任何其他的收入。"

许思文的愤怒不似作伪,沈翊忽然发觉事情有些不对。

一幅《电话亭下的孤独男子》油画。

沈翊:"你之前说过,许老师给他儿子打了一笔巨款?"

杜城:"没错,许思文来要钱的视频,还有银行转账记录,我们也查到了。"

沈翊:"我见到许思文了。"

沈翊顿了顿。

沈翊:"他说,他没有问许老师要过钱,自己在国外也没遇到困难。"

电话里,杜城一直没有回答。

沈翊:"喂?"

杜城:"正好,我正要找他。"

杜城的声音不是从听筒里传来的,而是从沈翊身后传来的。

第十五章

杜城举着手机，就站在沈翊身后。

沈翊："你来了？"

杜城拿出手机，展示出一份转账记录。

杜城："许意多转给许思文的钱，汇入了一个陌生账号，之后又分为三十笔，汇往了不同的地下钱庄，已经追踪不到了。"

沈翊："许思文说谎了？"

杜城："你看这个视频。"

杜城调出许意多手机里的那个视频。

视频里，"许思文"焦急地向爸爸求助。

许思文："爸，我被这里的混混缠上了，急需一笔钱……"

视频里，"许思文"的脸与真正的他几乎一模一样。

沈翊紧盯着视频，试图从中找出蛛丝马迹。

杜城："有没有一种可能，他是为了从父亲手中要到这笔钱，做了一个局？"

沈翊："如果是呢？"

杜城："他现在是个美国人，我们没有权力扣押他。"

沈翊："除非我们能验证，他的确是视频里的人。"

杜城："怎么验证？"

沈翊："表情。时间会变，五官会变，但是相同的表情习惯很难改变。"

沈翊忽然抬起头，快步走向画廊深处。

沈翊："我有办法了。"

杜城见状，赶忙跟上。

拉开供电室的门，沈翊拿出一个手电筒，转向杜城。

沈翊："等一会儿，我会给你打电话。电话一接通，你就拉掉电闸。"

杜城："你要做什么？看黑暗中许思文的表情？"

沈翊："对，捕捉他慌乱的样子。"

一组"四季"油画挂在墙上：

《春日放风筝的父子》《夏日海边的人群》《秋天约会的情侣》《冬天堆雪人的孩子》。

许思文昂着头，望着父亲生前的作品。

沈翊："这是许老师生前画的最后一组风景画。"

许思文一愣，回头看到沈翊，露出厌烦的表情。

许思文："又是你。"

沈翊："这组画，一开始只有三幅，老师希望画出人物与环境的融合，所以只需要一个人，两个人，和一群人。你觉得，哪幅画是后面加上去的？"

许思文："我怎么知道？"

沈翊："是《春日放风筝的父子》。因为老师说过，你最喜欢放风筝。"

许思文怔住了。他抬起头，望着那幅油画。一片绿茵中，一大一小两个身影，放飞一架红色的风筝。

沈翊望着许思文，背在后面的手按下了杜城的号码。

电话拨通，杜城拉下电闸。

一片漆黑。

18

画廊一片漆黑，人群出现骚乱。

许思文："怎么回事？"

沈翊："停电了？"

人群慌乱不已，一边议论一边寻找自己的同伴。

沈翊趁机掏出手电筒，啪——点亮。

一束白炽光线照亮了许思文的脸。

许思文一脸惊慌，发现有灯照射在自己脸上，更加慌乱，掩住了眼睛。

沈翊牢牢记下了许思文刚刚慌张的神情。

杜城走向许思文。

杜城："关于你父母的死有几个疑点，需要你配合解决。"

19

许思文被带进询问室，不情愿地坐在杜城对面。

许思文："我才知道死讯没几天，了解的不比你们警察多。"

杜城："你父亲生前确实给你汇过钱，这之后，他就动了自杀的念头，不可疑吗？"

　　许思文："又是钱的事。警官，我的银行账户就那么多，三张储蓄卡，两张信用卡，所有的银行流水都可以查，我根本没有收过这笔钱。"

　　杜城："但是许老先生汇款之前，你跟他有过几次视频通话，这可是实实在在的证据。如果不是你说自己遇到急事，需要用钱摆平，许老先生怎么可能会打钱？"

　　许思文："不可能！我已经很久没有和他联系了。这些年每一笔学费、生活费都是我亲手挣出来的，我没有拿过他一分钱，一分都没有。如果我真的出了什么事，也绝对不会向他求助。"

　　许思文说得坚决，杜城看不出他在说谎。

　　杜城推出一张字条。

　　杜城："为了证明你的清白，念一下这段文字吧。"

　　许思文扫了一眼字条开头的两个字："爸爸。"

　　许思文："这是视频里的话？正好证明视频里的那个人不是我，我……我已经很久没有这么喊过他了……"

　　杜城："能不能证明不是你说了算。"

　　杜城用眼神威压，许思文无奈，拿起字条。

　　许思文："爸爸，我被这里的混混缠上了，急需一笔钱，他们威胁我必须交出一百万，不然我的小命就没了……"

　　杜城："念得再害怕点。"

　　许思文："爸爸，我遇到事了……"

　　杜城："还是不够。"

　　许思文："爸爸……"

　　杜城："不够。"

　　许思文甩下纸条。

　　许思文："我不是演员，演不来。"

　　杜城盯着许思文的脸，突然眼神一凛，挥起拳头朝许思文脸上砸去。

　　拳头在距离许思文鼻梁两厘米处急停。

　　许思文惊惧，差点从椅子上摔下去。

许思文："疯、疯子！"

20

监控屏幕上定格着许思文惊惧的表情。

杜城走出询问室。

蒋峰："城队，您这刑讯逼供，不太好吧？"

杜城："又没有打到他，不算刑讯。他演不出害怕，我就帮他找找最自然的反应。"

蒋峰："被张局知道了多不好，您不想往上走，我还想往上走……"

蒋峰嘟囔得越来越小声。

21

会议室的投屏上，是许思文惊慌的脸。

许意多视频中，"许思文"惊慌的脸。

沈翊："不对，视频里的这个人和真正的许思文不太一样。"

杜城："哪里不一样？"

沈翊："视频里的人，像是披着许思文的皮在扮演他。"

两张图像上，许思文的神情明显不同。

真正的许思文被吓到后，瞳孔张大，眉毛上挑；可视频中的他，在惊慌时是鼻孔微张，张着嘴大喘气。

沈翊："大家平时都见过双胞胎吧？"

李晗："见过，我高中同班同学就有一对双胞胎！"

沈翊："你能分辨他们吗？"

李晗想了想："可以！我还分别跟他们出去玩过！哥哥有点腼腆，但是弟弟特别皮，还挺明显的！"

蒋峰哭丧着脸："分别？出去？玩过？"

李晗小脸一红。

杜城："蒋峰，你别添乱。"

沈翊："我们区分双胞胎，很多时候都是靠气质。气质虽然是看不见摸不着的东西，但是我们所感受到的人的气质，其实都是靠表情肌呈现出来的。"

沈翊走到白板前，迅速画下一个人的脸。

沈翊："人类有别于动物的喜怒哀乐等细微的面部表情，是由不同组合的表情肌的协同收缩并牵动皮肤来实现的。尤其是眼部周围肌和口周围肌，但是你们看一下……"

大屏幕上，两个许思文的照片。

李晗："真的不一样！是两个人！"

蒋峰："难道，许思文还有过双胞胎兄弟？"

李晗赶忙敲打着手里的笔记本电脑。

李晗："我找到了许思文的出生档案，没有显示他有或者有过双胞胎兄弟。"

杜城一直坐在一旁思考，他想到了陈铭锋。

杜城："难道是人皮面具？"

沈翊："不，如果是人皮覆盖在脸上，肌肉是在皮下运动，脸上的皮是不会移动的。"

杜城："仿妆呢？嫌犯化装成了许思文的样子？"

李晗敲打着电脑，调试视频的清晰度到最清晰。

视频里，许思文惊慌的脸非常自然。

杜城："看不出化妆痕迹……这就奇怪了。据说世上有七个和自己长得一样的人，难道，只是一个和许思文很像的陌生人？"

22

许思文独自坐在询问室，对着那张纸，陷入深深的失落。

他深深盯着字条开头的两个字：爸爸。

沈翊推门进来。

许思文抬头，已经两眼通红。

许思文："那个该死的视频到底是什么样的！"

沈翊叹气，点开手机视频。

每多看一秒，许思文眼中的怒气就多一分。

许思文："我怎么会给他发那样的视频，我从来没有录过！他是傻了吗？"

沈翊:"不,他不是傻,是关心则乱。他为什么相信?因为在那样的情况下,他承受不了不相信的后果。"

许思文:"关心我?这么多年,他为什么不联系我?"

沈翊:"我们每个人都有因为畏惧而裹足不前的时候,他不联系你,或许是因为他不确定是否会打搅你的生活,更害怕你对他只有冷漠和厌恶。"

许思文默然,流下泪来。

沈翊:"他一定发现这个视频是假的,万念俱灰了才选择自杀,但他依然保留了这个视频,因为就算这上面是一张虚假的脸,那也是你的脸,他舍不得删。"

许思文攥紧了字条,无声地哭泣着。

许思文:"爸爸……"

小小房间里回荡着这句轻轻的呼唤,可惜那个人再也听不见了。

23

油彩涂抹在画布上。

沈翊把自己关在家里,继续画着他和许老师约定的画作。

熟悉的敲门声传来。

杜城再次推门进来。

杜城:"还在画?"

沈翊:"嗯。"

杜城看着沈翊。

他用明黄色添补掉了许老师夫妻俩的画像。

画像底部透出的深色犹如一道裂痕,把那片明黄劈成两半。

杜城:"这不是已经画完了吗?为什么要涂掉?"

沈翊沉默半晌。

沈翊:"从很久以前我就发现,老师家有一道深深的裂痕。师娘和老师都对我很好,他们像照顾亲生儿子一样照顾我。可是,我却很少看到老师和他的儿子许思文这样亲近。"

杜城:"那是他们父子的问题。"

沈翊摇头:"不,他们父子之间的裂痕是我造成的。因为老师的执念在我身上。他想把我培养成才，所以才会疏忽了对许思文的关心。我走之后，他的执念逐渐淡去，才意识到自己对家人的冷漠。"

杜城："这是好事。你离开了，他更能珍惜家人了。"

沈翊："可如果我没离开，我继续按照老师想的那样，成了一名画家，他的执念就不会断。他不会觉得对不起家人，也就不会为了弥补对儿子的亏欠卖赝品，更不会死。"

24

许老师坐在画板前。

他画下一个男孩的轮廓，又画了短发、帽衫……分明就是许思文。

但是他的脸，许老师却怎么也想不起来。

一盏小灯下，许老师痛苦地捂住了脸。

25

明黄色填满了画纸。

沈翊蘸取了蓝色，勾勒起轮廓。

杜城："你以为，是你造成了你老师的死？就因为你七年前烧毁了自己的画？"

沈翊："难道不是吗？"

杜城："你也太自大了，还真把自己当成能够影响别人生死的人物了。你们以为是为了满足对方的需求而活着，其实你们都是自以为是的自大狂，认为别人的生活轨迹会被你们影响。"

沈翊突然抬起头，望向杜城。

沈翊："雷一斐去世的时候，你不也认为是我的错吗？"

杜城一愣。

他当时确实急疯了，找到画下雷一斐画像的沈翊，觉得一切都是沈翊的错。

杜城："是我的错。那件事与你无关，我当时在气头上……"

沈翊仍不停画着："最亲近的人去世的时候，可能大家都会这样想吧。

如果那时候,那个人没有这样做就好了……我怪不了其他人,我只能怪我自己。"

杜城:"没有人知道死亡什么时候会来,所以,谁都怪不了。我也是,你也是。"

沈翊:"你没发现吗?老师临走前,他的房间里什么都没有,没了执念,他好像也失去了生活的轨迹。"

杜城轻笑:"是你没发现吧?"

杜城听后,忽然走到沈翊面前。他把自己背着的包翻转过来。

五彩的便利贴在沈翊面前犹如花瓣般飘落。

每一张,都是许老师对老伴的嘱咐。

杜城:"这是许老师的生活。也许很艰难,但是上面的每一句,都是他为了保护妻子留下的。"

沈翊看着面前飘落的五色"花瓣",愣住了,握着笔的手也没有继续画下去。

杜城:"其实很多年前,许老师把他生活的一切重心都压在你身上的时候,他就已经死了。是你的离开,让他真正地为自己活过。"

沈翊抬起头,望向杜城。

杜城也正望着他。

杜城:"等你画完这幅画,记得回去报到,我们可受不了那么长的假期。"

杜城转身离去,替沈翊关上了门。

沈翊望着一地的便利贴。

他捡起一片。

"我先生叫许意多。"

一滴泪落在了便利贴上。

26

办公室里一片忙碌。

门口有足音。

杜城等人转头看,是沈翊。

第十五章

李晗："沈老师，您可回来了！"

沈翊点头回应，径直走进会议室坐下。

所有人都看向沈翊，沈翊抬起头，目视杜城。

他的眼神变了，变得很坚定，可坚定背后还有着别的东西。杜城看不出他的心思。

沈翊："继续吧。"

杜城一愣，才反应过来，沈翊已经进入工作状态。

"许思文"的视频一遍遍播放着。

杜城："不是化妆，不是面具，也不是双胞胎，难道又是整容？"

沈翊："骗子都是广撒网寻找目标，不会为单个目标去整容，不划算。"

沈翊仔细观察着视频资料。

沈翊："停！把这张视频的截图打印出来。"

很快，视频截图被打印了出来。

杜城："你发现了什么？"

沈翊："你看这个视频，光的位置应该是在哪里？"

杜城仔细看。

杜城："光从后方的窗户射入。"

沈翊："但是脸很亮。"

杜城："或许前面有光。"

沈翊："光又是从哪里来的？"

沈翊看着那张截图，将眼瞳的部分撕裂开来，仔细观察。

沈翊："如果根据眼瞳部分的光照反射，这束光应该从斜上方左侧来。"

沈翊又对视频截图中的每一个局部进行分析，观察光照效果。

沈翊："可是你看，这个脸上的光，却是从右侧来的。"

杜城："李晗，把这段视频逐帧截图，打印下来。"

很快，几个人将视频截图挂在了黑板上。

沈翊："把每一张图中人脸上的光源画出来。"

沈翊："相连几帧的光照相同，但是隔帧的时候光照角度发生了偏移。"

杜城："如果是在同一环境中拍摄的，为什么光源会变来变去的？"

沈翊:"而且你看,虽然脸上的光在变化,但是眼瞳里的光没有变化。"

杜城:"就好像人脸在室外,人眼却在室内一样。"

沈翊:"我明白了,这不是真人的脸,是 AI 合成的!"

第十六章

1

办公室里,杜城宣布案件的定性。

杜城:"经过调查,发给许意多的视频很可能是经过 AI 换脸制作成的,这应该是一起有组织有预谋的犯罪。"

杜城一边说,一边看向沈翊的方向。

沈翊安静地坐着,没有抬头看杜城,也没有像其他人一样记录着笔记。

杜城有些晃神,他感觉沈翊有了变化,又说不出具体哪里发生了变化。

蒋峰:"城队,我们下一步做什么?"

蒋峰提问,打断了杜城的思考。

杜城:"嗯?我们要在全国范围内展开调查,一定要尽快把诈骗犯捉拿归案!"

众刑警:"是!"

众刑警回应着杜城。

除了沈翊,他还是低着头。

他的手藏在会议桌下,正摩挲着一柄美术刀。

咔嚓,咔嚓。刀柄推出去、拉回来。

2

电子技术科里,技术警员被一只手按在电脑桌前。

沈翊瞪着技术警员。

沈翊:"我需要所有和诈骗案相关的资料。"

技术警员被沈翊的气势吓到，缓缓点了点头。

他将一个U盘递给沈翊。

沈翊将U盘牢牢攥在手里。

3

沈翊画像室里，长长的纸被铺开。

工作台上，是一排排打印出来的资料。

沈翊研究着这些资料。

一页页看下去，沈翊的面色也越发深沉。

4

会议室里，杜城站在众刑警面前。

杜城："向各兄弟分局发通知，请求并案联调，查所有未结案的老年人诈骗案。"

蒋峰："是。"

电话铃声响起。

分局里各处的电话铃声纷纷响起。

众刑警接起电话。

会议室的白板上，不断出现不同的诈骗案资料。

每接到一条回复，杜城就在白板上标记出来，把几处不同地点发生的诈骗案用线连起来。

无数条混乱的线，逐渐连接。

最终，白板上，河北、江西、四川……一条横跨中国南北的线被连了出来。

杜城看着屏幕上的犯罪行动轨迹。

杜城："看来，这个诈骗犯在全国各地广撒网，并不是只针对许老师一家，不少老人都上了他的当。"

会议桌上，李晗敲击键盘，调出了一组资料，放在屏幕上给众人展示。

屏幕上的内容是十几张转账记录，都是其他分局提供的证物。

李晗："老人们被换脸视频欺骗后，打款和取款的方式也非常趋近，都是汇入一个账户之后，分多笔转给不同的地下钱庄。也就是说，这是持续的个人或者团伙作案。"

杜城："受害者人数众多，其中也不乏……许意多这种倾家荡产，最终走上绝路的被害人。"

杜城说着，目光不自觉地瞥向坐在会议室一角的沈翊。

他担心提起许老师，沈翊还会难过。

沈翊翻看着手中的资料，看起来并不哀伤，甚至好像没有在听杜城的宣讲。

沈翊："我们的目标是找到 AI 换脸后的诈骗犯，为什么不去这家公司看看？"

沈翊把资料翻到"金城公司"那一页。

沈翊："这是家什么公司？"

李晗："一家安保公司！我之前参加警察设备展的时候，看到有公司推荐过人脸识别。"

杜城："这家公司的负责人主动找上我们，说最近正在研究一项针对换脸的检测算法。"

沈翊："我知道了。"

沈翊忽然站起来，把文件装进自己的包里，包里还装着他的画具。

众人疑惑，纷纷看向他。

他们没见过这样的沈翊，杜城也没见过。

杜城："去金城？"

沈翊："在这里坐着讨论，也只是浪费时间。"

沈翊背上包，走向会议室门口，转身看向杜城。

沈翊："走吧。"

杜城愣住，这才回过神来。

杜城："嗯，走。"

5

杜城的牧马人停在红绿灯前。

杜城装作等绿灯，却时不时瞟一眼副驾驶座位上的沈翊。

沈翊正盯着手机，不知在看什么。

绿灯亮起。

杜城脚踩油门。

车子开得平缓，不像之前那样鲁莽。

沈翊："太慢了。"

沈翊忽然开口。

杜城一愣："什么？"

沈翊："从这边上环线，没有红绿灯，也不堵车。"

沈翊的手机里显示着导航路线，指挥着杜城。

杜城："哦，哦。"

杜城被沈翊反常的状态震惊住了。

他一打方向盘。

车子加速，直奔金城公司而去。

6

杜城和沈翊走过金城公司明亮的玻璃走廊。

他们跟着公司负责人付鑫，走入一间会议室。

投影投射在一面白墙上。

付鑫站在投影墙前，向杜城和沈翊解释 AI 换脸技术。

付鑫："AI 技术现在还不能达到 100% 与真人一致，但是社会上现在有两个传播非常广的软件，DF 和 Fake，能够达到 60%~80% 的相似度，但是因为技术还比较粗糙，很容易识别是否为 AI 合成的。"

投影上是一组视频，人们把不同明星的脸换到了其他人的身上，仿佛成了该部电视剧的主角，但是轮廓有些不自然，能够很明显地看出是贴上去的"假脸"。

付鑫："这些都是用户传播到网络上的，一搜索就能找到。"

沈翊："人脸的资料都是怎么收集的？"

付鑫："只要能够掌握足够多角度的照片，换脸并不是难事，男换女，中国人换外国人都可以。刚刚网上的那些换脸视频，其实都是用这些软件做的。"

投影上还是那些用户的投稿。

第十六章

杜城指指换脸视频。

杜城："掌握多少张照片才能做成这样？"

付鑫："一般来说，2000~3000 张就可以，明星的脸是公开的，而且无论是哪种表情、哪种角度都很好找，放进电脑里进行机器学习，不到一天的时间就可以用来换脸了。"

杜城："明星的脸是公开的，我们理解，但是普通人呢？"

付鑫："有些喜欢自拍，尤其是拍视频的人，非常容易成为换脸的对象。只要照片足够多，就能完成换脸。"

杜城了然，给蒋峰拨出电话。

杜城："蒋峰，马上去查许思文的社交软件，再问问他平时会不会经常发自己的照片，以及有没有拍过视频，都发在了哪些网站上。"

等杜城挂上电话，沈翊开口了。

沈翊："您刚刚给我们看的那些视频，很明显就能看出来是假的，足够骗过亲人吗？"

付鑫："这种软件的娱乐性较强，有那种专业的工具，可以让换过的脸几乎完美匹配。"

沈翊："那漏洞在哪里？"

付鑫："最大的漏洞，在于光照。"

7

实验室里，摆放着一整排高级电脑。

电脑上，是无数张不同的脸。

付鑫调出一个换脸软件的界面。

付鑫："如果想要机器换脸，我们需要准备两样东西，一个是原图或者视频，一个是被替换的对象。"

付鑫调出一张新闻主播的图和一张男子走在街上的照片。

付鑫："但是，如果原视频的光照与对象视频的差异较大，就会出现脸与环境不适配的情况。就像这样——"

付鑫敲击键盘，操作换脸软件，男子的脸出现在了主播的身体上。

面孔虽然贴合了，但是不知为何，脸部轮廓的部分看起来有些不协调。

杜城看着这张不协调的脸，忽然想起沈翊之前在画展上奇怪的举动——一片漆黑中，沈翊打亮手电筒，照向许思文。

杜城明白了："原来你之前已经发现了。"

沈翊点点头，在手机里调出假的"许思文"视频。

沈翊："你看视频里面，许思文眼睛里的光，光源的位置是在斜左上方，但他在低头的时候，脖子下面竟然没有阴影，这足以说明视频做了假。"

杜城："除了光照，还有什么？"

付鑫："第二是表情，每个人表达情绪的方式是不同的，这也会导致他们的表情肌运动方式不同，所以换脸后，会出现一种异样的状况。脸好像是一样的，但是气质像是另一个人。"

沈翊："即使是双胞胎，他们的表情也是不一样的，可以让人将他们很快区分出来，尤其是眼、口两部分的肌肉运动，往往决定一个人的气质。你有办法测出这个视频里人的表情吗？"

付鑫："这就是我们破解换脸视频的诀窍，我们设计了一套算法，可以将人脸部表情运动时的热力源计算出来，判断脸部肌肉的运动习惯，如果有真人的数据，我们会很快得出结果。"

杜城："好，我们提供许思文的数据，麻烦您帮我们破解了。"

付鑫点点头，开始操作软件。

软件就像一种扫描仪，在"许思文"的视频上来回扫描。

杜城和沈翊站在一旁，盯着软件扫描整个视频。

叮——出结果了。

杜城立刻凑过去。

屏幕上很快显示出许思文和假视频的肌肉热力图，的确在不同的情绪反应时，出现了两种不同的肌肉运动群。

杜城："果然是两个人。"

沈翊："你有没有办法找到假面背后的那个人？"

付鑫摇头："不行，这不是两张脸的简单结合，是一个人的五官融进另一个人的表情，他们已经成为一体，以目前的计算能力，还无法彻底地将两人分开。"

第十六章

沈翊看着那张似笑非笑的表情肌肉图。

8

技侦办公室里，李晗进行汇报。

李晗："我们找到所有被骗的老人和他们的子女进行走访，交叉对比了他们在不同社交网站上传资料的记录，找到了这些换脸视频。"

投屏上，一组组 AI 合成换脸的视频划过。

杜城："这些大概是三十多份？"

李晗："一共三十六份。有些老人收到视频后，比较警惕，没有上当，有些老人是子女在身边，及时制止了。"

沈翊盯着屏幕上的 AI 脸，像在盯着一个个宿敌。

杜城："你在想什么？"

沈翊："脸明明是我们最重要的识别符号，可是偷走这些东西只要几分钟，甚至几秒钟，悄无声息，而我们连对手是谁都不知道。"

9

沈翊推开工作室的门，一片漆黑。

他打开了灯。

灯光照亮了整间画像室，这里是沈翊曾经的战场。

几天没有回来，这里的一切却还和几天前一样。

除了桌上多了几本翻到前几页的画册。

看来杜城悄悄来过。

沈翊收拾起杂物，把桌子上腾出一大片地方。

三十六份 AI 换脸视频截图。

沈翊把这些图摊在桌上。他要撕开这些假面，找到真正的脸。

但这一次，他不用画的方式。

沈翊摆出一团橡皮泥。

他的手轻巧地捏着橡皮泥的形状。

视频中，假"许思文"的五官走势。

橡皮泥上的五官走势。

视频中,假"许思文"的轮廓。

他手中的橡皮泥也显出轮廓。

杜城小心地推开门。

画像室里,沈翊趴在工作台上。

杜城凑上前去才发现,沈翊已经睡着了。

沈翊面前,是码得整整齐齐的三十六块橡皮泥捏成的脸。

面孔各不相同,仿佛是把视频截图立体化了。

沈翊的手旁还有一块没有捏过的橡皮泥。

杜城正欲拿起。

一只手猛地握住杜城的手腕。

沈翊:"别动。"

沈翊抬起头。

沈翊:"这是最重要的那张脸。"

杜城:"你不是已经做了三十六张了吗?"

沈翊:"这一张,是他们的底板。"

三十六张橡皮泥捏成的脸排成一整排,看上去诡异、恐怖、神秘。

杜城:"这次你怎么没有用笔画?"

沈翊:"AI用数据捏脸,我也需要'捏'出那张真正的脸,用最原始的方式对抗他。"

沈翊把"底板"放在面前。

沈翊:"对待越先进的敌人,破招之策就要越原始。"

他整顿精神,继续捏着这张脸。

杜城站在沈翊身后,看着他的背影。

沈翊忙了一整夜,晨光熹微,落在工作台上,照耀在那张底板上。

沈翊的手握着笔。

勾勒,描摹。

捏出的底板脸,被转移到画纸上,变成了一张画像。

10

办公室多了一张男人的画像。

五官平平无奇的普通男子,却适合当成捏脸的底板。

众人围着沈翊的画像,议论纷纷。

李晗:"沈老师,你这次画的脸,怎么和平时画的不太一样?"

蒋峰:"长得好普通啊,放人堆儿里都找不着。"

杜城听见蒋峰的话,忽然想到了什么。

杜城:"你之前说过,相貌平平代表这个人的五官比例分布均衡,是非常重要的画像信息。"

沈翊:"没错。这张脸,完美契合三十六张假脸。"

闫谈声:"小沈什么时候说过这话,我怎么不记得?"

杜城:"之前办案的时候。"

沈翊走到画像旁边。

沈翊:"模拟画像并不是画出和罪犯一模一样的脸,而是画出相似的气质和关键的局部特征。肖像最重要也最难的部分就是抓住气质,我们找人要找的,也是最关键的气质和特征。"

蒋峰:"那茫茫人海,怎么找?"

杜城眼前一亮。

杜城:"有办法。"

11

众人整齐列队。

杜城站在会议室中间。

杜城:"我们现在需要知道,许意多在去世前,都和什么人接触过,哪怕是只有几面之缘的人。诈骗犯不会无缘无故地选择对象,他们一定是知道许意多家里的情况,才会下手。"

沈翊坐在会议室一角,面前摆着一台笔记本电脑。

杜城:"蒋峰,你带着这一队,去问问许意多的老相识。你,还有你,去调查许意多经常出入的银行和商场。你们这一队，和我去老太太看病的医院问问。"

众刑警："是。"

杜城指挥着。

众人整齐有序地出发了。

12

安静的小区。

蒋峰在体育器械旁，向几位老人了解许意多的情况。

人满为患的医院。

护士带着杜城，走进医生的办公室。

医生一边说，杜城一边记录。他在本上写下"梦安康复中心"几个字。

喧闹的银行。

银行职员点头哈腰，向刑警不停解释。

刑警们奔走四方。

13

会议室里，沈翊纤长的手敲击着键盘。

杜城："银行职员陈睿，保健品推销员闻冬，住在楼下的李浩……"

杜城念着一份名单，不时抬起头看一眼沈翊。

沈翊飞速地打字，建立了一个表格，把这些人一一记录下来。

杜城看着他，不知为何，有一丝不安。沈翊的异样，会引发怎么样的后果？

此时的沈翊正死死地盯着电脑上的这些名字。

表格完成。

一份嫌疑人名单被整理出来。

14

北江老旧的居民区。

几位刑警拿着沈翊的"气质画像"，询问路边的行人。

行人指向一栋楼。

刑警快速奔走，抓到了一位骑着三轮车的修车工。

另外几位刑警站在一户小屋门口，老人和刑警指认可能的嫌疑人。

刑警敲开一扇门。

一个戴着眼镜的男学生打开了门。

北江市的工作日喧哗热闹。

刑警奔走在城市的四处，抓捕着许多有着相似气质的可疑人物。

夜幕降临。

15

修车工被带到分局询问室，一脸狐疑地望着杜城和沈翊。

沈翊摇头："他确实不会使用智能手机，应该更不会使用 AI 换脸功能。"

杜城在名单上划掉了修车工。

戴着眼镜的男学生，紧张地滔滔不绝。

杜城："我查过了，他还是高中生，马上高考了，爸妈管得严，手机也没收了。"

沈翊在男学生的名字上画了个叉。

年迈的老人戴着老花镜。

忙碌的上班族焦虑地辩解。

几乎一夜过去，许多和武打明星的气质有些相似的人在询问室来了又走。

杜城和沈翊对视一眼，摇摇头。

沈翊："这些人都不满足作案条件，还得查。"

杜城："这个人最近应该接触过许老师。许老师有没有熟悉的同事朋友？问问他最近有没有见过相似的人。"

16

老房子前，秃顶老人端详着"气质画像"。

蒋峰："您见过和他长得有些像的人吗？"

秃顶老人若有所思，看样子，是见过这张脸的。

秃顶老人："有点眼熟，可是，想不起来在哪儿见过……"

蒋峰："您再想想，哪怕只有一点儿像都行！"

秃顶老人再度思考，忽然抬起头。

秃顶老人："啊，我想起来了。之前有一次我去老许家，他们请的护工，好像和图里这个人有点像！"

蒋峰面露惊喜："太好了，谢谢您的配合。"

蒋峰起身欲走。

秃顶老人："可是，警察同志，您要找的是不是个男的啊？"

蒋峰表示疑惑："对，怎么了？"

秃顶老人："老许家的护工，是个女的啊。"

17

一张和画像气质相似的脸。

询问室里，护工张小雪一身朴素打扮，梳着利落的马尾，坐在杜城和闫谈声对面。

闫谈声："姓名，年龄。"

张小雪："张小雪，二十八岁。"

闫谈声："职业？"

张小雪："梦安康复中心护工。"

闫谈声："你和许意多是什么关系？"

张小雪："我之前每周四都会去许老师家帮忙收拾屋子，照顾文阿姨。我和他签了三个月的约，上上周到期，许老师给我结了最后一次钱，跟我说之后不用去了。"

闫谈声："你是通过什么方式和许意多建立雇佣关系的？"

张小雪："他应该是找医疗中心请的护工，我们公司都是随机指派，当时我周四正好没有别的活儿，就被派过去了。"

杜城坐在一旁，一边观察张小雪的神情，一边仔细听着证词。

张小雪的神情并无异样，不像在说谎。

张小雪："许先生出什么事了吗？"

杜城和闫谈声交换了一个眼神。

第十六章

杜城决定告诉张小雪，试探她的反应。

杜城："许意多在一周前自杀了。"

张小雪表现出惊愕："什么？"

闫谈声："你最后见他那几次，有没有什么异样？"

张小雪看起来还没从惊愕中缓过神来。

张小雪："没有，完全没有！我之前去的时候，还看见他和文阿姨商量着要不要去看看儿子，好像儿子在国外吧？实在不像是要自杀啊……"

杜城："你记得什么奇怪的细节吗？多小的变化都可以。"

张小雪思考片刻。

张小雪："我每周得去四家干活，实在是记不得了。不过，我们有规定，在每一家工作完都要按照规定编写护理记录，然后上报公司。"

杜城看向闫谈声，闫谈声点点头，示意他继续。

杜城："最近的护理记录可以给我们看看吗？"

张小雪："可以，可以，但是，那本记录现在在我家。"

杜城："我们跟你去一趟。"

沈翊坐在监控室，紧紧盯着张小雪。

她的神态、表情，确实和画像的气质十分相似。

询问结束后，沈翊看到杜城起身走出了询问室。

18

杜城关上身后询问室的门。

等在外面的蒋峰迎上来。

杜城："这个张小雪说她家里有一份护理记录，你去取回来，顺便看看她家里有什么线索。"

蒋峰："好的城队，你放心吧。"

沈翊："我去。"

杜城回头一看。

沈翊不知什么时候走到了两人身边。

他目光灼灼，直视杜城的眼睛。

杜城:"让蒋峰跑就行了。"

沈翊:"不,我去。他查不出问题的。"

沈翊打断杜城,态度坚决。

蒋峰不爽:"我怎么就查不出了?"

杜城劝阻:"我们已经根据你的画像找到人了,你就别急了。"

沈翊:"那为什么不直接抓她?"

杜城一时哽住。

沈翊:"因为还没有确切的证据,对吧?这个证据很可能在她家里,我必须去。"

杜城看着沈翊,沈翊直直地盯着他。

杜城很少看到如此强硬的沈翊。

杜城:"行,这样吧,李晗跟你一起去。"

听见杜城松口,沈翊的神情也缓和下来。

沈翊:"好。"

沈翊转身离开了。

杜城看着他的背影。

不知为什么,他觉得沈翊的身影仿佛离得很远。

蒋峰:"城队,那我呢?"

杜城瞥一眼蒋峰。

杜城:"你跟我走,我们去张小雪工作的康复中心查一下记录,看她有没有说谎。"

19

沈翊和李晗跟在张小雪的身后。

张小雪停在一扇门前,门牌号是404。

简单的开间小屋,沈翊和李晗站在门口,屋内陈设一览无余。

张小雪从抽屉里翻出一本护理本,递给李晗。

张小雪:"这是我每天工作都要登记的护理记录。"

李晗翻页浏览,"许意多"的名字在页面翻动中一闪而过。

第十六章

李晗一愣,瞄向沈翊。她仍担心沈翊的情绪。

沈翊从门口走到窗边,仅迈了九步,就走到了屋子的尽头。

他抬头看看身侧的柜子,最高处似乎堆着什么东西。

沈翊踮起脚,伸手去够,摸到一卷卫生纸。他看了看,又放了回去。

他示意李晗,这屋里已没有什么可查的了。

李晗:"这个我们能带走吗?"

她指着床上的笔记本电脑。张小雪连连点头。

20

梦安康复中心的接待员噼里啪啦地敲打着电脑。

杜城等在一旁,他和蒋峰来调查张小雪的工作记录。

接待员:"警察同志,调出来了!"

接待员调出了有张小雪信息的界面,展示给杜城和蒋峰。

杜城凑上前,蒋峰滑动鼠标查看。

张小雪的工作地点和工作时间一一显示出来,排班确实很满。

蒋峰:"这么忙?"

杜城:"等一下!"

蒋峰停下鼠标。

杜城指着屏幕上的一行字,上面是张小雪工作过的一户人家。

杜城:"这个老人的名字,我记得好像是受害者中的一位。"

蒋峰一听,赶紧掏出手机,调出记录。

蒋峰:"张建国、张建国……有了!是受害者之一!"

杜城拿过鼠标,快速划过张小雪的工作记录。

杜城:"李香兰,梅超英……"

杜城一边念名字,蒋峰一边查。

他们找出了四个老人的客户资料。

杜城:"这四个老人,都是诈骗案的受害者。"

蒋峰:"怎么会有这么多受害者都是她的客户,这不会是巧合吧?"

杜城盯着电脑。

杜城:"绝不会是巧合。这个张小雪的客户中老年人居多,诈骗案的受害者也几乎都是老人。她肯定和这个案子有关。"

21

杜城、沈翊、蒋峰、李晗聚集在会议室。

杜城:"我们在康复中心查过了。张小雪是个护工,跟被骗老人有最直接的关联,她也了解这些老人的家庭和经济状况。"

杜城在大屏幕上放出四位老人的资料。

杜城:"除了许意多,还有三个被骗的老人是张小雪的客户。"

沈翊:"这么说,她的嫌疑很大。"

杜城:"你怎么想?"

沈翊:"这些老人通过康复中心找护工,有的应该是子女帮老人联系的。那张小雪自然有他们的联系方式,拿到换脸的素材。有的虽然是老人直接联系的,但是她也能确定老人的子女长期不在身边,家里如果有孩子的照片,她应该也能拿到。"

杜城有些犹疑:"但是,我不认为张小雪具备犯下这种高级案件的能力。"

沈翊:"那只是你的偏见。她和底板的气质那么像,就是证据。"

李晗坐在一旁,她面前放着张小雪的笔记本电脑和手机,她正在从中寻找线索。

李晗:"但是,我没有在张小雪的电脑和手机浏览记录里发现她看过老人子女的社交账号。"

杜城:"她没有搜集过其他人的照片?"

李晗:"没有,我没有查到这样的记录。而且,这台电脑功能不多,张小雪好像也不经常使用。"

杜城点头:"没有照片,电脑条件也不足,很难进行换脸。虽然气质相似,但是还不能轻易下定论。"

沈翊:"如果用其他电脑呢?她为了不被发现,完全可能用外面的电脑操作。"

杜城:"要删除网络痕迹,除非社交平台帮忙,否则删不干净的。"

沈翊的语气十分急迫。杜城控制着情绪，想让他平静下来。

沈翊仍毫不退让："那就去社交平台查。"

李晗："沈老师，我查过了。从平台的后台数据来看，张小雪也没有浏览痕迹。"

沈翊："她可以多开几个账号，盗号也可以！"

杜城："没有过。"

沈翊："是你们没有查全！"

沈翊的音量变高了。

杜城："是你太不冷静了！"

杜城探到沈翊面前，一掌拍在他面前的桌子上。

杜城："沈翊，我们需要的是确切的证据。"

22

工作室里，沈翊狠狠地捏着橡皮泥，脸色阴沉。

橡皮泥捏成了张小雪的脸。

沈翊调整着橡皮泥的五官，尝试不同的可能。

杜城站在一旁，看着这样的沈翊，顿感担忧。

杜城："你这样的状态还不如继续休假。"

沈翊把捏完的脸拍在工作台上。

沈翊："我没有不冷静。"

沈翊淡淡回复杜城，拿出美工刀，把刀柄推出，细致地雕着橡皮泥的脸。

杜城叹气，在沈翊身后坐下。他打算在这里看着沈翊，以防他做出什么过激的行为。

杜城看到桌旁有一摞厚厚的资料。

他随手拿起，翻看起来。他发现这竟是老年人诈骗案的卷宗资料。

杜城："你怎么会有这个？"

沈翊没有回头。

沈翊："周广南、刘日光、梅超英、杨德功、周广南、梅超英……"

沈翊答非所问，念起一个个老人的名字。

杜城低下头，看到他说的正是眼前资料上的名单。

沈翊："杜城，你发现没有，梅超英的名字出现了三次，周广南的名字出现了两次。这说明什么，你不会不明白。"

杜城："这些老人会在不同的骗局里重复上当，因为他们本来就是诈骗犯精心挑选的目标。一个骗子得手之后，往往会将受害者名单倒卖给下一波人，这些好骗的、好欺负的老人就要承受一次又一次的欺骗和伤害。"

沈翊没有再回答，继续捏着不同可能的脸。

杜城："你是想在下一位老人受害前，打破这个循环？"

沈翊："破案越快，受害的人就越少。"

杜城看着沈翊的背影，没有再多问。

他发现，此刻沈翊身上好像有了一些他自己的影子。

23

办公室屏幕上显示着一份工作记录表。

这是张小雪的工作时间表，排得满满当当。

杜城看着这份紧凑的时间表，略感奇怪。

杜城："有一点很奇怪。她的工作排得很满，周一到周六，基本上都是上午一家，下午一家，每天只有晚上才能休息。"

蒋峰："如果她晚上行骗呢？"

杜城："还有一个更重要的问题……"

杜城把沈翊收集的那份受害者名单展示给蒋峰。

杜城："张建国、梅超英、李香兰，这几个都是张小雪的客户，也都有重复受骗的记录。"

蒋峰点头："这些老人应该戒备心不强，容易上当。这有什么问题吗？"

杜城："一般情况下，骗子在收割完一波后，会迅速撤离，寻找下一轮目标。"

蒋峰："确实，那些诈骗犯狡诈得很，抓他们可费劲了。"

杜城："张小雪工作以来，从没有离过职，也一直待在北江，她的住处也好几年都没变过。如果她真是诈骗犯，或者诈骗团伙的成员之一，应该不会长时间待在同一个地方。"

　　蒋峰："这么说，这个张小雪是清白的？"

　　杜城："目前确实没找到她实施诈骗的证据，但是，为什么她又和这些老人有着千丝万缕的联系呢？"

24

　　会议室的投影上，假"许思文"的视频再次播放。

　　众人集合，重新看 AI 合成换脸视频。

　　沈翊："其中十多份视频有明显的卡顿，按照付鑫之前的说法，AI 是根据用户上传的照片采集来合成素材的，照片量越大，换脸效果越自然，越难以分辨。"

　　杜城："那下一步的关键就是查出到底是谁在爬取这些照片。"

　　李晗："那我们就从源头开始，排查所有浏览过这些社交账户的账号，排查出异常访问的，再锁定 IP 地址。我去联系金城公司，给我们提供技术支持。"

　　杜城："越快越好，他们的犯罪每一秒都在继续，我们必须阻止更多的无辜者受骗受害。"

　　李晗领命离开。

25

　　技侦办公室里的一排电脑被逐一点亮。

　　付鑫带着几名金城的技术人员坐在电脑前，李晗在旁边指挥。

　　几双手同时敲击着键盘。

　　电脑屏幕上是海量的代码数据。

　　上面显示的都是访问过受害者社交账户并爬取过其照片信息的 IP 地址。

　　墙上的时钟嘀嘀嗒嗒。

　　夜已经深了。

　　蒋峰窝在椅子里睡着了，还打着呼噜。

　　键盘声没有停下。

　　还是没有查出来。

26

杜城走到露台，伸了个懒腰。

他侧过头，发现沈翊正坐在露台一侧的椅子上。

杜城在另一侧的椅子上坐下。

他们一左一右，坐在露台门的两侧，抬起头看向星空。

夜空亮着点点繁星。

杜城自嘲："好久没呼吸新鲜空气了。为了破这个案子，每天就在办公室和技术科里窝着。"

沈翊："就像那些诈骗犯一样。"

杜城："每天窝在小屋子里，想办法骗更多的钱？"

沈翊："要是可以顺着网线爬过去，那就简单了。"

沈翊忽然起身，走到露台沿侧。

他一脚踏上露台的护栏。

杜城一惊，猛然站起。

沈翊站在护栏上，夜风吹起他的头发。

杜城发现，他并不是要做出什么冲动的事，这才安心。

沈翊俯瞰北江，星光仿佛落在了地上，化作城市的灯火。

杜城："网线爬不过去，但我们可以找出他们在哪一盏灯里。"

27

天色由暗变亮，众人又在办公室熬了一宿。

李晗："锁定范围了！"

李晗一声惊呼，睡在椅子上的蒋峰差点儿摔下去。

蒋峰："什么！锁定了吗？"

露台上的杜城和沈翊也闻声走进屋里。

李晗："嗯！反复对比之后，划定了四个异常最明显的 IP 地址。"

众人聚在李晗的电脑前。

杜城："确认过他们的实际地址了吗？"

第十六章

一名金城的技术员在电脑上搜寻。

技术员："有了。"

杜城和沈翊凑到电脑前。

屏幕上显示着一个地址——

北江市东环小区三单元 404。

杜城："只有一个地址？"

付鑫："对，应该是同一个人用了四个不同的 IP 地址。"

杜城："看来没错了。"

沈翊看着这个地址。

28

张小雪家门外，门牌号 404。

沈翊一惊："这个地址是张小雪家！"

杜城："什么？"

众人吃惊，真相又被推翻了？

29

张小雪紧张地坐在审讯室里。

杜城和沈翊坐在她对面。

张小雪："警察同志，我真的不知道许老师的死是怎么回事！"

沈翊没有理会张小雪的申辩。

沈翊："你有没有一起同居的男人？"

张小雪一愣："你怎么知道？"

沈翊回想起在张小雪家，抬头看到身侧的柜子上，最高处似乎堆着什么东西。

沈翊踮起脚，伸手去够，摸着一卷卫生纸。他看了看，又放了回去。

沈翊："你个子不高，却把平时可能随时要取用的卫生纸放在柜子顶部，说明你们家应该有一个个子很高的人，习惯把东西放在高处。你需要时，也能帮你拿下来。"

杜城："我们查过，你是未婚。所以，你有一个同居男友？"

张小雪点点头:"是。"

杜城:"叫什么?"

张小雪:"叫胡志峰,比我大两岁。"

杜城:"做什么工作的?"

张小雪:"他是电脑城的销售,业绩还不错,这个房子也是他帮我租的,但是前不久他说自己已经离职了,没有跟我说找了什么新工作。"

沈翊:"他最近回来过吗?"

张小雪:"他经常出差,前天刚走,说是明天回来。"

沈翊点点头。

张小雪疑惑:"请问,你们问他做什么?他犯什么事了吗?"

杜城:"我们正在找一个嫌疑人。画出他的画像之后,我们发现和你很像,但是,那个人却是一个男人。"

张小雪:"长得像,不是应该怀疑我有没有兄弟吗?"

沈翊:"你听过夫妻相吗?两个长期生活在一起的人,他们的生活习惯会彼此影响,时间久了,常说的口头语、常做的表情和反应也会越来越相似,而这些咬字习惯、表情习惯、动作习惯又会一点点地影响人的面部肌肉和体态,导致相貌和气质都会渐渐变得相似,这就是夫妻相的基本原理。你和这个男人像,不是五官的雷同,而是表情运动习惯与神态的相似,所以并非先天的相像,而是后天的相像。"

杜城:"我们要找的人,就是你的男友胡志峰。"

30

杜城疾行在走廊上。

杜城:"胡志峰应该是利用张小雪的职业获取老年人的信息。"

无人回话。

杜城猛然转身,走廊空空荡荡。

杜城:"沈翊?"

和杜城一起出来的沈翊不见了。

杜城突然想起什么。

第十六章

沈翊的手藏在会议桌下，正摩挲着一柄美术刀。

咔嚓，咔嚓。刀柄推出去，拉回来。

杜城心中一悸。

杜城："不好。"

31

牧马人疾驰而过。

杜城打着方向盘，冲出分局，冲上街道。

杜城："什么情况，快说。"

杜城的耳朵里塞着耳机，里面传来李晗汇报的声音。

李晗："城队，这个胡志峰换过很多次工作，每次都是主动辞职。而且，他每次离职的时间都能跟之前发生过的诈骗案案发时间对应上。这次也是一样！"

杜城点点头，咬紧牙关。

杜城："沈翊一定是自己去找这个胡志峰了。"

他猛踩油门，牧马人的速度加快，直奔远方而去。

32

沈翊夹着一幅画，带着阴郁气息，停在了一扇门前。

叩叩。

敲门声传来。

胡志峰一惊，他匆忙地收拾着行李，准备跑路。

他透过猫眼，看到屋外站着瘦弱的沈翊，不像是警察。

胡志峰松了口气。

咚咚。

沈翊还在敲门。

胡志峰不耐烦，猛地推开门。

胡志峰："你烦不烦啊？"

胡志峰冲着沈翊一吼，就要关上门。

沈翊用脚卡住了胡志峰的门。

胡志峰一愣。

沈翊把门拉开，走进了胡志峰家。

咔嚓。门被关上了。

胡志峰："你、你干什么？"

沈翊背靠着门，把画支在地上。

沈翊："胡志峰？"

胡志峰："你是谁？"

沈翊微笑。

他一把扯下手里的画布。

一幅油画露了出来。

画上是无数飘荡着的灰色骷髅，骷髅像是无数灵魂，整幅画就像是由怨灵组成的一道旋涡，深深坠入油画中央无尽的黑色。

整幅画就像是地狱之景。

沈翊："你知道这些是什么吗？"

胡志峰盯着这幅画，怨魂们就像活了一样，从地狱中央飘浮上来。胡志峰看着看着，不禁一抖。

沈翊："2017年5月，你假装是张建国老人的儿子，让他给你打五十万还钱。一年后，他得了癌症，因为没钱治病，死了。"

沈翊往前一步，胡志峰一怔，后退一步。

沈翊："2018年1月，你假装是梅超英失联已久的儿子，骗走她三十万。2018年10月，你将周广南的养老金骗取一空，老人最终饿死在家中……"

沈翊一桩桩细数着胡志峰犯下的罪行和他亏欠的人命。

胡志峰被沈翊冰冷的声音吓到，一步步后退到了厨房。

他背在后面的手抓住一把水果刀。

沈翊走到他的面前。

沈翊："2020年9月。你用换脸技术假装成许思文，骗走了许意多老人这辈子的所有积蓄。就在四天前，他自杀了。"

胡志峰发现眼前的男人居然知道他犯下的每一桩案子，心头一紧。

胡志峰："你到底是谁？警察吗？！"

沈翊把油画立在胡志峰面前。

沈翊:"我是来送你下地狱的。"

"深渊地狱"和"老人们的怨灵"面向胡志峰,仿佛要将他吞入其中。

胡志峰浑身颤抖,一把抓起水果刀,向沈翊劈来。

沈翊不逃也不躲,任凭胡志峰向自己袭来。

砰——

胡志峰家的门被推开。

嘶啦——

尖刀穿透那幅油画。

杜城:"胡志峰,不许动!"

杜城猛冲过来,一把将胡志峰按倒在地。

杜城满脸是汗,抬起头,看到了被划出一条口子的画。

沈翊站在一旁。

杜城看着他,担心他因为这幅画被毁了而愤怒。

沈翊的脸上带着笑,没有一丝怒气。

33

警车上的红灯不停闪烁。

胡志峰被押上警车。

杜城和沈翊并肩站在路边,隔着马路凝视着这一切。

杜城:"你如愿了?"

沈翊:"什么?"

杜城拿起沈翊夹着的那幅画,中央被划开一道口子。

杜城:"你今天过来,就是想引导胡志峰毁了这幅画,加重他的刑期。以他诈骗的涉案金额,估计也就三到十年,但他毁了你这幅画,可就不止这些年了。对吧?"

沈翊:"这么一幅画,就算毁了,又能加多少罪呢?"

警笛鸣起,载着胡志峰远去。

34

杜城手握一份文件,发起最后的动员。

杜城:"犯人胡志峰已经认罪,他们是一个有组织的诈骗集团,团伙遍布全国各地。他们在线上分工,有人负责收集照片,有人负责进行技术合成,有人负责通话诈骗。胡志峰负责的就是最后这一环。"

杜城在白板上贴着的地图上标注出几个重点。

杜城:"胡志峰已经交代出了同伙们的位置,立即联系各地分局,协助破案,抓捕嫌疑人!"

众刑警:"是!"

会议室中,众刑警齐声回应。

35

沈翊和许思文坐在许老师家的客厅里,对着两位老人的遗照,相顾无言。

沉默良久,沈翊先开口了。

沈翊:"诈骗犯已经缉拿归案了。"

许思文坐在老旧的沙发上,不禁惨笑。

许思文:"现在找到有什么用呢?他们已经不在了。"

沈翊面色如常,但他紧紧握着拳头。

许思文:"你比我更不甘心吧。"

沈翊:"我已经做了我能做的所有事了。"

许思文沉痛:"可我没有。如果我没有和他吵架,如果我经常打电话回家,他也许就不会被骗了。"

沈翊看着面前的许思文,只能沉默。

斯人已逝,只有时间能抹去悲伤吧。

良久,许思文忽然开口。

许思文:"我想留下一幅爸爸的画,还来得及吗?"

沈翊有点意外地抬起头,许思文也看向了他。

两人对视片刻。

沈翊微笑着点头。

36

许意多的画展结束了。

画廊布满梯子与工具，工人往来其间，几幅许意多的画被堆放在墙边。

形容枯槁的许意多肖像。

这幅巨大的肖像画，从展厅中心缓缓降下。

犹如已经陨落的许意多。

一双大手牢牢接住这幅画。

是杜城。

杜城把这幅画拿下来，递给面前的人。

沈翊郑重地接过来。

杜城却没有松手。

杜城："如果那天你见到了老师，他叫你回去画画，你会怎么回答？"

沈翊看着面前的肖像。

瘦削的老师，苍老的面孔。但是，他的眼神，依然炯炯发亮。

窗外，大雨倾盆。

许老师站在沈翊面前。

许老师："警局还有很多的画像师，可是美术界，只有一个沈翊。"

沈翊望着许老师。

许老师："可以把沈翊还给我们吗？"

两人久久凝视着彼此。

沈翊开口了。

雨声太大，听不见沈翊说了什么。

沈翊："我会告诉他，我要留下来，继续当画像师。"

杜城一怔。

杜城："哪怕重来一遍，还会这么选？"

沈翊微笑："虽然警局不缺我一个画像师，但是在这里，我能依靠自己的画，解救无数的人，对抗无数的恶。我能做的事，比单纯地画画，多得多。"

> 猎罪图鉴

沈翊直视着杜城。

杜城发现了沈翊到底发生了什么样的变化。

他似乎,比之前更加坚定了。

杜城:"不后悔?"

沈翊:"不后悔。"

许意多的肖像上,老人的嘴角,似乎带着隐隐的微笑。

第十七章

1

寻常的工作日,杜城驾着牧马人缓行,开往分局方向。

手机铃声响起。杜城扫了一眼手机屏幕:"杜倾"。

他不禁头疼,杜倾打电话过来从来就没有轻松的事。

杜城无奈地点开,与杜倾对话。

杜倾:"阿城——"

杜城:"不去。"

杜倾:"我还没说话呢。"

杜城:"酒会、饭局、宴会、冷餐……也就这些。"

杜倾:"又被你猜到了。明天确实有一个……"

杜城:"没空。"

杜城毫不犹豫地拒绝。

杜倾:"蒋峰可告诉我了,你们明天放假。"

杜城:"多嘴。"

杜城的牧马人在分局门前停下,他推门下车,走向分局。

杜城:"你知道,我没兴趣。"

杜城应付着,人已经走进大厅。

电话那边的杜倾:"北江所有的互联网大佬都会去。"

杜城:"有案子,先挂了。"

杜城编了个理由,速速挂掉电话。

他看到沈翊喝着一杯咖啡,悠闲地往画像室走去。

2

杜城跟在沈翊身后，正要喊他。菲姐风风火火跑出，抢杜城一步跟进画像室。

菲姐："小沈……"

沈翊正准备放下三本美术书，疑惑回头，看着脸上堆满笑的菲姐。

菲姐："我朋友的表哥的女儿的闺蜜，特别漂亮，一直单身，我打算给她介绍局里优秀的单身刑警。"

菲姐拍拍沈翊的肩膀。

沈翊："我还不够优秀。"

菲姐："不不不！你一表人才，风流倜傥，就是咱们分局的门面。明天上午十点，怎么样？"

沈翊："菲姐，太不巧了，我明天上午有课。"

菲姐："你下午去也行啊！"

门口传来轻轻的嗤笑。沈翊望过去，是正靠在门口看热闹的杜城。

杜城："不要拒绝菲姐的好意啊，分局门面。"

杜城有意调侃沈翊。

沈翊看着杜城，突然笑了。

杜城预感不对，只要沈翊一笑，就要生事。

沈翊："菲姐，明天城队休假。所以……"

沈翊引导菲姐看向杜城。

杜城尴尬，后退几步想溜出画像室，但是菲姐连忙上前，一把拍上杜城的肩膀。

杜城："菲姐，我明天很忙！"

菲姐："我已经决定了，你去，给咱们分局争口气！"

杜城："我……"

菲姐："小杜，你一表人才，风流倜傥，就是咱们分局的门面！你不去谁去？"

杜城无语。

沈翊:"不要拒绝菲姐的好意。"

杜城被噎住,心想菲姐怎么对谁都是这句话?

他还想拒绝,菲姐已经把写了地址的卡片塞到杜城的口袋里。

菲姐:"地址给你。明天上午十点,别迟到!"

菲姐满意地离开了。

杜城瞪向沈翊,沈翊已经坐在工作台前翻看一本波普艺术的书,事不关己。

3

杜城走向办公室。他手里攥着卡片,心里烦躁。

"听说你要去相亲?"

杜城回头,何溶月手中捏着报告朝他走来。

杜城:"不是……"

何溶月:"我们都听菲姐说了。"

杜城无语:"给菲姐一个面子。"

何溶月:"加油。"

何溶月笑着拍拍杜城的肩膀,转身离开。

杜城读不懂何溶月的笑意,有点气恼。

杜城:"我就是去完成任务!"

何溶月的背影已经消失在走廊尽头。

杜城的心情更烦躁了。

4

沈翊抱着一沓画作走进阶梯教室,但今天教室里的气氛明显不一样。

所有女生的余光都有意无意飘往同一个方向。

座位上的女人,戴着黑色法式宽檐帽,大方地享受着注视。

是杜倾。

沈翊愕然,她为什么会出现在这里?

杜倾朝沈翊飞去一个笑。沈翊面不改色,装作没看见。

他环顾学生,目光落在一个神色狂傲不羁的男生身上。

沈翊:"赵晓旭,带着你的画具上来。"

男生夹着画板,走到讲台前。

沈翊递给他一副耳机,指了指讲台旁的一个座位。

沈翊:"戴上耳机,背对同学坐到那里去。我需要你听着耳机里的音乐,根据旋律展开想象,画出一幅风景画。"

赵晓旭怔了怔,还是戴上耳机,背对同学坐到了那个座位上,展开画纸,准备作画。

画幕上出现了一幅画,是赵晓旭的风景画。

线条凌乱、风格诡异,侵略性十足。

沈翊用红外线笔点着。

沈翊:"赵晓旭的风景画结业作品,在这次学生互评打分中,被评为最后一名,共有十一位同学给他作品的打分在及格线以下。这十一位同学,请你们站起来。"

十一位学生站了起来。

赵晓旭浑然不觉。他双目紧闭,全身心沉浸在音乐里,一只手捏着画笔,虚虚垂在画板上。

沈翊:"你们打低分的理由是什么?"

一位学生:"这画一看,心里就有强烈的不安感……侵略感太明显了……画见其人,我觉得,能画出这样作品的人一定是疯子。"

台下突然传出不屑的"切"声。

众人纷纷望向杜倾,这个不属于课堂的人。

杜倾:"疯子?是画的人疯,还是看画的人疯?"

一阵沉默。

沈翊却笑了,心想不愧是姐弟,脾气一样冲。

沈翊再度按动红外线笔,幕布上的画变成了威廉·霍加斯的《疯人院中的浪子》。

沈翊:"这是威廉·霍加斯的名作《疯人院中的浪子》。你们告诉我,这画中的十四个人,哪些是疯子?"

学生 A:"我觉得都是!"

学生 B："我觉得画面后方那两个女人，至少不是疯子！"

沈翊："为什么？"

一个女生站出来。

女生："她们衣着体面华丽，手里摇着扇子，看向画中其他人的表情显然带着好奇和嫌弃，跟画中其他人比起来，更像是局外的看客。"

沈翊点头："你答对了。"

红外线笔指着画中的两个女子。

沈翊："这两位高贵仕女，确实是来疯人院参观的看客。当时所谓的疯人院就像动物园一样，对参观者收取费用，来维持自己的经营。而这些付钱的看客则带着或厌恶或猎奇的心态，混杂着一点若有若无的怜悯，围观自己不幸的同类。"

学生一片哗然。

学生："疯了吧！来疯人院参观！"

沈翊："谜底未解，继续。"

杜倾："沈老师——"

她非要招惹沈翊的注意力。

沈翊再也无法忽视她。

沈翊："你说。"

杜倾："我觉得画面最前方，没穿衣服的那个男的，肯定不是疯子。"

沈翊："哦？为什么？他处在画面最核心的位置，显然是画家要表现的灵魂人物，不更应该是疯子吗？"

杜倾："可是沈老师，你说这幅画叫《疯人院里的浪子》。这个男人又在画面中心，所以这个男人应该就是那个主人公浪子，不是疯子。"

沈翊凝视她："你说得没错，他确实是这幅画的主人公，疯人院中的浪子。他在大学期间意外继承了一笔遗产，却全部挥霍在赌桌上，破产当天，他精神崩溃，自杀未遂，就被人送到了疯人院。"

底下议论纷纷。

学生："太不人道了……闹个自杀就要被关进去，那疯人院里的艺术家，可比留在外头的多得多了！"

沈翊:"这话说得好。我也问——疯人院里,关的就一定是疯子吗?"

沈翊凝望台下,台下的学生安静了。

沈翊:"中世纪的欧洲疯人院,与其说是个医疗机构,不如说更像是个社会裁判所。破产自杀的赌徒浪子、偏执创作的艺术家、反抗主人的奴仆,甚至不肯跟丈夫离婚的妻子……任何一个被主流社会排斥,又不能被法庭判决有罪的人,都可能成为被关起来的'疯子'。"

学生:"所以沈老师,这幅画里,到底谁是疯子?"

沈翊:"没有标准答案。霍加斯就是想要告诉后来者,正常和疯狂,都是被社会定义的,一个保守和专横的社会能把正常人疯狂化。到底谁是疯子?裁判权完全掌握在我们每个人手中,而我们每个人,也都无时无刻不被同类裁判着。"

沈翊的目光转向赵晓旭,后者仍沉浸在音乐中。

他这一堂课就是为了这个被视为疯子的学生而设的。

赵晓旭的画已经完成。他望着画板,几乎落泪。

沈翊走上前,轻轻摘下他的耳机。

沈翊:"你听到了什么?看到了什么?"

赵晓旭:"是舒伯特的《小夜曲》。我看到了有人撑着船,船桨推开了水面上的睡莲……"

沈翊将画作举向学生。

沈翊:"现在,你们还会定义他是疯子吗?"

画作上,是波光粼粼的湖畔夜色,宁静动人。

5

咖啡馆里坐满了来打发周末时光的情侣。

杜城坐在靠窗的位置。他对面的位置还是空的。

杜城:"不好意思,我是警察,你也知道我的工作性质。忙起来,得有好几周回不了家。我们不适合。"

他对着空气练习着拒绝的方法。

时间过去,咖啡馆里越来越挤,但杜城对面依然是空的。

杜城抬手看表,十点二十分。女人已经迟到二十分钟了。

杜城喝下一口咖啡,起身要走。

店门口的迎客铃响起。

他往门口看去。一个高挑儿的女人(萧珊)跑进来,头发、上衣都湿了。她边拍去身上的水,目光边在店内寻找着。

杜城心里默念"别过来,别过来",但是女人却一步步走向他,在他面前坐下。

女人指着自己的湿发,冲杜城一笑。

女人:"不好意思啊,迟到了。路上碰到洒水车,没躲开。"

女人唤住经过的服务员。

女人:"帮我拿个干毛巾好吗?"

一会儿,干毛巾递到女人手上。她擦着湿发,微微歪着头,凝视着杜城。

杜城被她看得有点不好意思,只能借着喝咖啡转移注意力。

6

女学生们涌向阶梯教室的讲台。几人围着沈翊,叽叽喳喳地问问题。

学生 A:"沈老师,你看这幅画,我做的赏析对吗?"

学生 B:"沈老师,周六有个画展,你想不想去?"

学生 C:"沈老师……"

沈翊望向教室后排。

杜倾正笑眯眯地看着自己。

沈翊看出杜倾好像想对自己说什么。

沈翊:"同学们,不好意思,我今天还有点事。有什么问题,咱们下节课再聊吧。"

学生们失落地叹息。

沈翊随着几个女孩走出教室。

路过杜倾时,杜倾还冲他眨眨眼,言外之意像是在说"做得好"。

他微笑着向她们摆摆手。

沈翊:"下次课见。"

咔的一声。

沈翊关上了教室的门。

女生们趴在窗户上，八卦地窥探着教室里的沈翊和杜倾。

杜倾正笑吟吟地面向沈翊。女生们看着，又气又恨。

圆圆脸女生："沈老师不是单身吗？这女的是谁啊……看着比我们大好多，沈老师不会是个姐控吧？"

教室里的两位关注对象交流气氛渐佳。

女生们哭丧着脸。

女生们："完了，我们输了……"

圆圆脸女生："谁说是女朋友了？也有可能是画商、赞助商，找沈老师买画的。"

圆圆脸女生指着格特鲁德·斯坦的画像。

圆圆脸女生："毕加索不是也有格特鲁德·斯坦帮他卖画嘛，这女的一定是赞助商。"

众女生一致点头，接受了这个猜想。

格特鲁德·斯坦正凶狠地瞪着她们，画像叠在了杜倾身上。

沈翊自如地收拾教具。杜倾盯着他的脸，似要在他脸上盯出一个洞。

沈翊："你在看什么？"

杜倾："看一个不一样的你啊。"

杜倾说着，有意向沈翊靠近。她知道，外面有一群女生正关注着，便有意挑逗他。

沈翊并不吃这一套，面不改色。

沈翊："哪里不一样？"

杜倾："我在警局里看到的你，就像夹在狼群里的猫。"

杜倾："没想到你站上了讲台，倒像一个画家里的战士。"

沈翊笑了。

杜倾："你笑什么，我说的不对吗？"

沈翊从画具中拣一支宝蓝色的笔，在自己的白衬衫上一比。

沈翊："你看这是什么颜色？"

杜倾："宝蓝色。"

沈翊抬手，轻轻摘下杜倾的法式宽檐帽。这个动作引起教室外女生的一小片骚动。

　　宝蓝色的笔放在黑色帽子上。

　　沈翊："现在呢？"

　　杜倾："嗯……比刚才暗了一点。这是什么小把戏吗？"

　　沈翊："是视觉欺骗，你的眼睛欺骗了你。同样一支笔，在不同的环境色之下会呈现出不同的颜色，但笔本身并没有变。我只是一个画像师，无论在哪个环境里，我都是一个画像师。"

　　杜倾凝视沈翊，欣赏之意又多了几分。

　　杜倾："真有趣，怪不得我弟弟总是跟你合作。"

　　沈翊："你来找我，是为了杜城吧。"

　　杜倾眨眨眼。

7

　　咖啡馆里，杜城对面的女人（萧珊）仍擦着头发。

　　杜城把咖啡喝得见底。

　　萧珊看出杜城的窘迫，嫣然一笑。

　　萧珊："第一次相亲？"

　　杜城差点被咖啡呛到。

　　杜城："我是警察……"

　　萧珊："我知道。警察多帅啊。"

　　杜城："没什么帅的，经常加班，忙得回不了家，实在不适合恋爱。"

　　萧珊："我们模特也一样，忙的时候到处飞，这一点，我们还挺像。"

　　萧珊的话噎住了杜城事先排练好的台词，杜城只能另找借口。

　　杜城："我还有事……"

　　萧珊："你开车了吗？"

　　杜城的托词被萧珊打断，萧珊指指还未干的上衣。

　　萧珊："我现在这样不方便……能麻烦你送我去公司吗？我换个衣服，很近的。"

杜城："但……"

杜城只想赶快离开。

萧珊："太麻烦了是吧？没事，你有事就先走吧，我在这里坐着，等衣服干了再走。"

杜城犹豫着，萧珊突然打了个喷嚏。

萧珊："这店里有点冷啊……"

杜城于心不忍。

杜城："你公司在哪儿？"

杜城和萧珊从店里走出，坐上牧马人。

车子驶离。

五十米开外，一辆白色车子驶出，跟着杜城的牧马人开向主路。

8

沈翊和杜倾并肩在湖边散步。

一头黄黄绿绿发色的男生滑着滑板绕过。

杜倾瞧着他的背影。

杜倾微微一笑："你知不知道，阿城读中学的时候也是那样的。"

沈翊想起杜城素日在警局威严的样子，跟着笑了。

杜倾："染头发、逃学、打架，叛逆小孩干的事他都干了。我父母生意忙，没空儿管他。他们都以为阿城没救了。"

沈翊静静听着杜倾的回忆。

杜倾："直到有一天，阿城在学校砸坏了校长的车，校长要请我爸爸过去一趟。我看着阿城，你知道阿城跟我说什么吗？他说，'这回我可以见到爸爸了吧……'。我这才知道，阿城做那些事情，只是想让父亲抽出时间跟他说说话。"

杜倾眼中流露出对弟弟的心疼。

沈翊："我猜，你们父亲还是没有去。"

杜倾苦笑："父亲派了助理过去。"

沈翊停住脚步。

沈翊："你为什么要跟我说这些？"

第十七章

杜倾:"我想让你劝劝他,别干刑警了。"

沈翊愣住。

杜倾:"他当初要考警校,我父母就不同意,但阿城死活要当警察,还离家出走。其实就跟小时候耍叛逆一样,只是想让我们关注他。他不是真的喜欢当警察。"

沈翊严肃起来,听到杜城被否认让他有些许不爽。

沈翊:"杜城选择成为刑警只是为了他自己,不为任何人。"

沈翊的脑海中浮现出杜城工作时的样子:杜城穿着那双磨破了鞋底的鞋子,大步前行,直朝线索目标而去,用脚丈量现场,不放过任何蛛丝马迹。

沈翊:"他为了抓犯人,在每一个缝隙中寻找线索,甚至可以踏遍北江的每一寸地。如果只是一年、两年,或许他是为了博关注,但杜城已经干了将近十年,这十年他踏出去的每一步,都是他心里那股使命感驱使的。用博关注来定义他,这对他不公平。"

杜倾惊讶,沈翊对杜城竟如此了解。

杜倾:"我和他一起生活了三十多年,对他的了解还不如你。"

沈翊:"了解深浅不是靠时间长短决定的。"

沈翊凝视着杜倾,眼中带着认真。

9

牧马人缓缓停下。

杜城透过车窗,看到模特工作室的招牌横在大楼门口。

杜城开了车门锁,转向萧珊。萧珊正看着他。

萧珊:"上去坐坐吗?"

杜城摇头。

萧珊仍眼带笑意盯着杜城,没有要下车的意思。

杜城:"你有话跟我说吧?"

萧珊一愣。

杜城:"你是模特,长得好看——"

萧珊:"你觉得我长得好看啊?"

杜城被萧珊反问后，一怔。

杜城："我的意思是，你不需要通过相亲来认识对象。你会来，不是冲我这个人，而是冲我的身份吧？"

萧珊欣赏地看着杜城，果然是警察。

杜城："咖啡店里的温度保持在25摄氏度，并不冷。你是有意让我来这儿的。"

萧珊欲言又止。

杜城："你有事？"

萧珊："我不想麻烦你的，但现在好像除了你，没有人可以帮我了。"

工作室宽敞明亮，摆放着无数张大幅照片。

迷人的身姿。

婀娜的姿态。

绚丽的裙摆。

然而这些照片全都被割去了模特的头，看起来诡异而恐怖。

杜城："这是怎么回事？"

杜城和萧珊站在工作室里，望着这些恐怖的无头照片。

萧珊："刚开幕不久的信山艺术园区，你知道吗？"

杜城点头。

萧珊："最近，那边正在举办一个摄影展，是顶级摄影师曼迪的作品展。我好不容易才争取到和他合作的机会，拍了大片。"

杜城："然后，你的照片被弄成了这样。"

萧珊点头："摄影展开幕当天，我们一进展馆，里面所有我的照片，头都被人用刀给割掉了。"

杜城："什么时候的事？"

萧珊："三天前的晚上，现在展览已经叫停了。"

杜城："报案了吗？"

萧珊："当天就报了！信山艺术园区是个新的园区，内部还没安监控，找不到那个人。但是，晚上展馆的大门会上锁，所以那个人一定是在十二点之前进去的。"

杜城走上前，翻看着破损的照片。

划痕平滑，而且每一张都是只割下了头部。

杜城："这个人应该知道展馆里没有安监控，才会做下这种事。"

萧珊："可是，知道这件事的人不多，也就是我，还有曼迪老师身边的人，难道……"

杜城："你最近有没有和谁结仇？"

高挑儿的男男女女。

工作室的小厅里，聚集着几名漂亮的模特。

萧珊引着杜城走进休息区。她指着其中一位婀约多姿、体态婀娜的女性。

杜城看过去，那女人长发如瀑，面若桃花。

萧珊："舒浅浅。她自从知道我和曼迪老师合作后，就一直针对我，也不知道为什么。"

杜城无奈地看着萧珊，内心却想吐槽："你会不知道什么原因吗？"

舒浅浅回头看见萧珊，嫣然一笑，热情地迎上来。

舒浅浅："呀，萧珊，你怎么回来了？"

萧珊："逛街经过这里，过来看看你。"

萧珊自然地挽上杜城的胳膊，杜城来不及拒绝，只能忍着。

舒浅浅上下打量杜城。

舒浅浅："摄影展的事，我们都听说了，别担心，等曼迪老师处理好，也许你的照片还能被放上来。"

萧珊："曼迪老师这次的展只有我们两个模特。我的照片被撤掉，就只剩下你的了。"

萧珊耐人寻味地看着舒浅浅。

舒浅浅："阴阳怪气什么？你难道想说照片是我动的手脚吗？"

舒浅浅恼怒，杜城赶紧挡在萧珊身前，趁势抽出了被萧珊挽着的胳膊。

杜城："冷静一下。"

舒浅浅："你是谁啊？"

杜城："我是萧珊的朋友。"

不是公案，杜城不方便亮出警察身份。

舒浅浅安静下来。

杜城："我们主要是想了解情况。照片是在开展前一天晚上被损毁的，那天你在哪儿？"

舒浅浅冷笑："我可不像某些人，每天那么闲。那天我有活动，参加了FLY Studio的春装首秀。晚上七点到十点都在工作。十点之后，我还去了庆功宴，凌晨才回家。"

杜城："有那天的视频可以看看吗？"

舒浅浅："凭什么给你看啊，你是警察吗？"

杜城一时语塞。他强压住心中的不耐烦。

杜城："如果不了解实情，我们可能真的会报警。你不希望自己的工作受影响吧？"

舒浅浅想想利害关系，不耐烦地刷开手机，在手机上播放着秀场视频。

舒浅浅："看清楚了，我走了两遍，没时间动你的照片。"

有人敲了敲小厅的门。

几人回头，发现是摄影师雷浩。他戴着鸭舌帽，穿着工装外衣，显得有些憔悴。

雷浩和萧珊看到了彼此，都尴尬地别开了眼神。

舒浅浅："雷老师！"

舒浅浅热情地迎过去，向雷浩问好。

舒浅浅："你看我这记性，今天约好拍新造型的，雷老师，咱们走吧。"

雷浩点头："我在外面等你。"

杜城站在一旁，默默地观察着几人。

雷浩出去，舒浅浅得意地笑了。

舒浅浅："萧珊，雷老师以后就是我的御用摄影师了。当初就是他捧红了你，没想到你这么快就被抛弃了，可惜啊……"

萧珊脸上绷不住，闪过愠色。

萧珊："是我主动和他终止合作的！"

舒浅浅毫不理会，扭着腰离开了。

小厅里安静下来，气氛十分尴尬。

萧珊一把拉过杜城的胳膊。

萧珊："走吧！杜警官。"

回到车里，萧珊余怒未消："不是舒浅浅，还能是谁呢？"

萧珊看着杜城，杜城极力回避她的视线，望向后视镜。

后视镜窄小，恰巧框住了副驾驶座上萧珊的脸。

杜城想起沈翌坐在副驾驶座上，后视镜框住了他的脸。如果是沈翌，会怎么做呢？

他想起沈翌曾说的，"卡拉瓦乔曾经画过很多砍头的画，砍掉头，也意味着对人格的毁灭"。

杜城有样学样："割去照片的头，就意味着斩首。你知道卡拉瓦乔吗？"

萧珊疑惑地摇摇头。

杜城："他画过很多砍头的画。砍掉头，也意味着对人格的毁灭。破坏照片也是一样，尤其是把头部的位置全都割掉，对方应该确实对你怀有一定的恶意。"

萧珊："我怎么这么倒霉？"

杜城："虽然现在还没有造成实质性的伤害，但如果找不到人，很容易转化为更激烈的人身伤害。你再仔细想想，身边还有没有让你感到危险的人？"

萧珊仔细思索，突然露出害怕的表情。

萧珊："有！前段时间，我一直觉得有人在跟着我……"

之前在试衣间，萧珊正满意地打量着镜中一袭红裙的自己。

手机一响，一条短信。

短信："你还是穿黑的好看。"

萧珊看完短信，脸唰地白了，慌忙拉开试衣间的帘子，朝外探去。

四下无人。

萧珊心有余悸，躲回试衣间，拉紧了帘子。

10

萧珊锁好车，步向大门，听到身后一声阴恻恻的笑。

萧珊紧张地回头，并没有看到其他人的影子，便迅速奔向入口。

11

杜城："你报警没有？"

萧珊:"报过,也没查出来。你一定要保护我!"

萧珊抓住杜城的胳膊。

杜城:"我在开车……"

萧珊松开手,一脸害怕。

杜城从后视镜看到,一辆白色的车一直跟着他们。

杜城警惕,一打方向盘,走上另一条路。

12

牧马人突然加速,拐进一条小路。

白车反应不及,急刹车之后,又掉转车头跟上。

一个拐角,白车冲出,前方的牧马人竟然消失了。

白车在原地犹豫着。

突然,一阵轰鸣声,牧马人从后方直冲而来,将白车卡死在胡同里。

白车动弹不得。

杜城摔门下车,敲敲白车驾驶位的车窗。

杜城:"开门。"

车窗摇下,一张冒着冷汗的油方脸。

13

杜城坐到白车的副驾驶座上。

油方脸男子畏缩在驾驶座上,不敢看杜城。

杜城:"为什么跟着我们?"

油方脸男子深深埋着头。

杜城:"萧珊说她前几天夜里遇袭了,是你干的吧?"

油方脸男子一惊。

油方脸男子:"怎么可能?我没有偷袭她!"

杜城:"猥亵女性可是重罪。"

油方脸男子着急了:"猥亵?!怎么可能,我就只是远远地看着,没有动手!"

杜城:"那萧珊收到的短信是怎么回事?"

油方脸男子:"我……我就是太喜欢她了。她就是我的理想型!但她总是高高在上的,我每次去机场接机,她理都不理我。我不服气,我为她花了那么多钱,她凭什么不能属于我?"

杜城:"你是怎么知道萧珊的手机号的?"

油方脸男子:"这个,不太方便说。"

杜城:"不方便?"

杜城掏出手机要拨打110。

杜城:"去警察局里说方不方便?"

油方脸男子:"我说,我说!网上有人卖明星的手机号,我花了五十块钱买的……"

杜城:"你知道她最近参与了一次摄影展吧?"

油方脸男子颤巍巍地点点头。

油方脸男子:"开幕当天,不知道什么原因,展览暂停了。"

杜城:"因为萧珊的照片,全都被割去了头。"

油方脸男子:"什么?"

杜城观察着油方脸男子的表情,确实像是毫不知情。

杜城:"你追不到萧珊,就破坏了她的照片泄愤。"

油方脸男子:"不是我!"

杜城:"开幕前一天晚上,你在干什么?"

14

萧珊坐在牧马人副驾上,望着白车上的动静。

杜城从白车上下来,回到牧马人的驾驶座上。

萧珊:"原来那个变态是他。杜警官,你太厉害了,真的抓到他了!"

杜城:"不是他。"

萧珊一怔。

杜城:"他只是你的狂热粉丝。想要占有你,好在还没付出行动。"

萧珊:"粉丝?"

杜城启动牧马人，驶离胡同。

杜城："开幕前，他一直跟着你，拍了你当天晚上聚会的照片，没有时间去展馆。"

萧珊："他都拍了什么？！"

萧珊的手不禁颤抖。

杜城："只是普通的照片，不用担心。我刚才报警了，派出所会处理的。"

萧珊松了一口气。

15

沈翊背着包，和杜倾并肩走在商业街上，一路无话。

沈翊闲适地往身旁的店面看去。

有漂亮的咖啡厅，精致的服饰店，还有餐厅。

沈翊忽然停下脚步。杜倾看沈翊停下了，也好奇地探过头。

一间餐厅的靠窗位置上，杜城正和一位美女相对而坐。

杜城："没有指纹、没有证据，也不是伤害性案件，没法儿用证物系统……"

萧珊打断："你不管我了吗？"

萧珊又要扮可怜，杜城头痛扶额。

杜城："没说不管……"

突然，萧珊看着窗外，一愣。

窗外，沈翊掏出一支签字笔，照着杜城的位置，在玻璃上一撇一捺画了两笔。

杜城："怎么了？"

萧珊指了指窗户。

杜城回过头，见是沈翊和自己亲姐在一块儿，面露讶异。

杜倾指着杜城映在玻璃上的脸，哈哈笑着。

杜城的脸正好对上沈翊随手画的两笔，像长了达利一样的胡子，十分滑稽。

杜城已将大致原委说出，沈翊安静地听着。

杜倾："原来是这样。我可以看看照片吗？"

萧珊点开手机中的照片，递给杜倾。

沈翊用余光扫了一眼照片，已看出门道。

第十七章

沈翊:"你觉得这些照片是在表达愤怒?"

杜城:"每一张照片都只挖了头部,情绪还不够强烈?"

沈翊:"切割痕迹平滑,真的是在愤怒情绪下切的吗?"

沈翊看着一脸正色的杜城,突然笑了。

杜城:"你是不是看出什么了?"

沈翊不回答了。他有意戏弄杜城,让杜城觉得莫名其妙。

座位上只剩下沈翊和杜城。

沈翊从包中抽出一本波普艺术书翻看。

杜城瞄了一眼远处正在取沙拉的杜倾,确认她没有注意到这里的动静。

杜城:"你怎么和我姐碰上的?"

沈翊:"她来旁听我的课。"

杜城:"给你打个预防针,我姐那人,成天就想在我身边安插间谍,你不要听她的。"

沈翊摇头,继续翻动书页,反应不冷不淡。

沈翊用余光瞄了杜城一眼。

沈翊:"你好像还有话问我?"

杜城摇头,不愿在沈翊面前示弱。

沈翊翻到大卫·霍克尼的拼贴摄影作品,有意侧身,让杜城看到书上的内容。

沈翊:"这段话真有趣。"

杜城果然被吸引,瞥向沈翊手中的书。

沈翊一笑,起身,把书倒扣在桌面上。

沈翊:"我也去拿点沙拉。"

沈翊一走远,杜城翻过书。

一张老太太的拼贴摄影照。照片中,数张原本完整的老太太照片被切割出了五官,眼、眉、鼻、耳、嘴,它们被重新排列组合,形成了新的拼贴人脸,并在拼贴中,依然还原出了老太太的脸。

杜城:"艺术家们切割照片,不仅仅是为了收藏,同时还会重新拼贴,以寻找到新的价值或者情绪表达……"

杜城内心了然。他望向沙拉区，远处的沈翊背对着他。

杜城小心谨慎地将书倒扣回去，甚至连书与桌子的位置关系都严丝合缝对好。

随着沈翊等人的说笑声音由远及近，杜城赶快坐好。

杜城："取这么久？"

杜倾："这么容易不耐烦啊。"

沈翊跟着杜倾、萧珊放下沙拉，瞥了一眼桌上的书，书没有被动过的痕迹。

沈翊疑惑地看向杜城。

杜城坦然回视。

餐厅的门打开，吹动门口的风铃。

杜城和萧珊，沈翊和杜倾，分别站在左右两侧。

杜城："你接下来……"

沈翊抢答："今天休假。"

杜倾拍拍沈翊的肩膀。

杜倾："行了，阿城。沈翊今天跟我混，你别逼着人家加班了。"

杜城："你要带他去哪儿？"

杜倾："酒会。你不想去，我就带沈翊去见见大场面吧，怎么样？"

沈翊看看面前的杜城，又看看身旁的杜倾，刚想拒绝，就被杜倾拉着走了。

杜倾："走吧！"

杜倾带着沈翊走向自己的车，沈翊无奈地上去。杜倾转身，向杜城得意地摆摆手。

杜城看着两人的背影，又看看身边的萧珊，透着一丝羡慕，他也想跟着走。

萧珊："咱们也走吧？"

杜城转身，看到一旁的萧珊，眉头紧锁。

杜城："有没有人曾经追求过你？或者，有没有非常欣赏你的人？"

萧珊一愣。

杜城："我知道割掉你照片的人，大概是谁了。"

16

杜倾的手在衣帽间里的一件件西装上掠过，仔细挑选着。

沈翊站在一旁，手中握着手机，犹豫着。

沈翊手机屏幕上是杜城的微信聊天框。

沈翊用手指输入信息：其实那些照片。

杜倾："沈翊。"

沈翊删除了打出的字，收起手机，看向杜倾。

杜倾已经挑出一件剪裁利落的西装。

沈翊无奈："酒会上需要我怎么做？"

杜倾："怎么，怕给姐姐丢脸？你不是说了吗？无论你在哪一个环境里，都只是一个画像师，做好你自己就行。"

杜倾把西装往沈翊身上一比。一向素净的沈翊顿时被衬得像贵公子。

杜倾眼中有欣赏。

杜倾："真是个衣服架子。"

杜倾摩挲着西装，想到杜城。

杜倾："我们家阿城穿西装也很好看，你见过吗？"

沈翊笑着摇摇头。

沈翊："你还想让他离职？"

杜倾："算了，小毛头长大了，有自己的主意了，我这个做姐姐的也管不动了。"

她把西装交到沈翊手上。

杜倾："快去换上。"

沈翊无奈地走进更衣室。

17

酒会上，觥筹交错。

社会名流齐聚。

四周垂挂着一张张宣传海报，上面皆是掌控北江互联网的龙头大佬。

沈翊身着白色西服，仿佛一个贵公子，但他的表情和举手投足却出卖了他。

他虽然已经能在警局同事面前展现出温和的自己，却仍无法在如此场合十分自得。

杜倾看出了沈翊的局促，递给他一杯香槟。

杜倾："你七点钟方向那个人，今年刚拿下新城区的水利开发项目；八点钟方向那个人，是生物科技公司老总，正在和政府合作医疗信息库……"

杜倾一一为沈翊介绍着。

沈翊："就是这些人掌握了整个北江的城市系统？"

杜倾："更确切一点说，是掌握了北江互联网的未来。"

人群中，有一个明显的中心，所有交际的酒杯都会朝他手中的酒杯碰去。

沈翊凝视着人群中那张侧脸，似乎在哪儿见过。

LED屏幕上，宣讲城市未来的男人——

金城公司老总，陈舟。

沈翊打量着陈舟的脸。陈舟在沈翊眼中快速形成一张速写。

陈舟与面前的大佬碰杯，随即转身走入全是监控屏幕的空间，背对着沈翊，看不出表情。

陈舟依然在众多恭维中谈笑风生。

陈舟感受到沈翊的注视，从人群中抽身，朝他们走来。

香槟酒杯相碰，陈舟与杜倾寒暄一笑。

陈舟："杜总，见到你真难得。"

杜倾："我们公司所有的电子安保系统都要仰赖金城，当然要过来跟你道个谢。"

陈舟目视沈翊，显然对他很有兴趣。

陈舟："这位是？"

杜倾："沈翊，北江分局的天才画像师。"

沈翊被两人提起，有些僵硬地举了举香槟。

陈舟："沈翊……之前听过你的名字。你比我想得要年轻很多。"

沈翊轻轻点头："上次的案子，贵公司帮了我们很大的忙。"

陈舟不在意地摆手："举手之劳。"

沈翊回眸，背后的LED屏上也记录下了他的这一瞬间。

陈舟："这块屏，是金城推行新安保系统的试验品。你画过那么多肖像，还没仔细看过自己的脸吧？"

沈翊听到肖像，突然自如起来。

沈翊笑着："纤毫毕见。"

陈舟："有这样的设备，再也没有看不见的角落了。"

沈翊看向他："这是你的愿景吗？"

陈舟："你好像有不同的意见。"

说起专业，沈翊仿佛回到了主战场。

沈翊："这些系统其实很脆弱。它们就像一座固若金汤的城池，竭力挡住所有入侵者，但是，入侵者只要在盔甲上找到一小条裂缝，就能长驱直入。"

陈舟："沈警官果然见解独到。没错，网络战争每一秒都在发生，选对攻方，还是守方，非常重要。"

沈翊看向他："那你呢？你会选择哪一方？"

陈舟："我当然是跟你一样，选择站在守卫北江的那一方。"

陈舟主动与沈翊碰杯。

沈翊仿佛又发现了自己身处何地，尴尬地跟他碰杯。

不远处，有人举杯冲陈舟打招呼。陈舟举杯回敬，又对沈翊和杜倾面露歉意地笑笑。

陈舟："失陪了。"

陈舟转身进入名利场中，沈翊轻舒一口气。

杜倾："你觉得陈总这个人怎么样？"

沈翊："商人吧。"

沈翊的语气并不确定，因为陈舟身上有太多他看不懂的地方。

18

萧珊和杜城来到雷浩家门口。

萧珊畏惧地看了一眼身边的杜城。

杜城点头。

萧珊抬起手按响门铃。

雷浩："谁啊？"

萧珊："雷老师，是我。"

门内安静片刻。

门被打开。

雷浩看到萧珊，眉头紧皱，脸上写着不耐烦。

雷浩："干什么？"

杜城："有些事要向你请教请教。"

雷浩看到杜城，怔住了。

整间屋子昏暗不已，一整面墙都拉上了窗帘。雷浩颓丧地坐在沙发里。

杜城："四天前的晚上，你去过信山艺术园区的展馆吧？"

雷浩依然沉默。

萧珊："雷浩，你说话啊！你为什么要这么做？"

杜城："因为他欣赏你。"

萧珊一愣："欣赏我？"

杜城："如果你在一本杂志上，看到了属于自己的那一页，会怎么样？"

杜城走到窗帘旁，用手摩挲着丝绒帘布。

萧珊："会把我的那页撕下来，收藏好。"

杜城："一定撕得很小心吧？"

萧珊："嗯，下面垫着垫板，用裁纸刀一点点裁下来。"

杜城："那些无头照片的切口，也是一样的。"

萧珊一听，掏出手机翻看着那些照片。

确实，每一张都切割得整整齐齐，只留下了身体，从脖子处截断。

杜城："所以，损坏照片的人并不是出于恶意在泄愤，而是因为珍惜便想要收藏。"

杜城一把拉开窗帘。

长长的窗帘遍布一整面墙，拉开之后，露出了里面的真实面目。

一张拼贴照片。

从不同照片上裁下来的五官拼成了新的萧珊。

杜城："人剪下照片，除了收藏，还会忍不住去拼它，拼出自己想要的一张脸。"

萧珊惊愕："雷老师！如果您欣赏我，为什么还要解约呢？"

雷浩抬起头，看向萧珊。

雷浩："第一次见到你，我就被你身上那种厌世的气质深深吸引了，你可以给我无限的灵感，但是我没想到，你为了更红，进入演艺圈，开始讨好、娱乐大众，打扮、化妆都不再是以前的样子了。你的美，消失了。"

杜城望着墙上拼贴而成的萧珊，透着疏离与妩媚。

而如今的萧珊，妆容精致，美是美，却失去了原本的特色。

雷浩："给曼迪老师拍的那一组照片，还是你之前的样子，很神秘、很美。之后，你就再也不是原来的你了。所以，我把那些照片都拿了回来。"

雷浩走到墙边，抚摸着照片。

萧珊站在一旁，痛苦地捂住了脸。

雷浩："我要永远珍藏我再也回不来的缪斯……"

不大的房间里，萧珊曾经别有韵味的脸，向他们微笑着。

19

华灯初上。

杜城走出雷浩家，伸了个懒腰。

沈翊的微信电话打来。杜城接起，里面传来一阵喧闹。

沈翊："你那边怎么样了？还没结束？"

杜城："是啊。"

沈翊："那些照片被割下来，不是为了发泄或者威胁，是珍惜。"

杜城："是吗？"

沈翊："而且——"

沈翊话还没说完，手机似乎被人夺走。

杜倾："阿城——"

杜倾醉醺醺的声音，让杜城听了就忍不住嫌弃。

杜城："你这又是喝了多少？"

杜倾："快点过来！"

杜城挂上手机，深吸一口气，望着圆月。

此时，萧珊从楼里跑出来。

萧珊："今天真是谢谢你了，我请你吃顿饭吧？"

杜城："不用了，解决了就好。我还有点事，先走了。"

杜城犹如脚底抹油，快步离开了。

萧珊："杜警官！"

20

牧马人停在酒店门口。

一双精致的皮鞋从车上踏下。

杜城钻出车门，抬手搭上一件深咖色的西装外套。

他整理了一下脖前的领带，调整好袖口。

大门被推开，杜城急急走入。

他的目光在场上搜索着。

杜倾与大佬寒暄着，香槟酒已经让她的脸染上了红晕。

杜城头疼地揉揉眉头。

人群中，却没有沈翊。

杜城看到酒店的阳台。

杜城大步迈出去。

21

杜城一眼就看到了沈翊。

酒店楼层很高，外面，是灯光璀璨的夜景。

沈翊身着白色西装，在夜里也格外瞩目。

他轻倚栏杆，晃着香槟杯，已然有些醉意。

杜城走过去，夺过香槟杯，一口喝下。

杜城："不跟我姐学点好的，不会喝就别喝。"

夜风轻拂，吹起沈翊的头发。

沈翊："里面太闷了，我出来透口气。"

沈翊和杜城望着万家灯火。

杜城:"你早就看出来了吧?她的脸和以前的照片不一样了。"

沈翊:"是你总往坏的方面去想,所以才会耽误这么久。"

沈翊把身旁一个装有三文鱼和烤面包的盘子递过去。

杜城抓起一块面包,吃起来。

杜城:"没办法,当警察,只能先从最坏的方面去考虑事情。"

沈翊:"是你以前留下的坏习惯吧?"

杜城:"什么坏习惯?"

沈翊:"想博得关注,也要用最坏的方式。比如,砸校长的车?"

沈翊似笑非笑地看向杜城。

杜城窘迫:"我姐跟你说的?她怎么什么都往外说!我告诉你,你可别觉得我姐对你特别好,就什么都跟她说,她坏心眼可多了。我不回家,她就接近我朋友,想办法套出我的消息。她对蒋峰他们早使过这招了。"

杜城嚼着面包,向沈翊解释。

沈翊:"我们是朋友了?"

杜城一愣,面包卡住喉咙,呛得他咳嗽起来。

杜城赶紧咽下去。

沈翊:"你后来怎么就迷途知返,想要当警察了?"

杜城不屑地转过身,背靠栏杆。

杜城:"被雷队给制服了。"

沈翊:"不是自愿的啊,那还是为了博得关注了?"

杜城:"得了吧。就是看着那些比我还浑的臭小子,总想帮帮他们。"

沈翊轻笑:"就是喜欢多管闲事。"

杜城也不辩驳,咽下最后一口面包。

两人并肩站在栏杆前。

杜城:"走吧,还得把我那老姐带回家。"

22

满墙照片,皆是萧珊的脸。

一组快门连拍照,每一张后景处都有一个模糊的影子。

23

M 脚步匆匆，穿过街道上的来往人群，似乎在躲着什么。

一道看不清脸的身影一直与 M 保持着不远不近的距离，追逐着她。

桥边，雷浩举着相机。萧珊侧身，对着雷浩的镜头摆出疏离的表情。

M 从萧珊身后走过。

咔嚓——照片定格。

相机定格萧珊的同时，也定格了 M。

第十八章

1

几天前。

街道拐角处，一道阴森森的目光从兜帽下透出，一双眼睛紧盯着餐厅门口。

沈翊、杜城、杜倾、萧珊从餐厅中走出，停留在门口交谈着什么。

餐厅对面的街道不远处，一个女人潜藏在来往路人中，寻找机会向他们靠近。

是 M。

兜帽男眼神一转，那是猎物出现的兴奋目光。

M 突然脚步一顿——她望见了躲在暗处的兜帽男。

M 瞥了一眼沈翊等人，又瞥了一眼兜帽男，正犹豫着是否继续上前接近。

兜帽男已经迈开脚，朝自己的"猎物"走去，M 见状转身疾走。

2

一前一后，足音匆匆。

静幽小巷，M 开始飞奔，后面的兜帽男也跨起大步。

两道身影迅疾冲向拐角。

M 闪进角落。

兜帽男面前只有一堵半人高的墙。兜帽男后退几步，一个纵跃，翻过了墙。

墙的另一边并没有 M 的身影。

3

房子笼罩在白色的基调中,极简又冷漠。

走廊极狭长,宽度仅能容一人走过。兜帽男穿过一道道拱门,脚步很轻。他知道,这里的主人不喜欢噪声。

越过最后一道拱门,兜帽男步入客厅,视野顿时开阔起来。

这间客厅那么空旷,仅在正中摆着一套价值不菲的沙发。他要找的人正坐在客厅正中,背对着他。

神秘人:"又让她跑了?"

兜帽男:"是的,但不知道为什么,她好像在接近那帮警察。"

神秘人:"她是要找警察寻求保护。"

神秘人冷笑着。

神秘人:"别让她坏了我的事,快点解决掉她。"

兜帽男:"您希望用什么方式解决她?"

神秘人:"干净的,安静的,你喜欢的。"

兜帽下露出了令人惊悚的笑。

4

雨声淅沥。

沈翊工作室的窗外,一幅城市雨夜景。

雨点朦胧,将城市的车水马龙笼罩。整个城市仿佛遮上了一层水的罩纱,模糊中带有诗意。

沈翊摁下音响的暂停键,声音骤然停止。

房间内一片寂静,只有外面的车辆轰鸣。

窗外,灯火辉煌。

5

下班时间,工厂车间里的工人们纷纷打卡下班。

王兴军检查着一台台机器。

工人："赵经理他们都走了，小王，检查好了就可以撤了。"

王兴军点头，又转身专注地检查机器，在表格上签名。

渐渐地，工厂里已经没有人了。

王兴军回到值班办公室，一个快递员的身影出现在办公室门口。

快递员："你好，有你的一个快递。"

王兴军："哦，谢谢……我的快递？我好像没买东西啊？"

快递员没有多说话，转身离开。

王兴军边进办公室边好奇地拆开了快递，盒子里是一个高达玩具。

6

快递员的身影出现在工厂外的道路上。

他脱下快递服，不紧不慢地走着。

在他身后，传来一声爆响。

工厂窗户的玻璃被震碎飞出，滚出浓浓黑烟。

火光照亮了漆黑的夜。

7

运动鞋踏进废墟。

杜城环视四周。

警戒线已经把周围围住。

痕检警员们忙着勘察痕迹。

杜城摩挲着墙面上焦黑的痕迹。

沈翊望向车间深处，焦黑的痕迹呈放射状，侵略着整个车间。

时间回溯。

沈翊和杜城周围的碎屑全都漂浮起来，它们又变回了干净整洁的样子，一块块飞向自己原本应该存在的地方。

车间里的一切经过时间流转，变回了爆炸前的样子。

王兴军坐在车间的休息区，盖上了快递盒的盖子。

如果他没有打开这个盒子，一切也许就不会发生了。

杜城走到一片焦黑的区域。

杜城:"这里就是爆炸点吧?"

不远处,有一个烧毁的快递盒,还有一个只剩下上半只身体的高达。

沈翊捡起了盒子和高达。

高达的半边脸已经被烧焦。

8

分局会议室屏幕上投放着死者王兴军的照片,还有爆炸的现场图。

杜城:"下面,我汇报一下8·29爆炸案的案情。8月29日夜晚9点17分,在城郊轮胎工厂发生爆炸案。受害人王兴军,25岁,车间工人,被炸成重伤,送到医院后,抢救无效身亡。"

张局神色严峻:"还有其他受害者吗?"

杜城:"爆炸时间处于夜晚,伤亡范围不大。大部分工人都已经下班了,只有值夜班的王兴军和另一位工人陈永。陈永当时出去上厕所逃过一劫,只受了轻伤。"

张局:"炸弹是怎么被运进工厂的?"

杜城按下遥控按钮,屏幕翻页。

屏幕上是破损的快递盒,还有半只身体的高达。

杜城:"现场的爆炸残余物只有这个快递盒和一个玩具。快递盒被烧毁,看不出寄件人的信息。初步判断,炸弹应该是被塞在了玩具里,不知情的王兴军把它当成了自己收到的快递,带进了工厂,引发了爆炸。具体的情况,还需要等待弹药检测那边的鉴定结果。"

张局:"现场监控呢?"

杜城:"监控也在爆炸中受到了毁坏,在等待修复。"

张局:"这是一起严重的恶性事件。杜城,必须尽快破案。"

杜城郑重地点点头。

9

沈翊收拾工作台,关上台灯。

第十八章

工作室外的走廊本该跟画像室里一样陷入一片漆黑，没想到刑侦办公室里还透着微微的光。

还有人在加班？沈翊好奇地朝那道亮着的光走去。

10

电脑屏幕里的光照着杜城严肃的脸。

他手边还有一堆高高摞起的案件资料。

啪——沈翊摁亮了杜城办公室的灯。

杜城揉揉眼睛，望向门口的沈翊。他的眼睛由于长时间在暗处盯着资料而微微泛红、泛酸。

沈翊："不下班吗？"

杜城看看手表，11 点 35 分。

杜城："已经这个点了啊，都忙忘了。"

沈翊凑近电脑屏幕。

沈翊："你在查所有跟爆炸有关的案件？"

杜城："对。昨夜爆炸案现场留下的线索太少了，附近的监控没有拍到嫌疑人，还得寻找更多的可能，没准能有一些意外发现。"

沈翊："一页页翻，要翻到什么时候。为什么不让李晗用关键词搜索？"

杜城："有时候，那些微妙又关键的线索就藏在这些成百上千页的卷宗里，我们不能犯懒，不能把思路交给机器。一懒惰，一放松，线索就溜走了。"

沈翊点头，在杜城身边坐下，自然地抽出一沓卷宗翻看。

资料页沙沙翻动着，资料画面一一闪过。

闪过的资料页中，突然出现了一个沈翊熟悉的东西。

被烧焦的高达玩具。

他仿佛看见，车间爆炸现场中的那个被炸掉上半边身子的高达。

沈翊急忙将照片拿给杜城。

两人对视。

微妙又关键的线索出现了。

11

所有人到齐,紧急会议开始。

杜城:"8月8日,丽城南区的一栋单身公寓发生爆炸。丽城分局的现场勘验结果显示,爆炸源头来自708室,受害人赵建宇被炸伤,目前还在医院里昏迷不醒。"

投屏上显示着发生爆炸后的708室。

杜城:"第一起爆炸案发生在单身公寓,第二起爆炸案发生在工厂车间。这两起爆炸案中的爆炸物都被放在高达玩具里,并伪装成快递送到受害人手上。作案手段高度相似,非常有可能是同一个炸弹客犯下的连环爆炸案。"

张局:"两起爆炸案之间隔了多久?"

杜城:"三周。"

张局:"我们不能掉以轻心,假如炸弹客手上还有足够的制作材料,那么可能还会发生第三起,必须马上行动。"

杜城:"已经向丽城分局申请并案调查,把所有的案件资料都转过来。"

张局:"好。目前我们对于犯罪分子的动机、相貌、行动轨迹、犯罪习惯都掌握不清,非常被动。连环爆炸不是普通的犯罪,我们不能放任一个高度危险的炸弹客在北江地区活动,这个案子必须要限期破。"

众人:"是!"

杜城:"对表。"

所有人统一对表。

杜城:"整点,摁。"

众人将时间调到一致。

12

午饭休息时间,但沈翊和杜城的心思都不在食堂的饭菜上。

两人凑在一块仔细看着现场的照片,高达玩具在平板上不断被放大。

沈翊:"我觉得这个炸弹里少了一个东西。"

杜城:"我也觉得少了一个东西。"

第十八章

沈翊与杜城异口同声："一个签名 / 一个动机。"

杜城："连环炸弹客通常分成两种，第一种是无差别的恐怖袭击，第二种是有针对性的恐吓复仇。"

沈翊点头："无差别恐怖袭击的炸弹客一般非常享受万众瞩目的感觉，这个玩具，很可能就是他的签名。"

杜城点头："没错，要让所有人记住他。不过，这两起爆炸案一起发生在居民楼，一起发生在夜间的工厂，都不是针对公众的。目前也没有收到任何针对连环爆炸案的宣言，这个炸弹客更像是刻意隐藏起了自己。目前来看，复仇的可能性更大。那就要考虑两起爆炸案里共同线索的必然性联系。"

杜城指指高达玩具的照片。

杜城："我们现在对这个炸弹客的了解只有这个。他是不是制作炸弹的专业人士，用料成分又是什么，需要有人告诉我们。"

13

一份伤情检验报告送到杜城桌上。

何溶月："这是从丽城分局转来的，是第一起爆炸中受害者的验伤报告。"

杜城翻看着报告。

何溶月："手部伤势严重，大面积烧伤，和第二起爆炸中死亡的王兴军基本一致。"

杜城点点头，收起报告。

杜城："知道了。我们先去弹道测试那边走一遭。"

何溶月："你们要去江雪那儿？"

杜城："怎么了？"

何溶月微微一笑："看到她，帮我问一个问题。"

14

满墙的文件，几乎要倾泻下来。

房间凌乱不堪，桌上、地上，堆满杂物和文件。这里是江雪的办公室。

江雪："杜队长，好久不见啦。"

江雪笑盈盈地从房间的深处向两人款款走来，随手把一盒子弹推回架子上。

江雪看到沈翊，笑意更深。

江雪："沈警官。"

沈翊默默向江雪点头。

江雪在电脑前坐下。

江雪："至今为止，发生了两起爆炸。一次，是8月8日，在丽城南区炸伤赵建宇的炸弹。还有一次，是8月29日，在城郊工厂炸死王兴军的炸弹。"

还原后的两枚炸弹立体图在屏幕上旋转。

杜城站在电脑前，仔细观察两枚炸弹。

沈翊则凝望着架子上的子弹——刚刚江雪匆忙放上去的那盒，上面标着红色的标签。

江雪："沈警官，可别走神哦。"

江雪就像背后长了眼睛，出声制止沈翊。

沈翊闻声停住，杜城也转身，看到他盯着那枚子弹。

沈翊赶紧走回电脑前。

江雪："这两枚炸弹都是自制炸弹，手法粗糙，不像是专业人士做的。"

江雪挑起炸弹残骸中的一根火线。

江雪："炸弹是手动控制的，不是机械，而且，破坏性越来越强。小心点，如果这个人后面还想继续制作炸弹，威力会更大。"

沈翊："炸弹是装在快递盒里的吗？"

江雪微笑："不，是放在这个高达里的。好可怜，都被炸成这样了。"

江雪抚摸着高达的残骸，似乎在抚摸一个小男孩。

沈翊："藏在玩具里的炸弹不会很大，为什么破坏性会这么强？"

江雪："沈警官不相信我呀？"

江雪笑着望向沈翊。

沈翊不敢与她对视，垂下头，算是默认。

江雪忽然起身。

江雪："走，带你们看看就知道了。"

15

狭长的模拟室。

高耸至天花板的木架。

木架排满整面墙。

上面是一排排的子弹，每一枚子弹都标记着配套的枪支和日期。

沈翊仰头望着无数的子弹，压迫感十足。

模拟室的尽头，是两个弹道。

江雪戴上厚实的护目镜，依然阻挡不住她美艳的脸。

沈翊好奇地伸出手，想要触摸其中一个小盒。

杜城："你可别随便碰，在她手里，这些子弹就像是玩具，对你来说可不是。"

杜城一把拉住沈翊。

沈翊看向弹道前的江雪。

她纤细的手摆弄着一枚炸弹。就像杜城所说，她真的像是在摆弄一个玩具。

沈翊盯着江雪手里的炸弹。

杜城："别只顾着看了。之前不是教过你吗？注意保护自己的安全。"

三人戴好防护设备，站在弹道前。

江雪："两位，可别眨眼哦。"

沈翊和杜城站在江雪身后，紧盯着弹道的尽头。那里放置着两个娃娃，里面有着相似效果的两枚炸弹。

江雪："第一枚。"

啪！

一声轰鸣，一道火光。

放在弹道尽头的实验盒，被炸毁了一半。

江雪："这一枚，威力小，所以受害者没有生命危险，只造成了炸伤。接下来，看第二枚吧？"

杜城和沈翊还没反应过来——

砰！

▶ 猎罪图鉴

一声巨响。

弹道尽头一片猛烈的火光。

杜城和沈翊都是一惊。

炸弹燃后,实验盒被炸成了两半,其中一半几乎焚毁。

江雪:"这是第二枚。"

杜城:"威力果然更强了。"

江雪回头,看向沈翊。

江雪:"怎么样,这下相信了吗?这么小的玩具里也可以放下烈性炸药。"

沈翊点点头:"谢谢,我知道了。"

杜城:"炸弹为什么会升级?难道,这个炸弹客看到第一次的受害者只受了轻伤,觉得目的没有达到,所以加大了威力?"

沈翊:"炸弹的威力变大,说明这个犯罪嫌疑人越来越愤怒,他一定要杀死收到炸弹的那个人。"

杜城:"看来,他的怒气还没有平息,应该还会有下一枚炸弹。"

江雪饶有兴致地看着沈翊和杜城分析。

江雪:"要不要我给你们试验看看?如果还有一次爆炸,破坏性会有多强。"

两人回过头。

江雪盯着第三条弹道的尽头。

轰——

一声震天的巨响。

模拟室的玻璃都被震得颤抖,天花板的吊灯也在摇晃。

杜城和沈翊惊愕地望着弹道尽头。

熊熊的火光燃烧着。

实验盒被炸毁,零件崩得到处都是。

这就是下一枚炸弹的威力。

杜城和沈翊望着那片火光,紧紧握拳。

16

沈翊和杜城站在门口。

江雪向他们挥挥手。

江雪："拜拜。"

江雪就要关上门，杜城忽然想起何溶月让自己带的话。

杜城："等一下，何溶月让我问你一件事。"

江雪应声停住。

杜城："你身上的伤，好了吗？"

江雪不易察觉地一顿，不自觉地摸上肩膀。

江雪笑笑："我会亲自告诉她。"

咔嚓。

江雪关上了门。

17

沈翊和杜城并肩走在走廊上。

沈翊："她受伤了吗？"

沈翊问起江雪。

杜城："他们弹道专家，身上大概全是伤吧。不管是刚刚的试验还是真实的现场，他们每一次执行任务，都要赌上自己的命。"

沈翊想起江雪轻松摆弄着的炸弹。

杜城："你想画她？"

沈翊笑笑，不语。

两人走向走廊尽头。

18

杜城："我们必须尽快抓到炸弹客，掐断下一次爆炸发生的可能！信息队立刻采集爆炸半径 500 米的监控录像，技术队去做一下鉴定，看看现场残留里能不能找到线索。你们去走访摸排周围的居民，顺便追查一下快递来源，看看受害人之间有没有关联。"

众人在公共办公区集合，边听边记。

沈翊也打开了本子，等待被安排任务。

杜城一时之间想不到能让沈翊做什么。

杜城："沈翊……如果在监控里发现了这个炸弹客,你先试试画像。"

19

技侦人员坐在一面监控墙前,二十几个屏幕分别播放着不同的画面。

不断有人进出,替班,将新的硬盘放在桌上。

李晗面容严肃。

杜城："有什么新线索吗?"

李晗："目前还没有。第一次爆炸发生在丽城区,这个区的监控还在用旧系统,人像解析能力有限。轮胎厂的监控修复刚出来,幸好北江这边刚升级了新系统,夜景人像和形体识别水平都提高了,但在拆换的过程中,仍有一些是没有录上的。"

杜城拿出了硬盘,发现硬盘上写着"金城"。

李晗指着其中一处角落。

李晗："送快递那个人没找到,无法进行轨迹合成。"

技侦人员熟练操作,然而最后屏幕上却没有人的踪影。

李晗："这个人很警觉,无论在新旧监控里,都没有他的影子。"

杜城："也就是说,炸弹客在有意识地躲避监控。"

李晗："我想,这应该是个反侦查意识很强的人。"

杜城："蒋峰,拿着这张图,对一下快递时间,问问周围有没有快递公司送过这个件。"

李晗埋头分析监控。

沈翊注视着警员来往忙碌,却不知道自己该做什么。

沈翊："把炸弹客出现的监控截图给我吧。"

李晗："但是,监控里看不清脸。"

沈翊："我试试。"

他说得坚定,像是为了证明自己。

模糊的监控截图,炸弹客的脸被遮得严严实实。

沈翊捏着铅笔,却不知如何下笔。

画纸久久空白。

20

蒋峰和两位刑警出现在快递站。

穿着快递公司衣服的员工检查着手机记录。

快递员摇摇头。

另一家快递站里，站着另外两位刑警。

快递员在网上搜查物流信息。

这位快递员也摇摇头。

又是一间快递站……

刑警们搜查了几个快递站，仍无线索。

蒋峰拨通杜城的电话。

蒋峰："城队，快递站都查过了。这两起爆炸案的快递都不是快递公司运送的，也没有查到物流痕迹。"

杜城："看来那个炸弹客应该是从网上买的快递服，故意伪装成快递员，亲自送的炸弹。你们先回局里，等待其他组的信息汇总过来再想办法。"

21

公共办公区的白板上，是两名受害者的照片。

蒋峰："赵建宇，北江本地人，2011年从北江第一中学毕业后，就去澳大利亚读了高中、大学，2019年回国，在丽城南区租房，在轮胎厂当生产经理。第二个受害者王兴军是凤池人，中专毕业，随家人搬到北江，近两年也开始在轮胎厂工作，刚结婚三个月。我们去轮胎厂查过了，赵建宇和王兴军就是单纯的上下级关系，也不是一个车间的。"

闫谈声翻看着文件。

闫谈声："住得不近，工作上也没有关联，为什么这个炸弹客会选择这两个人呢？"

杜城："继续调查，说不定有经济纠纷或者背后交易。"

蒋峰点点头。

杜城："既然两个受害者有工作联系，基本可以先排除无差别杀人的可能性。

没有无缘无故的恨意，这两个人一定还有什么共同点，只是我们没发现，去家里看看。"

22

夕阳照在沈翊工作室的画纸上。

沈翊盯着空白的画纸，轻叹。这次的案子好像不需要他。

杜城拍了一下沈翊的后背，吓得他一惊。

杜城："走！去受害者家。"

沈翊："我也去？"

杜城："这次不能只靠你一个人找出那张脸，需要我们所有人的努力。"

沈翊坐着没动。

杜城："怎么了？不画像就破不了案了？"

沈翊沉默。

杜城一笑："今天就教教你，没有画像师的时候，我们怎么破案。"

杜城一把拉起沈翊，没有给他挣脱的机会。

杜城强行拉着沈翊走出画像室。

画像室的门被关上。

23

王兴军的妻子坐在自家沙发上。她的脸色惨白，眼皮很肿。

杜城和蒋峰正在屋里搜索着。

沈翊环视客厅。

夫妻俩的鞋子摆放在门口，两人的情侣水杯放在茶几上，水杯还是新的。

王兴军的妻子默默流泪。

沈翊递上一张餐巾纸。

王兴军妻子："谢谢……"

沈翊在她面前坐下。

王兴军的妻子："我老公特别疼我，有什么好东西都想着我，自己用的，能省就省。"

沈翊:"他是个好丈夫。"

王兴军的妻子:"我们才刚结婚,他还说要带我吃好吃的,带我过好日子,怎么说话不算数呢……"

沈翊瞥到桌上有一沓鹏哥小馆的现金券。

杜城不知何时走到两人身边,拍拍沈翊的肩。

杜城:"走吧。"

24

丽江区的刑警带着杜城和沈翊来到赵建宇家。

刑警:"城队,这里就是赵建宇家。"

大开间的单身公寓里,爆炸的痕迹随处可见。

丽江区的刑警引着杜城和沈翊勘查现场。

沈翊打量卧室区域。

床已经被烧焦,床垫的弹簧裸露着。

沈翊拉开床头柜,发现里面放着各种耳机、录音笔等电子设备,没有其他有价值的信息。卧室内书柜的角落,有一个相框,里面是一张合影。沈翊看了一眼,没有发现什么问题。

杜城与刑警走向开放厨房。

杜城:"第一枚炸弹的威力并不强,为什么这里到处都是爆炸痕迹?"

刑警指着灶台上的一片焦痕。

刑警:"赵建宇拆那个装着炸弹的快递时,炉子上还开着火做饭,引发了二次着火。"

杜城俯身细看灶台,确实有一片着火痕迹,以灶台为中心点,蔓延开来。

杜城直起身。

杜城:"赵建宇的社会关系调查过了吗?"

刑警:"调查过了,他在丽江的社会关系比较简单,没有什么仇人。"

杜城:"他父母呢?"

刑警:"老两口接到通知后,就赶到医院照顾儿子去了。"

杜城:"赵建宇还没醒?"

刑警摇摇头。

刑警："大面积烧伤，手都动不了。老两口看见儿子那样，眼睛都快哭瞎了。"

杜城望向沈翊，沈翊正在翻一本笔记本。

一张夹在本子里的现金券掉在了地上。

沈翊捡起那张现金券，忽然一愣。他在王兴军家的桌上也看到过鹏哥小馆的现金券。

券上写着："鹏哥小馆。"

沈翊愣住："同一家饭店？"

25

点点城市灯火。

沈翊和李晗、蒋峰等人站在公共办公区的窗户旁，看不出表情。

忙了一天，所有人都疲惫地沉默无言，连一向嬉闹的李晗也失去了活力。

杜城挂了电话："查清楚了，鹏哥小馆是轮胎厂旁边的馆子，轮胎的工人老去那儿吃饭。之前调查的时候漏掉了这家饭馆。明天一早饭店开门，咱们过去查一下。"

沈翊："我跟你一起去。"

杜城看了他一眼。

李晗叹气："这两天我的心就一直跳得特别快，突突的，就怕听见动静。"

蒋峰："谁不是啊。"

楼下一阵警笛喧嚣。

所有人同时一怔。城市里发生的每一个动静都让他们心惊。

蒋峰探头一望，楼下是巡逻车的灯在闪烁。

蒋峰："巡逻车、巡逻车。"

所有人松了一口气。

众人点头，表情并不轻松。

沈翊站起身，眺望远方灯火。

沈翊："安静，原来这么难得。"

沈翊转头看向杜城。杜城作为刑警队队长，守护安宁的责任比在场所有人都重。

杜城读懂了沈翊的目光。

杜城："当警察，就像当一个守门的，把所有脏的、黑的挡在门后。我们只有在这边守好了，门的另一边才会好好的。"

杜城的目光一一扫过和自己共患难的战友："李晗、蒋峰、闫谈声……"

还有沈翊。

杜城："这一次，也得守住。"

26

昏暗的地下室，只有桌前透出一点灯光。

灯光下，粗糙的大手挑着两根火线。

是炸弹的制造者。

灯光映亮他面前的墙，将他的影子投射在墙上。

他阴郁的影子覆盖着墙上的贴画。

都是几笔勾勒出的卡通人脸。

像茄子一样的长脸。

像海绵宝宝一样的方脸。

还有……

他们的五官都是扭曲的。

长脸和方脸已经被画上愤怒而恐怖的红色叉子。

阴影的深处，是下一个目标。

带着笑的圆圆土豆脸。

27

饭店办公室里，杜城拿出王兴军和赵建宇的照片。

值班经理看着这两张照片，思考着。

杜城："你对这两个人有印象吗？"

值班经理："这个，太普通了，隔壁厂的工人老在我们这儿吃饭，都穿成这样，我确实记不得他是哪个。但是这个…"

经理指着赵建宇的照片。

经理："这是轮胎厂赵经理，我确实有印象，他不常来。"

杜城："他们现在都是爆炸案的受害者。"

经理一惊。

杜城："你仔细想想，这两个人是不是在你们饭店发生过什么事？"

值班经理使劲回忆着。

沈翊环视办公室。

办公室墙上，贴着饭店的服务员名单和照片。

沈翊注意到，照片墙最末排有一个空位。底板的颜色明显比周围的浅了一些，似乎曾经贴过什么东西。

沈翊："请问你们这里最近是有服务员辞职了吗？"

值班经理："您怎么知道？"

杜城听见沈翊的话也是一愣。

沈翊："照片墙上这一栏有个空位，底板颜色比其他的地方都要浅，说明这里之前一直贴着张照片。"

值班经理："大概是3个月前吧，这个人因为服务态度不好，被客人投诉，就把他开除了。"

值班经理又重新端详起王兴军和赵建宇的照片，突然一惊。

值班经理："我想起来了！"

值班经理回想起当时的场景——

饭桌上，王兴军正夹起藕片，放在妻子面前的菜碟上。

服务员端着一道蒸鱼，经过王兴军那桌时，突然脚下一滑，手不稳，那条蒸鱼就摔到了王兴军的桌上，汤汁溅了王兴军夫妻一身。

王兴军起身与服务员理论。

争执声越来越大，其他饭桌上的目光都朝他们这里聚集。

隔壁桌的赵建宇也受到了波及，十分不高兴地站起来，抖了抖身上的汤汁。

赵建宇："小饭馆的素质就是不行。"

值班经理："3个月前，这个服务员端菜，不小心弄脏了这个客人的衣服。

他脾气大，没处理好，据说闹得特别凶。隔壁桌好像就是赵经理，他特别生气，为了这事儿，我们好像还赔了钱。"

杜城和沈翊交换了一个眼神。

杜城："那个服务员在哪儿？"

值班经理："不知道，那天是另一个经理李辉值班，他怕事情闹大，把这个服务员开了。"

杜城/沈翊："李辉在哪儿？"

值班经理被吓到。

值班经理："他今天轮休，在家。"

28

小区电梯里，一个穿着快递公司外套的快递员。

他戴着帽子，看不清脸。

他的怀里小心翼翼地抱着一个快递盒子。

电梯里的楼层数字的显示在变化。

电梯门开。

快递员走出电梯，左右判断着。

电梯门关闭。

29

杜城的牧马人冲过一个街口。

杜城带着沈翊，正往李辉家疾驰。

杜城冲着手机，大声下达命令。

杜城："蒋峰！让排爆小队马上出发去城北的瑞景小区！我和沈翊马上就到李辉家了。"

蒋峰："是！"

杜城瞥了一眼沈翊。

杜城："这种案子没什么你能发挥的！"

沈翊有点不清醒："不一定！要是看见可疑的人，我能记住他的脸。"

杜城看到沈翊坚定的神情，满意地一笑。

杜城一踩油门，车速加快。

30

李辉夫妻俩瑟瑟发抖地躲在家门口。

沈翊："平时家里没有人的时候，快递一般会放在哪儿？"

李辉有点结巴："门口的电表箱里……"

杜城一怔，和沈翊交换了一个眼神。

两人冲出李辉家。

31

还是那个快递员。

快递员穿过一群聊天的居民，走出小区。

他插着兜，手里已经没有了快递。

帽檐下，他露出了一丝笑容。

32

楼道的电表箱里，静静躺着一个快递盒。

杜城和沈翊对视，一脸肃然。

33

警笛响起，一辆接着一辆的警车鱼贯出现在小区。

全副武装的排爆人员提着工具，整齐有序，接连跳出警车。

警戒线被拉了起来。

李辉居住的居民楼被民警和警戒线围住。

民警扶着一位拄拐的老爷爷走出居民楼。

民警："最后一位住户出来了！"

居民楼已经空空荡荡。

警戒线旁，还有人在东张西望，似乎是想看看热闹。

民警着急:"快!都走开,不要停留!"

排爆小队整齐划一地冲进楼道。

队长:"杜队长!这儿交给我们!你们撤离!"

杜城向他们点点头。

杜城:"靠你们了。"

排爆小队的队长拿出炸药探测器。

队员们围绕在快递面前测试。

队长疑惑地看着探测器上的光谱变化。

他们对视。

队长伸手按住了盒子。

高达玩具被翻转。

装着这个玩具的盒子似乎动了起来。

黑暗的盒子里,玩具身体里透出绿光,映得它的眼睛也一闪一闪的。

玩具身体内部,炸弹的信息接收器闪烁着。

34

海天一线。

长长的跨海大桥上,一辆轿车行驶着,张伟峰握着方向盘。

他身边的女朋友正对着后视镜补妆。

两辆警车呼啸而过,对面车道的一辆轿车行驶着。

张伟峰:"不知道又出什么事了,路上碰到好几辆警车了……"

后排座位上,一个快递盒随着轿车的行驶轻轻颠簸着。

女朋友从后视镜瞄了一眼后座上的快递盒子。

女朋友:"你又瞎买什么了?"

张伟峰:"早上在门口放着的,我还以为是你的呢,就给拿上车了!"

女朋友好奇地晃了晃。

女朋友:"好像有声音。"

她把盒子凑近耳朵。

哒、哒、哒。

女朋友将耳朵贴在快递盒上，想听听里面的声音。

张伟峰："你打开不就知道了吗？"

女朋友撕开快递盒的胶带。

快递盒被打开，露出了里面的高达。

女朋友："肯定是你买的！"

35

杜城和沈翊正在焦急地看着楼上的李辉家，远远的一声闷响传来。

他们诧异地对视，看向声音传来的方向。

36

杜城的车疾驰而来，停下，杜城和沈翊下车，看着面前的一切愣住了。

跨海大桥已经被封闭，有救护车呼啸着驶出警戒区，警员们迅速地把路口再次封上。

远处，能看到三辆消防车和数辆警车停在桥上，消防员、警员们在忙碌着。

杜城和沈翊向前走着。

旁边一位小警员慌乱地打着电话。

小警员："对，对。在跨海大桥上又发生了爆炸，爆炸轿车的车主当场身亡！还有三辆车受到波及，伤亡状况还在统计……"

大桥的隔离栏旁，是已经烧毁得七零八落的车子，另外几辆私家车歪歪斜斜地停在路上。

有警察在登记着车牌，有车主在跟警察描述着什么。

发生爆炸的车子的火已经扑灭，高温产生的水蒸气弥漫着。

杜城脸色铁青地看着这一切。

沈翊望着杜城着急的背影，又看看手里的高达。

沈翊环视四周，又发现了高达的一只胳膊。

沈翊穿过慌乱的群众，穿过奔走的消防员，穿过问话的警员。

他捡起地上的碎片，想找出高达的其他残骸。

车灯的碎片、安全带的扣子、保险杠的残骸……

第十八章

  沈翊越来越靠近爆炸现场。他在惨烈的爆炸现场，无力地捡拾玩具的碎屑。除此之外，他好像什么都做不到。
  焦黑的头，损坏的腿，破碎的身体……
  沈翊又捡起了一只高达的手。
  沈翊张开手心。
  玩具手上的红色血迹也沾在了他手上。

第十九章

1

一抹夕阳中，一个男人坐在客厅的沙发上看电视。

电视上，正在播报着新闻。

主持人："今天下午六点零三分，跨海大桥上的一辆白色轿车忽然发生爆炸，车主张先生和他的女朋友当场身亡。截止到目前，三起爆炸已造成三人身亡，九人受伤，其中一人伤势较重。紧急提示，居民如果接到不明来历的快递或者玩具，请及时报警……"

男人边看边往酒杯里倒酒，一饮而尽。

电视画面上出现了那个烧焦的高达。

男人的手拉开抽屉，拿出一个颜色已经有些陈旧的高达。

他轻轻地用手摩挲着。

2

众警员颓丧地垂着头，他们都在为没能阻止第三起爆炸而悔恨。

公共办公区里一阵沉默，杜城走了过来。

杜城："今天的死者身份确认了吗？"

李晗点头："男的叫张伟峰，北江本地人，二十六岁，高一时全家去了新西兰，张伟峰在那里读完高中、大学，半年前回国，在投行实习。女的叫高淼，张伟峰的女朋友，他们已经开始谈婚论嫁了……"

杜城边听边在白板上写下这两个名字。

会议室的门被推开，蒋峰匆匆跑进。

蒋峰:"城队!那个被开除的服务员找到了!"

杜城猛然站起。

杜城:"人呢?"

蒋峰:"古榕看守所拘着呢,酒后肇事,关了快一个月了!"

众人又陷入低落,沈翊走到白板前,看着上面的问号和三次爆炸的受害者名字。

沈翊琢磨着:"凶手是同一个人……三次爆炸很有计划……现在都留下高达玩具的残片……"

杜城:"说明这个高达对受害者和凶手都有不一般的意义……"

沈翊:"第一次爆炸中幸存的他可能知道答案。"

大家看向白板上面的"赵建宇"三个字。

3

单人病房,赵建宇浑身包着纱布。

杜城:"恢复得怎么样了?"

赵建宇虚弱地点点头。

赵建宇:"好多了……"

杜城:"你算是幸运的。"

杜城拿出王兴军的照片让赵建宇辨认。

赵建宇仔细回忆着。

赵建宇:"这是我们厂的工人吧?见过面,他偶尔会跟我打个招呼。"

杜城又拿出张伟峰和高淼的照片。

赵建宇看到照片,像被电流击中一样,浑身发颤。

赵建宇:"这是……"

杜城:"他们也是爆炸案的死者。我们判断这三起案子是同一个人实施的。对方报复的意味很明显,你好好想想,有没有得罪过什么人?"

杜城缓慢地说着每一句话,每说一个字都盯着赵建宇的反应。

赵建宇:"没有!"

杜城拿出高达的照片。

杜城："那你对这个有印象吗？每一起爆炸现场都出现了这个玩具。"

沈翊观察到，赵建宇的神色变得更为惊恐。

沈翊："除了这次之外，你还见过这个玩具吗？"

赵建宇："警官，我太累了，什么都想不起来了。"

赵建宇语无伦次地辩解。他别过脸，躲避杜城的眼神。

杜城和沈翊对视一眼，一起走到了医院的走廊上。

杜城："关于张伟峰，他没说实话。"

沈翊："嗯，高达，他也没说实话。瞳孔变化不正常！他在掩饰什么。"

4

蒋峰："城队，核对过了，赵建宇和张伟峰在出国前都曾参加过同一个夏令营活动！在夏令营之后，两人就联系学校退学，办理了出国签证。"

蒋峰风风火火地推开会议室的门，把相册放在桌上。

蒋峰："这是从张伟峰家里找到的相册。"

沈翊一页一页地翻过，寻找当年夏令营的照片。

沈翊："有了！"

一张夏令营的合影。

照片上既有初中生，也有高中生，大家看起来热闹而欢乐。

张伟峰和赵建宇各自挤在人群中的角落。

时间，2011年。

杜城："合照里没有王兴军。"

沈翊放下照片。

沈翊："如果是为了报复，炸弹客的所有目标应该都能连成一块完整的拼图。但现在的三块受害者拼图，两两可以拼上，但是三个就拼不到一起。这中间一定有一个是错的，打乱了我们所有的拼图思路。"

杜城走到黑板前。

他将三位受害人的照片拿起。

沈翊："赵建宇和王兴军的关联，是鹏哥小馆，但是现在，那个被开除的服务员已经解除了嫌疑……"

杜城把赵建宇和张伟峰的照片拼在一起，把王兴军的放在另一侧。

杜城："受害者们唯一的共同点，就是这个夏令营了。"

李晗："查到了。李连楷，2011年8月12日，溺水身亡。"

李晗将电脑屏幕展示给杜城和沈翊看。

上面是一条十年前的新闻，十五岁男孩在夏令营漂流船活动中落水身亡。

新闻中，小男孩的眼部被打了马赛克，但依然能看见那灿烂的笑。

李晗："和夏令营当时的领队确认过了，李连楷和其他三个孩子坐了漂流船，不知道什么原因，李连楷落水了，剩下的三个孩子都平安无事。"

听完事件的始末，屋内陷入一片沉寂。

几人都不免为这个早逝的孩子而难过。

沈翊："那，李连楷的家人呢？"

杜城："李连楷三岁的时候父母离异，一直跟着爸爸李军伟生活。李军伟今年四十九岁，之前是一名快递员，儿子死后就辞掉了工作，还搬了家。"

沈翊看着手里的资料。

沈翊："当时和李连楷一起在船上的就有赵建宇和张伟峰。"

杜城："剩下一个孩子叫刘晓晨，我已经让他们去找了。"

沈翊："怪不得他们在那之后都出国了，原来不是留学，是逃跑。而李军伟也有报复的动机。"

蒋峰："城队！"

沈翊、杜城两人同时回头。

蒋峰带着两个警员赶来。

蒋峰："搜查令办下来了！"

5

一双手握着电焊碰撞铁片线路，激出危险的火花。

火花照出男人的身影，影子在墙上跃动着，忽起忽落。

凌乱的工具边上是一个简易的玩具店模型。这个模型似乎下一刻就要被火星儿点燃、吞噬。

墙上只剩下一张贴画未被画上"叉"——菱形的脸。

咚咚咚!

杜城在敲着李军伟家的门,蒋峰和其他警员警觉地戒备。

杜城:"李军伟,李军伟?"

无人响应。

杜城疑惑,拉了一下李军伟家的门把手。

门竟然开了。

屋里没有回应,众人训练有素地逐个房间排查。

沈翊转身看到旁边的架子上李军伟和李连楷的合影(李军伟的相貌第一次正式露出),旁边还放着一个笔记本。

沈翊翻开看,里面画着奇怪的卡通画。

长茄子脸,平整的方脸,还有圆圆的土豆脸……每一张脸上,都打了个大大的红色的叉。

旁边还有一张菱形脸,干干净净,上面什么都没画。

蒋峰从一个房间出来,摇头表示没人,杜城推开旁边的一扇门。

小屋逼仄而潮湿,墙上贴着的画报已经泛黄。

杜城走到里屋。

桌子上方挂着一面镜子,已经破碎。

桌上放着一摞药,杜城拿起看,发现上面几乎都是英文,看不出是治疗什么疾病的。

杜城把药收好,继续在屋里寻找线索。

小屋的地板上残留着黑色的粉末。

杜城蹲在指尖一点,凑到鼻子下面闻了闻。

杜城脸色大变。

杜城冲出来。

杜城:"是他!"

6

杜城的牧马人在路上疾驰。

杜城:"张局,我们现在申请全市搜索李军伟,他现在是三起爆炸案的重大

第十九章

嫌疑人！"

杜城挂了电话。

蒋峰："如果李军伟是炸弹客，为什么和夏令营毫无关系的王兴军也会收到炸弹呢？"

杜城："也许是他送错了人，也许是他另有目的。总之，现在找到李军伟才是最紧要的。"

啪。沈翊合上手里的本子。

沈翊闭着眼："我要回分局。"

路口的红灯亮起。

杜城踩了一个急刹车。他转头望向沈翊。

沈翊："你们的任务是找到李军伟，我的任务是找到他的下一个目标。"

杜城："下一个目标是谁？"

沈翊翻开本子，把那个菱形脸展示给杜城。

沈翊："我认为，他是靠这些卡通图案来标记自己的复仇对象的。船上当时除了李连楷应该还有四个人，已经有了三个叉，这个就是他的下一个目标！"

杜城疑惑："四个人？"

沈翊思索着："对！"

杜城："他都有照片了，为什么还要用这么隐晦的图标做标记呢？"

沈翊："不知道！但肯定有他的道理！……送我回分局！我得分析这些照片！"

杜城从车窗里探出头。

杜城："交给你了。"

沈翊站在车外，坚定地点点头，就要离开。

杜城一摸兜，忽然想起了什么。

杜城："等等！"

沈翊应声回头。

几盒药被扔进了他怀里。

杜城："这也是李军伟家里找到的，去找何溶月检查一下。"

沈翊拿着药，转身跑向分局。

杜城看着他的背影，踩下油门，启动车子离开。

两人走向不同的方向。

7

何溶月："这药不是市面上已获批的药物，是一种实验药，还在临床测试。从成分来看，这个药类似于奥氮平还有一些其他治疗精神疾病的药物。"

何溶月在法医办公室的电脑上搜索着药片信息。

沈翊："精神疾病？哪一种？"

何溶月："不确定是哪一种，但这种药通常是治疗躁郁症、精神分裂症、自闭症的。"

沈翊："这种药吃完后会有什么效果？"

何溶月："减少多巴胺能神经元的放点，提升梭回状面孔识别区功能。"

沈翊："什么意思？"

何溶月转过转椅，面向沈翊。

何溶月："缓解狂躁症状和脸盲症状的。"

沈翊听到了重点："脸盲？"

何溶月："有的自闭症患者会出现面孔识别障碍，这种药可以让他们眼中的脸变清晰，或者会呈现出卡通的形象。"

沈翊迅速从兜里掏出那个笔记本，看着上面的四幅卡通画。

沈翊："我明白了！"

8

众刑警奔走在北江的大街小巷。

杜城在快递站询问工作人员。这里是李军伟曾经工作的地方。

小区里，蒋峰向街坊四邻询问李军伟的情况。

技侦科，李晗将各大街巷的画面一一呈现在屏幕上，却没有李军伟的身影。

杜城把车停在路口。

他抬头，望向街角的摄像头。

李军伟家附近的监控会不会留下他的踪迹呢？

9

沈翊工作室里，两张轮廓相似的男子照片被放大张贴。

李晗："这是当时在船上的另一个孩子，刘晓晨。刘晓晨在一车间工作，王兴军在二车间工作，赵建宇是生产经理。他们三个人在工厂看起来没有什么交集，但现在看来刘晓晨应该是故意避开赵建宇的。"

沈翊转向画板，熟练地削起铅笔。

李晗："那王兴军和他们有什么关系？"

铅笔头被削得很尖。

沈翊提起笔。

沈翊："王兴军是被误杀的，但是在炸弹客眼中，他没杀错。"

李晗疑惑，并没有理解沈翊的意思。

沈翊摊开李军伟的笔记本，将四个卡通图案放在画板一角。

沈翊："因为这个炸弹客，有脸盲症。"

李晗一惊："脸盲？难道，他认不出自己要报复的那几个人？"

沈翊："对。脸盲的人分不清真人间的区别，但是能够分清画的区别。"

李晗："但这画得也不像人啊。"

沈翊："画得太真，他们反而分不清。"

沈翊对应着茄子脸的卡通图案，勾勒出一个长脸的男人，正是第一名受害者赵建宇。

沈翊："李军伟在吃药治疗，脸盲的情况有所缓和，能够分辨出人脸上最突出的特征，终于可以把他们的人脸卡通化。这些画里藏着李军伟识别人脸的规律。"

沈翊对应着土豆脸的卡通图案，勾勒出一个肥头大耳的男人，正是第三名受害者张伟峰。

沈翊："虽然勉强可以分辨出不同的人，但还是很容易出错。"

沈翊对应着方脸的男孩，勾勒出一个方脸男人的轮廓。

李晗恍然大悟："因为脸盲，李军伟错杀了王兴军！所以刘晓晨还活着，和夏令营毫无关系的王兴军却死了！"

沈翊快速勾画出刘晓晨和王兴军的模样。

两个人都有着一张方脸，两道浓密的眉毛，也确实都和本子上的方脸男孩有些相似。

沈翊摇头："所以他下一个要报复的，应该就是本子上第四个图案对应的人。"

笔记本上的那张菱形脸。

10

杜城："就这里，倒回去！"

杜城指着路边商店右上角的一块儿屏幕。

店主立刻把监控视频往回倒。

右上角的视频往回倒了半个小时。

戴着鸭舌帽的李军伟，骑着电动车拐过路口。

李军伟骑着电动车表情冷漠地穿行在街道上，他的外套下有点鼓，像是裹着什么东西。

杜城："是他！看看他去哪儿了？"

店主操控着监控，对杜城摇摇头。

杜城一拳砸在桌上。

11

菱形脸的轮廓上，逐渐浮现出一张人脸。

沈翊依照菱形的五官形状，把它逐渐还原成一张人脸。

菱形脸。

两条八字眉。

狭长的下垂眼。

沈翊手中的笔不停地画。他要快一点画出这个人的脸，才能帮助杜城他们确认下一个目标的所在地。

他们决不能重蹈覆辙。这一次，一定要阻止爆炸。

塌鼻子。

薄嘴唇。

一张男人的脸出现在纸上。

李晗惊喜："画出来了！"

沈翊："立刻去确认这个人的身份。"

李晗冲出工作室："是！"

一个菱形脸男人的照片很快被确定，和沈翊的画像十分相似。

李晗："这是尚品玩具店的老板，林志杰，初中毕业，之前是个小混混儿，前两年才继承了自己爸爸开的这间玩具店。"

沈翊拿着林志杰的照片，和夏令营的合影比对。

没有和这张脸相似的人。

蒋峰："夏令营的名单和合影里都没有这个人啊……你是不是画错了？"

沈翊摇头："不，不会。我是按照李军伟留下的线索画出来的。他虽然脸盲，但是在他的脑海里，对这几个人都有一个大致的形象。我已经对照着赵建宇和张伟峰推出了他的识别规律，这第四个人，不会错的。"

蒋峰："既然李军伟的目标是跟夏令营有关，如果李军伟知道自己杀错了人，那他下一个目标应该还是刘晓晨，我觉得应该第一时间去刘晓晨家布控。"

沈翊："他不会知道自己杀错了人。"

蒋峰别过头不去看沈翊，明显并不相信他。

沈翊："而且林志杰也有在2011年年底出国的记录，我不认为这是一个巧合。"

众人沉默，没有再回答沈翊的话。

一边是已经确定的刘晓晨，一边是毫无头绪的林志杰。该做何选择，在座的警员心里都已经有了答案。

沈翊看出了大家对自己的不信任。

沈翊："既然如此，大家先去刘晓晨家附近做好布控，我自己去找林志杰。"

12

在监控中搜寻李军伟的杜城一无所获。他驱车在一个红绿灯路口停下。手机铃声响起。杜城有些焦急地接起电话。

杜城："喂？"

蒋峰："城队，沈翊根据李军伟留在家里的卡通图案，画出了一个男人的画像，是尚品玩具店的老板林志杰。"

杜城眼前一亮。

蒋峰："但是，这个林志杰并不在那条船上，不可能是炸弹客的下一个目标……"

杜城："沈翊在哪里？"

李晗的声音也从听筒里传来。

李晗："沈老师说，他要自己去林志杰的玩具店确认，让排爆小队先去保护刘晓晨！"

蒋峰："城队，怎么办？先去刘晓晨家吗？还是去玩具店？"

杜城握着手机。

他看着交通大队的路况监控。傍晚的北江，处处是奔走的行人。喧闹，但是和平。

下一枚炸弹，不知道会在什么时候炸掉。他们现在一分钟也不能浪费。

杜城必须做一个决断——下一枚炸弹到底在哪里？

杜城闭上眼，深深吸了一口气。

他睁开眼，目光坚定。

13

沈翊站在商业街上，抬起头，面前是一家花花绿绿的店铺。

店铺的招牌上写着的，正是尚品玩具。

李军伟把鸭舌帽压得低低的，走进玩具店。

玩具店里比平常安静许多，没有吵闹的小孩，也没有陪同的大人。只有一个背影站在收银台后。

李军伟朝那道背影靠近。

李军伟："林志杰。"

李军伟看着那道背影慢慢转过来，他眼中的脸是模糊的、清瘦的，不是记忆中的菱形。

是沈翊。

李军伟："……你不是林志杰。"

李军伟想要从沈翊的脸上看出点什么，但他只能看到一片模糊的轮廓。

沈翊："他出去了，我帮他看一会儿店。你有什么事可以告诉我，我转告给他。"

李军伟："我是有话要告诉他，不过这话，得我亲自跟他说。"

李军伟搬过一旁的凳子，坐下。

李军伟："我就坐在这里，等他回来。"

沈翊看到李军伟的手里握着一个高达玩具，上面有一个按钮，电线延伸进了袖子。

14

数辆警车驰来，急停在楼下。

特警、狙击手各自列队，等待现场指挥官号令。

牧马人疾驰而来，杜城下车凝望面前的大楼。

杜城："整栋大楼都疏散了吗？"

特警队长："正在疏散！"

杜城："店里都有什么人？"

年轻的狙击手准备就位，枪口对准玩具店的窗户，瞄准器里出现沈翊的身影。

透过玻璃窗，狙击手瞄到李军伟的身影和旁边的沈翊。

狙击手冲着对讲机："嫌疑人被遮挡，无最佳击杀角度。"

特警队长和杜城一起看着无线传输过来的狙击镜画面。

杜城："那个是我的同事！"

特警队长："他怎么会在里面？"

杜城："是他最先预判了嫌疑人的行动。"

特警队长："他正好把目标给挡住了！"

杜城有些焦躁地看着画面里的沈翊。

15

李军伟用手摩挲着用高达改制的炸弹按钮。

沈翊紧张地看着他。

李军伟打量着店里的玩具,看到高达玩具,不由地冷哼一声。

李军伟:"给林志杰打电话吧。"

沈翊没动。

李军伟看向沈翊。

李军伟:"前段时间那几起爆炸案,你听说过吗?"

沈翊:"听说过。"

李军伟:"是我干的。"

李军伟摩挲着高达上的按钮。

李军伟:"现在我身上就有炸弹,只要我轻轻一按,这个地方就没了……"

李军伟轻轻叩着遥控器,像是在叩着沈翊的命。

沈翊紧张地看着李军伟的手,拿出手机拨号。

16

杜城手机振动,看到是沈翊的号码,他赶紧接听。

沈翊:"阿杰,你什么时候回来?"

杜城愣了一下:"你尽量往右边靠,狙击手没办法开枪!"

沈翊:"哦,店里有人找你,别折腾了,赶紧回来!"

杜城:"……"

杜城看着手机屏幕,电话已经挂断。

杜城琢磨着,仔细地看狙击画面,看到了李军伟手里握着的引爆器。

杜城:"嫌疑人手里握着的是引爆器!不能开枪!"

杜城扭头:"店主林志杰有消息了吗?"

警察:"正在找!"

17

李军伟:"他要多久回来?"

沈翊:"忙完就回来。"

李军伟:"好,那我就等着他。他回不来,就只能你陪着我了。"

两人沉默着。

楼上有东西倒地的声音,李军伟抬头向上看了一眼。

玩具店楼上,特警扶起一个架子,示意群众轻声撤离,一切紧张而有序。

沈翊也抬眼向上看,感觉着楼上的动静。

李军伟看向门外,从玻璃门的折射看到附近有特警的身影在疏散群众。

李军伟苦笑:"动静闹得有点大了……随便吧,我也没打算活过今天。"

沈翊凝视着李军伟,背后出了一片汗,但他还得继续撑着。他相信,外面的杜城会让他安然无恙地走出玩具店。

沈翊:"反正都要等,你想跟阿杰说的事能跟我讲讲吗?"

李军伟:"也好。"

沈翊:"他怎么得罪你了?"

李军伟沉默着,面露痛苦。

18

河边,躺着男孩李连楷惨白的尸体,他手里死死地攥着那个高达玩具。

李军伟跌跌撞撞地跑过来,扑倒在男孩尸体旁边。

悲伤的李军伟,号啕痛哭。

回头看,周围都是五官扭曲的面孔。

李军伟眼神悲痛。

李军伟:"他们说是意外,但我知道不是,是他们把小楷推下船的!"

19

警察凑上来。

警察:"城队,林志杰找到了!"

杜城回头,看到一个 20 多岁的年轻人惊恐地蹲在后面。

杜城:"当年李连楷的死到底怎么回事?"

林志杰哆嗦着:"我们不是故意的……"

杜城:"那天发生了什么?"

林志杰:"我没参加那个夏令营,又想玩漂流,张伟峰说他们可以中途靠岸让我上船……"

20

漂流船停靠在岸边,一个男生(林志杰)跳上了船,跟另外一个男生(张伟峰)打着招呼。

漂流船继续漂流,林志杰扯下李连楷的救生衣穿在身上。

林志杰开始抢夺李连楷的高达,其他孩子都跟着起哄。

拉扯间,李连楷跌落水中,伸手呼救。其他四个孩子却肆意地嘲笑着,毫不理会他的呐喊。

水流湍急,转眼便吞没了男孩。

四个孩子的笑容凝固在了脸上,呆若木鸡地对视着。

21

林志杰都快哭了:"警察同志,真是他自己掉水里的……"

杜城瞪着他,又看向狙击画面。

22

沈翊:"万一真的是意外呢?"

沈翊的话激怒了李军伟。

李军伟:"不可能!我儿子的救生衣没了,不可能是意外!"

沈翊担心地看着李军伟和他手里的引爆器。

李军伟:"所以,我要让他们一个一个去死,林志杰就是最后一个。"

李军伟用手摸着身上的炸弹。

李军伟:"这个炸弹我做得最用心,威力也最大。"

李军伟看看外边儿。

李军伟:"他怎么还没回来?再给他打电话。"

沈翊:"你也知道周围都是警察,他怎么可能会回来呢……"

李军伟冷笑:"他要是不回来你就得死。"

沈翊看着李军伟,紧张。

李军伟朝着外边儿大喊。

李军伟:"外面的人,我知道你们听得见,给你们十五分钟,把林志杰给我送过来,见不到他,我就引爆炸弹。"

23

狙击镜里,李军伟的身影若隐若现。

狙击手的手指慢慢地扣上扳机,李军伟的头被瞄准线锁定。

特警队长:"角度可以!狙击手准备!"

杜城看着狙击画面,紧张。

杜城:"不许开枪!"

特警队长诧异地看着杜城,下指令。

特警队长:"暂缓射击!"

特警队长质问杜城。

特警队长:"为什么?这可是难得的击杀机会!"

杜城:"引爆器在手里,就算是嫌疑人被击杀,中弹的肌肉反应也极有可能触发引爆键!"

特警队长纠结地看着。

杜城:"我的兄弟在里边儿,他不能有任何闪失!有什么后果我负全责!"

24

一片寂静,李军伟看墙上的挂钟。

李军伟:"还有十二分钟。"

沈翊:"警察找人也需要时间。"

李军伟:"可我没有时间了,这个仇,我今天一定要报。"

沈翊:"你口口声声说要报仇,那些大桥上被炸伤的人呢?他们难道也有罪吗?"

李军伟一愣:"我没想到他们会在开车的时候拆了盒子,就怪他们运气不好吧。"

他看向沈翊,眼神冰冷。

李军伟:"还有十分钟!"

25

杜城看表,着急,他看着玩具店旁边的墙体,那是唯一能接近玩具店而不被发现的地方。

他转身猫腰向下跑去。

特警队长狐疑地看着他。

杜城猫着腰沿着墙边跑到玩具店的墙边,开始向上攀爬。

26

李军伟用余光瞥向玩具店外,一片肃静。

李军伟苦笑:"他们不会带林志杰来了……只能怪你命不好了!"

李军伟用手摩挲着按钮,打算按下。

沈翊着急:"你想不想见另一个人?"

李军伟一怔。

李军伟:"谁?"

沈翊:"你的儿子。"

李军伟的手指停住,轻轻地摇头,从口袋里掏出一张照片。

在他的眼中,照片上的男孩面部一片扭曲。

沈翊:"你想不想看到他真正的样子?"

照片放在沈翊的面前,他拿出了画笔和纸。

沈翊看着照片里的男孩,开始画下第一笔。

李军伟看着沈翊作画,他的手一刻都没离开过按钮。

27

杜城终于达到了二层的楼边,小心地往玩具店门口摸去。

28

沈翊笔停,将画递给李军伟。

一张常人难以辨别的肖像画,线条扭曲、抽象,只有李军伟这样的脸盲者才能看懂的肖像。

李军伟看着肖像画,画像上的线条在他的眼里似乎有了生命般活动起来。

李军伟:"这是……?"

李军伟看着这幅画。

这张脸对他来说,既熟悉,又陌生。

沈翊:"你儿子的样子……"

李军伟难以置信地看向画,那些线条继续活动起来。

这次李军伟看清了。

画里的李连楷抱着高达玩具灿烂地笑着。

李军伟激动起来,伸手接过那幅画。

李军伟摩挲着画上抽象的脸。

李军伟:"是我的小楷,是我的小楷……"

李军伟眼眶湿润了。

杜城已经凑到了门边,和里边儿的李军伟只有一墙之隔。

李军伟哽咽着看着手里的画,另一只手情不自禁地离开了按钮,摩挲着画上的男孩。

就在这一瞬间,杜城飞扑进来,直接把李军伟扑倒在地,双手死死地控制住李军伟的手。

失控的遥控器马上就要掉落地面,一只手及时地接住了。

是沈翊。

29

警车闪烁着红蓝色的光。

李军伟被警员押着,走向警车。他手中紧紧捏着李连楷的画像。

林志杰突然冲出来,跪在李军伟面前痛哭流涕,蒋峰拉都拉不住。

李军伟神情冷漠,看都不看一眼,径直越过他。

沈翊和杜城并肩看着一切。

杜城:"李军伟——"

杜城突然唤李军伟,李军伟麻木地看着杜城。

杜城:"你第二个炸弹炸错了。"

李军伟一怔。

杜城:"你为了给你儿子报仇,毁了一个无辜的家庭。"

李军伟沉默一会儿。

李军伟:"那就拿我的命赔他的命吧。"

30

杜城的车缓缓停下。

沈翊背起包。

沈翊:"就到这儿吧,我想自己走走。"

杜城点点头:"行。"

沈翊:"明天见。"

沈翊推门下车。

杜城看着沈翊走进昏暗的巷口,消失在夜色中。

杜城启动车子,向前开去。

车子驶出半个街口——

人行道上,走过一个戴着黑色兜帽的人。

杜城没有注意到这个人,继续往前行驶。

他和杜城,就这样擦肩而过。

31

沈翊将外套搭在肩膀上,悠闲漫步着,夜风将他连日的紧张与疲惫一点点吹散。

散步的一家三口,遛狗的老人,相互依偎的情侣……一张张脸与沈翊擦身而过。

32

露台,晚风。

沈翊:"安静,原来是这么珍贵又难守的东西啊。"

杜城:"当警察,就像当一个守门的,把所有脏的、黑的挡在门后。我们只有在这边好好守着,那一片地方,才会好好的。"

沈翊想起那时两人的对话,轻笑着。他们最终还是守住了北江此刻的安宁。

33

沈翊推开门,家里一如往昔,但他还是感到了一丝不对劲。

小弦藏在角落,紧张地弓着背,号叫着,冲门口摆出防御姿势。

沈翊弯身想要抱住小弦,却被小弦躲开。

沈翊扫视四周,椅子、桌子、沙发、画具,家里一切都还在原来的位置,除了——

桌上,一沓线稿整齐摞着,只有其中一张,突兀地露出画纸一角。

沈翊小心抽出那张线稿——M的肖像草稿!

他想象着——

一只手逐一翻着沈翊的画,翻到M那张时,手一顿,又送回线稿堆中,恢复原样。

沈翊惊愕,有人进来过!

34

黑色兜帽下,露出阴恻恻的笑。

第二十章

1

电梯门开，穿着快递服的男人走出来，径直向里走去。

走廊里，男人的背影掠过。

压低的帽檐下半张脸都在阴影里，令人看不清模样。

他走到一扇门前，木然地盯着门牌，抬手敲门。

陈秋雯："谁呀？"

男人："快递！"

少顷，门开，露出陈秋雯的脸。

男人快递帽下的脸露出一丝笑容。

陈秋雯的脸色瞬间大变，想关门，男人的手已经掐住了她的脖子。

男人："好久不见！"

男人径直掐着她的脖子，扑进了房间。

2

闪光灯一闪，尸体定格。

何溶月已经全副武装，半蹲在地上，查验男子的尸体。

沈翊戴好塑胶手套，走到她身边。

男子胸前可见三处涌血刀伤，一把刀还插在胸口处。

何溶月指着那把刀："从位置和流血量来看，这一刀应该伤及了心脏，失血性休克致使当场死亡。"

杜城："谁报的案？"

一个怯弱的声音响起："是我。"

杜城抬起头，房间角落的椅子上坐着一个吓得发抖的娇小女性（陈秋雯）。

陈秋雯脖子上一片掐痕，脸上的巴掌印清晰可见，撞破的额头还渗着血。

沈翊四下打量，杂乱的地板上还有几张女人的照片。

沈翊："你是房主？"

陈秋雯点点头。

沈翊和杜城对望一眼。

杜城："你跟死者是什么关系？"

陈秋雯望着地上的尸体，眼泪夺眶而出，浑身颤抖得更厉害了。

陈秋雯："他叫赵明哲，是我丈夫……"

陈秋雯抬头："是我杀了他！"

3

审讯室的灯光打在陈秋雯惨白消瘦的脸上，越发显得她娇弱无助。

杜城望着手里的档案：陈秋雯，女，三十二岁，已婚，丈夫赵明哲……

档案旁边，放着一张身份证。证件上的照片正是陈秋雯，但名字却是周云意。

杜城："你的真名叫周云意，陈秋雯是你的化名。死者赵明哲，是你的丈夫？"

陈秋雯点了点头。

杜城："为什么杀了他？"

陈秋雯低下头，掀开了自己的袖口。

细瘦见骨的胳膊，小臂骨骼可见不正常的凸出变形，皮肤上还有大片新增的青紫，额头上的伤口被包扎着。

杜城："陈旧性重复骨折？"

陈秋雯的一滴眼泪从眼眶里滴落。

陈秋雯："都是他打的。"

4

卧室昏黄的灯光下，陈秋雯坐在床边看着窗外。

突然，一个酒瓶从门外扔进来砸在床头的墙上，陈秋雯害怕地抱头蹲下。

赵明哲醉醺醺地抓住陈秋雯的手臂，粗暴地拖拽，拳打脚踢，陈秋雯抬起手挡在头部。男人一边咒骂着，一边将满是鲜花的花瓶砸向陈秋雯。

陈秋雯倒在残破的花枝里，用余光看到墙上鲜艳的"囍"字红得像血。

陈秋雯："婚后一个星期我就开始挨打。从扇耳光到拳打脚踢，再到手臂、肋骨被打折……我想过离婚，但是他说，如果我离婚他就杀了我，我知道他一定做得出来。于是，我逃到了北江，换了一个新名字，'陈秋雯'。"

陈秋雯："我丢掉了旧手机，切断了和以往所有朋友的联系。我以为在这个陌生的城市里，在'陈秋雯'这个新名字的庇护下，我可以开始新的人生。可没想到，四年了，他还是来了……他还是找来了！"

杜城："你是说，赵明哲找到了你，想要把你抓回去？所以，你才被迫动手？"

陈秋雯惊慌摇头："不，他不是想抓我回去！他是来杀我的。"

5

轻柔的音乐在耳边响起，陈秋雯站在公寓流理台前，一边跟着音乐轻轻哼歌，一边打扫房间。

门铃声响起。

陈秋雯："谁啊？"

门外响起一个陌生的声音："快递！"

陈秋雯放下刀走到门口，通过猫眼向外望去，果然看见一顶快递员的帽子。

陈秋雯不加怀疑地打开了门。

"快递员"猛地抬头，帽子下赫然出现赵明哲的脸！

赵明哲："好久不见！"

陈秋雯还没从震惊中反应过来，赵明哲就薅住了她的头发，进了屋。

赵明哲恶狠狠地说："我是不是说过，你再敢跑，就打死你！"

赵明哲一把将她扔到地上拳打脚踢，陈秋雯不停地躲避挣扎，房间里瞬间一片狼藉。

赵明哲将陈秋雯推靠在流理台旁，双手紧紧掐住她的脖子。

陈秋雯的眼底泛出血丝，瞳孔清楚地映出赵明哲狰狞的脸。

陈秋雯的手在流理台上摸索。

赵明哲的表情忽然凝固了！

赵明哲低头看去，一把餐刀插入胸口，刀柄紧紧攥在陈秋雯手里。

惊魂未定的陈秋雯拔出餐刀，再度刺入赵明哲的胸口！

赵明哲退后两步，轰然倒地。

望着胸口插着餐刀毙命的赵明哲和自己染满鲜血的手，陈秋雯浑身颤抖着，爆发出一声哭叫。

6

陈秋雯："过了好久，我才冷静下来打电话报警……可是，他已经死了，被我杀死了。"

陈秋雯眼圈泛红："……警官，我这应该是正当防卫吧！"

杜城和沈翊对视一眼，谁也没有说话。

陈秋雯青紫的脸被放大，纤毫毕见地展示在监控室的屏幕上。

闫谈声叹息："家暴是不可能自我治疗的一种病态暴力行为。女性遇到家暴狂，必须第一时间保留证据并且寻求警方保护，千万不要心存幻想，以为'他能改好''忍忍就过去了'，不然……"

闫谈声指了指屏幕上的陈秋雯："我见过多少家暴引起的案子，最后都以人命收场了。"

杜城："等家属来了就做尸检，先出一个鉴定报告……"

杜城的手机响起，接听。

杜城："张局……哦，爆炸案的材料，我已经整理完了，现在就去跟您汇报。"

杜城边说着边准备离开。

李晗进来。

李晗："城队，外面有一个女人，说是死者家属，坚决拒绝解剖。"

杜城举着电话看向沈翊。

沈翊："你先忙吧，我和李晗去看看。"

7

一个年轻女人站在停尸柜前，这是赵明哲的女朋友陆婷。

何溶月拉开了停尸柜，揭开蒙在尸体脸上的白布。

陆婷看到尸体瞬间泪水决堤，沈翊仔细地观察着眼前女人的反应。

何溶月："陆婷女士，您认清了吗？"

陆婷擦着眼泪点点头。

陆婷："是他。"

陆婷含泪抽噎。

何溶月正要合上停尸柜，陆婷却忽然开口。

陆婷："我什么时候才能领走他火化？"

李晗："赵明哲的死涉及刑事案件，所以按照法律规定，我们必须对尸体进行解剖。"

陆婷："人都已经死了，让他好好走吧。"

沈翊："请问你和死者是什么关系？"

陆婷："我是他的女朋友。"

沈翊："他的直系亲属在哪里？"

陆婷摸了摸自己的肚子。

陆婷："在这儿。"

李晗惊讶："你怀孕了？"

陆婷："四个月。"

何溶月："陆女士，我们理解您的悲痛，但是赵明哲的死牵扯到对嫌疑人的指控，任何的细节，都可能会影响定罪量刑，我们不得不进行解剖。"

陆婷沉默着。

沈翊："你不关心他是怎么死的吗？"

陆婷："是被他的老婆周云意杀了，对吧？"

沈翊与李晗惊讶地看着陆婷。

陆婷："一个星期前他从家里消失，我心里就有不好的预感，我知道他要去杀周云意。可我当时很害怕，也不敢报案，心里想万一我猜错了呢，但是没想到，死的人竟然是他。"

沈翊："你怎么知道他会去杀人？"

陆婷打开手机上的照片，展示给沈翊。

照片里，夕阳下的陈秋雯温暖含笑，眸子清亮。

8

陆婷被请进谈话室，坐在沈翊与李晗的对面。

陆婷："我和他在一起的时候，他说他单身。但是一年多前，我在旧杂志里发现了一张照片，就是他和他老婆的合影，我问过他是怎么回事，他吼我，让我不要再提这个女人了，他当时的表情很恐怖。"

沈翊："那赵明哲是怎么找到她的？"

陆婷含泪："不是他，是我。四个月前，我检查出了身孕，我不能让孩子没名没分地生下来，所以我开始寻找周云意，希望她能和赵明哲离婚。"

9

卧室昏暗，只有电脑屏幕的光照着陆婷的脸。

她小心地刷新页面，又担心赵明哲突然出现，发现她在干什么。

页面一点点加载，弹出了陈秋雯的照片。

陆婷正要细看，一道冷冷的声音在背后响起。

赵明哲："你在干什么？"

陆婷一惊，站起来转头看，赵明哲的阴影笼罩在她身上。

陆婷："明哲，你听我解释……"

赵明哲俯下身，盯着陈秋雯的脸。

赵明哲："你怎么找到她的？"

赵明哲语气中的寒意让陆婷有些慌乱。

陆婷："……二手交易市场，我上次看到你和她的合影，去搜了有没有人卖那件衣服，一路找到了她的页面……"

陆婷越说越小声，赵明哲脸上的表情不明，她看不出这个人此时的想法。

赵明哲："你是在害怕吗？"

陆婷："我、我没有，明哲，我不是故意去找这个女人的……"

赵明哲："不用怕，能找到这个背叛我的女人，是你立功了。"

赵明哲操作鼠标，从照片的瞳孔里提取倒影，辨认建筑物特征，再用三维城市地图定位……

赵明哲:"就是这里。"

陆婷:"你想要干什么……"

赵明哲脸上焕发出发现猎物的神采,阴森森地笑着。

10

陆婷:"他当时的眼神非常不对劲,第二天就离开了。我知道他是去找周云意了,他一定会伤害她的。"

陆婷说话间害怕地发抖。

陆婷:"现在想想还是后怕,因为好奇心,我差点害死一个无辜的女人!我提心吊胆了整个星期,直到见到他的尸体,才松了一口气,就当是他罪有应得吧,但我还是希望他能好好地下葬,不想让他死后还要再被开膛破肚。"

李晗看了一眼沈翊,沈翊示意她宽心。

李晗:"我们能理解您的心情,但我们有义务寻找案件的真相。"

陆婷深深叹了一口气。

陆婷:"我能见见她吗?"

良久,陈秋雯被刑警押着,一步步向他们走来。

陆婷犹豫着想要开口,陈秋雯却目不斜视地从他们身边走过。

擦身而过的一刹那,陆婷还是轻轻地留下了一句话。

陆婷:"对不起……"

如果不是她查到了陈秋雯的下落,一切都不会发生。

陈秋雯的背影远去,对她的话没有任何反应。

沈翊一路将陆婷送到门口。

沈翊:"你现在怀着孕,方便吗?"

陆婷:"没关系,我会注意的。"

不远处,墙边的工人正在安装一块灯牌,灯牌落地发出巨响。

陆婷露出惊惧的表情,双手挡在了自己身前。

沈翊注意到了陆婷的这个动作,陆婷很快恢复了正常。

陆婷:"对不起,我很害怕这种声音。"

沈翊:"路上注意安全。"

这一切细微的变化都被沈翊记在心里。

11

蒋峰:"就凭瞳孔里的照片就能跨城定位,可怕,太可怕了。"

沈翊走进公共办公区刚刚坐下,杜城拿着爆炸案的结案材料,紧接着从他身后进来。

杜城将材料放回档案架上。

蒋峰:"城队,刚才看到一个快递,是给你的,放你屋了。"

杜城:"谁寄的?"

蒋峰:"没写名字,估计又是倾姐给你的好东西吧。"

蒋峰调侃着,杜城瞪了蒋峰一眼,从他手中接过资料,翻看着。

杜城:"多了一个人的笔录,陆婷是谁?"

李晗:"赵明哲的女朋友,昨天晚上来的。"

蒋峰:"根据赵明哲的身份证和手机号码,我调取了他近一周的全部行程。前天下午6点42分,他乘高铁到达本市,晚上9点35分登记入住台东三路的快捷酒店,距陈秋雯租住的公寓距离不足700米。昨天下午1点23分,他到入住酒店两站路外的小商品市场购买了一套快递员服装,以及帽子,使用微信支付;1点54分回到酒店。监控录像显示,4点37分,他身穿快递员服装进入陈秋雯公寓。4点55分,110接警台接到陈秋雯报案。"

杜城:"杀人动机明确,整个行动链十分完整,时间轴跟陈秋雯的供词和陆婷的佐证严丝合缝。赵明哲杀人未遂,最后被家暴受害者反杀。"

蒋峰:"那城队,这案子基本就可以这么定性了吧?"

杜城放下资料,望向沈翊。

杜城:"你觉得呢?"

沈翊并没看资料,反而翻开一张现场的尸体照片。

沈翊:"他的头很小。"

杜城:"什么?"

沈翊将自己画出的现场图举到杜城面前。

沈翊："你不觉得奇怪吗？我重画现场图的时候，总觉得哪里的比例不对，仔细一回想才发现，死者的头要比一般男性小上两圈。"

杜城："这有什么奇怪的？"

沈翊点了点尸体头顶的帽子。

沈翊："这种快递员的帽子做工简陋，而且只有一个型号，不能像别的帽子一样可以调节大小。死者的头这么小，这顶帽子戴在他头上，并不合适。"

杜城看着照片，点点头："你这么一说，我也注意到了。也对——你还记得陈秋雯口供里的那个细节吗？她开门前曾在猫眼里看过敲门的人，赵明哲把整张脸都遮在帽檐下，所以她才没有察觉。一般男人的脸很难被帽檐全遮住，碰巧这个打女人的浑蛋有张巴掌脸。"

蒋峰倒抽一口冷气："这就更可怕了——你们想啊，他不但处心积虑地追踪被打跑的老婆，连假扮成快递员和用帽檐遮住脸这种细节都想周到了，他这是精心策划地谋杀啊！幸好幸好，老天有眼！"

沈翊："可惜，他想到的这个细节，却被另一个人忽略了。"

杜城："什么意思？"

沈翊再度举起这张照片："你看，桌子、地板、流理台都是一片凌乱，陈秋雯也说，两个人发生了激烈厮打。可这顶一碰就掉的大帽子，却端端正正地扣在尸体的脑袋上——这合理吗？"

杜城望着照片上尸体的帽子，皱眉思索。

杜城的手机忽然响起，屏幕显示："何溶月来电。"

杜城："尸检发现新问题。"

12

尸检房盛满福尔马林的容器里，浸泡着被解剖的心脏断面。

沈翊凑近容器，仔细观看着断面的纤维纹理。

沈翊发出一声近似赞美的叹息："《麦田上的鸦群》。"

同在观看的杜城瞥了他一眼："你说什么？"

沈翊指着断面上的纤维纹理："我说这些波纹状排列的纤维层很美，就像凡·高的那幅名画，乌鸦飞过麦田时掠起的麦浪。"

杜城匪夷所思地瞪着他。

何溶月："可惜，在我们法医眼里，让心脏的肌肉纤维泛起这种美丽波浪的肯定不是乌鸦的翅膀，而是电流。"

杜城："你是说，死者生前触电了？"

何溶月点点头："皮肤上没有发现明显的电流斑，但心肌纤维出现中度波浪状排列，心肌间质血管内皮细胞核深染，此外，左心室轻度肥大，是慢性心力衰竭的前兆。我大胆推测，死者生前已有轻度心脏病，遭到低伏电击后引发了房颤休克。"

杜城："也就是说，在被刀刺入心脏前，他很可能已经没有行为能力了。"

何溶月："而且我认为，这个心脏的刀伤有问题。"

杜城："怎么说？"

何溶月走到一个假人的面前。

何溶月："假如我是陈秋雯，我的身高比赵明哲要矮，如果按照她所说的那样，是在反抗中持刀杀人……"

何溶月猛地将刀插进假人之中。

沈翊："伤口应该是斜向上的。"

何溶月："这颗心脏上的伤口，三刀十分相似，都是以水平角度插进去的。"

杜城掏出手机，接通电话。

杜城："通知痕检，还有你，马上跟我去现场，搜索关键物证！"

13

审讯室里，杜城将一支封在塑胶袋里的摔破的防狼电击枪推到陈秋雯面前。

杜城："这支电击枪，是你在一个多星期前通过网商购买的。我很奇怪，既然赵明哲是在你完全没有防备的情况下追踪到这里的，你怎么会未卜先知，提前备好了防身用品呢？"

陈秋雯的脸色微微一变。

杜城："现在，请你再复述一遍案发经过。"

陈秋雯沉默不语。

杜城："那我来说，经过现场检验，发现有明显的拖拽痕迹，结合初步验尸报告可以断定,赵明哲并不是在攻击你时被你防卫刺杀的。"

14

陈秋雯放下餐刀走到公寓门口,通过猫眼向外望去,看见一顶快递员的帽子。

陈秋雯打开了门。

快递员猛地抬头,帽子下赫然出现赵明哲的脸!

陈秋雯刚要呼救,赵明哲猛地伸手捂住她的嘴,硬挤进屋里,锁住了房门。

赵明哲逼近的脸映在了陈秋雯的瞳孔上。

瞳孔里的脸忽然僵住了。

赵明哲抽搐着倒在地上。

陈秋雯手中拿着一支防狼电击枪。

陈秋雯冷冷地看了眼地上的赵明哲,走到窗前,将电击枪远远抛到楼下的水池里。接着关好窗户,再走到赵明哲脚前,用力将他拖拽到流理台前,挥手将流理台上的器皿都打翻在地。

陈秋雯捡起地上的餐刀,猛地插进赵明哲的胸口!一刀,两刀!

鲜血涌出,染红了陈秋雯的手。

陈秋雯嘴角浮出一丝冷笑,环顾四周,那顶帽子突兀地落在门口。

陈秋雯走过去,捡起帽子,扣到尸体的脑袋上,然后拿起了手机,拨打110。

15

杜城:"如果是这样,在赵明哲失去反抗能力后又对他进行刺杀,你就不是正当防卫或者防卫过当,而是故意杀人。"

陈秋雯看着杜城,没有说话。

杜城:"现在,你还有自首的机会。"

陈秋雯:"对,我是故意杀人。"

陈秋雯卷起了袖子,露出了陈年旧伤。

陈秋雯:"骨折、刀伤、烧伤……身体上的伤总能医好,心里的伤至死不愈。我逃走了,但并没有逃出来……我还是怕他,一想起他,甚至一看到赵明哲这三个字都会浑身发抖！来到这里四年了，我还是害怕夜晚来临，我不敢逛街，不敢发朋友圈，不敢交一个朋友……我甚至不敢让男人靠近我一米之内！我就像一只被猎捕的兔子，听到风声都会害怕。我买电击枪，并不是什么'未卜先知'，而是离开它，我就活不下去。"

杜城："你是说，你是因为赵明哲给你留下心理阴影，才购买的这个电击枪？"

陈秋雯："我不止买了这一个，我的办公室里、卧室里都有。每次有人敲门，我都会抓起一个……才敢开门。"

杜城："所以，赵明哲突然出现时你就用了电击枪，只是因为长期精神紧张导致的下意识反应？"

陈秋雯落泪点头。

杜城："在赵明哲被电击休克后，你接连两刀刺在致命处，这可不是下意识反应吧？"

陈秋雯："他动了！他在地板上动了！我害怕，我太害怕了……他醒来一定会杀了我，所以我就，我就拿起刀……"

赵明哲在地板上抽搐。

惊恐的陈秋雯举起餐刀，对准赵明哲，连刺两刀。

杜城："那么，那顶帽子呢？你当时那么害怕，为什么还要把脱落的帽子给他戴上？"

陈秋雯："因为他的脸……我想盖住他的脸，我不敢看到他的脸。"

16

一沓口供被丢在公共办公区的桌上。

杜城："物证有，尸检报告和痕检结果都支持她的说法，如果按照她的说法，那么这个案子的结果很可能被定性为防卫过当，而不是正当防卫。"

李晗："是不是要为陈秋雯做一个精神鉴定，她的情况很符合受虐妇女综合征。"

蒋峰："原来是 BWS——Battered Woman Syndrome。"

杜城："拽什么洋文，就你考过四六级了怎么着？说人话！"

蒋峰："受虐妇女综合征，是指长期严重遭受暴力的受害者，无法理性判断面临的威胁的严重性。所以，即使施暴者在熟睡、昏迷等不具备致命性威胁时，她们依然会因极度恐惧而采取极端方式以暴制暴。如果法庭采用了这样的鉴定，会在量刑方面向陈秋雯倾斜。"

杜城："行，这也是我们能为陈秋雯提供的唯一一点帮助了。"

17

沈翊拿出了一张扑克牌，红桃 Q。

沈翊："你们知道，扑克牌上的 J、Q、K 分别代表什么吗？"

同学："K 是国王 King，Q 是皇后 Queen，J 是骑士 Jack。"

沈翊点头："那么谁能告诉我，红桃 Q，代表的是哪一位皇后？"

同学们窃窃私语。

同学："我还以为都是一个人。"

沈翊："红桃 Q，是一位著名的以色列女英雄，朱迪斯。在亚述大军围攻其家乡伯图里亚时，朱迪斯与她的女仆潜入亚述军营，以美色诱惑了主帅赫罗弗尼斯，并趁他醉酒时斩首凯旋。在美术史上，以朱迪斯为题的艺术作品不在少数。"

屏幕上分别展示出卡拉瓦乔的《朱迪斯与赫罗弗尼斯》和阿尔泰米西娅·真蒂莱斯基的《朱迪斯斩杀赫罗弗尼斯》，以及《朱迪斯的凯旋》，等等。

女同学："沈老师，我有一个问题，朱迪斯的女仆也参与刺杀了吗？"

沈翊："为什么这么问？"

女同学指着《朱迪斯斩杀赫罗弗尼斯》。

女同学："您看，在有的画里，女仆只在旁边围观，接着赫罗弗尼斯的头，但是在中间那幅画里，我感觉赫罗弗尼斯正在反抗，而两个女人联合起来压制了他，砍下了他的头。为什么会有这样的区别？"

沈翊："你发现了关键。中间这一幅，出自一位女画家阿尔泰米西娅·真蒂莱斯基。西方很多的男性画家在处理朱迪斯这个题材时都会抹掉女仆，他们的注意力只放在美丽的朱迪斯身上，但是真蒂莱斯基不同，她画中的女性是共同对抗邪恶的盟友。在她眼中，女人能理解女人，女人能保护女人，所以只有这幅明明白白地画出了两个女英雄。"

一个男同学刷着手机。

男同学："我查到，真蒂莱斯基年轻时被她老师性侵了……"

沈翌点头："真蒂莱斯基曾经遭受过性侵，对方为了逃避刑罚，反过来指责她卖淫。为了证明自己的清白，她被迫当众验身，但最后强奸犯却依然只判了盗窃罪，仅监禁了八个月。"

女同学："所以这幅画画的并不是朱迪斯斩杀赫罗弗尼斯，而是女画家自己斩杀了强奸犯！"

沈翌放大了《朱迪斯斩杀赫罗弗尼斯》的细节，朱迪斯和女仆的脸上都带着同样的坚毅。

沈翌："是的，所以真蒂莱斯基画的朱迪斯有着更强的力量感，没有任何犹豫、恐惧。她把自己的痛苦和同情注入画里，和画中的朱迪斯有着同样的灵魂……"

沈翌说着，忽然愣住了，他回想起了什么：

陈秋雯目不斜视地从陆婷和沈翌身边走过。

擦身而过的一刹那，陆婷还是轻轻地留下了一句话。

陆婷："对不起……"

陈秋雯的背影远去，对她的话没有任何反应。

遭遇了同样暴行的两个女人，相见时怎么会有如此陌生的反应？

沈翌："同样的灵魂？"

沈翌又回想起，广告灯牌落地时发出巨响，陆婷恐惧地遮住肚子。

沈翌忽然冲下了讲台，打着电话，行色匆匆。

女同学："老师？"

沈翌："杜城，案子还有问题。"

18

沈翌和杜城漫步在街上。

不远处，就是陈秋雯的公寓。

杜城："你认为陈秋雯说了谎？"

沈翊:"她说过一次谎,就可以说第二次。通常情况下,长期以来被家暴的妇女都会被定格为脆弱的献祭者形象,所以我们容易忽视。"

杜城看向沈翊。

沈翊:"女性有反抗的力量。她们反抗的时候,拥有和男性同样的力量,甚至更强。"

杜城:"陈秋雯说,她电晕了赵明哲之后,在惊惧之下杀了他。"

沈翊:"我现在怀疑,这个结局是她早就设计好的——应该说,从赵明哲看到那张照片开始,就已经走向了必死的终局。"

杜城看着眼前的公寓,明白了。

杜城:"那就让我们看看,当天晚上到底发生了什么。"

19

酒店前台走在前面,杜城和沈翊跟在后面。

杜城:"三天前入住307的赵明哲,有没有什么异常举动?或者说过什么?"

前台:"这么多人,我就管登记入住,别的确实记不住。"

杜城走到307门前。307房间是个背阴的房间。

沈翊:"他入住时,阳面房间都没有了吗?"

前台打开了房门:"不,阳面空房还多得是。这是他自己选的。"

正对门的就是窗户,窗外可见一座商场大楼。

杜城和沈翊走到窗前向外望去,这里恰好在陈秋雯公寓楼的背面。

沈翊:"在这里,根本看不到陈秋雯住的那间公寓。"

杜城:"反常,太反常了。"

夜色浓厚,对面商厦大楼上,"丰茂大厦"的霓虹灯蓦地亮起。

前台忽然惊叫一声:"我想起来了!那个男的办理入住时,反复问我一句话。"

杜城:"什么话?"

前台:"他问,背阴的房间,肯定能看见丰茂大厦吧?"

沈翊:"果然,他通过丰茂大厦找到了陈秋雯家。"

杜城:"不过这恰恰证明,是赵明哲主动追猎陈秋雯的。"

杜城凝望着对面的大厦。他的手机响起，来电人是李晗。

杜城接通电话："你确定？"

杜城接电话时，沈翊凝望着他的眼睛，忽然意识到了什么。

杜城："李晗有新发现，也许能证明赵明哲不是偶然发现那张照片的。"

沈翊点点头："我也有个发现。"

沈翊指着对面的霓虹灯："就是这间大厦、这束灯，证明了谁才是真正的猎人。"

杜城："这就是陈秋雯自拍的地方。"

沈翊对着丰茂大厦的霓虹灯，夜色中霓虹灯闪烁，倒映在他的眼睛里。

咔的一声，沈翊用手机拍下照片。

沈翊："找到证据了。"

20

两张放大的照片并列摆在一号审讯室的桌上。

一张是陆婷提供的陈秋雯自拍，一张是沈翊的自拍，两张照片的姿势、角度乍看上去一模一样。

陈秋雯疑惑地看着沈翊和杜城。

沈翊："你说从赵明哲身边逃走后，不敢出门逛街，不敢交朋友，不敢发朋友圈，但是你却在网上发出了这么清晰的自拍，不觉得矛盾吗？"

陈秋雯："我只是想重新开始，自我治疗。"

沈翊："可以，但你的这张照片，是假的。"

杜城将一个打开的电脑笔记本转到陈秋雯面前。

电脑屏幕上，是那张陈秋雯的自拍照。

杜城："数据是不可毁灭的，只要是用电脑处理过的信息数据，我们都可以恢复出来。"

陈秋雯的脸上掠过一丝慌乱。

杜城："这张照片是你故意诱导赵明哲发现的。你知道，它会勾起赵明哲的杀意，让赵明哲投向你布下的死亡陷阱。你是故意在照片里留下线索的！"

沈翊举起那两张照片，手指点着照片上的瞳孔。

沈翊："证据，就在这里！"

陈秋雯的眼睛瞪大了。

瞳孔放大，黑沉沉的，仿佛宇宙里的黑洞。

沈翊、杜城，还有照片……全都钻进了那双深不见底的瞳孔里。

沈翊又指着那张陆婷提供的照片，就是那张瞳孔中有"丰茂"二字的照片。

闪烁着霓虹灯的小街夜景，分别清晰地倒映在一左一右两只瞳孔里。

沈翊指着照片上的瞳孔街景："以你这张自拍的角度来看，你的瞳孔里根本映不出"丰茂"两个字，应该是像我拍的这张照片这样，映出大半个"厦"字！你的自拍是处理过的，只是为了把位置暴露给赵明哲。"

陈秋雯有些惊惶。

陈秋雯："网上那么多照片，我怎么可能保证赵明哲一定能看到？"

沈翊："有人能保证，就是陆婷。"

陈秋雯："怎么可能？我根本就不认识她。"

沈翊："你在撒谎。一般情况下，如果听到陌生人突然和自己说对不起，第一反应是奇怪、惊讶。你却目不斜视地与她擦肩而过，就像是刻意装作不认识她。"

陈秋雯："我没听清她说什么。"

杜城忽然重重地拍了一下桌子，陈秋雯下意识地做出了抵挡的动作。

沈翊："那一天，听到巨响的时候，陆婷也做了和你一样的动作，她怕的不是声音，而是伴随着声音而来的暴力，暴力的源头，我猜就是赵明哲吧。"

陈秋雯："我不认识什么陆婷，更不知道这张照片是怎么到赵明哲手里的。要不是他来杀我，我现在可能还是好好的。把他送上绝路的不是我，是他自己。"

沈翊："那陆婷为什么要和你说对不起？"

陈秋雯："你不要再问这些没有意义的问题了！"

沈翊："有意义，因为是陆婷杀了赵明哲，你只是在替她顶罪。"

陈秋雯："照你们说的，她是我丈夫的情人，我凭什么替她顶罪？"

沈翊："因为你曾经也是个母亲。"

杜城拿出了一张病历，是陈秋雯的流产病历。

陈秋雯看着那张病历，默默流下了眼泪。

21

二号审讯室里，陆婷坐在蒋峰和李晗的对面。

陆婷："赵明哲的尸检结果出来了吗？"

蒋峰："赵明哲生前曾被电击棒击中昏厥，心脏的刀口也不符合陈秋雯的供述。"

蒋峰递出验尸报告，但陆婷并没有看。

陆婷："她不是正当防卫？"

蒋峰："是谋杀。"

陆婷："她会判多少年？"

蒋峰："这要看法官怎么判，谋杀根据情节轻重，判死刑、无期、十年以上有期徒刑，都有可能。"

陆婷喝了一口水。

李晗和蒋峰对视一眼。

李晗："我们怀疑案发现场还有第三人，可能是帮凶，也可能是主谋。"

陆婷一愣，像没反应过来。

李晗："前天，赵明哲来了北江，我们查到你乘坐晚于他一班的高铁也来了北江……"

陆婷将手放在肚子上。

陆婷："自从和赵明哲在一起，我就经常遭受他的暴力。我不敢反抗，因为每一次的反抗都会招来更猛烈的殴打，我已经渐渐麻木了，直到我有了孩子……"

22

陆婷痛苦地躺在地上，躲避着砸来的拳头，紧紧地护住肚子。

23

陆婷锁好厕所,在电脑上输入赵明哲与陈秋雯的合照,识别着陈秋雯身上的单品。

她打开二手市场页面,大海捞针一般地寻找。

一个 ID 被搜出——陈秋雯的 ID。

陆婷颤抖着打字:

"你是周云意吗?"

"你是周云意吗?"

"我需要你的帮助。"

陆婷自拍了一张被殴打的满是伤痕的脸。

求救信号迟迟没有得到回复。

陆婷的心黯淡了,正要合上电脑时,一条信息弹出。

信息:"你是谁?"

陆婷痛哭出声。她的呼救得到了回应。

陆婷:"我们联络上之后,就商量了这个计划。"

陆婷打开电脑页面,等着赵明哲上钩。

陆婷听到背后传来推门的声音,立刻打开了陈秋雯的账号,刷新了照片。

赵明哲放大着陈秋雯的照片,得意扬扬地搜索陈秋雯的位置。

陆婷站在赵明哲身后,暗暗握住了拳头。

24

猛烈的撞门声。

陈秋雯打开了门,只见赵明哲冲入,恶狠狠地掐住她的脖子。

赵明哲:"你逃不掉了!"

挣扎、扭打。

陈秋雯抽出备好的电击棒,对着赵明哲猛击。

赵明哲疼痛惊呼,倒在地上抽搐着。他已经失去了反抗能力。

陆婷手握着餐刀从角落闪出,闭上眼,狠下心,高高举起刀,对着赵明哲狠狠扎下三刀。

陆婷再睁开眼时,手仍紧紧攥着刀柄,而刀子已深深插入赵明哲的心脏。

陆婷尖叫着松开手,手颤抖着。她瞪着插在赵明哲心口上的餐刀。

陆婷:"他死了?"

陈秋雯:"死了。"

陆婷:"真的死了?"

陈秋雯:"真的死了。"

陆婷用手捂住脸,呜咽着、战栗着。

陈秋雯先冷静了下来。

她拨开陆婷的手,看见了陆婷眼中的恐惧。

陈秋雯:"去洗手,不要踩到任何东西,然后从安全通道走,那里没有监控,剩下的交给我。"

陆婷勉强起身,一步三回头,面露担忧、不安。

陈秋雯:"赶紧走,你肚子里的孩子还需要妈妈。"

陆婷一愣,终于下定了决心,决绝离开。

陈秋雯将所有东西都仔细擦拭过一遍,要抹除陆婷留在现场的痕迹。

陈秋雯站在尸体前,居高临下。

此刻,她代替了另一个女人,成为凶手。

25

一号审讯室里,杜城的手机振动,蒋峰凑到跟前看了一眼。

短信内容:"陆婷认罪。"

26

陈秋雯走出一号审讯室,看见从二号审讯室走出的陆婷,两人凝视着彼此。

陆婷想笑,眼泪却掉了下来。

陆婷:"谢谢……"

陈秋雯与陆婷被带往了不同的方向。

沈翊:"她们让我想到了一幅画。"

杜城:"什么?"

沈翊:"《朱迪斯的凯旋》。朱迪斯和女仆刺杀了敌军首领,但是所有描写凯旋的作品里,描绘的只有朱迪斯一个人,但英雄不止一人,朱迪斯也从不孤独。"

27

一份陌生的文件快递静静地放在杜城办公室的桌上。

杜城走到桌前,想起快递还未拆,拿起端详。

寄件人、寄件地址的信息都没有。

杜城随意撕开一看,里面似乎只有一张照片。

一个电话打进来,是杜城没有见过的号码。

他疑惑接起。

电话那头久久没有人声,杜城只能听到环境里有隐隐的海浪声和一声汽笛声。

杜城正要挂断电话,却听到了熟悉的声音。

M:"杜警官——"

杜城:"……贺虹?"

M:"收到照片了吗?"

杜城急忙抽出照片,翻过一看。

M:"他就是杀雷一斐的人。"

第二十一章

1

辉格酒店。

雨积蓄了一夜,倾泻而下,浇打在这座未完成的建筑上。

2

夜色深沉,不见星月。

还在施工中的辉格酒店矗立在夜空中。薄雾笼罩之下,看不清酒店的屋顶。

哗啦——

玻璃的破碎声传来,搅乱了宁静的夜。

半晌,一切又恢复了平静。

一只流浪猫悄然钻进酒店。

3

汽车清洗剂倒在黑布上。

黑夜中,一个人影正单膝着地,是杜城。

流浪猫静静地望着他,杜城的脸上透着阴森。

一名刑警像杀手一样,仔仔细细擦去自己留在现场的痕迹。

抹去血泊周围的足迹。

捡起地上的发丝。

擦去 M 身上的指纹。

杜城没有放过任何一处。

他清理完毕一切痕迹，最后捡起了血泊中的手表，戴在手腕上。

杜城临走前，看了一眼地上 M 的尸体。

那僵死的瞳孔中还带着死前的不甘。

这是 M 留在这世间最后的表情。

杜城不忍，用布裹着手，合上了她的双眸。

杜城起身离开。

他的背影落在流浪猫眼中，像一具缓缓升起的怪物。

4

杜城拉开车门，坐在驾驶座上，将清理工具丢在副驾驶的座位上。

做完一切后，杜城终于感到疲惫。

他发动引擎，车子却处于熄火状态。

杜城试了一次又一次，牧马人仍没有动静，这是从未发生过的事。

杜城焦躁，一拳砸在方向盘上。

他的手竟然在发颤。

杜城深吸口气，最后一次发动引擎。

引擎声响起。

牧马人启动，驶离酒店，消失在雨夜中。

5

三辆警车停在了雨中。

何溶月拉开车门，提着工具箱下车。

旁边有刑警为她撑伞。她简单点头致意，径直走向大楼。

她在警戒线前停下，仔细套好鞋套、戴上手套，擦干工具箱上的雨水，这才拉开警戒线，步入现场。

越是雨天，进现场越要谨慎。

一层平台。

刑警们已经在现场拍照取证。

何溶月在尸体旁蹲下，翻过尸体的脸。

是沈翊、杜城苦苦寻找的 M！

何溶月："快，通知杜城、沈翊马上来现场！"

6

画室工作台上摆开三个扁扁的瓷盆。

沈翊提着水壶，往一个个瓷盆里注水。

他来到最后一个瓷盆前，提着水壶的手一顿，脸上露出无语的表情。

小弦窝在瓷盆中，冲沈翊伸懒腰、打哈欠。

沈翊无奈地抱出小弦，将它轻轻放在地上。

沈翊放下水壶，转身取出研磨板、研磨杵和矿石，一一放在工作台上。

一切准备工作就绪，沈翊坐在凳子上，戴上手套，握着研磨杵，在板上磨着矿石。

小弦在地上踩踩，又跳上工作台，在沈翊身边卧下。

小小的猫脑袋跟着杵子的研磨方向，顺时针晃悠着。

研磨杵下，矿石慢慢变成粉末，一点点变细。

沈翊过筛，随即将粉末倒入瓷盆，在水中继续研磨。在水和石的共同作用下，粉末越来越细腻，细如灰尘。

窗外雨声未绝，和着沈翊研磨矿石的声音，让小弦的困意更深。

短信提示音响起。

沈翊放下研磨杵，摘下手套，打开短信一看。

他的脸上露出不安。

7

大雨滂沱，溅起片片涟漪。

M 的尸体躺在酒店地上，任凭雨水冲刷。她身上的血污几乎已经被雨水冲刷干净，让她的脸看起来分外清透而干净。

案发现场周围环绕着黄色的警戒线。

M 的尸体被运走，血迹被提取，散落在地的玻璃碎片被一点点收集起来……

现场一片嘈杂。

刑警们来来往往，露出了站在警戒线外的沈翊。

他举着一把透明的伞,凝视着 M 的尸体,世界仿佛失去了声音。

警员们从他身旁走来走去,沈翊却似乎无法动弹。

何溶月:"沈翊!"

沈翊这才回过神来,发现是戴着口罩的何溶月。

何溶月:"跟我走,去认尸。"

8

沈翊看着 M 的尸体,陷入了回忆。

七年前,M 涂着猩红色指甲油的手指,夹着一张孩童的照片,望向沈翊。

M:"听说你能三岁画老。"

沈翊在墙上完成了雷一斐的画像。

M 微笑:"是一位老朋友。"

七年后的北江。穆伟去世,来到警察局的贺虹看起来朴素、可怜、憔悴。

M 终于坐在画像室里,看着墙上那幅自己的画像。

M:"画了一个女人那么多次,不会爱上她吗?"

……

直到一只手抓住他,打断了他的回忆。

何溶月:"沈翊。"

沈翊回过神,又看向了 M 的尸体。

何溶月:"我大概检查了一下,胸腔大范围粉碎性骨折,骨骼的各处大关节严重骨折,符合生前高空坠亡特征。"

何溶月摘下手套,提笔在报告上签字。

沈翊安静地站在一旁。

何溶月:"脸上有整容的痕迹,和 M 的照片也基本相符。详细的信息,我回局里再查。"

何溶月为 M 的尸体盖上白布。

沈翊望着那片白布覆盖上 M,就好像他多年追寻的问题被深深地埋入了地里,再也挖不出来。

何溶月:"是她吗?"

沈翊沉默地点点头。

何溶月安抚似的拍拍沈翊的肩。

何溶月："别放弃。一个死去的人，也许还能带来一些新的线索。"

何溶月将包裹着 M 尸体的袋子拉上了拉链。

沈翊看着 M 的脸被遮上，他这七年一直在寻找的真相，就此尘封。

9

落在水洼里的雨滴由大变小。

沈翊站在停尸车旁出神。他没撑伞，雨水淋湿了他的额发。

朦胧细雨中，一个熟悉的身影出现了。

是姗姗来迟的杜城。

杜城快步走到沈翊面前，他把伞举过沈翊头顶。

杜城："怎么不打伞？"

沈翊望着杜城。他的眼里布满血丝，可杜城的眼睛却一派澄澈。

沈翊："M 死了。"

杜城握着伞的手一顿。

杜城："确认过了吗？"

沈翊点点头。

他依然盯着杜城，却发现他的表情毫无波澜，分外平静。

杜城："知道了。"

杜城平淡地回应了一声。

沈翊疑惑："你不觉得奇怪吗？"

杜城依然很平静。

杜城："有什么线索，现场的痕迹会告诉我的。"

他把伞塞到沈翊手里，转身走向案发现场。

他掀起警戒线，走入其中，有条不紊地指挥着。

杜城："各位，下雨了痕迹不好采集。一定要仔细再仔细，无论多小的线索都不要放过……"

警车鸣着笛，载着 M 的尸体和现场证物，离开了辉格酒店。

杜城脚踩油门，开车跟着警车一起出发。

杜城握着方向盘的手上空空荡荡，没有手表。

沈翊没有在意。

两人上路。

10

杜城捏着办公室的电话话筒，里面传来淡淡的海浪声。

杜城："你这么能躲，怎么不躲了？"

"我逃累了。"M的语气有些急了，"给我一条路，我要活下去！"

M："我没见过他的样子，但我听过他的声音。杜队长，感兴趣吗？感兴趣的话，你就一个人来见我。"

11

信号灯忽然变红。

一直沉浸在自己想法里的杜城猛地一个急刹车。

沈翊和杜城都是一惊。

沈翊转头望着杜城。

他脸色蜡黄，眼底还有一片乌青色，看起来像是没有睡好。人却坐得笔直，很有精神的样子。

沈翊："你昨天晚上干什么去了？"

杜城的手不易察觉地握紧方向盘。

杜城："怎么了？"

沈翊："有黑眼圈。"

杜城似乎松了口气，耸耸肩。

杜城："哦，有个临时递过来的案子，我正在查。"

绿灯亮起，杜城拉起手刹，出发。

沈翊忽然坐起身，直直地看向杜城。

沈翊："你这么累，也查不好案子。前面有个停车场，先去歇歇吧。"

杜城一顿。

杜城:"也好。"

车子向前驶去。

12

牧马人停在了靠近路边的车位上。

沈翊按下车载音响的播放键。

舒缓的音乐传出,回荡在车里。

沈翊窝在车座里。他双眼凝视着窗外的天空。

杜城将头转向车窗一侧,久久没有发出声音,像是睡着了。

其实,他正睁着一双炯炯有神的眼,紧紧盯着窗外,似乎在思考着什么对策。

13

炭笔在纸上划过一道道痕迹。

沈翊坐在工作室画板前,勾勒出 M 的模样——

是整容成贺虹前的 M。

沈翊细心地画着每一笔,画出她的眼眸,带着清冷,画出她的嘴角,红唇轻扬……

沈翊久久地坐在画板前,完成着这幅画像。

最后一笔落下。

沈翊画完了,收笔,面前是一张已经完成的 M 画像。她的眼睛望着前方,带着隐隐的微笑。

这便是她的遗像。

沈翊站起来,想活动一下身体,却赫然发现身后站着一个人。

杜城不知什么时候来到了画像室的门口,倚在门框上,看着 M 的遗像。

沈翊:"你怎么来了?"

杜城走进画像室。

他若有若无地瞟了一眼 M 的画像。她的双眸似乎在望着他。

杜城:"在向她告别吗?"

沈翊:"画了她七年,也找了她七年了。就是因为她,我才成了警察。她也没留下属于自己的照片,就这样送她最后一程吧。"

沈翊取下画板上的画像。

他直视着画像的眼睛。

沈翊:"我也总觉得她还有话想和我说。"

杜城松松垮垮地在沈翊对面坐下。

杜城:"尸体是不能开口说话的。看来,M一死,我们追了这么多年的线索断了。"

沈翊走到墙边,望着他挂在墙上的另一幅M的画像。

碧波中的M犹如一轮明月,正望着他。

沈翊抬手,取下了那幅画。

沈翊:"她的死就是线索。M死了,这桩案子就走到了我们熟悉的领域——"

沈翊望向杜城。

沈翊:"凶杀。"

14

技侦办公室里,放着一包包装在塑封袋里的证物。

电脑上放着一段段监控视频。

众警员在办公室忙碌着。

杜城:"情况怎么样,有什么线索吗?"

杜城拍拍蒋峰的肩,蒋峰正在整理证物,并将一条条信息敲在电脑上。

对面的李晗站起来。

李晗:"蒋峰之前带着人绕着酒店附近转了几圈。检查了路边摄像头,也调取了周围超市、银行等的监控,还询问了附近居民,都没有找到案发时的视频记录。"

辉格酒店刚刚建成,没有监控摄像头拍下案发时的情况。现场痕迹又因为大雨被冲刷掉了,警察们犯了难。

蒋峰把目前唯一拍到M身影的视频放给大家看。

蒋峰:"你们看,只有银行门口的监控拍到了个着急忙慌的影子,现在只能确认,M是独自一人走进辉格酒店的。案发现场很可能没有留下视频证据。"

沈翊失落，他侧目，却忽然看见杜城微妙的表情——他原本眉头紧皱，但听见蒋峰说没有监控后，神情竟放松下来！

沈翊怀疑，却不动声色。

杜城走到李晗身边。

杜城："你先把监控放一放，蒋峰这儿挺忙的，你帮他准备一下工作汇报。我来看监控。"

李晗："哦，好！"

李晗端着电脑走到蒋峰旁，两人一起整理起来。

杜城看着来自辉格酒店电梯间的监控，监控只能微微拍到 M 坠落现场的一角，看不出什么。

沈翊坐在角落里看着杜城的背影。

沈翊："没拍到？"

杜城摇摇头："没有。"

门口传来敲门声。

众人回过头，何溶月站在门口。

何溶月："检查结果出来了。"

15

沈翊坐在法医室何溶月对面的椅子上。

杜城插着兜，在法医室的档案架前踱步。

何溶月："M 坠楼身亡后，有人动过她的尸体。"

杜城一顿。

杜城："检测出指纹了？"

何溶月摇摇头。

何溶月："没有。但是她的尸体被发现时，眼睛是闭着的。通常情况下，头部受到重击时，大脑功能将受到损坏，切断眼睛反射中枢，因此，死者应该是睁眼状态。"

杜城没有说话，背对着两人。

沈翊："所以是有人主动合上了死者的眼睛？"

何溶月点头:"但是死者的眼皮上却没有任何痕迹,甚至提取不到半个指纹。"

杜城拿起 M 的尸检报告。

杜城:"M 的身上还有其他的生物痕迹吗?"

他翻看着报告,眼睛却似乎并没有看报告,而是瞄着何溶月。

何溶月有些苦恼地叹息。

何溶月:"目前没有。"

杜城合上报告。

杜城:"没关系,我们会找到其他线索的。"

16

会议室里,众人将案件进度汇总。

蒋峰:"9月17日早上,在南郊路367号发现M的尸体,经过生物信息验证后,身份确认无误。目前在现场没有勘察出嫌疑人的痕迹。案发现场是还没建成的辉格酒店,刚调来了酒店电梯里的监控,还在进行初步分析。"

闫谈声:"一个逃犯一直停留在北江,这不合理。她到底在北江待了多久,是不是去而复返?"

沈翊:"北江入境处、各大国道都有严格的监控,M的脸已经录入比对库了,可以追查她之前的行踪。"

蒋峰:"我们试过了,但是她明显进行了变装,我们的监控没捕捉到她……"

沈翊思索着,走到电脑前,将一件黑衬衫照片投屏。

沈翊:"M身上这件黑衬衫的后领上有标签。如果使用电子支付会留下踪迹,她有可能是用现金购买的,或者委托其他人帮忙购买的。问问售卖这个牌子衣服的店员,或许有新的线索。"

蒋峰:"行,我们去查查。"

沈翊点点头,整理面前的资料。

沈翊:"痕检那边还没有消息,等会儿我过去看看吧。李晗,监控尽快查,任何细节都别放过。"

李晗:"收到。沈老师,您今天怎么这么像城队啊!"

沈翊忽然一愣，才发现杜城今天一直没怎么说话，并看向杜城的方向。

杜城正好站起，看向众人。

杜城："你们也多跟沈翊学学。行了，该查的就快去查吧，散会。"

众刑警："是。"

17

画像室里沈翊削着铅笔，他觉得杜城与平时不一样。对于M的死几乎没有情绪波动，办案也不积极。

手机铃声突然响起，沈翊吓得一激灵。

沈翊："喂？"

电话里传来广告宣传："北江海景别墅，现在首付仅需一万……"

沈翊沮丧地坐回椅子上，手指在手机屏幕上滑动，停留在通讯录中"杜城"的名字上。

他这才发现，滑动着屏幕的手指被削笔刀刮出了一个小小的伤口，冒着细密的血泡。

浅浅的血迹划过那个名字。

沈翊最终还是没有点下去。

他起身离开了画像室。

18

一些玻璃碎片被送进技侦办公室。

技侦人员戴着手套，一片片比对、拼凑。

沈翊敲敲门。

技侦人员："请进！"

沈翊推门而入，技侦员看见沈翊，点头示意。

沈翊："查到什么线索了吗？"

技侦员："我们正在拼现场残留的碎玻璃，看能不能找出点什么。"

沈翊点点头，走上前查看。

他发现有几片小小的玻璃碎片被放在一旁，好奇地查看。

技侦员:"现场发现了两种不同材质的玻璃,那是另一种。"

沈翊戴上手套,捡起其中一小片,玻璃很薄。

技侦员:"这块玻璃很薄,而且每一块碎片都有一定的弧度,厚度从边侧到中心逐渐增加,按照模型推演,应该是从手表表盘一类的东西上掉下来的。我们会把它拼出来验证的。"

沈翊一惊。

19

杜城握着咖啡的手腕上,空空如也。

杜城晃神,无意识地往咖啡里加着糖。

糖融进咖啡里,杜城陷入回忆。

旋转的旋涡变成了海浪。

杜城握着办公室电话。

M 的声音里夹带着沙沙的海浪声和汽笛声。

M:"感兴趣的话,就一个人来见我。"

杜城坐在电脑前搜索。

电脑屏幕上显示着"货轮出航信息"的表格。

杜城一页页仔细看过去。

他的目光锁定在 2021 年 9 月 15 日。

杜城盯着这条记录。

窗外的太阳渐渐西落。

地图铺展在桌上。

杜城大笔一挥,圈出一个海边的渔村。

杜城望着那片渔村出神。

蒋峰:"城队——"

蒋峰走来,杜城回过神来,转过头。

蒋峰:"开会了城队,市局那边的副支队长来了,等着跟大家见面呢。"

杜城皱眉:"来做什么的?"

蒋峰摇头:"不知道。"

杜城点点头，把手里的咖啡塞到蒋峰手里，走出办公室。

蒋峰看着杜城的背影，又看看手里的咖啡。

蒋峰疑惑："城队不是不加糖吗……"

20

技侦办公室里，沈翊指尖夹着那块小小的碎片，神色凝重。

沈翊："现场查到的监控在哪里？"

技侦员："电脑里就有。"

沈翊打开电脑，看着电脑里显示着"监控记录"的文件夹。

沈翊握着鼠标的手一顿。

技侦办公室的门忽然被打开，李晗走了进来。

李晗："沈老师，我正找您呢！市局刑侦支队副支队长来了，张局喊咱们去开会呢。"

沈翊的眼睛还盯着电脑。

李晗："沈老师？"

沈翊起身。

沈翊："走吧。"

21

众警员严肃地望着会议室的中心。

那里站着一位陌生的男性。

他身着警服，浑身上下散发着温和的气息。

张局和杜城一左一右，站在这个男人身边。

张局："路海洲同志是市局的刑侦支队副支队长，到我们分局来调查9·16一案，大家要和路队长通力合作，尽快破案。"

张局介绍时，路海洲一直温和地笑着，但底下众人依然感受到一股隐隐的压迫感。

杜城听着路海洲来的原因，若有所思。

路海洲："市局对9·16一案十分重视，我这次就是来帮助大家，和各位一起破案,从今天开始,我们就是搭档了。"

全场掌声雷动。

沈翊好奇地打量着这个路海洲。

路海洲笑着转向杜城,伸出了一只手。

路海洲:"杜队长,早有耳闻。希望和你一起,把以前的冷案、没有破的案子一起破了,多多指教!"

杜城观察着路海洲。

路海洲的眼睛很黑,深不见底,仍微笑着。

杜城伸手握住了路海洲的手。

杜城:"多多指教。"

大家再次鼓起了掌。

沈翊正欲鼓掌,却忽然怔住——

杜城的手腕处空空如也,没有手表。

杜城松开了和路海洲相握的手,转向众人。

沈翊久久地凝视着他。

22

散会了。

警员们纷纷走出会议室,回到自己的科室。

沈翊也走在其中。他满脑子都是杜城的手表和那块碎片。

忽然,一只手拍拍他的肩膀。

沈翊回头,是杜城。

杜城:"你去哪儿了?一下午不见人。"

沈翊:"去痕检那边看了看。"

沈翊的语气有些冷淡。

杜城装作若无其事的样子点点头。

沈翊:"怎么了?"

杜城:"没什么,我姐今天晚上请你去我家吃饭,让我问问你。"

沈翊:"好啊。"

沈翊打量着杜城，意味深长地看了杜城的手腕一眼。

两人走到了办公室的门口，沈翊继续往前，走向画像室。

杜城看着沈翊的背影，眼看他就要拉开画像室的门。

杜城："对了。"

沈翊应声回头。

杜城："痕检那边发现什么了吗？"

沈翊沉默片刻，忽然勾起嘴角。

沈翊："没有。"

沈翊又露出了那种看似单纯而无害的笑容。

此时，杜城觉得他的笑里满含深意。

杜城："行，七点分局门口见。"

杜城拉开办公室的门，快步走了进去。

沈翊紧盯着办公室紧闭的门。

23

办公室里，所有人都在自己的座位上忙碌着。

只有路海洲站在门口，手里捧着两杯咖啡。

办公室没有属于他的位置。

路海洲却依然自如，捡起一个文件夹，放在了一位年轻刑警的桌上。

路海洲："注意点，重要资料要是踩上脚印可不好办了。"

年轻刑警一愣，赶紧收起资料。

路海洲又把蒋峰手里的笔记本电脑往下扣了扣。

路海洲："推荐你一个防窥屏的保护膜，别人就看不到你在查什么了。"

蒋峰也有些尴尬，清清嗓子，不理会路海洲。

路海洲环视着办公室里的众人。他的目光就像监控摄像头，扫过每一个人。

他似乎不是来和大家一起办案的，而是来审查他们的。

他的目光瞥向了杜城的办公室。

24

细细的水流浇灌着办公室窗台的盆栽。

杜城提着喷壶,若有所思。

"杜队长。"路海洲的声音突然出现在杜城身后,杜城一惊,手中喷壶没拿稳,水流差点浇到他身上。

杜城转头看见路海洲端着咖啡站在门口,笑得温和。

路海洲:"刚给大伙儿买了点咖啡,给你一杯。"

杜城:"谢谢。"

路海洲进门,一手递给杜城咖啡,一手接过杜城手中的喷壶,浇着窗台另一侧的花。

路海洲:"杜队长,M 的案子现在什么进展?"

杜城:"李晗在调查监控,何法医解剖完毕,还在化验现场残留痕迹,技侦那边在针对现场痕检带回的物证做进一步检查。"

路海洲:"有嫌疑人线索吗?"

杜城:"目前没有,生物痕迹很干净。"

路海洲:"但我相信,会有的。"

路海洲的语气加重,杜城听出了这个重音。

杜城:"循着正确的方向,一定能找到新线索。"

杜城加重了"正确"二字的读音。

路海洲放下喷壶。

路海洲:"我听说,你和前队长雷一斐的关系很好,他的牺牲很令人惋惜。"

杜城沉默。

路海洲:"他牺牲前调查的案子,是 M 参与的贩卖人口案,对吧?"

杜城盯着路海洲,不知他这话是什么意思。

路海洲:"那咱们可一定得加油,继承雷队遗志,找出这个凶手。"

路海洲拍拍杜城的肩膀,走出办公室。

他在门口正好遇上蒋峰,便把蒋峰拉住,聊了起来。

杜城眯起犀利的眼,透过玻璃盯着路海洲。

25

一份检验结果被递到沈翊面前。

何溶月:"我没有查到别的,不过现场的玻璃碎片里,倒是有提取出来这个东西。"

沈翊翻看着资料。

沈翊:"玻璃碎片上有残留的清洗液?"

何溶月:"对。清洗液大多数都是碱性的,检验出来的却是中性的清洗液,而且还有水蜡。"

沈翊:"水蜡?"

何溶月:"中性水质、水蜡,一般出现在汽车的洗涤剂里。我认为清理现场的那个人,应该是开车过去的。"

沈翊疑惑皱眉,陷入思索。

26

一张路海洲的简历被摆在了张局桌上。

张局抱着胳膊,看向杜城。

杜城:"履历时间对不上,他是什么人?"

张局叹息:"路海洲之前没什么一线经验,就是来咱们这儿锻炼锻炼的。你一线经验多,小案子,就让他多帮衬帮衬,大案子,你就带着他多跑跑。"

张局说完,低下头处理文件。

杜城见张局没有再说下去的意思,便点头致意,转身离开。

杜城正要拉开门。

张局:"杜城。"

杜城应声停下。

杜城回头。

张局打量着杜城。

张局:"别让我失望啊。"

杜城沉重地点点头。

杜城离开，张局凝重地看着他的背影。

太阳快下山了，窗外的天空一片血红。

27

牧马人停住。

杜城拉开车门下车，转向沈翊。

杜城："我去买点东西，马上回来。"

沈翊点点头。

看着杜城走进超市，沈翊独自坐在车里，突然想起了什么。

法医室里，何溶月对他说："清洗液大多数都是碱性的，检验出来的却是中性的清洗液，而且还有水蜡。中性水质、水蜡，一般出现在汽车的洗涤剂里。我认为清理现场的那个人，应该是开车过去的。"

沈翊看着超市里已经不见踪迹的杜城，犹豫片刻。

沈翊下定决心，打开车门，奔向后备厢。

后车盖缓缓升起。

沈翊在后备厢里审视着，在角落里看见一瓶汽车清洗液。沈翊拿起来晃了晃，清洗液见底了。

沈翊吊着的一口气没有放下。眉头紧锁。

沈翊远远地看见杜城提着一袋子食材走出超市。

沈翊赶紧把清洗液放下，钻回车里。

杜城回到车上，把买好的食材递给沈翊。

杜城："走吧。"

沈翊偷瞄杜城，不知杜城到底有什么事在瞒着他。

28

杜城家的桌子上摆满了美食。

杜城端着最后一道菜，放在桌上。

杜城："准备吃饭吧。"

沈翊一脸沉重，走到桌前。

第二十一章

杜城已经坐下了。

他的身旁明明有空位,沈翊偏偏要选在他的对面。

就像审讯与被审讯。

沈翊正想开口。

杜倾乐呵呵地在杜城旁边坐下。

杜城:"来,尝尝我姐的手艺吧。"

杜城提起筷子,率先往沈翊碗里放了一块儿排骨。

沈翊接过,细细品起来。

三个人吃着饭,和和美美,有说有笑。

杜倾:"阿城,你怎么回事啊?我让你买生抽,怎么买的是老抽?你看看我这鱼,都不好吃了。"

杜城:"最近太累了,记错了。"

沈翊不动声色地接过话。

沈翊:"我感觉你从16号那天晚上开始,就一直很累。"

杜城抬眼看了一眼沈翊,沈翊忙着夹菜,似乎并没有看自己。

但他知道,沈翊的"审讯"开始了。

杜倾:"沈翊,你也帮我说说他!他最近老在忙,也不多陪陪姐姐。"

杜城给杜倾夹菜,以示歉意。

沈翊:"你最近是太忙了,该好好休息休息了。"

沈翊再次看向他的手腕。

沈翊:"对了,好像好几天没看见你戴表了。"

杜城夹菜的手一顿,赶紧收了回去。

沈翊:"那表做得很好,我一直想研究研究。"

杜城僵硬地看着他,沈翊直视杜城的眼睛。

杜倾打破僵局:"表在我这儿。"

两人看向她。

杜倾:"阿城说表不走了,这表又不能随便找人修,于是拜托了我。"

沈翊:"那可是很贵的表,坏了真可惜。"

沈翊回答着杜倾,眼睛却望着杜城。

杜城的表情毫无波澜，非常冷静。

沈翌："我能看看吗？"

杜城把筷子往桌上一扔，望向沈翌，脸上已有愠色。

杜城："你想干什么？"

杜城瞪着沈翌，沈翌不卑不亢地看着他。

杜倾："阿城。"

杜倾按着弟弟的手。

杜倾："表在我那里，我给你拿。"

杜倾起身离桌。

偌大的餐厅，只剩下杜城和沈翌相对而坐。

杜城焦虑地揉揉眉心，觉得今夜的饭菜特别倒胃口。

沈翌也放下碗筷。

杜城盯着沈翌，看不懂沈翌到底想要做什么。

砂锅汤上飘着的热气逐渐散去。

杜倾拿着表回到了餐厅。

那是一个精巧的丝绒盒子，杜倾把盒子打开，里面是杜城经常戴的那块手表。

杜倾："喏，你看看。"

杜倾把表盒推到沈翌面前。

沈翌拿起表，仔细查看。

精致的表盘，透亮的表带。

沈翌回想起现场捡到的表盘碎片。

杜城看着沈翌细细查看手表的样子，不免轻笑。

杜城："你这么喜欢，要不借你戴两天过过瘾？"

杜城说话带刺儿。

沈翌乜了杜城一眼，摇头，把表给他推回去。

杜城把表戴在手腕上。

杜城像无事发生一样，继续拿起筷子夹菜。

沈翌望着面前的杜城，猜测对方的心里在想着什么。

29

夜已深。

脚步声越来越急，越来越近。

沈翊匆匆爬上楼梯，直奔技侦办公室，猛地推开门，技侦员回头看向沈翊。

技侦员："沈老师，你怎么来了？"

沈翊："上午发现的表盘碎片怎么样了？"

技侦员："拼出来了。"

沈翊走上前，看着桌上拼好的小小表盘。

沈翊拿起放大镜，仔仔细细检查着破碎表盘上的痕迹。

沈翊忽然顿住。

放大镜里，有一道浅浅的划痕。

沈翊回想起杜城手表盘上的划痕。

可晚餐时，杜城手表的表盘却干干净净。

技侦员："沈老师，怎么了？"

沈翊缓缓放下放大镜，神色凝重。

30

窸窸窣窣。

一个人影在杜城的办公室里搜寻着什么，逆着光，看不清他的脸。

他拉开杜城办公桌的抽屉，翻找着。

正是路海洲。

他看到抽屉里有一份关于 M 案的文件，正要拿出来——

一只手忽然抓住了路海洲的手臂。

路海洲一惊，转身一看。

竟然是一脸严肃的沈翊。

深夜的走廊，玻璃门两侧站着路海洲和沈翊。

沈翊率先开口。

沈翊："你来这里就是为了查杜城吧。"

路海洲侧过头，打量着沈翊——清瘦、弱小、苍白，眼睛却透着坚定的光。

路海洲有些欣赏这位画像师。

路海洲："你不会把我来过这里的事情告诉他。"

沈翊没答话。

路海洲："因为你也在怀疑他。"

路海洲一针见血。

沈翊沉默片刻，终于开口。

沈翊："他是个好警察。"

沈翊垂下眼，似乎有些悲伤。

路海洲："他是你的搭档，我听说你们关系不浅。"

路海洲望着沈翊，忽然咧嘴笑了。

沈翊："你什么意思？"

路海洲走到沈翊身旁，从兜里掏出一个东西。

路海洲："他隐瞒的不只是 M 的死，还有雷一斐的案子。"

他递给沈翊一个 U 盘。

路海洲："你可以听听。"

31

U 盘被插入沈翊画像室的电脑中。

沈翊滑动鼠标，点开 U 盘里的文件。

是一份录音。

沈翊戴上耳机，点开录音。

M 和另一个他再熟悉不过的声音，从他的耳畔传来。

杜城："你这么能躲，怎么不躲了？"

M："无论逃到哪里，总会被找到！"

杜城："你威胁我。"

沈翊惊愕。

M："你就是杀雷一斐的人。"

沈翊抬起头，耳边回荡着 M 颤抖的声音。

M："杜队长，你就是杀雷一斐的人。"

32

宁静的海边，停着几艘渔船，中间有一艘的表面布满尘土，一看就弃用了许久。

一道高大的身影悄悄靠近弃船，爬上甲板。

舱门没锁，手轻轻一推，门发出干涩的声音。

门口站着的人，是面色阴沉的杜城。

船舱内被简易改造过，支着一张床，一张桌子，桌上放着女性必备的日用品、笔记本、少许零钱。

杜城戴着手套走进，四处检查了一下，从包里掏出一张照片，贴在墙上。

他转身离开船舱，轻轻合上了门。

月色映进屋内，照亮墙上的照片。

照片上的人，是周俊。

第二十二章

1

办公室里,路海洲突然没由来地问了一句:"杜警官平时办案是什么样子的?"

李晗敲着键盘。

李晗:"我们城队平时就帅,跑现场的时候更帅!"

蒋峰挤开李晗。

蒋峰:"肤浅!城队那可是追缉真凶的一把好手,破案迅速、雷厉风行。"

闫谈声往杯中倒茶。

闫谈声:"杜城啊,没有人比他更了解怎么追寻罪犯线索。他要是不当刑警啊,啧啧啧……"

路海洲边听边在本子上记录。

纸上的字:"伪装、可疑、懂犯罪"。

路海洲走到沈翊面前。

路海洲:"你觉得呢?"

沈翊回想着——杜城是他最熟悉的人,可这些日子,他却觉得杜城越来越陌生了。

沈翊沉默了。

2

档案室里,整齐码放的牛皮纸袋,堆积的物证盒。

这里是雷一斐案的档案室。

沈翊站在一个架子前,翻看着一份卷宗,但他的心思却已经不在手里的这些字上了。

沈翊第一次踏进这间屋子，是杜城给予他的信任。而如今他再踏进这个屋子，却是因为怀疑杜城。

路海洲背对着沈翊，面朝着另一个架子。

他随意地抽出卷宗翻看。

路海洲："录音听完了？"

沈翊沉默。

路海洲其实已经了然于心。沈翊之所以会出现在这里，就是因为他听完了。

路海洲："你没有交给杜城吧。"

沈翊合上自己在看的资料，放回架子上。

沈翊："没有。你什么时候收到录音的？"

路海洲："你们发现尸体的那天晚上。我们查过寄件人，但登记的是个假名字。"

沈翊听出来了，路海洲认为是死去的 M 寄过去的。

沈翊："如果她掌握了证据，为什么不连证据一起寄过来？"

路海州："这我倒是能理解，证据可能就是她的底牌，如果都给了我们，她就失去了谈判条件，而且，如果她指证的人是杜城，一个警察……"

两人背对着背，手里捧着雷一斐案的资料，聊得却全是杜城。

路海洲："在不确定杜城有没有保护伞的前提下，她绝不会贸然站出来。只有我们开始对杜城立案侦查，她确保自己的安全才会现身，但可惜……"

沈翊："只可惜她还是死了。"

路海洲微笑，他对沈翊很满意。

路海州："也许是杜城对 M 早有察觉，也可能是 M 太过自信，认为自己能够得到更多的证据，故意约见了他，但无论出于哪一种原因，最后都导致了 M 的死亡。"

路海洲慢悠悠地转到沈翊身旁，手指轻拂过架子上的卷宗。

路海洲："沈警官，你觉得，一个刑警掌握了如此多的案件资料，了解各类犯罪手法，有没有可能成为一个犯罪大师？"

沈翊顿住。

沈翼："犯罪现场就像一幅画。作画需要颜料、工具、画纸，就算这个人拥有了这些东西，也无法证明他会画出那幅画。"

路海洲听着沈翼的话，若有所思地点点头。

路海州："别担心，我只是提供一个可能的猜想。"

路海州笑眯眯地离开。

沈翼怀疑地看着路海洲离开的背影，觉得他此次前来，目的并不单纯。

3

何溶月匆匆拉开法医办公室的门。

沈翼站在法医办公室门口。

何溶月："怎么了？"

沈翼："我想再看看 M 的遗物。"

何溶月打量着沈翼，四下看看，只有沈翼一个人的身影，不见杜城。

沈翼垂头而立，沉默着。

她意味深长地看了看沈翼，没有多问。

何溶月："好。"

4

验尸房里，尸袋拉锁被拉开。

M 的尸体从白色袋子中露了出来。

衣服和随身物品被整齐地摆在一旁。

沈翼戴上手套，开始翻检 M 的衣物。

何溶月也戴好手套，再次查看 M 的尸体，寻找新线索。

沈翼忽然注意到，M 的黑色衬衫上有个奇怪的痕迹——一条诡异的白线。

沈翼："这是什么？"

沈翼问何溶月。

何溶月："盐渍。"

沈翼再次凑到那条痕迹前，摸了摸长长的白线。

沈翼："人体内分泌盐分很正常，但是怎么会有这么多？"

何溶月思索:"她可能在死前去过海边。"

沈翌:"海边……"

沈翌脑中闪过无数片段。

案发现场,姗姗来迟的杜城。

手表完好的杜城。

M:"你就是杀雷一斐的人!"

录音里的海浪声。

沈翌恍然大悟。

沈翌:"她就住在海边。"

5

沈翌工作室里,画册、录音笔、铅笔被沈翌一起收进包里。

沈翌正在整理东西,准备出发去寻找 M 的踪迹,却突然感觉背后闪过一道阴影。

路海洲:"发现新线索了?"

沈翌一回头,看到路海洲站在他身后。

沈翌:"M 生前可能去过海边一类的地方,我去看看。"

路海洲:"海边那么大一片地方,你一个人怎么查?"

沈翌:"现在还不能确定线索准确,我不想惊动太多人。"

路海洲:"说得对,那我们俩单独去。"

沈翌正在思考如何拒绝。

敞开的画像室门口传来敲门声,沈翌和路海洲应声望去,杜城正站在门口。

杜城晃晃手里的文件袋。

杜城:"例行报告,填一下。"

沈翌赶紧上前,拿过报告,在桌上填写。

杜城打量了一下路海洲,又看看沈翌。

杜城:"聊什么呢?"

沈翌笔下一顿,刚想告诉杜城。

路海洲抢先开口:"在市局很少能和画像师面对面交流,我跟他学习一下。"

杜城:"那关海边什么事?"

路海洲:"听说之前他画出了水中的人脸,我有点好奇,他就说带我去海边看看。"

路海洲笑呵呵的,看上去人畜无害,并没告诉杜城实情。

沈翊终于起身,把报告递给杜城,打断两人的对话。

沈翊:"写完了。"

沈翊背着包,快步走向画像室门口。

路海洲向杜城点头致意,跟着沈翊走了出去。

忽然,沈翊被一把抓住了胳膊。

沈翊一惊,回头看去。

杜城正紧紧地抓着他。

杜城:"是不是查到 M 生前去过的地方了?"

沈翊示意他松开手。

沈翊:"还不能确定。"

杜城笑了,松开手。

杜城:"好,那我帮你们确定。"

杜城拿出手机,发送了一条微信。

杜城:"蒋峰,全体出动,在沿海地区寻找 M 的踪迹,任何线索都不要放过。"

蒋峰:"收到!"

杜城向沈翊一扬下巴。

杜城:"走吧,路警官,蒋峰会安排人一起过去的。"

路海洲狐疑地看着杜城,又看看沈翊。

沈翊沉默片刻,跟上了杜城。

6

浪花拍岸。

杜城的牧马人停在海边,车里空无一人。

食指和拇指合成一道画框,将海边周围的房子都框入其中。

沈翊观察着海岸线周围所有的房子，还有附近的几处摄像头。很多摄像头都照着附近的房屋，到底哪一个才是 M 住的地方呢？

蒋峰和其他警员也在附近寻找。

路海洲举着手机地图，环顾四周。

杜城站在牧马人前，沉默地盯着沈翊。

沈翊："监控拍不到 M，说明她没有出现在公共场合过。"

杜城一语不发。

沈翊瞥了他一眼："但是，如果她住在附近，一些小型超市应该会有她的踪迹。"

路海洲走过来，把手机展示给沈翊。

手机地图上显示着五公里内所有的超市。

杜城看着两人的背影。

7

便民小超市，挂着老旧的招牌。

杜城在收银台前和店员交流。

杜城拿出"贺虹"（M）的照片，店员摇摇头。

一处塑料棚搭起的简易的小卖部。

杜城和老板在门口交谈。

老板交给杜城一份监控记录。

又一处破旧的小超市。

两三辆趴活儿的黑车停在超市旁。

……

8

车窗外，走进另一家超市的杜城。

沈翊确定杜城没有出来，立即取下行车记录仪。

沈翊打开行车记录仪检查，也不忘从车窗观察杜城的动向。

行车记录仪里的行车记录显示："空"。

沈翊一怔，继续查找。

前几日的记录全部被清空了，只有今天的。

如果没有要隐瞒的行踪，为什么要删除行车记录？

沈翊瞥向窗外，杜城还没有出来。

沈翊疑窦丛生。

此时，杜城走出超市，抱着一份档案袋。

沈翊匆匆把行车记录仪归回原位。

杜城一把拉开车门。

杜城："能要到的监控都在这里了。"

杜城把证物袋递给沈翊。

沈翊装作没事的样子，接过证物袋。

杜城似乎察觉到了沈翊的异样，但是他什么也没说。

杜城系好安全带，准备启动车子。

他的目光却看向行车记录仪。

杜城凝神一看，行车记录仪有被挪动的痕迹。

沈翊注意到了杜城的视线，心里一阵慌乱，却依然装作镇定。

杜城瞥了一眼沈翊。

他紧紧攥着证物袋的一角，明显有些紧张。

杜城忽然笑了，笑得有些诡异。

杜城："回去吧。"

他踩下油门，车子启动。

一路无言。

沈翊仿佛听得到自己的心跳声，咚咚、咚咚……

车窗外是熟悉的沿海公路。

惊涛拍岸，似乎唤起了沈翊的回忆。

车上，是一个画家和一个有嫌疑的人，一如当时坐在曹栋车子里的自己。

一向上车就昏睡的沈翊此时竟没了睡意。

杜城忽然猛打方向盘，车子急转弯。

沈翊心里一紧，抓紧了扶手。

杜城似乎注意到了沈翊的紧张。

杜城:"这么久了,还没习惯我开车?"

沈翊语气平静。

沈翊:"我只是没坐稳。"

杜城却像是什么都知道了一样,轻笑。

杜城:"还是心里有事?"

沈翊不语。

杜城带着那抹笑意,疾驰向前。

车子又平缓地行驶在笔直的大道上了。

沈翊却一直紧紧握着扶手,没有松开。

9

办公室的电脑屏幕上播放着小超市中的监控。

警员们捧着盒饭,围坐在屏幕前。

路海洲站在离屏幕较远的位置,目光却没离开过那些监控视频。

他们紧盯着监控,寻找 M 的身影。

蒋峰:"找到了!"

蒋峰指着屏幕,兴奋地转向众人。

杜城连忙凑过去看。

屏幕上,M 提着两个大袋子,走出一间小超市。

杜城:"她一次性买了这么多东西,吃的用的都有,应该就是为了储备。"

M 拿走了一个袋子,把另一个放在超市门口,片刻,又回来提走了另一袋。

杜城:"她一个人提不动。看来,她要么还有个同伙,要么是开车来的。"

蒋峰疑惑。

蒋峰:"可是,如果有车,就会有登记的身份信息,我们没有查到相关线索呀?"

杜城陷入沉思。

一旁的沈翊凝视着他,似乎在观察杜城的一举一动。

杜城似乎早有察觉,淡淡说道:"去问问这家超市附近的司机。"

蒋峰："是！"

蒋峰跑出办公室。

杜城转过身，正对上沈翊凝重的目光。

杜城："怎么了？"

沈翊："你为什么对 M 的动向这么清楚？"

杜城耸耸肩，看起来轻松随意。

杜城："正常推理啊，你要学的还多着呢。"

杜城走到自己的桌旁，继续吃着盒饭。

沈翊看着自己手里的盒饭，却再也吃不下去。

他还是觉得杜城有些奇怪。

半晌。

几人的餐盒几乎都空了。

咚咚。

办公室的门被猛地推开。

蒋峰："城队，问到了！有个司机载过几次 M，她每次都让司机把她送到码头。"

站在门旁的路海洲听到了，不动声色地闪身离去。

杜城也随即站起。

杜城："去码头看看。"

沈翊："我也去。"

杜城回头，发现沈翊已经站在他身后了，牢牢地盯着他，目光如炬。

10

火红的夕阳将大海染成一片血色。

码头上，停泊着一排船。

杜城、蒋峰正在询问码头管理员。

管理人："警官，这就是各艘船的出入港情况。"

沈翊走到船只的停泊区，一艘艘看去。

杜城和蒋峰拿过管理员手里的记录册翻看。

各艘渔船都标注着近一个月以来出入港的日期。

翻看下去，唯独一艘船的记录空空如也。

沈翊也停在了其中一艘船前。

破旧的船，船体发黄，积尘太多，有的地方已经成了灰色。

没有出港记录的，就是这一艘。

杜城和管理员也走到了这艘船前。

管理员："这艘船早就废弃了，而且附近的人说，他们在晚上老听见里面有奇怪的动静，怪吓人的。"

沈翊："这件事是什么时候开始的？"

管理人回忆："快半年了吧？但是最近这一周没听说还有动静了。"

杜城："半年前，M从家里逃跑，再到最近被杀，行踪都能对上。"

沈翊望着这艘破旧的渔船。

管理员看着他们，疑惑地发问："警官，这船是出什么事了吗？半个小时前，也有个警察过来，问了跟你们一模一样的话。"

杜城和沈翊顿时怔住。

杜城皱眉："路海洲。"

杜城急忙奔向渔船。

11

嘎吱——

脚踩在老旧的船板上，发出刺耳的声音。

路海洲戴着手套，在船只内部四下查看。

船里很乱，有垃圾，有食物，还有随意铺放的被子，显然有人曾经在这里长期生活过。

地上胡乱地散着几张便笺，路海洲捡起。

路海洲回想起档案室里M写的档案信息。

落款的字迹和手写资料几乎一模一样。

路海洲："看来，她就住在这儿。"

小船猛地一晃。

杜城:"你干什么?"

杜城的声音忽然传来。

路海洲一惊,回头看去。

杜城气冲冲地闯进渔船,后面跟着沈翊和蒋峰。

杜城:"你为什么不经报备,擅自出现场。"

路海洲露出一副好好先生般的笑容。

路海洲:"冷静。"

沈翊走进船舱,四下看去。

墙上,贴了一张男人的照片。

正是昨晚杜城贴上去的那张周俊的照片。

沈翊凝视着这张照片,仔细观察,他不知道这个人是谁。

蒋峰:"咦,这是谁?"

蒋峰也凑过来,好奇地看着这张照片。

路海洲也闻声过来,面露怀疑。

杜城走上前,一把扯下墙上的照片。

杜城:"马上去查这个人是谁!"

蒋峰:"是。"

蒋峰领命而去。

几人走出小船。路海洲怀疑地看着杜城。

12

分局会议室的窗帘紧闭,整间屋子变得无比昏暗。

屏幕上是周俊的照片。

投影的光照在杜城的脸上。

蒋峰:"周俊,男,41岁。18岁时因为故意伤害罪,坐过3年牢。"

屏幕上显示着一张照片。

年轻的寸头周俊,站在刻度尺背景板前,举着有自己名字的板子。

蒋峰:"出狱后,周俊做过一年的货车司机,被辞退,无业。"

投屏光又一闪,显示出货车公司的照片。

蒋峰:"直到2016年,河间图书馆建成,周俊不知道通过什么方式应聘成为该图书馆的管理员。"

又是一闪,河间图书馆的照片。

每次的投影闪光,都衬得杜城的表情更为深沉。

蒋峰:"他的经历跟M没有交集,也没有查出M到过这间图书馆。"

窗帘拉开,屋子又恢复了明亮。

蒋峰:"但是根据这几天的调查情况,对照了周俊在图书馆的出勤登记、行踪痕迹,9月16日晚上到17日白天,周俊都没有作案的时间……"

杜城猛然站起。

杜城:"传唤周俊。"

所有人疑惑地望向杜城。

路海洲:"杜队长,目前还没有确定这个人的作案动机和可能性。"

杜城:"路队长,我有我自己的考量。"

杜城强硬地打断路海洲的话,神色阴狠,一字一顿地重复了一遍刚刚的话。

杜城:"传唤周俊。"

众人听命,跟着杜城一起离开了。

路海洲看着他的背影,眉头紧锁。

大家都走了,空荡的会议室里,只剩下沈翊和路海洲坐着。

两人沉默,路海洲率先开口。

路海洲:"杜队长可真是笃定啊。"

沈翊没有说话,他确实也感觉到了。

路海洲:"他一向都是这样吗?"

沈翊知道不是,但没有回应他。

沈翊没接他的话:"既然有了新的嫌疑人,就回到之前已经拿到的线索上,重新调查一次。"

路海洲了然一笑。

路海洲:"辉格酒店的监控。"

13

周俊的照片被放进档案室的袋子里。

杜城把证物袋封好,放回架子上。

他看到一旁塞得满满的书架上,有一张纸露出了一个角。

他把那张纸抽出来。

是沈翊画的 M。

画像上的她犹如一道月光,带着那一抹神秘的笑。

杜城望着画像出神。

良久,他从兜里掏出一本日记。

杜城摩挲着日记的封皮。

封皮上,写着一个熟悉的 M。

14

高楼林立,这里是距离辉格酒店不远的商业区。

有的大楼外墙贴着"北江海景别墅"即将开盘的广告,正是沈翊前几天接到的广告电话。

路海洲开着车向前驶去,沈翊坐在后座上,望着在自己面前一一闪过的高楼和广告牌。

路海洲通过后视镜看着后排的沈翊。

路海洲:"你觉得周俊是凶手吗?"

沈翊沉默片刻。杜城真的会这么做吗?为了洗脱自己的嫌疑,陷害一个无辜的人?

沈翊:"我不知道。"

路海洲心想:有没有一种可能,杜城只不过是随便找了个替死鬼,想再挣扎挣扎罢了?

车子驶过一家商场,商场的大屏幕上也播放着北江海景别墅的宣传片。

沈翊想到了此前收到的那条关于北江海景别墅的广告信息,惊觉!

他摇下车窗,张望。

路海洲诧异："怎么了？"

沈翊的目光迅速锁定。

辉格酒店的不远处有一片施工地，大楼已经初见雏形，工人奔忙着，高高的塔吊正衔着砖瓦。

沈翊笑了。

沈翊："有证据了。"

15

工地外的广告栏上写着：北江海景别墅，开盘在即。

沈翊站在高高的塔吊下，仰头张望。

一位工人拿着两顶安全帽，向沈翊和路海洲走来。

工人："警官，走吧。"

沈翊和路海洲接过工人的安全帽，戴好。

工人领着沈翊和路海洲走向塔吊的电梯。

沈翊站在电梯里。

随着电梯一点点上升，北江的街巷离沈翊越来越远。原本高耸而巨大的建筑物也渐渐变得很小、很小。

电梯还在上升，沈翊几乎穿过了云层，俯瞰着整个北江。

电梯停住。他们到达了塔吊的最高处。

工人："警官，那边就是辉格酒店。"

路海洲远眺。塔吊的顶部，正好可以将辉格酒店的顶层尽收眼底。

沈翊环视四周。

塔吊上，一个黑黢黢的摄像头正对着 M 坠落的楼层。

沈翊惊喜。

沈翊："你们有这台监控的录像吗？"

工人："有。我们这儿的监控都会上传到云端。"

路海洲："太好了，麻烦您帮我们调出来吧。"

沈翊松了口气，再次望向那台监控。

摄像头上，有金城公司的 Logo。

16

技侦办公室的电脑屏幕上显示着塔吊拍摄到的辉格酒店顶层视频。

李晗揉揉疲劳的眼睛,继续盯着电脑。

她一点点放大、搜索、细细查看。

忽然,李晗眼前一亮。

李晗:"这是什么?"

监控视频里,隐隐约约可以看到栏杆上反射出了一个变形模糊的人影。

李晗立刻来了精神,坐直身体,手指在键盘上飞舞。

伴随着噼里啪啦的键盘声。

屏幕上逐渐显示出放大的图像。

17

推车缓缓滑过图书馆的木地板。

天花板上的一面大镜子映照着整个图书馆的模样。

遍布四周的阶梯,嵌入墙壁里的书架上堆满了书。头顶上的镜子将一切反射其中,让四周无数的阶梯看起来像是被扭转了,与镜中的世界相连,如同埃舍尔的《相对性》。

镜中同样映照着那个推着推车的人。

他一袭朴素的衬衫,眼镜夹在衬衫的口袋里。他塞着耳机,不紧不慢地走向其中一个书架。

他就是周俊。

他身后不远处的角落里,杜城探出了头。

戴着耳机的周俊抱着书,穿过无数书架,走到一个书架前停下。他把书本一个接一个放在架子上。

杜城捧着一本书佯装在读,目光却紧盯着这位普通的员工。

书被一本接一本地推入,动作娴熟而流畅。

杜城的目光如一只鹰,警惕而犀利。

周俊拿出几张海报。

第二十二章

上面是陈舟自信的脸,主题是"金城掌门人分享北江未来——河间图书馆分享会"。

周俊把海报一张张贴在墙上,又继续向前。

他一直戴着耳机,似乎在随着音乐的节奏工作。

杜城把书丢回架子,匆匆跟上周俊。

杜城的注意力全在周俊身上,他一边向图书馆深处走去,一边按住耳机。

杜城:"准备行动。"

18

陈舟站在图书馆的宣讲台正中。

陈舟:"当我们在谈论未来的时候,未来已经在我们身边。当我们开始描绘未来的时候,未来已经成为过去。"

宣讲台周围,坐满了来听陈舟分享会的人。

陈舟:"所以,预测未来最好的方式,就是创造未来。"

屏幕倏地亮起,上面旋转着大大的图形符号。

陈舟:"这一次,我们花了三年时间,倾尽全力研究出了这款银鹰系统。"

屏幕上演示着系统的操作方式。屏幕的一角光亮照在陈舟的脸上。

陈舟:"这套软件是更先进的信息安全系统,能匹配不同操作系统的手机、电脑。它采用三重加密模式,能抵挡90%以上的危险入侵,让你的隐私受到更严格的保护。担心信息泄露将成为过去,你的信息只属于你自己。我们要做的,就是为每一位网络用户的信息安全护航。"

分享会观众身后的不远处,周俊依然像平日里那样,戴着耳机,推着车走过,车上面放着高高一摞书。

陈舟:"过几天,我们金城就要和北江最大的网络供应商签下合作协议,金城系统将走入每一部手机!"

热烈的掌声响起。

周俊向后瞥去。

分享会结束了,人群簇拥着陈舟往门口走去。

周俊正欲继续推车向前。

车子突然动不了了。

周俊抬起头。

越过高高摞着的书,他看到了亮着警官证的蒋峰。

19

杜城推开审讯室门的时候,路海洲和周俊正僵持着。

杜城示意路海洲过来。

路海洲来到门边,和杜城低语。

路海洲低声:"六个小时了,什么都说不知道,看来真的和他没关系,放了吧。派人盯着就行了。"

杜城却摆摆手:"他一定知道什么,我来。"

路海洲还想说什么,杜城已经走进屋里。

路海洲疑惑地看着他的背影。

路海洲转身离开。

杜城把灯调到最亮,对准周俊的眼睛。

灯光过亮,晃了周俊的眼。他抬手遮在眼前,想减弱灯光对眼睛的刺激。

周俊:"这个灯太亮了……"

杜城挪开灯,把亮度调小,杜城的轮廓渐渐显现出来。

杜城:"这是你进来六个小时后,说的第一句话。"

周俊的表情平淡,杜城盯着他。

杜城:"聊聊吧,看到一个被你耍了七年的人,你现在心里有什么感觉?"

周俊沉默。

杜城:"你想变成拉锯战,是吗?毕竟这是你最擅长的事情,你已经和我们周旋了七年,不多这一天。"

周俊依然闭着嘴。

杜城:"她被杀了,是你干的吗?"

周俊的眼睛对上了杜城的眼睛,透过桌上的电子眼,似乎能够捕捉到周俊眼神中的一丝讥诮,而这一点,同样没有从杜城的双眼中漏掉。

周俊缓缓地凑近杜城,真诚地直视他的双眼。

周俊看着杜城，两人似乎在角力。

杜城站起来，开始围绕着周俊转圈，在无形地给他压力。

杜城："我得提醒你，知情不报，故意隐瞒，只会加重你的罪行。"

杜城仍然不疾不徐，直直看着他的眼睛。

杜城："你看起来已经累了。"

周俊仍然没有反应。

杜城忽然加快语速，站定直视他。

杜城："人在累的时候总会出现纰漏，你会吗？"

杜城："你累的时候会发脾气吗？"

杜城："有人教过你怎么应付警察吧？"

杜城连续发问，周俊依然不语。

杜城深吸一口气，控制自己的情绪。

杜城："通常这个时候，一般人会给出回答，不管是肯定的还是否定的。越是沉默，越代表你在隐瞒。"

周俊一怔，抬起眼。

杜城："你怎么知道 M 要去那儿？"

周俊不再沉默："不知道。"

杜城："你跟踪了她，对吗？"

周俊："没有。"

杜城："我对比过你的体格、样貌特征，和杀 M 的那个人相符。"

周俊："不是。"

杜城："刚刚那个回答不是的问题，你不用急着回答。"

杜城赢下一城。

周俊终于神色动了一下。

杜城："你以为自己无懈可击，但我们已经掌握了证据，M 留下的东西比你想象得要多。"

杜城的手按住了文件夹，但他自己知道，里面除了那张照片，什么都没有。

周俊回归平静。

周俊："我每天按时下班，图书馆有监控，你们可以查。"

杜城勾起了嘴角，好似他才是胜利者。

而事实上，他心里也没有底，但他知道，自己不能被周俊看出来。

杜城："你涉嫌多起命案，人生轨迹却那么干净。真好奇，是谁帮你擦掉一切的？"

周俊回归沉默，只是望着杜城。

两人就这样看着彼此，对峙着。

杜城："你觉得他这次还会帮你吗？"

杜城突然探身向前，更靠近周俊，死死注视着他的表情。

杜城："你没有想过，自己可能会变成弃子吗？"

周俊依然面无表情，避而不谈。

杜城："那就看看，你能不能撑到最后。"

杜城乜了周俊一眼，转身离开了。

审讯室的门悄然合上。

封闭的审讯室里，只剩下周俊一人。

周俊那张木讷的脸上第一次浮现出了表情。

他勾起了嘴角。

20

回到杜城办公室，蒋峰一脸沮丧："城队，咱们审了这么久了，该用的招儿也用了。马上就到24个小时了，他什么也不说，咱们也没有证据，实在是不能再关他了……"

蒋峰很颓丧。

杜城凝神沉思。

他在想，还能怎么对付周俊。

路海洲眯起眼睛："杜城，你怎么知道，他跟这个案子一定有关系？M家不过是贴了一张他的照片。"

杜城没有理会他，还在思考。

忽然，杜城心生一计。

杜城突然转换态度。

杜城："放了周俊吧。"

路海洲有些疑惑，杜城怎么这么快就松嘴了。

路海洲："放了？"

杜城："放了，我亲自送他回去。之后，24小时派人盯着他。"

蒋峰："是。"

蒋峰转身准备离开。

杜城习惯性地瞥向对面的画像室。

画像室空空荡荡。

杜城一愣。

杜城："沈翊呢？"

蒋峰："今天早上开始就没见到他了，不知道去哪里了。"

杜城凝视着画像室，心里闪过一丝不安。

路海洲盯着杜城的脸越发怀疑。

21

车门打开。

周俊从后座下来，准备回到图书馆。

杜城也从驾驶座上下来，送他到了门口。

周俊转身。

杜城向他伸出手。

杜城："谢谢你配合调查。"

周俊打量着杜城，不知道杜城在打什么主意，但为了不引起怀疑，沉默片刻，握住了杜城的手。

杜城一笑。

图书馆黑黝黝的监控摄像头正照着握手的杜城和周俊。

22

M的画像摆在工作室桌上，她依然微笑地望向前方。

沈翊坐在画像对面，看着M的画像出神。

他想继续查，可又不敢再查，他害怕心里想的那个答案被证实。

沈翊眉头紧锁。

门忽然被打开，扰乱了沈翊的思路。

路海洲："你在这儿？"

沈翊回头看去，是路海洲。

路海洲："李晗说，她在监控里找出线索了。"

23

技侦办公室的电脑屏幕上，播放着沈翊找到的监控视频。

李晗："这个电梯监控的角度很难拍到现场的情况，我连续两天搜查，终于发现了破绽。"

李晗放大栏杆的部位，隐隐约约可以看到黑暗中栏杆上倒映出的一张模糊变形的脸。

李晗："这个栏杆上映出了一张特别模糊的脸，虽然看不清，但我可以确定，拍到的应该就是推人的一瞬间！"

路海洲惊喜："能看出是谁吗？"

李晗摇摇头："我已经试了好几次了，看不清。"

沈翊望着屏幕上的截图。栏杆上，扭曲的人脸，隐约透着阴森的神情。

路海洲："我知道几个技术合作第三方，网络安全系统公司，能借助软件将视频清晰度增强，这样应该就能看清了。"

李晗："太好了，那赶快联系他们吧……"

沈翊："不用。"

沈翊忽然打断他们。

沈翊："我可以画出来。"

路海洲："去找他们帮忙就能……"

沈翊："我只相信我的画笔。"

路海洲怀疑地望着沈翊，沈翊察觉到他的疑虑，目光坚定。

沈翊："路警官可以去找他们帮忙，我也会用我的办法，找出这个凶手。"

24

尖刀削着铅笔。

那是前不久被沈翊削断头的笔。

沈翊一刀刀下去，笔芯变得无比尖细。

iPad 放在画板旁边，屏幕上是一个栏杆中模糊的影子。

沈翊定定地望着这张脸。

沈翊拿出一个钢制水杯。它和栏杆的材质相同，只是形状不同，能折射出人脸。

沈翊把水杯放在自己对面，看着杯中倒映出的自己。

沈翊单眼比对着倒影，用笔丈量影子的反射角度。

他调整水杯，直到自己在水杯中的倒影和 iPad 上的截图位置相近。

沈翊开始画画，笔尖轻触画板。

每落一笔，再看一眼监控视频里的人影。

他画得异常精细，异常认真。

只要画出这个人，就能够证明一切，就能够证明，杜城，并不是凶手。

扭曲的轮廓，扭曲的脸。

沈翊一秒也不敢懈怠。

先是粗糙的线条。

再细细勾边；擦拭、调整；重新描边、落实……

沈翊勾勒出一个分明的轮廓。

画笔停顿了，沈翊倒吸了一口冷气，他分明能从轮廓中看出什么，却不敢相信。

沈翊："一定是过程出错了。"

沈翊翻箱倒柜地找出几个其他形状的容器，颤抖着放在自己面前，重新调整位置，再次比对监控视频里的人影，继续作画。

这一次，一滴汗从沈翊的下颌滑落。

尖细的笔，几笔勾勒出人脸轮廓，与第一张画相差无二。

沈翊的笔又顿停了。

再来!

再来!

沈翊轮番替换了几个容器,笔筒、颜料罐、瓶子……他一遍又一遍重复着调整、比对监控视频、作画的步骤。

沈翊放下笔,怔怔地看着面前的画像。

画纸上眼睛的部分还空着,但他已经画不下去了,他无比希望是自己画错了。

一股寒意席卷他的全身。

有人敲了敲画像室的门,却无人回应。

蒋峰推门而入。

蒋峰:"沈翊,你画出来了吗?"

蒋峰往画像室看去,屋内却空空荡荡的,只有工作台上的一排不同材质、不同角度的容器——水杯、瓶子、颜料罐、笔筒等和画架上的画。

蒋峰:"人呢?"

蒋峰走到沈翊的画板前,看清了上面画着的那张脸。

他愣住了,脸上的表情越发惊恐和焦急。

画板上,是一张脸。

这张脸没有眼睛,只有轮廓、耳朵和嘴巴,但足以让蒋峰看清。

因为这张脸,他再熟悉不过了。

是杜城的脸。

25

海浪拍打着沙滩。

杜城的裤脚已经被海水打湿,他匆匆走向岸边。

丁零丁零……

手机铃声响起,杜城掏出一看,来电的是蒋峰。

杜城:"喂?"

蒋峰焦急的声音从听筒里传了出来。

蒋峰:"城队!沈翊画出了监控里的倒影,杀死 M 的凶手!"

杜城忽然停下脚步,凝视着前方。

第二十二章

蒋峰的声音从他耳边传来。

蒋峰:"但他画出来的人,是你!"

杜城没有移开目光,直直望着面前的人。

沈翊就站在杜城的面前。

两人隔着不远,望着彼此。

海浪狠狠冲击着沙滩,拍在杜城和沈翊的脚边。

蒋峰还要说些什么,但杜城打断了他。

杜城:"我知道了,谢谢。"

杜城挂上了电话。

他慢慢走向沈翊。

杜城:"你的想法终于得到验证了,什么心情?"

沈翊看着他越走越近。

沈翊:"第一次。"

杜城凝视他。

沈翊:"我第一次希望,是我画错了。"

听到沈翊的话,杜城一怔。

杜城:"你来这里,到底是什么意思?"

沈翊没有说话。

杜城走到了沈翊面前。

杜城:"你要是来抓我的,就不会一个人来。要是想来给我通风报信,就不会把画像留在画像室,让所有人都能看到。"

海风吹过,杜城的外衣被吹起。

沈翊:"我把选择的机会给你。"

沈翊望着杜城,他看起来直率而坦荡,全然不像是一个被揭露出杀人真相的凶手。

沈翊:"你这么做,到底是为什么?"

浪花汹涌,涨潮了。

26

路海洲在走廊上看到金城公司无数个工作格子间。

陈舟迎着路海洲而来。

陈舟:"欢迎,路警官。"

路海洲:"陈总,我问了好多家科技公司,只有你们金城能分析出来,太感谢了。"

陈舟:"不敢当,我们金城只是尽全力帮助警方。您发给我们的视频,我们的技术人员已经解析出来了。"

路海洲:"监控里的人是谁?"

陈舟:"我带您过去。"

陈舟领着路海洲,往走廊尽头走去。

陈舟的背影深邃。

27

沈翊和杜城相对而立,他们的裤脚已经都被打湿。

杜城把手里的一页纸给沈翊。

沈翊看向这张纸,是拓印的。

杜城:"在你们找到 M 家以前,我就已经去过那里了。这是她日记的最后一页。日记被人撕掉了,这是我拓印的。"

纸上,赫然是 M 的字迹,她画出了整个组织成员架构图。

穆伟在最下层,中层里有一堆名字,其中就有 M,周俊在高层,一条虚线连在最顶上的白框,白框里有一个问号。

杜城:"找出那个问号,那个站在顶端的人。"

杜城凝视着沈翊。

杜城:"我相信你。"

沈翊和杜城并肩站在海边,海浪拍打着他们的脚面。

沈翊手里拿着杜城递过来的日记里那张纸。

沈翊:"把这张纸交上去……"

杜城："你发现了吧，路海洲来的目的。"

沈翊："来调查你。"

杜城点头："既然幕后黑手检举了我，贸然上交只会打草惊蛇。只有让他觉得陷害我的计划已经成功，他才会放松警惕。"

沈翊攥紧手里的日记纸。

杜城侧过头，凝视他。

杜城："M死的头一天夜里，我接到了她的电话。"

28

杜城捏着办公室的电话，里面传来淡淡的海浪声。

M："杜队长，你收到照片了吗？他就是杀雷一斐的人。"

杜城翻过照片，一惊。

照片上，赫然是周俊的脸。

M："我可以告诉你真相。"

杜城："你想自首？"

M："你保证我的安全，我才能和你们合作。"

杜城："你这么能躲，怎么不躲了？"

M："我逃累了。无论逃到哪里，总会被他们找到。"

杜城："你杀过警察，我凭什么相信你？"

M的语气有些急了。

M："那不是我做的，是那个追杀我的杀手！我没必要骗你，我要死了，他们已经找到我了！"

杜城："你要借我的手除掉威胁，我凭什么帮你？"

M："就凭现在只有我有证据！"

杜城思索片刻。

M："给我一条路，我要活下去！"

杜城："证据是什么？"

听见这话，M的语气终于缓和下来。

M："那个杀手犯案的证据，还有组织的名单。追杀我的人背后还有一个下命令的人。"

杜城："他是谁？"

M："我没见过他的样子，但我听过他的声音。杜队长，感兴趣吗？"

杜城沉默，他在思索。

M："感兴趣的话，你就一个人来见我。"

29

惊涛拍岸。

沈翊看向杜城。

杜城看着自己的手表。

杜城："你发现了吧。"

沈翊："你去过现场，和M发生了搏斗，表盘碎在了那里，让倾姐修好，帮你打了掩护。"

杜城摇头："是周俊，他杀了雷队，杀了小李，也杀了M。"

杜城跟沈翊描述着当晚的情形：

他上楼梯，听到一声巨响——玻璃落地的声音。

杜城走近，M已经坠楼死亡。

杜城抬头望，楼上有异动。

杜城跑上五楼，正遇上要冲下来的周俊。

追逐、搏斗、躲闪！

杜城追着周俊又冲下一楼，不敌，被周俊一个背摔。

杜城的表盘摔碎，与手表分离。

杜城昏迷在原地。

M死亡，杜城醒来，清理现场痕迹。

杜城捡走自己的表。

杜城在M家，拓印日记。

杜城在M家，贴上周俊的照片。

沈翊："这一切都是你的布局。你一直不说，就是要找到背后那个人？"

杜城蹲下身，捡起三枚贝壳。

杜城："这个团伙就像是一条分工明确的流水线。M，拐人、收人；周俊，运送、交易。然而，这条生产线上，最重要的一环还没有浮现——"

他边说边放下两枚贝壳，分别代表 M、周俊。

沈翊："串通起买家和卖家的是那个问号。"

杜城点头，放下第三枚贝壳。

那三枚贝壳在沈翊眼中连成一个圈。

杜城起身，拍拍手上的沙。

他发现沈翊正盯着自己，脸色不悦。

沈翊："你一开始就计划好了吧？"

杜城点头。

沈翊："第一步，在案发现场，醒来后发现自己被陷害，所以抹掉所有痕迹，让他们无从下手。可没想到，因为你的布局，他们再次出手，把监控送到我们手里。"

沈翊步步逼近。

沈翊："第二步，在 M 家贴上照片，诱导我们，转移调查对象，找出周俊。"

沈翊："第三步，审讯周俊，逼他说出幕后凶手。"

杜城："可我没想到，这一步，他们能防得那么天衣无缝。周俊死不开口。"

沈翊："所以你想到了第四步，放了周俊。"

杜城点头："我故意在监控下和他握手，就是希望那个幕后黑手误会。这样，他就会再次出手。"

沈翊："用你自己作为诱饵，见招拆招，不断设局，就是想引出这个问号，所以你才隐瞒，怕打草惊蛇。"

杜城无奈地笑笑。

杜城："我们现在就像在一张牌桌上。M 死的那一刻我就知道，我留在牌桌上的时间不多了。我必须在退场前，试探出那个问号到底是谁。现在，我能查的都查了，剩下的，就交给你了。"

沈翊直视杜城："你把所有人耍得团团转，每个人都是你牌桌上的棋子。我只想知道，为什么也瞒着我？"

杜城："看来我还得教教你。"

沈翊大部分都说中了，但是他还不明白杜城这么做的意义。

杜城："我走出了他们的圈套，他们一定会有下一步棋。我早晚会被调查，一旦我被怀疑，整个刑侦队都会被排除在外。只有毫不知情的人才能幸免。只要你没有被怀疑，就还有找到真相的机会。"

杜城远眺海岸线。

杜城："你是我的底牌。"

30

金城公司的机房里，一台台加载着数据的电脑，星星点点闪烁着的机器，显示着无数监控画面的大屏幕。

路海洲环视着整间机房。

陈舟坐在电脑前，调出监控视频。

陈舟："路警官，您看。"

陈舟点击鼠标。

模糊的监控视频变成了无数个像素块，像素块变得越发明亮，渐渐组成了一张清晰的脸。

陈舟："这就是监控里的人。"

路海洲紧盯着屏幕上那个人的脸。

栏杆上的倒影越发清晰。

路海洲震惊。

路海洲虽然怀疑杜城，但也不希望结果真的跟自己猜测的一样。

路海洲五味杂陈："真的是他……"

路海洲拿出手机。

路海洲："马上申请对杜城停职调查。"

陈舟笑达眼底。

电脑屏幕上，栏杆上映着的正是杜城的脸。

31

众警员聚集在会议室，议论纷纷。

路海洲推门而入，径直走到会议室中央。

警员们顿时安静下来，这一次他们看到的路海洲不复温和，只有威严。

路海洲："各位都知道，我是为了 M 的死亡案才来北江分局的。"

路海洲猎鹰般的目光扫过在座的每一个人。

路海洲："现在，我已经确定，北江分局的刑警队队长杜城，有重大嫌疑。"

在座的所有人惊愕不已，难以置信地看着路海洲。

众警员："怎么可能？……就是啊，城队查了那么久，怎么会是嫌疑人？"

路海洲："我调了案发现场附近的监控，拍到了杀 M 的凶手。通过视频分析，凶手可能……"

李晗惊慌地看着路海洲，没想到自己找到的监控居然会定了杜城的罪。

路海洲："就是杜城。"

蒋峰就要拍案而起，却忽然被一只手按住了。

闫谈声冲他摇摇头。

会议室里气氛凝重。

门忽然被推开。

众人回头。

沈翊和杜城并肩而立，站在门口。

蒋峰："城队！"

蒋峰猛地站起来。

杜城看着众警员，又看看路海洲。

有人面露期待，期待他能证明自己的清白。有人略带犹疑，观察着杜城现在的表情。

杜城的脸上却毫无波澜。

他一步步走向路海洲，终于在路海洲面前站定。

杜城："路队长，我来接受调查。"

32

一顶警帽，一张警号，一件警服。

杜城将这些一一精心排列在办公室的桌上。他手中还拿着自己的警官证，舍不得放下。

他抬头,路海洲就坐在办公桌对面,张局坐在另一边。平日里总笑吟吟的张局,此时完全没有了笑意。

杜城却笑了起来。

杜城:"我可以被调查,不是因为我认罪了,而是我愿意相信公安的能力、法律的公正,一定能还我一个清白。"

杜城望向站在路海洲另一侧的沈翊。

杜城:"这张警官证,请替我好好保管。"

杜城把警官证轻轻放在沈翊面前。

他放得很轻,却像是给了沈翊重重一击。

33

公共办公室里,众警员垂着阴沉的脸,士气低沉。

一个个陌生的警员走进办公室。

蒋峰:"你们是谁?"

新来的警员们全部走进办公室,最后走进来的是路海洲。

路海洲坦然地走到办公室的中心,那是杜城经常给大家下达命令的位置。

路海洲:"所有人停下手边的工作。"

众人的目光聚向路海洲。

路海洲:"杜城涉嫌两起重大杀人案件,停职留查。在案件调查结果出来之前,所有与此案相关的档案、资料都交接给新的调查小组,牵涉此案的相关人员,我会随时找你们谈话。"

众人讶异。

路海洲:"从现在开始,北江分局刑警队队长的位置,将由我暂时代任。接下来,进行档案移交工作。"

蒋峰:"你说什么?!"

路海洲并不理会蒋峰。

新来的调查员们已经开始整理和杜城相关的文件。闫谈声摁住急躁的蒋峰,李晗只能无助地看着。

沈翊静静地坐在角落,面无表情。

他脑中回荡着杜城在海边的话。

杜城:"我相信你。"

杜城:"找出那个问号。"

杜城:"你是我的底牌。"

沈翊的眼神坚定。

第二十三章

1

鼠标点开录音文件。

分局会议室里,M的声音从音响里传出。

杜城:"你这么能躲,怎么不躲了?"

M:"无论逃到哪里,总会被找到!"

杜城:"我要除掉你。"

众人惊愕。

M:"给我一条路,我要活下去!"

路海洲按下暂停键,面对众人。

路海洲:"这就是市局收到的匿名举报。事关重大,市局派我来调查杜城。"

会议室里,坐着北江分局的一众领导,张局赫然坐在正中。

张局:"路队长,你掌握的不止这一份证据吧?"

路海洲:"没错。杜城私藏了一张从M的日记本上拓下来的内页,说明他们两个背地里确实联系过。再来看看这个。"

路海洲摁下播放键开始播放。

投影上播放着辉格酒店的监控视频,栏杆上映着杜城的脸。

路海洲:"他破坏了辉格酒店的现场,销毁自己是凶手的证据。可现场监控视频说不了谎,将M从辉格酒店高层推下的,正是杜城。"

几位领导面色严峻,抱着胳膊听着路海洲的叙述。

路海洲指了指大屏幕上的监控视频。

路海洲:"如同M所说,她当年杀害雷一斐,杜城怀恨在心,这就是他的动机。"

张局没说话，静静地坐在角落里。

其他领导们看着激进的路海洲，连忙打圆场。

领导甲："杜城同志也是北江分局的王牌刑警。这么多年，破了不少案子。现在我们凭着一段录音和一个视频就断定他有问题，是不是有点……"

领导尴尬地看了看彼此。

路海洲："我也不想相信咱们的同志会犯下这样的错误，但现在，证据指向明确，只能先将他停职检查。"

领导甲："张局，您怎么看啊？"

张局看向众人，目光坚定。

张局："等一切都查清楚再说。"

2

沈翊穿过走廊，经过的刑警聊着闲天，但在沈翊耳中却是那段奇怪的录音。

沈翊极力要把这段声音甩出脑袋，可脑中的声音越来越大。

他睁开眼，两侧玻璃像被施了魔咒一样，倒映的都是杜城推下 M 的一瞬间。

他尽量不去注意那些幻象。

沈翊走向走廊尽头的楼梯间。

他踏上通往上一层的台阶。

沈翊抬头，望向面前的台阶。

两侧玻璃碎裂，台阶似乎全都变形了。

明明只有短短几级的楼梯，却似乎可以无限延长。

沈翊走进了自己的思维宫殿——

扭曲的楼梯。

向下的回廊。

埃舍尔的《相对性》实体化了。

沈翊踩着台阶，向上走去。

在整个空间周围漂浮着无数沈翊的画。

他踩上的台阶，又直接与一道朝下的回廊相连。

他就像对这个空间了如指掌一样，左拐右拐，就上了另一侧楼梯。

他能看见与自己所在的回廊成对立面的地方，那里站着一个人，正笑着看他。

是杜城。

沈翊向他走去。

沈翊："那个视频我去检查了，没有修改痕迹。"

杜城："等一下，你的表情看起来非常愤怒。"

沈翊："当然！要是一开始就把周俊抓起来，不就什么事都没有了？！"

杜城耸肩。

杜城："钓大鱼，当然要保留鱼饵。你心里其实明白。"

沈翊："你说我是你留下的底牌，但我现在没有任何办法。"

杜城："你会找到的，好好想一想，视频是真的，意味着什么。"

沈翊冷静下来，穿过另一条往下延伸的走廊。

沈翊："我们的对手很强。"

沈翊走到一条和杜城平行的回廊，但两人之间仍隔着很远，只能遥望彼此。

沈翊："这是个早已策划好的杀局，我们却不知道对方是谁，何时出手，以及会做出什么。这是我们的劣势。"

杜城："但是我们的优势在于，他们现在一定以为自己已经得逞，就会松懈下来。"

沈翊继续走向杜城，两人又错位了，沈翊只能看见倾倒的杜城。

沈翊："可是监控视频堵死了所有的可能，如果技术都没有办法证明它是假的，还能有什么办法？"

沈翊走得很快，又能从另一个方向看见杜城了。

杜城："画像解决不了的问题，那就换手段，回到熟悉的领域。"

沈翊："刑侦。"

沈翊终于踏上最后一级台阶。

他终于走到了杜城面前。

沈翊一步步走向杜城。

他指向旁边漂浮的画。

是关于 M 的线稿。

杜城看着那幅画。

杜城:"是你画出了 M 原本的样子。"

沈翊缓缓走向杜城。

沈翊:"比起你,我更接近真相,更具有威胁性。"

杜城:"但是最后被陷害的却是我。"

两人越来越近,越来越近。

沈翊:"为什么?"

杜城:"为什么?"

沈翊终于走到了杜城面前。

沈翊:"因为你站在了我的前面,你比我更快一步,成为最接近事实真相的人。"

杜城转身,背后是一扇透着光的门。

他离真相之门确实比沈翊更近一点。

杜城:"我让那个真正的幕后黑手感觉到了危险,才逼得他不得不出手。"

沈翊:"所以,在 M 死之前,到底发生了什么?"

杜城:"那我们去找找吧。"

杜城伸手推开了那扇门。

金光四溢,晃得沈翊几乎睁不开眼睛。

金色的光芒似乎渐渐消失了。

沈翊放下挡在眼前的手。

沈翊已经站在画像室里,手里拿着那幅 M 的线稿。

他盯着这幅画。

他想起了杜城说的,"要回到熟悉的领域,刑侦"。

他猛地抬起头,目光坚毅。

沈翊快步走出画像室。

沈翊走得很快,就像平日里杜城走得那么快。

走廊一侧的玻璃映照的却是杜城的影子,如同与沈翊并肩前行。

3

杜城瘫在自家沙发上,望着外面的夕阳,眼神有些涣散。

门外，突然传来敲门声。

沈翊："是我。"

杜城起身，来到门边，隔着猫眼看到沈翊。

杜城："你跑我这儿来干什么？"

沈翊："我需要你的帮助。"

杜城给沈翊开了门。

沈翊走了进来，直视杜城。

杜城别过头，神色不太好，脸上已经冒了些胡楂儿。

杜城："别给我说调查情况，我不能参与。"

沈翊点头。

杜城继续回到沙发上瘫着。

沈翊环视四周，慢慢走到他对面。

杜城："说吧，什么事儿。"

沈翊："告诉我，那天晚上你的行动轨迹。"

杜城轻轻抬起头，第一次直视沈翊。

4

辉格酒店伫立在夜色中。

沈翊抬头仰望，看不见酒店的顶端。

他眼前，那晚的杜城正拾级而上。

沈翊跟着走进。

空荡荡的酒店大堂，还挂着警戒线，留有尸体的痕迹。

沈翊："你早点儿告诉我一切，现在也不会在里面关着了。"

杜城："关我才是让他们松懈的关键，否则幕后的人再也不会出手了。"

沈翊无言以对，转身走向楼梯。

沈翊仰头看着参差交错的辉格酒店楼梯，层层叠叠，通向顶层。

沈翊走上台阶，一步步往上走去。

沈翊一边走上楼梯，一边往下望去。

M的尸体躺在大厅的血泊中，身旁顶楼随之落下的玻璃碎了一地。

顶层。

杜城站在楼梯栏杆边，往下望去，正好对着 M 尸体坠落的位置。

沈翊突然冲他挥来一拳。

杜城赶紧躲开。

杜城："就是这样，我刚追上顶层，他就从我右边挥来一拳。"

杜城侧身。

杜城："我往左边一躲，回了他一拳。"

杜城伸出一拳，朝沈翊的方向一挥。

沈翊避开拳头，两人扭打在一起，杜城步步后退。

杜城："我接住了他最后一拳，他用左膝盖踢了我的肚子。"

杜城稳稳地接住沈翊的拳头，沈翊往杜城的腹部虚空一踢。

杜城转身避过，沈翊却转身就跑，杜城立刻追上去。

沈翊往楼梯下跑，杜城追上，两人撕扯着，边打边追，跟跄地下楼。

到一层时，沈翊趁他刚下楼梯，来了一个背摔。

沈翊抬起头，灵光一现，猛地转头，看向监控。

黝黑的摄像头正对着此处。

摄像头上有一个小小的 Logo，金城。

5

颜料挤在颜料板上。

画笔涮过了水。

一张 360 度的圆形长条画布从屋顶吊下，将沈翊包围。

沈翊身处其中，闭着眼睛，回忆自己和杜城走过的路。

电脑屏幕上是无数辉格酒店里的监控画面，里面虽然没有人，但能体现出辉格酒店具体的构造。

画笔沾上了颜料，沈翊落笔，在画布上勾勒出了辉格酒店的内部构造。

交错的楼梯、五层的玻璃……

晨光照进工作室内，照在遍布颜料的桌上。

沈翊停下笔，望着面前的画。

这是一幅360度的全景画像，仿佛《清明上河图》一般，宏伟壮丽。

画上，辉格酒店的全景中，有几个杜城，显示出他走过的每一处。

犹如《老实人纳斯塔基奥的故事》一般，每个杜城和周俊都处在不同的状态中。

五层，周俊在顶楼推下M。

杜城避开监控，上楼梯。

五层，杜城和周俊打架时，杜城往左边一闪。

五层，杜城往右边一闪。

五层，杜城弯腰护住腹部。

五层，栏杆的反光里映出了杜城的右脸。

一层，杜城被背摔在地，手表碎在一旁。

沈翊凝神，望着面前的画。

沈翊把旁边iPad上的监控，调成杜城被定罪的视频。

监控视频中，栏杆上，赫然是杜城阴狠的正脸。

6

沈翊抱着一卷画，走进公共办公区。

沈翊："我画出来了。"

所有人疑惑地望着沈翊，不知道他在说什么。

路海洲看向沈翊。

路海洲："你画了什么？"

沈翊将全景画放在桌子，从一侧缓缓展开，画上的辉格酒店中，杜城的轨迹化为几个定点，一览无余。

大家震惊地看着画。

沈翊："我根据现场的其他监控，还有杜城的证词，还原了他的行动轨迹。如果想避开所有监控，又恰好能让影子映在电梯间的监控里的栏杆上，杜城的行动只能是这样的。"

众刑警望着这张完全再现案发现场的图，不免惊叹。

沈翊："杜城在顶层时，和真正的凶手扭打在了一起，如果他当时在躲避真凶的攻击,那么栏杆上映出的脸,绝对不可能是视频里的角度。"

路海洲眯着眼,仍是不信。

沈翊:"如果这个说服不了你,那这个呢?"

一张按照五横四纵规律排列的白色圆片。

沈翊把这张图贴在黑板上,转向众人。

蒋峰疑惑:"这图是什么意思?"

沈翊:"你们觉得这些圆片哪个是凹的,哪个是凸的?"

李晗:"不是只有第三排第二个是凹的吗?"

沈翊神秘地笑笑,似乎答案不止一个。

沈翊:"这些圆片的凹凸感是由光线方向决定的。我们看到光时,大脑会自动处理并区分光线的方向。你们现在会觉得这个圆片是凸的,是因为你们默认光线是从上向下照射的,阴影打在下方,圆片就变成了凸的。如果翻转照片——"

沈翊把图片上下翻转。

众人一惊。

原本凹的圆片在大家眼中变成了凸的,凸的变成了凹的。

蒋峰:"那个凹下去的,现在变成凸出来的了!"

沈翊:"我们平时记住的那些脸,往往也是来自头顶上方自然光下的人脸。当光线发生变化,脸也会发生变化。"

沈翊打开电脑,里面是M被杜城推下去的那段视频。

大家紧盯着电脑,想看出其中的破绽。

沈翊:"这段视频里,杜城脸上的光线就采用了这个原理,是从上往下的。而那天晚上十点,在完全没有光的情况下,杜城脸上的光应该是平均的。而不是像现在这样——"

众人看着屏幕里杜城的脸。

李晗惊喜:"这么说,监控视频真的被篡改过!"

沈翊点点头:"没错,视频是假的,出现在M家里的照片上的周俊,应该就是案发现场的第三个人。"

蒋峰猛然站起。

蒋峰:"我就觉得周俊有问题,咱们得把他抓回来,还城队清白!沈翊,你干了件大好事！"

众警员纷纷响应。

沈翊看着重新燃起激情的众人，终于舒了一口气。

路海洲听着沈翊的话，有些怔住。

沈翊："路队，我知道这个不能作为直接证据，但你可以当作参考，看看调查方向是不是要调整一下。"

路海洲若有所思。

7

审讯室里，杜城坐在路海洲对面，神色松弛。

杜城："够有耐心的，现在才审我。'等'这一招，对我没用。"

路海洲："杜队长，审讯招数你比我懂，那我就开门见山了。M的死到底是怎么回事？"

杜城："你心里已经有一套很完整的故事了吧。"

路海洲："你杀了M，还清理了M留下来的遗物，拿走了日记，为的就是不让她说出雷一斐案的真相。"

杜城："那你听听我的故事。"

路海洲以为他要交代了。

杜城："想象一下，如果你是一个幕后操纵者，掌握全局，高智商，说谎就像吃饭喝水一样平常。"

路海洲："嗯，经典又老套的人设。"

杜城："七年前，你经营着一个国际人口贩卖组织，杀了一个警察。同时，你的核心成员带着重要线索逃跑了。你不得不中止生意。虽然，你暂时逃脱了警方的追捕，但是你始终没有找到那个叛徒。什么滋味？"

路海洲："如鲠在喉。"

杜城："这时候，你发现她跟一个警察联系密切。你每日每夜都在想，她为什么接近警察，她是不是已经交出了证据，那致命的一刀什么时候扎向你……你打算杀了那个警察……"

路海洲："杀警察？多愚蠢啊。"

杜城："哦，为什么？"

路海洲："杀掉一个警察，只会引起猛烈的调查和报复，招来更多的警察。"

杜城笑了，路海洲已经被自己带入故事中了。

他坐直身子，逼视路海洲。

杜城："对啊，所以你打算怎么做？"

路海洲："警察需要一个凶手，需要一个答案，给他们就好了。"

杜城："谁适合当这个倒霉鬼？"

路海洲："那个跟 M 联系的警察……"

路海洲一愣，才发现自己被杜城带跑了。

路海洲："你在编故事！"

杜城："说完这套故事的，不是我，是你。"

路海洲审视着杜城。

杜城："你之所以来北江，就是因为收到了什么关于我的举报吧？"

路海洲："谁告诉你的？"

杜城："我猜的。是什么证据？"

路海洲一笑。

路海洲："你和 M 打过电话吧？聊的什么？"

杜城："就一通。我记得清清楚楚，可以完整给你复述。"

杜城把自己和 M 的通话，原原本本告诉了路海洲。

路海洲敲打在电脑上，神色忽而变得严肃。

杜城说完，路海洲也敲出了两人的对话。

路海洲打开另一个文件——杜城和 M 的对话录音。

路海洲眉头紧锁。

杜城瞥了一眼电脑。

杜城："录音文件？我猜猜看，是不是刚刚我说的每个字都在录音里出现了，但有些被剪掉了，有些被调换了顺序？"

路海洲凝神，思索着杜城的话，已经有所怀疑。

杜城直视路海洲。

8

打火机亮。

一只手将打火机扔下去，火点燃。

火焰慢慢燃起，将 M 的遗物烧为灰烬。

M 的日记残页、M 手里的组织资料、M 手中的所有证据。他要做得干净，毁尸灭迹。

周俊盯着飘曳的火苗，耀动的火光映得他的脸忽明忽暗。

9

2004 年，某国。

抽着烟的高大外国男人，在冷冻车附近徘徊。

冷冻车的车门半敞着，里面是数名瑟瑟发抖的年轻女孩。

有一个女孩（18 岁的 M）警惕地盯着外界的一切。

周俊穿着一身黑衣，手里拿着一张表格，来到冷冻车旁，看着那个颤抖得厉害的姑娘，笑了。

周俊："王莹，跟我出来。"

名叫王莹的女孩脸色惨白，周俊把她拉出冷冻车。他拿着一把以色列军刀，抵在女孩脸旁，以示威胁。

一辆黑色的豪车停在了冷冻车旁。戴着墨镜的外国男人喜滋滋地下车，向周俊走来。

周俊把女孩强硬地塞进豪车里。

M 目光坚毅，微微前倾，随时准备冲出车子。

豪车驶走。

周俊舒了一口气，正要转身回冷冻车——

冷冻车里的 M 突然冲了出来。

周俊还没反应过来，他手里的那把刀便到了 M 手里，尖端直指自己的喉咙。M 抓着周俊，拿刀抵着他。

M："我知道我逃不了，但我不想死，给我另外一个选择。"

年轻的M眼神中带着狠绝，她的刀尖越来越接近周俊的皮肤。

僵持片刻，周俊微微一笑。

他拿出笔，在自己手里的交易名单中划掉了"秦念初"这个名字。

M看着自己的名字被划掉，缓缓放下了拿刀的手。

周俊转身。两人凝视着彼此。

名单上，被划掉的"秦念初"后面，写上了一个字母："M"。

10

几年前。

一份七年前的报纸，上面是剿灭人口贩卖组织的警察雷一斐牺牲的新闻。

周俊坐在图书馆的沙发上，翻看着这份报纸。

一份贴着贺虹照片的档案资料被拍在周俊旁边，他抬起头，看向面前的男人。

男人隐在光线暗处："M带着穆伟叛逃了。她整了容，改了名字，但指纹这种东西一辈子改不掉。"

周俊翻开资料。

第一页，是贺虹（M伪装）的指纹和M的指纹对比，完全一致。下面标记着来源，小区指纹识别。

男人："把她和她身边的苍蝇，迅速处理掉。"

11

周俊回到电脑前，打开电脑中一个文件夹里的视频。

那上面，正是贩卖人口的证据。

他却没注意到，他电脑里金城安全软件的图标突然消失，暗中关闭了。

三、二、一！

一道刺眼的强光忽然从屏幕上射出。

电脑中的视频不断高速闪烁着，晃得人睁不开眼。

周俊浑身抽搐不已，身体轰然倒在了桌前。

他抽搐着，口吐白沫。

半晌，周俊再也不动了。

不大的屋子里，刺眼的光消失，电脑上变成了正常速度的视频。

房间被猛地推开。

蒋峰："周俊，我们依法……"

沈翊跟着进来，却看到倒在桌上的周俊。

沈翊："糟了。"

蒋峰："周俊、周俊？"

蒋峰轻碰周俊，没有任何反应。

周俊躺在桌前，已经死了。

周俊的尸体被放在担架上。警员抬走了周俊的尸体。

几名技侦正在检查他的电脑。

技侦："视频是他们贩卖人口的证据！"

电脑上显示的视频，正是贩卖人口的证据。

电脑里的几个文件夹中，都是年轻女子的信息和照片。

蒋峰："周俊身上什么伤口都没有，怎么突然暴毙了？"

另一名刑警查看地面，有一片燃烧过的痕迹。

刑警乙："这里有燃烧的痕迹，很可能是他处理了什么证据！"

众人沉思。

沈翊走过去，捡起灰尘碎屑。

沈翊："应该是 M 留下的证据。"

蒋峰叹气："现在，M 想说的话是彻底说不出来了。"

沈翊："但她帮我们指明了新的方向。"

12

杜城严肃地盯着路海洲。

路海洲也看着他，似乎在审视杜城的话到底是真是假。

杜城："我已经被停职了，不会再参与案子的调查，你还有什么怀疑的？"

正说着，路海洲的手机响起。

路海洲拿起手机，接听电话。

路海洲："喂？"

路海洲脸色一变。

路海洲："他死了？"

杜城一惊，站起来望着路海洲。

路海洲挂上电话，看向杜城。

杜城："周俊死了？"

路海洲神色复杂，跌坐在椅子上。

路海洲："技侦在他的电脑里发现了贩卖人口，以及杀雷一斐、李俊辉、M的证据。"

路海洲反而露出了一丝轻松。

路海洲："看来，真的是我错怪你了。"

13

何溶月把验尸报告递给路海洲。

何溶月："死因很简单，光敏性癫痫。由光源强刺激、闪光刺激等视觉刺激引发的，受害人出现了脑神经痉挛反应，在闪光过程中或停止后出现癫痫，进而死亡。"

路海洲："怪不得没有皮外伤，死得离奇啊。"

何溶月摇头："视觉刺激诱发的癫痫发作是最常见的反射性癫痫，最著名的就是1997年年底，日本700多个儿童同时看动画片的时候被强光闪烁刺激，同时引发癫痫进医院。周俊应该是有心理畏光症，如果不是亲近的人，很难发现这种弱点。"

路海洲："便宜他了。"

路海洲翻看报告，看向尸体的眼神中带有不屑。

一直沉默的沈翊突然开口。

沈翊："一个活在暗处的杀手，最后死在了光下。"

路海洲："你同情他？"

沈翊："我只是觉得讽刺。沾了那么多条人命，也不过是别人手中的刀，弱点被掐得死死的。生死，从来不是自己说了算。"

路海洲摇头，他没有沈翊这番艺术家的感想。

14

技侦办公区的屏幕上，是周俊死亡时电脑上播放的视频。

李晗："这个视频里，都是七年前人口贩卖组织拐卖的女孩，还有雷队的相关资料、追查 M 行踪的记录，可以给周俊定罪了。"

蒋峰疑惑："怎么这么巧，我们马上有线索的时候，他就突然死了？"

沈翊看向李晗电脑上正在播放的视频，突然眯起眼睛。

沈翊："李晗，你去查查这个视频。"

路海洲："你怀疑他不是意外死亡？"

沈翊没有回答。

李晗在电脑上敲打，不断地分解视频的代码。

过了一段时间。

李晗："这里的代码有些奇怪……"

屏幕上，一段诡异的代码快速划过。

李晗敲击着键盘。

忽然屏幕开始高速频闪。

沈翊："闭眼！"

大家赶紧闭上眼睛，李晗挡着眼睛，继续低头敲击代码，终于将视频暂停。

李晗："我刚刚激活了这个代码，立刻就变成这样了，这是个病毒。"

何溶月："就是这个！当屏闪的亮度和频率都达到一个阈值的时候，对本身光敏感的癫痫患者就是致命打击！"

沈翊："不是意外，是他杀！这个视频不仅是他的罪证，而且是杀死他的凶器。"

路海洲："病毒来源呢？"

李晗低落："这是个开源代码病毒，公开的，谁都能下载。我找了半天 IP 地址，可反追踪不到。"

路海洲安慰她："会有其他线索的。"

沈翊突然开口："他的电脑安装杀毒软件了吗？"

李晗:"用的是金城公司最新的安全防控系统,按理来说这个病毒应该进不来。看来这个人是个电脑高手。"

沈翊陷入沉思。

路海洲拍拍蒋峰的肩。

路海洲:"李晗,继续追踪病毒来源,必要时可以求助网安队;蒋峰,你先休息,明天一早我们再一起想办法。"

李晗点头。

蒋峰不高兴地甩开路海洲的手。

路海洲有些尴尬:"之前,是我搞错了调查方向,现在我只想和大家一起,把案子破了,抓住真凶。"

蒋峰哼哼唧唧地勉强同意了。

路海洲:"现已查明,死者周俊,以伪造意外的方式杀死了前刑警队队长雷一斐、刑警李俊辉,又杀害同伙秦念初,嫁祸于杜城。现在,对北江分局刑警队队长杜城的调查——"

路海洲念着报告,底下是众人期待的眼神。

路海洲:"撤销。"

15

所有人等在技侦办公室门口,翘首以盼。

杜城的身影终于出现在门口。

蒋峰:"城队!你可回来了!"

蒋峰张开怀抱,激动得要扑向杜城。

杜城不由后退几步。

杜城:"别,你知道我最烦这种。"

蒋峰:"是,城队!"

隔了好几日才喊出这个名字,蒋峰竟有些激动。

杜城揉揉蒋峰的脑袋,望向屋里与自己并肩作战的队友。

众人围着杜城,笑逐颜开。

沈翊站在人群外围,静静地看着,手里紧紧地攥着什么。

杜城也越过周围的同伴,望向沈翊。

两人静静地对视着。

杜城一步步走向沈翊。

仅是几日未见,却像隔了很多年。

杜城:"我知道你能做到。"

沈翊冲他伸出手,手掌翻开,是一张警官证。

沈翊:"这个一直在我这里存着,随时等着你回来取。"

杜城愣了。那证件照上的自己,看着竟然有些陌生。

沈翊抓起杜城的手,郑重地将警官证放在他手中。

两人相视一笑。

16

几名刑警拿着检测仪器,分头在图书馆中搜索着关键证据。

沈翊和杜城穿过一排又一排的书架。

阳光照耀着整个场馆,连地板上扬起的灰尘都能看见。

沈翊被迎面照来的阳光刺痛了眼,不禁别过头。

他看到了一整排的《地理与生活》。

沈翊怔住。

《地理与生活》几乎有二十多本。在阳光的照耀下,很多本上面都积了满满一层灰尘。

看来,很久没有人看过这些书了。

杜城:"怎么了?"

沈翊凝视着那些书。

沈翊:"很少有人看的书,为什么要重复订购那么多次?"

杜城也是一愣。

他走到沈翊身旁,两人一起盯着那一排书。

沈翊从左边开始,把《地理与生活》一本一本地抽出来,检查书脊上的标签。那里标记着订购日期。

沈翊迅速地扫了一眼。

沈翊:"3月7日。"

他又赶紧拿出下一本。

沈翊:"4月20日。"

翻完的书就被沈翊放在一旁。

他旁边的书越摞越高。

沈翊:"6月9日,7月18日,9月15日……"

沈翊终于把最后一本丢在了身旁。

沈翊:"一般来说,管理员应该会把同一本书一次性多买几本。为什么这些《地理与生活》的订购日期全都不一样?"

杜城随手拿起最上面的几本,检查书脊上的日期,抽取着脑海中的档案。

杜城:"9月15日这本,这是M死的前一天……这本是李俊辉死的前一天。"

沈翊又拿起倒数第三本。

沈翊:"这是穆伟死的前一天!这绝对不是偶然。很可能就是幕后黑手下达暗杀任务的方法。一个图书管理员,买书最方便,所以,购书、收书这一整套流程里,极有可能就藏着他们传递暗号的方式。"

杜城顺着沈翊的方向思索着。

杜城:"我之前就猜,他们可能是通过一种新型的方式进行沟通。"

沈翊:"怎么做?"

杜城:"借一下你的手机。"

杜城打开购书App。

杜城随便选择了一本书和一盒颜料,点击购买。

他在填写备注时,留下了两个字。

谢谢。

随后,杜城点击付款,却没有输入沈翊的支付密码。

接着,这笔订单被转入了"待付款"的界面。

杜城把手机还给沈翊。

杜城:"自己看。"

沈翊接过手机,打开"待付款"的界面查看。

沈翊:"这个牌子的颜料是最差的。"

杜城:"这不是重点,你往下翻。"

沈翊拉下屏幕,看到了订单页面的备注。

短短两个字,谢谢。

沈翊看向杜城。

杜城装作对手里的书产生了浓厚的兴趣。

杜城:"等十五分钟之后,订单关闭,没人能看见这条备注。"

沈翊不禁扬起嘴角。这个杜城,有话不直说。

沈翊:"所以,周俊和那个神秘人一直使用着同一个购买账号。他暗杀的对象、地址、时间都写在备注里,拍下订单后不付款。"

杜城啪地合上手里的书。

杜城:"等周俊登录这个账号时,就会看到这个订单,一个订单就是一次交易。他确认过备注后,删除再重新下单,一切就可以像没有发生过一样。"

沈翊:"这个过程里,两个人完全不用接触,非常隐秘。"

沈翊再次打开"待付款"的界面。

刚刚那份购买记录,已经消失得无影无踪。

17

技侦办公室里,键盘声阵阵。

李晗调出一份表格。

李晗:"从购书订单上找到了周俊的购书账号,已经注销了。我已经在和代理商谈了,看看他们那边能不能恢复记录。"

杜城点头:"继续查,别停。"

沈翊站在一旁,独自思索。

沈翊:"图书馆里一共有二十本《地理与生活》。"

杜城和李晗回头看向他。

沈翊眼前一亮。

沈翊:"也就是说他们已经完成了二十次交易。"

李晗不寒而栗,没想到这个周俊居然杀过这么多人,而且还能一直隐藏自己。

屏幕上，一条信息亮起。

李晗惊喜："找到了，这个账号曾经出现过的IP地址！"

杜城："哪里？！"

李晗怔住："是金城……"

18

金城公司，陈舟的办公室里一面墙都是监控画面，上面是金城公司的所有监控摄像头拍到的画面。

监控前的办公桌老旧却整洁，桌上摆着一盘西洋棋，有磨损，看起来经常被人把玩。所有物件虽然都有年代感了，但保存得当，看起来依然光鲜。

陈舟抬手，用国王的棋子推倒了棋盘上的马。

监控屏幕上显示的是下午警察从河间图书馆带走了周俊的尸体。

他又推倒了车和王后。

国王的棋子立在棋盘的正中央，其他所有的棋子都已经倒下。

陈舟阴恻恻地笑着。

19

会议室的黑板上，是沈翊画出的目前所有的线索。线索中心，赫然写着金城公司——陈舟。

沈翊："按照现有证据推断，幕后的人，应该就是金城公司的老板，陈舟。他监听了M的手机，并剪辑了杜城和M的对话，造成杜城杀M的假象，又把篡改的监控视频给了路队长。杀死周俊的是高速频闪视频，病毒来源虽然找不到，但周俊的电脑用的也是金城公司的安全软件。陷害定罪的每一步，都有一个必须条件——金城公司。"

杜城若有所思地看着线索板。

沈翊："所有的证据都在我们最需要的时候送到了眼前。"

杜城："是那个幕后黑手送给我们的。"

沈翊："M笔记本上的那个问号，就是他！"

李晗："这么厉害的老板，竟然是干人口贩卖起家的！"

蒋峰愤怒站起。

蒋峰："那还愣着干什么,准备抓捕行动啊。"

杜城摇摇头。

杜城："不行。陈舟虽然嫌疑很大,但是他没有留下任何直接证据,现在这些都只是推断。金城公司是高新技术公司,如果没有证据就调查,可能会造成非常不好的影响。"

蒋峰听了,泄气般地坐回椅子上。

所有人陷入沉默。

路海洲打破沉默。

路海洲："我们可以先暗中调查陈舟,看能不能查到一些实质性的证据,这样,后续的追查就更师出有名了。"

沈翊："要查多久呢?"

路海洲："快的话,几个礼拜或者几个月,慢的话,就只能等他自己露出马脚了。"

沈翊："我们没有那么多时间了。他能让庞大的人口贩卖组织凭空消失,也能短时间内毁灭所有证据。"

听完沈翊的话,大家又沉默了。

蒋峰："可只要他有行动,就不会没痕迹!"

李晗眼前一亮："对了,如果他想要保证别人查不到他的证据,也许会选择用特殊的设备!比如保密性比较好的手机、电脑。"

众人眼前一亮,议论纷纷。

李晗："但是,金城公司的电子设备肯定很多,如果不挨个找,很难找到……"

沈翊："要是直接去金城搜呢?"

蒋峰："如果我们拿着搜查令却扑了个空,麻烦更大。"

沈翊笑："谁说去金城就一定要搜查令?"

他拿出手机,拨通一个电话。

20

杜倾领着沈翊径直穿过金城公司大厅,看到大厅正中的展示柜,走向前台。

杜倾的玉手在前台桌上轻轻叩着,正在摸鱼补妆的前台秘书一愣,认出是杜倾后，立刻满脸笑容。

前台秘书："是杜总啊，陈总出去开会了。您今天是……？"

杜倾："我等会儿陈舟，我有事儿找他。"

前台秘书注意到杜倾身后的沈翊，觉得有点眼熟。

前台秘书："这位是……"

杜倾正要解释，沈翊从容开口。

沈翊："我是杜总的助理，拜访贵公司时见过你。"

前台秘书被沈翊唬住，不再有疑。

前台秘书："那请到接待室吧。"

沈翊、杜倾面前各摆了一杯热茶。

前台秘书热情地递上一份广告册，上面写着"办公安保系统"。

杜倾简单扫了几眼。

杜倾："金城也会使用自己研发的系统吗？"

前台秘书："会的，杜总。这是我们最新推出的办公室安保系统，只要系统察觉到有人离开，红外射线就会自动打开，无论是谁进入办公室都会报警，陈总也会第一时间知道。"

杜倾与沈翊对视一眼。

杜倾："每次来金城都匆匆忙忙的，你带我参观参观吧。"

前台秘书："当然可以。"

前台秘书正要往外请，发现只有杜倾起身了，沈翊仍坐在座位上。

她正要说什么，杜倾抢先一步。

杜倾对沈翊："你在这里等着，不要乱走，万一触发安全警报，搞出什么乌龙，我在陈总那儿很没有面子的。"

沈翊："我就在这儿等您回来，请您放心。"

话已至此，前台秘书不好驳杜倾的面子。

前台秘书："那杜总，您跟我来吧。"

杜倾跟着前台秘书离开，临走前抛给沈翊一个眼神。

沈翊慢悠悠地抿了几口茶。

过了一段时间。

他抬头看表，前台秘书已经领着杜倾参观几分钟了，是时候行动了。

沈翊起身，开门离开接待室。

沈翊神色自若地穿过整齐划一的格子间。

周围一片敲键盘的声音，没有人注意到办公区多了一个外来者。

沈翊用余光扫过墙上贴着的"消防疏散平面图"，将各房间的名字、位置一一记在脑中。

他经过走道边上的复印机时，随手抽出一张A4纸，捏在手里，朝电梯走去。

电梯门开，沈翊走出。他穿过长长的走廊，站在顶层陈舟的办公室门前。

沈翊俯身，将A4纸往门缝里一塞。

A4纸滑过门缝，溜到门的另一侧，触动了红外射线。

瞬间，警报声响起。

沈翊起身，拍了拍手上的灰。在一片警报声中，他从容原路返回。

沈翊看见办公区的程序员纷纷停下手头工作。他们虽然充满疑惑，但还是仔细保存好文件，有条不紊地撤离办公区。

沈翊的眼睛如照相机，捕捉每一个人细微的动作。

同时，沈翊听到了一道道电子锁上锁的声音。

沈翊循着那一道道声音，边走边观察着各重地的上锁情况。

核心机房，上锁！

会议室，上锁！

核心办公区，上锁！

沈翊已经拐入走廊入口。

警报声仍在大作。

沈翊加入疏散的人流，挤进走廊。

他打量走廊左右的科室房间，电子锁的屏幕上均显示"安全锁定"。

沈翊来到走廊出口，碰上了杜倾和前台秘书，汇入她们的队伍，随着人流一起走。

前台秘书："不是让您在接待室里等着吗？"

沈翊："我听到警报，以为出什么事了，出来看看。"

前台秘书："应该是有人误闯了陈总的办公室。"

说话间，前台秘书打量着沈翊，但沈翊面色如常。

三人来到电梯前。

前台秘书摁下电梯按钮，电梯没有反应。

前台秘书："电梯被安全系统锁了，只能走安全通道了。"

沈翊和杜倾被引着走向安全通道，两人有意与前台秘书拉开一段距离。

杜倾："是你干的？"

沈翊："投石问路。"

杜倾一笑。

沈翊和杜倾步出安全通道，踏入大厅。

大厅里已经挤满了金城员工，每个人脸上都写着疑惑。

金城员工："真耽误事……这回又是谁……小题大做……"

沈翊的目光快速扫过那些脸，杜倾跟着他看去，却看不出所以然。

杜倾："你在看什么？"

沈翊："视线集中点。越紧张的时候，人的视线越会看向最在意的东西。如果这里面有人知道秘密藏在哪儿，他一定会看向特定的方向。"

杜倾："你发现了什么？"

沈翊还没来得及回答，有人拍拍他的肩膀。

沈翊回头，看到笑眯眯的陈舟。

21

陈舟背对着杜倾和沈翊打着电话，低声压着怒火。

陈舟："恢复正常工作，这么点小事，以后自己学着处理。"

陈舟转过身来，挂上电话。

陈舟："让杜总和沈警官受惊了，不知道是什么人碰了警报，我已经处理好了。"

陈舟意味深长地看向沈翊。

沈翊目光平静地回看他。

杜倾："陈总，有的时候手伸得太长可不好，当心得不偿失。"

陈舟："杜总多虑了，我自有考量。"

杜倾还想说话，陈舟拿起面前一个小兵的棋子，轻轻摩挲。

陈舟："杜总，请你移步休息室一会儿，我有些话，想跟沈警官单独谈谈。"

杜倾刚想制止，沈翊开口了。

沈翊："倾姐，外面等我吧。"

杜倾也拿起一颗皇后，放在了将军的位置。

杜倾："陈总，我们还会再见的。"

杜倾转身离开，门缓缓关上，屋里只剩下陈舟、沈翊二人。

气氛凝固，沈翊看着棋盘。

沈翊："王翼弃兵？"

陈舟原本打算将小兵放回棋盘，听到这话有些微微讶异。

陈舟："沈警官也会下国际象棋？"

沈翊："开局就攻击中心兵来抢占中心主控权，用弃兵追求布子速度，但是也会使王的防线变薄弱，在我看来，是一种赌徒式的走法。"

陈舟："身先士卒，兵，不就是拿来牺牲的吗？看来沈警官不仅会下，还精通此道，不如杀一盘快棋？"

沈翊坐在了黑棋一方。

陈舟："高手过招，不如我们玩一点有意思的，chess960。"

陈舟将底线的棋子一换，又是一个新开局。

陈舟和沈翊对坐下棋，两人的棋子已经交错摆放，互成对峙。

陈舟打开了局面，直接将王后推到了 D8，吃掉了沈翊的黑王后，沈翊用王吃掉了 D8 的白王后。

陈舟："沈警官，狭路相逢勇者胜，你的打法再这么保守，只会步步溃败。"

沈翊："你已经和我换了后，还有多少子可以弃？"

陈舟："只要把任何一个兵逼到你的底线，就能升后，现在用一个后来换整个棋局的攻势，很值。"

沈翊将王移到了 D7 中央，将其保护了起来。

陈舟："真是一招儿好棋，你很专业啊。"

沈翊："我有一位好老师。"

陈舟："是哪一位国手？"

沈翊："杜尚。"

陈舟哑然失笑。

陈舟："杜尚原来也会下棋？"

沈翊："他还说过一句话——象棋，是沉默的学问。"

陈舟："可沈警官留在这里陪我下棋，不是有话想问吗？"

棋盘上，棋子交替，发出"哒""哒""哒"的声音。

沈翊："本来是想问的，不过陈总的棋，已经给了我答案。"

沈翊出动了车到D8。

沈翊："从雷一斐案，到周俊、秦念初、杜城，每一桩案子在快要查到水落石出的时候，线索都会突然断掉，好像有一只无形的手擦掉了所有痕迹。"

陈舟伸出自己的手，出动了车，吃掉了沈翊的黑车，沈翊另一侧的黑车再一次吃掉了陈舟的白车。

陈舟："因为对方提前算出了你们的动向。就像是下棋一样，下每一步棋之前，棋手都要预判之后至少五十步，你们遇上了一个更善于计算的高手。"

沈翊："陈总有计算过接下来这局棋里，你还会失掉多少棋子吗？"

陈舟笑而不语，移动了白兵，向前一步。

沈翊也拿出了黑兵。

陈舟："有些棋子本就是为了牺牲而存在的，这就是我的策略，弃兵、弃车、弃后，然后……赢。"

沈翊："周俊也是弃子之一吗？"

图穷匕见，沈翊不打算再绕弯子，忽然用兵向前走了一步。

沈翊："我说过，王翼弃兵是赌徒的开局，孤注一掷地进攻，失掉的兵力却无法补偿。所以，只要诱使你不断弃子，很容易扭转局面，你不会赢的。"

陈舟被迫也只能跟进一步。

两方形成了爆炸兵型对阵的局面。

陈舟避而不答："沈警官，你的棋风也很凶猛嘛。"

沈翊："我研究过你的履历，你早年创造过一个App，叫贴近，用户可以免费分享周围的单身女孩信息，公开所有的单身女孩的住址、情感状态，而女孩本人一无所知。"

陈舟:"优惠信息可以共享,知识资源可以共享,人的信息为什么不可以?我又没有闯入她们的家去挖掘她们的隐私。我只是提供了一些……便利的技术。"

沈翊:"这只是你的起点,这些年来,你的技术一直在升级,但你做的事情从没有改变。现在北江所有监控几乎都是由金城公司在掌管,篡改一两个视频,也易如反掌吧?"

陈舟:"沈警官再问下去,我就要打电话让律师来替我回答问题了。"

沈翊不再纠缠。

沈翊:"陈总,该您走棋了。"

陈舟正想要下,却一身冷汗,不知何时,白子的优势已经没了,棋盘翻转,白子陷入窘境。

沈翊:"技术有时是把双刃剑。"

陈舟:"但更是一把好剑。在这个时代,信息技术就是一切。在电脑面前,人本来就是没有隐私的,我什么都没有做错,只不过建立了一条提前通向未来的捷径。"

陈舟拿起白子,走向了 F3。

沈翊:"那是你画出的未来,这样的未来,我不想要,这个世界,也不想要。"

陈舟:"你能代表所有人吗?"

陈舟出动自己的王。

沈翊:"我不能,但你也不能代表科技和未来。这一切不过是你犯罪的借口。"

沈翊也出动了王,将陈舟的兵吃掉。

王对王!

沈翊:"能透露你信息的人,你杀了。怀疑你的人,你设局关进去了。可陈总想过没有,棋盘上,只剩下一个王,孤零零地站在中央,很危险的。"

陈舟:"没想到开局那么好,最后还是打成了王兵残局,不过这盘棋还没有结束,敢做孤王,当然是因为有自己的后手。"

陈舟摁下桌上的一个摁钮,面前的屏幕墙打开,上面赫然是一张张北江市民的脸。他伸手示意沈翊看向监控墙。

沈翊看着监控墙,上面的一张张脸,有哭有笑。

这些隐私一旦放出去，绝对是一场浩劫。

沈翊看着面前的监控墙，久久地沉默了。

所有监控监视着人们的生活。

美女走过，街上一个男人转头看，美女却全然不理。

男人打开手机上的贴近App，随手划几下，就看到了刚刚走过的美女。

另一个男人也打开贴近App。

女生的脸一张张呈现在屏幕上。

人们的手机、街上的监控、金城的大屏，所有的数据都顺着网络汇总到金城的机房。

陈舟似乎游刃有余。

陈舟："这局棋继续下下去，最有可能的结局是和棋。不过，我从不主动求和。"

沈翊将视线从监控墙上收回。

沈翊："和棋固然完美，但我更喜欢赢。"

陈舟："看来这盘棋是快不了了，可惜，我还要准备发布会，不如我们都回去想想招数，这盘残局，我们有机会可以继续下。"

话已说尽，陈舟摆出了"请"的手势。

22

沈翊走出金城。

金城门口的台阶不多，但沈翊走得很慢。

沈翊沉思着，每一步都迈得坚定。

等待已久的杜倾看见他的身影，松了一口气，迎了上来。

杜倾："他手里还有底牌吧。"

沈翊蹙眉："他掌握着北江所有人的隐私。"

杜倾陷入沉默。

杜倾："300万人的隐私换他1个人，这个铁轨选择，他设得真绝。你打算怎么办？"

沈翊转头看向金城公司的大屏，上面的陈舟温和地笑着，笑里似乎藏着深意。

沈翊："从根源截断一条铁轨。"

杜倾："你知道他把东西藏在哪里了？"

沈翊摇头："我怀疑不在这里。或者说，不是一个真实存在的东西。"

杜倾了然："也对。他干了那么多坏事，不可能把秘密藏在一个随便就被发现的设备里。都说电子数据安全，实际上电脑很容易被病毒感染，网络也容易有漏洞，网安很快便能发现。"

沈翊："还有什么别的办法吗？"

杜倾想了想。

杜倾："如果是我们，就会选私人卫星。这种小型卫星能提供简单的功能，保密性很强，在美国，很多人利用加密技术来进行安全通信，也可以配备存储设备，用于保存机密数据。一颗卫星实际上就是一台在太空漂浮的电脑，成本在200万到1000万之间，只有卫星的所有人才能查看。"

沈翊眼睛一亮："陈舟很可能就用了这样的方法！"

杜倾："不过，私人卫星的保密性非常强，除非知道陈舟的密码，否则很难攻破。"

沈翊："我明白了。我回去看看，能不能申请网安队的支援。"

沈翊一愣，转过头继续看着大屏，心中渐渐有了想法。

杜倾笑："缺什么，跟我说，敢对我弟弟下手，活得不耐烦了。"

沈翊："放心，他跑不了。他不是笃信技术可以控制一切吗？那我就用我擅长的武器，打败他。"

沈翊和杜倾相视一笑。

城市的喧闹盖住了陈舟的演讲，大屏幕上的陈舟似被静音。

23

众人在分局会议室里。

杜城："我姐通过关联公司打听到，陈舟之前花两百万美元买了一颗小型卫星。他一定就是利用这颗卫星实施计划犯案的。"

路海洲："看来，陈舟买这颗卫星，就是用来储存他过去犯罪的证据。只要攻破了卫星的保密系统，就能拿到他犯罪的证据！"

李晗:"卫星的密码只有他一个人知道。怎么办?我申请网安队的支援,但他们说这很难。"

蒋峰:"现在咱们该怎么办?陈舟在16号晚上7点整会举行一场发布会,正式宣布推出银鹰安全系统引擎。据我们了解到的信息,几大手机生产巨头都在受邀之列,发布会上,他就会和他们签署框架协议,进行深度合作。"

杜城起身,环视着会议室里的所有人。

杜城:"他等这个机会应该等了很久。如果这次发布会上签约顺利,80%的手机里都会搭载银鹰的安全引擎,那时候,所有人的生活都将在陈舟的监控之下。现在能够破解私人卫星保密系统的方法只有一个——让陈舟自己输入密码。"

在场的所有人神色严肃,望着杜城。

沈翊:"16号晚上他就要举行发布会了,如果不在那之前拿到逮捕令,按程序,我们没办法制止陈舟。"

杜城和沈翊同时看向会议室的一角——一直没有发言的路海洲突然开口。

路海洲:"以防万一,我会向市局提出申请,准许搜查,真出了事,我担全责。"

杜城略带惊讶地望着路海洲。

路海洲伸出手,和杜城相握。

路海州:"这次,我们在同一个战线了。"

沈翊轻笑,他知道,路海洲一定会帮他们的。

杜城:"我们一定要在他成功之前,截断那一条铁轨。否则,另一端就不止是300万人的隐私了。"

第二十四章

1

北江分局办公室里,沈翊心事重重。

他回想这起案子,每当自己陷入困境时,证据总是恰到好处地送来,不会是巧合。

辉格酒店没有监控,一筹莫展的时候,沈翊恰好就收到了房地产广告,由此想到附近有建筑工地,发现了塔吊上的监控。又在视频不清晰,无法判断时,金城公司帮视频进行了高清恢复。路海洲怀疑杜城,他和M的通话记录就被发现了。终于洗脱了杜城的嫌疑,确认真凶是周俊,警方赶到时,周俊竟然已经死了……

一步步,就像是计算好的程序般精妙。难道他们被监听了吗?

可是沈翊查过自己的手机,并没有窃听软件。而且,人每天说话量很大,要想知道沈翊他们的动向,难道要时刻监听吗?陈舟作为金城的董事长,还有日常工作要处理,很难做到。

已经过了晚上九点,加班的蒋峰率先嚷嚷起"饿了"。最近加班多,杜城安排几人每晚轮流订餐。

今天轮到沈翊负责点外卖,他便在软件上搜索起来。

浏览外卖页面时,沈翊忽然一愣——出现在最前面的,是几家超市的外卖,有粉笔,还有跳棋、围棋、象棋。这几家店刷过去,才是普通的餐厅外卖。

他惊觉。

在金城时,他与陈舟一同下棋;回到分局,他和杜城用粉笔还原棋局!难道……

为了确认自己的想法，沈翊又打开其他手机软件。打开电影软件时，上来就给他推荐了《阿尔法围棋》，打开新闻软件时，提及了一场经典的围棋比赛，而他常搜索的美术网，第一幅跳出来的画也是杜尚的！

沈翊冲到杜城面前。

杜城："选好了？今天别吃太辣的吧。"

沈翊："我知道了。"

杜城："知道什么？"

沈翊："我知道，信息是怎么泄露的了。"

2

画像室里，沈翊用铅笔在画布上勾勒出一只苹果。

为了防止被陈舟窃听，杜城拿起笔，在白板上龙飞凤舞地写下一行字，关键词——监听。

杜城回望，沈翊朝他点点头。

陈舟监听依靠的正是关键词。

沈翊与杜城下过棋后，手机软件里全都出现了和围棋相关的消息，这就是软件间的关键词反应。最近，越来越多的软件之间有了这种联系，只要你在其中一个软件上搜索过某样东西，便会不断推送给你相关的东西。

陈舟也是用了这样的方式。

杜城播放金城在安全设备展上的项目推介书。

两人静默地看着。

推介视频显示，银鹰系统可以采集语音信息，并对信息进行识别，与预存报警语段进行匹配，进行智能报警。它的原理就是，只要说出特定关键字，后台便开启智能语音识别，与预存报警语段匹配，可以让用户在关键时刻实现智能报警。

反过来，陈舟正是利用这个方式对警方施行监听。只要他们的通话中出现金城公司、陈舟、周俊或者M等关键词，陈舟那边就会收到提示，他便能借此反击——提前准备好换过杜城脸的监控视频、提前害死了周俊和M，误导警方。

终于知道陈舟的监听方式了，可是又该如何避免呢？

沈翊没有回应，杜城回头。

画快完成了，沈翊挤出颜料，调匀，上色。好看的青绿色点缀在调色盘上，沈翊甚至边画边哼着歌。

杜城不满："我们现在就像生活在一个透明房子里，一举一动都可能会被监听，眼下又没办法破解，你不帮着想办法，怎么突然画上画了？"

沈翊："刚学画的时候，老师都会让我们从静物画起。那时候我最喜欢画苹果。"

杜城顺着沈翊的视线看过去，沈翊在桌上竖着摆了个盒子，一只青苹果拥挤地塞在里面。

沈翊将自己画上的苹果涂成青色。

沈翊："苹果会让我们找到真相的。"

蒋峰："苹果，什么苹果？城队，我能吃吗？"

一直没等来晚饭的蒋峰找来了画像室，一听见他们聊起苹果，更饿了。

他拿起沈翊摆在盒子里的苹果，一口咬下。

杜城望着失去苹果的空盒子，又看向沈翊的画。

画中，盒子两侧加上了窗户，化为一个房间。一颗小小的青苹果摆在"房间"中央，如同雷内·马格里特的《聆听室》。

沈翊写下一行字：the listening room。

杜城了然，他笑了。

3

因为行动受限，案件迟迟没有进展。

例行会议前，李晗特意拿了个箱子，打算把大家的电子设备都收起来。箱子递到沈翊面前时，他本想把手机放进去，却突然接到了一通电话。

沈翊："抱歉，我先接个电话。"

沈翊走到旁边去接电话，其余警员陆续落座。

沈翊朝着电话"喂"了几声，却没有回应，他正诧异。

何溶月忽然急匆匆地赶来。

何溶月："出事了！"

众人愣住，正在接电话的沈翊也回过头。一向沉稳冷静的何溶月此刻脸色铁青，声音颤抖。

杜城："怎么了？"

何溶月："辉格酒店的死者，不是秦念初。"

一句话，犹如炸弹一般在会议室炸响。

4

与此同时，陈舟办公室——

靠着连接在沈翊手机里的软件，"秦念初"触发了关键词，何溶月的话也传到了陈舟耳朵里。

他难以置信。

难道，周俊失败了？他和沈翊与杜城一样难以置信。

当时推下楼的到底是不是真正的 M，只有周俊才知道，可他已经死了，怎么办？

陈舟调整软件，继续监听——只有有足够的证据，他才能相信。

5

杜城和沈翊跟着何溶月，快步走向法医中心的 DNA 检测室。

杜城："到底怎么回事？"

何溶月："虽然你们都确认过，死者与金店抢劫案中的假贺虹长相一致，但以防万一，我还是比对了死者和之前现场遗留下来的贺虹的 DNA。早上化验结果出来了，结果不匹配。也就是说，秦念初有可能还活着，诈死逃生。"

沈翊转向杜城。

沈翊："你相信吗？"

杜城："我们都见过她，我还接到过她的电话，她对我的一切都很熟悉，如果死的人不是她，怎么可能那么准确地把我引过去？"

沈翊："我画了她七年，拼拼凑凑我的记忆，好不容易把她画了出来，我也不相信我错了。"

何溶月："当务之急，就是确认这具女尸真正的身份。已经有疑似死者的家属来报案了，跟我来吧。"

法医中心的会客室里，正坐着一个泪眼婆娑的姑娘。她大约二十岁，是个大学生。

女孩："我姐姐上周去省城出差，本来是三天前就该回来的，却一直没有消息，也联系不上她……"

杜城："你姐姐叫什么名字，有她的照片吗？"

女孩："她叫李子舒，这是她的照片。"

女孩调转手机，把与姐姐的自拍展示给杜城与沈翊——果然与M非常像！

杜城："那你知道一个叫秦念初的人吗？"

女孩摇头。

沈翊："你姐姐整过容？"

沈翊看着照片，很快发现了李子舒脸上的痕迹。

女孩："她整过容，那个医生很出名，前不久还被人杀了。"

沈翊和杜城对视一眼，杜城微微点头，一旁的何溶月便把M的照片推到了女孩面前。

何溶月："你看看，这是你姐姐吗？"

女孩辨认："很像。不过我姐姐左眼有点儿上挑，脸上还有一颗痣。"

杜城凛然。

6

拉开停尸间的抽屉，女尸脸上浮了一层冰霜。

沈翊抹开女尸脸上的霜，注意到她左脸的伤口下，确实有一颗模糊的痣。

沈翊凝滞。

杜城："她跌落时是左脸落地，有一定损伤，我们才没有注意到她和秦念初的细微差别。"

7

回到办公室，杜城迅速打开电脑上储存的文件夹，调出从梁毅诊所拿出来的病历记录。

顺着名字一个接一个地找下去，终于，看到了李子舒的名字！

沈翊："找到了吗？"

杜城顿了顿，扣上笔记本电脑。

杜城："是她。"

沈翊："和秦念初长得一样的女人？"

杜城："看来，秦念初之所以会存在于梁毅那个单独的加密文件夹里，就是因为她是个特殊的客人。当时逃离组织，她除了整容，还做了另一手准备——给梁毅双倍的钱，让他把另一个女孩也整容成相似的模样，当作自己的替身！"

沈翊声音抖动："做过 DNA 比对了吗？"

"做过了，死者就是李子舒。"

真正的 M 还活着。

8

还没有攻破陈舟的密码，竟然就发生了这样的事情。周俊杀错了人，死去的并不是真正的 M，而是一个在整容后和她长相十分相似的女人！

会议室的气氛再度沉重下来。

"周俊知道自己杀错了人吗？"

"还有陈舟，是陈舟指使周俊动手的，他知道吗？"

"还有，那真正的秦念初呢？她如果还活着，是不是逃走了？又逃到哪里去了？陈舟知道她还活着的话，会不会再次动手……"

一石激起千层浪。M 的"死而复生"引发了一系列新的问题。沈翊和杜城踌躇，之前他们本来计划好了要先攻破金城公司，但 M 没有死，还多了个无辜的受害人，是不是要重新展开调查？

仿佛一盘已经进行到一半的棋局，突然被掀翻了桌子，棋子落地，再难恢复。

这天，沈翊还是坐杜城的车回去的。

他一上车便困意袭来，即便如此，还是有许多的问题在沈翊的脑海中回荡着。

手机铃声忽然响起，沈翊惊醒！

杜城一个急刹车，沈翊的脑袋差点撞到车窗。

两个脑袋凑到沈翊的手机前，打来的是个陌生号码，但此时，他们有了同样的感觉——

沈翊接起："喂？"

听筒对面，回答他的是海浪。

M："你画得真好，可是，为什么没有认出死去的我是假的呢？"

9

画像室里——

沈翊的画布上，房间里的青苹果，似乎比之前大了一些。

10

即使手机摄像头有些模糊，但沈翊和杜城都一眼看了出来，这个女人就是秦念初！

沈翊："秦念初……"

M："是我。"

沈翊："为什么？"

M："哪个为什么？"

沈翊："你已经牺牲了贺虹，为什么还要牺牲一个无辜的女孩？"

M："这件事，你应该去问周俊。杀了她的人不是我，而是他。如果他和陈舟不想着除掉我，那个无辜的女孩也不会死。我只不过是想利用她和我相似的脸，彻底逃走罢了，又有什么错呢？"

沈翊侧目，望了眼杜城。

沈翊："既然如此，你愿意帮我们吗？"

两人一起面对视频对面的 M。

沈翊："帮我们一起瓦解陈舟的秘密。"

11

"如果你能帮我们破解陈舟的密码，找到他指使周俊杀人、贩卖人口、盗取用户信息的证据，我能帮你逃走。"

有触发的关键词，沈翊的声音从陈舟的手机中传来，夹在陈舟食指和中指间的香烟燃烧了一大截，烟灰落在桌上。

陈舟难以置信。

他迅速在电脑上调出监听到的沈翊视频通话的画面。

M，或者应该叫她秦念初。她仍像之前见过的那样，看似朴素、可怜、柔弱，但唯独她的眼——一如既往的锐利！

陈舟放大视频。

放大、再放大。

那支香烟，他甚至都忘了熄灭，在烟灰缸里冒出诡异的雾气。

12

陈舟的办公室里，屏幕发着幽幽蓝光。

监控视频中，酒店顶层，女人的身影伏在楼梯扶手边，像蝴蝶一样轻飘飘地坠落。

她砸在地上，左边的脸上血肉模糊。

陈舟很警惕，他倒回去看着这段视频。和她有着同一张面孔的女孩，唯一的区别就在左脸，而 M 确实是左脸着地，警方才会没有发现。

证据都对上了。

视频里的女人就是秦念初！她真的没死！

这才对呀，那个女人怎么会是轻易就死掉的人呢？

陈舟慌了。

13

沈翊支开了杜城，单独和 M 再次通话。

沈翊："你为什么联系我？"

M："因为你很有趣。"

沈翊："那你为什么选择对付陈舟？"

M："因为有趣呀。一个人好不容易飞上了天空，离太阳越来越近，可是他的翅膀被太阳给融化了，掉进海里的时候，不是很有趣吗？"

沈翊:"我不喜欢输,和陈舟的棋局,我必须要赢。"

M:"帮我逃走,交易就成立。"

沈翊沉默不语。

M:"成交。"

14

站在茶水间,一人靠着一面的墙。明明是面对面,他们却谁都不敢看彼此。

杜城:"不行!"

沈翊:"小点声。"

杜城:"谁允许了?你知不知道帮秦念初是违规的!"

沈翊:"我们还有的选吗?连你都差点儿被陷害进去,你还不明白陈舟有多难对付吗?"

杜城终于松开了沈翊的领口。

沈翊:"别担心,我还可以回去画画。我的画卖得可不便宜,你要是不信,我送你一张,你卖卖看?"

杜城:"谁稀罕。"

沈翊笑了。

一半是光,一半是影。沈翊站在黑暗中,杜城看不清他的脸。

15

两辆自行车并肩。

蒋峰和李晗推着车走出分局,蒋峰脸上明显带着喜色。

蒋峰:"陈舟虽然处理掉了其他证据,现在咱们可是有了个证人……"

李晗狠狠拍了他一巴掌,打断。

她指了指两人挂在胸口的手机。

李晗:"嘘!"

这一切,被金城的监控摄像头记录了下来。

分局的办公楼,灯一盏接一盏地灭了,但张局办公室的门没有关,路海洲姗姗来迟。

张局:"真是秦念初吗?"

路海洲:"沈翊跟她视频了。"

张局:"他是画像师,对人脸的感知力比任何人都要强。而且这七年来,他一直在寻找秦念初,画了几十张她的画像,既然他说是,那就是。"

路海洲点点头。

路海洲:"明白。为了不打草惊蛇,我和杜城决定让沈翊先稳住秦念初,想办法和其取得联系,套出陈舟的证据。"

张局点头:"记住,这次和秦念初的联络一定要慎之又慎。她是破解陈舟秘密的钥匙,咱们绝不能丢失这个线人。"

16

陈舟面前是一片屏幕组成的墙壁。

金城系统连接了全城的监控摄像头,北江的一切都在陈舟的掌控之下。此刻,他正在这数十张屏幕中寻找 M 的影子。

在哪里?在哪里?

他必须要先一步找到她!

17

一连几天,沈翊都穿戴着红色。

有时候是红色的外套,有时候是一只红色的大帆布包,有时候只是一顶红帽子。最近是北江的雨季,一切都雾蒙蒙的,每次当他走过监控摄像头,都格外扎眼。

陈舟不耐烦地用食指敲击着桌子,皮鞋一点点地打着地面,烟灰缸里的烟蒂空了又满。他越发焦躁起来。

他紧盯着那抹红。

根据监听到的信息,M 现在和沈翊在单线联系,警方也在瞅准机会抓住 M,想办法套出自己的秘密,既然如此,沈翊和 M 一定会在最近见面。

视频里,穿着红色夹克的沈翊穿过冷冰冰的钢筋大厦。

窗户玻璃反射出他的影子,红得扎眼。

陈舟凝神。此刻他的心里，只想着尽快确认M的位置，除掉她。

18

收到一个陌生号码的来电，沈翊接通电话。

沈翊："喂。"

无人应答。

沈翊又问了一遍："秦念初？"

M："知道凤池公园吗？"

沈翊："知道。"

M："今天下午，我们在那里见。记住，不要让其他人发现。"

他们不知道，两人的通话全都被陈舟听见了！

金城董事长办公室里，秘书将刚泡好的咖啡给陈舟送进来，就看见他正在穿外套。

秘书："陈总，您要去哪里？"

陈舟："那个女人恐怕是要给警察通风报信，我过去一趟。"

秘书："我送您！"

秘书本想开车送他过去，陈舟却摆摆手。现在的首要任务是确认情况，阵仗太大的话，M会发现。

陈舟："不急。她太了解我了。这次我反其道而行，自己先去看看，先确认她的位置，咱们再进行下一步的计划。再说，她也不一定就能知道我的密码。"

陈舟快步离开。

19

公园。

大红色的颜料染在纸上，像血。

又沾了更多的颜料，沈翊抹开色块，竟将整张画布都铺成了红色！

在这张红布上，沈翊逐渐勾勒出红苹果的模样。手上的笔不停地画，沈翊环顾四周，他在寻找约好和他见面的M。

时间接近傍晚，M还是没有出现。

一幅鲜艳的苹果静物图逐渐在沈翊的画布上成形。

火烧云将天空扎染成红色,沈翊的画与暮色几乎融在一起,宛如亨利·马蒂斯的那张《红色的和谐》,陈舟的视线也忍不住被这幅画吸引。

他坐在不远处,本想等着M来与沈翊会面,却迟迟没有等到。

陈舟等得心烦,再加上那张尤为打眼的画,他叼起一根烟,按了几次打火机,打不出火。

老头:"劳驾,请问您能帮我换下钱吗?"

一个老头不知道什么时候走到他的旁边。

老头:"我孙子想吃烤肠,我就带了现金,小卖店找不开。时代变了,大家现在都用电子支付,我微信里没钱,我给您一百元现金,您能不能帮我转一百元到微信钱包里?"

陈舟乜了老头一眼,没理他,又侧目。

沈翊还在,仍在勾勒那幅红彤彤的画,M没有出现。

老头:"麻烦您了,可以吗?我难得带孙子出来一趟……"

陈舟不想再被老头分神,点点头答应了。

老头连连感激,给了陈舟一百元钞票,陈舟给他的微信转了钱,顺手把纸钞塞进了兜里。

火烧云逐渐散了,沈翊的画逐渐完善,M仍然没有出现。

沈翊失落。

陈舟焦虑。

20

天色完全黑了下来。沈翊离开公园,走到商业街一个阴暗的角落。

他的手机再次响起。

沈翊:"你没来。"

M:"陈舟也在等我。"

沈翊站在一张口红的宣传海报下接到了M打来的电话。他四下张望,并没有看到任何摄像头。

沈翊抬起头,对上了黑暗中的钢铁之眼。

对面大楼装在窗口的摄像头正对着这面墙。沈翊明白了，他的一切早就曝光在了陈舟眼中。因为整个北江到处都是他的眼睛。

M："我虽然不知道陈舟现在的密码，但我对他太了解了，只要给我反复尝试的机会，我一定能破解。男人比自己想象的更不爱改变。"

沈翊抬眸，望着对面楼上那个同样属于金城公司的摄像头，那是陈舟无数只眼中的一只。

沈翊："我帮你逃走。"

21

技侦办公室里，沈翊气喘吁吁地奔了进来。

杜城看见他，马上站了起来。

沈翊指了指手机，示意其他人不要说话。李晗和蒋峰连连点头，杜城侧身，让沈翊在电脑前坐下。

沈翊："你说吧，我听着。"

沈翊挂着耳机，整间办公室里只有他能听见 M 的声音。

殊不知，她的声音也传到了千里之外的金城公司。

"科技发展得越快，我们越担心自己的信息安全。而银鹰系统，就是要还给大家一个放心的网络环境。"

公司的大屏上，银鹰的宣传片醒目地播放着。清丽的播音腔女声，正在介绍着覆盖全城的新型系统。

因为秦念初、陈舟、密码等关键词，只要一提到，陈舟就能监听沈翊与 M 的通话。事关犯罪证据，他扩大监听范围，一字不落地听着。

M："陈舟很谨慎，他怕人们猜到密码，所以绝对不会用跟自己有关的数字。"

沈翊："我明白了。他觉得密码必须要有无序性，让人无从查起，但是为了不让自己忘记，就需要有记忆点。"

M："没错，陈舟有的时候会用日期作为密码，但绝对不是生日或者重要的纪念日。他曾经让我帮他去取过钱，当时用的密码是他开卡的日期。"

沈翊："人们会将自己熟悉的东西设置成密码。所以，陈舟私人卫星的密码，也跟一个他熟悉的日期有关。"

M："我想了很多，也许是他赚到第一笔钱的日子，也许是我们第一次执行计划的日子，或者是他第一次杀人的日子……"

陈舟衬衫的领口被他的冷汗浸湿了。

他没想到，M竟然真的把这些告诉了沈翊！

陈舟打开电脑，调出修改卫星密码的界面。他思考——他必须要重新修改密码，一个M无从得知，沈翊也猜不到的密码！

陈舟越着急，越想不出，他烦躁地想再点一根烟。掏出打火机时，一张纸顺着衣兜飘落。那是一张红色的百元纸钞。

捡起纸钞，他想到了。

陈舟自信一笑。

他改掉了密码，现在，M和沈翊肯定猜不到了！

22

技侦办公室的电脑屏幕上，是一枚红色的惊叹号。

"密码输入错误"。

沈翊和杜城却相视一笑。两人同时抬起右手，击掌。

沈翊摘掉了耳机。

彼时的画像室——

青苹果巨大地占满整个画中的房间。

与雷内·马格里特的《聆听室》如出一辙！

23

隔日，金城公司的发布会会场。

女记者："这里是银鹰手机安全引擎的发布会现场。金城公司掌门人陈舟曾说，银鹰是北江科技的未来。"

摄像头不断向她的身后延伸，直至进入发布会现场。

陈舟慢条斯理地整理着自己的西装，显得镇定自若。

主持人站在舞台中央，激情澎湃。

主持人："下面，我们将为大家演示银鹰的防护系统！有请金城公司发言人，陈舟先生——"

全场掌声雷动。

陈舟上台，与他一起走上来的还有手机生产巨头的胡总。两人在舞台中央站定，一起迎接台下的阵阵闪光灯。

"以后，将会由银鹰系统保障每一位手机使用者的信息安全！"

两位礼仪小姐托着钢笔和签约合同，分别走向陈舟和胡总。

陈舟利落地在合同上签上自己的名字。

胡总也拿起了钢笔，陈舟盯着胡总的一步步动作，那是他胜利的最后一步。

胡总将要在合同上落下第一笔时，台下一道清亮的声音打断了他。

"安全系统，真的安全吗？"

陈舟和胡总逆着舞台的灯光，看向台下。

那是一身红衣的沈翊，朝自己步步而来。

舞台下，所有摄像镜头对准了这抹突如其来的红。

整个会场如一幅瞬间惊变的画，而沈翊就像透纳对画打出的一抹红色，攫取着所有人的注意。

胡总看向陈舟，面有疑色。

陈舟："没事，一个朋友。您继续签吧。"

沈翊："签下字就是向全北江人民保证，银鹰没有任何安全问题。这么大的责任，您想好了吗？"

胡总放下笔，等着他的后续。

陈舟不得不正视沈翊。

陈舟："金城做过背调，银鹰的网络支持率超过了70%。这是大众的选择。"

沈翊："你们提供的选择只有'安装''试用''观望'，我们眼前从来没有出现过拒绝这个选项。是谁剥夺了我们拒绝的权力？"

沈翊踏上舞台，站在陈舟面前。

沈翊："大众从来没有选择，是你逼大众做出了选择。"

陈舟没料到沈翊的攻势如此猛烈，但他很快镇定下来。

陈舟："我能逼一百个人，但我能逼三百多万人吗？金城潜心研究银鹰数年，就是要为北江用户提供安全免费的服务，不收一分钱。我不知道你为什么要在这里诬陷我，可能是你害怕时代的浪潮来得太快，保不住饭碗，所以才仇视所有科技成果。可新世界要来了，你挡不住的。"

陈舟故意偷换了战场，甚至人身攻击。他不禁得意地看着沈翊。

沈翊只是一笑。

沈翊："我要抵挡的不是新世界，是一个小偷。"

陈舟："小偷？"

陈舟像听到了滑稽玩笑。

陈舟："有什么是值得我偷的？"

沈翊："非常简单，用户名和密码。"

陈舟一怔，沈翊说到了关键处。

沈翊："金城掌控着北江上万个监控摄像头，所有人的生活都顺着一根线汇入金城的核心机房。"

突然，屏幕一黑，转瞬呈现出各种各样的监控视频。

北江的大街小巷，北江商场里喧闹的景象，甚至是北江的一家一户……

沈翊："而银鹰是你制造的另一道门，门后面是性别、年龄、浏览习惯、购物习惯、地理位置，我们所有的一切，在你眼中就是一个个数据库。用户名、密码，就是打开数据库的钥匙。有了这把钥匙，你能随意调用一个人的身份、人生。你可以抹除一个人，也可以附身一个人。"

沈翊逼近陈舟。

沈翊："你打着保护的名义，把小偷送到了每个人的手机上，方便你一个一个窃取钥匙。这个时候你还要告诉我，你的免费、安全，没有任何代价？"

陈舟不由后退，他看向胡总。胡总已经让礼仪小姐收回合同。

沈翊："陈舟，你喜欢站在高处，俯瞰一切。"

陈舟要大声反驳什么，但麦已经被禁音了，他只能瞪视沈翊。

沈翊："现在，你再也回不去那个高位了。"

24

陈舟坐在审讯室中，略带怒气。

沈翊却笑了。

沈翊："你让我想起伪造大师贝特莱奇，他曾在伪造名画时使用了钛白这种颜料，这种颜料在画作原本的年代并不存在。直到科学家找到方法检验出钛白时，他已经用14幅假画卖出5亿的天价。"

陈舟："你想说什么？"

沈翊："你修改视频的手段就好比是颜料中的钛白，你不想被发现伪造的痕迹，就必须不断用最新的技术去修改它们，只要检验技术永远落在你的后面，你就可以永远将你的罪证藏匿起来。"

陈舟冷笑："说了半天，你们也没有找到什么证据。"

杜城："证据就储存在你的私人卫星里！"

门被猛地打开，杜城疾步进来。

杜城将一沓资料摔在桌子上。

陈舟一惊，但随即恢复淡定。

陈舟："警察诈人那一套，我懂。"

杜城："诈你？用不着。"

沈翊："ZPI9940703。"

陈舟瞪大瞳孔，他从兜里拿出那张一百元的钞票，沈翊说的数字，正是纸钞的票号——也是陈舟刚刚修改过的卫星密码！

他原本想着，用这张偶然得到的纸钞票号，绝对不会有人知道，却没想到正中了他们的圈套。

警察破解了他的密码，那意味着……陈舟猛地抄起桌上的资料，一件件都是他再熟悉不过的事情了，却让他越看越心惊。

杜城："贴近App，女孩照片，贩卖人口的交易名单，组织清洗前的人员名单，你和周俊的聊天记录，甚至，你的底牌。"

他们破解了卫星的密码。他的秘密，全都曝光了……

杜城抽出其中一沓。

杜城:"300万人的隐私,人口拐卖、雇凶杀人、盗取隐私、篡改物证、栽赃警察,还有什么好辩解的吗?"

看着摊了一桌子的资料,陈舟反而自嘲地笑了。他虽然落败,却没有颓然。

陈舟:"你怎么知道我的密码?"

沈翊:"我们本来不知道,是你,自己把密码改成了我们需要的数字。"

陈舟愣住了。

沈翊:"因为你这张钞票,是我做的。"

陈舟:"你做的?是假钞!"

沈翊:"是啊,画得很像吧?你都没看出来。"

沈翊笑了,恍惚间,杜城好像看见了七年前那个桀骜不驯的少年。

沈翊:"你的资料库那么丰富,三年前,武岩发生的一起案子,不会不知道吧?"

陈舟大惊:"那起伪钞案,是你——"

"是我破的。只是没想到,当时的道具竟然还有用武之地呢。"

沈翊不再多说,只是静静地笑着。这是他唯一画过的伪钞。也是靠这张伪钞,他破了一桩大案……

杜城意味深长地看了沈翊一眼。

之前事态紧急,他没有问,是什么案子让沈翊做了一张假钞?

杜城:"电子支付兴起,人们已经太久没有见过纸钞了,再加上你的心思都在秦念初身上,没有注意到这是张假钞。你放心,回头我们就把那一百块退给你。前提是,你还能出去的话。"

陈舟:"你怎么确定,我一定会改密码?"

沈翊把手机里的油画展示给陈舟。

青苹果拥挤地占满整个屋子,几乎没有剩余空间。无论是谁看了这幅画,都会被这个巨大到夸张的苹果吸引。

沈翊:"这是雷内·马格里特的画,*the listening room*,《聆听室》。马格里特的画中经常出现青苹果,比如《戴黑帽的男人》。你肯定也见过那幅画,青苹果遮住了男人的脸,人们通过看到的东西继而想继续看到被隐藏的东西,他喜欢用这样的方式激发好奇心。"

陈舟不解："这和我有什么关系？"

沈翊："在这幅画中，巨大的苹果占据了整个空间，再也容不下什么。偏偏画的名字又叫 listening room，是对窃听的讽刺。窃听者因为总是在窃听，反而听不到任何其他声音了。而我们要做的，就是把 M 变成这个苹果。"

杜城："你很严谨，也总是很小心，我们轻易是抓不到你的破绽的。直到你的心里被一件事占满。你猜，那件事是什么？"

陈舟恍然："M 还活着！"

沈翊："没错。你没发现，我们提到秦念初的次数有点儿多吗？"

陈舟冷笑："你们抓了我，可是放走了 M。你也不能再继续当警察了！抓了我，你们失去了一个优秀的画像师，值吗？"

沈翊和杜城看了眼彼此。

前天。

沈翊画出一张伪造的《聆听室》。

杜城了然。

两人走到白板旁，拿起笔，一人在左，一人在右。

沈翊："你想到办法了。"

杜城："你也是。"

杜城抬手，比出"3、2、1"的手势——

两人一同落笔。

"赝品"。

"赝品"。

他们就是在那时着手规划的。伪造一个 M 的赝品，刺激陈舟一步步把密码换成他们设定好的那一个。

25

男人拖着沉重的镣铐，走到会面室的栏杆对面。

男人是陈铭锋。

沈翊："好久不见，我想请你帮个忙。"

陈铭锋抬起眼，诧异地望着他，还有站在他旁边的江雪。

沈翊拿出秦念初的照片。

沈翊："我想请你，把她化成这个女人的模样。"

陈铭锋："最难的是眼睛，你得给我找一个眼睛也这么锐利的。"

即便还戴着手铐，陈铭锋的手也很巧。

他仿佛成了雕刻家，在江雪的脸上画出 M 的痕迹。

江雪睁开眼，沈翊凑上前。

眼神锐利，嘴角扬起。她的脸在陈铭峰的"塑造"下逐渐变成了另一个女人的模样。

是 M。

计划就此开始。

江雪扮作 M，给沈翊打了几通视频电话，隔着摄像头，看不见化妆伪造的痕迹，她看起来与 M 几乎一模一样。

她要做的，就是要让陈舟相信——她没有死。

再按照沈翊给的台词和他通电话，一起猜测陈舟的密码，让陈舟的疑虑不断加深。等他意识到沈翊即将靠近真相的时候，莫大的紧张感会促使他怀疑上密码的安全性，更换成新的……

26

审讯室里。

沈翊："我们发现你在利用关键词监听，于是在想出这个计划时，首先要做的就是完全保密，让你相信 M 真的没有死，而不是找了个替身。你的监控摄像头确实遍布全城，但只有两个地方你不能染指。一个，是公安分局，一个，就是关押犯人的监狱。"

杜城："我们让被关押的陈铭锋用他的化妆技术把江雪伪装成秦念初，虽然还有破绽，但骗过只通过摄像头监控的你，足够了。再加上之前秦念初偷偷与我联络的时候，我曾经录下过她的话，江雪模仿她讲话的时候，我们用了 AI 变声。我们也要演戏，让你觉得沈翊为了从秦念初身上套出密码打算放走她，还故意让你听见沈翊打算放弃做警察的事情，打消你的疑虑。"

陈舟："不可能！"

沈翊悲哀地望着陈舟:"如果你没有那么狠,没有杀死周俊,也许你还能跟他确认一下,当初杀死的到底是不是秦念初。只可惜,让你走到这一步的是你自己的残忍。"

陈舟难以置信。

沈翊:"秦念初知道你太多的秘密,所以你一定要除掉她。你害怕她为了逃走会曝光你的秘密,必定会全神贯注地寻找她,确认她有没有和我接触。"

杜城:"这时候,沈翊开始不断地出现在你的眼前,用红色吸引你的注意力。不论是红色的衣服、背包、帽子,还是写生时所画的那张红色的画。红色是一种高唤醒颜色,具有强烈的视觉冲击,而且也经常与紧急、重要等情绪反应相关联。"

沈翊:"曾经一次画展上,当时最负盛名的康斯太勃尔的画,在透纳的画旁展出。透纳为了不落下风,就在自己的画上点了一点红色。从那以后,所有进入展会的人都会先注意到这一抹红色,它吸引了所有人的目光。"

杜城:"因为你的思维已经被秦念初还活着的事情占据,正处于认知负荷较高的状态,注意力集中在某个特定的问题上,人的注意力资源有限,这种状态下很容易忽略其他信息,比如,找你换钱的老人,还有伪钞。"

陈舟:"为什么是伪钞?"

沈翊:"如果你当时就发现了这是一张伪钞,那我们就换个计划。但你没有发现,我们的成功率就增加了,说明你只想着尽快换掉密码,不能让我们发现,也就对这些异样视而不见。人是通过符号来识别一切的,脸则是人类最重要的符号,秦念初还活着,是你最担心、最害怕的事情。只要你看到她的脸,这个符号就会压倒你内心所有其他的符号。如果是平时,你肯定会觉得在公园里问你换电子零钱的老爷爷很奇怪,也会检查收到的纸钞是不是真的,然而那个场景下,除了秦念初,你再也听不到别的了。你的心里,只有这个巨大的'青苹果了'。"

杜城:"你利用窃听做违法的勾当,还觉得自己无所不能。你听得太多,反而听不见真正的声音了。"

陈舟望着那幅油画。

他的目光凝聚在这只夸张的青苹果上,确实再也装不下其他了。

陈舟高昂的头终于垂下。

陈舟："就差一点儿，就差今天的发布会，我的银鹰就能成功了。"

杜城："你错了，从开始走上犯罪的道路，你就注定了失败。"

听着杜城和沈翊的话，陈舟反而露出一丝笑容，似乎已经释然。

陈舟："我没有失败，我已经享受了很多人一辈子不能享受的成功。"

杜城紧握拳头："你是用别人的命换来的！雷一斐、M、李俊辉……"

陈舟却不屑："见血的事儿，我从不沾手。"

沈翊："周俊替你杀了那么多人，最后还是被你抛弃了。"

陈舟轻蔑地笑了："飞在天上的鹰，从来看不见地上的蝼蚁。"

杜城有些激动，沈翊拦住杜城。

沈翊："你妄想践踏着别人的生命登天成神，最后的下场一定是坠落成尘。"

陈舟愣了愣，忽然笑了。

陈舟："你们真的以为抓到我，一切就结束了吗？世界不会因为我的停留而倒退。你们听过一个数学概念吗？"

陈舟示意要笔，杜城不给，沈翊递了过去。

陈舟在本子上画了一个圈，并且沿着画的边缘不断扩大。

陈舟："一个池塘里长了一片睡莲叶子，假设每天叶子的面积倍增，到了30天就会覆盖整个池塘，所有生物会因为窒息而死，但睡莲的成长很慢，到20天的时候，也只能覆盖0.1%，再过5天，就是3%，然后突然……"

沈翊："第29天，睡莲就会突然覆盖池塘的一半，只用一天，睡莲将会杀死池塘里的所有生物。"

陈舟停笔。

陈舟："我只是倒在了第29天的那个人。而你们，前29天都毫无作为，现在已经晚了。"

沈翊、杜城直直看着陈舟。

陈舟："这是一场科技革命，革命本来就需要牺牲。人的数据价值巨大到你难以统计。只要有100%的利润，资本就敢践踏一切，甚至法律！外面那么多双眼睛盯着，哪一个不比我如狼似虎，你们挡不住的！"

杜城："就算到了第30天，我也会把你们这一池塘的睡莲，齐根剪断。"

陈舟笑了，笑声越来越大，听起来却像哭。

陈舟："有志气。我曾想象过，有一天抓到我的警察是什么样子的，是你们两个，也不错。"

陈舟被带走。

沈翊、杜城看着他的背影，久久沉默。

27

张局看着伪钞，像看着一幅素描。

张局："这就是你那张幸运的伪钞？"

沈翊："因为这次的计划想成功，真的需要一点运气。"

张局："真像啊，这也算一种赝品吧。还记得我第一次见到你的时候，在连环杀人案的现场，你说——"

沈翊："这个现场是赝品。"

张局笑了："当时我就觉得，你得当警察。"

28

露台上，沈翊和杜城一人握着一瓶可乐，却都没有心思喝。

案子尘埃落定，但这一次沈翊、杜城并没有以往的轻松畅快。

他们看向桌上的手机。他们都有意把手机摆得很远，像在看两颗定时炸弹。

杜城："我猜，你在想跟我一样的事情。"

沈翊："我是在想，我们在手机上用了很多免费的东西，但它们真的免费，不需要我们付出代价吗？"

杜城："还有那些通讯记录、浏览记录、下载记录、地址定位，我们真的被手机切割成了数据吗？"

两人沉默。有些问题的答案不能细想。

杜城："手机刚出现的时候，所有人都觉得很酷。没想到后来，它就成了我们口袋里的窃贼。"

沈翊："但这个无法避免，任何便利只要被有心人利用，都会成为犯罪的一环，手机本质上只是工具而已，错的是使用工具的人。"

杜城叹了口气，但他已经有所释然。

沈翊："所以，网络战争还会发生，分分秒秒，永永久久。"

杜城："选好攻方，还是守方很重要。"

沈翊看向杜城，这番对话也曾发生在他和陈舟之间。

沈翊："你选择哪一方？"

杜城："守护北江的这一方。"

两人握起可乐杯，碰杯，相视而笑。

29

"金城掌门人陈舟被曝出丑闻，涉嫌人口拐卖、雇凶杀人、盗取用户信息等重罪，已被警方拘留。消息曝光后，所有网络供应商均否认曾与金城公司签下合作协议。各大互联网公司也纷纷发出承诺书，绝不会窃取用户信息。目前，对金城的调查还在继续……"

新闻里传来陈舟的结局。技术科调查员清点着软件系统。

标着金城商标的硬件、机器被贴上封条，封存在证据箱中。

网络上飞满了针对金城窃取用户信息的檄文。

城市里，一个个手机屏幕上皆是金城公司的新闻。

"怎么会有这么可怕的事情！"

"我早觉得这些 App 在监视我的生活！"

……

金城公司，曾经一片盛景，如今一片空荡。

30

李晗伸了个懒腰："案子终于结束了！"

闫谈声："查了 7 年，总算抓着他了。"

李晗："还有好多报告要填啊……"

李晗愁眉苦脸。

蒋峰捧着数张纸和几根彩笔走进公共办公区。

蒋峰："菲姐说下周走廊的板报要替换了，让我们提供点好点子。我看，就画咱们这次的行动。"

闫谈声喝着茶，翻着报，对提议毫无兴趣。

李晗仍在电脑上整理案件报告，忙得没法分心。

蒋峰："城队——"

蒋峰透过玻璃，冲杜城办公室里喊，但杜城正收拾着线索墙，并不理会他。

蒋峰："那我自己画！"

蒋峰抓起纸和笔，画了起来。

李晗和闫谈声好奇，放下手上的活儿，凑到蒋峰身边。两人看得满头疑惑。

闫谈声："你这一个小人，边上绕着许多强悍的小人，是什么意思？"

蒋峰："这个是我，在金城以一敌十，把那些保镖抵挡在外。"

李晗："这个桌子前面的小人又是什么呀？"

蒋峰："这是你，坐在电脑前，唰唰唰就破解了密码。"

李晗："你这画得太丑了，我要自己来。"

李晗拿过一支笔在纸上补画着，她把自己画在了蒋峰身边。

蒋峰愣了，反应过来，有些激动地笑了。

蒋峰："李晗，我……"

李晗白了他一眼："接着弄报告了。"

闫谈声看着两人，摇头啧啧。

闫谈声："还是得我出马。"

闫谈声也握起笔，低头仔细描了起来。

何溶月从办公区经过，见里面热闹，也走入人群。

何溶月："你们这是干吗呢？"

李晗："下周出黑板报，我们在创作呢。何老师，你也画两笔吧？"

何溶月难得有兴致，接过笔，在画纸空白处续上。

31

杜城——摘下办公室档案墙上的线索、卡片、资料、钉子，归拢收齐，放在一个档案箱里。

外面的吵闹声传了进来，杜城无奈地摇摇头。

第二十四章

敲门声起。

杜城回头,看到沈翊。他看见沈翊手中握着一个奖杯,雷一斐的奖杯。

沈翊进门,轻轻将奖杯放在办公桌上。

杜城拿起奖杯,抚摸着奖杯底座。底座上雷一斐的名字在阳光下闪着光。

他将奖杯一同放进档案箱,带着珍重和感慨。

沈翊扫视线索墙,墙上还有几张被钉着的卡片。他伸手摘下,递给杜城。

沈翊摘下一份七年前的复印资料,看见底下还挂着一张小画。

是七年前沈翊随手画的小杜城。画纸因为时间流逝变得有些泛黄,线条也有些褪色。

杜城瞥见沈翊摘下那张小画,有些尴尬,抢过小画丢进箱中。

沈翊:"你还留着?"

杜城:"这是当时的重要证据,当然得留着。"

沈翊笑笑,转身继续收拾线索墙。

杜城趁沈翊不注意,迅速从箱中捞起小画,随手插进桌上的报告夹里。

沈翊的余光瞄到了一切,但没有拆穿杜城。

敲门声再次响起,这次是路海洲。

路海洲正色看着两人。

路海洲:"我是来道别的。这次来,误会了杜队长,我欠你一句对不起。"

杜城:"你要是不拍板让去搜查,我们手机里可能都装上银鹰了。"

路海洲略带感激地看了他一眼,又看向沈翊。

路海洲:"你当真不想去市局?"

沈翊笑了下,没说话。

杜城不爽地看着他:"都要走了,还不忘挖人,赶紧走吧你!"

路海洲被他半推半赶地出了门。

路海洲:"希望以后,还能见到你们。"

杜城:"我可不想再看见你了。"

路海洲一笑,转身离开。

杜城转头看向沈翊。

杜城:"你不会是想走,被我拦下了吧?"

沈翊笑笑，走到桌前，从报告夹中抽出被藏起的小画，冲杜城扬扬。

沈翊："怎么能走，我可是某人的底牌。"

走廊板报上写着对刑警队的表彰，"捕风捉影神探""齐心协力破获七年陈案""守住北江的安全底线"。

表彰词的另一侧，直接贴着一幅涂鸦，正是整个刑警队合作涂鸦出来的那一幅。

线条杂乱、风格不一，但依然能看出这画上的人，凝成了一支队伍。

中心，是沈翊和杜城补上的自己。

32

牧马人停在海边村庄狭长的小道前。

沈翊和杜城走向通往海边的小道。

杜城随手摘下路边草丛中的两朵兰花。沈翊跟在他身后，看着他一路走，一路摘。

杜城手中兰花渐渐聚成一大束。

沈翊和杜城走入村庄。

石墙前，一个工人踩在梯子上，举着沾满红色颜料的滚筒刷，刷着墙。

那正是沈翊当年画雷一斐肖像的墙。

一抹红，刷去了雷一斐的眼。

又一抹红，刷去了雷一斐的下巴。

沈翊和杜城看着七年前的肖像一点一点被覆盖。

沈翊："雷队的肖像被抹了，不遗憾吗？"

杜城："你的心血没了，不可惜吗？"

沈翊："画的价值不取决于它被保存了多久，而是画下它那一瞬间的闪光。"

杜城："记忆也不会因为画被抹掉就消失了。"

沈翊盯着渐渐被抹掉的画像，像回到七年前画下雷一斐的那一天。

沈翊："被时间抹掉，是最好的结局。"

杜城："七年了，他终于可以安心走了。"

杜城走近墙边，轻轻放下兰花。

风吹开，花瓣飘散。

两人又看向墙，整面墙都被工人刷成了红色。

沈翊心中有了想法。他走向整理工具的工人，与工人商量着什么。

杜城听不清他们的对话，只看见沈翊接过滚筒刷，蘸了黑色油漆，又举着滚筒刷爬上梯子。

滚筒刷在墙上笔直地画了一道垂直的线。

沈翊爬下梯子，又搬着梯子去了另一头。

杜城抱着手，等着欣赏沈翊的画。

沈翊举着滚筒刷在另一侧又垂直地画了一条线。

两条线笔直平行。

沈翊下了梯子，把滚筒刷交还给工人。

杜城看着沈翊走向自己。

杜城："你画的什么？"

沈翊笑了，没有回答，仍然向前走去。

杜城不知道，墙上留下的这幅画是《英雄的人和崇高的人》。

33

阶梯教室的屏幕上，是布罗纳的名作《自画像》，画上的人的左眼像融化的玻璃球般流淌下来。

沈翊望着台下的学生。

沈翊："绘画不但是对过往瞬间的记录，有时可能会是命运的预言。布罗纳的这幅自画像创作于1931年，那时，他28岁，风华正茂，相貌英俊。"

一个学生说道："可惜瞎了一只眼睛。"

沈翊笑了："不，当时他的双眼都安然无恙。但不知为什么，他在画像中毁掉了自己健全的左眼。没想到七年后，由于一次意外，布罗纳的左眼被摘除，他就真变成了画像上的模样。"

学生们发出惊叹："——这哪是画像，是命运的预言！"

沈翊："我被自己的画像袭击了！这就是布罗纳事后的感慨。或者这可以说明，绘画艺术是有灵魂的，一幅作品一旦完成，就不再是画家左右它，而是它主宰创作者的命运。所以，我想告诫大家——"

沈翊正色望着台下的学生。

沈翊："如果要给自己画像，一定画得好看点儿！也许它就是你未来的脸。"

学生哄堂大笑。

沈翊："下课！"

34

有人潜入了沈翊的房间，小弦从沙发上惊醒。它眼前是一张对它来说有些陌生的脸，又好像在屋里的某张肖像上见过。不过，就算小弦认得，它也无法表达。

来人的目光在所有画像上逡巡，最终，走到了沈翊自画像前。

他鼻尖靠近自画像，像在闻油彩的气味。

随后，他拿出刀子，哼着一首轻快的歌，小心地划开画像。

沈翊的左眼被轻轻撕开，背后竟然还是一只眼睛。

自画像的底层还藏着一幅画！

画家经常这么干，先画了一幅作品，又因为某种原因，再画上一层伪装画。伦勃朗，毕加索，都有这样的名作被发现。其中的原因引起了后世许多猜想。

那沈翊又在隐藏什么呢？来人又怎么会知道这幅画的存在？被隐藏的，究竟是谁的肖像？

不知道是刻意还是巧合，这幅画看上去和布罗纳1931年那幅经典的预言自画像，很像。

此刻的沈翊还不知道，过去找上来了。

番外　指尖之眼

1

黑色法官袍，红色前襟，胸口的红底金色天平法徽。

蒋晓柔坐在法官席上，身披法袍。

蒋晓柔："下面由公诉人对被告人进行讯问。"

公诉人："被告人何成，公诉人今天在法庭上就本案事实再次对你进行讯问，你必须如实回答，听清楚了吗？"

被告人："听清楚了。"

旁听席上，细长的手抽出铅笔，在空白素描本上画下了第一笔。

沈翊运笔如飞，不带一丝青涩，曾经神采飞扬的脸上如今带上了一丝稳重与成熟，长发剪短，十分清爽，目光依旧犀利。

公诉人："被告人何成，你与被害人第一次发生争执时，是谁先动手的？"

被告人的描述越来越详细，旁听席上，沈翊笔下的"犯罪现场"逐渐诞生。

被告人："不对，我记错了，是她先扑了过来，我推开她，拿起水果刀刺了下去，伤到了她的右脸……"

橡皮屑在画本上被轻轻弹开，擦掉的空白，根据描述补上了新的场景。

被告人的后脑勺始终背对着旁听席，然而在画本上，被告人与被害人的面貌却越发清晰。

证人、被告人、律师换了一波又一波，旁听席上的绘画却始终没有停。

蒋晓柔的目光不由自主地落在了那名画家的身上。

法庭终于迎来了宣判时刻，蒋晓柔站了起来。

蒋晓柔："本庭宣判，被告人何成以故意侵害他人身体为目的，采用刀刺等手段，致使被害人达轻伤二级，事实清楚、证据充分，已构成故意伤害罪……"

画笔终于停了，画本被合上，封面上写着有力的四个字"猎罪图鉴"。

2

审判已经结束，沈翊收起画本，准备离开。

不知何时，女法官已经站在了沈翊身后。

蒋晓柔："我第一次坐在审判席上，就注意到你了，可以看看吗？"

沈翊将画本递给了蒋晓柔，她翻阅着，又一怔，翻开了自己的文件夹。

铅笔素描上的犯罪现场竟然与文件夹中的照片分毫不差。

蒋晓柔："你画这些做什么？"

沈翊："练习画像。"

蒋晓柔："你以前见过被告人？"

沈翊轻笑着摇了摇头。

沈翊："我不靠双眼画像，而是依靠人的记忆。人的记忆和描述能力，对画像完成的时效与质量影响很大，我在练习如何分辨证人的供词，提取有效部分，完成画像。"

蒋晓柔："看来，你已经练得炉火纯青了。"

蒋晓柔本想离开，想了想，忽然又转身。

蒋晓柔："你画像画得这么厉害，我想让你帮我个忙。"

3

蒋晓柔的办公室沐浴在阳光中，十分明亮。

实木的桌子上，除了整理好的案卷之外，还有一座司法女神像。司法女神一手执天平，一手执利剑，厚布紧紧蒙着双眼。

蒋晓柔抽出一份案卷。

蒋晓柔："刚才这个案子，丈夫把妻子刺伤，起因是发现妻子通过社交软件约会陌生男性，但是这个案子没有结束，这个约会男，还通过手机转走了她三万多元人民币。市中区分局已经对此立案调查，现在遇到了'一点麻烦'。"

沈翊："这么简单的案子却遇上了麻烦，这个麻烦一定不简单。"

4

分局的吴副队竟然是一名女刑警,这让沈翊有些意外。

吴副队将一张顾问证交给沈翊,但眼神里却充满了不信任。

吴副队:"想不到晓柔推荐来的画像高人这么年轻。其实我忘了跟晓柔说,这个案子我们已经摸到了门路,破案只是时间问题。"

沈翊:"我知道,我可以帮你们缩短破案时间。要不让我试试?"

工作台上,案卷摊开着,电脑屏幕闪动着性暗示的页面。

点开,是一张张荷尔蒙溢出屏幕的头像——喉结、胸肌、背肌……

吴副队:"被害人是在这个交友软件上被骗的,那个骗走人家三万多的渣男,就是这位——"

沈翊点开一个ID。

页面上没有任何露骨元素,头像是弯月上一个垂钓的孩子——这是梦工厂的标志。

沈翊:"梦工厂?"

头像下方,是四个字的签名:爱君如梦。

除此之外,一无所有。

吴副队:"注册ID的地址在海外,追踪不到痕迹。从整个流程来看,这是非常典型的网络'杀猪盘',但一般都在线上实施。这位胆子很大,居然是约会见面后,直接下手去'偷'。不过这人反侦查意识很强,见面开房都用女方身份证,酒店的监控也没有拍下他清晰的形象。"

沈翊从案卷中抽出一份名单。

沈翊:"仅剩的线索,就是这几个被骗钱的受害人?"

吴副队:"所以,只能根据受害人的回忆确定犯罪嫌疑人的画像。不过,这个情况的确复杂,因为每个受害人,都见过犯罪嫌疑人,但她们描述出来的人,却完全不同。"

5

受害者A的头部缠着绷带,脸上惊魂未定。

受害者A："我见他，不是因为出轨……我是想圆自己的一个梦！"

沈翊："圆梦？"

受害者A："和他聊天时，不知怎么就提到了我的初恋男友，我还给他看了我们的合影……结果他说，自己跟我初恋男友长得很像！我们当时是被迫分开的……之后我就嫁给了何成，过着地狱一样的生活，我不是想见他，我其实是——"

沈翊："你其实是想再见曾经的男友一面。"

受害者A点头。

沈翊："他确实很像吗？"

受害者A："像……一眼看上去，真的像！"

沈翊叹了口气："那你对他的印象，一定非常深刻。"

受害者A迟疑了一下："是。"

沈翊将一排罪犯的留档照片摊在受害者A面前。

沈翊摆好纸笔："那我们开始吧。"

6

第二名受害者扎着长长的马尾，稚嫩的脸上却写满了傲慢。

受害者B："我不想抓他，我为什么要抓他？他也没把我怎么样，就是吃了个饭，聊了聊天。案子撤吧，不是我报的，我爸真是爱多管闲事。"

吴副队："可他在饮料里下镇静剂，在你睡熟之后，从你的账户里转走了两万多块。"

受害者B轻蔑一笑："不就是钱吗？再问我爸要不就得了！反正，除了给钱，他也从来不会关心我。"

吴副队和沈翊面面相觑。

沈翊："你不是唯一的受害者。他还假扮了别人的恋人、丈夫。他关怀你，以你父亲的形象出现，只是为了博取你的信任。"

这句话打破了受害者B脸上的冷漠。她转脸望着窗外。

沈翊将画本中素描过的画像排好。

沈翊："你可以参照这些照片回忆。想想，他的脸型是否与这里的相似……"

受害者 B 少顷开了口："我谁的照片也不用看。他长得，还真挺像我爸的……"

沈翊提起了画笔。

7

昂贵的定制西装裙，一丝不苟的妆容，受害者 C 俨然是位金领女王。

受害者 C："他不可能是坏人！坏人会给你安慰，陪你度过最漫长的夜吗？……像我前夫？不，你不懂，我前夫死了三年，这三年我从来没有感受到温暖，但是他能给我！"

沈翊静静地看她发泄。

受害者 C 忽然静了下来。

受害者 C："我报案不是为了追回那笔钱，是因为，我想再见见他……我们开始吧。"

沈翊在纸上落下了第一笔线条。

8

受害者 A："他眼睛很亮，双眼皮，看人的时候眼梢总像是带笑……一看到那双眼睛，我就知道……"

沈翊在画纸上勾勒出一双含笑的眼睛。

受害者 B："他的鼻子，就是我爸那种比较高的鼻子，鼻尖有点往下钩……"

沈翊的笔在纸上画下了一只高挺的鼻梁。

受害者 C："他和我前夫最像的地方就是脸型，以前我总说，他的下巴就像布拉德·皮特……"

画像上的男子有了一个轮廓清晰方正的下巴。

沈翊终于完工了。

放下笔，他的面前摆着三张男子画像——一张是朴实敦厚的男青年，一张是神色严肃的中年男人，一张是风度翩翩的轻熟风男子。

三张脸，三种气质，甚至是三个年龄。

沈翊自己也吃惊了，疑惑怎么会这样。

9

沈翊将三张画像推到蒋晓柔面前。

蒋晓柔:"嫌疑人有三个?"

沈翊轻轻摇头:"应该不会。从网络诈骗的一般形式来看,如果多人共用一个身份,反而容易增加暴露的可能,而且,他与受害人交流过程中的用词、标点和句式习惯也高度一致。人的语言习惯是很难伪装的。"

蒋晓柔:"一个人,怎么会有三张不同的脸呢?"

沈翊:"这不是他本人的脸,而是他留在受害人记忆里的脸。画像师画的不是人,而是记忆。人的眼睛是有感情的,永远只看见想要看见的,所以三个受害人记住的,只有她们愿意见到的脸——长年思念的恋人,不可触及的父亲,还有永远失去的丈夫。"

蒋晓柔:"一片痴心画不成。我终于明白,分局遇到的'一点麻烦'是什么了。"

沈翊:"帮助受害人破除虚假回忆,是心理师的工作范畴。对不起,蒋法官,我尽力了。"

蒋晓柔苦笑:"理解。我曾经因意外失明过整整三年。那段时间我学到的最重要的一课,就是眼睛是最高明的骗子。"

沈翊凝视着她:"我不知道蒋法官还有这样的经历。"

蒋晓柔:"据说,一个人对外界的认知,80%都依赖于眼睛。可失明了我才发现,眼睛会说谎,它说玫瑰是红色的,却隐瞒了它的香气和花瓣的触感;它说微笑就是友善,却屏蔽掉了声音里的敌意。当我失去了视力,反而发现这个世界和我之前看到的完全不同。"

蒋晓柔把目光投向桌上的司法女神像。

蒋晓柔:"就像司法女神,蒙住双眼,才能看见真相。"

沈翊又出现了他那种惯有的神情——深深凝视着蒋晓柔的脸,似乎在那张脸上看到了整个宇宙。

蒋晓柔:"怎么了?"

沈翊抓起那三张画像:"我知道怎么从眼睛的骗术里找到真相了!"

10

一张有了年头的照片——相互依偎的年轻情侣，其中的女孩灿烂地笑着。从眉眼依稀可以分辨正是现在病床上的憔悴女人。

沈翊指着照片上的男青年："这就是你当年的恋人？"

受害者 A 迟疑着点了点头。

沈翊："现在，用直觉告诉我，当你第一眼看到他时，这个'爱君如梦'与你的恋人最不像的地方是哪里？"

11

大学教室里，一张全家福照片摆在桌上，正中是那位严肃的中年男人。

受害者 B 看着父亲的照片，疑惑了："不一样的地方？"

沈翊："忘记你记住的那张脸。只看着你父亲的样子，告诉我，相差最大的地方在哪里？"

12

受害者 C 望着办公桌上的婚礼合影黯然神伤。

受害者 C："你说得对，怎么会完全一样呢？其实他和我前夫并不是那么像……是我骗自己，只记住相像的地方，不去看两个人的不同。"

13

受害者 A："他们的嘴唇不像，他的嘴更薄……还有鼻子，他的鼻子更高一点……"

受害者 B："我爸爸的眼睛比他要大……所以，我一直不想看他的眼睛。"

受害者 C："额头！他的额头是尖的。和我聊天时，我给他看过前夫的照片，他刻意留了一样的发型，但额头还是不一样……"

沈翊伏在桌前，专注笔下，将描述的五官画在了纸上。

吴副队坐在对面，打量着这个年轻人。普通人来了公安局多多少少都犯怵，但沈翊却松弛得多，好像只要有纸和笔，处处皆是他的小天地。

沈翊面前依然是三张画，三张脸，只是这次画在透明的塑胶纸上。

第一张脸上只有受害者 A 描述的鼻子和嘴唇，第二张脸只画了鼻子，第三张脸只有额头。

沈翊将三张画纸叠在一起，对准阳光。

阳光照耀下，三张脸重叠在一起，鼻子、嘴唇、额角组成了一张完整的新的脸！

吴副队看看这张脸，又看看桌上之前画出的另外三张脸。

吴副队："完全不一样！"

沈翊："那三张脸，是她们想要看到的；而这张脸，才是被她们刻意忽略的真相。"

两人正说着，一个刑警抱着案卷，推门而入。

刑警："吴副队，那个妨害公务的案卷可以移送了，您得签个字。"

吴副队接过案卷，正要签字，目光触及案卷上的照片，愣住了。

刑警已经叫了起来："这不就是这哥儿们吗？！"

吴副队把案卷丢在桌上。

上面的"留档照片"，几乎与沈翊新画成的人像一模一样。

档案上的嫌疑人姓名赫然写着："柳俊。"

14

柳俊的脸暴露在白炽灯下，看着像已接受过几轮审讯。

隔着栏杆，沈翊支起画板。

柳俊："你就是那个把我画出来的……画像师？"

沈翊："现在还不是。"

沈翊将画像展开到柳俊面前。

画像与脸，仿佛镜像。

柳俊苦笑："我以为，我已经伪装得足够好了。"

沈翊："你很高明。先是通过网上聊天，掌握她们内心不能释怀的执念，然后以她们想念中的面目出现。你煞费苦心地贴近她们心目中的形象，处处为她们营造出梦想成真的假象。"

闪回：

餐厅中，受害者C一步步走到窗边餐桌前，双眼落在等候的男人身上，竟泪眼盈盈。

暧昧的灯光下，柳俊望着她微笑，发型、姿势甚至微笑的神情都与受害者C摆在办公桌上的丈夫照片十分相似。

受害者C："你没说谎，你真的很像他……太像了。"

柳俊："今晚就当我是他，无妨。"

15

沈翊："当然你也会精心选择下手目标，寻找与你模样有某处相似的对象模仿。高明的化妆，刻意的模仿，加上环境营造和心理诱导……最后落在她们记忆中的你，就是'那个人'的模样。"

柳俊不羁一笑："人都爱做梦。只要你满足了她们的梦想，她们会自动忽略一切现实中的瑕疵。"

沈翊："你真无耻。你利用那些最珍贵的情感来实施犯罪，把她们内心的珍宝变成了一场不堪的噩梦！"

柳俊神色严肃起来："噩梦？你去问问她们，有没有恨过我？你以为，我漏网这么久，只是因为她们没有记住我真实的样子吗？你错了，那是因为她们根本不想我被抓，她们心里感激我，是我让她们在没有梦想的疲惫人生里做了一次白日梦！"

沈翊："可你骗了她们的钱。"

柳俊："没办法。梦想成真总是很昂贵的。"

柳俊又打量了眼沈翊。

柳俊："不过我很佩服你，你是怎么画出我的真实面容的？"

沈翊："是一位曾经失明的女法官提醒了我。她说，一旦忽略眼睛的骗术，世界便会和我们看到的完全不一样。"

柳俊的表情忽然凝滞了："她，叫什么名字？"

沈翊："你会在审判庭上见到她的。"

16

阳光自蒋晓柔背后的窗户射入,将司法女神像的影子投影在案卷上。

案卷封皮,上面赫然写着"柳俊"的名字。

蒋晓柔翻开案卷,看了眼柳俊的留档照片,又从中抽出沈翊描绘的那张画像。

她对照看了良久,拿出手机,拨通了沈翊的电话。

蒋晓柔:"沈翊,我想请你帮个忙——不,是我个人需要帮忙。"

17

坐在操场望过去,一级级台阶之上,是法学院的大楼。

脱去了黑色法官袍,扎上高马尾,站在台阶下的法官蒋晓柔,看上去像是一名学生。

沈翊:"这就是蒋法官的母校?"

蒋晓柔:"叫我晓柔吧。准确说,我只是这里的旁听生。这所全国排名最前的法学院,曾经是我既不可望也不可即的梦想。"

18

闪回:

扎着马尾的蒋晓柔站在台阶下,戴着墨镜,手持盲杖。

年轻的大学生一个个自她身边穿梭而过,留下一片欢声笑语。

蒋晓柔眼前却只有一片黑暗。她举起盲杖,探索着踏上第一级台阶,没走两步,就被绊倒了。

书本散落在台阶上。她慌乱地伸手去摸。

冰冷的台阶之上,一只只脚踏过,并不停留。

19

蒋晓柔:"四十九级台阶,一级级走上去,再一级级走下来。我走了整整三年,直到重见光明。"

沈翊："这就是你通向梦想的台阶了。"

蒋晓柔摇头："不，当时对我来说，这些是阻隔我和梦想的天堑。我在这里摔倒了二十三次。我以为，自己永远也不可能跨越它们走进教室，通过司法考试，披上从小就梦寐以求的法官袍。直到那天，我在台阶上，摸到了一双手。"

20

闪回：

蒋晓柔摸到了一只温暖的手。

那只手温柔地握着她的手，把它引导向一本书，然后把蒋晓柔拉了起来。

男孩："剩下的，我来捡。"

那只手伸下去，继续捡拾着台阶上的书。

21

蒋晓柔："就是那一天，那只手扶着我爬上台阶，走进教室。不是那一天，而是三年里的每一天，是他替我记下老师的讲义，一字字地讲给我听；也是他念哑了嗓子，帮我把一本本法学书录成音频。他让我相信，无论我的眼睛能否好起来，我都能成为真正的法律人。他才是我通向法律梦想的台阶。"

沈翊："后来呢？"

蒋晓柔："后来，我终于等来了捐赠的角膜。重新看清这个世界，这是半年后的事了。可当我再回到这里，却没等到他，明泽。"

沈翊："他应该也是法学院的学生吧？"

蒋晓柔摇头："我查了那几年所有的法学院学生的名册，也问过教授和同学，没人记得这个名字。好不容易找到几个同堂听课的学生，也没人注意到明泽的样貌。我几乎试过了所有方法，可直到今天，我都没有找到他。"

沈翊："所以，你希望我能画出他的样子。"

蒋晓柔："柳俊的那个案子让我看到了希望。既然你能画出被记忆刻意忽略的人脸，也许，也可以帮助我。"

蒋晓柔转过头，充满期望地望向沈翊。

蒋晓柔："只是，我那时，甚至没有看见过他。"

望着眼前的台阶，沈翊似乎看到，年轻的男孩搀扶着当年的蒋晓柔，一步步拾级而上。

沈翊："就像司法女神，蒙住双眼，反而能看见真相。"

沈翊走近蒋晓柔，向她伸出一只手。

沈翊："现在，握住我的手。回忆下，和他的手有什么不同。"

蒋晓柔握住沈翊的手，闭上了眼睛。

一切仿佛回到了当年。

22

周围学生步伐匆匆。

盲杖点着地面，不时被脚步踢到。

蒋晓柔的步伐有些困顿。

走在前面的明泽，将手伸向背后。

明泽："手给我。"

蒋晓柔迟疑了下，还是伸出了手，摸索着握住了明泽的手。

明泽牵着她的手，穿过走廊。

23

蒋晓柔睁开眼睛，放开了沈翊的手。

蒋晓柔："他的手，皮肤光滑，修长紧实。"

沈翊提笔在纸上绘出一只修长的手："这说明，他一定很年轻。"

蒋晓柔："那只手很大，比你的手掌要宽……"

沈翊抓起笔在纸上勾勒出一个背影："人的骨骼是座精密建筑，大手往往意味着身高较高，四肢颀长——还有呢？"

蒋晓柔："他的手指上有薄薄的茧子，应该是握笔留下的。自从认识我以后，他手上的茧子就变厚了。"

24

教室里的其他学生都走光了。

最后一排的角落里,明泽还在努力抄写着黑板上的板书。

蒋晓柔:"不必抄了,我都记住了。"

明泽一边抄写,一边转头一笑。

明泽:"好记性不如烂笔头。我就是你的烂笔头。"

明泽继续抄写。夕阳把他的侧影投在蒋晓柔的身上和桌上。

蒋晓柔的手指划过桌面。

光影之间,冷暖分际。她的手指渐渐找准了影子的轮廓。

25

蒋晓柔和沈翊并排坐在最后一排。

蒋晓柔轻轻推开身边的窗户,夕阳泄入,将沈翊的影子投在她身上。

她闭上眼睛,手指摸索桌面,悉心感受着。

蒋晓柔:"他的影子很瘦,身材应该十分消瘦。大概就是你的样子。"

沈翊明确了画像的轮廓——修长的身材,清瘦的面颊。

26

暮色已深。

蒋晓柔与沈翊走在操场上。

她轻轻点开手机,播放出一段音频,是一段温柔的男声。

明泽:"《中华人民共和国刑法释义》。刑法解释,第一条,制定刑法的目的和根据……"

27

明泽和蒋晓柔坐在一片暮色的操场上。

明泽膝头放着厚厚的《中华人民共和国刑法释义》,一手拿着手电照着书页,一手拿着录音笔。

明泽:"……'保护人民'是制定刑法的根本目的……"

他的声音已经有些沙哑了。

蒋晓柔:"别念了。已经念了两个多小时了。"

明泽："别捣乱。"

明泽转身,继续念下去。

28

蒋晓柔关掉了音频。

蒋晓柔："我就是这样,用他的声音,背过了十几部法律的全部法条。"

沈翊："我现在,只差他的眼睛和眉毛。"

蒋晓柔没有说话,再次闭上眼睛,伸手摸上沈翊的眉眼。

29

夜色已深。

录音笔掉在地上。

明泽将头靠在蒋晓柔肩上,睡着了。

蒋晓柔小心翼翼地将他的头捧到自己膝盖上。

黑夜里,她的指尖轻轻拂过他的额角、眉毛、眼睫毛……

30

蒋晓柔的指尖离开了沈翊的脸。

蒋晓柔："他的额头比你尖,眉毛比你浓……他的睫毛很长很细密,像是五月的雨丝……"

沈翊轻轻勾勒着画像上的眉眼。他的手慢慢地停住了。

蒋晓柔充满期待地望着他:"画好了?"

沈翊望着画上的脸,迟疑了下,收起了画册。

沈翊："还没有……我需要,拿回去再修改。"

蒋晓柔："可以先给我看看吗?我已经等了十年了。"

沈翊："就是因为过去了十年……我会让你看到他现在的样子。"

31

十年后的画像完工了。

沈翊翻开了那本《猎罪图鉴》。

这张画像，竟与《猎罪图鉴》上柳俊的画像一模一样。

32

沈翊拈起那张画像，对着栏杆那头的柳俊。

沈翊："怪不得，上次你会追问法官的姓名。你早就猜到，她就是当年你帮助过的女孩。"

柳俊默认。

吴副队："你和蒋晓柔法官之间的特殊关系，我会如实告知检察院，由他们提请法官进行职务回避。"

吴副队拿出一份材料，推到柳俊面前："请你签字。"

柳俊："不要这样！——我求你，别这样！"

吴副队的语气中充满鄙夷："你是不是觉得当年在法学院对她伸出的援手，终于可以在法庭上得到回报了？"

柳俊望着画像，不说话。

沈翊缓缓开口："十年了，她始终在找你。她说，你是她通往法律梦想的台阶；她说，这些年每当她对职业信仰产生怀疑时，都会记得你说的话——她一定会成为一名真正捍卫司法精神的法律人！"

柳俊闭上了眼睛，内心翻江倒海。

沈翊："如你所说，她真的成了一名优秀法官，所以我希望你能对得起当年的自己，别让你今天的罪，毁了她。"

柳俊："不是为了我，而是为了她。"

沈翊看见柳俊眼中的诚挚。

柳俊："对于一名法官来说，已经接手的案件被申请职务回避，会严重影响她的职业声誉。"

沈翊："总比留下职业污点要好。"

柳俊拿起那张画像，将它轻轻撕成两半。

柳俊："不要告诉她。再画一张像，让她继续找下去。就让她永远记住，那个帮她走上法学院阶梯的明泽。"

沈翊："为什么？"

柳俊："因为遇见她是我活到现在做得最美好的一件事。"

33

披着法官袍，扣着法徽胸针的蒋晓柔大步穿过走廊。

她的面前，就是法庭。

走廊另一端，戴着手铐的柳俊也在法警的押送下，走向法庭。

34

柳俊坐上了被告席。

抬眼望去，高高在上的法官席上，端坐着法官蒋晓柔。

阳光打在蒋晓柔身上，柳俊只觉得目眩。

35

柳俊："从十六岁起，我就已经是个小偷了。大学是我最喜欢的猎场，我讨厌那些被称为天之骄子的年轻人，他们看起来个个充满梦想，前途无量。"

阳光下，柳俊站在台阶下，望着正在慌乱摸索书本的蒋晓柔，终于走了过去。

柳俊："除了她。那时的她，和我一样，活在被梦想遗忘的黑暗里。"

36

蒋晓柔："被告人柳俊，请做最后陈述。"

柳俊站起身，望着蒋晓柔，一时沉默。

坐在听审席里的沈翊，紧张地望着他。

柳俊终于开口："我认罪。"

法槌落下。

蒋晓柔站起身，庄严宣判："本庭宣判……"

37

柳俊:"可是我知道,总有一天,她能走出黑暗,走向我不敢梦想的光明。"

十年前,黑暗中,一个司法女神像被举到蒋晓柔面前。

明泽轻轻握起她的手,摸在司法女神像上。

蒋晓柔:"司法女神像?"

明泽:"司法女神忒弥斯,左手持剑象征法律权威,右手持天秤象征裁量公平。蒙住的双眼象征——"

明泽将蒋晓柔的手移向女神像的眼罩。

蒋晓柔与明泽异口同声:"不受外界蒙蔽的公正与独立。"

38

沈翊站到走廊尽头,掏出手机,给蒋晓柔发出微信。

微信内容:画像改好了。我在庭外等你。

沈翊打开那本画册,上面是那张被柳俊撕破的画像。沈翊将它重新补好了。

回头望,他看见柳俊在法警的押送下,走向长廊的深暗处。

39

十年前,走廊黑暗。

明泽脚步踉跄,险些绊倒。

蒋晓柔下意识去摸身边人,明泽微微囧笑:"灯坏了。"

蒋晓柔握紧了他的手:"这一次,手给我。"

40

蒋晓柔快步穿过走廊。

她的手中紧握着那个司法女神像——眼罩蒙盖之下,女神的神色更加肃穆。

她的眼睛里满是兴奋。

她推开了走廊尽头的门。

阳光瀑布般涌入,她的身影消融在一片光明里。

41

黑暗的走廊里,少男与少女两手相握,走向前方的一线光明。

寥寥数笔,沈翊便勾勒好了这一幅《猎罪图鉴》。

番外　第三条路

1

小弦蹲在茶几上，冲着墙壁叫。

沈翊："你不喜欢下雨天吗？"

沈翊顺着小弦的视角，看到墙壁的上端已经被雨洇湿了，水珠渗了出来。

沈翊摸摸小弦。

沈翊："我来想办法。"

他拿起画具，搬来一张凳子，站上去，在墙上画下一条女性的侧面轮廓线。

2

张局负手看着窗外。

窗外雨潺潺。

张局："你想重启雷一斐案的调查？"

沈翊："这是我的夙愿。"

张局："你知道为什么花费了那么多的警力、那么多的时间，雷一斐案还是一团迷雾吗？"

沈翊："我不知道。"

张局："你干刑警的时间还太短，破案靠的是时机。时间对上了，案子自然就破了。时间对不上，案子就还深藏迷雾中，雾散了，案子就清楚了。"

沈翊："我认为现在就是拨开迷雾的时机。"

张局："有根据吗？"

沈翊："七年前，我市的监控摄像覆盖率很低，而现在，监控的数量已经是当时的几十倍，如果把当时那个女人的画像输入天眼系统，寻找相似的脸，那么就有可能把她从茫茫人海里找出来。"

张局沉吟。

沈翊："张局，我知道破案需要时机，可也要一直有人等待、守候、寻找，才能抓住那个稍纵即逝的时机啊！"

张局："你先出去吧。"

3

张局："沈翊跟我说，要一直有一个人等待、守候、寻找，才能在雷一斐案中抓住那个稍纵即逝的时机，你怎么看？"

杜城："大门不出，二门不迈，有什么资格谈等待、守候、寻找。"

张局："我知道，这七年来，你从没有放下这个案子，不知磨破了多少双鞋底。如果这个案子真的出现转机，我想，也一定是会由你发现的。所以，要不要他加入，我尊重你的看法。"

杜城："沈翊有什么办法？"

张局："把他记忆中的那个女人的画像输到天眼里。"

杜城："破了几个案子，我还以为他长进了，没想到还是一个幼稚的外行，他根本就不了解调查监控的复杂性，也不愿意相信自己画出的是一个幻影。"

当年，杜城给各色各样的人看女人的画像。

十几名警察围着那张画像分析。

分析画像的警察变成了五六个人。

分析画像的警察只剩下闫谈声和新人蒋峰。

对着画像的人只剩下了杜城自己。

杜城把画像封进了档案袋，把档案袋的线缠紧，一圈又一圈。

这个档案袋被封存在专门放雷一斐资料的档案室里。

4

沈翊撑伞站在公园门口，像是在等人。

打着伞的杜城从公园里走出来，他在沈翊背后停下，用伞撞了撞沈翊的伞。

沈翊没想到杜城是从背后过来的,他有些疑惑地扭过头。

沈翊:"为什么要把我约到这里?"

杜城:"你当警察,不就是为了查清雷一斐的案子吗?现在我可以给你个机会,就看你敢不敢接了!"

沈翊:"什么机会?"

杜城:"很简单,当着我的面,从倒影里画出一幅肖像。如果你画得对,画得准,我就让你把肖像输入天眼系统。如果你做不到,那雷一斐案从此与你无关,愿意赌吗?"

沈翊迎上杜城挑衅的目光。

沈翊:"我愿意。"

杜城:"走吧。"

杜城径直朝公园里走去,沈翊深吸了一口气,追向杜城的背影。

桥上站着一个撑伞的女人,低头在看自己的倒影。

杜城带着沈翊走上桥。

杜城:"我把他带来了。"

女人:"那就开始吧。"

沈翊站在女人旁边,不去看女人的脸,而是低头看水中的倒影。

雨点泛起涟漪,切碎了湖面,也切碎了水中的面庞。

三个人就这样站在桥上,时间流逝。

女人:"够不够?"

沈翊抬起了头。

沈翊:"谢谢你。"

沈翊自信地问杜城。

沈翊:"在哪儿画?"

杜城一指小桥尽头的湖心亭。

杜城:"那里近,走得远,你再忘了。"

5

沈翊支开画架坐了下来,杜城站在他的身后。

沈翊闭上眼睛，在脑海中回忆起自己曾在美术馆中欣赏修拉的点彩派作品《早晨散步》。眼前的一切都变成了色彩点。沈翊走到湖心亭，看向亭外的湖水，女人的倒影也变成了点彩画的样子。

水面上的波纹和涟漪渐渐被色彩覆盖，世界变得模糊而扁平。

沈翊就像刚才在桥上一样，站在女人身边，努力凑近水面，想要看清女人的倒影。

鼻尖几乎要贴在水面上，倒影依旧模糊，沈翊索性猛地扎进水里。

一刹那，整个世界倒转，沈翊扎进水里，即刻又破水而出。

眼前是桥上女人的脸。

整个世界无比清晰，女人的面孔纤毫毕见。

沈翊仍在湖心亭里，打开颜料盒，开始在画纸上铺上一层细密的色点，身后的杜城不解地皱起眉头，眼睛紧盯画布。

沈翊的手快速抖动，不同的色点仿佛像素一样铺满画纸。

一个女人的容颜渐渐在纸上浮现。

6

纸上是一张清秀的女人面庞，神情寂寞。

沈翊："是不是这个样子？"

沈翊显得有些忐忑。

杜城向着桥上遥遥一指。

杜城："你问本人吧。"

伞下的女人回过了头，容颜与画像一样，一般寂寞。

杜城拿着画像，远远地给女人看。望见自己的脸，女人凝重地点了点头。

随后，她就转过身，径直向前走去，消失在雨雾中。

沈翊："谢谢你给我机会证明。"

杜城："不是我，是她。她决定给你这个机会。"

沈翊："她是……"

杜城："她就是雷队的遗孀。"

番外　嫌疑人们的结局

蒋歌因杀害梁毅及保安两人，犯故意杀人罪，应判处死刑，酌情减为无期徒刑。

经查，刘芸利用淫秽录像带要挟勒索女性，犯敲诈勒索罪，数额特别巨大，判处有期徒刑十年。她只能在监狱里看雪了。

瞿蓝心因涉嫌盗窃尸体罪被警方逮捕，经检察院审查发现，犯罪已超过追诉时效期限，依法作出不起诉决定，瞿蓝心无罪释放。之后，在伪钞案中与沈翊重逢。

赵梓鹏利用假画交易强迫卖淫，情节严重，犯强迫卖淫罪、强奸罪，判处无期徒刑。

陈铭锋绑架华木姚，犯绑架罪，绑架之后控制人质时间较短，未对人质实施殴打、伤害等行为，情节较轻，判处有期徒刑五年。

陈廷飞已被其单位辞退，陈铭锋向其提起民事诉讼，并获得法院支持，赢得赔偿。随后，陈廷飞所在银行发现其职务侵占，已向警方报警。

华云杉身为公职人员，协助冒名顶替，违反国家法律法规，决定给予撤职、开除党籍处分。经查，华云杉任职期间有多次受贿行为，因受贿罪被判处有期徒刑十三年。

曹栋犯绑架罪、故意杀人罪、抢劫罪，情节特别严重，死刑立即执行。

褚英子犯故意杀人罪、抢劫罪、绑架罪，应执行死刑，但不知出于什么原因，死刑仍未能执行。

楚冠一犯抢劫罪（致人重伤）、帮助毁灭证据罪，数罪并罚，判处无期徒刑。楚冠一认罪，未上诉。

杀妻医生周仁，犯故意杀人罪，判处死刑。

傅松、尚杰、马洪生迷奸柳小叶，犯强奸罪，判处有期徒刑十年。

苏莱以办兴趣班名义猥亵未成年的柳小叶，触犯猥亵儿童罪，但因犯罪超过十年，已过追诉时效期限。但在柳小叶的奔走下，陆续有女性站出来指认，最终检察院对苏莱进行起诉，苏莱犯猥亵儿童罪，判处有期徒刑七年。

胡志峰使用 AI 换脸诈骗，非法获利高达五百万元，诈骗数额特别巨大；多次诈骗老年人财物，间接导致老人许意多死亡，情节特别严重，应从严惩处。根据量刑标准，电信诈骗情节特别严重的，数额达到四十万后，每增加一万，刑期增加一个月。最终法院判决胡志峰犯诈骗罪、故意毁坏财物罪、传授犯罪方法罪，数罪并罚，判处无期徒刑。

李军伟犯爆炸罪，判处死刑。李军伟认罪，未上诉。

陈秋雯、陆婷合伙谋杀赵明哲，主犯陆婷制订计划、实施杀人，从犯陈秋雯协助杀人并向警方隐瞒同案犯陆婷，但因二人长期遭受家暴，被害人存在过错，酌定从轻，一审判决二人犯故意杀人罪，判处陆婷有期徒刑五年（暂予监外执行）、陈秋雯有期徒刑三年。二人均提起上诉。

陈舟犯故意杀人罪、拐卖妇女罪、侵犯公民个人信息罪，数罪并罚，决定执行死刑。